सचित्र ज्योतिष-शिक्षा

(चतुर्थ भाग)

वर्षफल खण्ड

बी० एल० ठाकुर

ज्योतिषाचार्य

सिंह सदन, नरसिंहपुर (म. प्र.)

मोतीलाल बनारसीदास

दिल्ली वाराणसी पटना बंगलौर मद्रास

प्रथम संस्करण : वाराणसी, १९७६
द्वितीय संस्करण : दिल्ली, १९८७
पुनर्मुद्रण : दिल्ली, १९९४

बंगलो रोड, जवाहरनगर, दिल्ली ११० ००७
१२० रॉयपेट्टा हाई रोड, मैलापुर, मद्रास ६०० ००४
१६ सेन्ट मार्क्स रोड, बंगलौर ५६० ००१
अशोक राजपथ, पटना ८०० ००४
चौक, वाराणसी २२१ ००१

नरेन्द्रप्रकाश जैन, मोतीलाल बनारसीदास, बंगलो रोड,
दिल्ली ११० ००७ द्वारा प्रकाशित तथा जैनेन्द्रप्रकाश जैन, श्री जैनेन्द्र प्रेस,
ए-४५ नारायणा, फेज-१, नई दिल्ली ११० ०२८ द्वारा मुद्रित

भूमिका

वर्षफल द्वारा वर्षभर का शुभाशुभ फल और उस फल का समय निकाला जाता है। जातक की जन्म-पत्री से जीवन भर का फल प्रगट होता है। परन्तु प्रतिवर्ष का सूक्ष्म फल निकालने के लिए वर्षफल बनाया जाता है। वर्षफल बनाने का गणित सरल कर उदाहरण देकर समझाया गया है।

वर्षफल बनाने के लिए जन्म की तिथि मास नक्षत्र सम्वत् शक आदि के अतिरिक्त इष्टकाल और जन्म का इष्ट कालीन सूर्य एवं लग्न कुण्डली की आवश्यकता पड़ जाती है।

जन्म का इष्ट कालीन सूर्य अगले वर्ष जिस समय आता है उसे निकालने को वर्षप्रवेश साधन कहते हैं। इससे अगले वर्ष आरम्भ होने का ठीक समय तिथि दिन एवं इष्टकाल प्रकट होता है और इष्टकाल की कुंडली बनाई जाती है। उसी को वर्ष-प्रवेश कुण्डली कहते हैं जिसके निकालने की कई रीतियां और सारिणी भी दी है।

जिस प्रकार वर्षभर का फल जानने को वर्ष प्रवेश के समय की वर्ष कुण्डली बनाई जाती है उसी प्रकार प्रत्येक मास का फल जानने को मास प्रवेश का समय निकालकर प्रत्येक मास की मास प्रवेश कुण्डली बनाई जाती है, जिसको निकालने के लिए आगे गणित और सारिणी भी दी है।

इसी प्रकार प्रत्येक दिन का फल जानने को दिन प्रवेश का समय निकाल कर प्रत्येक दिन प्रवेश के इष्टकाल पर से प्रत्येक दिन की दिन प्रवेश कुंडली भी बनाई जाती है।

वर्ष प्रवेश की कुण्डली बन जाने पर वर्षप्रवेश के इष्टकाल का ग्रह स्पष्ट और भाव स्पष्ट किया जाता है। इसी प्रकार मास प्रवेश के इष्टकाल के भी ग्रह स्पष्ट किये जाते हैं।

जन्म लग्न स्वामी और वर्ष लग्न स्वामी जान लेने के उपरांत मुन्थापति, त्रिराशिपति और समयपति निकाले जाते हैं। इन पांचों को लघु पंचाधिकारी या लघुपंचवर्गी कहते हैं। इन पांचों में से चुनना पड़ता है कि कौन वर्षेश होगा। इस कारण इन ग्रहों की दृष्टि निकालनी पड़ती है। यदि लग्न पर कई ग्रहों की दृष्टि होती है तो उनमें से बलवान ग्रह वर्षेश होता है और तात्कालिक मैत्री का भी विचार होना है।

ग्रहों का बल जानने को वृहत्पञ्चवर्गी बल चक्र बनाना पड़ता है। वर्ष प्रवेश के समय स्पष्ट ग्रह हो उसी पर से ग्रहों का पञ्चवर्गी बल भी निकालना पड़ता है और ग्रहों का द्वादश वर्गी बल भी निकाला जाता है। ग्रहों का विश्वा बल जानने को हर्ष चक्र बनाया जाता है और ग्रहों का वेत्र जानने को त्रिपताका चक्र बनाया जाता है।

इसी प्रकार जब मास प्रवेश कुण्डली बनाई जाती है तो मास प्रवेश के ६ अधिकारी निकाल कर उनमें से मासेश चुनना पड़ता है। दिन प्रवेश में दिन के ७ अधिकारी निकाल कर दिनेश का निर्णय करना पड़ता है। जिन सब बातों पर से फल निकाला जाता है।

इन सब की फलप्राप्ति का समय जानने को विंशोत्तरी मुद्दा दशा और योगिनी दशा निकालकर उनकी अंतर्दशा निकाली जाती है। कई मास दशा, दिन दशा भी निकालते हैं। पर्त्यांशी दशा और उसकी अंतर्दशा भी निकाली जाती है।

उपरांत सहम साधनकर, सहम और सहमेश का चक्र बनाया जाता है। अंत में इन सबका फल विचार कर लिखा जाता है। तब समझो वर्ष फल बन गया।

इन सबका गणित से उदाहरण देकर आगे समझाया गया है जिसको समझ लेने पर पाठक अपना या किसी का भी वर्षफल बना सकेंगे।

वर्ष फल का फल विचार जातक के जन्म कुण्डली के फल विचारने सरीखा है। वर्ष की ग्रह स्थिति योग आदि उसी के अनुसार विचारना। जातक की कुण्डली का फल विचार ज्योतिष शिक्षा भाग ३ में दिया है।

सम्वत २०२३
द्वितीय श्रावण शुदी १०
दिनांक २५-८-६६

भवदीय
बी० एल० ठाकुर
सिंहसदन
पो०-(नरसिंहपुर) म. प्र.

विषय-सूची

फलित भाग को सचो

अध्याय १

वर्ष साधन

वर्ष प्रवेश निकालने की रीति– (१) पहली रीति

(इष्ट शाका–जन्म शाका)=गत वर्ष=गताब्द

(गत वर्ष / ४ +गत वर्ष) =वार और घटी=अ०

गत वर्ष × २१ / ४० =घटी पल विपल=ब०

(उपरोक्त अ० ब०=वर्ष का बार घटी पल विपल
+जन्म का वार घटी फल विपल
=योग =वर्ष प्रवेश का वार घ० प० वि०

टिप्पणी·—७ वार से अधिक हो तो ÷ ७=शेष वार लेना

शेष	१	२	३	४	५	६	७ या०
वार	इतवार	सोमवार	मंगल	बुध	गुरु	शुक्र	शनिवार

उदाहरण—

जन्म सम्वत १९४६ शाका १८११ चैत्र कृष्ण १३ मंगलवार (३) शतभिषा नक्षत्र (२४), साध्ययोग (२२), लग्न मिथुन (३)

इष्ट घ० १५प०५१वि०४२॥ रवि स्पष्ट रा० १५-५°-३४′-७″ है। ४)५६(१४
५६
×

लब्धि इष्ट वर्ष २००२ सम्वत का वर्ष निकालना है।

इष्ट वर्ष २००२ सम्वत (५६/४ + ५६) १४ ÷ ५६=७० वार=७०/७ - वार०=अ०
जन्म १९४६ सम्वत (५६ × २१) / ४० = ११७६ / ४० =घ०२९ पल २४=ब०
गत वर्ष=५६

अ०=वार घ० प० वि० वर्ष का वार घ० प० वि०
० – ० – ० – ० ०–२९–२४–०
ब०=+ २९–२४–० +जन्म का ३–१५–५१–४२॥
वर्ष का =०-२९–२४–० वर्ष प्रवेश=३–४५–१५–४२॥

यहाँ वार प्रवेश का वार ३ मंगलवार है। इस दिन इष्ट घ०४५ प०१५ वि० पर वर्ष प्रवेश है। इतने इष्ट का ग्रह स्पष्ट और भाव स्पष्ट कर वर्ष की लग्न कुण्डली बनानी पड़ेगी।

(२) दूसरी रीति

(१) गत वर्ष × १ ३१/६० =वार घटी

(२) गत वर्ष का आधा=घटी पल
(३) गत वर्ष × १$\frac{१}{२}$=पल विपल
(या गत वर्ष + उसका $\frac{१}{२}$=पल विपल)
=सबका योग=वार घटी पल विपल
+जन्म का=वार घटी पल विपल
=वर्ष प्रवेश का=वा० घ० प० वि०

उदाहरण—गत वर्ष ५६

(१) (५६ × १$\frac{१}{४}$)=५६+१४=७० वार=वार घ० प० वि०
० ० ० ०
(२) ५६ ÷ २ =२८ घड़ी = २८—०—०
(३) ५६ × १$\frac{१}{२}$ =५६+२८+८४ पल = १—२४—०
= १घ० २४ पल

वर्ष का योग ०–२९–२४–०
+ जन्म का=३–१५–५१–४२॥
वर्ष प्रवेश=३–४५–१५–४२॥

वार ३ मंगलवार को इष्ट ४५ -१५–४२॥ पर वर्ष प्रवेश होगा ।

(३) तीसरी रीति

सूर्य का १२ राशि में एक सौर वर्ष होता है। जन्म समय स्पष्ट सूर्य की जो राशि अंश कला विकला है ठीक उतना ही पूरा-पूरा सूर्य जिस समय आगे आयगा ठीक उसी समय पुनः वर्ष प्रवेश होता है। सावनमान से=दिन ३६५ घड़ी १५ पल ३१ वि० ३० में सूर्य फिर उसी स्पष्ट पर आ जाता है। जिसका क्षेपक दि० १ घ० १५ प० ३१ वि० ३० है। इस कारण इस क्षेपक में गत बर्ष का गुणा करने से सावन वर्ष प्रवेश का वार घटी पल आदि निकल आता है।

क्षेपक वार घ० प० वि०
१–१५–३६–३०
× गत वर्ष ५६
२८ ०
२८ ५६
१४ ०
५६
७० २९ २४ ०
= वार ७० घ० २९ प० २४=०

वर्ष का=वार घ० प० वि०
०–२९–२४–०
+जन्म का=३–१५–५१–४२॥
=वर्ष प्रवेश का=३–४५ १५–४२॥

यहाँ गुणा गुणनफल चक्र के अनुसार गोमूत्रिका क्रम से किया है जिसकी रीति गणित खण्ड अध्याय ७ में दी है।

(४) चौथी रीति

$\frac{\text{गत वर्ष} \times १००७}{८००}$ = वर्ष का वार घटी आदि

उदाहरण—

$\frac{\text{गत वर्ष } ५६ \times १००७}{८००}$

$= \frac{५६३९२}{८००} =$ वार घ० प० वि०
७० २९ २४ ०
=०

१००७	
× ५६ गत वर्ष	
६०४२	
५०३५	
५६३९२	

८००)५६३९२(७० वार
५६००
३९२ × ६०
८००)२३५२०(२९ घ०
१६००
७५२०
७२२०
३२० × ६०
८००)१९२००(२४ प०
१६००
३२००
३२००
०

वर्ष का=वार घ० प० वि०
०–२९–२४–०
× जन्म का=३–१५–५१–४२ ,,
= वर्ष का प्रवेश=३–४५–१५–४२ ,,

(५) पाँचवीं रीति

जन्म का अहर्गण निकाल कर उससे वर्ष साधन—

जन्म के अहर्गण साधन की रीति—

(जन्म का शाका–१४४२) ÷ ११=लब्धि चक्र

(शेष × १२ मास) + गत मास=मध्यम मास गण

$\frac{\text{मध्यम मास गण} + (\text{चक्र} \times २) + १०}{३३}$=लब्धि अधि मासगण

(मध्यम मास गण+अधि मास गण)=मास गण

(मास गण × ३० तिथि) + गत तिथि + $\frac{\text{चक्र}}{६}$ की लब्धि=मध्यम अहर्गण

(मध्यम अहर्गण ÷ ६४) की लब्धि=क्षय दिवस

मध्यम अहर्गण–क्षय दिवस=अहर्गण

वार जानना

(चक्र × ५ + अहर्गण) ÷ ७ शेष वार
आदि वार मंगल से वार गिनना

उदाहरण—जन्म सं० १९४६ शाका १८११ चैत्र कृष्ण १३ मंगलवार का अहर्गण निकालना है। (ग्रह लाघव मत से)

जन्म शाका १८११   (शेष ६ × १२) + ११ गत मास=८३ मध्यम मासगण
−१४४२   चैत्र शुक्ल १ से फाल्गुन शुक्ल १ तक=११
११)३६९(३३ चक्र   =गत मास ११
३३
३९
३३
६ शेष

$$\frac{(\text{चक्र } ३३ \times २ + १०) + ८३ \text{ म० मासगण}}{३३}$$

$$= \frac{६६ + १० + ८३}{३३} = \frac{७६ + ८३}{३३} = \frac{१५९}{३३}$$

की लब्धि=४ अधि मास गण

३३)१५९(४ लब्धि
१३२
२७

मध्यम मास गण अधि मास गण
८३ + ४ = ८७ मास गण

$$\left(\begin{matrix}\text{मास गण}\\ ८७ \times ३०\end{matrix}\right) + \begin{matrix}\text{गत तिथि}\\ २७\end{matrix} + \frac{\text{चक्र } ३३}{६} \text{की लब्धि } (५)$$

=२६१० + २७ + ५=२६४२ मध्यम अगर्हण

मध्यम अगर्हण

$$\frac{२६४२}{६४} = \text{लब्धि } ४१\text{=क्षय दिवस}$$

६४)२६४२(४१ लब्धि
२३६
८२
६४
१८

मध्यम अहर्गण क्षय दिवस
२६४२ − ४१=२६०१ अहर्गग
=ग्रह लाघवी अहर्गण २६०१

जन्म के अहर्गण से वर्ष साधन की रीति

(जन्म शाका − १४४२) ÷ ११=लब्धि चक्र
(जन्म का ग्रहलाघवी अहर्गण + १२३११३) + (चक्र × ४०१६)=ब्रह्म-तुल्य अहर्गण
(ब्रह्म तुल्य अहर्गण + जन्म इष्ट घटी पल)=जन्म का सावयव ब्रह्म तुल्य अहर्गण
(सावयव=इष्ट घड़ी पल सहित अहर्गण)
(सौर वर्ष दिन घटी पल विपल का होता है)
३६५−१५−३१−३०
(सौर वर्ष × गताब्द) + सावयव ब्रह्म तुल्य अहर्गग=अ०
=वर्ष आरम्भ का सावयव अहर्गण=अ०
अहर्गण ÷ ७ शेष=वर्ष प्रवेश का वार

वार क्रम=	शुक्र	शनि	रवि	सोम	मंगल	बुध	गुरुवार
	१	२	३	४	५	६	७=०

वर्ष प्रवेश का मास जानना

$$\frac{(\text{अ० वर्ष आरम्भ का ब्रह्म तुल्य अहर्गण}) + ३ \text{ केवल दिन}}{६९२} = \text{लब्धि ब}$$

(वर्ष आरम्भ अहर्गण + ३) + लब्धि ब / ६३ = उनाह क

(वर्ष आरम्भ अहर्गण + उनाह क०) ÷ ३०=लब्धि=मास गण

शेष + १ वर्ष प्रवेश तिथि (शुक्ल प्रतिपदा से तिथि गिनें)

(मास गग × २)+६६ / १२८ =लब्धि ङ

(मास गण × २) + ६६ – लब्धि ङ / ६७ =लब्धि ई

(मास गण – लब्धि ई) ÷ १२=लब्धि गताब्द समूह

=शेष वर्ष प्रवेश का गत मास (चैत्र शुक्ल १ से गत मास गिनो)

गताब्द समूह + ११०५=वर्ष प्रवेश का शालिवाहन शाका।

जन्म के अहर्गण से वर्ष प्रवेश निकालने का उदाहरण

जन्म का ग्रह लाघवीय अहर्गण

	२६०१		४०१६
+	१२३११३		× ३३ चक्र
=	१२५७१४		१२०४८
+अ०	१३२५२८		१२०४८
			१३२५२८ अ०

ब्रह्मतुल्य अहर्गण=२५८२४२ दिन

+इष्ट १५-५१-४२॥

सावयव ब्रह्मतुल्य अहर्गण =दिन घ० प० वि०

२५८२४२-१५-५१-४२॥

+ब गताब्द × सौर वर्ष प्रमाण= २०३५४-२९-२४

योग वर्ष आरम्भ का सावयव ब्रह्म तुल्य अहर्गण = ७८६९६-४५-१५-४२॥

अहर्गण २७८६९६÷७=शेष ५ दिन=मंगल (आदि वार शुक्रवार से गिनना)

वर्ष प्रवेश मंगलवार को इष्ट घ० प० वि० पर होगा

२५ – १५ – ४२॥

ब० गताब्द × सौर वर्ष प्रमाण उपरोक्त का गणित

वर्ष प्रमाण दिन–घ०–प०–वि०

३६५–१५–३१–३०

× गत वर्ष ५६

		२८	०
	२८	५६	
१४	०		
२१९०			
१८२५			
२०४५४	२९	२४	०

ब० = दि० घ० प०
२०४५४–२९ – २४०

(६) छठी रीति

यद्यपि वर्ष प्रवेश निकालने के लिए ऊपर कई रीतियाँ बता दी गई हैं जिससे पाठक कोई रीति से अनभिज्ञ न रहें परन्तु यहाँ वर्ष प्रवेश निकालने की सारिणी दी है। इससे बिना अड़चन के वर्ष प्रवेश निकल आता है।

वर्ष प्रवेश की सारिणी—

वर्ष	बार	घटी	पल	विपल	तिथि	यो०न०	लग्न
१	१	१५	३१	३०	११	१०	३
२	२	३१	३	०	२२	२०	६
३	३	४६	३४	३०	३	३	९
४	५	२	६	०	१४	१३	०
५	६	१७	३७	३०	२५	२३	३
६	०	३३	९	०	६	६	६
७	१	४८	४०	३०	१७	१६	९
८	३	४	१२	०		२६	०
९	४	१९	४३	३०		९	३
१०	५	३५	१५	०		१९	७
११	६	५०	४६	३०		२	१०
१२	१	६	१८	०		१२	१
१३	२	२१	४९	३०		२२	४
१४	३	३७	२१	०			७
१५	४	५२	५२	३०			१०
१६	६	८	२४	०	२७		१
१७	०	२३	५५	३०	८		४
१८	१	३९	२७	०	१९		७
१९	२	५४	५८	३०			
२०	४	१०	३०	०	११		२
२१	५	२६	१	३०	२२		५
२२	६	४१	३३	०			८
२३	०	५७	४	३०	१४		११
२४	२	१२	३६	०	२५		२
२५	३	२८	७	३०	६		५
२६	४	४३	३९	०			८
२७	५	५९	१०	३०			

वर्ष	वार	घटी	पल	विपल	तिथि	यो०न०	लग्न
२८	०	१४	४२	०			२
२९	१	३०	१३	३०			
३०	२	४५	४५	०			९
३१	४	१	१६	३०	१३		०
३२	५	१६	४८	०	२४		
३३	६	३२	१९	३०	५		६
३४	०	४७	५१	०	१६		९
३५	२	३	२२	३०	२७		०
३६	३	१८	५४	०	८		३
३७	४	३४	२५	३०	१९		६
३८	५	४९	५७	०	०		
३९	०	५	२८	३०	११		
४०	४१	२१	०	०			४
४१	२	३६	३१	३०			७
४२	३	५२	३	०			१०
४३	५	७	३४	३०			१
४४	६	२३	६	०			४
४५	०	३८	३७	३०			७
४६	१	१५	९	०	२९		१०
४७	३	९	४०	३०	१०		१
४८	४	२५	१२	०	२१		
४९	५	४०	४३	३०	२		
५०	६	५६	१५	०			११
५१	१	११	४६	३०	२४		२
५२	२	२७	१८	-	५		५
५३	३	४२	४९	३०	१६		८
५४	४	५८	२१	०	२७		११
५५	६	१३	५२	३०	८		२
५६	०	२९	२४	०			५
५७	१	४४	५५	३०			
५८	३	०	२७	०			
५९	४	१५	५८	३०			
६०	५	३१	३०	०			
६१	६	४७	१	३०			

वर्ष	बार	घटी	पल	विपल	तिथि	यो०न०	लग्न
६२	१	२	३३	०			
६३	२	१८	४	३०			
६४	३	३३	३६	०			
६५	४	४९	७	३०			
६६	६	४	३९	०			
६७	०	२०	१०	३०			
६८	१	३५	४२	०			
६९	२	५१	१३	३०	१३		
७०	४	६	४५	०	२४		
७१	५	२२	१६	३०	५		
७२	६	३७	४८	०			
७३	०	५३	१९	३०			
७४	२	८	५१	०			
७५	३	२४	२२	३०			
७६	४	३९	५४	०			
७७	५	५५	२५	३०			
७८	०	१०	५७	०	२३		
७९	१	२६	२८	३०			
८०	२	४२	०	०			
८१	३	५७	३१	३०	२६	०	११
८२	५	१३	३	०	७	१०	२
८३	६	२८	३४	३०	१८	२०	५
८४	०	४४	६	०	२९	३	८
८५	१	५९	३७	३०	१०	१३	११
८६	३	१५	९	०	२१	२३	२
८७	४	३०	४०	३०	२	६	५
८८	५	४६	१२	०	१३	१६	८
८९	०	१	४३	३०	२४	२६	११
९०	१	१७	१५	०	५	९	३
९१	२	३२	४६	३०			
९२	३	४८	१८	०			
९३	५	३	४९	३०			
९४	६	१९	२१	०			
९५	०	३४	५२	३०			

वर्ष	वार	घटी	पल	विपल	तिथि	यो०न०	लग्न
९६	१	५०	२४	०			
९७	३	५	५५	३०			
९८	४	२१	२७	०			
९९	५	२६	५८	३०			
१००	६	५२	३०	०			

वर्ष प्रवेश सारिणी बनाने की रीति

एक सौर वर्ष में दिन-घड़ी-पल-विपल होते हैं। ३६५ दिन को ७ वार में
३६५-१५-३५-२०
विभक्त करने से ५२ सप्ताह गत होकर शेष दिन-घड़ी-पल रहता है। अर्थात् प्रत्येक
१-३१-३०
वर्ष इतना बढ़ता है। इस कारण प्रत्येक वर्ष के वार में १, घटी में १५, पल में ३१ और विपल में ३० जोड़ते जाने से यह सारिणी बन जाती है। इस प्रकार प्रत्येक वर्ष का वार घटी पल विपल प्राप्त हो जाता है।

तिथि में ११, योग में १०, लग्न में ३½ जोड़ने से वर्ष प्रवेश की तिथि योग नक्षत्र आदि प्राप्त हो जाते हैं, जिन में कभी-कभी अल्प अंतर पड़ जाता है। परन्तु मुख्य बात विचार की वार ही है। इष्ट वार में कभी-कभी ये योग नक्षत्र कभी एक आगे कभी एक पीछे भी आ जाते हैं। परन्तु उन सब से इष्ट दिन का ठीक स्थान निश्चित हो जाता है।

सारिणी द्वारा वर्ष प्रवेश निकालना

गत वर्ष के सामने दिया हुआ वार घटी पल आदि लेकर उसमें जन्म का वार घटी आदि जोड़ देने से वर्ष प्रवेश का वार घटी पल आदि निकल जाता है।

		वार घटी पल विपल
जैसे गत वर्ष ५६ का सारिणी अंक	=	०–२९–२४–०
+ जन्म का	=	३–१५–५१–४२"
वर्ष प्रवेश का	=	३– ५–५५–४२"

इस सारिणी द्वारा सरलता से वर्ष प्रवेश का वार और इष्ट निकल आता है।

वर्ष प्रवेश की तिथि नक्षत्र योग का अनुमान करने को आगे दो चक्र दिये हैं। उनसे जाना जा सकता है।

वर्ष प्रवेश की मास तिथि जानना

उपरोक्त प्रकार से वर्ष प्रवेश का वार और इष्ट निकल आता है। परन्तु १२ महीनों से किस मास की कौन तिथि आदि को यह वार प्रवेश का समय होगा जानने की आवश्यकता पड़ती है जिससे उस समय की कुण्डली बनाई जा सके। इसके लिए नीचे लिखी रीतियाँ हैं:—

(१) सूर्य स्पष्ट जन्म का जो हो वही राशि अंश कलादि जिस महीने का जिस तिथि की हो यदि उस दिन वर्ष प्रवेश का वार मिल गया तो उसी दिन वर्ष प्रवेश

होगा या कुछ आगे-पीछे इष्ट वार दिया हो तो उसी इष्ट वार को वर्ष प्रवेश समझना।

संवत ३००२ में चैत्र कृष्ण २ मंगल वार को प्रातः रवि ११–रा. ४°–४८′–४″ दिया है। जन्म के सूर्य स्पष्ट के समीप का यही सूर्य स्पष्ट है। इससे प्रगट हुआ कि सम्वत २००३ चैत्र कृष्ण को इष्ट ४५ घ. १५ प. ४२″ वि पर वर्ष प्रवेश होगा। उस समय की कुण्डली बनाने से वर्ष प्रवेश की कुण्डली बन जायेगी।

उस दिन ११ वां वृद्धि योग १०–२९ तक है उपरोक्त १२ वां ध्रुव योग आ जाता है। हस्त नक्षत्र १३ वां १८–३६ तक है। उपरांत १४ वां चित्रा नक्षत्र या जाता है।

वर्ष प्रवेश का समय निश्चित करने की अन्य रीतियां

पहिले जो वर्ष प्रवेश का वार निकाला है वह वार किस तिथि के समीप का है यह जानना।

$$\frac{\text{गत वर्ष} \times ११}{१७०} \text{ की लब्धि}$$

$$\frac{\text{गत वर्ष} \times ११ + \text{लब्धि} + \text{जन्म तिथि}}{३०} = \text{शेष वर्ष प्रवेश की तिथि}$$

शुक्ल प्रतिपदा से गिनना

तिथि कभी-कभी एक दिन आगे पीछे भी हो जाती है। यदि उस दिन या उसके आगे पीछे वर्ष प्रवेश का वार मिल जावे तो उसी तिथि का वर्ष प्रवेश समझना। वार मुख्य है। तिथि की आवश्यकता वार निश्चय करने के लिये है। तिथि का अनुमान होने से वार निश्चय हो जाता हैं।

उदाहरण

जन्म तिथि कृष्ण १३=१५+१३=२८ तिथि

$$\text{गत वर्ष} \frac{५६ \times ११}{७०} = \frac{६१६}{१७०} = ३ \text{ लब्धि}$$

गत वर्ष ५६ × ११ + ३ लब्धि + २८ जन्म तिथि

$$= \frac{६१६ + ३ + २८}{३०} = \frac{६४७}{७०} = \text{शेष १७ तिथि=कृष्ण २ तिथि}$$

टिप्पणी—तिथि शुक्ल प्रतिपदा से १ गिनी जाती है। अमावस्या को ३० तिथि होती है।

तिथि निकालने का अन्य प्रकार

$$\frac{\text{गत वर्ष} \times ३४३}{३१} = \text{दिन घटी पल}$$

+ जन्म तिथि घटी पल (भुक्त तिथि घटी पल)
= वर्ष की तिथि

उदाहरण घ० प०

जन्म तिथि द्वादशी ०–२५ तक थी इष्ट १५–५१ है।
शेष त्रयोदशी की घटी पल ०–२५
= १५–२६

गत तिथि १२+१५=२७ दिन इस कारण त्रयोदशी १९–२६ है।

$$\text{गत वर्ष} = \frac{५६ \times ३४३}{३१} = \frac{१९२०८}{३१}$$

= तिथि घड़ी पल
६१९–३६–४६

प्राप्त तिथि घ० प०
६१९–३६–४६
+जन्मकी २७-१५-२६

योग=६४६-५२-१२
वर्ष प्रवेश को कृष्ण २ तिथि ही है।

६४६ तिथि ÷ ३०
=लब्धि २१ शेष १६

(३) वर्ष प्रवेश का योग नक्षत्र निकालना

$$\frac{\text{गत वर्ष} \times १०}{२४०} = \text{लब्धि}$$

$$\frac{(\text{गत वर्ष} \times १०) - \text{लब्धि} + \text{जन्म नक्षत्र या योग संख्या}}{२७}$$

टिप्पणी—नक्षत्र निकालने में जन्म नक्षत्र की और योग निकालने में योग की संख्या जोड़ना।

उदाहरण नक्षत्र का

$$\text{गत वर्ष } \frac{५६ \times १०}{२४०} = \frac{५६०}{२४०} = \frac{५६}{२४} = \text{लब्धि } २$$

$$\frac{(\text{गत वर्ष } ५६ \times १०) - \text{लब्धि} + २४ \text{ शत० जन्म नक्षत्र}}{२७} = \frac{५६० - २ + २४}{२७}$$

$$= \frac{५८२}{२७} = \text{शेष } १५ \text{ नक्षत्र स्वाती}$$

योग का उदाहरण

$$[(५६ \times १०) - २ \text{ लब्धि} + २२ \text{ साध्य योग जन्म का}] \div २७$$

$$= \frac{५६० - २ + २२}{२७} = \frac{५८०}{२७} = \text{शेष } १३ \text{ व्याघात योग}$$

यहाँ समीप का नक्षत्र १५ स्वाती और १३ व्याघात योग निकला है।

(४) वर्ष प्रवेश के लग्न का अनुमान करना

$$\left[(\text{गत वर्ष} \times ३) + \left(\frac{\text{गत वर्ष} \times ३}{३०} \text{ की लब्धि}\right)\right] \div १२ = \text{वर्ष लग्न}$$

वर्ष लग्न + जन्म लग्न=वर्ष प्रवेश लग्न

उदाहरण

$$\left[(\text{गत वर्ष } ५६ \times ३) + \left(\frac{५६ \times ३}{३०} \text{ की लब्धि}\right)\right] \div १२$$

$$= \left(१६८ + \frac{१६८}{३०} \text{लब्धि} \right) \div १२ = \frac{१६८+५ \text{ लब्धि}}{१२} = \frac{१७३}{१२} = १४\frac{५}{१२} = ५ \text{शेष}$$

५ शेष वर्ष लग्न
+ ३ जन्म लग्न
=८ वृश्चिक वर्ष प्रवेश लग्न

अन्य रीति से वर्ष प्रवेश के लग्न का अनुमान करना

$$\left[\frac{\text{गताब्द} \times ३१}{१०} \text{की लब्धि} + \text{जन्म लग्न ३} \right] \div १२ = \text{शेष वर्ष प्रवेश का साधारण लग्न}$$

उदाहरण

$$\frac{\text{गताब्द } ५६ \times ३१}{१०} \text{की लब्धि} + \text{जन्म लग्न ३} \quad \div १२$$

$$\frac{१७३६}{१०} \text{की लब्धि} + ३ \quad \div १२ = \frac{१७३ \text{ लब्धि} + ३}{१२} = \frac{१७६}{१२} = \text{शेष ८ लग्न}$$

=८ वृश्चिक लग्न

(५) अहर्गण द्वारा वर्ष प्रवेश की मास तिथि जानना

अः=ब्रह्म तुल्य अहर्गण (रीति पहिले दे चुके हैं)

$$\text{“} \frac{\text{केवल दिन वर्ष आरंभ का} + ३}{६९२} = \text{लब्धि ब}$$

$$\frac{(\text{वर्ष आरंभ का अहर्गण} + ३) + \text{लब्धि ब०}}{६३} = \text{उनाह क०}$$

$$\frac{\text{वर्ष आरंभ अहर्गण} + \text{उनाह क०}}{३०} = \text{शेष} + १ = \text{वर्ष प्रवेश तिथि} \quad \text{लब्धि=मास गण}$$

$$\frac{(\text{मास गण} \times २) + ६६}{९२८} = \text{लब्धि ङ}$$

$$\frac{(\text{मास गण} \times २) + ६६ - \text{लब्धि ङ}}{६७} = \text{लब्धि ई०}$$

$$\frac{\text{मास गण} - \text{लब्धि ई०}}{१२} = \text{लब्धि गताब्द समूह । शेष वर्ष प्रवेश का गत मास}$$

(गताब्द समूह + ११०५)=शालि वाहन शक वर्ष प्रवेश का

उदाहरण

अ० ब्रह्म तुल्य अहर्गण २७८६९६=गणित पहिले दे चुके हैं ।

```
        +     ३
६९२)२७८६९९(४०२ लब्धि ब०
    २७६८
    ----
      १८९९
      १३८४
      ----
       ५१५ शेष त्यागा
```

मास जानना

ब्र. तु. अ.+३=२७८६९९
+४०२ लब्धि ब०
६३)२७९१०१(४४३०
२५२ उनाह क०
२७१
२५२
१९०
१८९
११
शेष त्यागा

ब्र. तु. अ. २७८६९६
+उनाह ४४३० क०
३०)२८३१२६(९४३७ लब्धि
२७० मासगण
१३१
१२०
११२
९०
२२६
२१०
शेष १६+१=१७ तिथि
वर्ष प्रवेष की

तिथि १७–१५=२ कृष्ण पक्ष की

चैत्र शुक्ल १ से गिना फाल्गुन शुक्ल १
तक ११ गत मास हुए

गताब्द समूह ७६२
+११०५
वर्ष प्रवेश शाका =१८६७

मास गण ९४३७
×२
१८८७४
+६६
९२८)१८९४०(२० लब्धि ङ
१८५६
३८०
छोड़ा

मास गण×२+६६=१८९४०
१८९४०
–२० लब्धि ङ
६७)१८९२०(२८२ लब्धि ई०
१३४
५५२
५३६
१६०
१३४
२६
छोड़ा

मासगण ९४३७
–लब्धि ई० २८२ घटाया
१२)९१५५(७६२ लब्धि
८४ मताक
७५ समूह
७२
३५
२४
शेष ११ मासगण

इस प्रकार वर्ष प्रवेश शाका १८६७ में फाल्गुन शुक्ल १ के उपरांत १७ तिथि हो जाने पर अर्थात चैत्र कृष्ण २ तिथि को मंगलवार के दिन इष्ट घटी ४५ प० १५ वि० ४२।। पर वर्ष प्रवेश होगा ।

वर्ष प्रवेश की तिथि का चक्र

वर्ष	१	२	३	४	५	६	७	८	९	१०	११	१२	१३	१४	१५	१६	१७	१८	१९
१ से १९ तक	११	२२	३	१४	२५	६	१७	२८	९	२०	१	१२	२३	४	१५	२७	८	१९	०
२० – ३८	११	२२	३	२५	२५	६	१७	२८	९	२०	१	१३	२४	५	१६	२७	८	१९	०
३९ – ५७	११	२२	३	१४	२५	६	१७	२९	१०	२१	२	१३	२४	५	१६	२७	८	१९	०
५८ – ७८	११	२२	३	१४	२६	७	१८	२९	१०	२१	२	१३	२४	५	१६	२७	८	१९	०
७७ – ९५	११	२३	४	१५	२६	७	१८	२९	१०	२१	२	१३	२४	५	१६	२७	९	२०	०
९६ – ११४	१२	२४	४	१५	२६														

वर्ष प्रवेश का नक्षत्र व योग का चक्र

वर्ष	१	२	३	४	५	६	७	८	९	१०	११	१२	१३	१४	१५	१६	१७	१८	१९
१ से १९ तक	१०	२०	३	१३	२३	६	१६	२६	९	१९	२	१२	२२	५	१५	२५	८	१८	१
२० से ३८	११	२१	४	१४	२४	७	१७	०	१०	२०	३	१३	२३	६	१६	२६	९	१९	२
३९ – ५७	१२	२२	५	१५	२५	८	१८	०	११	२१	४	१४	२४	७	१७	०	१०	२०	३
५८ – ७६	१३	२३	६	१६	२६	९	१९	२	१२	२२	५	१५	२५	८	१९	१	११	२१	४
७७ – ९५	१४	२४	७	१७	०	१०	२०	३	१३	२३	६	१६	२६	९	१९	२	१२	२२	५
९६ –	१५	२५	८	१८	१														

इन दोनों सारिणियों से वर्ष प्रवेश की तिथि नक्षत्र योग का अनुमान होता है। ऊपर १ से १९ वर्ष दिये हैं और बांई ओर १९–१९ वर्ष एकत्र दिये हैं। इष्ट गत वर्ष में चक्र में दिये प्रारम्भ वर्ष को घटाना जो शेष हो उसमें १ और जोड़ना जो योग आवे उसके नीचे और चक्र के प्रारम्भ वर्ष के आगे तिथि नक्षत्र योग प्राप्त होंगे।

उदाहरण

गत वर्ष ५६ (यह ३९ और ५७ के बीच का है) ५६−३९=१७+१=१८। ३९ के सामने और १८ के नीचे तिथि में १९, नक्षत्र व योग में २० दिया है इस प्रकार इससे केवल अनुमान होता है। उस दिन तिथि १७, नक्षत्र १३, योग ११ था। वास्तव में जन्म का जो सूर्य स्पष्ट हो उसके निकट का ही जो वार वर्ष प्रवेश के वार के अनुसार मिले उसी के अनुसार मास, नक्षत्र योग आदि होते हैं। ऊपर की जो रीतियाँ बताई हैं वे केवल वर्ष प्रवेश का समय अनुमान करने के लिए ही हैं।

इस प्रकार वर्ष प्रवेश का मास तिथि आदि निश्चय कर वर्ष प्रवेश के प्राप्त वार और इष्ट घड़ी पल से वर्ष प्रवेश का ठीक समय प्रगट हो जाने पर उस समय की कुंडली बना लेने पर वह वर्ष प्रवेश की कुंडली कहलायगी। इसका उदाहरण आगे दिया है।

अध्याय २

मास प्रवेश साधन

जिस प्रकार वर्ष प्रवेश का समय निकालकर वर्ष प्रवेश कुंडली बनाई जाती है, उसी प्रकार वर्ष का सूक्ष्म फल जानने के निमित्त प्रत्येक मास की कुंडली बनाई जाती है।

जिस समय जन्म कालीन सूर्य स्पष्ट के अंश कलादि के समान सूर्य हो उसी समय मास प्रवेश होता है। प्रत्येक राशि में एक-एक राशि की वृद्धि होती जाती है। जन्म की सूर्य राशि में गत मास की संख्या को सूर्य की राशि में जोड़ते जाना। जोड़ने से जो प्राप्त होगा उसी दिन मास प्रवेश होगा।

१ राशि=१ मास। (गत मास संख्या−१)=गत मास के लिए राशि में जोड़ना। जैसे दूसरे मास के लिए १, तीसरे मास के लिए २ राशि, चौथे के लिए ३, आठवें मास को ७ राशि इत्यादि प्रकार से जोड़ना। जन्म का सूर्य+गत मास (गत मास की संख्या के अनुसार राशि)=मास प्रवेश का सूर्य।

जब पहले बताये प्रकार से वर्ष प्रवेश का समय आरंभ में निकाला जाता है वही पहले मास की वर्ष प्रवेश की कुंडली हुई अर्थात् वह पहिले मास प्रवेश की कुंडली हो गई।

जब दूसरा मास प्रवेश निकालना है तो गत मास १ हुआ। तो जन्म की सूर्य स्पष्ट की राशि में १ जोड़ना। जैसे जन्म का सूर्य १० रा०-१६°-५३'-५९" है +९' गत मास (१ राशि जोड़ा)=११रा०-१६°-५३'-५९" हो गया अर्थात्-सूर्य की राशि स्थान में मकर थी तो अब कुम्भ राशि हो गई परन्तु अंश आदि वे ही रहे।

दूसरे मास प्रवेश में=११ रा-१६°-५३'-५९"

तीसरे मास प्रवेश में=०-१६-५३-५९

चौथे मास प्रवेश में=१-१६-५३-५९ इत्यादि

जन्म का सूर्य=१० रा-१६°-५३'-५९"

+७ गत मास=७-०-०-०

=५-१६-५३-५९ यह आठवें माम का मास प्रवेश का सूर्य हुआ।

इस प्रकार प्राप्त सूर्य स्पष्ट जिस दिन जिस समय होगा वही समय मास प्रवेश का होगा। उस समय की कुंडली यदि बना ली जाय तो वही कुंडली उस मास के प्रवेश की कुंडली कहलायगी। इस प्रकार १२ मास की १२ मास प्रवेश कुंडली बन जाती है।

मास लग्न का स्वामी मास पति (मासेश) होता है। उसके फल का भी विचार वर्षेश के समान होता है।

मास प्रवेश का समय निकालना

मास प्रवेश के समय का सूर्य स्पष्ट बनाने की जो ऊपर रीति बताई गई है, वह सूर्य स्पष्ट किस समय पर किस वार घटी पल पर आयगा उसके निकालने की रीति नीचे दी है।

मास प्रवेश के सूर्य से मिलता-जुलता सूर्य कब आता है यह पंचांग में देखो। जिस प्रकार ग्रह स्पष्ट करने के लिए पंक्ति खोजते हैं उसी प्रकार पंचांग में समीप की पंक्तिस्थ (पंचांग का) सूर्य और उसकी गति खोजकर लिख लो।

मास प्रवेश के सूर्य से पंक्तिस्थ सूर्य अल्प हो तो + (धन) अधिक हो तो—ऋण चालन होता है। पंक्ति और मास प्रवेश के सूर्य का जो अन्तर (चालन) धन ऋण आत्मक निकलता है उसकी विकला बना लो और पंक्तिस्थ सूर्य की गति की भी विकला बना लो। उपरान्त अन्तर में गति का भाग दो तो उत्तर वार घटी पल आदि में प्राप्त होगा। वह चालन ± चालन ऊपर बताये अनुसार होगा।

उस सूर्य की अमुक गति एक दिन में होती है तो प्राप्त अन्तर में गति मान होने को कितने घटी पल लगेंगे? **यह निकालने को** अन्तर में गति का भाग देने से जो दिन घटीपलादि निकलता **है उसे** पंक्तिस्थ बार घटी पल में ± करने से मास प्रवेश का समय निकलता है।

अर्थात् मास प्रवेश के सूर्य से पंक्ति का अन्तर निकालते समय देखना पंक्तिस्थ सूर्य का वार और मिश्र काल का घटी पल पंचांग देखकर लिख लेना चाहिए। इतवार को एक वार गिनते हुए जो वार हो उतनी संख्या का वार और जो मिश्रमान

हो उसका घटी पल इसे पंक्ति का वार घटी पल कहेंगे। इसमें से उपरोक्त प्राप्त ± चालन का वार घटी पल ± के अनुसार जोड़ने या घटाने से मास प्रवेश का वार घटी पल प्राप्त होगा। अर्थात् पंचांग में दिये हुए सूर्य के आगे या पीछे उक्त वार को उतने घड़ी पल पर मास प्रवेश होगा। यदि मिश्रमान का सूर्य न दिया हो तो प्रातः रवि स्पष्ट दिया होगा। उसका इष्ट ०–० लेना।

उदाहरण—द्वितीय मास प्रवेश के समय का सूर्य ११ रा–१६°–५३′–५९″ है। पंचांग देखा सूर्य के समीप का ११ रा–१४°–५९′–३०″ सूर्य बुधवार (वार ४) को मिश्रमान (इष्ट) ४५ घ०–१७ प० का दिया है। इस पंक्तिस्थ सूर्य की गति ५९′–२३″ दी है।

मास प्रवेश सूर्य=११–१६–५३–५९ अन्तर १–५४–२९ / गति ५९–२३ = ६८६९″ / ३५६३″

पंक्तिस्थ „ ११–१४–५९–३०

अन्तर ०– १–५४–२९=वार० घ० प० चालन +

१ ५५–४०

अन्तर
१°५४′–२९″
×६०
६०+५४
=११४–२९
×६०
६८४०+२९
=६८६९″

गति
५९′–२३″
×६०
३५४०+२३
=३५६३″

पंक्ति से मास प्रवेश सूर्य अधिक है इस कारण चालन+हुआ इसे पंक्तिस्थ वार आदि में जोड़ना पड़ेगा।

३५६३)६८६९(१ वार
३५६३
३३०६×६०
३५६३)१९८३६०(५५ घड़ी
१७८१५
२०२१०
१७८१५
२३९५×६०
३५३३)१४३७००(४० पल
१४२५२
११८०

पंक्ति वार घ० प०
४ – ४५–१७
चालन+१ – ५५–४०
योग ६ – ४०–५७
=मास प्रवेश समय।

मास प्रवेश सूर्य से पंक्ति कम होने से पंक्ति को मास प्रवेश सूर्य से घटाया तो अन्तर ० रा-१°-५४′-२९″ आया। इसके विकला ६८६९ हुए। इसमें गति ५९′–२३″=३५६३″ का भाग दिया तो वह १ वार ५५ घ० ४० पल आया। मास प्रवेश के सूर्य से पंक्ति कम होने से चालन धन हुआ।

पंक्ति बुधवार (वार ४) मिश्रमान ४५ घ० १७ पल है। इसमें चालन + होने से १ वार ५५ घ० ४० पल जोड़ा तो ६ वार ४० घ० ५७ पल हुआ। यह द्वितीय मास प्रवेश का समय हुआ अर्थात् ६ वार (शुक्रवार) के दिन इष्ट ४० घ० ५७ पल पर मास प्रवेश होगा। ऊपर वार ४ मिश्रमान ४५ घ० १७ पल लिया है। यदि उस दिन प्रातः रवि स्पष्ट होता तो ४ वार ० घ० ० प० लेते। पर वहां मिश्रमान दिया है इस कारण मिश्रमान लिया गया है।

पंक्ति सूर्य के आगे शुक्र वार चैत्र कृष्ण ३० को पड़ता है। उस दिन इष्ट ४०

घ० ५७ प० पर द्वितीय मास प्रवेश होगा। उस समय की जो कुण्डली बनेगी वह द्वितीय मास प्रवेश की कुण्डली कहलायेगी।

सारिणी द्वारा भी मास प्रवेश सरलता से निकल आता है। मास प्रवेश सारिणी आगे दी है। यह मास प्रवेश सारिणी स्थानीय पंचांग पर से मास प्रवेश साधन की रीति के अनुसार बनाई गई है। इसमें पंचांगों में कुछ अन्तर पड़ने से सारिणी में भी कुछ अंतर पड़ सकता है और सारिणी द्वारा कुछ पलों का अन्तर भी आ जाता है। इस लिये गणित द्वारा ही मास प्रवेश साधन से ठीक निकलता है।

मास प्रवेश सारिणी देखने की रीति

उस मास के सूर्य की राशि के सामने और अंश के नीचे सारिणी में जो वार घटी पल मिले उसे आरंभ के (वर्ष प्रवेश के) वार घटी पल में जोड़ देना। यहाँ केवल अंश तक के अंक मिलते हैं अब कलादि का और निकाल कर उसमें जोड़ देना है।

इसके लिए प्राप्त सूर्य के अंश और अग्रिम अंश के सारिणी अंकों का अन्तर निकालना। ६० कला में उतना अंतर तो शेष कलादि में कितना होगा? निकाल कर उत्तर जोड़ देना तो दूसरे मास प्रवेश का समय निकल आयेगा।

इसी प्रकार आगे के और भी मास प्रवेश का वार घटी पल निकाल कर उस समय पर से कुण्डली बना लेना तो वह मास प्रवेश की कुण्डली बन जायगी।

मास प्रवेश सारिणी

अंश	०	१	२	३	४	५	६	७	८	९	१०	११	१२	१३	१४	
मेष	२	२	२	२	२	२	२	२	२	२	२	२	२	२	२	वार
०	२१	२२	२४	२५	२६	२७	२८	३०	३१	३२	३३	३४	३६	[illegible]	३८	घटी
	३४	५२	४	१६	२८	४०	५२	३	१६	२८	४०	५२	४	१६	२८	पल
	१५	१६	१७	१८	१९	२०	२१	२२	२३	२४	२५	२६	२७	२८	२९	
	२	२	२	२	२	२	२	२	२	२	२	२	२	२	२	
	३९	४०	४२	४३	४४	४५	४६	४७	४९	५०	५१	५२	५३	५४	५६	
	४०	५२	४	१५	२६	३६	४७	५८	९	१८	२६	३५	४२	५३	२	
अंश	०	१	२	३	४	५	६	७	८	९	१०	११	१२	१३	१४	
वृष	२	२	२	३	३	३	३	३	३	३	३	३	३	३	३	
१	५७	५८	५९	०	१	२	३	४	५	६	७	८	९	१०	११	घटी
	११	१९	२४	२९	२४	२८	४१	४५	५८	५१	५१	५४	५३	५३	५१	पल
	१५	१६	१७	१८	१९	२०	२१	२२	२३	२४	२५	२६	२७	२८	२९	
	३	३	३	३	३	३	३	३	३	३	३	३	३	३	३	
	१२	१३	१४	१५	१६	१७	१८	१९	२०	२०	२१	२२	२३	२३	२४	
	४८	४५	४२	३७	३९	२४	१७	९	०	५०	३९	२७	१३	५९	४३	

अंश	०	१	२	३	४	५	६	७	८	९	१०	११	१२	१३	१४	
मिथुन	३	३	३	३	३	३	३	३	३	३	३	३	३	३	३	वार
२	२५	२६	२६	२७	२८	२८	२९	२९	३०	३१	३१	३२	३२	३३	३३	
	२८	५	४५	२६	६	४५	२३	५६	३२	५	३५	५	३३	२	२८	पल
	१५	१६	१७	१८	१९	२०	२१	२२	२३	२४	२५	२६	२७	२८	२९	
	३	३	३	३	३	३	३	३	३	३	३	३	३	३	३	
	३३	३४	३४	३५	३५	३५	३५	३६	३६	३६	३६	३६	३७	३७	३७	
	५३	१७	३९	०	१०	१७	५२	६	१८	३०	४१	५२	२	८	१३	
अंश	०	१	२	३	४	५	६	७	८	९	१०	११	१२	१३	१४	
कर्क	३	३	३	३	३	३	३	३	३	३	३	३	३	३	३	वार
३	३७	३७	३७	३७	३७	३७	३७	३७	३६	३६	३६	३६	३६	३५	३५	घटी
	१७	१८	२०	२१	१७	१२	८	३	५७	४८	३७	२५	११	४६	४०	पल
	१५	१६	१७	१८	१९	२०	२१	२२	२३	२४	२५	२६	२७	२८	२९	
	३	३	३	३	३	३	३	३	३	३	३	३	३	३	३	
	३५	३५	३४	३४	३३	३३	३३	३२	३२	३१	३१	३०	३०	२९	२९	
	२३	४	४४	२१	५८	३५	११	४४	१६	४८	१६	४३	९	३५	०	
अंश	०	१	२	३	४	५	६	७	८	९	१०	११	१२	१३	१४	
सिंह	३	३	३	३	३	३	३	३	३	३	३	३	३	३	३	वार
४	२८	२७	२७	२६	२५	२५	२४	२३	२२	२१	२१	२०	१९	१८	१७	घटी
	२३	४६	६	२७	४६	३	१७	३०	४४	५७	९	२०	३०	३९	४७	पल
	१५	१६	१७	१८	१९	२०	२१	२२	२३	२४	२५	२६	२७	२८	२९	
	३	३	३	३	३	३	३	३	३	३	३	३	३	३	३	
	१६	१६	१५	१४	१३	१२	११	१०	९	८	७	६	५	४	३	
	५४	०	३	८	१२	१४	१५	१६	१६	१५	१३	१२	१०	८	४	
अंश	०	१	२	३	४	५	६	७	८	९	१०	११	१२	१३	१४	
कन्या	३	३	२	२	२	२	२	२	२	२	२	२	२	२	२	वार
५	१	०	५९	५८	५७	५६	५५	५४	५३	५१	५०	४९	४८	४७	४५	घटी
	१७	५०	४३	३६	२९	२२	१५	८	१	५०	३८	२७	१६	६	५५	पल
	१५	१६	१७	१८	१९	२०	२१	२२	२३	२४	२५	२६	२७	२८	२९	
	२	२	२	२	२	२	२	२	२	२	२	२	२	२	२	
	४४	४३	४२	४१	३९	३८	३७	३६	३५	३३	३२	३१	३०	२९	२७	
	५४	३३	२२	१०	५९	४७	३५	२२	९	५६	४३	३०	१६	४	५३	
अंश	०	१	२	३	४	५	६	७	८	९	१०	११	१२	१३	१४	
तुला	२	२	२	२	२	२	२	२	२	२	२	२	२	२	२	वार
६	२६	२५	२४	२३	२१	२०	१९	१८	१७	१५	१४	१३	१२	११	१०	घटी
	४२	४९	१६	३	५१	४०	२९	१७	४	५३	४३	३०	२२	१२	२	पल

	१५	१६	१७	१८	१९	२०	२१	२२	२३	२४	२५	२६	२७	२९	२९	
	२	२	२	२	२	२	२	२	२	१	१	१	१	१	१	
	८	७	६	५	४	३	२	१	०	५९	५८	५६	५५	५४	५३	
	५१	४२	३२	२८	२५	२२	१७	१२	८	४	०	५७	१४	५२	५०	
अंश	०	१	२	३	४	५	६	७	८	९	१०	११	१२	१३	१४	
वृश्चिक	१	१	१	१	१	१	१	१	१	१	१	१	१	१	१	वार
७	५२	५१	५०	४९	४८	४८	४७	४६	४५	४४	४३	४२	४१	४०	४०	घटी
	४९	५०	५१	५३	५६	०	२	४	१०	१६	२३	३१	४०	५१	२	पल
	१५	१६	१७	१८	१९	२०	२१	२२	२३	२४	२५	२६	२७	२८	२९	
	१	१	१	१	१	१	१	१	१	१	१	१	१	१	१	
	३९	३८	३७	३६	३६	३५	३४	३३	३३	३२	३१	३१	३०	२९	२९	
	१२	२४	३५	४९	३	१७	११	४८	७	२७	४८	९	३१	५४	१८	
अंश	०	१	२	३	४	५	६	७	८	९	१०	११	१२	१३	१४	
धनु	१	१	१	१	१	१	१	१	१	१	१	१	१	१	१	वार
८	२८	२८	२७	२७	२६	२६	२५	२५	२४	२४	२३	२३	२३	२२	२२	घटी
	४३	९	३६	५	३५	५	३६	८	३९	१३	५०	२८	६	४४	२३	पल
	१५	१६	१७	१८	१९	२०	२१	२२	२३	२४	२५	२६	२७	२८	२९	
	१	१	१	१	१	१	१	१	१	१	१	१	१	१	१	
	२२	२१	२१	२१	२०	२०	२०	२०	२०	२०	२०	१९	१९	१९	१९	
	३	४५	२९	१४	५९	४४	३१	२१	१९	१७	११	५२	४४	४०	३८	
अंश	०	१	२	३	४	५	६	७	८	९	१०	११	१२	१३	१४	
मकर	१	१	१	१	१	१	१	१	१	१	१	१	१	१	१	वार
९	१९	१९	१९	१९	१९	१९	१९	१९	१९	२०	२०	२०	२०	२०	२०	घटी
	३३	३२	३२	३२	३४	३७	४२	४८	५४	१	१०	२०	३१	४४	५७	पल
	१५	१६	१७	१८	१९	२०	२१	२२	२३	२४	२५	२६	२७	२८	२९	
	१	१	१	१	१	१	१	१	१	१	१	१	१	१	१	
	२१	२१	२१	२१	२२	२२	२२	२३	२३	२४	२४	२४	२५	२५	२६	
	११	२६	४२	५८	१८	३८	५८	१९	४०	१	२३	५२	२२	५२	५३	
अंश	०	१	२	३	४	५	६	७	८	९	१०	११	१२	१३	१४	
कुंभ	१	१	१	१	१	१	१	१	१	१	१	१	१	१	१	वार
१०	२६	२७	२७	२८	२९	२९	३०	३०	३१	३२	३२	३३	३४	३४	३५	घटी
	५०	११	५३	२७	१	३६	११	४७	२४	४	४८	२७	९	५१	३८	पल
	१५	१६	१७	१८	१९	२०	२१	२२	२३	२४	२५	२६	२७	२८	२९	
	१	१	१	१	१	१	१	१	१	१	१	१	१	१	१	
	३६	३७	३७	३८	३९	४०	४१	४१	४२	४३	४४	४५	४६	४७	४८	
	२०	३	४७	३२	२०	११	२	५४	४६	३८	३०	२१	१३	७	३	

अंश	०	१	२	३	४	५	६	७	८	९	१०	११	१२	१३	१४	
मीन	१	१	१	१	१	१	१	१	१	१	१	२	२	२	२	वार
११	४९	५०	५०	५१	५२	५३	५४	५५	५७	५८	५९	०	१	२	३	घटी
	२	०	५८	५६	५५	५५	५७	५९	०	२	५	७	१२	१६	२१	
	१५	१६	१७	१८	१९	२०	२१	२२	२३	२४	२५	२६	२७	२८	२९	
	२	२	२	२	२	२	२	२	२	२	२	२	२	२	२	
	४	५	६	७	८	१०	११	१२	१३	१४	१५	१६	१८	१९	२०	
	२७	३४	४०	४८	५६	४	१२	१९	२७	३६	४६	५८	११	२०	२९	

मास प्रवेश की सारिणी देखने की रीति का उदाहरण

मान लो सूर्य ११-५°-३३′-९″ है और वर्ष प्रवेश सोमवार इष्ट

घ०	प०	वि०	पर है	वार	घ०	पल	वि०	हुआ
२९	२२	१२॥		२	२९	४४	१२॥	

		=वार	घ०	प०	वि०
सूर्य ११–५°–३३′–९″	प्रथम मास का वर्ष प्रवेश				
+ १		२	२९	४४	१२॥
=० ५ ३३ ९	सारिणी अङ्क राशि अंश ५ का	=२	२७	४०	
	योग	=४	५७	२४	१२॥

यहाँ रा०–५° का सिर्फ निकला है ३३′–९″ का और चाहिये

	वा०	घ०	प०
०–६° में सारिणी अंक	२	२८	५२
९–″५ ,, ,,	२	२७	४०
अन्तर=	०	१	१२

शेष ३३′–९″
×अन्तर १–१२
१–४८
६ ३६
० ९
० ३३
० ३९ ४६ ४८ चालन

पूर्व प्राप्त योग वार०	घ०	प०	वि०
४	५७	२४	१२॥
+ चालन	०	३९	४६
दूसरे मास प्रवेश = ४	५८	३	५८॥

का वार आदि

आगे का बड़ा होने से +
० ३९ ४६

यहाँ जन्म के सूर्य स्पष्ट की राशि में १ राशि जोड़ा तो रा० ५° ३३′ ९″ हो गया। सारिणी में० राशि के सीध में ५° के नीचे देखा तो सारिणी अंक वार २ घ०

२७ प० ४० मिला इसे वर्ष प्रवेश के वार घ० प० में जोड़ा यहाँ रा० ५° के समय का वार आदि सारिणी से मिल गया। परन्तु शेष ३३′ ९″ का और सारिणी अंक चाहिये था इसको निकालने के लिये ५° का जो सारिणी अंक था और उससे आगे ६° का जो सारिणी अंक है, दोनों का अन्तर निकाला। उपरांत अन्तर और शेष का गौमूत्रिका क्रम से गुणा करना। गुणन फल जो चालन प्राप्त होगा, यदि आगे का सारिणी अंक बड़ा हो वह +होने से जुड़ेगा, कम हो तो ऋण होने से घटेगा तब परे सूर्य का बार घ० प० निकल आयगा।

यहाँ शेष ३३′ ९″ और अन्तर घ० १ प० १३ का गुणा करने से घ० ० प० ३९ वि० ४६ आया आगे का सारिणी अंक बड़ा था इस कारण यह + होने से पूर्व योग वार ४ घ० ५७ पल २४ वि० १२॥ में जोड़ा तो वार ४ घ० ५८ प० ३ वि० ५८॥ हो गया। यह दूसरे मास प्रवेश का समय निकल आया। इस समय पर की कुण्डली बनाने पर दूसरे मास प्रवेश की कुण्डली बन जायगी।

सूर्य की राशि में १ राशि और बढ़ाकर अर्थात् रा० १–५° का सारिणी अंक लेकर जोड़ने के उपरांत ३३′ ९″ का अनुपातिक समय जोड़ देने पर तीसरे मास प्रवेश का समय निकल आयगा इसी प्रकार पूरे १२ मास का प्रवेश निकाल लेना।

आगे गणित द्वारा मास प्रवेश निकालने के कई उदाहरण दिये हैं।

●

अध्याय ३

दिन प्रवेश निकालना

जब प्रत्येक दिन का सूक्ष्म फल निकालना हो तो प्रत्येक मास के अन्तर्गत प्रत्येक दिन का दिन प्रवेश काल निकाल कर उसकी दिन प्रवेश कुण्डली बना ली जाती है। इस प्रकार वर्ष भर के प्रत्येक दिन की दिन प्रवेश कुण्डली बनाई जा सकती है।

दिन प्रवेश काल निकालने की रीति

सूर्य का प्रत्येक अंश एक दिन के बराबर होता है, इस कारण मास प्रवेश के सूर्य में एक-एक अंश बढ़ाते जाना तो प्रत्येक दिन का दिन प्रवेश का सूर्य बन जाता है।

मास प्रवेश सूर्य + गत दिन (मास प्रवेश से इष्ट दिन तक उतने ही अंश जोड़ना) =दिन प्रवेश का सूर्य। अर्थात् जिस मास में जितनी संख्या का दिन प्रवेश निकालना हो तो उतनी दिन रात की संख्या निकाल कर जितने दिन मिलें उतने अंश मास प्रवेश के सूर्य में मिलाना तो सूर्य की राशि अंशकलादि जो निकले वही दिन प्रवेश का सूर्य होगा। जितने दिन हों उसमें से १ घटाने से से जो दिन प्राप्त हो उतने अंक

मास प्रवेश के सूर्य के अंश में जोड़ना।

उदाहरण—मान लो जन्म का सूर्य ११-५°-३३′-९″ है। अब सप्तम मास प्रवेश के आगे का दिन प्रवेश निकालना है। तो पहिले सातवाँ मास प्रवेश का वार घटी पल निकाल लेना पड़ेगा। फिर आगे १°-१° बढ़ाकर इच्छित दिन का दिन प्रवेश निकाल सकते हैं।

सातवें मास का मास प्रवेशः—
जन्म का सूर्य रा० ११ ५° ३३′ ९″
सातवें मास को (७-१) = ६ } +६
योग ५ ५ ३३ ९

पंक्ति के समीप में शनिवार को
इष्ट ० पर सूर्य ५ ५ ७′ २६″ दिया है
इष्ट सूर्य रा० ५ ५° ३३′ ९″
पंक्ति का ५ ५ ७ २६
अन्तर = ० ० २५ ३३+

∴सातवें मास प्रवेश काल का सूर्य स्पष्ट सूर्य पंक्ति ५८° ४३″ (पंक्तिस्पष्ट सूर्य की) अन्तर २५′ ३३″ में ६० का गुणा कर गति ५८′ ४३″ का भाग देने से जो घड़ी पल विपल प्राप्त होंगे उसे पंक्ति के वार आदि में जोड़ने से मास प्रवेश का वार आदि प्राप्त होगा भाग देने की सुविधा के लिये यहाँ दोनों की विकला बना लेना। सूर्य गति ५८′ ४३″ ६० घड़ी में होता है तो यह अन्तर कितने घड़ी में होगा ?

$$\frac{२५'-३३'' \text{ अन्तर} \times ६०}{५८'-४३ \text{ गति}} = \frac{१५३३ \times ६० \text{घड़ी}}{३५२३''} = \frac{९१९८}{३५२३} = \begin{matrix}\text{घड़ी प० वि०}\\ ३६-६-३० \text{ चालन+}\end{matrix}$$

३५२३)९१९८०(२६ घड़ी
७०४६
२१५२०
२११३८
३८२ × ६०
३५२३)२२९२०(६
२११३८ पल
१७८२ × ६०
३५२३)१०६९२०(३० वि०
१०५६९
१२३०

पंक्ति का वार शनि वार इष्ट ०-० है

पंक्ति वार घ० प० वि०
७ ० ० ०
\+ ०-२६- ६-३०
= ७-२६- ६-३०

मास प्रवेश ७ शनिवार को
वार घ० प० वि०
इष्ट ७ - २६ - ६ - ३० पर होगा

मान लो मास प्रवेश के उपरान्त दशवें दिन का दिन प्रवेश निकालना है। पहिले दिन का दिन प्रवेश तो वही हुआ जो मास प्रवेश का समय प्राप्त हुआ है।

सातवें मास का मास प्रवेश सूर्य रा. ४-५°-३३′-९″
दशवें दिनका (१०१-)=९° + ९-०-०
दशवें दिन प्रवेश का सूर्य=योग=५-१४-३३-९

पंक्ति में प्रातः रवि है ५-१३-५७′-५५″ दिया है
गति ५९′-४″ है
दिन सोमवार वार = २

दिन प्रवेश का सूर्य ५–१४°–३३′–९″
पंक्ति ५–१३ –५७°–५
अंतर=०-०-३५–१४ +
(दिन प्रवेश सूर्य अधिक होने से +)

अन्तर × ६०

$$\frac{\text{३५–१४}}{\text{५९–४गति}} = \frac{\text{२११४″} \times \text{६०}}{\text{३५४४″}} = \frac{\text{१२६८४०}}{\text{३५५४}} =$$

चालन + घ.३५प.३८वि.५६

पंक्ति सोमवार इष्ट ०–०है
पक्ति वार घ० प० वि०
२ –.० – ० –०
+चालन०–३५–३८–५६
दिन प्रवेश=२–३५–३८–५६
अर्थात् सोमवार को इष्ट घ० प० वि० पर
३५–३८–५६
दिन प्रवेश होगा। इस समय की कुण्डली बना लेने पर दशवें दिन प्रवेश की कुण्डली बन जायेगी।

३५४४)२११४(० वार
×६०
३५४४)१२६८४०(३५ घड़ी
१०६३२
२०५२०
१८२२०
२३०० × ६०
३५५४)१३८०००(३८ पल
१०६३२
३१६८०
२८३५२
२३२८ × ६०
३५४४)१९९६८०(५६ वि०
१७७२०
२१४८०
२१३६४
१२१६

दिन प्रवेश काल का समय निकालने की रीति

दिन प्रवेश का सूर्य पहिले निकाल लेना चाहिये। मास प्रवेश के आगे जितने दिन का दिन प्रवेश निकालना है, मास प्रवेश के सूर्य से उतने दिन का अंतर निकाल कर, जितने दिन मिलें उससे १ कम कर उतने अंश मास प्रवेश के सूर्य में जोड़ देने से इष्ट दिन का वार प्रवेश का सूर्य निकल आता है। जैसे मास प्रवेश के उपरान्त २०वें दिन का दिन प्रवेश निकालना है। सातवें मास का मास प्रवेश का सूर्य ५–५° –३३′–९″ आया था उसमें २० दिन के (२०–१)=१९ अंश जोड़ें तो ५–२४°–३३′ –९″ यह बीसवें दिन का दिन प्रवेश का सूर्य हो गया।

यह सूर्य स्पष्ट कितने इष्ट पर होगा, अब यह जानने की आवश्यकता है। जिसके लिए दिन प्रवेश के समीप का सूर्य पंचांग में खोजो। वह पंक्तिस्थ सूर्य हुआ।=अंतर

$$\frac{\text{दिन प्रवेश सूर्य—पंक्तिस्थ सूर्य}}{\text{पक्तिस्थ सूर्य की गति}} = \pm \text{ दिन घटी पल चालन}$$

पंक्ति से दिन प्रवेश का सूर्य यदि अधिक हो तो + कम हो तो – (ऋण) चालन होता है।

पश्चात जिस प्रकार मास प्रवेश में गणित किया था उसी प्रकार इसका गणित करना। अर्थात् अन्तर की कला बना कर ६० का गुणा कर गति की कला से भाग

देना तो ± चालन प्राप्त होगा।

दिन प्रवेश का सूर्य और पंक्ति के सूर्य का अन्तर निकालना। जिसमें जो घट सके उसे घटाना। पंक्ति से वार प्रवेश का सूर्य अधिक हो तो + कम हो तो-(ऋण) चालन होता है। या वार प्रवेश से पंक्ति घट जावे तो + यदि पंक्ति से वार प्रवेश घट जावे तो चालन-(ऋण) होता है। इस चालन को पंक्ति की वार घटी पल में ± करना तो दिन प्रवेश का समय निकल आता है। पंक्ति का सूर्य जो लिया है उस दिन का वार हुआ और पंक्ति का सूर्य स्पष्ट मिश्र काल या प्रातः का जिस प्रकार दिया हो वह इष्ट घड़ी पल में हुआ। इसमें से चालन ± करना पड़ता है जैसा कि ऊपर उदाहरण देकर बता चुके हैं।

इसके उदाहरण और भी आगे दिये हैं।

वर्ष प्रवेश साधन का समय अज्ञात हो तो कैसे जानना

जिसका जन्म समय ज्ञात न हो उसका वर्ष साधन प्रश्न पर से करते हैं। उस समय प्रश्न समय के लग्न को स्पष्ट करना और उसी लग्न कुण्डली से शुभाशुभ फल बुद्धि से विचार कर कहना। जो प्रश्न लग्न है उसे वर्ष प्रवेश का लग्न समझना।

वर्ष प्रवेश

जब प्रश्न समय के सूर्य के तुल्य अग्रिम वर्ष का सूर्य हो उसी समय वर्ष का प्रवेश समझना। तात्कालिक लग्न और ग्रहों के अनुसार वर्ष में विचार कर शुभाशुभ फल कहना।

मुन्था जानना

प्रश्न लग्न की राशि को छोड़कर अंश कला के समूह को १५० से भाग देना। लब्धि राश्यादि फल प्रश्न लग्न से मुंथा की स्थिति होती है। या तात्कालिक प्रश्न लग्न की लला करके १५० का जाग देना जो लब्धि होगी वह मेषादि से मुंथा जानना।

●

अध्याय ४

(३) वर्ष में मुन्था साधन

वर्ष का फल जानने एवं वर्षेश का निर्णय करने के लिए मुंथा निकालनी पड़ती है।

जन्म लग्न से प्रति वर्ष मुंथा एक-एक राशि आगे चलती है। जन्म लग्न में मानों मुंथा है तो एक वर्ष के उपरांत धन स्थान में फिर एक वर्ष के उपरांत सहज भाव में इत्यादि प्रकार से मुंथा चलती है।

मुंथा के भिन्न-भिन्न नाम=मुंथा, मुथहा, इंथा, अंथिहा आदि है।

मुंथेश=जिस राशि में मुंथा हो उस राशि का स्वामी मुंथेश कहलाता है।

मुंथा की गति=१ वर्ष में=१ राशि	१ राशि=१२ मास
१ मास में=२½ अंश	१ अंश=१२ दिन
१ दिन में=५ कला	१ कला=१० घड़ी
१ घड़ी में=५ विकला	१ कला=१२ घड़ी
	१ विकला=१२ पल

मुंथा साधन की रीति

(१) पहिली रीति

$$\frac{\text{वर्तमान वर्ष संख्या}}{१२}$$

=जन्म लग्न से मुंथा का स्थान

उदाहरण—गत वर्ष ५६, वर्तमान वर्ष ५७

१२)५७(४ जन्म लग्न ३ से ९ शेष तक गिना
४८ तो नवां कुंभ आया। तो कुम्भ
९ शेष राशि पर मुंथा हुई

जन्म लग्न ३+शेष ८=११ राशि

(२) दूसरी रीति

$$\frac{\text{गत वर्ष संख्या}}{१२}$$

=शेषांक+जन्म लग्न
=मुंथा

उदाहरण
गत वर्ष
१२)५६(४
४८
८ शेष

मुंथा ११ राशि कुंभ पर आई

(३) तीसरी रीति

(मेष लग्न से आदि लेकर जन्म लग्न संख्या+गत वर्ष)÷१२=शेष मुंथा

(जन्म लग्न गतवर्ष)÷१२=$\frac{५९}{१२}$=शेष ११ कुंभ=कुम्भ राशि पर मुंथा आई)
३+५६

(४) चौथी रीति=मुंथा स्पष्ट करना और समय निकालना।

जन्म समय लग्न की जो राशि अंश कला विकला होती है ठीक उतनी ही मुंथा की राशि अंश आदि जन्म समय रहती है। जैसे जन्म लग्न २रा०–२०°–१६–२१″ है तो मुंथा भी जन्भ समय २–२०°–१६′–२१″ पर रहेगी। उपरांत वर्ष में १ राशि की गति से मुंथा चलती रहेगी।

यहाँ जन्म लग्न मिथुन के २०°–१६′–२१″ पर है तो मुंथा का जन्म समय भुक्तांश मिथुन के २०°–१६′–२१″ हुआ।

पूर्ण अंश ३०°–८′–०″
भुक्तांश २०–१६–२१ मुन्था का
=भोग्यांश= ९–४३–२९ मिथुन का

अब यह जानना है कि ९°–४३′–२९″ भोग्य होने को कितना समय लगेगा? मुन्था की उपरोक्त बताई हुई गति के अनुसार समय निकालते हैं।

९ अंश + ९ × १२ = १०८ दिन = मास दिन घड़ी पल
३ – १८ – ० – ०
४३ कला = ४३ × १२ = ५१६ घड़ी = ८ – ३६ – ०
३९ पल = ३९ × १२ = ४६८ पल = ७ – ४८
योग = ३ – २६ – ४३ – ४८

अर्थात मा० दि० घ० प० व्यतीत हो जाने के उपरांत मुन्था आगे की राशि कर्क
३ – ३२ – ४३ – ४८
में चली जायगी। अभी मुन्था मिथुन राशि में है।

(५) पाँचवीं रीति मुन्था स्पष्ट करने की

सूर्य का 1° भोगने में मुन्था की गति ५ कला होती है क्योंकि सूर्य एक दिन में लगभग 1° चलता है।

(गताब्द + लग्न स्पष्ट) ÷ १२ = मुन्था स्पष्ट

उदाहरण—जन्म लग्न २रा० – २०° – १६′ – २१″
\+ गताब्द ५६
१२)५८ – २० – १६ – २१(४
४८
शेष १० – २० – १६ – २१ मुन्था

∴ वर्ष प्रवेश के समय मुन्था स्पष्ट १०रा – २०° – १६′ – २१″

मास प्रवेश और दिन प्रवेश में मुन्था स्पष्ट करना

मुन्था की गति प्रतिमास २° – ३०′ है जैसा पहले बता चुके हैं। मास प्रवेश की मुन्था निकालने के लिए, वर्ष के मुंथा स्पष्ट में प्रतिमास २° – ३०′ जोड़ते जाना तो आगे के मास का मुंथा स्पष्ट हो जायगा। जैसे वर्ष प्रवेश के समय मुंथा मिथुन के १०° – १६′ – २१″ पर है यही प्रथम मास प्रवेश का मुंथा स्पष्ट हुआ। दूसरे मास प्रवेश का मुन्था स्पष्ट मिथुन २२° – ४६′ – ४१″ हुआ।

यदि दूसरे मास में दिन प्रवेश की मुन्था निकालनी है तो दूसरे मास प्रवेश के पहिले दिन की मुन्था इस प्रकार हुई।

मिथुन के २२° – ४६′ – २१″ यह दूसरे मास की दिन प्रवेश की मुन्था हुई
\+ ५ – ० मुन्था स्पष्ट मिथुन २२-५१-२१ हुई दिन प्रवेश की
मिथुन २२ – ५१ – २१ मुन्था के लिए प्रति दिन ५ कला जोड़ते जाने से प्रति दिन की मुन्था स्पष्ट हो जाती है इसके और भी उदाहरण आगे दिये हैं।

*

अध्याय ५

लघु पञ्चवर्गी = पञ्चाधिकारी

वर्ष के ५ अधिकारी होते हैं जिनमें से वर्षेश (वर्ष का स्वामी) चुना जाता है।

अधिकारी		अधिकार
(१) जन्म लग्न का स्वामी	= पुरेश =	जो जन्म लग्न का स्वामी है वह लग्नेश है।
(२) वर्ष लग्न का स्वामी	= राजा =	वर्ष प्रवेश में जो लग्न हो उसका स्वामी।
(२) मुन्था पति	= मंत्री =	मुन्था की राशि का स्वामी।
(४) त्रिराशि पति	=रसेश= आदि धातु का स्वामी	दिन रात के ३ विभाग करके नीचे बताये प्रकार से उस भाग का स्वामी निकाला जाता है।
(५) समय पति	=सेनापति=	दिन में वर्ष प्रवेश हो तो सूर्य राशि का स्वामी रात्रि में वर्ष प्रवेश हो तो चन्द्र ,, ,,

(मुंथेश बलवान् हो तो शुभा बलहीन हो तो अशुभ होता है)

लघु पञ्चवर्गी में त्रिराशिपति और समयपति साधन

लघु पंचवर्गी में (१) लग्नेश और (२) वर्षेश प्रगट हो चुका है। (३) मुन्था निकालना भी अभी बता चुके हैं शेष (४) त्रिराशिपति और (५) समयपति का निर्णय करना आगे बताया गया है।

(४) त्रिराशिपति = त्रिराशिप = त्रिराशि स्वामी = त्रिराशीश

वर्ष प्रवेश के लग्न के अनुसार इसका विचार होता है। वर्ष प्रवेश दिन में या रात्रि में हुआ है इसका विचार कर दिन रात्रि के अनुसार त्रिराशीश का निर्णय करन

त्रिराशीश चक्र

वर्ष प्रवेश के	मेष	वृष	मि०	कर्क	सिंह	कन्या	तुला	वृ०	धनु	मकर	कुम्भ	मीन
लग्न की राशि	१	२	३	४	५	६	७	८	९	१०	११	१२
दिन में स्वामी	सूर्य	शुक्र	शनि	शुक्र	गुरु	चन्द्र	बुध	मंगल	शनि	मंगम	गुरु	चन्द्र
रात्रि में स्वामी	गुरु	चंद्र	बुध	मंगल	सूर्य	शुक्र	शनि	शुक्र	शनि	मंगल	गुरु	चन्द्र

यहाँ राशि चक्र के ३ भाग कर उसके अनुसार राशियों के त्रिराशिप बतलाये हैं। इसमें दिन रात्रि का विचार दिनमान रात्रिमान से करना। पहिले ४ राशियों में दिन में जो स्वामी होते हैं वे ही आगे की ४ राशियों में क्रमानुसार रात्रि में स्वामी होते हैं और जो रात्रि के स्वामी पहिले की ४ राशियों में हैं वे ही आगे की ४ राशियों में क्रमानुसार दिन के स्वामी होते हैं। परन्तु अन्त की ४ राशियों में दिन और रात में भी वे ही स्वामी रहते हैं जैसा ऊपर के चक्र से प्रगट होगा।

वर्ष प्रवेश के समय ही उसका विचार देखना कि दिन में या रात्रि में वर्ष प्रवेश हुआ है। वर्ष प्रवेश का जो लग्न हो उसका त्रिराशिप दिन या रात्रि में कौन होता है उपरोक्त चक्र के अनुसार खोज लेना। जैसे वर्ष प्रवेश लग्न वृश्चिक है। वर्ष प्रवेश में इष्ट ४५–१५–४२″ है दिनमान २९–५५ है। इससे प्रकट हुआ कि रात्रि में वर्ष प्रवेश हुआ है क्योंकि इष्ट दिनमान से अधिक है। दिनमान २९–५५ तक है जब

दिन का अंत होकर रात्रि आरम्भ हो जाती है। अब चक्र देखा। प्रवेश लग्न वृश्चिक का रात्रि स्वामी शुक्र दिया है। इस कारण त्रिराशीश शुक्र हुआ।

(५) समय पति

वर्ष प्रवेश दिन में = सूर्य राशि पति
वर्ष प्रवेश रात्रि में= चन्द्र राशि पति

जब वर्ष प्रवेश हो तो वर्ष प्रवेश के समय अनुसार वर्ष लग्न निकालकर वर्ष कुण्डली बना लेना। फिर उस कुण्डली में देखना सूर्य और चन्द्र किस-किस राशि पर हैं। यदि वर्ष प्रबेश दिन में हुआ है तो सूर्य राशीश (सूर्य जिस राशि पर है उस राशि का स्वामी) समय पति होगा। यदि वर्ष प्रवेश रात्रि में हुआ है तो चन्द्र राशीश (चन्द्र जिस राशि का स्वामी है) समय पति होगा। जैसे वर्ष प्रवेश का लग्न वृश्चिक है। इस पर से वर्ष प्रवेश के समय की ग्रह स्थिति पर से लग्न कुण्डली बनाई गई वह वर्ष प्रवेश की कुण्डली कहलायगी। मान लो उस वर्ष प्रवेश कुण्डली में कन्या का चन्द्र और मीन का सूर्य है। देखा अपना वर्ष प्रवेश रात्रि में हुआ है। इस कारण चन्द्र की राशि का स्वामी समय पति होगा। यहाँ चन्द्र कन्या राशि का है। कन्या राशि का स्वामी बुध होता है तो बुध समय पति हुआ।

मास प्रवेश और दिन प्रवेश के समय का भी पञ्च पञ्च वर्गी अधिकारी निकाला जाता है, परन्तु मास प्रवेश में ६ और दिन प्रवेश में ७ अधिकारी होते हैं जिसका वर्णन आगे दिया है।

अब वर्ष प्रवेश की कुण्डली बनाने के लिए ग्रह स्पष्ट कर लग्न स्पष्ट और भाव स्पष्ट करके वर्ष प्रवेश कुण्डली बनाते हैं। ग्रह स्पष्ट लग्न स्पष्ट और भाव स्पष्ट करने की रीति ज्योतिष शिक्षा के गणित खण्ड में बता चुके हैं।

अध्याय ६

वर्ष प्रवेश कुण्डली बनाने को ग्रह स्पष्ट

वर्ष प्रवेश शाके १८६७ सम्वत २००२ चैत्र कृष्ण २ मंगलवार इष्ट ४८घं०-१५ प०-४२"-वि० दिनांक १९ मार्च १९४६ ई० है। उत्तरायण, वसन्त ऋतु। इस समय का ग्रह स्पष्ट करते हैं। पंक्तिस्थ ग्रह जबलपुर के लोकविजय पंचांग से।

फाल्गुन शुक्ल १५ रविवार की पंक्ति इष्ट%

	रा ० ′ ″			
१ सूर्य	११–२ –४८–५०	गति	५९–४९	
२ मंगल	२–२२–२१–३२	,,	१९–२६	
३ बुध	११–१६–३३–५९	,,	१०३–८	उदय
४ गुरु	६– ५–५९–५५	,,	५–२८	वक्री
५ शुक्र	११–१४– ९–१३	,,	७५–१७	उदय
६ शनि	२–२६–१६–४०	,,	०–४१	वक्री
७ राहु	२– २–२३–३१	,,	३–११	

चन्द्र=सोमवार को=उ० फा०= १४–१९
मंगलवार=हस्त १८–२६
बुधवार =चित्रा ३३–३९
मंगलवार=चैत्र कृ०२ के ५१–२३ उपरांत तुला का चन्द्र है मंगलवार को द्वितीया ४९–१ तक है मंगलवार को प्रातः रवि११–४° –४८′–४″ है गति ५९–४४ है।

मंगलवार को बुध वक्री २७–१३ के उपरांत हुआ है।

(१) सूर्य स्पष्ट

घ० प० वि०

इष्ट ४५ १५ ४२॥
× गति ५९ ४४

३० ४८
११ ०+२२
३३ ०
४१ १८
१४ १५
४५ १५

४५ ३ ३७ ४९ १०
चालन ४५′–३″+

प्रातः सूर्य ११ ४° ४८′ ४″
+ चालन ० ० ४५ ३

सूर्य स्पष्ट=११ ५ ३३ ७

सूर्य स्पष्ट रा०११ ५° ३३′ ७″

(२) चन्द्र स्पष्ट करना

पूर्ण घड़ी=६०–०
मंगलवारको हस्त १८–२६
,, शेष चित्रा=४१–३३
बुधवार को चित्रा +२३–३९
भभोग चित्रा का=६५–१३

घ० प० वि०
इष्ट=४५–१५–४२॥ मंगलवार
गत हस्त १८–२६
शेष चित्रा=२६–४९–४२॥
=९६५८२॥ विपल

भभोग चित्रा=घ० ६५ प० १३
=२३४७८० विपल

$$\frac{\text{भयात ९६५८२॥} \times \text{६०}}{\text{भभोग २३४७८०}} = \frac{\text{५७९४९५०}}{\text{२३४७८०}}$$

=घ० प० वि० षष्टि प्रमाण भुक्ति
२४ ४० ५६

२३४७८०)५७९४९५०(२४ घटी
४६९५६०
१०९९३५०
९३९१२०
१६०२३०×६०
२३४७८०)९६१३८००(४० पल
९३९१२०
२२२६००×६०

गत नक्षत्र हस्त १३×६०=७८० गत नक्षत्र घड़ी

घ० प० वि
गत नक्षत्र घड़ी ७८० ० ०
+षष्टि प्रमाण भुक्ति २४–४०–५६
८०४–४०–५६
×२
९)१६०९–२१–५२(१७८ अंश =चन्द्र स्पष्ट=१७८°–४९′–५″
९
७०
६३
७९
७२
७×६०+२१=४४१
९)४४१(४९
३६
८१
८१
०
९)५२(५″
४५
७

३०)१७८°(५ चंद्र स्पष्ट=राशि५–२८°–२५′–५″
१५०
२८

२३४७८०)१३३५६०००(५६ विपल
११७३०००
१६१७०००
१४०८६८०
२०८५२०

चंद्र गति साधन

२८८००००/३९१३ पल =७३६′–०″

३९१३)२८८००००(७३६ कला
२७३९१
१४०९०
११७३९
२३५१०
२३४७८
३२×६०
३९१३)१९२०(०

राशि ०
चंद्र स्पष्ट=५–२८–४९′–५″

गति =७३६′–०″

अब पंचतारा स्पष्ट करने को चालन बनाना

इष्ट मंगल =वार घ० प० वि०
३–४५–१५–४२॥

पंक्ति के आगे का इष्ट है इससे चालन+हुआ ।

पंक्ति रविवार = १—०—०—०

अंतर=२–४५–१५–४२॥ चालन+

मंगल साधन

चालन २–४५–६५–४२।।

मंगल गति × १९–२६

१८ १२

६ ३०

१९ ३०

० ५२

१३ १८

४ ४५

१४ १५

० ३८

० ५३ ३१ ३५ ६ १२

•

चालन०–५३′–३१″+

रा०

प्रातः मंगल २–२२′–२१″–३२

+ चालन ०–५३–३१

मंगल स्पष्ट=२–२३–१५–३

वा०घ०प०

बुध मार्गी चालन २–२७–१३

× बुधगति ×१३–८

१ ४४

३ ३७

० १३

२ ४९

५ ५१

० २४

० ३२ १३ २६ ४४

•

=चालन ०–३२′–१३″ +

बुध स्पष्ट

०

११–१७–२′–१५″

बुध स्पष्ट करना

बुध स्पष्ट करने में विशेष बात यह है कि उसी दिन (मंगलवार को २७–१३ तक तो मार्गी है इसके बाद वक्री हुआ। इससे मंगलवार के २७–१३ तक की गति जोड़नी पड़ेगी और आगे की गति घटानी पड़ेगी।

बुध चालन

वार घ० प० वि०

२–४५–१५–४२

मार्गी २–२७–१३

शेष ०–१८–२–४२ वक्री

बुध मार्गी २–२७–१३–०

,,वक्री शेष ०–१८– २–४२

चालनयोग=२–४५–१५–४२

घ० प०वि०

वक्री बुध का चालन १८–२–४२

× बुध गति १३–८

५३८

० १६

२ २४

९ ६

० ०६

३ ५४

३ ४६ ५९ २७ ३६

चालन ३′–५७″ ऋण

रा

प्रातः बुध ११–१६°–३३′–५९″

मार्गी चालन + ०–३२–१३

११–१७– ६–१२

वक्री चालन ऋण ३–५७घटाया

बुध स्पष्ट =११–१७– २–१५

गुरु साधन

वा० घ० प० वि०

चालन २-४५-१५-४२

वक्री गति गुरु की × ५-२८

---

१९ ३६

७ ०

२१ ०

० ५६

---

३ ३०

१ १५

३ ४५

० १०

---

० १५ ३ २५ ४९ ३६

चालन ऋण वक्री होने से ०°-१५'-३"

प्रातः गुरु ६-५°-५९'-५५"

ऋण चालन ०-१५- ३

शेष गुरु स्पष्ट ६-५-४४-५२

गुरु स्पष्ट ६-५°-४४'-५२"

शनि साधन वक्री

चालन २-४५-२५-४२

×शनि गति ०-४१

---

२८ ४२

१० १५

३० ४५

१ २२

---

० ० ० ० ०

---

० १ ५२ ५५ ४३ ४२

=१'-५३" चालन ऋण

शुक्र साधन गति७५°-१७"=१°-१५'-१७"

वा० घ० प० वि०

शुक्र चालन २-४५-१५-४२

शुक्र गति × १-१५-१७

---

११ ४५

४ १५

१२ ४५

० ३४

---

१० ३०

३ ४५

११ १५

० ३०

---

० २ ४५ १५ ४२

---

० ३ २७ २१ २६ ५६ ५४

=३°-२७'-२१" चालन +

प्रातः शुक्र ११-१४°-९'-१३"

चालन + ३-२७-२१

शुक्र स्पष्ट=११-१७-३६-३४

शुक्र स्पष्ट ११-१७°-३६'-३४"

राहु साधन

चालन २-४५-१५-५२

राहु गति × ३-११

---

७ ४२

२ ४५

८ १५

० २२

---

२ ६

० ४५

२ १५

० ६

---

० ८ ४६ ४ ५८ ४२

=८'-४६' चालन ऋण

प्रातः शनि २–२६°–१६'–४०" वक्री
चालन ऋण– १–५३
शेष २–२६–१४–४७
शनि स्पष्ट २–२६°–१४'–४७"

प्रातः राहु २ ·२'–२३'–३१"
चालन ऋण ८ ४६
शेष= २–२–१४–४५
राहु स्पष्ट रा० २–२°–१४'–४५"
केतु स्पष्ट ८–२–१४–४५

ग्रह स्पष्ट

(१) सूर्य ११ रा.—५°–३३'–७" गति ५९'–४४"
(२) चन्द्र ५ ,, २८–४९–५ — ७३६–०
(३) मंगल २ ,, २३–१५–३ — १९–२६
(४) बुध ११ ,, १७– २–१५ — १३–८
(५) गुरु ५ ,, ५–४४–५२ — ५–२८ वक्री
(६) शुक्र ११ ,, १७–३६–३४ — ७५–१७
(७) शनि २ ,, २६–१४–४७ — ०–४१ वक्री
(८) राहु २ ,, २–१४–४५ — ३–११
(९) केतु ८ — २–१४–४५ — ३–११

अयनांश साधन (ग्रह लाघवीय)

शाके १८६७
–४४४
६०)१४२३(२३ अंश
१२०
२२३
१८७
४५ कला

चैत्र कृष्ण २ का इष्ट है।
चैत्र शुक्ल १ से फा० सुदी १ तक=११ मास
फाल्गुन शु० १ से चैत्र कृष्ण १ तक=
१५+१=१६ दिन
११ मास × ५"=५५"
+१६ दिन × $\frac{1}{6}$"=$\frac{16}{6}$=२]=चालन ५७"

वर्ष आरंभ का=२२°–४३'–०"
चालन –५७
इष्ट अयनांश= २३°–४३'–५७"

∴ अयनांश २३°–४३'–५७"

लग्नसाधन

स्पष्ट सूर्य ११–५°–३३'–७"
+ अयनांश २३–४३–५७
=सायनसूर्य =११–२९ –१७–४
भोग्यांश मीन ०°–४२'–५६"
× मीन स्वोदय २२८
० ४५६ १३६८
९१२ ११४०
९५७६ १२७६८
+१६३ +२१२ =४८
९७८८
=१६३–८–४८ ÷ ३०=५–२६–१७–३ भोग्य पल मीन

पूर्णांश ३०°–०'–०" नरसिंहपुर का स्वोदय
भुक्तांश २९ –१७–४ राशि
शेषभोग्यांश= ०–४२–५६ मीन

३०)१६३–८–४८(५
१५०
१३–८–४८
× २
२६–१७–३६

राशि	उदय पल
१– २	=२२८
२–११	२५८
३–१०	=३०६
४–९	=३४०
५–८	=३३९
६–७	=३२९

इष्ट ४५घ.–१५प.–४२वि.
× ६०
२७०० + १५
=२७१५–४२"

इष्ट पल २७१५–४२–३०
—भोग्य मीन ५–२६–१७–३६
२७१०–१६–१२–२४
मेष से कन्या तक } १८००
९१०
तुला ३२९
५८१
वृश्चिक ३२९
२४२–१६–१२–२४
धन ३४० अशुद्ध
सायन लग्न धन २१°–२२′–३६″
,, ,,=रा० ८ २१–२१–३६
—अयनांश २३–४३–५७
=निरयन लग्न=७ –२७–३८–३९
=लग्न स्पष्ट ७ –२७°–३८′–३९″

शेष २४२–१६–१२–२४
×३०
१२ ०
६ ०
८ ०
७२६०
७२६८ ६ १२ ०
३४०)७२६८–६–१२(२१°
धन ६८०
४६८
३४०
१२८×६०+६
३४०)७६८६(२२′
६८०
८८६
६८०
२०६×६०+१२
३४०)१२३७२(३५″
१०२०
२१७२
२०४०
१३२

दशम भाव बनाने को नत साधन

दिनमान=२९–५५ रात्रिमान=३०–५ दिनमान=२९–५५
अर्द्ध =१४–५७॥ अर्द्ध =१५–२॥ +रात्रिअर्द्ध=१५–२॥
४४–५७॥

इष्ट ४५–१५–४२॥ है। यह अर्द्ध रात्रि के बाद का है। इस कारण पूर्वनत हुआ इससे उक्त रीति से गणित करना पड़ेगा।

६०–० –०
—इष्ट ४५–१५–४२॥
शेषरात्रि=१४–४४–१७॥
+ दिनार्द्ध=१४–५७–३०
=पूर्वनत २९–४१–४७॥

२९–४१–४७॥
×६०
१७४०+४१
+१७८१–४७॥
पूर्वनत पल

लंकोदय राशि	उदय पल
१–६–७–१२=	२७८
२–५–८–११=	२९९
३–४–९–१०=	३२३

दशम भाव साधन

सायन सूर्य ११-२९°-२७'४"
भुक्तांशमीन २९"-२७'-४"
× मीन लंकोदय २७८
२५०२ १९४६ १११२
५५६ २७८
८०६२ ४७२६ १११२
+७९ +१८ =३२
८१४१ ४७४४
=४
=८१४१--४--३२ ÷ ३०
=२७१--२२--९--४ भुक्त पल मीन

३०)८१४१-४-३२(२१७
६०
२१
२१०
४१
३०
११--४--३२
×३
२२--९--४
कुम्भ २९१
कमर ३२३
धन ३२३
वृश्चिक २९९
योग=१२४४

पूर्वनत १७८१-४७-३२
भुक्तमीन २ १-२२- ९-४
१५१०-२५-२०-५५
कुम्भ से वृश्चिक } १२४४
शेष=२६६-२५-२०-५६
तुला २७८ अशुद्ध

शेष २६६--२५--२०--५६
×३०
२८ ०
१० ०
१२ ३०
७९८०
७९९३ ४० २८ ०
भुक्त तुला २८°--४५--२"
तुला ७--०°--०'--०"
२८--४५--२
सायन दशम=६--१--१४--५८
अयनांश २३--४३--५७
=दशम= ५--०--३१--१

तुला २७८)७९९२-४०-२८(२८°
५५६
२४३२
२२२४
२०८ × ६० + ४०
२७८)१२५२०(४५'
११२
१४००
१३९०
१० × ६० + २८
२७८)६२८(२"
५५६
७२
दशम भाव ५--०°--३१--१"

समस्त भाव एवं संधियों का साधन

लग्न + ६=सप्तम भाव १-२७°-३८-३९ दशम+५=चतुर्थ भाव=११-७°-३१'-१"

चतुर्थ से लग्न घटाकर उसका षष्ठांश कर लग्न में जोड़ते जाने से चतुर्थ भाव तक बन जाता है और सप्तम से चतुर्थ घटाकर उसका षष्टांश कर चतुर्थ के आगे

जोड़ने से संधि सहित स्पष्ट भाव और संधि निकल आती हैं। इनमें ६–६ राशि जोड़ने से सप्तम से द्वादश भाव संधियों सहित निकल आते हैं।

भाव चक्र

	१		२		३		४		५		६	
भाव	लग्न	संधि	धन	संधि	सहज	सं०	चतुर्थ	सं०	पंचम	सं०	षष्टम	संधि
राशि	७	८	९	९	१०	१०	११	११	०	०	१	१
अंश	२७	१४	०	१७	४	२०	७	२०	४	१७	०	१४
कला	३८	१७	५६	३४	१३	५२	३१	५२	१३	३४	५६	१७
विकला	३९	२२	६	५०	३३	१७	१	१७	३३	५०	६	२३
प्रति वि०	०	४०	२०	०	४०	२०	०	२०	४०	०	२०	४०

	७		८		९		१०		११			
भाव	सप्तम	सं०	अष्टम	सं०	नवम	सं०	दशम	सं०	लाभ	सं०	व्यय	संधि
राशि	१	२	३	३	४	४	५	५	६	६	७	७
अंश	२७	१४	०	१७	४	२०	७	२०	४	१७	०	१४
कला	३८	१७	५६	३४	१३	५२	३१	५२	१३	३४	५६	१७
विकला	३९	२२	६	५०	३३	१७	१	१७	३३	५०	६	२३
प्रति वि०	०	४०	२०	०	४०	२०	०	२०	४०	०	२०	४०

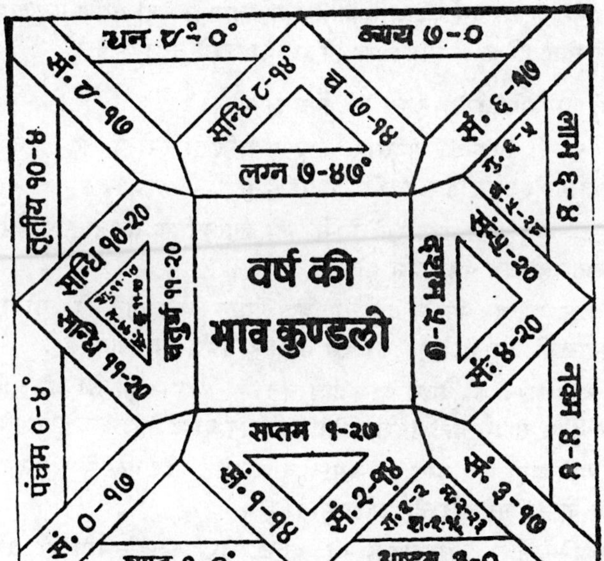

साधारण वर्ष कुण्डली

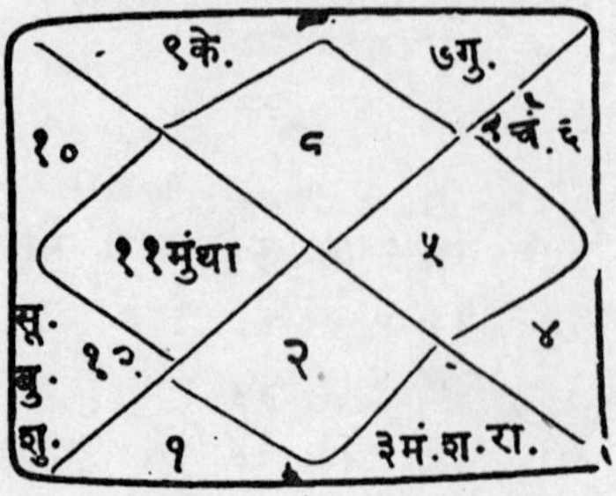

चलित वर्ष कुण्डली

वर्षेश निर्णय के लिए लघु पंचवर्गी चक्र

(१) जन्म लग्नेश	(२) लग्नेश	(३) मुंथेश	(४) त्रिराशि पति	(५) समय पति
बुध	मंगल	शनि	शुक्र	बुध

(१) जन्म लग्न मिथुन है इस कारण उस का स्वामी बुध जन्म लग्नेश हुआ (२) वर्ष लग्न वृश्चिक है इससे उसका मंगल वर्ष लग्नेश हुआ (३) मुंथा कुंभ राशि में है जिसका स्वामी शनि मुंथेश हुआ (४) रात्रि को वर्ष प्रवेश हुआ है और वर्ष लग्न वृश्चिक है। चक्र के अनुसार रात्रि को वृश्चिक का त्रिराशि पति शुक्र होता है। (५) रात्रि को वर्ष प्रवेश होने के कारण समय पति चन्द्रमा की राशि कन्या का स्वामी बुध हुआ।

अब इनमें से ही वर्ष का अधिकारी चुना जायगा जो वर्षेश कहलायगा। मास प्रवेश और दिन प्रवेश के अधिकारी निकालना आगे बताया है।

वर्षेश (वर्ष का अधिकारी) चुनने का नियम

लघु पंचवर्गी चक्र के अनुसार लघु पंचाधिकारियों में से कौन ग्रह वर्ष का अधिकारी होगा इसका विचार नीचे दिया है।

(१) इन लघु पंचाधिकारियों में से जो ग्रह अधिक बलवान् हो और वह लग्न को भी देखता हो तब वह वर्षेश होगा।

यदि लग्न को वह ग्रह न देखे तो वह अधिक बली होने पर भी वर्षेश नहीं हो सकता हीन बली ग्रह भी लग्न को देखे तो वह वर्षेश हो सकता है।

(२) यदि लग्न को देखने वाले ग्रह बल में बराबर हो तो जो अधिकारी लग्न को अधिक दृष्टि से देखे वही वर्षेश होगा। त्रिपाद दृष्टि से अधिक दृष्टि होनी चाहिए।

(३) यदि ग्रहों की लग्न पर समान दृष्टि हो और बल में भी समान हों या वे सब निर्बल हों तो मुंथेश्वर ही वर्षेश होता है।

मतांतर—पाँचों अधिकारियों की दृष्टि और बल समान हो तो समय पति (दिन में सूर्य राशीश, रात्रि में चन्द्र राशीश) वर्षेश होता है।

(४) कोई भी अधिकारी वर्ष लग्न को न देखे तो उनमें से जन्म लग्न को देखने वाला ग्रह वर्षेश हो जाता है।

(५) यदि कोई ग्रह जन्म लग्न या वर्ष लग्न को भी न देखे तो मुंथेश चाहे वह अति निर्बल या अल्प बली हो तो भी वर्षेश हो जाता है।

(६) यदि लग्न पर किसी अधिकारी की दृष्टि न हो, वर्ष लग्न सम्बन्धी राशि, जन्म लग्न में किसी अधिकारी की दृष्टि में हो तो वह वर्षेश हो जाता है।

(७) चन्द्रमा वर्षेश नहीं हो सकता।

(८) उपरोक्त निर्णय के अनुसार चन्द्र वर्षेश आवे तो चन्द्र जिस ग्रह के साथ इत्थशाल योग करता हो वही ग्रह वर्षेश होगा यदि किसी ग्रह के साथ चन्द्र का इत्थशाल न हो तो वर्ष लग्न में जहां चन्द्रमा हो उस चन्द्र राशि का स्वामी वर्षेश होता है।

मास प्रवेश और दिन प्रवेश में लघु पंचाधिकारी

जिस प्रकार वर्ष प्रवेश में पंचाधिकारी निकाल कर वर्षेश निकालते हैं। उसी प्रकार मास प्रवेश में ६ अधिकारी निकाल कर उसका मास पति चुना जाता है। और दिन प्रवेश में ७ अधिकारी निकाल कर दिन पति चुना जाता है।

वर्ष प्रवेश में ५ अधिकारी	मास प्रवेश के ६ अधिकारी	दिन प्रवेश के ७ अधिकारी	अधिकारियों का स्पष्टीकरण
१ जन्म लग्नेश	१ जन्म लग्नेश	१ जन्म लग्नेश	(१) जन्म की लग्न कुंडली में लग्न स्वामी
२ वर्ष लग्नेश	२ वर्ष ,,	२ वर्ष ,,	(२) वर्ष की ,, ,, ,, ,,
	३ मास लग्नेश	३ मास ,,	(३) मास की ,, ,, ,, ,,
		४ दिन ,,	(४) दिन की ,, ,, ,, ,,
३ मुंथेश	४ मुंथेश	५ मुंथेश	(५) जिस राशि में मुंथा हो उसका स्वामी
४ त्रिराशीश	५ त्रिराशि पति	६ त्रिराशि प०	(६) दिन रात्रि अनु. वर्ष लग्न अनु. स्वा.
५ समय पति	६ समय पति	७ समय पति	(७) वर्ष प्रवेश दिन का सूर्य राशीश रात्रि का चन्द्र राशि पति

इनका उदाहरण आगे दिया है। वर्ष प्रवेश, मास प्रवेश और दिन प्रवेश में भी ग्रह स्पष्ट और भाव स्पष्ट करना पड़ता है। चलित ग्रह में पंचवर्गी बल और द्वादश वर्गी बल साधन करना उपरांत षड़ेश (मास के ६ अधिकारी), सप्तेश (दिन के ७ अधिकारी) निकाल कर वर्षेश, मासेश और दिनेश का चुनाव करना।

इससे प्रगट हुआ कि वर्षेश आदि का चुनाव करने के लिए ग्रह मैत्री, ग्रह दृष्टि और ग्रह बल निकालने की आवश्यकता है। जिन सब के विचार के उपरांत वर्षेश आदि का चुनाव होता है।

अध्याय ७

वृहत्पंचवर्गी बल साधन को ग्रह मैत्री

ग्रहों का बल जानने के लिए वृहत्पंचवर्गी बल साधन करना पड़ता है। ५ प्रकार से यह बल साधन होता है और ग्रहों की मैत्री के अनुसार बल गिना जाता है।

इस कारण इसके निमित्त पहिले मैत्री साधन करते हैं।

ग्रह मैत्री

मैत्री ३ प्रकार की होती है। वर्तमान ग्रह परिस्थिति के अनुसार तात्कालिक मैत्री होती है। स्थिर मैत्री को नैसर्गिक मैत्री कहते हैं। तात्कालिक और नैसर्गिक मैत्री मिल कर पंचधा मैत्री बनती है। कोई केवल तात्कालिक मैत्री पर से ग्रह बल साधन करते हैं।

(२) तात्कालिक मैत्री विचार

ताजिक शास्त्राचार्य हिज्जाल के मत से

ग्रह अपने भाव से	दृष्टि
३–५–९–११ भाव को	मित्र दृष्टि से देखता है
२–६–८-१२ भाव को	सम दृष्टि से देखता है
१–४–७–१० भाव को	शत्रु दृष्टि से देखता है

नीलकठी मत से तात्कालिक मैत्री

मैत्री	भाव पर	दृष्टि	मैत्री
मित्र	५–९ भाव पर	प्रत्यक्ष स्नेहा दृष्टि	तात्कालिक अधि मित्र
	३–११ भाव पर	गुप्त स्नेहा ,,	,, मित्र
शत्रु	४–१० भाव पर	गुप्त बैरा ,,	,, शत्रु
	१–७ भाव पर	प्रत्यक्ष बैरा ,,	,, अधि शत्रु
सम	२,६,८,१२ भाव पर	दृष्टि नहीं है।	,, सम

नैसर्गिक (स्थिर) मैत्री ताजिक में

ग्रह	सूर्य	चन्द्र	मंगल	बुध	गुरु	शुक्र	शनि
मित्र	चन्द्र	सूर्य	सूर्य	शुक्र	सूर्य	बुध	बुध
	मंगल	मंगल	चन्द्र	शनि	चन्द्र	शनि	शुक्र
	गुरु	गुरु	गुरु		मंगल		
शत्रु	बुध	बुध	बुध	सूर्य	बुध	सूर्य	सूर्य
	शुक्र	शुक्र	शुक्र	चन्द्र	शुक्र	चन्द्र	चन्द्र
				मंगल		मंगल	मंगल
	शनि	शनि	शनि	गुरु		गुरु	गुरु

कई पुस्तकों में दृष्टि के अनुसार ही तात्कालिक मैत्री पर से ही वृहत्पंचवर्गी बल निकाला है। उपरोक्त नैसर्गिक मैत्री और पंचधा मैत्री का उपयोग नहीं किया। ताजिक में जातक से भिन्न प्रकार की स्थिर मैत्री दी है।

मैत्री साधन

चलित वर्ष कुंडली

३—५—९—११ भाव में (मित्र)

२—६—–—१२ ,, (सम)

१—४—७—१० ,, (शत्रु)

तात्कालिक मैत्री

ग्रह	सू.	चं.	मं.	बु.	गु.	शु.	श.	रा.
मित्र	मं. श. रा.	०	सू. बु. शु.	मं. श. रा.	०	मं. श. रा.	सू. बु. शु	सू. बु. शु.
सम	चं. गु.	सू. बु. शु.	०	चं. गु.	सू. बु. शु.	चं. गु.	०	०
शत्रु	बु. शु.	गु. मं. श. रा.	गु. चं श. रा.	सू. श्.	चं. मं. श. रा.	सू बु.	मं. रा. चं. गु.	मं. श. चं. गु.

उपरोक्त स्थिर मैत्री एवं तात्कालिक मैत्री हुई।

पंचधा मैत्री

ग्रह	सू.	चं.	मं.	बु.	गु.	शु.	श.	रा.
अधिमित्र	मं.	०	सू.	श. रा.	०	श. रा.	बु. शु	बु. शु.
मित्र	चं. गु	सू.	०	०	सू.	०	०	०
सम	श. रा.	मं. गु.	चं. गु. बु. मु.	शु. मं.	चं. मं.	बु. मं.	रा. सू.	श.
शत्रु	०	बु. शु.	०	चं. गु.	बु. मु.	चं. श.	०	सू.
अधिशत्रु	बु. मु.	श. रा.	श. रा-	सू.	श. रा.	सू.	चंमं.गु.	चं.मं.गु.

अध्याय ८

ग्रहों की दृष्टि विचार

ताजिक में भिन्न प्रकार से ग्रहों की दृष्टि का विचार होता है। साधारण प्रकार से ग्रहों की ताजिक में इस प्रकार दृष्टि होती है—

दृष्टि प्रकार	दृष्टि भेद	किस भाव पर	दृष्टि बल	फल	
मित्र दृष्टि	प्रत्यक्ष स्नेहा	५–९	४५′कला	कार्यसिद्धि, मिलाप	बलवान दृष्टि
	गुप्त स्नेहा	३	४०′	कार्य सिद्ध करे	मित्र दृष्टि
		११	१०′	स्नेह बर्द्धनी	
शत्रु दृष्टि	गुप्त बैरा	४–१०	१५′	कार्य नाश, संग्राम करावे	दुजरिया, मित्र व घातकारी, शोक संतोष दायक
अति शत्रु दृष्टि	प्रत्यक्ष बैरा	७	६०′	,, ,,	विवाह, विग्रह कारी
	,, ,,	१	एक साथ		

२, ६, ८, १२ भाव पर दृष्टि नहीं होती=० दृष्टि। शत्रु दृष्टि से ३–११ दृष्टि-बली है। ३–११ से ५–९ दृष्टि अति बली है।

दृष्टि बल

दृष्टि	पूर्ण	त्रिपाद	त्र्यंश	षष्ठ्यंश	पदैल (पाव)
कला बल	६०′	४५′	४०′	१०′	१५′

दृष्टि में दक्षिण वाम विचार

लग्न से षष्ठ स्थान तक=पूर्वार्द्ध=दक्षिण भाग

सप्तम से व्यय ,, ,, =परार्द्ध=वाम भाग

वाम भाग में जो ग्रह हो उसकी दृष्टि वाम दृष्टि कहलाती है जैसे कोई ग्रह चतुर्थ स्थान में हो और दूसरा ग्रह दशम स्थान में हो तो चतुर्थ स्थान वाले ग्रह की दृष्टि दशम स्थान वाले ग्रह के ऊपर बलहीन होगी क्योंकि वह दक्षिण दृष्टि है। परार्द्ध (वाम भाग) में स्थित ग्रह की दृष्टि पूर्वार्द्ध में स्थित ग्रह पर हो तो वह दृष्टि अधिक बलवान् होती है। जैसे दशम में कोई ग्रह हो वह वाम भाग में होने से चतुर्थ पर (दक्षिण भाग पर) दृष्टि हो तो वह वाम दृष्टि बलबान् होती है।

मतांतर—कोई कहते हैं ३–४–५ वाम दृष्टि है, ९–१०–११ दक्षिण दृष्टि है। भचक्र पश्चिमाभिमुख होने से सब ग्रह पूर्वाभिमुख हो जाते हैं।

जो भाग उदित नह हुआ वह दक्षिण भाग है। जो भाग उदित हुआ है वह वाम भाग है। चक्र के आदि में ग्रहों की वाम दृष्टि होती है। अंत में दक्षिण दृष्टि होती है। इन दोनों में से दक्षिण दृष्टि अति बलवान होती है।

ग्रहों की दृष्टि

दृष्टि प्रकार	भाव पर	दृष्टिकला	विश्वा	फल
१ पाद दृष्टि=$\frac{1}{4}$	६-११	१५	५	सुख, लाभ, स्नेह और बुद्धि बढ़ाने वाली।
अर्द्ध ,, =$\frac{1}{2}$	४-१०	३०	१०	गुप्तादि भेददृष्टि, मित्रों में भेद करे, विवाद
पौन ,, =$\frac{3}{4}$	५=९	४५	१५	बढ़ावे, धन लाभ, सुख तथा निरंतर मित्रों
पूर्ण ,, =१	७	६०	२०	की वृद्धि करे, सदा अरिष्टकारक है, बुद्धि विवाद और शत्रु वृद्धि करे।

नीलकंठ मत से दृष्टि

दृष्टि प्रकार	भाव पर	दृष्टि कला	नाम	फल
१ पादोन (पौन)	५-९	४५′	प्रत्यक्ष स्नेहा	परस्पर प्रीत, सुख, धन सम्पत्ति देवे, कार्य सिद्ध करे।
२ तृतीयांशेन	३-११	४०′	गुप्त स्नेहा	स्नेह बढ़ाने वाली, सिद्धि करे धन, सुख आदि देवे।
३ चतुर्थांश	४-१०	१५′	गुप्त बैरा	
४ पूर्णकला	७	६०′	प्रत्यक्ष बैरा	कार्य नाश अनिष्ट फल कलह हो।
५ एक स्थान में ग्रह	१	०	अत्यंत बैरा	

उपरोक्त दृष्टि का फल

(१) यह बलवान दृष्टि है। मिलाप इसका नाम है। परस्पर प्रीत देती है स्वजनों आदि को सुख, धन, सम्पत्ति आदि देती है। यह भाव जन्य सम्पूर्ण कार्य साधन करती है।

(२) यह षड भाग १०-० दृष्टि होती है। सर्वत्र कार्य सिद्ध करने वाली है।

यह स्नेह बढ़ाने वाली है। पुत्र सुख धन और आयु देती है। ३-४-५ तीनों दृष्टि क्षुत संज्ञक हैं। अनिष्ट फल देती हैं। कार्य नाश करती हैं। संग्राम फल आदि क्लेश देती है।

ग्रह दृष्टि फल

पाप ग्रहों पर पाप ग्रहों की दृष्टि हो और शुभ ग्रहों की शुभ ग्रह पर दृष्टि हो तो यथोक्त फल देते हैं। इसके विपरीत आधा फल देते हैं। भाव अपने स्वामी या गुरु बुध शुक्र से युक्त हो और ये ग्रह उस भाव को देखते हों तो वह भाव पूर्ण फल देता है। अन्य ग्रहों से युक्त या दृष्ट से उतना फल नहीं देते।

ताजिकोक्त दृष्टि साधन

जातक में बताये दृष्टि साधन से ताजिक में भिन्न प्रकार का दृष्टि साधन नीलकंठ ने बताया है।

द्रष्टाग्रह=जो देखता है जिसकी दृष्टि जाननी है। (दृश्य-दृष्ट)=शेष अंक दृश्य=जिसे देखता है। जिस पर दृष्टि है।

शेष राशि	१	२	३	४	५	६	७	८	९	१०	११	१२	राशि
ध्रुवांक	०	४०	१५	४५	०	६०	०	४५	१५	१०	०	६०	कला

जैसे शेष राशि १, ५, ७, ११ रहे तो दृष्टि ० होगी। शेष २ रहे तो ४० कला ३, ९, में १५′, ४–८ में ४५′ और ६–१२ अन्तर में ६०′ पूर्ण दृष्टि होती है।

दृष्टि साधन का प्रयोजन

ग्रहों की दृष्टि दीप्तांश के भीतर हो अर्थात् लगभग १२° के भीतर हो तो दृष्टि का फल होगा दीप्तांश के उपरांत पूरा फल नहीं होता। इस कारण गणित द्वारा दृष्टि साधन करना पड़ता है।

ग्रहों के दीप्तांश

ग्रह	सूर्य	चंद्र	मंगल	बुध	गुरु	शुक्र	शनि	ग्रह
दीप्तांश	१५	१२	८	७	९	७	९	अंश

द्रष्टा और दृश्य ग्रह अपने-अपने दीप्तांश के भीतर अपना दृष्टि फल यथोक्त देते हैं। ग्रह अपने दीप्तांश से अधिक हो तो इत्थशाल तथा सम्बन्ध योगादि का शुभाशुभ यथोक्त फल नहीं देते। अर्थात् नवम पंचम आदि दृष्ट हो आगे पीछे दीप्तांश के भीतर ग्रह हो तो नवम आदि दृष्टि का श्रेष्ठ फल देता है। यदि दीप्तांश को उल्लंघन कर जावे तो साधारण दृष्टि फल को देगा। इस प्रकार दीप्तांश का अवश्य विचार करना चाहिए। षोडश विशेष योगों में यह विचारणीय है।

दृष्टि साधन की रीति

(दृश्य-द्रष्टा)=शेष राशि अंश आदि

शेष राशि=उपरोक्त घटाने से जो राशि प्राप्त हुई।

शेष अंशादि=उपरोक्त घटाने से प्राप्त राशि अंश आदि में से राशि को छोड़ कर केवल अंशादि।

ध्रुवांक की दृष्टि से इस प्रकार सम्बन्ध है·—

त्रिपाद दृष्टि=४५′, त्र्यंश ($\frac{२}{३}$)=४०′, षष्ठ्यंश=१९′, पैदल (एक पाद दृष्टि)=१५′, पूर्ण दृष्टि=६०′, शून्य दृष्टि=०′

पिछला ध्रुव=गत। वर्तमान ध्रुव=प्राप्त=शेष राशि से प्राप्त ध्रुवांक उपरोक्त चक्रानुसार। आगे का ध्रुव=ऐक्य, अग्रिम ध्रुव=प्राप्त ध्रुव के १ राशि आगे का ध्रुवांक। ± ध्रुवांतर=आगे का ध्रुवांक से बड़ा हो तो +(धन) छोटा हो तो–(ऋण)

(शेषांश × ध्रुवांतर) ÷ ३०=अनुपातिक ध्रुवांक ± उपरोक्त

प्राप्त ध्रुवांक ± अनुपातिक ध्रुवांक=दृष्टि कला विकला

इसी को गणित की सरलता के लिए नीचे चक्र बना दिया है।

दृष्टि साधन चक्र

शेष राशि	२	३	४	८	९	१०	६-१२ या ०
गणित क्रिया	४०-$\frac{५}{६}$ अंश	१५ + अंश	४५-$\frac{३}{२}$° या ४५-१$\frac{१}{२}$°	४५-अंश	१५ – $\frac{\text{अंश}}{६}$	१० – $\frac{\text{अंश}}{३}$	६०-(अंश × २)

जैसे २ राशि बचा तो अंश में ५ का गुणा कर ६ का भाग देना जो आवे उसे ४० से घटाना। ३ बचा तो १५ में शेष अंशादि जोड़ देना। १-५-७-११ शेष में दृष्टि शून्य है।

सूर्य की अन्य ग्रहों पर दृष्टि साधन करते हैं। सूर्य द्रष्टा हुआ।

(१) दृश्य चन्द्र= ५–२८''–४९'–५'' शेष राशि६=६० ध्रुवांक अन्तर ६० ऋण
द्रष्टा सूर्य १– ५ –३३ –७ ऐण्य ७= ० ,, (आगे का ध्रु० कम
शेष ६–३२ –१५ –५८ होने से ऋण)

शेष अंशादि

$$\frac{२३–१५–५८ \times \overset{२}{६०}}{३०} = ४६–३१–५६$$ अनुपातिक ध्रुव ऋण

प्राप्त ध्रुव ६०– ०– ०
अनुपातिक ४६–३१–५६ =दृष्टि १३'–२८''
शेष १३–२८– ४

(२) दूसरी रीति ६०–(अंश × २) शेष अंशादि २३–१५–५८ × २
=४६–३१–५६
६०– ०– ०
४६–३१–१६ =दृष्टि १३'–२८''
शेष १३–२८–४

इस प्रकार दृष्टि साधन की दोनों रीतियाँ देखने से प्रगट होगा कि दूसरी रीति सरल है। उसी से दृष्टि साधन करना। वास्तव में दोनों रीतियाँ एक ही हैं परन्तु दूसरी रीति सरल बना दी गई है।

लग्न पर पंचाधिकारियों की दृष्टि साधन

पंचाधिकारियों की लग्न पर दृष्टि है या नहीं यह देखने को लग्न पर ताजिकोक्त दृष्टि साधन करते हैं।

(१) दृश्य लग्न= ७–२७°–३८'–३९'' शेष ८=(४५–अंश) ४५– ०– ०
द्रष्टा सूर्य=११– ५ –३३ – ७ अंश २२– ५–३२
शेष ८–२२ – ५ –३२ =दृष्टि २२'–५४'' शेष २२–५४–२८

(२) दृश्य लग्न =१–२७°–३८'–३९'' शेष १=दृष्टि ०
द्रष्टा चन्द्र =५–२८ –४९ – ५
शेष =१–२८ –४९ –३४

(३) दृश्य लग्न = ७–२७–३८–३९ शेष ५=दृष्टि ०
द्रष्टा मंगल= २–२३–१५– ३
शेष ५– ५–२३–३६

(४) दृश्य लग्न	= ७–२७–३८–३९	शेष ८ राशि=(४५–अंश)	४५– ०– ०
द्रष्टा बुध	=११–१७– २–१५		अंश=१०–३६–२४
शेष	८–१०–३६–१४	दृष्टि=२४′–२३	शेष=३४–२३–३६
(५) दृश्य लग्न	= ७–२७–३८–३९	शेष १=दृष्टि=०	
द्रष्टा गुरु	= ६– ५–४४–५२		
शेष	१–२१–५३–४७		
(६) दृश्य लग्न	= ७रा–२७°–३८′–३९″	शेष ८=(४५–अंश)	४५′– ०– ०
द्रष्टा शुक्र	= ११–१७ –३६ –३४		अंश=१० – २– ५
शेष	= ८–१० – २ – ५	दृष्टि=३४′–५७″	३४ –५७–५५
(७) दृश्य लग्न	= ७–२७ –३८ –३९	शेष ५ राशि दृष्टि=०	
द्रष्ट शनि	= २–२६ –१४ –४७		
शेष	५– १ –२३ –५२		
(८) दृश्य लग्न	= ७–२७ –३८ –३९	शेष ५ राशि दृष्टि ०	
द्रष्टा राहू	= २– २ –१४ –४५		
शेष	५–२५ –२३ –५४		

लघु पंचाधिकारी की लग्न पर दृष्टि विचार

लघु पंचाधिकारी बुध मंगल शुक्र शनि हैं इनमें से मंगल और शनि की लग्न पर दृष्टि नहीं है। केवल बुध और शुक्र की दृष्टि है।

बुध की दृष्टि २४′–२१″ और शुक्र की ३४′–५७″ है।

अध्याय ९

बृहत्पंचवर्गी बल साधन

ग्रहों का बल जानने को पंचवर्गी बल निकालना पड़ता है। यह ५ प्रकार के बल के योग से बना है। (१) गृह स्वामी, (२) उच्च बल, (३) हद्दा स्वामी (४) द्रेष्काण स्वामी, (५) नवांश स्वामी।

(१) गृह स्वामी

वर्ष कुंडली में देखना कौन-कौन ग्रह स्वस्थानी हैं, ये किस ग्रह के स्थान में हैं। ग्रहों के स्व स्थान नीचे दिये हैं। यही ग्रहों के गृह हैं। जैसे वर्ष कुण्डली में सूर्य बुध शुक्र मीन के हैं जिनका स्वामी गुरु है तो ये ग्रह गुरु के घर में हुए। चन्द्र कन्या का है मंगल शनि मिथुन के हैं जिनका स्वामी बुध है तो ये ग्रह बुध के घर में हुए। गुरु तुला का है जिसका स्वामी शुक्र है तो गुरु शुक्र के घर में हुआ।

ग्रह के स्वस्थान

ग्रह	सूर्य	चंद्र	मंगल	बुध	गुरु	शुक्र	शनि
राशि	५	४	१–८	३–६	९–१२	२–७	१०–११

(२) उच्च बल

ग्रहों के उच्च और नीच राशि अंश का चक्र नीचे दिया है।

ग्रह	सूर्य	चंद्र	मंगल	बुध	गुरु	शुक्र	शनि
उच्च राशि	मेष	वृष	मकर	कन्या	कर्क	मीन	तुला
	रा०	रा०	रा०	रा०	रा०	रा०	रा०
परमोच्चरा०अंश	०–१०	१–३	९–२८	५–१५	३–५	११–२७	६–२०
नीच राशि	तुला	वृश्चिक	कर्क	मीन	मकर	कन्या	मेष
	रा०	रा०	रा०	रा०	रा०	रा०	रा०
परम नीच रा०अंश	६–१०	७–३	३–२८	११–१५	९–५	५–२७	०–२०

उच्च बल साधन

उच्च और नीच बल का अंतर ६=१८०° है। इसका बिश्वा बल निकालने को ९ का भाग देने से उच्च बल निकल आता है। १८०°÷९=२०। इस प्रकार ग्रह पूर्ण उच्च होने पर २० विश्वा बल पाता है। बीच के अंश का बल अनुपात से निकाला जाता है। यह रीति केवल वर्ष में उपयोगी है, जातक में नहीं।

(ग्रह स्पष्ट ग्रह नीच)=शेष, यदि शेष ६ राशि से अधिक हो तो षड्भाल्प करना पड़ता है। अर्थात् उस १२ राशि में से घटा देने से ६ राशि से कम हो जाता है। यही षडभाल्प क्रिया है।

यदि ग्रह से नीच घटाने पर ६ राशि से कम बचे तो उसे षड्भाल्प करने की आवश्यकता नहीं होती, क्योंकि वह ६ से कम है। इससे १२ राशि में नहीं घटाना पड़ता। ग्रह की राशि से नीच की राशि बड़ी होने के कारण न घट सके तो ग्रह की राशि में १२ राशि जोड़कर उसमें से नीच की राशि घटाना। इस प्रकार शेष की शुद्धि करने के उपरांत राशि के अंशादि बनाकर ९ का भाग देना तो कला विकला में उच्च बल प्राप्त होता है।

उच्च बल साधन का उदाहरण

(१) सूर्यस्पष्ट ११–५–३३′–७″   ४–२५″–३३–७″
    नीच   ६–१०–०–०   के अंश १४५-३३-७÷९=१७′-१०″ उच्चबल
    शेष= ४–२५–३३–७

(२) चंद्र ५–२८°–४९–५″   १२–०″–०′–०″
    नीच ७–३ –० –०   १९–२५–४९–५
    शेष=१०–२५–४९–५   शेष=१–४–१०–५५
    यह ६ से अधिक है   =३४°–१०′–५५″÷९=३′–४७″ उच्चबल

(३) मंगल २रा–२२°–०'–३९"   १२–०°–० –०"
नीच ३ –२८–०–०   –१०–२५–०–३९
शेष १०–२५–०–३९   १–४–५९–३१
यह ६ से अधिक है   =३४–५९–२१ ÷ ९=३'–५३' उच्चबल

(४) बुध ११–१७–२–१५   २"–२'–१५" ÷ ९=०'–१३" उच्चबल
नीच ११–१५–०–०
शेष ० –२ –२–१५

(५) गुरु ६–५–४३–५२   १२–०"–०'–०"
नीच ९–५   –९–० –४४–५२
शेष ९–०–४४–५०   =२–२९–१५–८
यह ६ से अधिक है   =८९°–१५'–८" ÷ ९=९'–५५" उच्चबल

(६) शुक्र ११–१६–५५–११   ५–१९°–५५'–११"
नीच ५–२७ –० –०   =१६९–५५–११ ÷ ९=१८–५२ उच्चबल
शेष ५–१५–५५–११

(७) शनि २–२६°–१४'–४७   २–६°–१४'–४७"
नीच ०–२०–०– –०   =६६ –१४'–४७" ÷ ९=७–२१ उच्चबल
शेष २–६ –१४– ४७

उच्च बल सारिणी

उच्च बल साधन के लिए सारिणी भी होती है। जिससे सुगमता से उच्च बल निकल आता है। सारिणी आगे दी है।

सारिणी देखने की रीति

ग्रह स्पष्ट में से नीच घटाने पर जो शेष रहे यदि वह शेष ६ राशि से अधिक हो तो १२ राशि में से घटाकर षड़भाल्प कर लेना शुद्ध शेष की जो राशि हो वह बांई ओर खड़े कोठे में दी है और उसके अंश सबसे ऊपर दिये हैं। इन दोनों के सीध में जो कला विकला के अंश प्राप्त होंगे वही कलात्मक उच्च बल होगा। यह उच्च बल केवल राशि अंश का निकला है। अब कला विकला का उच्च बल और निकालने को रहा। इसका भी उच्च बल नीचे की बताई रीति से निकाल कर पूर्व प्राप्त उच्च बल में जोड़ दो शेष राशि आदि पूरे का उच्च बल निकल आता है।

कला का बल निकालने के लिए कला को अंश मान लो। यदि वह ३० से अधिक है तो उसके राशि अंश बना लो और उस राशि अंश के अनुसार जो उच्च बल प्राप्त होगा वह विकला प्रति विकला होगी।

उदाहरण

(१) सूर्य का शेष=४–२५°–३३–७"=४रा–२५°=१६'–६"–४०

३३'=३३°=१रा–३ का   + ३–४०
                                  =१६–१०–२० उच्च बल

(२) चंद्र=शेष षड्भाल्प=१–४°–१०′–५५″=१–४=३′–४६″–४०

५९=५९°=१–२९ का + १–६–४० उच्च बल

=३–४७–४६–४०

(३) मंगल षड्भाल्प शेष=१–४°–५९=२१=१–४=३–४६–४०

५९=५९°=१–२९ का + ६ –३३–२० उच्च बल

=३–५३–१३–२०

(४) बुध=शेष ०–२°–२′–१५″ =०=२=०′–१३″–२०

२′=२′=०रा–२° का + ०–१३–२० उच्च बल

=०–१३–३३–२०

(५) गुरु=षड्भाल्प शेष=२–२९°–१५–८=२–२९°=९–५३–२०

१५=१५=०–३५° का + १–४०–० उच्च बल

=९ – ५५–०

(६) शुक्र=शेष ५–१९°–५५′–११″=५–१९°=१८′–४६″–४०

५५′=५५°=१–२५ का + ६–६–४० उच्च बल

=१८–५२–४६–४०

(७) शनि=शेष २–६°–१४′–४७″=२–६°=७–२०–०

१४′=१४°=०–१४° का १–३३–२० उच्च बल

=७–२१–३३–२०

सारिणी बनाने की रीति

६ राशि=१८०° में २० कला बल तो १° में $\frac{२०}{१८०}=\frac{१}{९}$=०′–६″–४०° इस प्रकार प्रत्येक अंश के लिए ०′–६″–४०″ बल जोड़ने जाने से सारिणी बन जायगी। १° में ०′–६″–४०″ कला बल तो १′ में=०″–०″–६‴–४० बल आता है। यहाँ कला का पृथक चक्र बनाने की आवश्यकता नहीं पड़ी। कला को अंश मान लेने से, और उसकी राशि अंश बना लेने से विकलात्मक उच्च बल निकल आता है।

उच्च बल सारिणी

अंश	०	१	२	३	४	५	६	७	८	९	१०	११	१२	१३	१४
राशि	०	०	०	०	०	०	०	०	०	१	१	१	१	१	१
०	०	६	१३	२०	२६	३३	४०	४६	५३	०	६	१३	२०	२६	३३
	०	४०	२०	०	४०	२०	०	४०	२०	०	४०	२०	०	४०	२०

	१५	१६	१७	१८	१९	२०	२१	२२	२३	२४	२५	२६	२७	२८	२९
	१	१	१	२	२	२	२	२	२	२	२	२	३	३	३
	४०	४६	५३	०	६	१३	२०	२६	३३	४०	४६	५३	०	६	१३
	०	४०	२०	०	४०	२०	०	४०	२०	०	४०	२०	०	४०	२०

अंश	०	१	२	३	४	५	६	७	८	९	१०	११	१२	१३	१४
१	३	३	३	३	३	३	४	४	४	४	४	४	४	४	४
	२०	२६	३३	४०	४६	५३	०	६	१३	२०	२६	३३	४०	४६	५३
	०	४०	२०	०	४०	२०	०	४०	२०	०	४०	२०	०	४०	२०
	१५	१६	१७	१८	१९	२०	२१	२२	२३	२४	२५	२६	२७	२८	२९
	५	५	५	५	५	५	५	५	५	६	६	६	६	६	६
	०	६	१३	२०	२६	३३	४०	४६	५३	०	६	१३	२०	२६	३३
	०	४०	२०	०	४०	२०	०	४०	२०	०	४०	२०	०	४०	२०
अंश	०	१	२	३	४	५	६	७	८	९	१०	११	१२	१३	१४
२	६	६	६	७	७	७	७	७	७	७	७	७	८	८	८
	४०	४६	५३	०	६	१३	२०	२६	३३	४०	४६	५३	०	६	१३
	०	४०	२०	०	४०	२०	०	४०	२०	०	४०	२०	०	४०	२०
	१५	१६	१७	१८	१९	२०	२१	२२	२३	२४	२५	२६	२७	२८	२९
	८	८	८	८	८	८	९	९	९	९	९	९	९	९	९
	२०	२६	३३	४०	४६	५३	०	६	१३	२०	२६	३३	४०	४६	५३
	०	४०	२०	०	४०	२०	०	४०	२०	०	४०	२०	०	४०	२०
अंश	०	१	२	३	४	५	६	७	८	९	१०	११	१२	१३	१४
३	१०	१०	१०	१०	१०	१०	१०	१०	१०	११	११	११	११	११	११
	०	६	१३	२०	२६	३३	४०	४६	५३	०	६	१३	२०	२६	३३
	०	४०	२०	०	४०	२०	०	४०	२०	०	४०	२०	०	४०	२०
	१५	१६	१७	१८	१९	२०	२१	२२	२३	२४	२५	२६	२७	२८	२९
	११	११	११	१२	१२	१२	१२	१२	१२	१२	१२	१२	१३	१३	१३
	४०	४६	५३	०	६	१३	२०	२६	३३	४०	४६	५३	०	६	१३
	०	४०	२०	०	४०	२०	०	४०	२०	०	४०	२०	०	४०	२०
अंश	०	१	२	३	४	५	६	७	८	९	१०	११	१२	१३	१४
४	१३	१३	१३	१३	१३	१३	१४	१४	१४	१४	१४	१४	१४	१४	१४
	२०	२६	३३	४०	४६	५३	०	६	१३	२०	२०	३३	४०	४६	५३
	०	४०	२०	०	४०	२०	०	४०	२०	०	४०	२०	०	४०	२०
	१५	१६	१७	१८	१९	२०	२१	२२	२३	२४	२५	२६	२७	२८	२९
	१५	१५	१५	१५	१५	१५	१५	१५	१५	१६	१६	१६	१६	१६	१६
	०	६	१३	२०	२६	३३	४०	४६	५३	०	६	१३	२०	२६	३३
	०	४०	२०	०	४०	२०	०	४०	२०	०	४०	२०	०	४०	२०
अंश	०	१	२	३	४	५	६	७	८	९	१०	११	१२	१३	१४
५	१६	१६	१६	१७	१७	१७	१७	१७	१७	१७	१७	१७	१८	१८	१८
	४०	४६	५३	०	६	१३	२०	२६	३३	४०	४६	५३	०	६	१३
	०	४०	२०	०	४०	२०	०	४०	२०	०	४०	२०	०	४०	२०

१५	१६	१७	१८	१९	२०	२१	२२	२३	२४	२५	२६	२७	२८	२९
१८	१८	१८	१८	१८	१८	१९	१९	१९	१९	१९	१९	१९	१९	१९
२०	२६	३३	४०	४६	५३	०	६	१३	२०	२६	३३	४०	४६	५३
०	४०	२०	०	४०	२०	०	४०	२०	०	४०	२०	०	४०	२०

अन्य प्रकार से उच्च बल सारिणी

इसमें ग्रह से नीचे घटाने की या षड़भाल्प करने की आवश्यकता नहीं है। सीधे ग्रह स्पष्ट के अंकों पर से उच्च बल प्रत्येक ग्रहों का प्राप्त हो जाता है।

सूर्य उच्च बल सारिणी

अंश	०	१	२	३	४	५	६	७	८	९	१०	११	१२	१३	१४
०	१८	१९	१९	१९	१९	१९	१९	१९	१९	१९	२०	१९	१९	१९	१९
मेष	५३	०	६	१३	२०	२६	३३	४०	४६	५३	०	५३	४६	४०	३३
	२०	०	४०	२०	०	४०	२०	०	४०	२०	०	२०	४०	०	२०
	१५	१६	१७	१८	१९	२०	२१	२२	२३	२४	२५	२६	२७	२८	२९
	१९	१९	१९	१९	१९	१८	१८	१८	१८	१८	१८	१८	१८	१८	१७
	२६	२०	१३	६	०	५३	४६	४०	३३	२६	२०	१३	६	०	५३
	४०	०	२०	४०	०	२०	४०	०	२०	४०	०	२०	४०	०	२०
अंश	०	१	२	३	४	५	६	७	८	९	१०	११	१२	१३	१४
१	१७	१७	१७	७१	१७	१७	१७	१७	१६	१६	१६	१६	१६	१६	१६
वृष	४६	४०	३३	२६	२०	१३	६	०	५६	४६	४०	३३	२६	२०	१३
	४०	०	२०	४०	०	२०	४०	०	२०	४०	०	२०	४०	०	२०
	१५	१६	१७	१८	१९	२०	२१	२२	२३	२४	२५	२६	२७	२८	२९
	१६	१६	१५	१५	१५	१५	१५	१५	१५	१५	१५	१४	१४	१४	१४
	६	०	५३	४६	४०	३३	२६	२०	१३	६	०	५३	४६	४०	३३
	४०	०	२०	४०	०	२०	४०	०	२०	४०	०	२०	४०	०	२०
अंश	०	१	२	३	४	५	६	७	८	९	१०	११	१२	१३	१४
२	१४	१४	१४	१४	१४	१३	१३	१३	१३	१३	१३	१३	१३	१३	१२
मि.	२६	२०	१३	६	०	५३	४६	४०	३३	२६	२०	१३	६	०	५३
	४०	०	२०	४०	०	२०	४०	०	२०	४०	०	२०	४०	०	२०
	१५	१६	१७	१८	१९	२०	२१	२२	२३	२४	२५	२६	२७	२८	२९
	१२	१२	१२	१२	१२	१२	१२	१२	११	११	११	११	११	११	११
	४६	४०	३३	२६	२०	१३	६	०	५३	४६	४०	३३	२६	२०	१३
	४०	०	२०	४०	०	२०	४०	०	२०	४०	०	२०	४०	०	२०
अंश	०	१	२	३	४	५	६	७	८	९	१०	११	१२	१३	१४
	११	११	१०	१०	१०	१०	१०	१०	१०	१०	१०	९	९	९	९
कर्क	६	०	५३	४६	४०	३३	२६	२०	१३	६	०	५३	४६	४०	३३
	४०	०	२०	४०	०	२०	४०	०	२०	४०	०	२०	४०	०	२०

	१५	१६	१७	१८	१९	२०	२१	२२	२३	२४	२५	२६	२७	२८	२९
	९	९	९	९	९	८	८	८	८	८	८	८	८	८	७
	२६	२०	१३	६	०	५३	४६	४०	३३	२६	२०	१३	६	०	५३
	४०	०	२०	४०	०	२०	४०	०	२०	४०	०	२०	४०	०	२०
अंश	०	१	२	३	४	५	६	७	८	९	१०	११	१२	१३	१४
४	७	७	७	७	७	७	७	७	६	६	६	६	६	६	६
सि०	४६	४०	३३	२६	२०	१३	६	०	५३	४६	४०	३३	२६	२०	१३
	४०	०	२०	४०	०	२०	४०	०	२०	४०	०	२०	४०	०	२०
	१५	१६	१७	१८	१९	२०	२१	२२	२३	२४	२५	२६	२७	२८	२९
	६	६	५	५	५	५	५	५	५	५	५	४	४	४	४
	६	०	५३	४६	४०	३३	२६	२०	१३	६	०	५३	४६	४०	३३
	४०	०	२०	४०	०	२०	४०	०	२०	४०	०	२०	४०	०	२०
अंश	०	१	२	३	४	५	६	७	८	९	१०	११	१२	१३	१४
५	४	४	४	४	४	३	३	३	३	३	३	३	३	३	२
क.	२६	२०	१३	६	०	५३	४६	४०	३३	२६	२०	१३	६	०	५३
	४०	०	२०	४०	०	२०	४०	०	२०	४०	०	२०	४०	०	२०
	१५	१६	१७	१८	१९	२०	२१	२२	२३	२४	२५	२६	२७	२८	२९
	२	२	२	२	२	२	२	२	१	१	१	१	१	१	१
	४६	४०	३३	२६	२०	१३	६	०	५३	४६	४०	३३	२६	२०	१३
	४०	०	२०	४०	०	२०	४०	०	२०	४०	०	२०	४०	०	२०
अंश	०	१	२	३	४	५	६	७	८	९	१०	११	१२	१३	१४
६	१	१	०	०	०	०	०	०	०	०	०	०	०	०	०
तु.	६	०	५३	४६	४०	३३	२६	२०	१३	६	०	६	१३	२०	२६
	४०	०	२०	४०	०	२०	४०	०	२०	४०	०	४०	२०	०	४०
	१५	१६	१७	१८	१९	२०	२१	२२	२३	२४	२५	२६	२७	२८	२९
	०	०	०	०	१	१	१	१	१	१	१	१	१	२	२
	३३	४०	४६	५३	०	६	१३	२०	२६	३३	४०	४६	५३	०	६
	२०	०	४०	२०	०	४०	२०	०	४०	२०	०	४०	२०	०	४०
अंश	०	१	२	३	४	५	६	७	८	९	१०	११	१२	१३	१४
८	२	२	२	२	२	२	२	३	३	३	३	३	३	३	३
वृ.	१३	२०	२६	३३	४०	४६	५३	०	६	१३	२०	२६	३३	४०	४६
	२०	०	४०	२०	०	४०	२०	०	४०	२०	०	४०	२०	०	४०
	१५	१६	१७	१८	१९	२०	२१	२२	२३	२४	२५	२६	२७	२८	२९
	३	४	४	४	४	४	४	४	४	४	५	५	५	५	५
	५३	०	६	१३	२०	२६	३३	४०	४६	५३	०	६	१३	२०	२६
	२०	०	४०	२०	०	४०	२०	०	४०	२०	०	४०	२०	०	४०

अश	०	१	२	३	४	५	६	७	८	९	१०	११	१२	१३	१४
८	५	५	५	५	६	६	६	६	६	६	६	६	६	७	७
ध.	३३	४०	४६	५३	०	६	१३	२०	२६	३३	४०	४६	५६	०	६
	२०	०	४०	२०	०	४०	२०	०	४०	२०	०	४०	२०	०	४०
	१५	१६	१७	१८	१९	२०	२१	२२	२३	२४	२५	२६	२७	२८	२९
	७	७	७	७	७	७	७	८	८	८	८	८	८	८	८
	१३	२०	२६	३३	४०	४६	५३	०	६	१३	२०	२६	३३	४०	४६
	२०	०	४०	२०	०	४०	२०	०	४०	२०	०	४०	२०	०	४०

अंश	०	१	२	३	४	५	६	७	८	९	१०	११	१२	१३	१४
९	८	९	९	९	९	९	९	९	९	९	१०	१०	१०	१०	१०
मं.	५३	०	६	१३	२०	२६	३३	४०	४६	५३	०	६	१३	२०	२६
	२०	०	४०	२०	०	४०	२०	०	४०	२०	०	४०	२०	०	४०
	१५	१६	१७	१८	१९	२०	२१	२२	२३	२४	२५	२६	२७	२८	२९
	१०	१०	१०	१०	११	११	११	५१	११	११	११	११	११	१२	१२
	३३	४०	४६	५३	०	६	१३	२०	२६	३३	४०	४६	५३	०	६
	२०	०	४०	२०	०	४०	२०	०	४०	२०	०	४०	२०	०	४०

अंश	०	१	२	३	४	५	६	७	८	९	१०	११	१२	१३	१४
१०	१२	१२	१२	१२	१२	१२	१२	१३	१३	१३	१३	१३	१३	१३	१३
कु.	१३	२०	२६	३३	४०	४६	५३	०	६	१३	२०	२६	३३	४०	४६
	२०	०	४०	२०	०	४०	२०	०	४०	२०	०	४०	२०	०	४०
	१५	१६	१७	१८	१९	२०	२१	२२	२३	२४	२५	२६	२७	२८	२९
	१३	१४	१४	१४	१४	१४	१४	१४	१४	१४	१५	१५	१५	१५	१५
	५३	०	६	१३	२०	२६	३३	४०	४६	५३	०	६	१३	२०	२६
	२०	०	४०	२०	०	४०	२०	०	४०	२०	०	४०	२०	०	४०

अंश	०	१	२	३	४	५	६	७	८	९	१०	११	१२	१३	१४
११	१५	१५	१५	१५	१६	१६	१६	१६	१६	१६	१६	१६	१६	१७	१७
मी.	३३	४०	४६	५३	०	६	१३	२०	२६	३३	४०	४६	५३	०	६
	२०	०	४०	२०	०	४०	२०	०	४०	२०	०	४०	२०	०	४०
	१५	१६	१७	१८	१९	२०	२१	२२	२३	२४	२५	२६	२७	२८	२९
	१७	१७	१७	१७	१७	१७	१७	१८	१८	१८	१८	१८	१८	१८	१८
	१३	२०	२६	३३	४०	४६	५३	०	६	१३	२०	२६	३३	४०	४६
	२०	०	४०	२०	०	४०	२०	०	४०	२०	०	४०	२०	०	४०

चन्द्र की उच्चबल सारिणी

अंश	०	१	२	३	४	५	६	७	८	९	१०	११	१२	१३	१४
०	१६	१६	१६	१६	१६	१६	१७	१७	१७	१७	१७	१७	१७	१७	१७
मेष	२०	२६	३३	४०	४६	५३	०	६	१३	२०	२६	३३	४०	४६	५३
	०	४०	२०	०	४०	२०	०	४०	२०	०	४०	२०	०	४०	२०

	१५	१६	१७	१८	१९	२०	२१	२२	२३	२४	२५	२६	२७	२८	२९
	१८	१८	१८	१८	१८	१८	१८	१८	१८	१९	१९	१९	१९	१९	१९
	०	६	१३	२०	१६	३३	४०	४६	५३	०	६	१३	२०	२६	३३
	०	४०	२०	०	४०	२०	०	४०	२०	०	४०	२०	०	४०	२०
अंश	०	१	२	३	४	५	६	७	८	९	१०	११	१२	१३	१४
१	१९	१९	१९	२०	१९	१९	१९	१९	१९	१९	१९	१९	१९	१८	१८
वृष	४०	४६	५३	०	५३	४६	४०	३३	२६	२०	१३	६	०	५३	४६
	०	४०	२०	०	२०	४०	०	२०	४०	०	२०	४०	०	२०	४०
	१५	१६	१७	१८	१९	२०	२१	२२	२३	२४	२५	२६	२७	२८	२७
	१८	१८	१८	१८	१८	१८	१८	१७	१७	१७	१७	१७	१७	१७	१७
	४०	३३	२६	२०	१३	६	०	५३	४६	४०	३३	२६	२०	१३	६
	०	२०	४०	०	२०	४०	०	२०	४०	०	२०	४०	०	२०	४०
अंश	०	१	२	३	४	५	६	७	८	९	१०	११	१२	१३	१४
२	१७	१६	१६	१६	१६	१६	१६	१६	१६	१६	१५	१५	१५	१५	१५
मिथुन	०	५३	४६	४०	३३	२६	२०	१३	६	०	५३	४६	४०	३३	२६
	०	२०	४०	०	२०	४०	०	२०	४०	०	२०	४०	०	२०	४०
	१५	१६	१७	१८	१९	२०	२१	२२	२३	२४	२५	२६	२७	२८	२९
	१५	१५	१५	१५	१४	१४	१४	१४	१४	१४	१४	१४	१४	१३	१४
	२०	१३	६	०	५३	४६	४०	३३	२६	२०	१३	६	०	५३	४६
	०	२०	४०	०	२०	४०	०	२०	४०	०	२०	४०	०	२०	४०
अंश	०	१	२	३	४	५	६	७	८	९	१०	११	१२	१३	१४
३	१३	१३	१३	१३	१३	१३	१३	१२	१२	१२	१२	१२	१२	१२	१२
कर्क	४०	३३	२६	२०	१३	६	०	५३	४६	४०	३३	२६	२०	१३	६
	०	२०	४०	०	२०	४०	०	२०	४०	०	२०	४०	०	२०	४०
	१५	१६	१७	१८	१९	२०	२१	२२	२३	२४	२५	२६	२७	२८	२९
	१२	११	११	११	११	११	११	११	११	११	१०	१०	१०	१०	१०
	०	५३	४६	४०	३३	२६	२०	१३	६	०	५३	४६	४०	३३	२६
	०	२०	४०	०	२०	४०	०	२०	४०	०	२०	४०	०	२०	४०
अंश	०	१	२	३	४	५	६	७	८	९	१०	११	१२	[illegible]	१४
४	१०	१०	१०	१०	९	९	९	९	९	९	९	९	९	८	८
सिंह	२०	१३	६	०	५३	४६	४०	३३	२६	२०	१३	[illegible]	०	५३	४६
	०	२०	४०	०	२०	४०	०	२०	४०	०	२०	४०	०	२०	४०
	१५	१६	१७	१८	१९	२०	२१	२२	२३	२४	२५	२६	२७	२८	२९
	८	८	८	८	८	८	८	७	७	७	७	७	७	७	७
	४०	३३	२६	२०	१३	६	०	५३	४६	४०	३३	२६	२०	१३	६
	०	२०	४०	०	२०	४०	०	२०	४०	०	२०	४०	०	२०	४०

अंश	०	१	२	३	४	५	६	७	८	९	१०	११	१२	१३	१४
५	७	६	६	६	६	६	६	६	६	६	५	५	५	५	५
कन्या	०	५३	४६	४०	३३	२६	२०	१३	६	०	५३	४६	४०	३३	२६
	०	२०	४०	०	२०	४०	०	२०	४०	०	२०	४०	०	२०	४०
	१५	१६	१७	१८	१९	२०	२१	२२	२३	२४	२५	२६	२७	२८	२९
	५	५	५	५	४	४	४	४	४	४	४	४	४	३	३
	२०	१३	६	०	५३	४६	४०	३३	२६	२०	१३	६	०	५३	४६
	०	२०	४०	०	२०	४०	०	२०	४०	०	२०	४०	०	२०	४०

अंश	०	१	२	३	४	५	६	७	८	९	१०	११	१२	१३	१४
६	३	३	३	३	३	३	३	२	२	२	२	२	२	२	२
तुला	४०	३३	२६	२०	१३	६	०	५३	४६	४०	३३	२६	२०	१३	६
	०	२०	४०	०	२०	४०	०	२०	४०	०	२०	४०	०	२०	४०
	१५	१६	१७	१८	१९	२०	२१	२२	२३	२४	२५	२६	२७	२८	२८
	२	१	१	१	१	१	१	१	१	१	०	०	०	०	०
	०	५३	४६	४०	३३	२६	२०	१३	६	०	५३	४६	४०	३३	२६
	०	२०	४०	०	२०	४०	०	२०	४०	०	२०	४०	०	२०	४०

अंश	०	१	२	३	४	५	६	७	८	९	१०	११	१२	१३	१४
७	०	०	०	०	०	०	०	०	०	०	०	०	१	१	१
वृ०	२०	१३	६	०	६	१३	२०	२६	३३	४०	४६	५३	०	६	१३
	०	२०	४०	०	४०	२०	०	४०	२०	०	४०	२०	०	४०	२०
	१५	१६	१७	१८	१९	२०	२१	२२	२३	२४	२५	२६	२७	२८	२९
	१	१	१	१	१	१	२	२	२	२	२	२	२	२	२
	२०	२६	३३	४०	४६	५३	०	६	१३	२०	२६	३३	४०	४६	५३
	०	४०	२०	०	४०	२०	०	४०	२०	०	४०	२०	०	४०	२०

अंश	०	१	२	३	४	५	६	७	८	९	१०	११	१२	१३	१४
८	३	३	३	३	३	३	३	३	३	४	४	४	४	४	४
ध०	०	६	१३	२६	२०	३३	४०	४६	५३	०	६	१३	२०	२६	३३
	०	४०	२०	०	४०	२०	०	४०	२०	०	४०	२०	०	४०	२०
	१५	१६	१७	१८	१९	२०	२१	२२	२३	२४	२५	२६	२७	२८	२९
	४	४	४	५	५	५	५	५	५	५	५	५	६	६	६
	४०	४६	५३	०	६	१३	२०	२६	३३	४०	४६	५३	०	६	१३
	०	४०	२०	०	४०	२०	०	४०	२०	०	४०	२०	०	४०	२०

अंश	०	१	२	३	४	५	६	७	८	९	१०	११	१२	१३	१४
९	६	६	६	६	६	६	७	७	७	७	७	७	७	७	७
मकर	२०	२६	३३	४०	४६	५३	०	६	१३	२०	२६	३३	४०	४६	५३
	०	४०	२०	०	४०	२०	०	४०	२०	०	४०	२०	०	४०	२०

अंश	१५	१६	१७	१८	१९	२०	२१	२२	२३	२४	२५	२६	२७	२८	२९
९	८	८	८	८	८	८	८	८	८	९	९	९	९	९	९
म.	०	६	१३	२०	२६	३३	४०	४६	५३	०	६	१३	२०	२६	३३
	०	४०	२०	०	४०	२०	०	४०	२०	०	४०	२०	०	४०	२०
अंश	०	१	२	३	४	५	६	७	८	९	१०	११	१२	१३	१४
१०	९	९	९	१०	१०	१०	१०	१०	१०	१०	१०	१०	११	११	११
कुं०	४०	४६	५३	०	६	१३	२०	२६	३३	४०	४६	५३	०	६	१३
	०	४०	२०	०	४०	२०	०	४०	२०	०	४०	२०	०	४०	२०
	१५	१६	१७	१८	१९	२०	२१	२२	२३	२४	२५	२६	२७	२८	२९
	११	११	११	११	११	११	१०	१२	१२	१२	१२	१२	१२	१२	१२
	२०	२६	३३	४०	४६	५३	०	६	१३	२०	२६	३३	४०	४६	५३
	०	४०	२०	०	४०	२०	०	४०	२०	०	४०	२०	०	४०	२०
अंश	०	१	२	३	४	५	६	७	८	९	१०	११	१२	१३	१४
११	१३	१३	१३	१३	१३	१३	१३	१३	१३	१४	१४	१४	१४	१४	१४
मी०	०	६	१३	२०	२६	३३	४०	४६	५३	०	६	१३	२०	२६	३३
	०	४०	२०	०	४०	२०	०	४०	२०	०	४०	२०	०	४०	२०
	१५	१६	१७	१८	१९	२०	२१	२२	२३	२४	२५	२६	२७	२८	२९
	१४	१४	१४	१५	१५	१५	१५	१५	१५	१५	१५	१५	१६	१६	१६
	४०	४६	५३	०	६	१३	२०	२६	३३	४०	४६	५३	०	६	१३
	०	४०	२०	०	४०	२०	०	४०	२०	०	४०	२०	०	४०	२०

मंगल की उच्च बल सारिणी

अंश	०	१	२	३	४	५	६	७	८	९	१०	११	१२	१३	१४
०	१३	१३	१२	१२	१२	१२	१२	१२	१२	१२	१२	११	११	११	११
मेष	६	०	५३	४६	४०	३३	२६	२०	१३	६	०	५३	४६	४०	३३
	४०	०	२०	४०	०	२०	४०	०	२०	४०	०	२०	४०	०	२०
	१५	१६	१७	१८	१९	२०	२१	२२	२३	२४	२५	२६	२७	२८	२९
	११	११	११	११	११	१०	१०	१०	१०	१०	१०	१०	१०	१०	९
	२६	२०	१३	६	०	५३	४६	४०	३३	२६	२०	१३	६	०	५३
	४०	०	२०	४०	०	२०	४०	०	२०	४०	०	२०	४०	०	२०
अंश	०	१	२	३	४	५	६	७	८	९	१०	११	१२	१३	१४
१	९	९	९	९	९	९	९	९	८	८	८	८	८	८	८
वृष	४६	४०	३३	२६	२०	१३	६	०	५३	४६	४०	३३	२६	२०	१३
	४०	०	२०	४०	०	२०	४०	०	२०	४०	०	२०	४०	०	२०
	१५	१६	१७	१८	१९	२०	२१	२२	२३	२४	२५	२६	२७	२८	२९
	८	८	७	७	७	७	७	७	७	७	७	६	६	६	६
	६	०	५३	४६	४०	३३	२६	२०	१३	६	०	५३	४६	४०	३३
	४०	०	२०	४०	०	२०	४०	०	२०	४०	०	२०	४०	०	२०

अंश	०	१	२.	३	४	५	६	७	८	९	१०	११	१२	१३	१४
२	६	६	६	६	६	५	५	५	५	५	५	५	५	५	४
मिथुन	२६	२०	१३	६	०	५३	४६	४०	३३	२६	२०	१३	६	०	५३
	४०	०	२०	४०	०	२०	४०	०	२०	४०	०	२०	४०	०	२०
	१५	१६	१७	१८	१९	२०	२१	२२	२३	२४	२५	२६	२७	२८	२९
	४	४	४	४	४	४	४	४	३	३	३	३	३	३	३
	४६	४०	३३	२६	२०	१३	६	०	५३	४६	४०	३३	२६	२०	१३
	४०	०	२०	४०	०	२०	४०	०	२०	४०	०	२०	४०	०	२०
अंश	०	१	२	३	४	५	६	७	८	९	१०	११	१२	१३	१४
३	३	३	२	२	२	२	२	२	२	२	२	१	१	१	१
कर्क	६	०	५३	४६	४०	३३	२६	२०	१३	६	०	५३	४६	४०	३३
	४०	०	२०	४०	०	२०	४०	०	२०	४०	०	२०	४०	०	२०
	१५	१६	१७	१८	१९	२०	२१	२२	२३	२४	२५	२६	२७	२८	२९
	१	१	१	१	१	०	०	०	०	०	०	०	०	०	०
	२६	२०	१३	६	०	५३	४६	४०	३३	२६	२०	१३	६	०	६
	४०	०	२०	४०		२०	४०	०	२०	४०	०	२०	४०	०	२०
अंश	०	१	२	३	४	५	६	७	८	९	१०	११	१२	१३	१४
४	०	०	०	०	०	०	०	१	१	१	१	१	१	१	१
सिंह	१३	२०	२३	३३	४०	४६	५३	०	६	१३	२०	२६	३३	४०	४६
	२०	०	४०	२०	०	४०	२०	०	४०	२०	०	४०	२०	०	४०
	१५	१६	१७	१८	१९	२०	२१	२२	२३	२४	२५	२६	२७	२८	२९
	१	२	२	२	२	२	२	२	२	२	३	३	३	३	३
	५३	०	६	१३	२०	२६	३३	४०	४६	५३	०	६	१३	२०	२६
	२०	०	४०	२०	०	४०	२०	०	४०	२०	०	४०	२०	०	४०
अश	०	१	२	३	४	५	६	७	८	९	१०	११	१२	१३	१४
५	३	३	३	३	४	४	४	४	४	४	४	४	४	५	५
कन्या	३३	४०	४६	५३	०	६	१३	२०	२६	३३	४०	४६	५३	०	६
	२०	०	४०	२०	०	४०	२०	०	४०	२०	०	४०	२०	०	४०
	१५	१६	१७	१८	१९	२०	२१	२२	२३	२४	२५	२६	२७	२८	२९
	५	५	५	५	५	५	५	६	६	६	६	६	६	६	६
	१३	२०	२६	३३	४०	४६	५३	०	६	१३	२०	२६	३३	४०	४६
	२०	०	४०	२०	०	४०	२०	०	४०	२०	०	४०	२०	०	४०
अंश	०	१	२	३	४	५	६	७	८	९	१०	११	१२	१३	१४
६	६	७	७	७	७	७	७	७	७	७	८	८	८	८	८
तु.	५३	०	६	१३	२०	२६	३३	४०	४६	५३	०	६	१३	२०	२६
	२०	०	४०	२०	०	४०	२०	०	४०	२०	०	४०	२०	०	४०

	१५	१६	१७	१८	१९	२०	२१	२२	२३	२४	२५	२६	२७	२८	२९
	८	८	८	८	९	९	९	९	९	९	९	९	९	१०	१०
	३३	४०	४६	५३	०	६	१३	२०	२६	३३	४०	४६	५३	०	६
	२०	०	४०	२०	०	४०	२०	०	४०	२०	०	४०	२०	०	४०
अंश	०	१	२	३	४	५	६	७	८	९	१०	११	१२	१३	१४
७	१०	१०	१०	१०	१०	१०	१०	११	११	११	११	११	११	११	११
वृ.	१३	२०	२६	३३	४०	४६	५३	०	६	१३	२०	२६	३३	४०	४६
	२०	०	४०	२०	०	४०	२०	०	४०	२०	०	४०	२०	०	४०
	१५	१६	१७	१८	१९	२०	२१	२२	२३	२४	२५	२६	२७	२८	२९
	११	१२	१२	१२	१२	१२	१२	१२	१२	१२	१३	१३	१३	१३	१३
	५३	-	६	१३	२०	२६	३३	४०	४६	५३	०	६	१३	२०	२६
	२०	०	४०	२०	०	४०	२०	०	४०	२०	०	४०	२०	०	२०
अंश	०	१	२	३	४	५	६	७	८	९	१०	११	१२	१३	१४
८	१३	१३	१३	१३	१४	१४	१४	१४	१४	१४	१४	१४	१४	१५	१५
ध.	३३	४०	४६	५३	०	६	१३	२०	२६	३३	४०	४६	५३	०	६
	२०	०	४०	२०	०	४०	२०	०	४०	२०	०	४०	२०	०	४०
	१५	१६	१७	१८	१९	२०	२१	२२	२३	२४	२५	२६	२७	२८	२९
	१५	१५	१५	१५	१५	१५	१५	१६	१६	१६	१६	१६	१६	१६	१६
	१३	२०	२६	३३	४०	४६	५३	०	६	१३	२०	२६	३३	४०	४६
	२०	०	४०	२०	०	४०	२०	०	४०	२०	०	४०	२०	०	४०
अंश	०	१	२	३	४	५	६	७	८	९	१०	११	१२	१३	१४
९	१६	१७	१७	१७	१७	१७	१७	१७	१७	१८	१८	१८	१८	१८	१८
म.	५३	०	६	१३	२०	२६	३३	४०	४६	५३	०	६	१३	२०	२६
	२०	०	४०	२०	०	४०	२०	०	४०	२०	०	४०	२०	०	४०
	१५	१६	१७	१८	१९	२०	२१	२२	२२	२४	२५	२६	२७	२८	२९
	१८	१८	१८	१८	१९	१९	१९	१९	१९	१९	१९	१९	१९	२०	१९
	३३	४०	४६	५३	०	६	१३	२०	२६	३३	४०	४६	५३	०	५३
	२०	०	४०	२०	०	४०	२०	०	४०	२०	०	४०	२०	०	२०
अंश	०	१	२	३	४	५	६	७	८	९	१०	११	१२	१३	१४
१०	१९	१९	१९	१९	१९	१९	१९	१९	१८	१८	१८	१८	१८	१८	१८
कुं.	४६	४०	३३	२६	२०	१३	६	०	५३	४६	४०	३३	२६	२०	१३
	४०	०	२०	४०	०	२०	४०	०	२०	४०	०	२०	४०	०	२०
	१५	१६	१७	१८	१९	२०	२१	२२	२३	२४	२५	२६	२७	२८	२९
	१८	१८	१७	१७	१७	१७	१७	१७	१७	१७	१७	१६	१६	१६	१६
	६	०	५३	४६	४०	३३	२६	२०	१३	६	०	५३	४६	४०	३३
	४०	०	२०	४०	०	२०	४०	०	२०	४०	०	२०	४०	०	२०

अंश	०	१	२	३	४	५	६	७	८	९	१०	११	१२	१३	१४
११	१६	१६	१६	१६	१६	१५	१५	१५	१५	१५	१५	१५	१५	१५	१४
मी.	२६	२०	१३	६	०	५३	४६	४०	३३	२६	२०	१३	६	०	५३
	४०	०	२०	४०	०	२०	४०	०	२०	४०	०	२०	४०	०	२०
	१५	१६	१७	१८	१९	२०	२१	२२	२३	२४	२५	२६	२७	२८	२९
	१४	१४	१४	१४	१४	१४	१४	१४	१३	१३	१३	१३	१३	१३	१३
	४६	४०	३३	२६	२०	१३	६	०	५३	४६	४०	३३	२६	२०	१३
	४०	०	२०	४०	०	२०	४०	०	२०	४०	०	२०	४०	०	२०

बुध उच्चबल सारिणी

अंश	०	१	२	३	४	५	६	७	८	९	१०	११	१२	१३	१४
०	१	१	१	२	२	२	२	२	२	२	२	२	३	३	३
मेष	४०	४६	५३	०	६	१३	२०	२६	३३	४०	४६	५३	०	६	१३
	०	४०	२०	०	४०	२०	०	४०	२०	०	४०	२०	०	४०	२०
	१५	१६	१७	१८	१९	२०	२१	२२	२३	२४	२५	२६	२७	२८	२९
	३	३	३	३	३	३	४	४	४	४	४	४	४	४	४
	२०	२६	३३	४०	४६	५३	०	६	१३	२०	२६	३३	४०	४६	५३
	०	४०	२०	०	४०	२०	०	४०	२०	०	४०	२०	०	४०	२०
अंश	०	१	२	३	४	५	६	७	८	९	१०	११	१२	१३	१४
१	५	५	५	५	५	५	५	५	५	६	६	६	६	६	६
वृष	०	६	१३	२०	२६	३३	४०	४६	५३	०	६	१३	२०	२६	३३
	०	४०	२०	०	४०	२०	०	४०	२०	०	४०	२०	०	४०	२०
	१५	१६	१७	१८	१९	२०	२१	२२	२३	२४	२५	२६	२७	२८	२९
	६	६	६	७	७	७	७	७	७	७	७	७	७	८	८
	४०	४६	५३	०	६	१३	२०	२६	३३	४०	४६	५३	०	६	१३
	०	४०	२०	०	४०	२०	०	४०	२०	०	४०	२०	०	४०	२०
अंश	०	१	२	३	४	५	६	७	८	९	१०	११	१२	१३	१४
२	८	८	८	८	८	८	९	९	९	९	९	९	९	९	९
मिथुन	२०	२६	३३	४०	४६	५३	०	६	१३	२०	२६	३३	४०	४६	५३
	०	४०	२०	०	४०	२०	०	४०	२०	०	४०	२०	०	४०	२०
	१५	१६	१७	१८	१९	२०	२१	२२	२३	२४	२५	२६	२७	२८	२९
	१०	१०	१०	१०	१०	१०	१०	१०	१०	११	११	११	११	११	११
	०	६	१३	२०	२६	३३	४०	४६	५३	०	६	१३	२०	२६	३३
	०	४०	२०	०	४०	२०	०	४०	२०	०	४०	२०	०	४०	२०

अंश	०	१	२	३	४	५	६	७	८	९	१०	११	१२	१३	१४
३	११	११	११	१२	१२	१२	१२	१२	१२	१२	१२	१२	१३	१३	१३
कर्क	४०	४६	५३	०	६	१३	२०	२६	३३	४०	४६	५३	०	६	१३
	०	४०	२०	०	४०	२०	०	४०	२०	०	४०	२०	०	४०	२०
	१५	१६	१७	१८	१९	२०	२१	२२	२३	२४	२५	२६	२७	२८	२९
	१३	१३	१३	१३	१३	१३	१४	१४	१४	१४	१४	१४	१३	१४	१४
	२०	२६	३३	४०	४६	५३	०	६	१३	२०	२६	३३	४०	४६	५३
	०	४०	२०	०	४०	२०	०	४०	२०	०	४०	२०	०	४०	२०
अंश	०	१	२	३	४	५	६	७	८	९	१०	११	१२	१३	१४
४	१५	१५	१५	१५	१५	१५	१५	१५	१५	१६	१६	१६	१५	१६	१६
मि०	०	६	१३	२०	२६	३३	४०	४६	५३	०	६	१३	२०	२६	३३
	०	४०	२०	०	४०	२०	०	४०	२०	०	४०	२०	०	४०	२०
	१५	१६	१७	१८	१९	२०	२१	२२	२३	२४	२५	२६	२७	२८	२९
	१६	१६	१६	१७	१७	१७	१७	१७	१७	१७	१७	१७	१८	१८	१८
	४०	४६	५३	०	६	१३	२०	३०	३३	४०	४६	५३	०	६	१३
	०	४०	२०	०	४०	२०	०	४०	२०	०	४०	२०	०	४०	२०
अंश	०	१	२	३	४	५	६	७	८	९	१०	११	१२	१३	१४
५	१८	१८	१८	१८	१८	१८	१९	१९	१९	१९	१९	१९	१९	१९	१९
क०	२०	२६	३३	४०	४६	५३	०	६	१३	२०	२६	३३	४०	४६	५३
	०	४०	२०	०	४०	२०	०	४०	२०	०	४०	२०	०	४०	२०
	१५	१६	१७	१८	१९	२०	२१	२२	२३	२४	२५	२६	२७	२८	२९
	२०	१९	१९	१९	१९	१९	१९	१९	१९	१९	१८	१८	१८	१८	१८
	०	५३	४६	४०	३३	२६	२०	१३	६	०	५३	४६	४०	३३	२६
	०	२०	४०	०	२०	४०	०	२०	४०	०	२०	४०	०	२०	४०
अश	०	१	२	३	४	५	६	७	८	९	१०	११	१२	१३	१४
६	१८	१८	१८	१८	१७	१७	१७	१७	१७	१७	१७	१७	१७	१६	१६
तु०	२०	१३	६	०	५३	४६	४०	३३	२६	२०	१३	६	०	५३	४६
	०	२०	४०	०	२०	४०	०	२०	४०	०	२०	४०	०	२०	४०
	१५	१६	१७	१८	१९	२०	२१	२२	२३	२४	२५	२६	२७	२९	२९
	१६	१६	६	१६	१६	१६	१६	१५	१५	१५	१५	१५	१५	१५	१५
	४०	३३	२६	२०	१३	३	०	५३	४६	४०	३३	२६	२०	१३	६
	०	२०	४०	०	२०	४०	०	२०	४०	०	२०	४०	०	२०	४०
अश	०	१	२	३	४	५	६	७	८	९	१०	११	१२	१३	१४
७	१५	१५	१४	१४	१४	१४	१४	१४	१४	१४	१३	१३	१३	१३	१३
वृ०	०	५३	४६	४०	३३	२६	२०	१३	६	०	५३	४६	४०	३३	२६
	०	२०	४०	०	२०	४०	०	२०	४०	०	२०	४०	०	२०	४०

	१५	१६	१७	१८	१९	२०	२१	२२	२३	२४	२५	२६	२७	२८	२९
	१३	१३	१३	१३	१२	१२	१२	१२	१२	१२	१२	१२	१२	११	११
	२०	१३	६	०	५३	४६	४०	३३	२६	२०	१३	६	०	५३	४६
	०	२०	४०	०	२०	४०	०	२०	४०	०	२०	४०	०	२०	४०
अंश	०	१	२	३	४	५	६	७	८	९	१०	११	१२	१३	१४
८	११	११	११	११	११	११	११	१०	१०	१०	१०	१०	१०	१०	१०
ध	४०	३३	२६	२०	१३	६	०	५३	४६	४०	३३	२६	२०	१३	६
	०	२०	४०	०	२०	४०	०	२०	४०	०	२०	४०	०	२०	४०
	१५	१६	१७	१८	१९	२०	२१	२२	२३	२४	२५	२६	२७	२८	२९
	१०	९	९	९	९	९	९	९	९	९	८	८	८	८	८
	०	५३	४६	४०	३३	२६	२०	१३	६	०	५३	४६	४०	३३	२६
	०	२०	४०	०	२०	४०	०	२०	४०	०	२०	४०	०	२०	४०
अंश	०	१	२	३	४	५	६	७	८	९	१०	११	१२	१३	१४
९	८	८	८	८	७	७	७	७	७	७	७	७	७	६	६
म.	२०	१३	६	०	५३	४६	४०	३३	२६	२०	१३	६	०	५३	४६
	०	२०	४०	०	२०	४०	०	२०	४०	०	२०	४०	०	२०	४०
	१५	१६	१७	१८	१९	२०	२१	२२	२३	२४	२५	२६	२७	२८	२९
	६	६	६	६	६	६	६	५	५	५	५	५	५	५	५
	४०	३३	२६	२०	१३	६	०	५३	४६	४०	३३	२६	२०	१३	६
	०	२०	४०	०	२०	४०	०	२०	४०	०	२०	४०	०	२०	४०
अंश	०	१	२	३	४	५	६	७	८	९	१०	११	१२	१३	१४
१०	५	४	४	४	४	४	४	४	४	४	३	३	३	३	३
कु.	०	५३	४६	४०	३३	२६	२०	१३	६	०	५३	४६	४०	३३	२६
	०	२०	४०	०	२०	४०	०	२०	४०	०	२०	४०	०	२०	४०
	१५	१६	१७	१८	१९	२०	२१	२२	२३	२४	२५	२६	२७	२८	२९
	३	३	३	३	२	२	२	२	२	२	२	२	२	१	१
	२०	१३	६	०	५३	४६	४०	३३	२६	२०	१३	६	०	५३	४६
	०	२०	४०	०	२०	४०	०	२०	४०	०	२०	४०	०	२०	४०
अंश	०	१	२	३	४	५	६	७	८	९	१०	११	१२	१३	१४
११	१	१	१	१	१	१	१	०	०	०	०	०	०	०	०
मी	४०	३३	२६	२०	१३	१	०	५३	४६	४०	३३	२६	२०	१३	६
	०	२०	४०	०	२०	४०	०	२०	४०	०	२०	४०	०	२०	४०
	१५	१६	१७	१८	१९	२०	२१	२२	२३	२४	२५	२६	२७	२८	२९
	०	०	०	०	०	०	०	०	०	१	१	१	१	१	१
	०	६	१३	२०	२६	३३	४०	४६	५३	०	६	१३	२०	२६	३३
	०	४०	२०	०	४०	२०	०	४०	२०	०	४०	२०	०	४०	२०

गुरु उच्च बल सारिणी

अंश	०	१	२	३	४	५	६	७	८	९	१०	११	१२	१३	१४
०	९	९	९	९	९	१०	१०	१०	१०	१०	१०	१०	१०	१०	११
मेष	२६	३३	४०	४६	५३	०	६	१३	२०	२६	३३	४०	४६	५३	०
	४०	२०	०	४०	२०	०	४०	२०	०	४०	२०	०	४०	२०	०
	१५	१६	१७	१७	१९	२०	२१	२२	२३	२४	२५	२६	२७	९८	२९
	११	११	११	११	११	११	११	११	१२	१२	१२	१२	१२	१२	१२
	६	१३	२०	२६	३३	४०	४६	५३	०	६	१३	२०	२६	३३	४०
	४०	२०	०	४०	२०	०	४०	२०	०	४०	२०	०	४०	२०	०
अंश	०	१	२	३	४	५	६	७	८	९	१०	११	१२	१३	१४
१	१२	१२	१३	१३	१३	१३	१३	१३	१३	१३	१३	१४	१४	१४	१४
वृष	४६	५३	०	६	१३	२०	२६	३३	४०	४६	५३	०	६	१३	२०
	४०	२०	०	४०	२०	०	४०	२०	०	४०	२०	०	४०	२०	०
	१५	१६	१७	१८	१९	२०	२१	२२	२३	२४	२५	२६	२७	२८	२९
	१४	१४	१४	१४	१४	१५	१५	१५	१५	१५	१५	१५	१५	१५	१६
	२६	३३	४०	४६	५३	०	६	१३	२०	२६	३३	४०	४६	५३	०
	४०	२०	०	४०	२०	०	४०	२०	०	४०	२०	०	४०	२०	०
अंश	०	१	२	३	४	५	६	७	८	९	१०	११	१२	१३	१४
२	१६	१६	१६	१६	१६	१६	१६	१६	१७	१७	१७	१७	१७	१७	१७
मि.	६	१३	२०	२६	३३	४०	४६	५३	०	६	१३	२०	२६	३३	४०
	४०	२०	०	४०	२०	०	४०	२०	०	४०	२०	०	४०	२०	०
	१५	१६	१७	१८	१९	२०	२१	२२	२३	२४	२५	२६	२७	२८	२९
	१७	१७	१८	१८	१८	१८	१८	१८	१८	१८	१८	१९	१९	१९	१९
	४६	५३	०	६	१३	२०	२६	३३	४०	४६	५३	०	६	१३	२०
	४०	२०	०	४०	२०	०	४०	२०	०	४०	२०	०	४०	२०	०
अंश	०	१	२	३	४	५	६	७	८	९	१०	११	१२	१३	१४
३	१९	१९	१९	१९	१९	१९	१९	१९	१९	१९	१९	१९	१९	१९	१९
कर्क	२६	३३	४०	४६	५३	०	५३	४६	४०	३३	२६	२०	१३	६	०
	४०	२०	०	४०	२०	०	४०	२०	०	४०	२०	०	४०	२०	०
	१५	१६	१७	१८	१९	२०	२१	२२	२३	२४	२५	२६	२७	२८	२९
	१८	१८	१८	१८	१८	१८	१८	१८	१८	१७	१७	१७	१७	१७	१७
	५३	४६	४०	३३	२६	२०	१३	६	०	५३	४६	४०	३३	२६	२०
	२०	४०	०	२०	४०	०	२०	४०	०	२०	४०	०	२०	४०	०

अंश	०	१	२	३	४	५	६	७	८	९	१०	११	१२	१३	१४
४	१७	१७	१७	१६	१६	१६	१६	१६	१६	१६	१६	१६	१५	१५	१५
सिंह	१३	६	०	५३	४६	४०	३३	२६	२०	१३	६	०	५३	४६	४०
	२०	४०	०	२०	४०	०	२०	४०	०	२०	४०	०	२०	४०	०
	१५	१६	१७	१८	१९	२०	२१	२२	२	१४	२५	२६	२७	१८	२९
	१५	१५	१५	१५	१५	१५	१४	१४	१४	१४	१४	१४	१४	१४	१४
	३३	२६	२०	१३	६	०	५३	४६	४०	३३	१६	२०	१३	६	०
	२०	४०	६	२०	४०	०	२०	४०	०	२०	४०	०	२०	४०	०
अंश	०	१	२	३	४	५	५	७	८	९	१०	११	१२	१३	१२
५	१३	१३	१३	१३	१३	१३	१३	१३	१३	१४	१४	१४	१४	१४	१४
क०	५३	४६	४०	३३	२६	२०	१३	६	०	५३	४६	४०	३३	२६	२०
	२०	४०	०	२०	४०	०	२०	४०	०	२०	४०	०	२०	४०	०
अंश	१५	१६	१७	१८	१९	२०	२१	२२	२३	२४	२५	२६	२७	२८	२९
५	१२	१२	१२	११	११	११	११	११	११	११	११	११	११	११	११
क०	१३	६	०	५३	४६	४०	३३	२६	२०	१३	६	०	५३	४६	४०
	२०	४०	०	२०	४०	०	२०	४०	०	२०	४०	०	२०	४०	०
अंश	०	१	२	३	४	५	६	७	८	९	१०	११	१२	१३	१४
६	१०	१०	१०	१०	१०	१०	९	९	९	९	९	९	९	९	९
तु०	३३	२६	२०	१३	६	०	५३	४६	४०	३३	२६	२०	१३	६	०
	२०	४०	०	२०	४०	०	२०	४०	०	२०	४०	०	२०	४०	०
	१५	१६	१७	१८	१९	२०	२१	२२	२३	२४	२५	२६	२७	२८	२९
	८	८	८	८	८	८	८	८	८	७	७	७	७	७	७
	५३	४६	४०	३३	२६	२०	१३	६	०	५३	४६	४०	३३	२६	२०
	२०	४०	०	२०	४०	०	२०	४०	०	२०	४०	०	२०	४०	०
अंश	०	१	२	३	४	५	६	७	८	९	१०	११	१२	१३	१४
७	७	७	७	६	६	६	६	६	६	६	६	६	५	५	५
वृ०	१३	६	०	५३	४६	४०	३३	२६	२०	१३	६	०	५३	४६	४०
	२०	४०	०	२०	४०	०	२०	४०	०	२०	४०	०	२०	४०	०
	१५	१६	१७	१८	१९	२०	२१	२२	२३	२४	२५	२६	२७	२८	२९
	५	५	५	५	५	५	४	४	४	४	४	९	४	४	४
	३३	२६	२०	१३	६	०	५३	४६	४०	३३	२६	२०	१३	६	०
	२०	४०	०	२०	४०	०	२०	४०	०	२०	४०	०	२०	४०	०
अंश	०	१	२	३	४	५	६	७	८	९	१०	११	१२	१३	१४
८	३	३	३	३	३	३	३	३	३	२	२	२	२	२	२
ध०	५३	४६	४०	३३	२६	२०	१३	६	०	५३	४६	४०	३३	२६	२०
	२०	४०	०	२०	४०	०	२०	४०	०	२०	४०	०	२०	४०	०

	१५	१६	१७	१८	१९	२०	२१	२२	२३	२४	२५	२६	२७	२८	२९
	२	२	२	१	१	१	१	१	१	१	१	१	०	०	०
	१३	६	०	५३	४६	४०	३३	२६	२०	१३	६	०	५३	४६	४०
	२०	४०	०	२०	४०	०	२०	४०	०	२०	४०	०	२०	४०	०

अंश	०	१	२	३	४	५	६	७	८	९	१०	११	१२	१३	१४
९	०	०	०	०	०	०	०	०	०	०	०	०	०	०	१
म०	३३	२६	२०	१३	६	०	६	१३	२०	२६	३३	४०	४६	५३	०
	२०	४०	०	२०	४०	०	४०	२०	०	४०	२०	०	४०	२०	०
	१५	१६	१७	१८	१९	२०	२१	२२	२३	२४	२५	२२	२७	२८	२९
	१	१	१	१	१	१	१	१	२	२	२	२	२	२	२
	६	१३	२०	२६	३३	४०	४६	५३	०	६	१३	२०	२६	३३	४०
	४०	२०	०	४०	२०	०	४०	२०	०	४०	२०	०	४०	२०	०

अंश	०	१	२	३	४	५	६	७	८	९	१०	११	१२	१३	१४
१०	२	२	३	३	३	३	३	३	३	३	३	४	४	४	४
कुं०	४६	५३	०	६	१३	२०	२६	३३	४०	४६	५३	०	६	१३	२०
	४०	२०	०	४०	२०	०	४०	२०	०	४०	२०	०	४०	२०	०
	१५	१६	१७	१८	१९	२०	२१	२२	२३	२४	२५	२६	२७	२८	२९
	४	४	४	४	४	५	५	५	५	५	५	५	५	५	६
	२६	३३	४०	४६	५३	०	६	१३	२०	२६	३३	४०	४६	५३	०
	४०	२०	०	४०	२०	०	४०	२०	०	४०	२०	०	४०	२०	०

अंश	०	१	२	३	४	५	६	७	८	९	१०	११	१२	१३	१४
११	६	६	६	६	६	६	६	६	७	७	७	७	७	७	७
मी०	६	१३	२०	२६	३३	४०	४६	५३	०	६	१३	२०	२६	३३	४०
	४०	२०	०	४०	२०	०	४०	२०	०	४०	२०	०	४०	२०	०
	१५	१६	१७	१८	१९	२०	२१	२२	२३	२४	२५	२६	२७	२८	२९
	७	७	८	८	८	८	८	८	८	८	८	९	९	९	९
	४६	५३	०	६	१३	२०	२६	३३	४०	४६	५३	०	६	१३	२०
	४०	२०	०	४०	२०	०	४०	२०	०	४०	२०	०	४०	२०	०

शुक्र उच्च बल सारिणी

अंश	०	१	२	३	४	५	६	७	८	९	१०	११	१२	१३	१४
०	१९	१९	१९	१९	१९	१९	१९	१८	१८	१८	१८	१८	१८	१८	१८
मेष	४०	३३	२६	२०	१३	६	०	५३	४६	४०	३३	२६	२०	१३	६
	०	२०	४०	०	२०	४०	०	२०	४०	०	२०	४०	०	२०	४०

	१५	१६	१७	१८	१९	२०	२१	२२	२३	२४	२५	२६	२७	२८	२९
	१८	१७	१७	१७	१७	१७	१७	१७	१७	१७	१६	१६	१६	१६	१६
	०	५३	४६	४०	३३	२६	२०	१३	६	०	५३	४६	४०	३३	२६
	०	२०	४०	०	२०	४०	०	२०	४०	०	२०	४०	०	२०	४०
अंश	०	१	२	३	४	५	६	७	८	९	१०	११	१२	१३	१४
१	१६	१६	१६	१६	१५	१५	१५	१५	१५	१५	१५	१५	१५	१४	१४
वृ.	२०	१३	६	०	५३	४६	४०	३३	२६	२०	१३	६	०	५३	४६
	०	२०	४०	०	२०	४०	०	२०	४०	०	२०	४०	०	२०	४०
	१५	१६	१७	१८	१९	२०	२१	२२	२३	२४	२५	२६	२७	२८	२९
	१४	१४	१४	१४	१४	१४	१४	१३	१३	१३	१३	१३	१३	१३	१३
	४०	३३	२६	२०	१३	६	०	५३	४६	४०	३३	२६	२०	१३	६
	०	२०	४०	०	२०	४०	०	२०	४०	०	२०	४०	०	२०	४०
अंश	०	१	२	३	४	५	६	७	८	९	१०	११	१२	१३	१४
२	१३	१२	१२	१२	१२	१२	१२	१२	१२	१२	११	११	१२	११	११
मिथुन	०	५३	४६	४०	३३	२६	२०	१३	६	०	५३	४६	४०	३३	२६
	०	२०	४०	०	२०	४०	०	२०	४०	०	२०	४०	०	२०	४०
	१५	१६	१७	१८	१९	२०	२१	२२	२३	२४	२५	२६	२७	२८	२९
	११	११	११	११	१०	१०	१०	१०	१०	१०	१०	१०	१०	९	९
	२०	१३	६	०	५३	४६	४०	३३	२६	२०	१३	६	०	५३	४६
	०	२०	४०	०	२०	४०	०	२०	४०	०	२०	४०	०	२०	४०
अंश	०	१	२	३	४	५	६	७	८	९	१०	११	१२	१३	१४
३	९	९	९	९	९	९	९	८	८	८	८	८	८	८	८
कर्क	४०	३३	२६	२०	१३	६	०	५३	४६	४०	३३	२६	२०	१३	६
	०	२०	४०	०	२०	४०	०	२०	४०	०	२०	४०	०	२०	४०
	१५	१६	१७	१८	१९	२०	२१	२२	२३	२४	२५	२६	२७	२८	२९
	८	७	७	७	७	७	७	७	७	७	६	६	६	६	६
	०	५३	४६	४०	३३	२६	२०	१३	६	०	५३	४६	४०	३३	२६
	०	२०	४०	०	२०	४०	०	२०	४०	०	२०	४०	०	२०	४०
अंश	०	१	२	३	४	५	६	७	८	९	१०	११	१२	१३	१४
४	६	६	६	६	५	५	५	५	५	५	५	५	५	४	४
सि.	२०	१३	६	०	५३	४६	४०	३३	२६	२०	१३	६	०	५३	४६
	०	२०	४०	०	२०	४०	०	२०	४०	०	२०	४०	०	२०	४०
	१५	१६	१७	१८	१९	२०	२१	२२	२३	२४	२५	२६	२७	२८	२९
	४	४	४	४	४	४	४	३	३	३	३	३	३	३	३
	४०	३३	२६	२०	१३	६	०	५३	४६	४०	३३	२६	२०	१३	६
	०	२०	४०	०	२०	४०	०	२०	४०	०	२०	४०	०	२०	४०

अंश	०	१	२	३	४	५	६	७	८	९	१०	११	१२	१३	१४
५	३	२	२	२	२	२	२	२	२	२	१	१	१	१	१
क.	०	५३	४६	४०	३३	२६	२०	१३	६	०	५३	४६	४०	३३	२६
	०	२०	४०	०	२०	४०	०	२०	४०	०	२०	४०	०	२०	४०
	१५	१६	१७	१८	१९	२०	२१	२२	२३	२४	२५	२६	२७	२८	२९
	१	१	१	१	०	०	०	०	०	०	०	०	०	०	०
	२०	१३	६	०	५३	४६	४०	३३	२६	२०	१३	६	०	६	१३
	०	२०	४०	०	२०	४०	०	२०	४०	०	२०	४०	०	४०	२०
अंश	०	१	२	३	४	५	६	७	८	९	१०	११	१२	१३	१४
६	०	०	०	०	०	०	१	१	१	१	१	१	१	१	१
तु.	२०	२६	३३	४०	४६	५३	०	६	१३	२०	२६	३३	४०	४६	५३
	०	४०	२०	०	४०	२०	०	४०	२०	०	४०	२०	०	४०	२०
	१५	१६	१७	१८	१९	२०	२१	२२	२३	२४	२५	२६	२७	२८	२९
	२	२	२	२	२	२	२	२	२	३	३	३	३	३	३
	०	६	१३	२०	२६	३३	४०	४६	५३	०	६	१३	२०	२६	३३
	०	४०	२०	०	४०	२०	०	४०	२०	०	४०	२०	०	४०	२०
अंश	०	१	२	३	४	५	६	७	८	९	१०	११	१२	१३	१४
७	३	३	३	४	४	४	४	४	४	४	४	४	५	५	५
वृ.	४०	४६	५३	०	६	१३	२०	२६	३३	४०	४६	५३	०	६	१३
	०	४०	२०	०	४०	२०	०	४०	२०	०	४०	२०	०	४०	२०
	१५	१६	१७	१८	१९	२०	२१	२२	२३	२४	२५	२६	२७	२८	२९
	५	५	५	५	५	५	६	६	६	६	६	६	६	६	६
	२०	२६	३३	४०	४६	५३	०	६	१३	२०	२६	३३	४०	४६	५३
	०	४०	२०	०	४०	२०	०	४०	२०	०	४०	२०	०	४०	२०
अंश	०	१	२	३	४	५	६	७	८	९	१०	११	१२	१३	१४
८	७	७	७	७	७	७	७	७	७	८	८	८	८	८	८
धन	०	६	१३	२०	२६	३३	४०	४६	५३	०	६	१३	२०	२६	३३
	०	४०	२०	०	४०	२०	०	४०	२०	०	४०	२०	०	४०	२०
	१५	१६	१७	१८	१९	२०	२१	२२	२३	२४	२५	२६	२७	२८	२९
	८	८	८	९	९	९	९	९	९	९	९	९	१०	१०	१०
	४०	४६	५३	०	६	१३	२०	२६	३३	४०	४६	५३	०	६	१३
	०	४०	२०	०	४०	२०	०	४०	२०	०	४०	२०	०	४०	२०
अंश	०	१	२	३	४	५	६	७	८	९	१०	११	१२	१३	१४
९.	१०	१०	१०	१०	१०	१०	११	११	११	११	११	११	११	११	११
म.	२०	२६	३३	४०	४६	५३	०	६	१३	२०	२६	३३	४०	४६	५३
	०	४०	२०	०	४०	२०	०	४०	२०	०	४०	२०	०	४०	२०

अंश	१५	१६	१७	१८	१९	२०	२१	२२	२३	२४	२५	२६	२७	२८	२९
९	१२	१२	१२	१२	१२	१२	१२	१२	१२	१३	१३	१३	१३	१३	१३
म०	०	६	१३	२०	२६	३३	४०	४६	५३	०	६	१३	२०	२६	३३
	०	४०	२०	०	४०	२०	०	४०	२०	०	४०	२०	०	४०	२०

अंश	०	१	२	३	४	५	६	७	८	९	१०	११	१२	१३	१४
१०	१३	१३	१३	१४	१४	१४	१४	१४	१४	१४	१४	१४	१५	१५	१५
कु.	४०	४६	५३	०	६	१३	२०	२६	३३	४०	४६	५३	०	६	१३
	०	४०	२०	०	४०	२०	०	४०	२०	०	४०	२०	०	४०	२०
	१५	१६	१७	१८	१९	२०	२१	२२	२३	२४	२५	२६	२७	२८	२९
	१५	१५	१५	१५	१५	१५	१६	१६	१६	१६	१६	१६	१६	१६	१६
	२०	२६	३३	४०	४६	५३	०	६	१३	२०	२६	३३	४०	४६	५३
	०	४०	२०	०	४०	२०	०	४०	२०	०	४०	२०	०	४०	२०

अंश	०	१	२	३	४	५	६	७	८	९	१०	११	१२	१३	१४
११	१७	१७	१७	१७	१७	१७	१७	१७	१७	१८	१८	१८	१८	१८	१८
मी.	०	६	१३	२०	२६	३३	४०	४६	५३	०	६	१३	२०	२६	३३
	०	४०	२०	०	४०	२०	०	४०	२०	०	४०	२०	०	४०	२०
	१५	१६	१७	१८	१९	२०	२१	२२	२३	२४	२५	२६	२७	२८	२९
	१८	१८	१८	१९	१९	१९	१९	१९	१९	१९	१९	१९	१९	१९	१९
	४०	४६	५३	०	६	१३	२०	२६	३३	४०	४६	५३	०	५३	४६
	०	४०	२०	०	४०	२०	०	४०	२०	०	४०	२०	०	२०	४०

शनि उच्चबल सारिणी

अंश	०	१	२	३	४	५	६	७	८	९	१०	११	१२	१३	१४
०	२	२	२	१	१	१	१	१	१	१	१	१	०	०	०
मेष	१३	६	०	५३	४६	४०	३३	२६	२०	१६	६	०	५३	४६	४०
	२०	४०	०	२०	४०	०	२०	४०	०	२०	४०	०	२०	४०	०
	१५	१६	१७	१८	१९	२०	२१	२२	२३	२४	२५	२६	२७	२८	२९
	०	०	०	०	०	०	०	०	०	०	०	०	०	०	०
	३३	२६	२०	१३	६	०	६	१३	२०	२६	३३	४०	४६	५३	०
	२०	४०	०	२०	४०	०	२०	४०	०	४०	२०	०	४०	२०	०

अंश	०	१	२	३	४	५	६	७	८	९	१०	११	१२	१३	१४
१	१	१	१	१	१	१	१	१	१	२	२	२	२	२	२
वृ०	६	१३	२०	२६	३३	४०	४६	५३	०	६	१३	२०	२६	३३	४०
	४०	२०	०	४०	२०	०	४०	२०	०	४०	२०	०	४०	२०	०

अंश	१५	१६	१७	१८	१९	२०	२१	२२	२३	२४	२५	२६	२७	२८	२९
१	२	२	३	३	३	३	३	३	३	३	३	४	४	४	४
वृ०	४६	५३	०	६	१३	२०	२६	३३	४०	४६	५३	०	६	१३	२०
	४०	२०	०	४०	२०	०	४०	२०	०	४०	२०	०	४०	२०	०
अंश	०	१	२	३	४	५	६	७	८	९	१०	११	१२	१३	१४
२	४	४	४	४	४	५	५	५	५	५	५	५	५	५	५
मि.	२६	३३	४०	४६	५३	०	६	१३	२०	२६	३३	४०	४६	५३	०
	४०	२०	०	४०	२०	०	४०	२०	०	४०	२०	०	४०	२०	०
	१५	१६	१७	१८	१९	२०	२१	२२	२३	२४	२५	२६	२७	२८	२९
	६	६	६	६	६	६	६	६	७	७	७	७	७	७	७
	६	१३	२०	२६	३३	४०	४६	५३	०	६	१३	२०	२६	३३	४०
	४०	२०	०	४०	२०	०	४०	२०	०	४०	२०	०	४०	२०	०
अंश	०	१	२	३	४	५	६	७	८	९	१०	११	१२	१३	१४
३	७	७	८	८	८	८	८	८	८	८	८	९	९	९	९
कर्क	४६	५३	०	६	१३	२०	२६	३३	४०	४६	५३	०	६	१३	२०
	४०	२०	०	४०	२०	०	४०	२०	०	४०	२०	०	४०	२०	०
	१५	१६	१७	१८	१९	२०	२१	२२	२३	२४	२५	२६	२७	२८	२९
	९	९	९	९	९	१०	१०	१०	१०	१०	१०	१०	१०	१०	११
	२६	३३	४०	४६	५३	०	६	१३	२०	२६	३३	४०	४६	५३	०
	४०	२०	०	४०	२०	०	४०	२०	०	४०	२०	०	४०	२०	०
अंश	०	१	२	३	४	५	६	७	८	९	१०	११	१२	१३	१४
४	११	११	११	११	११	११	११	११	१२	१२	१२	१२	१२	१२	१२
सिंह	६	१३	२०	२६	३३	४०	४६	५३	०	६	१३	२०	२६	३३	४०
	४०	२०	०	४०	२०	०	४०	२०	०	४०	२०	०	४०	२०	०
	१५	१६	१७	१८	१९	२०	२१	२२	२३	२४	२५	२६	२७	२८	२९
	१२	१२	१३	१३	१३	१३	१३	१३	१३	१३	१३	१४	१४	१४	१४
	४६	५३	०	६	१३	२०	२६	३३	४०	४६	५३	०	६	१३	२०
	४०	२०	०	४०	२०	०	४०	२०	०	४०	२०	०	४०	२०	०
अंश	०	१	२	३	४	५	६	७	८	९	१०	११	१२	१३	१४
५	१४	१४	१४	१४	१४	१५	१५	१५	१५	१५	१५	१५	१५	१५	१६
क०	२६	३३	४०	४६	५३	०	६	१३	२०	२६	३३	४०	४६	५३	०
	४०	२०	०	४०	२०	०	४०	२०	०	४०	२०	०	४०	२०	०
	१५	१६	१७	१८	१९	२०	२१	२२	२३	२४	२५	२६	२७	२८	२९
	१६	१६	१६	१६	१६	१६	१६	१६	१७	१७	१७	१७	१७	१७	१७
	६	१३	२०	२६	३३	४०	४६	५३	०	६	१३	२०	२६	३३	४०
	४०	२०	०	४०	२०	०	४०	२०	०	४०	२०	०	४०	२०	०

अंश	०	१	२	३	४	५	६	७	८	९	१०	११	१२	१३	१४
६	१७	१७	१८	१८	१८	१८	१८	१८	१८	१८	१८	१९	१९	१९	१९
तु०	४६	५३	०	६	१३	२०	२६	३३	४०	४६	५३	०	६	१३	२०
	४०	२०	०	४०	२०	०	४०	२०	०	४०	२०	०	४०	२०	०
	१५	१६	१७	१८	१९	२०	२१	२२	२३	२४	२५	२६	२७	२८	२९
	१९	१९	१९	१९	१९	२०	१९	१९	१९	१९	१९	१९	१९	१९	१९
	२६	३३	४०	४६	५३	०	५३	४६	४०	३३	२६	२०	१३	६	०
	४०	२०	०	४०	२०	०	२०	४०	०	२०	४०	०	२०	४०	०
अंश	०	१	२	३	४	५	६	७	८	९	१०	११	१२	१३	१४
७	१८	१८	१८	१८	१८	१८	१८	१८	१८	१७	१७	१७	१७	१७	१७
वृ०	५३	४६	४०	३३	२६	२०	१३	६	०	५३	४६	४०	३३	२६	२०
	२०	४०	०	२०	४०	०	२०	४०	०	२०	४०	०	२०	४०	०
	१५	१६	१७	१८	१९	२०	२१	२२	२३	२४	२५	२६	२७	२८	२९
	१७	१७	१७	१६	१६	१६	१६	१६	१६	१६	१६	१६	१५	१५	१५
	१३	६	०	५३	४६	४०	३३	२६	२०	१३	६	०	५३	४६	४०
	२०	४०	०	२०	४०	०	२०	४०	०	२०	४०	०	२०	४०	०
अंश	०	१	२	३	४	५	६	७	८	९	१०	११	१२	१३	१४
८	१५	१५	१५	१५	१५	१५	१४	१४	१४	१४	१४	१४	१४	१४	१४
धन	३३	२६	२०	१३	६	०	५३	४६	४०	३३	२६	२०	१३	६	०
	२०	४०	०	२०	४०	०	२०	४०	०	२०	४०	०	२०	४०	०
	१५	१६	१७	१८	१९	२०	२१	२२	२३	२४	२५	२६	२७	२८	२९
	१३	१३	१३	१३	१३	१३	१३	१३	१३	१२	१२	१२	१२	१२	१२
	५३	४६	४०	३३	२६	२०	१३	६	०	५३	४६	४०	३३	२६	२०
	२०	४०	०	२०	४०	०	२०	४०	०	२०	४०	०	२०	४०	०
अंश	०	१	२	३	४	५	६	७	८	९	१०	११	१२	१३	१४
९	१२	१२	१२	११	११	११	११	११	११	११	११	११	१०	१०	१०
म०	१३	६	०	५३	४६	४०	३३	२६	२०	१३	६	०	५३	४६	४०
	२०	४०	०	२०	४०	०	२०	४०	०	२०	४०	०	२०	४०	०
	१५	१६	१७	१८	१९	२०	२१	२२	२३	२४	२५	२६	२७	२८	२९
	१०	१०	१०	१०	१०	१०	९	९	९	९	९	९	९	९	९
	३३	२६	२०	१३	६	०	५३	४६	४०	३३	२६	२०	१३	६	०
	२०	४०	०	२०	४०	०	२०	४०	०	२०	४०	०	२०	४०	०
अंश	०	१	२	३	४	५	६	७	८	९	१०	११	१२	१३	१४
१०	८	८	८	८	८	८	८	८	८	७	७	७	७	७	७
कुं०	५३	४६	४०	३३	२६	२०	१३	६	०	५३	४६	४०	३३	२६	२०
	२०	४०	०	२०	४०	०	२०	४०	०	२०	४०	०	२०	४०	०

	१५	१६	१७	१८	१९	२०	२१	२२	२३	२४	२५	२६	२७	२८	२९
	७	७	७	६	६	६	६	६	६	६	६	६	५	५	५
	१३	६	०	५३	४६	४०	३३	२६	२०	१३	६	०	५३	४६	४०
	२०	४०	०	२०	४०	०	२०	४०	०	२०	४०	०	२०	४०	०
अंश	०	१	२	३	४	५	६	७	८	९	१०	११	१२	१३	१४
११	५	५	५	५	५	५	४	४	४	४	४	४	४	४	४
मीन	३३	२६	२०	१३	६	०	५३	४६	४०	३३	२६	२०	१३	६	०
	२०	४०	०	२०	४०	०	२०	४०	०	२०	४०	०	२०	४०	०
	१५	१६	१७	१८	१९	२०	२१	२२	२३	२४	२५	२६	२७	२८	२९
	३	३	३	३	३	३	३	३	३	२	२	२	२	२	२
	५३	४६	४०	३३	२६	२०	१३	६	०	५३	४६	४०	३३	२६	२०
	२०	४०	०	२०	४०	०	२०	४०	०	२०	४०	०	२०	४०	०

कला की उच्च बल सारिणी

(सब ग्रहों के कला विकला का उच्चबल केवल इसी सारिणी से निकलता है)

कला	०	१	२	३	४	५	६	७	८	९
विकला	०	०	०	०	०	०	०	०	०	१
प्रति वि०	०	६	१३	२०	२६	३३	४०	४६	५३	०
तत्प्रति वि०	०	४०	२०	०	४०	२०	०	४०	२०	०
	१०	११	१२	१३	१४	१५	१६	१७	१८	१९
	१	१	१	१	१	१	१	१	२	२
	६	१३	२०	२६	३३	४०	४६	५३	०	६
	४०	२०	०	४०	२०	०	४०	२०	०	४०
कला	२०	२१	२२	२३	२४	२५	२६	२७	२८	२९
विकला	२	२	२	२	२	२	२	३	३	३
प्रति वि०	१३	२०	२६	३३	४०	४६	५३	०	६	१३
तत्प्रति वि०	२०	०	४०	२०	०	४०	२०	०	४०	२०
	३०	३१	३२	३३	३४	३५	३६	३७	३८	३९
	३	३	३	३	३	३	४	४	४	४
	२०	२६	३३	४०	४६	५३	०	६	१३	२०
	०	४०	२०	०	४०	२०	०	४०	२०	०
कला	४०	४१	४२	४३	४४	४५	४६	४७	४८	४९
विकला	४	४	४	४	४	५	५	५	५	५
प्रति वि०	२६	३३	४०	४६	५३	०	६	१३	२०	२६
तत्प्रति वि०	४०	२०	०	४०	२०	०	४०	२०	०	४०

५०	५१	५२	५३	५४	५५	५६	५७	५८	५९
५	५	५	५	६	६	६	६	६	६
३३	४०	४६	५३	०	६	१३	२०	२६	३३
२०	०	४०	२०	०	४०	२०	०	४०	२०

उच्च बल सारिणी देखने की रीति

इसमें ग्रह से नीच घटाने या षड़भाल्प करने की आवश्यकता नहीं है। सीधे ग्रह स्पष्ट के अंकों पर उच्च बल प्राप्त होता है।

जिस ग्रह का उच्च बल निकालना हो उस ग्रह की उच्च बल सारिणी देखो। ग्रह स्पष्ट की राशि के सामने और अंश के नीचे जो सारिणी अंक हो वह लो। इसके आगे का सारिणी अङ्क प्राप्त अङ्क से कम हो तो उसका चालन ऋण होगा यदि अधिक हो तो धन होगा। अंश का सारिणी अंक कलादि में और कला का विकलादि में और विकला का प्रतिविकला आदि में उच्चबल मिलता है। अंश का सारिणी अंक पृथक-पृथक ग्रहों के चक्र से उपरोक्त विधि से प्राप्त हो जाता है परन्तु कलादि का उच्च बल ऊपर दी हुई सारिणी से प्राप्त होगा। यह अंक ऊपर बताये अनुसार ऋण या धन होगा। अंश से प्राप्त सारिणी अंक में कला से प्राप्त सारिणी अंक ऋण हो तो घटाना, धन हो तो जोड़ देना तब स्पष्ट उच्च बल प्राप्त हो जायगा।

उदाहरण (१) सूर्य स्पष्ट ११–५°–२३′–८″ है। सूर्य की उच्च बल सारिणी देखो। ११ राशि के सामने और ५° के नीचे १६′–६″–४० है आगे ६° का अंक बड़ा है इससे चालन + होगा।

अब कला की सारिणी देखो २३′=३″–४०‴–०   ११–५°=१६′–६″–४०
८′= ०–५३–२० चालन+   ३–४०–३
=३–४०–५३–२०   =१६–१०–२०–५३
चाचन   सूर्य का उच्च बल १६′–१०″–२०‴

(२) चंद्र स्पष्ट ५ रा–२८°–४९′–५″

चंद्र की सारिणी से   कला की सारिणी से   ५ रा–२८° का=३′–५३″–२०
५ रा–२८°=३′–५३″–२०   ४९′=५″–२६–४०   ४९′–५″का= ५–२७–१३ ऋण
२९°=३ –४६–२०   ५″=० –३३–२०   शेष=३–४७–५२–४७
आगे का काम होने से   =५–२७–१३–२०   चंद्र का उच्च बल ३–४७–५२″
चालन ऋण होगा   चालन ऋण

(३) मंगल स्पष्ट २रा–२३°–०°–३९″

मंगल की सारिणी से   कला की सारिणी से   २रा–२३°=३′–५३″–२०‴
२रा–२३°=३′–५३″–२०   ०′=०″–०‴–०   ०′ ९″= ४–२० ऋण
आगे २४° का कम है   ३९″ ४–२०–०   शेष =३–५३–१५–४०
इससे चालन ऋण   =०–४–२०   मंगल का उच्चबल
चालन ऋण   ३′–५३″–१५‴

(४) बुध स्पष्ट. ११ रा–१७°–२'–१५"

बुध की सारिणी से	कला की सारिणी से	११रा–१७°=०'-१३"–२०
११रा–१७°=०'–१३"–२०"'	२'=०"–१३"'–२०	२ –१५"=+ ० –१५
आगे १८ का अधिक है	१५"= १ –४०–०	=:–१३–३५
चालन +	=० –१५ – ०–०	बुध का उच्च बल
	चालन +	०'–१३"–३५"'

(५) गुरु स्पष्ट ६रा–५°–४४'–५२"

गुरु की सारिणी से	कला की सारिणी से	६रा–५°=१०'–०"–०
६ रा–५°=१०'–०"–०	४४'=४"–५३"'–२०	४४'–५२"–४–५९–६–४० ऋण
आगे का काम चालन ऋण	५२"=५ –४६ –४०	शेष=९–५५–०–५३–२०
	=५–५९–६–४०	गुरु का उच्चबल
	चालन ऋण	९'–८५"–०

(६) शुक्र स्पष्ट ११ रा–१६°–५५'–११"

शुक्र की सारिणी से	कला की सारिणी से	११रा–१६°=१८'–४६'–४०
११–१६°=१८–४६–४०	५५'=६"–६"'–४०	१५'–११"= ६–७–५३+
आगे का अधिक +	११"= १–१३–२०	=१८-५२-४७-५३
	=६–७–५३–१०	शुक्र का उच्च बल
	चालन +	१८'–५२"–४७"'

(७) शनि स्पष्ट २–२६"–१४'–४७

शनि की सारिणी से	कला की सारिणी से	२रा–२६°=७'–२०"–०
२रा–२६°=७'–२०"–०	१४'=१"–३३"–२०	१४'–४७"= १ –३८–३३+
आगे का अधिक+	४७"= ५–१३-२०	=७–२१-३८–३३
	=१–३८–३३–२०	शनि का उच्च बल
	चालन +	७'-२१"–३८

उपरोक्त उदाहरण से प्रकट होगा कि जिसका उच्चबल निकाला जाता है एक वर्ण कम निकलता है। अर्थात् अंश का कलादि में, कला का विकलादि में और विकला का प्रतिविकला आदि में उच्चबल निकलता है। यहाँ विकला तक का उच्चबल निकाल कर ± किया है इस कारण पूर्व प्राप्त उच्च बल की प्रतिविकला में सिर्फ कुछ अन्तर है। क्योंकि वहाँ विकला का उच्चबल छोड़ दिया गया है। साधारण प्रकार से विकला का उच्चबल निकालने की आवश्यकता भी नहीं है। क्योंकि उच्चबल में केवल कला विकला ले लिया जाता है प्रतिविकला छोड़ दिया जाता है।

टिप्पणी—यह ध्यान रहे कि वर्ष फल में उच्चबल साधन की सारिणी और गणित खण्ड में ग्रह बल साधन में दी हुई उच्चबल साधन की सारिणी में बहुत

अन्तर है। दोनों भिन्न-भिन्न हैं। वहाँ परम उच्चबल का पूर्णबल १°=६०′ लिया जाता है और यहाँ वर्ष में २०′ लिया जाता है।

इन सारणियों के बनाने की रीति

ग्रह	परम नीच	परम उच्च
१ सूर्य	६ रा–१०°	० रा–१०
२ चन्द्र	७ –३	१ –३
३ मंगल	३ –२८	९ –२८
४ बुध	११ –१५	५ –१५
५ गुरु	९ –५	३ –५
६ शुक्र	५ –२७	११ –२७
७ शनि	० –२०	६ –२०

उच्च और नीच में ६ राशि=१८०° का अन्तर है १८०° में २०′ बल तो १° में $\frac{1}{9}$′=०′–६″४०‴ बल। प्रत्येक ग्रह के परम उच्च बल २०′ और परम नीच अंश में ० रखकर आगे प्रत्येक अंश का ०″–६″–४०″ जोड़कर घटना आरंभ होगा। घटते-घटते परम नीच अंश पर ०–०–० आ जायगा। प्रत्येक ग्रह की उच्च बल सारिणी देखने से यह समझ में आ जायगा। कला की सारिणी में १°=६०′ है। १ अंश का बल ०′–६″–४०‴ को ६० में विभक्त करने पर १′ का बल ०″–६‴–४० आता है। जिसे जोड़ते जाने पर वह सारिणी बन गई है।

३. हद्देश साधन

हद्दा चक्र

राशि	मेष १	वृष २	मि० ३	कर्क ४	सिंह ५	कन्या ६
इतने अंश	गु. ६	शु. ८	बु. ६	मं. ७	गु. ६	बु. ७
तक इन	शु. १२	बु. १४	शु. १२	शु. १३	शु. ११	शु० १७
ग्रहों की	बु. २०	गु. २२	गु. १७	बु० १९	श. १८	गुरु २१
हद्दा है।	मं २५	श. २७	मं. २४	गु. २६	बु. २४	मं. २८
	श. ३०	मं. ३०	श. ३०	श. ३०	मं. ३०	श. ३०

राशि	तुला ७	वृश्चि० ८	धनं ९	मकर १०	कुंभ ११	मीन १२
इतने अंश	श. ६	मं. ७	गु. १२	बु. ७	शु. ७	शु. १२
तक इन	बु. १४	शु. ११	शु. १७	गु. १४	बु. १३	गु. १६
ग्रहों की	गु. २१	बु. १९	ब. २१	शु. २२	गु. २०	बु. १९
हद्दा है।	शु. २८	गु. १४	मं. २६	श. २६	मं. २५	मं. २८
	मं. ३०	श. ३०	श. ३०	मं. ३०	श. ३०	श. ३०

मेष के आरंभ में ६° तक गुरु की हद्दा है फिर ६° के आगे १२° तक शुक्र की हद्दा है। उपरांत मेष के १२° के बाद २०° तक बुध की हद्दा है। उसके आगे २५° तक मंगल की हद्दा है। उपरांत अन्त के ३०° तक शनि की हद्दा है। इसी प्रकार प्रत्येक राशि की हद्दा का विचार करना।

जिस राशि में कोई ग्रह हो उस राशि के अंश के अनुसार हद्दा होती है। जिस ग्रह की हद्दा में है वह ग्रह हद्देश कहलाता है।

कहीं-कहीं दूसरे प्रकार से चक्र दिया रहता है जिसमें बताया जाता है कि उस ग्रह की हद्दा आगे कितने अंश तक है। वह नीचे दिया है:—

हद्दा चक्र अन्य प्रकार से

राशि	मेष	वृष	मि०	कर्क	सिंह	कन्या
	१	२	३	४	५	६
हद्दा	गु. ६	शु. ८	बु. ६	श. ७	गु. ६	बु. ७
प्रत्येक	शु. ६	बु. ६	शु. ६	शु. ६	शु. ५	शु. १०
ग्रह की	बु. ८	गु. ८	गु. ५	बु. ६	श. ७	मु. ४
	मं. ५	श. ५	मं. ७	गु. ७	बु. ६	मं. ७
	श. ५	मं. ६	श. ६	श. ४	मं. ६	श. २

राशि	तुला	वृ.	धन	मकर	कुंभ	मीन
	७	८	९	१०	११	१२
हद्दा	श. ६	मं. ७	गु. १२	शु. ७	मु. ७	शु. १२
प्रत्येक	बु. ८	शु. ४	शु. ५	गु. ७	बु. ६	गु. ४
ग्रह की	गु. ७	ब. ८	बु. ४	शु. ८	मु. ७	बु. ३
	शु. ७	गु. ५	मं. ५	श. ४	मं. ५	मं. ९
	मं. २	श. ६	श. ४	मं, ४	श. ५	श. २

यहाँ मेष में ६° तक गुरु की हद्दा है। आगे ६° शुक्र की हद्दा (६+६=१२° तक) है। फिर ८° आगे बुध की हद्दा (१२+८=२०° तक) है। इसके आगे ५° मंगल की हद्दा (२०+५=२५° तक) है। अंत में ५° शनि की हद्दा (२५+५=३०° तक) है। इस प्रकार सब राशियों का समझना। इस चक्र में प्रत्येक राशि की हद्दा बताई है। और इसके पहिले के चक्र में स्पष्ट बता दिया है कि वह हद्दा किस अंश तक रहेगी। इस कारण पहिले बताया हुआ चक्र स्पष्ट है। दोनों चक्रों में कोई अंतर नहीं है।

मतान्तर:—वर्ष पत्री दीपक में कन्या राशि की हद्दा में शुक्र की हद्दा ६° तक और अंतिम शनि की हद्दा ६° तक बतायी है। यहाँ शुक्र की हद्दा १०° और शनि की हद्दा २° तक ही बहु मत से दी है जैसा हायनरत्न और नीलकंठी आदि में दिया है।

हद्दा साधन का उदाहरण

ग्रह	सूर्य	चंद्र	मंगल	बुध	गुरु	शुक्र	शनि
राशि अंश	मीन	कन्या	मिथुन	मीन	तुला	मीन	मिथुन
	५°-३०′	२८°-४९	२३-०	१७-२	५-४४	१६-१५	२६-१४
हद्दा	१२ तक शुक्र	२८ से ३० तक शनि	२४ तक मंगल	१९ तक बुध	६ तक शनि	१६ से १९ तक बुध	३० तक शनि
हद्देश	शुक्र	शनि	मंगल	बुध	शनि	बुध	शनि

४. द्रेष्काण साधन

जातक से कुछ भिन्न प्रकार से द्रेष्काण नीलकण्ठी आदि ताजिक ग्रंथों में बताया है जो वृहत्पंचवर्गी बल साधन में लिया जाता है।

द्रेष्काण चक्र

राशि	मेष	वृष	मिथुन	कर्क	सिंह	कन्या
	१	२	३	४	५	६
(१) १०° तक	मंगल	बुध	गुरु	शुक्र	शनि	सूर्य
(२) २०° तक	सूर्य	चंद्र	मंगल	बुध	गुरु	शुक्र
(३) ३०° तक	शुक्र	शनि	सूर्य	चंद्र	मंगल	बुध
	तुला	वृ.	धन	मकर	कुंभ	मीन
	७	८	९	१०	११	१२
	चंद्र	मंगल	बुध	गुरु	शुक्र	शनि
	शनि	सूर्य	चंद्र	मंगल	बुध	गुरु
	गुरु	शुक्र	शनि	सूर्य	चंद्र	मंगल

१०° तक पहिला, २०° तक दूसरा द्रेष्काण और ३०° तक तीसरा द्रेष्काण होता है। प्रथम द्रेष्काण के स्वामी मंगल से गिनने पर क्रमानुसार ग्रह राशियों के क्रम से द्रेष्काण स्वामी होते हैं। दूसरे द्रेष्काण का स्वामी मंगल से छठा गिना तो सूर्य आया। सूर्य से आरम्भ कर आगे प्रत्येक ग्रह क्रमानुसार प्रत्येक राशियों के द्रेष्काण स्वामी होते हैं। इसी प्रकार तीसरे द्रेष्काण का स्वामी सूर्य से छठा गिना तो शुक्र आया। इस कारण तीसरे द्रेष्काण का स्वामी शुक्रसे आरम्भ होकर आगे क्रमानुसार राशियों के स्वामी होते हैं।

द्रेष्काण का उदाहरण

ग्रह	सूर्य	चंद्र	मंगल	बुध	गुरु	शुक्र	शनि
ग्रह राशि	मीन	कन्या	मिथुन	मीन	तुला	मीन	मिथुन
अंश द्रेष्काण	५°	२८°	२३°	१७°	५°	१६°	२६°
द्रेष्काण	पहिला	तीसरा	तीसरा	दूसरा	पहिला	दूसरा	तीसरा
स्वामी	१०°तक	३०°तक	३०°तक	२०°तक	१०°तक	२०°तक	३०°तक
	शनि	बुध	सूर्य	गुरु	चंद्र	गुरु	सूर्य

५. नवांश साधन

नवांश चक्र

नवांश चक्र राशियां

१ मेष	२ वृष	३ मिथुन	४ कर्क
५ सिंह	६ कन्या	७ तुला	८ वृ०
९ धन	१० मकर	११ कुम्भ	१२ मीन

१	३°–२०′	१	१०	७	४
२	६ –४०	२	११	८	५
३	१०– ०	३	१२	९	६
४	१३–२०	४	१	१०	७
५	१६–४०	५	२	११	८
६	२०– ०	६	३	१२	९
७	२३–७०	७	४	१	१०
८	२६–४०	८	५	२	११
९	३०– ०	९	६	३	१२

३°–२०′ का एक नवांश होता है यहां वाईं ओर बताया है कि प्रत्येक नवांश कितने अंश कला तक होता है। ऊपर राशियों के नाम एक स्थान में दिये हैं, उन राशियों के नवांश एक समान होते हैं उनके नवांश की राशि बताई है। उस नवांश की राशि का स्वामी जो होगा वह नवांशेश कहलाता है। नवांश को मुसल्लम भी कहते हैं। इसका उदाहरण आगे दिया है।

नवांश साधन का उबाहरण

ग्रह	सूर्य	चंद्र	मंगल	बुध	गुरु	शुक्र	शनि
ग्रह राशि अंश	मीन	कन्या	मिथुन	मीन	तुला	मीन	मिथुन
	५°	२८°	२३°	१७°	५°	१६°	ꣿ६°
नवांश	दूसरा	नवां	सातवां	छठवां	दूसरा	पांचवां	आठवां
	६°-४०·	३०°	२१-२०′	२०°	६-४०	१६-४०	ꣿ६-४०
	तक	तक	तक	तक	तक	तक	तक
नवांश राशि	५	६	१	९	८	८	৬
नवांश स्वामी	सूर्य	बुध	मंगल	गुरु	मंगल	मंगल	शुक्र

साधन किया हुआ पञ्चवर्गी चक्र

ग्रह	सूर्य	चन्द्र	मंगल	बुध	गुरु	शुक्र	शनि
१ गृह स्वामी	गुरु	बुध	बुध	गुरु	शुक्र	गुरु	बुध
२ उच्च बल	१५′-३″	३′-४७″	३′-५३″	०′-१३″	९′-५५″	१८-५२	७-२१
३ हद्दा स्वामी	शुक्र	शनि	मंगल	बुध	शनि	बुध	शनि
४ द्रेष्काण ,,	शनि	बुध	सूर्य	गुरु	चंद्र	गुरु	सूर्य
५ नवांश ,,	सूर्य	बुध	मंगल	गुरु	मंगल	मंगल	शुक्र

विश्व बल

यहां जो वृहत्पंचवर्गी चक्र में ग्रह दिये हैं उनकी ग्रह के अनुसार मैत्री विचार कर, उस मैत्री के अनुसार उनका बल निकाल कर उनके नीचे रखना और अंत में सब बलों का योग कर ४ का भाग देने से जो प्राप्त हो वह विश्वा बल होता है उसे नीचे लिखना वही ग्रह का बल होगा। मैत्री के अनुसार बल निकालने का चक्र आगे दिया गया है।

पंचाधिकारी मैत्री बल चक्र

स्थान	स्वस्थान	मित्र क्षेत्री	सम क्षेत्री	शत्रु क्षेत्री
१ गृह बल	३०—०	२२—३०	१५— ०	७—३०
२ हृद्दा बल	१५—०	११—१५	७—३०	३—४५
३ द्रेष्काण बल	१०—०	७—३०	५— ०	२—३०
४ नवांश बल	५—०	३—४५	२—३०	१—१५
५ उच्च बल	२०—०	बीच का अनुपात से निकलता है		

इस मैत्री चक्र के अधिमित्र अधिशत्रु आदि नहीं दिया इससे तात्कालिक मैत्री के अनुसार ही लोग बल निकाल कर चक्र में रख देते हैं।

तात्कालिक मैत्री पहिले निकाल चुके हैं उसी के अनुसार बल निकाल कर नीचे चक्र में दिया है।

बृहत्पंचवर्गी बल चक्र

ग्रह	सूर्य	चंद्र	मंगल	बुध	गुरु	शुक्र	शनि
१ गृहेश	गुरु	बुध	बुध	गुरु	शुक्र	गुरु	बुध
	सम	सम	मित्र	सम	सम	सम	मित्र
	१५—०	१५—०	२२—३०	१५—०	१५—०	१५—०	२२—३०
२ उच्च बल	१६—१०	३—४७	३—५३	०—१३	९—५५	१८—५२	७—२५
३ हृद्देश	शुक्र	शनि	मंगल	बुध	शनि	बुध	शनि
	शत्रु	शत्रु	स्व.	स्व.	शत्रु	शत्रु	स्व.
	३—४५	३—४५	१५—०	१५—०	३—४५	३—४५	१५—०
४ द्रेष्काणेश	शनि	बुध	सूर्य	गुरु	चंद्र	गुरु	सूर्य
	मित्र	सम	मित्र	सम	शत्रु	सम	मित्र
	७—३०	५—०	७—३०	५—०	२—३०	५—०	७—३०
५ नवांशेश	सूर्य	बुध	मंगल	गुरु	मंगल	मंगल	शुक्र
	स्व	सम	स्व	सम	शत्रु	मित्र	मित्र
	५—०	२—३०	५—०	२—३०	१—१५	३—४५	३—४५
बल योग	४७—२५	३०—२	५३—५३	३७—४३	३२—२५	४६—२२	५६—६
विश्वा बल (चतुर्थांश)	११—५१	७—३०	१३—२८	९—२५	८—५	११—३५	१४—१

पंचवर्गी बल का स्पष्टीकरण

सूर्य गुरु के घर में है तो तत्काल मैत्री के अनुसार गुरु सूर्य का सम है। गृह में सम का बल चक्रानुसार १५—० है। सूर्य शुक्र की हृद्दा में है जो उसका शत्रु है। हृद्दा में शत्रु का बल ३—४५ है। द्रेष्काण में सूर्य शनि के द्रेष्काण में है जो उसका मित्र है। द्रेष्काण में मित्र बल ७—३० है। नवांश में सूर्य अपने (स्व०) नवांश में है। स्व नवांश का बल नवांश में ५ दिया है। उच्चबल पहिले ही निकाल चुके थे।

इन सब के बल का योग ४७–२५ हुआ। इसका चतुर्थांश ११–५१ विश्वा बल हुआ। इसी प्रकार प्रत्येक ग्रहों का बल यहाँ केवल तात्कालिक मैत्री के विचार से उपरोक्त चक्र में दिया है।

कई ज्योतिषी स्थिर मैत्री के अनुसार पंचवर्गी बल साधन करते हैं। स्थिर(नैसर्गिक मैत्री) पहिले दे चुके हैं।

स्थिर मैत्री बल चक्र

	स्व.	मित्र	शत्रु
गृह	३०	१५	७॥
हृद्दा	१५	७॥	३–४५
द्रेष्काण	१०	५	२॥
नवांश	५	३॥	१–१५

पंच वर्गी बल स्थिर मैत्री के अनुसार

ग्रह	सूर्य	चंद्र	मंगल	बुध	गुरु	शुक्र	शनि
(१) गृहेश	गुरु	बुध	बुध	गुरु	शुक्र	गुरु	बुध
	मित्र	शत्रु	शत्रु	शत्रु	शत्रु	शत्रु	मित्र
	१५–०	७–३०	९–३०	७–३०	७–३०	७–३०	१५–०
(२) उच्च बल	१६–१०	३–४७	३–५३	०–१३	९–५५	१८–५२	७–२१
(३) हृद्देश	शुक्र	शनि	मंगल	बुध	शनि	बुध	शनि
	शत्रु	शत्रु	स्व.	स्व.	शत्रु	मित्र	स्व.
	३–४५	३–४५	१५–०	१५–०	३–४५	७–३०	१५–०
(४) द्रेष्काणेश	शनि	बुध	सूर्य	गुरु	चंद्र	गुरु	सूर्य
	शत्रु	शत्रु	मित्र	शत्रु	मित्र	शत्रु	शत्रु
	२–३०	२–३०	५–०	२–३०	५–०	२–३०	२–३०
(५) नवांशेश	सूर्य	बुध	मंगल	गुरु	मंगल	मंगल	शुक्र
	स्व.	शत्रु	स्व.	शत्रु	मित्र	शत्रु	मित्र
	५–०	१–१५	५–०	१–१५	२–३०	१–१५	२–३०
बल योग	४२–२५	१८–४६	३६–२३	२६–२८	२८–४०	३७–३७	४२–२१
विश्वा बल (चतुर्थांश)	१०–३६	४–४१	९–५	६–३७	७–१०	९–२४	१०–३५

स्थिर बल चक्र (बृहत्पंचवर्गी बल निकालने के लिए)

ग्रह की राशि—मेष ०

अंश	सूर्य	चंद्र	मंगल	बुध	गुरु	शुक्र	शनि	राहु
३–२०	१२।	११।।।	१६।	४।	११।।।	८॥	४।	७।
६–०	१२	११।	१५।	४॥	११॥	१०॥	४॥	७॥
६–४०	११	१०।	१४॥	५॥	८।।।	९॥	५॥	८॥

१०–०	११।	१०॥	१४।	६।	९	१३।	५।	८॥
१२–०	१२।।।	११॥	१५।	५॥	९।	११॥	४।।।	८।
१३–२०	१२।।।	११	१३।	७।	९।	११।	४॥	८।
१६–४०	१३।।।	१३	१३	७॥	९॥	९।	५।।।	८॥
२०–०	१२॥	११	१२।।।	८॥	९।	९।	५	८।।।
२५–०	११॥	११॥	१५।।।	५॥	९।।।	११	४॥	८।
२६–४०	१०॥	१०।।।	१२।।।	५॥	९	८	७।	९।

वृष १

अंश	सूर्य	चन्द्र	मंगल	बुध	गुरु	शुक्र	शनि	राहु
३–२०	८	८।।।	६	१०	७	१७	८॥	११।।।
६–४०	८	८॥	६	११।	८	१७	८॥	११।।।
८–०	८।	८॥	६।।।	९॥	८	१६।।।	७।।।	११॥
१०–०	८।	८।।।	६।	११।।।	८।	१४।।।	७।।।	११॥
१३–२०	८।।।	१०।।।	७॥	१०	८।	१४	७	११
१४–०	८	१०।	६॥	१०॥	८	१५	७।।।	७॥
१६–४०	९।	११।	७।	७॥	१०।।।	१४	६।।।	१०॥
२०–०	९।	११	७।	८।	११	१३।	६।।।	१०।।।
२२–०	८।।।	१०	६	८	१०।।।	१३॥	८॥	११
२३–०	७।।।	९	६	९	८।	१४।	११।	१२
२६–४०	८॥	८॥	६	९॥	८।	१४।	११।	१२
२७–०	७॥	८	५।।।	१०।	७।।।	१४॥	११॥	१२॥
३०–०	८।	९	८	९।	८।।।	१३॥	९	११॥

मिथुन २

अंश	सूर्य	चन्द्र	मंगल	बुध	गुरु	शुक्र	शनि	राहु
३–२०	८	८।।।	६	१४।।।	९।	१०।।।	८	११।।।
६– ०	८	८।।।	६।।।	१४॥	१०।	१०।।।	७।।।	१०॥
६–४०	८	८।।।	६।।।	१२॥	१०।	११॥	७।।।	१२
१०– ०	८	८।।।	६	१२।।।	१०।।।	११॥	७।।।	८।
१२– ०	७।।।	७।	७	१३	८।।।	११।।।	९	११॥
१३–२०	८॥	९।	७।।।	१२।	११॥	८।।।	८	१०॥
१६–४०	८॥	९	७।।।	१२।	११।।।	८।।।	८	१०॥
१७– ९	८।।।	९॥	८	१२	१२॥	८॥	७।	१०॥
२०– ०	८।।।	९।	९।।।	१२	११	८	७।	१०–
३०–२०	९।।।	९।	९	१२	१०।	८।	७।	९।।। ☰
२४–२०	९॥	९	८	१८॥	१०	९।	९।।।	१०।

२६– ९	८।।	८।	५।	१३।।	९।	१०।	१०।।	१०।
३०– ०	८।।	७।।।	५।	१४।	९।।	९।	१०।।।	९२

कर्क ३

अंश	सूर्य	चन्द्र	मंगल	बुध	गुरु	शुक्र	शनि	राहु
३–२०	९।।	१४।।	९।।	९।।	११।।।	८	६।।	६।।
६–४०	११।।।	१३।।।	९।	७।।	११।।।	७।।।	६।।	८।।
७– ०	९।	१६।।	९	८।।	११।।	८।	६।।।	८।।।
१०– ०	८	१२।।	६	९।।	१०।।	११	७।	९।।।
१३– ०	८	१२।।	६	१०।।	११।।	११।	८	९।।
१३–३०	८	१२।।	६।	१२	१०।।	१८।	८	१०।।
१६–४०	८।	१२।।	७	११।।।	१०।।	७।	७।।।	९
१७–१०	८।	१२।।	६।	१२	११।	७।	७।।।	९
२०– ०	९	१३।।	७	९	१३।।	६।	६।।।	८
२३– ०	९।	१५	७।	७।।	१३।।।	५।।।	७।	७।।
२६– ०	८।	१४	६।	८।।।	९।।	६।।।	१०।	८।।
२६–४०	८।	१४	६।	८।।।	९।।	६।।।	१०।	८।।
३०– ०	८।।	१४।	६।।	८।।	११।।	६।।।	९।।।	८

सिंह ४

अंश	सूर्य	चन्द्र	मंगल	बुध	गुरु	शुक्र	शनि	राहु
३–२०	११।।।	९।	७।।।	८।।	१३	५।	८।।।	७।।।
६–०	१२।	९	६।।।	८।।	१२।।।	६।।।	९।।।	८
६–४०	११।	८	६	९।।	९।।।	९।।	९।।।	७।।।
१०–०	११	८	६	१०।	९	९।।।	९।।।	८।।
११–०	११	९।।	७	८।।।	११।।।	७।।।	७।।।	७।।।
१३–२०	१२	९।।	७	८।।।	११।।।	६	९।।।	७।।।
१६–४०	१३	८।।।	७	९	११।।।	५।।।	९।।।	७।।
१ –०	११।।	८।	६।।।	९।।।	११।	६	१०।	७।।।
२०–०	११।।	८।	६।।।	११।।।	०१।	६।	८।	७।।।
२३–२०	११।	८।	८।	११।	११	६।।	८।।	७।।
२४–०	११	८।।	९	१०	१०।	६।।	८।	७।।
२६–०	१२।।	९।	१२	८।	११	४।।	७।	६।
३०–०	१२।।	९।	११।।।	८।	११।।	४।-	७।	६।

कन्या ५

अंश	सूर्य	चन्द्र	मंगल	बुध	गुरु	शुक्र	शनि	राहु
३–२०	६।।।	६	५।	१७।	७।।।	७।।	११।	९।

६–४०	६।	६	५।।	१७।	७।।।	७।।।	११।	९।
७–०	६।।।	६।	५।।।	१७	८।।	८।।	१०।।	९।।।
१०–०	६।।।	६।	६	१५।	८।।।	८।।।	१०।।	९।।।
१३–२०	४।।।	५।।	६	१६	७।	७।	११।	९।
१६–४०	४।।	५	५	१६।	६।।।	६।।।	११।।	९।।
१७–०	४।।	५	५	१६।।	६।।।	६।।।	११।।	९।।
२०–०	५।	५।।।	६।	१५।।।	९।।	९।।	१०।	९।।
२१–०	५।।	६।।।	६।।	१६	९।।।	९।।।	१ ।।	८।।।
२३–२०	५।।	६।।।	८।।	१६	७।।।	६।	१०।।	८
२६–४०	६	६	८।।	१६	७।।।	६।	१०।।	८
२८–०	५	५।।।	८।	१६।।।	७।।	६।।	१० ।।	८।
३०–०	४	४।।।	८।।	१७।।।	६	७।।	१३।।।	८।

तुला ६

अंश	सूर्य	चन्द्र	मंगल	बुध	गुरु	शुक्र	शनि	राहु
३–२०	४।।	६।।	६।	११	६।।।	१३।।	१३।	८।।
६–०	४।।।	६।।।	७।	११	७।	१०।।	१३।	८
६–४०	४।।।	६।।।	७।	१२।	७।	१०।।	११	८
१०–०	४।।।	६।।	६।।।	२।।।	७।।।	१०।।।	११।	८
१३–२०	३।।।	४।	५	१४।	६	११।।।	१४।।	८।।।
१४–०	३।।।	४।	६	१४।	६	११।।	१४।	८।।।
१६–२०	४।।।	५।	७	१४।	९।	१०।।।	१३।।	७।।।
२०–०	५।	५।	७।	११	९।।	१०।।	१२।।	७।।
२१–०	५।।	६	८।	१०।।	१०।।	१०।	१०।।	६।।।
२३–२०	५	४।।	७।।।	१०।।	८	१३।	११।	६।।।
२६–४०	४।।।	४।।	६।।।	१०।।।	७।।	१४	११।।।	६।।।
२८–०	४।।।	४।।	६।।।	१०।	७।।	१३।	११।।।	६।।।
३०–०	४।।।	४।।	९।।।	१०।	८।	१०।।	१०।।।	७।।।

वृश्चिक ७

अंश	सूर्य	चन्द्र	मंगल	बुध	गुरु	शुक्र	शनि	राहु
३–२०	८	८।	१७	७।।	९।	५।।	८।।	४।।
६–४०	८।।।	७।।	१७	१७।	९	४।।।	८।	४।।
७–०	८	७।।	१६।।।	८।	८।।।	५।	८।।	४।।।
१०–०	७	६।।	१४	९	७।।।	६।।।	९।।	५।।
११–०	८।।	६।।	१६।।	८।।	७।।।	८।।।	९।।	५।।
१३–२०	८।।	६।।	१३	१०।	७।।।	७	९।	५।।

१६–४०	८।।।	९	१२।।।	९।।।	८	६।	९	५
१९–०	९	७	१३।।	९।।।	८।।	६।	९	४।।।
अंश	सूर्य	चन्द्र	मंगल	बुध	गुरु	शुक्र	शनि	राहु
२०–०	९	८	१४।	९	११।।	६।	८	४
२३–०	७।।।	७	१३।	११	९।।	६।	९।।	४।।।
२४–०	७।।।	७।	१३।।	७।।।	९।।	५।	९।	९।।।
२६–४०	७	६।	१२।।।	८।।।	६।।।	७।	१२।	४।।।
३०–०	७।	६।।।	१३।।।	८।	७।।	७	११	५।

धन ८

अंश	सूर्य	चन्द्र	मंगल	बुध	गुरु	शुक्र	शनि	राहु
३–२०	८।	८	११	८।।	१३।।	६।	८।	४
६–४०	८।	७।।	१०।	७।।।	१३	६।	८।।।	८।।।
१०–०	८।।	७।।	१०।	७	१२।।	७।	८।।।	४।।।
१२–०	९।	१०।	११।	६।	११।।	८।	७।	५।
१३–२०	८।	९।।	१०।	७।	११	८।।।	८।	५।
१६–४०	९।	९	१०।।	७।	१०।।।	८।।।	७।	५।
१७–०	८	८।।।	१०।	८	१०।।	९	८।।	५।
२०–०	८।	८।।।	१०।	९।।।	१०।।।	७।	८।	५।।
२१–०	७।।	७	९।।	९।।।	९।।।	८।।	१०।	६।
२३–२०	८।।	८	१२।।	७	१०।।।	७।।।	९।	५।
२६–०	८।।।	८।	१३।।	६।।	११	६।।	८।।।	५।
२६–४०	८	७।।	१७।।।	७।।	९।।।	७।।।	११।।	६
३०–०	८।	७।।	१७।	७।।।	१०।।	८	११।।	६

मकर ९

अंश	सूर्य	चन्द्र	मंगल	बुध	गुरु	शुक्र	शनि	राहु
३–२०	६।।।	६	९।	८	५।।।	९।।	१४।।	७।।।
६–०	६।।।	६	९।।।	७।।।	५।।।	९।।	१४	७।।।
६–४०	३।।।	५।।	१०।	७।।।	६।।	९।	१३।।	८
१०–०	८	६।।	१०।।	७।।	८।।	८।।	१३।।।	६।।।
१३–२०	८।	७।।	११	७।	७।।।	८।।	१२	६।।।
१४–०	९	७।	११।	८।।	७।।	९।।	१२।।	७।
१६–२०	७	६।।	१०।	८।।	४।।।	१२।।	१३।	८।
२०–०	८।	६।।	१०।।	९	४।।।	११।।।	१३	८।
२२–०	९।।।	७।	९।।।	८	५।	११।।।	१०।।।	८
२३–०	८।।।	९।।	९।।	८	५।	१४।।	१४	८

२६–०	९।।	९।।।	९।।।	८	५।	९।।।	१४।।	८
२६–४०	१०।।	१२।।	१२।।	७	६।	९	१७।।	७।।
३०–०	९।	१३।।	१३।।	७।।	६	९।	१३	७।।

कुम्भ १०

अंश	सूर्य	चन्द्र	मंगल	बुध	गुरु	शुक्र	शनि	राहु
३–२०	७	६।	८।।	१०।।	४।।	४।।।	१५	८।।।
६–४०	७।	६।।।	९।।	१०।	४।।	१२	१३	८।।
७–०	७।	६।।।	८।।।	१०।	५।।	१२	१३	८।।
१०–०	७।।	६।।।	८।।।	८।	५।।।	१४	१३।	९।।
१३–०	७।	६।।	८।	९।।।	४।।।	११।	१३।।।	८।
१६–२०	८	७।।	९।	८।।।	७।।	१०।	१३।।।	८।
१६–४०	८।	७।।	९।	८।।	७।।	१०।।	१२।।।	८।।।
२०–०	८।।	८	९।।	८।	८।।।	१०।	११।।।	८।।
२३–२०	९।	९।।।	१२।।	६।	७	९।।।	११	७
२५–०	९	९।।।	११।।	६।।	६।।।	१०।।।	११।	८।
२६–०	८।	८।।।	८।।	७।।	५।।।	११।।।	१४	९।
३०–०	८।	८।।।	८।।	८	५।	११	१४	९।

मीन ११

अंश	सूर्य	चन्द्र	मंगल	बुध	गुरु	शुक्र	शनि	राहु
३–२०	९।।।	९	९।	९।।।	१०।	१२।।	७।।।	८
६–४०	१०।।।	९।।	१०।।	५।।	१०।।	१२	७।।	८
७–०	१०।।।	९।	१०।	६।	१३।	१२।	८	८।
१०–०	९।।।	१०।	९।।।	५।	१३	१२	५।	७।।।
१३–०	११।।।	१०।।।	११	४	१६	९।	५।	७
१६–२०	११।।।	११।	११।।।	६।।।	१६।	६।।	४।।।	६।।।
१६–४०	११	१०।	१०।।।	६।।	१३	९।।	५।।	९।।
१९–०	११	१०।	१०।	६।।	१४।	९।।	५।।	७।।
२०–०	१२	११।	१३	३।।।	१५।	८।।	४।।	७।।
२३–२०	११।।।	११	१३।।।	४।	१७	९	५।।	७।
२६–४०	११।।।	११।।	११।।।	४।।	१३।।	९	५।	७।
२८–०	१२।	११।।	१४	४	१४।	६	४।।।	७
३०–०	११।	१०।।	११	५।	१३।	९।।	७	८

स्थिर बल चक्र देखने की रीति

यहाँ स्थिर मैत्री के अनुसार वृहत्पंचवर्गी चक्र निकाल कर दिया है। ग्रह की जो

राशि हो उस राशि के चक्र में उसके अंश के सामने और इष्ट ग्रह के नीचे जो बल मिले उसे लेना। ग्रह की अंश कला बाँई ओर चक्र में दिये अंश कला से अधिक न हो उसी के भीतर हो।

उदाहरण

१ सूर्य ११–५°–३३′=मीन ११ के चक्र में ५°–३३′ (६°–४०′ के भीतर)=१०।।। बल
२ चंद्र ५–२८–४९=कन्या ५ राशि में २८°–४९′ (३०°–०′ के भीतर)=४।।। बल
३ मंगल २–२३–१५=मिथुन २ राशि में २३°–१५ (२३–२० के भीतर)=९ बल
४ बुध ११–१७–२०=मीन ११ के चक्र में १७–२ (१९–० के भीतर)=६।। बल
५ गुरु ६– ५–४४=तुला ६ राशि के चक्र में ५–४४ (६–० के भीतर)=७।। बल
६ शुक्र ११–१७–३६=मीन ११ राशि के चक्र में १७–३६(१९–० के भीतर)=९।। बल
७ शनि २–२६–१४=मिथुन ३ राशि के चक्र में २६–१४(२६–४ के भीतर)=१०।।-०

बल मिलान	सूर्य	चन्द्र	मंगल	बुध	गुरु	शुक्र	शनि
उपरोक्त चक्र से प्राप्त बल	१०।।।	४।।।	९	६।।	७।।	९।।	१०।।
पूर्व प्राप्त बल	१०-३६	४-४१	९-५	६-३७	७-१०	९-३४	१०-३५

इस प्रकार स्थिर मैत्री द्वारा जो पंचवर्गी बल निकाल चुके हैं और चक्र द्वारा जो स्थूल बल प्राप्त हुआ है उसमें बहुत थोड़ा नाम मात्र को अन्तर आता है।

बल विचार (बृहत्पंचवर्गी बल में)	नील कंठी मत से
ग्रह पूर्ण बली=१० विश्वा से अधिक	पूर्ण बल=१५ से २० तक=अतिबली
ग्रह मध्य बली=५ से १० विश्वा तक बल	मध्यबल=१० से १५ तक=बलवान
ग्रह नष्ट बली=५ से कम विश्वा बल	हीन बल=५ से १० तक=साधारण
	निकृष्ट बल=१ से ५ तक=बल हीन

अन्य मत से द्वादश वर्गी बल के विश्वा का विचार
(द्वादश वर्ग आगे दिया है)

पूर्ण बली=१२ विश्वा से अधिक
मध्य बली=६ से अधिक १२ से कम
अल्प बली=६ विश्वा से कम

वर्षेश निर्णय के लिए लघु पंचवर्गी

अधिकारी	जन्म लग्नेश	वर्ष लग्नेश	मुंथेश	त्रिराशीश	समयपति
ग्रह	बुध	मंगल	शनि	शुक्र	बुध
बल	९–२५	१३–२८	१४–१	११–३५	९–२५
लग्न पर दृष्टि	३४′–३०″	०	०	३४–५४	३४–२०

वर्षेश निर्णय

लग्न पर केवल बुध और शुक्र की दृष्टि है। शुक्र बुध एक स्थान में हैं परन्तु

शुक्र की दृष्टि अधिक है और बल भी अधिक है। इस कारण शुक्र वर्षेश हुआ।

विश्वा बल जानना

लघु पंच वर्गी के सम्पूर्ण ग्रहों के विश्वा बल का योग कर ५ का भाग देना तो लब्धि वर्ष का विश्वा बल होता है।

जैसे लघु पंचाधिकारी—

लग्नेश बुध	वर्षेश मंगल	मुंथेश शनि	त्रिराशीश शुक्र	समय पति बुध	योग
बल ९–२५	१३–२८	१४–१	११–३५	३४–२०	४२–४९

योग ८२–४९÷५=१६–३३ विश्वा बल (यहाँ वर्ष विश्वा १६–३३ है पूर्ण बली वर्ष है।

•

अध्याय १०

द्वादश वर्गी बल साधन

(२) होरा चक्र

अंश	मेष	वृष	मिथुन	कर्क	सिंह	कन्या	तुला	वृश्चिक	धन	मकर	कुम्भ	मीन
	१	२	३	४	५	६	७	८	९	१०	११	१२
१५°-०'	५सू.	चं.	सू.	च.	सू.	चं.	सू.	चं.	सू.	चं.	सू.	चं.
३०-०	४चं.	सू.	चं.	सू.	चं.	सू.	चं.	सू.	चं.	सू.	चं.	सू.

(३) द्रेष्काण चक्र

अंश	मेष	वृष	मिथुन	कर्क	सिंह	कन्या	तुला	वृश्चिक.	धन	मकर	कुम्भ	मीन
	१	२	३	४	५	६	७	८	९	१०	११	१२
१०°-०'	१मं	बु.	गु.	शु.	श.	सू.	चं.	मं.	बु.	गु.	शु.	श.
२०-०	५सू.	चं.	मं.	बु.	गु.	शु.	श.	सू.	चं.	मं.	बु.	गु.
३०-०	७शु.	श.	सू.	चं.	मं.	बु.	गु.	शु.	श.	सू.	चं.	मं.

मतान्तर—कोई जातक के अनुसार ही द्रेष्काण लेते हैं। जैसे प्रथम में अपनी राशि का दूसरे में पाँचवीं राशि का, तीसरे में नवमी राशि का स्वामी लेते हैं।

(४) चतुर्थांश चक्र

अंश	मेष	वृष	मिथुन	कर्क	सिंह	कन्या	तुला	वृश्चिक.	धन	मकर	कुम्भ	मीन
	१	२	३	४	५	६	७	८	९	१०	११	१२
७°-३०'	१मं.	२शु.	३बु.	४चं.	५सू.	६बु.	७शु.	८मं.	९गु.	१०श.	११श.	१२गु.
१५-०	४चं	५	६	७	८	९	१०	११	१२	१	२	३
२२-३०	७शु.	८	९	१०	११	१२	१	२	३	४	५	६
३०-०	१०श	११	१२	१	२	३	४	५	६	७	८	९

(५) पंचमांश चक्र

अंश	मेष	वृष	मि.	कर्क	सिं.	क.	तु.	वृ.	ध.	म.	कुं.	मी.
	१	२	३	४	५	६	७	८	९	१०	११	१२
६°-०'	मं.	शु.	मं.	शु.	मं.	शु.	मं.	शु.	मं.	शु.	मं.	शु.
१२-०	श.	बु.	श.	बु.	श.	बु.	श.	बु.	श.	बु.	श.	बु.
१८-०	गु.	गु.	गु.	गु.	गु.	गु.	गु.	गु.	गु.	गु.	गु.	गु.
२४-०	बु.	श.	बु.	श.	बु.	श.	बु.	श.	बु.	श.	बु.	श.
३०-०	शु.	मं.	शु.	मं.	शु.	मं.	शु.	मं.	शु.	मं.	शु.	मं.

(६) षष्ठांश चक्र

	मेष	वृष	मि०	कर्क	सिंह	क०	तु०	वृ०	ध०	म०	कुं०	मी०
अंश	१	२	३	४	५	६	७	८	९	१०	११	१२
५°-०'	१ मं०	७	१	७	१	७	१	७	१	७	१	७
१०-०	२ शु०	८	२	८	२	८	२	८	२	८	२	८
१५-०	३ बु०	९	३	९	३	९	३	९	३	९	३	९
२०-०	४ चं०	१०	४	१०	४	१०	४	१०	४	१०	४	१०
२५-०	५ सू०	११	५	११	५	११	५	११	५	११	५	११
३०-०	६ बु०	१२	६	१२	६	१२	६	१२	६	१२	६	१२

(७) सप्तमांश चक्र

	मेष	वृष	मि०	कर्क	सिंह	क०	तु०	वृ०	ध०	म०	कुं०	मी०
अंश	१	२	३	४	५	६	७	८	९	१०	११	१२
४°-१७'	१	८	३	१०	५	१२	७	२	९	४	११	६
८-३४	२	९	४	११	६	१	८	३	१०	५	१२	७
१२-५१	३	१०	५	१२	७	२	९	४	११	६	१	८
१७-८	४	११	६	१	८	३	१०	५	१२	७	२	९
२१-२५	५	१२	७	२	९	४	११	६	१	८	३	१०
२५-४२	६	१	८	३	१०	५	१२	७	२	९	४	११
३०-०	७	२	९	४	११	६	१	८	३	१०	५	१२

(८) अष्टमांश चक्र

	मेष	वृष	मि०	कर्क	सिंह	क०	तु०	वृ०	ध०	म०	कुं०	मी०
अंश	१	२	३	४	५	६	७	८	९	१०	११	१२
३°-४५'	१	९	५	१	९	५	१	९	५	१	९	५
७-३०	२	१०	६	२	१०	६	२	१०	६	२	१०	६
११-१५	३	११	७	३	११	७	३	११	७	३	११	७
१५-१	४	१२	८	४	१२	८	४	१२	८	४	१२	८
८-४५	५	१	९	५	१	९	५	१	९	५	१	९

२२–३०	६	२	१०	६	२	१०	६	२	१०	६	२	१०
२६–१५	७	३	११	७	३	११	७	३	११	७	३	११
३०–०	८	४	१२	८	४	१२	८	४	१२	८	४	१२

(९) नवांश चक्र

	मेष	वृष	मि०	कर्क	सिंह	क०	तु०	वृ०	ध०	म०	कुं०	मी०
अंश	१	२	३	४	५	६	७	८	९	१०	११	१२
३°–२०'	१	१०	७	४	१	१०	७	४	१	१०	७	४
६–४०	२	११	८	५	२	११	८	५	२	११	८	५
१०–०	३	१२	९	६	३	१२	९	६	३	१२	९	६
१३–२०	४	१	१०	७	४	१	१०	७	४	१	१०	७
१६–४०	५	२	११	८	५	२	११	८	५	२	११	९
२०–०	६	३	१२	९	६	३	१२	९	६	३	१२	९
२३–२०	७	४	१	१०	७	४	१	१०	७	४	१	१०
२६–४०	८	५	२	११	८	५	२	११	८	५	२	११
३०–०	९	६	३	१२	९	६	३	१२	९	६	३	१२

(१०) दशमांश चक्र

	मेष	वृष	मि०	कर्क	सिंह	क०	तु०	वृ०	ध०	म०	कुं०	मी०
अंश	१	२	३	४	५	६	७	८	९	१०	११	१२
३°–०'	१	११	९	७	५	३	१	११	९	७	५	३
६–०	२	१२	१०	८	६	४	२	१२	१०	८	६	४
९–०	३	१	११	९	७	५	३	१	११	९	७	५
१२–०	४	२	१२	१०	८	६	४	२	१२	१०	८	६
१५–०	५	३	१	११	९	७	५	३	१	११	९	७
१८–०	६	४	२	१२	१०	८	६	४	२	१२	१०	८
२१–०	७	५	३	१	११	९	७	५	३	१	११	९
२४–०	८	६	४	२	१२	१०	८	६	४	२	१२	१०
२७–०	९	७	५	३	१	११	९	७	५	३	१	११
३०–०	१०	८	६	४	२	१२	१०	८	६	४	२	१२

(११) एकादशांश चक्र

अंश	मेष	वृ.	मि.	क.	सिं.	क.	तु.	वृ.	ध.	म.	कुं.	मी.
	१	२	३	४	५	६	७	८	९	१०	११	१२
२°-४३'-३८'' २/११	१	१२	११	१०	९	८	७	६	५	४	३	२
५-२७-३८ ४/११	२	१	१२	११	१०	९	८	७	६	५	४	३
८-१०-५४ ६/११	३	२	१	१२	११	१०	९	८	७	६	५	४
१०-५४-३२ ८/११	४	३	२	१	१२	११	१०	९	८	७	६	५

१३-३८-१० १०/११	५	४	३	२	१	१२	११	१०	९	८	७	६
१६-२१-५ १/११	६	५	४	३	२	१	१२	११	१०	९	८	७
१९-५-२७ ३/११	७	६	५	४	३	२	१	१२	११	१०	९	८
२१-४९-५ ५/११	८	७	६	५	४	३	२	१	१२	११	१०	९
२४-३२-४३ ७/११	९	८	७	६	५	४	३	२	१	१२	११	१०
२७-१६-२१ ९/११	१०	९	८	७	६	५	४	३	२	१	१२	११
३०-०-०	११	१०	९	८	७	६	५	४	३	२	१	१२

(१२) द्वादशांश चक्र

अंश	मेष	वृ.	मि.	क.	सि.	क.	तु.	वृ.	ध.	म.	कु.	मी.
२°-३०′	१	२	३	४	५	६	७	८	९	१०	११	१२
५-०	२	३	४	५	६	७	८	९	१०	११	१२	१
७-३०	३	४	५	६	७	८	९	१०	११	१२	१	२
१०-०	४	५	६	७	८	९	१०	११	१२	१	२	३
१२-३०	५	६	७	८	९	१०	११	१२	१	२	३	४
१५-०	६	७	८	९	१०	११	१२	१	२	३	४	५
१७-३०	७	८	९	१०	११	१२	१	२	३	४	५	६
२०-०	८	९	१०	११	१२	१	२	३	४	५	६	७
२२-३०	९	१०	११	१२	१	२	३	४	५	६	७	८
२५-०	१०	११	१२	१	२	३	४	५	६	७	८	९
२७-३०	११	१२	१	२	३	४	५	६	७	८	९	१०
३०-०	१२	१	२	३	४	५	६	७	८	९	१०	११

द्वादश वर्ग साधन

१२ वर्ग ये हैं। कोई वर्ष में इन्हें भी साधन करते हैं––

(१) गृह (२) होरा (३) द्रेष्काण ( ) चतुर्थांश (५) पंचमांश (६) षष्ठांश (७) सप्तमांश (८) अष्टमांश (९) नवांश (१०) दशांश (११) एकादशांश (१२) द्वादशांश।

(१) गृह=वर्ष कुण्डली में जिस २ स्थान में जो ग्रह हो उसके अनुसार

(२) होरा=१५° तक विषम राशि में=सूर्य का होरा उपरांत चन्द्र का होरा

,, ,, सम ,, =चंद्र ,, ,, ,, सूर्य ,, ,,

३० अंश तक इसके विरुद्ध है।

(३) द्रेष्काण=१०°–१०° के राशि के ३ विभाग होते हैं। द्रेष्काण निकालना पहिले बता चुके हैं।

(४) चतुर्थांश=राशि का १/४ भाग। प्रत्येक ७°–३०′ का एक भाग होता है। मेष राशि में क्रम से केन्द्र की राशियां १, ४, ७, १० आ जाती हैं। प्रथम जो राशि है उसी का पहिले चतुर्थांश होता है। आगे की राशियों का इसी क्रम से आरम्भ का

चतुर्थांश होता है। दूसरा चतुर्थांश ४ राशि से आरम्भ होकर व तीसरा ७ राशि से और चौथा १० राशि से आरम्भ होकर आगे राशियों का क्रमानुसार चलता है।

(५) पंचमांश=$\frac{1}{5}$ भाग, प्रत्येक ६° का।

	६° तक	१२ तक	१८ तक	२४ तक	३० तक
विषम राशि में	मंगल	शनि	गुरु	बुध	शुक्र
सम राशि में	शुक्र	बुध	गुरु	शनि	मंगल

विषम राशि का जो क्रम है उसके विरुद्ध क्रम से सम राशि में पंचमांश होता है। जैसे मंगल, शनि, गुरु, बुध, शुक्र का विरुद्ध क्रम शुक्र बुध गुरु शनि मंगल है।

(६) षष्ठांश=$\frac{1}{6}$ भाग, प्रत्येक ५° का

		५° तक	१०°	१५°	२०°	२५°	३०° तक
विषम राशि में=मेष से	जैसे विषम में	मेष	वृष	मिथुन	कर्क	सिंह	कन्या
सम ,, ,, =तुला से	सम से	तुला	वृश्चिक	धन	मकर	कुम्भ	मीन

(७) सप्तमांश=$\frac{1}{7}$ भाग, प्रत्येक ४°–१७′ का विषम राशियों में उसी राशि से गिनना सम राशि में उससे सातवीं राशि से गिनना। जैसे सिंह विषम राशि है तो पहिला सिंह से गिनकर आगे क्रमानुसार सप्तमांश होगा। कन्या सम है तो कन्या से सातवीं मीन हुई तो कन्या का मीन से पहिला सप्तमांश आरम्भ होगा।

(८) अष्टमांश=$\frac{1}{8}$ भाग, प्रत्येक ३°–४५′ का। चर राशियों में मेष राशि से गिनना, स्थिर में धन से और द्वि स्वभाव में सिंह से गिनना। जैसे १, ४,७,१० चर राशि का पहिला दूसरा वृष आदि। २, ५, ८, ११. स्थिर राशि का पहिल धन से दूसरा मकर इत्यादि। ३, ६, ९, १२ द्वि स्वभाव का पहिला सिंह से दूसरा कन्या से इत्यादि।

(९) नवमांश=$\frac{1}{9}$ भाग, प्रत्येक ३–२० का। १, ५, ९ राशि का मेष से पहिला, २, ६, १० राशि का पहिला मकर से, ३, ७, ११ राशि का पहिला तुला से, ४, ८, १२ राशि का पहिला कर्क से आरम्भ होता है। अर्थात् त्रिकोण की राशि पहिले चर संज्ञक से गिनना। जैसे—

		पहिला	दूसरा	तीसरा	
१, ५, ९ राशि का	=	मेष	वृष	मिथुन	इत्यादि
२, ६, १० ,,	=	मकर	कुम्भ	मीन	,,
३, ७, ११ ,,	=	तुला	वृश्चिक	धन	,,
४, ८, १२ ,,	=	कर्क	सिंह	कन्या	,,

(१०) दशमांश=$\frac{1}{10}$ भाग, प्रत्येक ३° का नील कण्ठी मत से—१, ७ राशि का पहिला मेष से, २, ८ राशि का कुम्भ से, ३, ९ राशि का पहिला धन से, ४,१० का तुला से, ५, ११ का सिंह से, ६, १२ राशि का मिथुन से आरंभ होता है।

(११) एकादशांश=$\frac{1}{11}$ भाग=प्रत्येक २°–४३′–३८″ $\frac{2}{11}$ का मेष से लेकर क्रमानुसार सम्पूर्ण राशियों में यह भोगता है।

(१२) द्वादशांश=$\frac{१}{१२}$ भाग, प्रत्येक २°–३०′ का होता है। प्रथम द्वादशांश उसी राशि से पहिले आरम्भ होता है और आगे क्रमानुसार चलता है।

मतांतर––दशमांश एवं एकादशांश में रीति––

(ग्रह स्पष्ट × १० दशमांश) ÷ १२ और (ग्रह स्पष्ट × ११ एकादशांश) ÷ १२ शेष उस राशि का दशमांश या एकादशांश की राशि होगी। शेष राशि के आगे अंश भी दिया हो तो एक और बढ़ाकर राशि जानना।

उदाहरण––

सूर्य स्पष्ट–११रा–५°–३३′–७″   १२)१११–२५°(९
× दशांश का × १०   १०८   यहाँ शेष ३ के आगे
१११–२५–३१–१०   ३–२५   अंश भी है तो और जोड़ा
=४ कर्क   =४ राशि

ताजिक नील कंठी में ६ से ११ तक का वर्गेश गणित द्वारा निकालना बताया है–

रीति=ग्रह स्पष्ट की राशि अंश के अंश बनाकर अंश कला विकला लेना उसमें जिस वर्ग का गणित करना हो उस अंक से गुणा कर ३० का भाग देना। लब्धि में १ जोड़कर १२ का भाग देना। जो शेष रहे वही राशि का स्वामी वर्गेश होगा। जैसे–

सूर्य ११–५°–३३′–७″
× ३०
३३० + ५=३३५°–३३′–७″

(१) षष्टांश = ३३°–३३′–७″ × ६ = २०१३–१८–४२ $\frac{२०१३}{३०}$ =६७$\frac{३}{३०}$=लब्धि ६७ + १=६८ ÷ १२=
शेष ८ वृश्चिक

(२) सप्तमांश = ३३५–३३–७ × ७ = २३४८–५१–४९ $\frac{२३४८}{३०}$ =७८$\frac{८}{३०}$=लब्धि ७८ + १=७९ ÷ १२=
शेष ७ तुला

(३) अष्टमांश = ३३५–३३–७ × ८ = २६८४–२४–५६ $\frac{२६८४}{३०}$ =८९$\frac{१४}{३०}$=लब्धि ८९ + १=९० ÷ १२=
शेष ६ कन्या

(४) नबमांश = ३३५–३३–७ × ९ = ३०१९–५८–३ $\frac{३०१९}{३०}$=१००$\frac{१९}{३०}$=लब्धि १०० + १=१०१ ÷ १२=
शेष ५ सिंह

(५) दशांश = ३३५–३३–७ × १० = ३३५५–३१–१० $\frac{३३५५}{३०}$=१११$\frac{२५}{३०}$=लब्धि १११ + १=११२ ÷ १२=
शेष ४ कर्क

(६) एकादशांश = ३३५–३३–७ $\frac{३६९१}{३०}$ = १२३ $\frac{१}{३०}$ = लब्धि १२३१+=१२४÷१२=
× ११
३६९१–४–१७ शेष ४ कर्क

(१२) द्वादशांश निकालने का भी गणित है।

ग्रह की राशि छोड़ अंशों में २॥ का भाग दो। देखो कुछ शेष बचा है या नहीं। फिर लब्धि लो कुछ शेष बचा हो तो लब्धि में एक और जोड़ने से जो संख्या आवे उस संख्या तक ग्रह की राशि से गिनने पर जो राशि आवे वही वर्ग की राशि होगी।

जैसे सूर्य ११रा–५°–३३′–७″ है। अंश ५ ÷ २॥=२ वार भाग गया आगे की कलादि भी शेष बची है तो लब्धि २ + १=३, मीन का सूर्य था तो मीन से ३ गिना तीसरा वृष आया। वृष का द्वादशांश हुआ।

दूसरा उदाहरण मंगल २रा–२३″–१५′–३″ है। २३°=२॥ लब्धि ९ + १=१० मिथुन का मंगल है। मिथुन से १० गिना मीन का द्वादशांश आया।

मतान्तर–जातक और ताजिक के वर्ग में अंतर है।

(२) होरा (७) सप्तमांश (९) नवमांश और (१२) द्वादशांश यहाँ चक्र में जो दिया है वह जातक के अनुसार ही है : परन्तु (३) द्रेष्काण और (१०) दशमांश में ताजिक में अंतर है।

जातक में पंचमांश, षष्ठांश, अष्टमांश और एकदशांश नह होता। द्वादश वर्ग चक्र दे चुके हैं।

द्वादश वर्गी बल साधन करने की रीति

आगे दिये हुए चक्र के अनुसार १२ वर्ग का वर्गेश लिखने का एक चक्र बनाकर यहाँ दिये हुए द्वादश वर्ग के चक्र के सहारे उनमें वर्गेश स्थापित करना। उपरांत तात्कालिक मैत्री के आधार पर वर्गेश से जो मैत्री हो लिख देना। उस मैत्री के अनुसार जो बल उस ग्रह को मिलता है नीचे लिख देना। अंत में सब बल का योग कर उसमें १२ का भाग देने पर जो प्राप्त हो वह विश्वाबल होता है और उसे नीचे रखना। वह बल मध्यम या श्रेष्ठ है उसका बल चक्र के अनुसार विचार कर लिख देना। उस ग्रह के वर्गेश शुभ और ग्रह कितने हैं उनकी संख्या नीचे लिख देना। शुभ ग्रह अधिक हों तो श्रेष्ठ, पाप ग्रह अधिक हों तो नेष्ट समझना।

द्वादशवर्गी बल चक्र

स्वराशि में	मित्रगृही	सम	शत्रुगृही
बल २०	१५	१०	५

विश्वाबल विचार

अल्पबली	मध्यबली	उच्चबली
६ विश्वा से कम	६ से अधिक १२ तक	१२ से अधिक

जहाँ द्वादश वर्गी चक्र में केवल राशि दी है वह उस राशि का स्वामी ग्रह वर्गेश समझना। जैसे सूर्य ११–५°–३३′–७″ है अर्थात् मीन का ५°–३३′ का चतुर्थांश वर्ग देखना है। चक्र में ५°–३३′ यह पहिला चतुर्थांश ७°–६०′ के भीतर हैं। तो ७°–३०′ के सामने मीन के नीचे देखा १२ राशि दी है जिसका स्वामी गुरु है तो वर्गेश गुरु हुआ।

उदाहरण—सूर्य वर्ष कुंडली में (गृह में) मीन का है। तात्कालिक मैत्री के अनुसार सूर्य गुरु का सम है। सम का बल १०–० है।

(२) होरा में चंद्र है जो सूर्य का सम है, बल १०–०। (३) द्रेष्काण में शनि है जो सूर्य का मित्र है, बल १५–०। (४) चतुर्थांश में गुरु है जो सूर्य का सम है, सम का बल १०–० है। (५) पंचमांश शुक्र शत्रु होने से ५–० बल पाया। इत्यादि प्रकार से सब १२ वर्गों का वर्गेश निकाल कर मैत्री का विचार कर बल रखना। अंत में सब बल का योग करना। जैसे सूर्य के बल का योग १२० है। इसमें १२ का भाग देकर विश्वा बल निकाल कर (१२० ÷ १२ = १०) १० आया उसे नीचे रखा यह सूर्य का विश्वाबल हुआ। यह ६ और १२ के भीतर है तो मध्य बली हुआ। सूर्य के वर्ग में शुभ ग्रहों की गणना की तो ९ शुभ और ३ पाप ग्रह का वर्ग हैं। शुभ अधिक होने से यह श्रेष्ठ है।

स्थिर मैत्री के अनुसार द्वादश वर्गी बल

स्थिर मैत्री से जो द्वादश वर्गी बल साधन करते हैं उसका मतांतर से इस प्रकार भी बल का विचार होता है :—

स्वराशि में	मित्रराशि में	शत्रु में
कला बल १००′	५०′–०″	२५′–०

इनके बलैक्य मे ६० का भाग देने पर लब्धि विंशोपका बल होता है। स्थिर मैत्री के आधार पर जो द्वादश वर्गी बल चक्र बनाते हैं उसमें स्थिर मैत्री के अनुसार ही मैत्री का विचार कर स्थिर मैत्री बल चक्र के अनुसार बल का चक्र पहिले दे चुके हैं।

द्वादश वर्ग का वर्गेश निकालने की रीति

जिस ग्रह का वर्ग निकालना है उस ग्रह के अंश कलादि और चक्र में दिये अंश कलादि से यदि कम है तो चक्र में उस अंशादि के सामने और ग्रह की राशि के नीचे जो ग्रह या राशि दिया हो वही उस ग्रह का वर्ग होता है। यदि उस से एक विकला भी अधिक हुआ तो आगे दिये अंश में वह चला जायगा।

उदाहरण

सूर्य ११–५″–३३′–७″ है। यह मीन का ५–३३–७ हुआ (२) होरा में ५°–३३′ यह १५° के भीतर है तो १५° के सामने सूर्य की राशि मीन के नीचे देखा तो ४ था इस का स्वामी चन्द्र दिया है इस कारण होरेश चन्द्र हुआ।

(३) द्रेष्काण ५°–३३′ यह १०° के भीतर है। १० के सामने मीन के नीचे शनि दिया है तो वर्गेश शनि हुआ।

(४) चतुर्थांश=५°–३३′ यह ७–१० के भीतर मीन के नीचे गुरु दिया है तो वर्गेश गुरु हुआ।

(५) पंचमांश=५°–३३′ यह ६° के भीतर है मीन के नीचे शुक्र है वह वर्गेश हुआ।

(६) षष्ठांश=५°–३३′ यह ५° से अधिक १०° के भीतर है। १० के सामने मीन के नीचे ८ दिया है। ८ का स्वामी मंगल वर्गेश हुआ।

(७) सप्तमांश=५°–३३′ यह ४°–१७′ के आगे ८°–३४′ के भीतर है। ८°–३४′ के सामने मीन के नीचे ७ दिया है। ७ का स्वामी शुक्र वर्गेश हुआ।

(८) अष्टमांश=५°–३३′ यह ३°–४५ और ७°–३० के भीतर है। ७°–३०′ के आगे मीन के नीचे ६ दिया है। ६ राशि का स्वामी बुध वर्गेश हुआ।

(९) नवमांश=५°–३३′ यह ३–२० और ६–४० के भीतर है। ६°–४० के आगे मीन के नीचे ५ दिया है। ५ राशि का स्वामी सूर्य वर्गेश हुआ।

(१०) दशमांश=५°–३३′ यह ६° के भीतर है। ६° के सामने मीन के नीचे ४ दिया है जिसका स्वामी चन्द्र वर्गेश हुआ।

(११) एकादशांश=५°–३३′ यह ५°–२७′–१६ के बाद ८°–१०′–५४″ के भीतर है तो इसके सामने मीन के नीचे ४ दिया है। ४ का स्वामी चन्द्र वर्गेश हुआ।

(१२) द्वादशांश=५°–३३′ यह ५° के बाद ७°–३०′ के भीतर है तो ७°–३०′ के आगे मीन के नीचे २ दिया है जिसका स्वामी शुक्र वर्गेश हुआ।

इस प्रकार सब ग्रहों का वर्गेश निकाल लेना। अंश लेते समय इस बात का ध्यान रहे कि यदि एक भी विकला ग्रह की अधिक हो गई तो उसे आगे के अंश में ले लेना। जैसे ५–१६°–४′–१″ यह कन्या का १६°–४०′–१″ हुआ। नवांश निकालना है। नवांश चक्र में १६°–४०′ दिया है यहाँ एक विकला अधिक है तो वह १६°–४०′ के आगे अर्थात् २०°–०′ के भीतर लिया जायगा। २०°–०′ के भीतर कन्या के नीचे ३ राशि दी है। ३ राशि का स्वामी बुध वर्गेश हुआ।

फल

स्व, मित्र, उच्च और शुभ ग्रह के वर्ग शुभ होते हैं। अन्य वर्ग (शत्रु, सम, नीच और पाप आदिक) के वर्ग अधम (नेष्ट) होते हैं। अर्थात् जिस ग्रह के द्वादश वर्ग में शुभ ग्रहों का, स्वराशिस्थ, मित्र राशिस्थ, उच्च राशिस्थ ग्रहो का वर्ग अधिक होवे वह ग्रह शुभ फल देगा। जिनके द्वादश वर्ग में पाप ग्रहों का, शत्रु राशिस्थ ग्रहों का नीच गत ग्रहों का वर्ग अधिक हो वह ग्रह अच्छा होने पर भी नेष्ट फल देगा।

द्वादश वर्गी बल चक्र (तात्कालिक मैत्री के आधार पर)

वर्ग	सूर्य	चंद्र	मंगल	बुध	गुरु	शुक्र	शनि
१ गृह	गु.(सम)	बु.(सम)	बु. मित्र	गु.सम	शु. सम	गु. सम	बु.मित्र
	१०–०	१०–०	१५–०	१०–०	१०–०	१०–०	१५–०
२ होरा	च.सम	सू. सम	चं. शत्रु	सू. शत्रु	सू. सम	सू.शत्रु	चं.शत्रु
	१०–०	१०–०	५–०	५–०	१०–०	५–०	५–०
३ द्रेष्काण	श.मित्र	बु.सम	सू.मित्र	गु.सम	चं सम	गु.सम	मं.शत्रु
	१५–०	१०–०	१५–०	१०–०	५–०	१०–०	५–१०
४ चतुर्थांश	गु. सम	बु.सम	गु.शत्रु	बु. स्व	शु. सम	बु. शत्रु	गु.शत्रु
	१०–०	१०–०	५–०	२०–०	१०–०	५–०	५–०

५ पंचमांश	शु.श.	मं.श	बु.मि.	गु.स.	मं.श.	गु.स.	शु.मि.
	५–०	५–०	१५–०	१०–०	५–०	१०–०	१५–०
६ षष्ठांश	म.मि.	गु.श.	सू.मि.	श.मि.	शु.स.	श.मि	शु.मि.
	१५–०	५–०	१५–०	१५–०	१०–०	१५–०	१५–०
७ सप्तमांश	शु.श.	बु.स.	मं.स्व	गु.स.	मं.श	श.मि.	गु.श.
	५–०	५–०	२०–०	१०–०	५–०	१०–०	५–००
८ अष्टमांश	बु.श.	गु.श.	श.श.	गु.सम	शु.स.	गु.स.	श.स्व.
	५–०	५–०	५–०	१०–०	१०–०	१०–०	२०–०
९ नवमांश	सू.स्व.	बु.स.	मं.स्व.	गु.स.	मं.श.	गु.स.	शु.मि.
	२०–०	१०–०	२०–०	१०–०	५–०	१०–०	१५–०
१० दशमांश	चं.स.	गु.श.	चं.श.	मं.मि.	शु.स.	मं.मि.	सू.मि.
	१०–०	५–०	५–०	१५–०	१०–०	१५–०	१५–०
११ एकादशांश	चं.स.	बु.स.	शु.मि.	मं.मि.	गु.स्व.	मं.मि.	मं.श.
	१०–०	१०–०	१५–०	१५–०	२०–०	१५–०	५–०
१२ द्वादशांश	शु.श.	सू.स.	गु.श.	बु.स्व.	गु.स्व.	शु.स्व.	मं.शु.
	५–०	१०–०	५–०	२०–०	२०–०	२०–०	५–०
बल योग	१२०–०	९५–०	१४०–०	१५०–०	१२०–०	१३५–०	१२५–०
बल ÷ १२							
विशोपका बल	१०–०	७–५	११–४०	१२–३०	१०–०	११–१५	१०–२५
बल	मध्यबली	मध्य०	मध्य०	मध्य०	मध्य०	मध्य०	मध्यबली
शुभग्रह संख्या	९	९	७	८	८	७	७
पापग्रह संख्या	३	३	५	४	४	५	५
फल	श्रेष्ठ	श्रेष्ठ	श्रेष्ठ	श्रेष्ठ	श्रेष्ठ	श्रेष्ठ	श्रेष्ठ

स्थिर मैत्रीवशात् द्वादश वर्गी बल चक्र

वर्ग	सूर्य	चंद्र	मंगल	बुध	गुरु	शुक्र	शनि
१ गृह	गु.मित्र	बु. शत्रु	बु.शत्रु	गु.शत्रु	शु.शत्रु	गु.शत्रु	बु. मित्र
	५०	२५	२५	२५	२५	२५	५०
२ होरा	चं.मित्र	सू.मित्र	चं.मित्र	सू.शत्रु	सू.मित्र	सू.शत्रु	चं.शत्रु
	५०	५०	५०	२५	५०	२५	२५
३ द्रेष्काण	शनि शत्रु	बुध शत्रु	सू. मित्र	गुरु शत्रु	चं. मित्र	गुरु शत्रु	मं. शत्रु
	२५	२५	५०	२५	५०	२५	२५
४ चतुर्थांश	गुरु मित्र	बुध शत्रु	गुरु मित्र	बुध स्व.	शुक्र शत्रु	बुध मित्र	गुरु शत्रु
	५०	२५	५०	१००	२५	५०	२५
पंचमांश	शुक्र शत्रु	मं. मित्र	बुध शत्रु	गुरु शत्रु	मं. मित्र	गुरु शत्रु	शुक्र मित्र
	२५	५०	२५	२५	५०	२५	५०

६ षष्ठांश	मं. मित्र	गुरु मित्र	सू. शत्रु	शनि शत्रु	शुक्र शत्रु	शनि मित्र	बुध मित्र
	५०	५०	२५	५०	२५	५०	५०
७ सप्तांश	शुक्र शत्रु	बुध शत्रु	मंगल स्व.	गुरु शत्रु	मंगल मित्र	शनि मित्र	गुरु शत्रु
	२५	२५	१००	२५	५०	५०	२५
८ अष्टमांश	बुध शत्रु	गुरु मित्र	शनि शत्रु	गुरु शत्रु	शुक्र शत्रु	गुरु शत्रु	शनि शत्रु
	२५	५०	२५	२५	२५	२५	१००
९ नवमांश	सूर्य स्व.	बुध शत्रु	मंगल स्व.	गुरु शत्रु	मंगल मित्र	गुरु शत्रु	शुक्र मित्र
	१००	२५	१००	५	५०	२५	५०
१० दशांश	चंद्र मित्र	गुरु मित्र	चंद्र मित्र	मंगल शत्रु	शुक्र शत्रु	मंगल शत्रु	सूर्य शत्रु
	५०	५०	५०	२५	२५	२५	२५
११ एकादशांश	चंद्र मित्र	बुध शत्रु	शुक्र शत्रु	मंगल शत्रु	गुरु स्व.	मंगल शत्रु	मंगल शत्रु
	५०	२५	२५	२५	१००	२५	२५
१२ द्वादशांश	शुक्र शत्रु	सूर्य मित्र	गुरु मित्र	बुध स्व.	गुरु स्व.	शुक्र स्व.	मंगल शत्रु
	२५	५०	५०	१००	१००	१००	२५
बल योग	५२५	४५०	५७५	४७५	५८५	४५०	४७५
बल ÷ ६० विश्वाबल	८-४५	७–३०	९–३५	७–५५	९–५५	७–३०	७–५५

स्थिर मैत्री चक्र में जो बल दिया है वह बल स्थिर मैत्री के अनुसार है जो पहिले बता चुके हैं। इस स्थिर मैत्री चक्र में सूर्य का गुरु स्थिर मैत्री से मित्र है इससे गृह में मित्र का बल ५० मिला। होरा में सूर्य का चद्र मित्र है बल ५० मिला। द्रेष्काण में सूर्य का शनि शत्रु है। शत्रु बल २५ मिला। इसी प्रकार प्रत्येक ग्रह से उसके वर्गेश से स्थिर मैत्री से सम्बंध विचार कर उसका बल यहाँ चक्र में रखा है। अंत में सब बल का योग कर योग में ६० का भाग देकर विश्वाबल नीचे रखा है। चक्र देखने से सब समझ में आ जायगा।

अध्याय ११

हर्ष बल साधन

हर्ष बल को हर्ष पद भी कहते हैं। ग्रहों का विशोपका बल जानने को हर्ष बल साधन करना चाहिए।

हर्ष बल ४ प्रकार से निकाला जाता है। कोई ५ प्रकार से भी निकालते हैं।

जब ४ प्रकार से बल निकाला जाता है तो प्रत्येक बल का ५ विंशोपका बल होता है। इस प्रकार ४×५=२० हो जाता है परन्तु जब ५ प्रकार से हर्ष बल निकालते हैं तो प्रत्येक का ४ विंशोपका बल होता है। ५×४=२० विंशोपका बल। ग्रह पूरा २० विंशोपका देने से पूर्ण बली हो जाता है।

हर्ष बल साधन के नियम

जो ग्रह नीचे बताये ४ प्रकार से हर्षित होते हैं वे ५ बल पाते हैं।

(१)	ग्रह	सूर्य	चंद्र	मंगल	बुध	गुरु	शुक्र	शनि
	भाव	९	३	६	लग्न	११	५	१२

ये ग्रह यहाँ बताये हुए भाव से हर्षित होते हैं। जैसे बुध लग्न में हो तो हर्षित होता है तब उसे ५ बल मिलता है। इन स्थानों में न हो तो बल नहीं मिलता।

(२) जो ग्रह अपनी स्वराशि में या उच्च में होता है तो हर्षित होता है। चाहे स्व राशि में हो या चाहे उच्च में हो या दोनों हों बल ५ ही मिलेगा।

(३) लग्न से ४, ५, ६, १०, ११, १२ भाव में पुरुष ग्रह हर्षित होते हैं।
,, १, २, ३, ७, ८, ९ ,, ,, स्त्री ग्रह ,, ,,

यहाँ भाव के अनुसार बल पाता है न कि राशि के अनुसार।

पुरुष ग्रह=सूर्य, गुरु, मंगल इसमें नपुंसक ग्रह का विचार नहीं होता।

स्त्री ग्रह=चंद्र, बुध, शुक्र, शनि

यहाँ ग्रह की राशि जो हो परन्तु भाव में होना आवश्यक है।

(४) वर्ष प्रवेश दिन में हो तो=पुरुष ग्रह हर्षित होते हैं।
,, रात्रि ,, ,, = स्त्री ग्रह ,, ,,

कोई इस प्रकार भी विचार करते हैं :—

(५) पुरुष ग्रह सूर्य गुरु मंगल विषम राशि १, ३, ५, ७, ९, ११ में हर्षित होते हैं।

स्त्री ग्रह चंद्र, बुध, शुक्र शनि, सम राशि २, ४, ६, ८, १०, १२ में हर्षित होते हैं। विंशोपका बल=इन सब के प्राप्त बल का योग करने से विंशोपका बल होता है।

उदाहरण

हर्षबल चक्र

ग्रह	सूर्य	चंद्र	मं०	बु०	गु०	शु०	शनि
१ हर्ष कारक भाव	०	०	०	०	५	०	०
२ स्वराशि या उच्च	०	०	०	०	०	५	०
३ भाव में स्त्री पुरुष ग्रह	५	०	०	०	५	०	५
४ वर्ष प्रवेश में स्त्री पुरुष ग्रह	०	५	०	५	०	५	५
विंशोपका वल योग	५	५	०	५	१०	१०	१०

चलित वर्ष कुण्डली

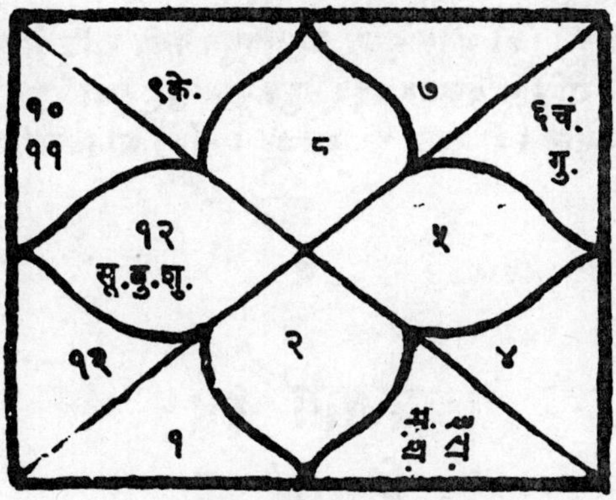

(१) केवल गुरु लाभ भाव में होने से ५ बल पाया। और कोई ग्रह उन भावों में से किसी में नहीं हैं जो चक्र में बताये हैं। इस कारण शेष ग्रहों को कोई बल नहीं मिला।

(२) कोई ग्रह स्वराशि में नहीं हैं इससे स्वराशि का बल तो नहीं मिला परन्तु शुक्र उच्च का होने से ५ बल पाया।

(३) यह सूर्य पुरुष ग्रह ४ भाव में है वर्ष बल ५ मिला। गुरु पुरुष ग्रह ११ भाव में होने से ५ बल पाया। शनि स्त्री ग्रह अष्टम भाव में होने से ५ बल पाया। इनके अतिरिक्त और कोई ग्रह वहां बताये अनुसार नहीं हैं इससे उनको ० मिला।

(४) यहां वर्ष प्रवेश रात्रि में हुआ है इस कारण स्त्री ग्रह चंद्र, बुध, शुक्रशनि ५ हर्ष बल पा गये।

सबका योग करने से सूर्य चंद्र बुध गुरु शुक्र शनि का विंशोपका बल हुआ।

५ ५ ५ १० १० १०

प्राय: लोग ४ ही प्रकार से हर्ष बल निकालते हैं।

५ प्रकार से हर्ष बल का उदाहरण नीचे दिया है।

५ प्रकार से हर्ष बल चक्र

ग्रह	सूर्य	चंद्र	मं०	बु०	गु०	शु०	शनि
१ हर्ष कारक भाव	०	०	०	०	४	०	०
२ स्वराशि या उच्च	०	०	०	०	०	०	०
३ भाव में स्त्री पुरुष ग्रह	४	०	०	०	४	०	०
४ वर्ष प्रवेश में स्त्री पुरुष ग्रह	०	४	०	४	०	४	४
५ सम विषम राशि में स्त्री पुरुष ग्रह	०	४	४	४	४	४	०
विंशोपका बल	४	८	४	८	१२	१२	८

इसमें शेष चारों नियम के अनुसार उपरोक्त ही विचार कर ५ के स्थान में यही

४-४ बल दिया गया है। अंतिम ५ का अब विचार करना है—

(१) सूर्य पुरुष ग्रह मीन स्त्री राशि में होने से बल ०। (२) चंद्र स्त्री ग्रह कन्या स्त्री राशि में बल=४। (३) मंगल पुरुष ग्रह मिथुन पुरुष राशि में बल=४। (४) बुध स्त्री ग्रह मीन स्त्री राशि में बल=४। (५) गुरु पुरुष ग्रह तुला पुरुष राशि में बल=४। (६) शुक्र स्त्री ग्रह मीन स्त्री राशि में बल=४। (७) शनि स्त्री ग्रह मिथुन पुरुष राशि में बल=०।

●

अध्याय १२

त्रिपताका चक्र

ग्रहों का बेध जानने के लिए त्रिपताका चक्र बनाया जाता है। त्रिपता का चक्र बनाने की रीति—

चक्र का पहला रूप

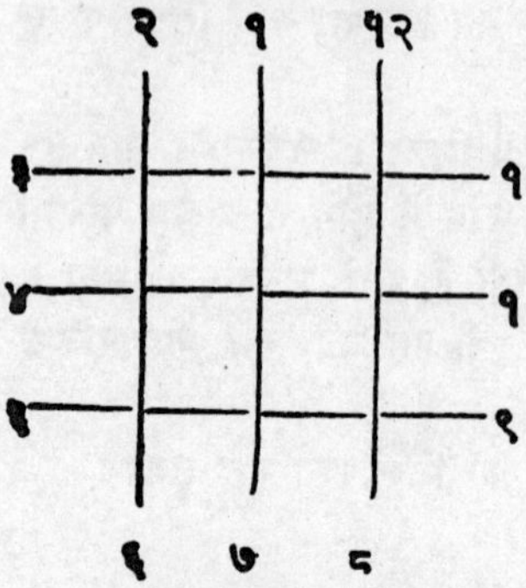

दूसरा रूप

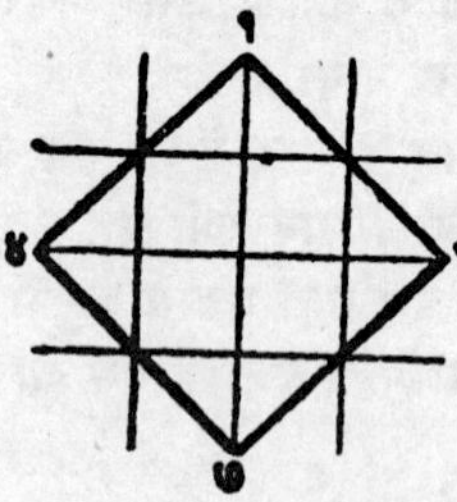

तीसरा रूप

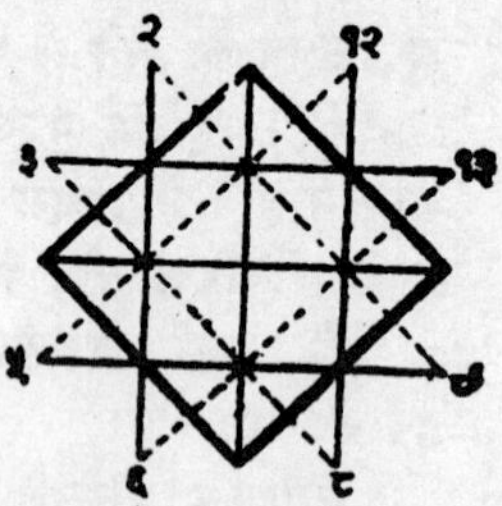

त्रिपताका चक्र

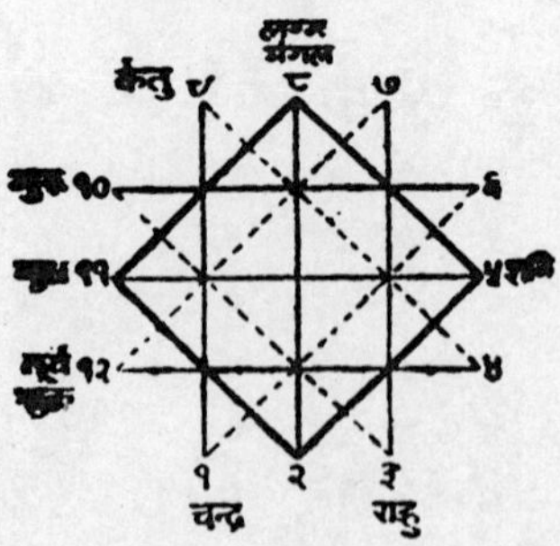

त्रिपताका चक्र बनाने में अटपटा लगता है। उसको बनाने के लिए पहिले ३ आड़ी ३ खड़ी रेखाएं खींचो जैसा रूप १ में बताया है और रेखाओं के छोर में यहां बताये अनुसार अंक लिख दो।

उपरांत १, ४, ७, १० रेखा को ऊपर रूप २ में बताये अनुसार मिला कर एक चौखटा बना दो। फिर ५ को १२ से, ६ को ११ से, २ को ९ से और ३ को ८ से मिला दो, जैसे तीसरे रूप में बताया है। यही त्रिपताका चक्र बन गया। जहां १ लिखा है लग्न स्थान समझो।

त्रिपताका चक्र में ग्रह भरने की रीति

लग्न=जो वर्ष लग्न हो उसे सब से ऊपर मध्य में स्थापित करो और आगे क्रमानुसार १२ राशियाँ लिख दो जैसा ऊपर बताया है जन्म चंद्र=जन्म के चंद्र का स्थान $=\frac{\text{गत वर्ष}+1}{9}$=शेष जन्म के चंद्र का स्थान जन्म के ग्रह=$\frac{\text{गत वर्ष}+1}{4}$=शेष जन्म के ग्रहों का स्थान।

राहु केतु वक्री ग्रह हैं। इस कारण इन का स्थान उल्टे क्रम से गिनना जैसे शेष २ है और जन्म में वृश्चिक पर राहु है तो वृश्चिक से उल्टे २ स्थान गिना तो दूसरा स्थान तुला आया। इस कारण तुला पर राहु रहेगा। उदाहरण—गत वर्ष ५६ है और जन्म के ग्रह ये हैं—

ग्रह	सूर्य	चंद्र	मंगल	बुध	गुरु	शुक्र	शनि	राहु	केतु
राशि	१२	११	८	११	१०	१२	५	३	९

वर्ष लग्न ८ है तो त्रिपताका चक्र में ८ लग्न स्थान में रख कर आगे क्रमानुसार राशियों को त्रिपताका चक्र में लिख दिया।

चंद्र=$\frac{\text{गत वर्ष } 56+1}{9}=\frac{57}{9}$=शेष ३। जन्म में चन्द्र कुम्भ राशि में था। कुम्भ से ३ गिना तो कुम्भ से तीसरा मेष आया। इस कारण मेष राशि पर चन्द्र लिख दिया।

ग्रह=$\frac{\text{गत वर्ष } 56+1}{4}=\frac{56}{4}$=शेष १ जन्म में जो ग्रह थे उन-उन स्थान से १ स्थान गिन कर सम्पूर्ण ग्रह चक्र में स्थापित कर दिये। जैसे सूर्य मीन का था मीन से १ गिना १ मीन ही आया तो सूर्य मीन में गया। मंगल वृश्चिक से १ वृश्चिक ही रहा तो मंगल लग्न पर आ गया। बुध कुम्भ से १ स्थान=कुम्भ। गुरु मकर से १ स्थान=मकर। शुक्र मीन से १ स्थान=मीन। शनि सिंह से १ स्थान=सिंह। राहु मिथुन से १ स्थान उलटा गिना तो मिथुन ही रहा। केतु धन का है उससे १ स्थान उलटा गिना धन पर ही रहा। इस प्रकार जन्म के सम्पूर्ण ग्रह त्रिपताका चक्र में स्थापित कर दिये गये जैसा ऊपर चक्र में बताया है।

वेध का विचार

किसी ग्रह के स्थान से जो रेखा गई हो उसके छोर पर कोई दूसरा ग्रह हो तो उसका वेध समझा जाता है। जैसे जहाँ मंगल का परस्पर वेध शनि और बुध से है। राहु का वेध गुरु से है। चंद्र का वेध केतु से है। और किसी का वेध नहीं है।

चन्द्र का वेध फल

इसमें चन्द्र का विशेष रूप से वेध का विचार होता है।

चंद्र का वेध	राहु से	सूर्य से	शनि से	मंगल से	शुभ ग्रह से वेध
फल	अरिष्ट	तप ताप	रोग	शरीर पीड़ा	जय सुख लाभ

पाप और शुभ दोनों से ही बेध हो तो जो अधिक बली हो उसके अनुसार शुभ अशुभ हो।

इसी प्रकार ग्रहों का बल विचार कर बेध का फल कहना।

राहु चंद्र बेध	राहु गुरु बेध	शुभ ग्रह के बेध
कष्ट	मृत्यु	लाभ

अन्य प्रकार से त्रिपताका चक्र में ग्रह स्थापित करना

चंद्र=चंद्र ९ वर्ष तक भ्रमण कर उसी स्थान में आ जाता है। गत वर्ष में १ जोड़ने से वर्तमान वर्ष हो जाता है। वर्तमान वर्ष में ९ का भाग देने से जो राशि बचती है उसी संख्या के अनुसार जन्म का चन्द्र गतिमान होकर आ जाता है। इस कारण जन्म चन्द्र की राशि से शेष राशि की संख्या तक गिनने में जो आवे वहाँ चन्द्र पहुँच जाता है जैसा ऊपर उदाहरण देकर बताया है।

राहु और मंगल=राहु और मंगल को स्थापित करने के लिए वर्तमान वर्ष संख्या में ६ का भाग देने से जो शेष राशि प्राप्त हो, उतनी संख्या जन्म मंगल से सीधा गिनकर और राहु के स्थान से उतनी संख्या उल्टी गिनने पर जो आवे उसी राशि पर मंगल और केतु रखना।

शेष ग्रह=सूर्य बुध गुरु शुक्र शनि=वर्तमान वर्ष में ४ का भाग देने से जो शेष प्राप्त हो उतनी संख्या इन ग्रहों के स्थान से गिनकर रखना जैसा ऊपर बता चुके हैं।

उदाहरण—अन्य रीति से यहाँ केवल राहु और मंगल में अन्तर बताया है और

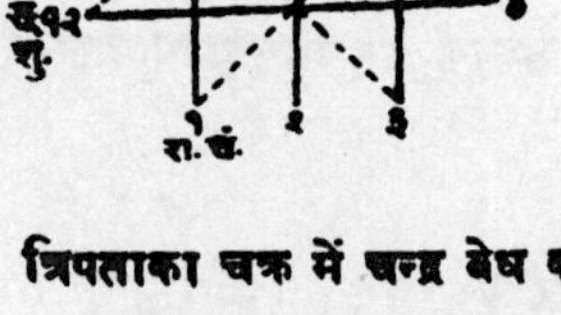

सब ऊपर बताये अनुसार ही है। गतवर्ष $\frac{५६ + १}{६}$ =शेष ३ जन्म का मंगल वृश्चिक में था उससे सीधा ३ गिना जो तीसरा मकर आया। मकर में मंगल आ गया। राहु मिथुन का था उससे उल्टा ३ गिना तो तीसरा मेष आया। मेष पर राहु आ गया इसी के अनुसार त्रिपताका चक्र यहाँ दिया है।

त्रिपताका चक्र में चन्द्र बेध का विचार

(१) सूर्य के साथ वेध–धन के अपव्यय से कष्ट, मन में अस्थिरता, चिंता से परेशानी, रक्त सम्बन्धी रोग हो, पित्त का विकार हो। यह फल सूर्य की मुद्दा दशा में हो।

(२) मंगल से वेध–चित्त में बेचैनी, रक्त विकार, शत्रु भय, मन उदास।

(३) बुध से वेध–व्यापार में वृद्धि, भाइयों से विवाद, कुटुम्ब में कलह, शत्रु से हानि।

(४) गुरु से—अकस्मात् धन लाभ, तीर्थ यात्रा, शुभ कार्य में खर्च, विवाद में जय, मांगलिक कार्य हो।

(५) शुक्र से—वासना बढ़े, व्यभिचार की ओर मन, धन लाभ, विद्या प्राप्ति शत्रु पर जय, परीक्षा में सफलता, बात रोग, जल से अरिष्ट ।

(६) शनि से—वायु विकार आदि से रोग, परिचित व्यक्ति धोखा देवे जिससे धन हानि हो, नीच का संग ।

(७) राहु—असफलता, कठिनाइयाँ, बुरे विचार, अनेक रोग, मलिन चित्त ।

(८) केतु से—अस्वस्थता, मंदाग्नि, उदास, मलिन चित्त, उदर व्याधि, दुःख ।

(९) यदि कई पाप ग्रहों से बेध हो तो उस वर्ष कष्ट और बहुत दुःख हो ।

(१०) भाग्येश का अष्टमेश से बेध हो तो रोग और हानि प्रद है ।

(११) आयेश और राज्येश का या लाभेश भाग्येश का परस्पर बेध हो तो लाभ एवं सुख कारक होता है ।

(१२) ये फल बेध कारक की दशा में होते हैं । हर्ष बल के अनुसार बल उस बेध कारक ग्रह का देखना । निर्बल ग्रह हो तो कष्ट, बलवान् हो तो सुख दायक होगा ।

•

अध्याय १३

विंशोत्तरी मुद्दा दशा

मुद्दा दशा

मुद्दा को मुग्धा भी कहते हैं । मुग्धा=युवा स्त्री, इस में ९ ग्रह की दशा होती है ।

इसकी दशा का क्रम विंशोत्तरी दशा के अनुसार होता है । इस कारण इसे विंशोत्तरी भी कहते हैं । विंशोत्तरी दशा १२० वर्ष में पूरी होती है परन्तु यह दशा १ वर्ष=३६० दिन में पूरी हो जाती है । १२० वर्ष ३६० दिन के बराबर हैं तो १ वर्ष=३६०/१२० दिन ३ दिन के होता है । इस कारण विंशोत्तरी दशा वर्ष में ३ का गुणा करने से जो संख्या प्राप्त हो उतने दिन मुद्दा दशा में उस ग्रह के होते हैं । जैसे–

ग्रह	सूर्य	चंद्र	मंगल	राहु	गुरु	शनि	बुध	केतु	शुक्र	योग
	१	२	३	४	५	६	७	८	९	
विंशो० दशा में ग्रह वर्ष	६	१०	७	१८	१६	१९	१७	७	२०	१२०
मुद्दा दशा में वर्ष × ३=दिन	१८	३०	२१	५४	४८	५७	५१	२१	६०	=३६०

मुद्दा दशा निकालना

$$\frac{(\text{जन्म नक्षत्र संख्या} + \text{गताब्द}) - २}{९}$$

(=शेष मुद्दा दशा नीचे बताये क्रमानुसार ।)

शेष	१	२	३	४	५	६	७	८	९

ग्रह	सूर्य	चंद्र	मंगल	राहु	गुरु	शनि	बुध	केतु	शुक्र	योग
दशा दिन	१८	३०	२१	५४	४८	५७	५१	२१	६०	३६०दिन
या मास दिन	०-१८	१-०	०-२१	१-२४	१-१८	१-२७	१-२१	०-२१	२-०	या १२मास

उदाहरण

मान लो जन्म नक्षत्र २३ धनिष्ठा है, गताब्द ५६ है।

जन्म नक्षत्र धनिष्ठा=२३	७७ ÷ ९=शेष ५ गुरु की दशा।
+गताब्द ५६	=पांचवीं गुरु की दशा में वर्ष प्रवेश हुआ
योग=७९	
−२	
=७७	

मुद्दा दशा की भोग्य दशा निकालना

(१) रीति=१२ मास में से जन्म का चन्द्र स्पष्ट घटाना। जो बचे सब की कला बना कर ८०० कला का भाग देना। लब्धि को छोड़कर शेष कला विकला ग्रह की दशा के दिन से गुणा कर ८०० का भाग देना तो घटी पल=भोग्य दशा उस ग्रह की हुई।

दूसरी रीति–(जन्म नक्षत्र भुक्त घड़ी × आरंभ महादशा दिन)=जन्म नक्षत्र अभोग घड़ी=भुक्त दशा दिन घटी। (महादशा सर्वदिन=भुक्त दशा दिन)=भोग्य दशा दिन घड़ी।

उदाहरण—रीति पहली=मान लो जन्म का चंद्र १० रा-०°-४८‴ है।

१२रा-०°-०′-०″	३५१-०२	८००)१६८८९-३६(२१ दिन
जन्म चंद्र १०-०-४८-८	गुरु दिन × ४८	१६००
शेष= १-२९-११-५२	२८०८ ४१६	८८९
=३५५१′-५२″	१४०४ २०८	८००
८००)३५५१′-५२″(४	१६८४८ २४९६ ÷ ६०	८९ × ६०
३२००	+४१ =३६	५३४० + ३६
शेष ३५१-५२	१६८८९ -३६	८००)५३७३(६ घड़ी
१६८८९′-३६″		४८००
८००		५७६ × ६०
		८००)३४५६०(४३ पल
		३२००
		२५६०
		२४००
		१६०

दूसरी रीति

जन्म धनिष्ठा भुक्त=२७ घ० ३ प० ५२ वि०=२२२३ पल ५२ वि०

,, भभोग=६६ घ० १० पल ० वि०=३९७० पल ० वि०

भक्त धनिष्ठा २२२३-५२	३९७०)१०६७४५-३६(२६ दिन
गुरु दिन × ४८	७९४०
१७७८४ ४१६	२७३४५
८८९२ २०८	२३८२०
१०२७०३ २४९६ ÷ ६०	३५२५ × ६०
+४१ =३६	२११५०० + ३६
१०६७४५ –३६	३९७०)२११५३६(५३ घड़ी
३९७०	१९८५०
गुरु के पूर्ण दिन ४८ दि.–० घ.–० प.	१३०३६
भुक्त दिन २६ –५३ –१७	११९१०
शेष २१ —६ –४३ भोग्य	११२६ × ६०
∴ गुरु की भोग्य दशा २१ दि०–६ घ०–४३प०	३९७०)६७५६०(१७ पल
	३९७०
	२७८६०
	२७७९०
	७०

इसके बाद आगे ग्रहों की दशा क्रमानुसार होगी।

मुद्दा दशा चक्र

दशा	मास	दिन	घ.	पल	सम्वत	सूर्य की राशि	अं	क.	वि.	
					२००२	११	५	३३	८	दशा आरम्भ
गुरु	०	२१	६	४०	२००२	११	२६	३९	५१	तक गुरुदशा
शनि	१	२७	०	०	२००३	१	२३	३९	५१	,, शनि ,,
बुध	१	२१	०	०	२००३	३	१४	३९	५१	,, बुध ,,
केतु	०	२१	०	०	२००३	४	५	३९	५१	,, केतु ,,
शुक्र	२	०	०	०	२००३	६	५	३९	५१	,, शुक्र ,,
सूर्य	०	१८	०	०	२००३	६	२३	३९	५१	,, सूर्य ,,
चंद्र	१	०	०	०	२००३	७	२३	३९	५१	,, चन्द्र ,,
मंगल	०	२१	०	०	२००३	१०	१४	३९	५१	,, मंगल ,,
राहु	१	२४	०	०	२००३	१०	८	३९	५१	,, राहु ,,
योग	११	३	६	४३	आरंभ में गुरु की दशा है आगे शनि दशा १ मा०					
+भुक्त	०	२६	५३	१७	२७ दिन रहेगी बाद चक्र में बताये क्रम से ग्रह की					
योग	१२	०	०	०	दशा आती जायगी इन दशाओं का ठीक सम्वत और					

सूर्य की राशि दाहिनी ओर दी है जिसमें प्रगट होता है कि उस सम्बत में जब सूर्य स्पष्ट उतना होगा तब तक वह दशा रहेगी।

समय निकालना

यह वर्ष सम्बत २००२ का निकाला है और जन्म का या वर्ष का सूर्य ११-५°-२३′८ है अर्थात् इस समय से दशा आरंभ होती है। इसके आगे २१ दि० ६ घ० ४३ प० गुरु की दशा के इसमें दिये तो प्रगट हुआ कि सम्बत २००२ में जब सूर्य स्पष्ट ११-२६°-३९′-५१″ होगा तब गुरु की दशा का अंत होगा। इसमें शनि की दशा का समय जोड़ा तो शनि की दशा का अन्त होने का समय निकल आया। इसी प्रकार आगे के ग्रहों का समय जोड़-जोड़ कर उन दशाओं के अन्त होने का सम्बत और सूर्य स्पष्ट निकाल लेना। ग्रह की वर्ष दशा और सम्वत आदि के जोड़ते समय यहाँ बताये अनुसार जोड़ना। विकला में पल, कला में घड़ी, अंश में दिन, राशि में मास और सम्बत में वर्ष जोड़ना। इसके आगे पंचांग देखकर कि उक्त सूर्य स्पष्ट कौन दिनांक को आता है लिख दो तो प्रत्येक ग्रह की दशा के अंत होने का दिनांक महीना और सन् प्रकट हो जायगा।

सम्वत + वर्ष
राशि + मास
अंश + दिन
कला + घड़ी
विकला + पल

मुद्दा दशा की अंतर्दशा निकालने की रीति

ग्रह	सूर्य	चंद्र	मंगल	राहु	गुरु	शनि	बुध	केतु	शु.
महा दशा दिन	१८	३०	२१	५४	४८	५७	५१	२१	६०
अंतर्दशा गुणक या ध्रुव	४	८	८	७	१०	६	९	५	६

(महा दशा दिन × अंतरग्रह का गुणक) ÷ ६०=लब्धि अंतर्दशा का दिन घटी।

अर्थात् जिस ग्रह की महा दशा में अंतर्दशा निकालनी है उसके वर्ष लेना उसमें प्रत्येक अंतर्दशा के ग्रह का ध्रुव अर्थात् गुणक से गुणा कर गुणनफल में ६० का भाग देना तो दिन घटी अंतर्दशा का समय निकल आता है। जिसकी महा दशा होगी उसकी अंतर्दशा का समय निकल आता है। जिसकी महा दशा होगी उसकी अंतर्दशा प्रथम होती है।

अंतर्दशा निकालने का उदाहरण

सूर्य की अंतर्दशा=सूर्य दिन १८ × अंतर्गुणक
महा दशा × अंतर्दशा का गुणक

१ सूर्य में सूर्य १८ × ४= $\frac{१८\times४}{६०}$ = $\frac{७२}{६०}$ =दिन घड़ी १–१२
२ सूर्य में चंद्र १८ × ८= $\frac{१८\times८}{६०}$ = $\frac{१४४}{६०}$ =२–२४
३ सूर्य में मंगल १८ × ५= $\frac{१८\times५}{६०}$ = $\frac{९०}{६०}$ =१–३०
४ सूर्य में राहु १८ × ७= $\frac{१८\times७}{६०}$ = $\frac{१२६}{६०}$ =२–६
५ सूर्य में गुरु ८ × १०= $\frac{१८\times१०}{६०}$ = $\frac{१८०}{६०}$ =३–०
६ सूर्य में शनि १८ × ६= $\frac{१८\times६}{६०}$ = $\frac{१०८}{६०}$ =१–४८

७ सूर्य में बुध १८ × ९ = (१८ × ९)/६० = १६२/६० = २–४२

८ सूर्य में केतु १८ × ५ = (१८ × ५)/६० = ९०/६० = १–३०

९ सूर्य में शुक्र १८ × ६ = (१८ × ६)/६० = १०८/६० = १–४८

योग = १८–०

(२) चंद्र में चंद्र की अंतर्दशा दिन ३० × अंतरग्रह गुणक

३० का गुणा और ६० का भाग देने से १/२ हो जाता है। इस कारण गुणक को आधा कर देने से चंद्र की अंतर्दशा का समय निकल आता है।

				दिन घं.
१ चंद्र में चंद्र	गुणक	८ =	(३० × ८) ÷ ६० = ४	= ४ = ०
२ चंद्र में मंगल	,,	५ =	५ × २ = ५/२	= २–३०
३ चंद्र में राहु	,,	७ =	७/२	= ३–३०
४ चंद्र में गुरु	,,	१० =	१०/२	= ५–०
५ चंद्र में शनि	,,	६ =	६/२	= ३–०
६ चंद्र में बुध	,,	९ =	९/२	= ४–३०
७ चंद्र में केतु	,,	५ =	५/२	= २–३०
८ चंद्र में शुक्र	,,	६ =	६/२	= २–०
९ चंद्र में सूर्य	,,	४ =	४/२	= २–०
			योग	३०–०

(३) मंगल की अंतर्दशा दिन २१ दिन घ.

१ मंगल में मंगल ५ गुणक = (२१ × ५) ÷ ६० = १०५/६० = १–४५

२ मंगल में राहु ७ गुणक = (२१ × ७) ÷ ६० = १४७/६० = २–२७

३ मंगल में गुरु १० गुणक = (२१ × १०) ÷ ६० = २१०/६० = २१०/६० = ३–३०

४ मंगल में शनि ६ गुणक = (२१ × ६) ÷ ६० = १२६/६० = २–६

५ मंगल में बुध ९ गुणक = (२१ × ९) ÷ ६० = १८९/६० = ३–९

६ मंगल में केतु ५ गुणक = (२१ × ५) ÷ ६० = १०५/६० = १–४५

७ मंगल में शुक्र ६ गुणक = (२१ × ६) ÷ ६० = १२५/६० = २–६

८ मंगल में सूर्य ४ गुणक = (२१ × ४) ÷ ६० = ८४/६० = १–२४

९ मंगल में चंद ८ गुणक = (२१ × ८) ÷ ६० = १६८/६० = २–४८

योग २१–०

इसी प्रकार प्रत्येक ग्रह की अंतर्दशा निकाल कर आगे चक्र में दिया है।

अन्तर्दशा चक्र

१ सूर्य दशा में अंतर	दिन	घटी	२ चंद्र दशा में अंतर	दिन	घटी	३ मंगल दशा में अंतर	दिन	घटी	४ राहु दशा में अंतर	दिन	घटी	५ गुरु दशा में अंतर	दिन	घटी
१ सूर्य	१	१२	१ चंद्र	४	०	१ मं.	१	४५	१ रा.	६	१८	१ गु.	८	०
२ चंद्र	२	२४	२ मं.	२	३०	२ रा.	२	२७	२ गु.	९	०	२ श.	४	४८
३ मं.	१	३०	३ रा.	३	३०	३ गु.	३	३०	३ श.	५	२४	३ बु.	७	१२
४ राहु	२	६	४ गु.	५	०	४ श.	२	६	४ बु.	८	६	४ के.	४	०
५ गुरु	३	०	५ श.	३	०	५ बु.	३	९	५ के.	४	३०	५ शु.	४	४८
६ शनि	१	४८	६ बु.	४	३०	६ के.	१	४५	६ शु.	५	२४	६ सू.	३	१२
७ बुध	२	४२	७ के.	२	३०	७ शु.	२	६	७ सू.	३	३६	७ चं.	६	२४
८ केतु	१	३०	८ शु.	३	०	८ सू.	१	२४	८ चं.	७	१२	८ मं.	४	०
९ शुक्र	१	४८	९ सू.	२	०	९ चं.	२	४८	९ मं.	४	३०	९ रा.	५	३६
योग	१८	०	योग	३०	०	योग	२१	०	योग	५४	०	योग	४८	०

६ शनि दशा में अन्तर्दशा	दिन	घटी	७ बुध दशा में अन्तर	दिन	घटी	८ केतु दशा में अंतर	दिन	घटी	९ शुक्र दशा में अंतर	दिन	घटी
१ शनि	५	४२	१ बु.	७	३९	१ के.	१	४५	१ शु.	६	०
२ बुध	८	३३	२ के.	४	१५	२ शु.	२	६	२ सू.	४	०
३ केतु	४	४५	३ शु.	५	३	३ सू.	१	२४	३ चं.	८	०
४ शुक्र	५	४२	४ सू.	३	२४	४ चं.	२	४८	४ मं.	५	०
५ सूर्य	३	४८	५ चं.	६	४८	५ मं.	१	४५	५ रा.	७	०
६ चंद्र	७	३६	६ मं.	४	१५	६ रा.	२	२७	६ गु.	१०	०
७ मंगल	४	४५	७ रा.	५	५७	७ गु.	३	३०	७ श.	६	०
८ राहु	६	३९	८ गु.	८	३०	८ श.	२	६	८ बु.	९	०
९ गुरु	९	३०	९ श.	५	६	९ बु.	३	९	९ के.	५	०
योग	५७	०	योग	५१	०	योग	२१	०	योग	६०	०

आरम्भ के ग्रह की भोग्य अन्तर्दशा जानना

आरम्भ में जो मुद्दा महा दशा हो उसके भोग्य समय में से उस ग्रह की अंतर्दशा विरुद्ध क्रम से अंत के ग्रह से आरम्भ कर घटाते जाओ जो न घटे उस ग्रह की आरम्भ की भोग्य अन्तर्दशा जानना और जो घट चुके हैं उसके उपरांत वे अंतर्दशा भोगेंगी।

ऊपर बता चुके हैं कि मुद्दा महा दशा आरम्भ में गुरु की है।

दि. घ. प.

जिसका भोग्य समय २१-६-४३ है।

गुरु भोग्य दि० घ० प०
२१-६-४३
—९ राहु ५-३६
=१५-३०-४३
—८ मंगल ४-०
=११-३०-४३
—७ चंद्र ६-२४
= ५-६-४२
—६ सूर्य ३-१२
=१-५४-४३
—५ शुक्र ४-४८

गुरु की अंतर्दशा इस प्रकार हुई
दि० घ० प०
५ शुक्र=१-५४-४३
६ सूर्य=३-१२
७ चंद्र=६-२४
८ मंगल=४-०
९ राहु=५-३६
योग=२१-६-४३

इस प्रकार विरुद्ध क्रम से घटाया। शुक्र नहीं घटा तो आरम्भ में शुक्र की अंतर्दशा १-५४-४३ है ऐसा प्रगट हुआ। इसके आगे क्रमानुसार सूर्य, चंद्र, मंगल और राहु की अंतर्दशा आयगी जैसा ऊपर बताया है।

गुरु महादशा के आगे क्रमशः शनि बुध केतु आदि की महादशा आयगी। पिछले अंतर्दशा चक्र में बताये अनुसार उनका समय जोड़ते जाना तो प्रत्येक महादशा की अंतर्दशा निकल आयगी।

इस अंतर्दशा का समय जानने के लिए सम्वत और जन्म के सूर्य में उक्त समय जोड़ते जाना तो उसकी अंतर्दशा का अंत होने का समय निकल आयगा। उदाहरण—

गुरु की अंतर्दशा

अंतर्दशा	दिन	घड़ी	पल	सम्बत	राशि	अंश	क०	वि०		दिनांक
				२००२	११	५	३३	७	से आरंभ	१९-३-१९४६
शुक्र	१	५४	४३	२००२	११	६	२७	५०	तक	२०-३-४६
सूर्य	३	१२	०	२००२	११	१०	९	५०	तक	२४-३-४६
चंद्र	६	२४	०	२००२	११	१७	३	५०	तक	१-४-४६
मंगल	४	०	०	२००२	११	२१	३	५०	तक	४-४-४६
राहु	५	३६	०	२००२	११	२६	३९	५०	तक	९-४-४६

सम्वत २००२ के पंचांग में यहाँ बताये अनुसार जब सूर्य आता है उसकी तारीख पंचांग से देखकर यहाँ लिख दी है।

मुद्दा दशा की मास दशा का समय

मास प्रवेश में प्रत्येक मास का फल जानने की मास मुद्दा दशा निकाली जाती है। मुद्दा दशा के १ वर्ष में जितने दिन होते हैं उनको १२ से भाग देकर एक मास का समय निकाल लिया जाता है।

मुद्दा में	१	२	३	४	५	६	७	८	९	योग
ग्रह क्रम	सूर्य	चंद्र	मंगल	राहु	गुरु	शनि	बुध	केतु	शुक्र	दिन
वर्ष दशा दिन	१८	३०	२१	५४	४८	५७	५१	२१	६०	=३६०
मास दशा दिन	१	२	१	४	४	४	४	१		} ३०
घड़ी	३०	३०	४५	३०	०	४५	१५	४५		

जैसे सूर्य के वर्ष के दिन १८ × १२=१$\frac{६}{१२}$ दिन=१ दि.-३० घ.। यहाँ घड़ी बनाने की ६० का गुणा कर १२ का भाग देना पड़ता=$\frac{६०}{१२}$=५ गुणांक। इस कारण शेष में ५ का गुणा करने से घड़ी आ जाती है। जैसे शनि ५७ × १२=४$\frac{९}{१२}$ यहाँ शेष ९ × ५=४५ घड़ी और ४ दिन लब्धि के=४ दि.-४५ घ.। इसी प्रकार सब ग्रहों के मास दशा के दिन घड़ी निकाल कर ऊपर दिये हैं।

मुग्धा दशा की मास दशा निकालना

पहली रीति=(मास प्रवेश में जो नक्षत्र हो + ७) × ९=शेष दशा ग्रह की उपरोक्त क्रम से

जैसे मास प्रवेश का नक्षत्र हस्त १३ वाँ है। (१३ + ७) × ९=२० × ९=शेष २ चंद्र की दशा। विंशोत्तरी दशा के समान नक्षत्रों के अनुसार दशा भी जानी जा सकती है : जैसा नीचे चक्र में बताया है। इसी के अनुसार मास दशा भी जानी जा सकती है।

मास दशा प्रवेश के समय नक्षत्र से दशाज्ञान—

क्रम	१	२	३	४	५	६	७	८	९
ग्रह	सूर्य	चंद्र	मंगल	राहु	गुरु	शनि	बुध	केतु	शुक्र
नक्षत्र	३ कृतिका	४ रोह.	५ मृग.	६ आर्द्रा	७ पुनर.	८ पुष्य	९ श्लें.	१० मघा	११ पू.फा.
	१२उ.फा.	१३हस्त	१४चि.	१५स्वा,	१६ वि.	१७ अ.	१८ ज्ये.	१९मूल	२० पू षा.
	२१उषा.	२२श्र.	२३धनि.	२४शत.	२५पूभा.	२६उभा.	२७रेव.	१अश्वि.	२ भरणी

यहाँ भी चक्र देखने से प्रकट हुआ कि हस्त में चंद्र की दशा आती है। मान लो २७ नक्षत्र (रेवती) है २७ + ७=३४ × ९=शेष ७ बुध की दशा आई ?

दूसरी रीति=(नक्षत्र संख्या – २) × ९। हस्त १३=(१३ – २) × ९=$\frac{११}{९}$=शेष २=चंद्र (नक्षत्र रेवती २७–२) × ९=$\frac{२५}{९}$=शेष ७ बुध की दशा आई।

$$\text{अन्य रीति} = \frac{(\text{गताब्द} \times १२) + (\text{जन्म नक्षत्र} + \text{गत मास})}{९} - २$$

मान लो जन्म नक्षत्र धनिष्ठा २३ वाँ है। दूसरे मास की दशा निकालनी है तो गत मास १ हुआ, गताब्द ५६ है।

$$\frac{(\text{गताब्द } ५६ \times १२) + \text{धनिष्ठा } २३ + \text{गतमास } १ - २}{९} = \frac{६७२ + २४ - २}{९} =$$

$$\frac{६७२ + २२}{९} = \frac{६९४}{९} = \text{शेष } १ = \text{सूर्य की दशा।}$$

मुग्धा दिन दशा निकालना

जिस प्रकार मुग्धा की मास दशा निकाली जाती है उसी प्रकार मुद्दा दशा की दिन दशा भी निकाली जाती है। ३६२ में ग्रह के उक्त दिन हैं तो ६० घड़ी में $\frac{3 \times 60}{360}=\frac{1}{6}$ घड़ी पल होगी। ग्रह के दिन में ६ का भाग देने से जो घड़ी पल आवे वही दिन दशा में उसका समय होगा। जैसे सूर्य १८ दिन × ६=३ घड़ी। यही नीचे चक्र में दिया है।

मुग्धा दिन दशा चक्र

क्रम	१	२	३	४	५	६	७	८	९	
ग्रह	सूर्य	चंद्र	मंगल	राहु	गुरु	शनि	बुध	केतु	शुक्र	योग
घड़ी	३	५	३	९	८	९	८	३	१०	६०
पल	०	०	३०	०	०	३०	३०	३०		०

मुग्धा दिन दशा निकालना

(दिन प्रवेश नक्षत्र + लग्न+७) × ९=शेष=ग्रह की दिन दशा उपरोक्त क्रम से।

दिन प्रवेश के समय जो स्पष्ट लग्न हो उसमें दिन प्रवेश के नक्षत्र की संख्या जोड़ कर और ७ मिला कर ९ का भाग देना जो शेष बचे उस ग्रह की दशा उपरोक्त क्रम से हो गई। मुद्दा मास दशा के नक्षत्र का जो चक्र दिया है उसके अनुसार ही कई दिन प्रवेश का नक्षत्र देखकर दिन दशा निकाल लेते हैं। जैसे उस दिन स्वाती नक्षत्र हो तो चक्रानुसार राहु की दशा होगी क्योंकि उस नक्षत्र के ऊपर राहु ग्रह चक्र में दिया है।

योगिनी मुद्दा दशा

जातक की योगिनी दशा के अनुसार ही इसका क्रम है। योगिनी दशा ३६ वर्ष की होती है वह यहां एक बर्ष में भक्त हो जाती है। ३६ वर्ष=३६० दिन के है तो १ वर्ष में =१० दिन। इस कारण योगिनी दशा के वर्ष में १० का गुणा करने से वर्ष की योगिनी दशा के दिन निकल आते हैं। जैसे संकटा के वर्ष ८ हैं। ८×१०=८० दिन=२ मास १० दिन हुए।

योगिना मुद्दा दशा का समय

	१	२	३	४	५	६	७	८	
	मंगला	पिंगला	धान्या	भ्रामरी	भद्रा	उल्का	सिद्धा	संकटा	योग
योगनी दशा वर्ष	१	२	३	४	५	६	७	८	३६ वर्ष
वर्ष दशा में मास	०	०	१	१	१	२	२	२	१२ मास
भोगने के दिन	१०	२०	०	१०	२०	०	१०	२०	०

योगिनी दशा का समय निकालना

(जन्म नक्षत्र + ३ + गताब्द) × ८=शेष योगिनी दशा उपरोक्त क्रम से

उदाहरण=जन्म नक्षत्र धनिष्ठा २३

(गताब्द ५६ + ३ + २३ धनिष्ठा) × ८= $\frac{५९ + २३}{८}$ = $\frac{८२}{८}$ =शेष २=पिंगला की दशा ।

दशा का भोग्य समय निकालना

(नक्षत्र के भुक्त पल × योगिनी दशा दिन) × भभोग पल=भुक्त दिन

(योगिनी दशा के दिन—भुक्त दिन)=भोग्य दिन

उदाहरण-जन्म नक्षत्र धनिष्ठा भुक्त २२२३–५२ पल भभोग ३९७०–० पल पूर्वोक्त ।

पिंगला दशा=२० दिन

प० वि०

भुक्त पल २२२३–५२

× पिंगला के × २० दिन

४४४६० १०४०

+१७ =२०

४४४७७–२०

दि० घ० प०

४४४७७–२० ÷ ३९७०=११—१२—१२ भुक्त पिंगला

	दिन	घ०	प०
पूर्ण पिंगला	२०	०	०
भुक्ता—	,, ११	१२	१२
भोग्य	,, ८	४७	४८

योगिनी मुद्दा दशा चक्र

योगिनी दशा	मास	दिन	घड़ी	पल	सम्वत्	सूर्य राशि	अं.	क.	वि.		दिनांक
					२००२	११	५	३३	७	सेआरम्भ	१९- ३-१९४६
पिंगला	०	८	४७	४८	,,	११	१४	२०	५५	तक	२८- ३- ४६
धान्या	१	०	,,	,,	२००३	०	१४	२०	५५	तक	२८- ४- ४६
भ्रामरी	१	१०	,,	,,	,,	१	२४	२०	५५	तक	८- ५- ४६
भद्रा	१	१०	,,	,,	,,	३	१४	२०	५५	तक	३१- ६- ४६
उल्का	२	०	,,	,,	,,	५	१४	२०	५५	तक	१-१०- ४६
सिद्धा	२	१०	,,	,,	,,	७	२४	२०	५५	तक	१०-११- ४६
संकटा	२	२०	,,	,,	,,	१०	१४	२०	५५	तक	२६- २- ४७
मंगला	०	१०	,,	,,	,,	१०	२४	२०	५५	तक	८- ३- ४७
पिंगला भुक्त	०	११	११	१२	,,	११	५	३३	६		१९- ३- ४७

यहाँ वर्ष आरम्भ के सम्वत् और सूर्य स्पष्ट में प्रत्येक योगिनी का समय जोड़कर उनके अन्त होने का सम्वत और सूर्य स्पष्ट निकला है और पंचांग से देखकर उक्त सूर्य स्पष्ट की हुई तारीख लिख दी है ।

अध्याय १४

पत्यांशी दशा साधन

इसमें सूर्य से शनि तक ७ ग्रह और लग्न मिलाकर ८ ग्रह लिए जाते हैं।

पत्यांशी दशासाधन की रीति

(१) सातों ग्रह और लग्न के स्पष्ट का एक चक्र बनाना। यह ग्रह स्पष्ट और लग्न का चक्र हुआ।

(२) आठों ग्रह के राशि को छोड़कर केवल अंश कलादि लेकर दूसरे चक्र में रखना। यह अंश चक्र हुआ।

(३) फिर दूसरे चक्र से देखना किसका अल्प अंश है।

जिसका सबसे अल्प अंश हो उसे सबसे पहिले ऊपर रखना उसके बाद क्रमानुसार बड़े अंश वाले को रखना। इस प्रकार सबसे अधिक अंश वाला ग्रह अंत में रहेगा। तीसरा इसे हीनांश चक्र कहेंगे।

यदि हीनांश चक्र में २ ग्रह समान अंश कलादि में हों तो (अ) उनमें से सबसे अधिक बलवान् ग्रह सबसे पहिले रहेगा (ब) यदि उनका बल भी समान हो तो अल्प गति वाला पहिले लेना।

(४) हीनांश चक्र पर से पत्यांश बनाकर चक्र ४ में रखा जाता है।

(५) पत्यांश चक्र से दशा स्पष्ट लेकर पाँचवें चक्र में रखते हैं।

(६) फिर दशा की अंतर्दशा निकाल कर प्रथम चक्र में रखते हैं। इन सबके बनाने की रीति आगे दी है।

हीनांश से पत्यांश बनाना

(१) हीनांश चक्र ३ में सबसे पहिले जो ग्रह या लग्न हो और उससे जितने अंश कलादि हों उसे पहिले पत्यांश चक्र ४ में आरंभ में लिख लो। अर्थात् सब में अल्प अंश का ग्रह या लग्न एक कोई आरम्भ में लिखा जायगा।

(२) फिर उससे कुछ बड़ा अंश वाला जो उसके नीचे दिया हो उसका और आरम्भ में दिये हुए ग्रह का अंतर निकाल कर नीचे रखो अर्थात् यह पहिले और दूसरे ग्रह का अन्तर हुआ। फिर इसी प्रकार दूसरे और तीसरे ग्रह का अन्तर निकाल कर उसके नीचे लिख दो। पश्चात् तीसरे और चौथे ग्रह का अन्तर फिर चौथे और पाँचवें ग्रह का, इसीप्रकार आठों ग्रह का अन्तर निकाल कर चक्र ४ पत्यांश चक्र में एक दूसरे के नीचे रखते जाना। यह पत्यांश चक्र बन गया।

(३) पश्चात् सबका योग कर नीचे लिख देना। यह पत्यांश योग हुआ। ध्यान रहे कि चक्र ३ में दिये हीनांश चक्र के अंतिम ग्रह के अंश कलादि के समान यह योग आता है।

पत्यांश को शुद्धांश भी कहते हैं। क्योंकि वह अंशों से शोधन कर निकाला जाता है। पत्यंश योग को सर्वाधिकांश भी कहते हैं। क्योंकि यह सबसे अधिक अंश वाले ग्रह के बराबर होता है।

दशापाक समय

दशा के भुक्त होने का समय सौर वर्ष प्रमाण से १ वर्ष के ३६० दिन होते हैं और सावन मान से दिन ३६५ घ० १५ प० ३१ वि० ३० का होता है। परन्तु सरलता के लिए कई लोग सौर मान के ३६० दिन के अनुसार ही दशा साधन करते हैं क्योंकि दोनों रीतियों से ही से करने में बहुत थोड़ा अन्तर पड़ता है।

सौर मान से=३६० दिन=२१६०० घड़ी=१२९६००० पल होते हैं। सावन मान से=दिन ३६५ घ० १५ पल० ३१ वि० ३०=१३१४९३१ पल ३० वि० होते है।

पत्यांश का ध्रुव निकालना

गणित की सुगमता के लिए ध्रुव निकाल लेना चाहिए। पत्यांश दशा का योग जितने अंशादि हों वह पूरा ३६० दिन में भुक्त होता है तो एक अंश में कितने होंगे यह निकालने को वर्ष के दिन प्रमाण में पत्यांश के योग का भाग देना तो ध्रुव निकल आता है। भाग देने की सरलता के लिए अंश कलादि सबके विकला बना लेना। इसी प्रकार ३६० दिन के भी घड़ी पल बना लेना। ३६०दिन=३६०×६०= २१६०० घड़ी या २१६००×६०=१२९६००० पल होते हैं। इस कारण १२९६००० पल में प्रत्यांश योग की विकला बनाकर भाग देना तो उत्तर दिन घड़ी पल विपल में आयगा वही ध्रुव होगा।

$$\frac{\text{वर्ष दिन}}{\text{पत्यांश योग}} = \frac{\text{३६०}}{\text{पत्यांशयोग अंशादि}} = \frac{\text{१२९००० पल}}{\text{पत्यांश योग विकला}} = \text{ध्रुव दिन घड़ी}$$

पल विपल।

ग्रह दशा—ध्रुव × ग्रह पत्यांश=दशा दिन आदि

जिस ग्रह की दशा निकालनी हो उसके चक्र ४ के अनुसार पत्यांश लेकर उसका गुणा ध्रुव में करना तो उस ग्रह की दशा के दिन घड़ी पल आदि निकल आयेंगे। गोमूत्रिका क्रम से गुणनफल चक्र की सहायता से दोनों का गुणा कर गुणनफल निकाल लेना सरल है जिसकी रीति गणित खंड ज्योतिष शिक्षा भाग ३ में दी है। इसप्रकार आठों ग्रह की दशा निकाल कर सबका योग करना। यदि सबका योग ३६० आवे तो गणित ठीक समझना।

इस प्रकार दशा निकाल कर चक्र ५ में रखना। फिर वर्ष प्रवेश के सूर्य में प्रत्येक ग्रह की दशा के दिन जोड़ते जाना तो उस दशा का ठीक समय निकल आता है। राशिमें+मास। अंशमें+दिन। कलामें+घड़ी। विकलामें+पल जोड़कर प्रथम चक्र बना लेना।

पत्यांशी दशा साधन का उदाहरण

सम्वत २००१ गताब्द ५५ का वर्ष प्रवेश निकाला। सम्वत् २००२ चैत्र शुक्ल ६ सोमवार इष्ट २९घ०–४४प०–१२॥वि० पर वर्ष प्रवेश हुआ। इस समय का ग्रह स्पष्ट किया जिस पर से पत्यांशी दशा का साधन करना है।

चक्र १	चक्र २ अंश का राशि छोड़कर शेष	चक्र ३ हीनांश अल्प अंश का पहिले
१ सूर्य ११रा–५°–३३′–९″	१ सूर्य ५°–३३°–९″	१ गुरु २°–१८′–३०″
२ चंद्र १ –१६–४४–२०	२ चंद्र १६– ४४– २०	२ मंगल २–४६ –२१
३ मंगल १०–२—४६–२१	३ मंगल २– ४६– २१	३ लग्न ४—१३ –१६
४ बुध ११—२०–२३–१४	४ बुध २०—२३– १४	४ सूर्य ५—३३ –९
५ गुरु ५—२—१८–३०	५ गुरु २—१८– ३०	५ शुक्र ७—१९ –४१
६ शुक्र ०—७—१९–४१	६ शुक्र ७—१९– ४१	६ शनि १२–१ —१
७ शनि २—१२–१— १	७ शनि १२–१— १	७ चन्द्र १६–४४ –२०
८ लग्न ५—४—१३–१६	८ लग्न ४–१३– १६	८ बुध २०–२३ –२४

चक्र ४ पत्यांश या शुद्धांश चक्र एक दूसरे से अन्तर ग्रह ° ′ ″	चक्र ५ पत्यांश की विकला
१ गुरु २–१८–२०	=८३१०″
२ मंगल०–२७–५१	=१६७१
३ लग्न १–२६–५५	=५२१५
४ सूर्य १–१९–५३	=४७९२
५ शुक्र १–४६–३२	=६३९२
६ शनि ४–४१–२०	=१७८६०
७ चन्द्र ४–४३–१९	=१६९९९
८ बुध ३–३८–५४	=१३१३४
पत्यांश योग २०–२३–१४ =बुध=२०–२३–१४ सर्वाधिकांश	=१३३९४

यहाँ चक्र १ वर्ष प्रवेश समय के ग्रह स्पष्ट दिये हैं।

चक्र २=चक्र १ में जो ग्रह स्पष्ट दिये हैं उनकी केवल राशि छोड़कर शेष अंश कलादि चक्र २ में दिये हैं।

चक्र ३=चक्र २ में खोजा तो सबसे अल्प अंश वाला गुरु २°–१८′–३०″ है उसे चक्र ३ में सबसे ऊपर रखा फिर उसके आगे उससे कुछ बड़ा अंश वाला ग्रह रखा इस प्रकार बढ़ती अंश क्रम से सबसे अधिक अंश वाला ग्रह बुध २०°–२३′–१४″ है वह सबके अंत में आ गया। इस चक्र में सबसे कम अंश वाला सबसे ऊपर है और क्रमानुसार कुछ बड़े अंश वाले उसके नीचे रखे गये हैं। यह हीनांश चक्र है।

चक्र ४=पत्यांश चक्र। इसमें सबसे कम अंश वाला गुरु सबसे ऊपर रखा। फिर चक्र ३ में देखकर उसके आगे दिये ग्रह का अंतर आगे निकाल कर रखा है। जैसे चक्र में गुरु के नीचे मंगल है। मंगल और गुरु का अन्तर निकाल कर मंगल के आगे चक्र ४ में रखा। फिर मंगल और लग्न का अन्तर लग्न के सामने रखा सूर्य और

लग्न का अन्तर सूर्य के सामने रखा, शुक्र और सूर्य का अन्तर शुक्र के सामने रखा। इसी प्रकार उसके नीचे दिये प्रत्येक ग्रह का अन्तर निकाल कर चक्र ४ में रखा है। यही पत्यांश का गणित आगे दिया है।

सब पत्यांश का योग करने से २०°–२३′–१४″ आया है। यह अंत का ग्रह बुध के अंश २०°–२३′–१४″ सर्वाधिकांश के बराबर आ गया।

ग्रह का ध्रुव बनाना

$$\frac{\text{वर्ष दिन}}{\text{पत्यांश योग}} = \frac{३६०}{२०°\text{-}२३'\text{-}१४''} = \frac{१२९६००० \text{ पल}}{७३३९४ \text{ विकला}} = \begin{matrix}\text{द्रि.} & \text{घ.} & \text{प.} & \text{विपल}\\ १७– & ३९– & २९– & १३\end{matrix}$$

यहाँ ध्रुव विपल तक निकाला है जिससे दशा मान में अन्तर न पड़े परन्तु दशा मान केवल दिन घड़ी पल तक लेना।

ग्रह दशा साधन

ग्रह दशा=ध्रुव × पत्यांश

		दि.	घ.	प.	वि.
(१) ध्रुव		१७	३९	२९	१३
× गुरु पत्यांश			२	१८	३०
				६	३०
			१४	३०	
		१९	३०		
	८	३०			
				३	५४
			८	४२	
		११	४२		
	५	६			
			०	२६	
		०	५८		
	१	१८			
	३४				
४०	४५	३८	५६	३०	३०

गुरु दशा	दि.	घ.	प.	वि.
	४०	४५	३८	५६

		दि.	घ.	प.	वि.
(२) ध्रुव		१७	३९	२९	१३
× मंगल गत्यांश			०	२७	५१
				११	३
			२४	३९	
		३३	९		
	१४	२७			
			५	५१	
		१३	३		
	१७	३३			
७	३९				
०	०	०	०		
८	११	४६	४२	४१	३

	दि.	घ.	प.	वि.
मंगल दशा	८	११	४६	४३

(३) ध्रुव १७ ३९ २९ १३
× लग्न पत्यांश १ २६ ४५

११ ५५
२६ ३५
३५ ४५
१५ ३५
५ ३८
१२ ३४
१६ ५४
७ २२
१७ ३९ २९ १३

२५ ३४ ४७ ४ २४ ५५
दि. घ. प. वि.
लग्न दशा २५ ३४ ४७ ४

(४) ध्रुव १७ ३१ २९ १३
× सूर्य पत्यांश × १ १९ ५३

११ २९
२५ ३७
३४ २७
१५ १
४ ७
९ ११
१२ २१
५ २३
१७ ३७ २९ १३

२३ ३० ३५ २० ५५ २९
दि. घ. प. वि.
सूर्य दशा २३ ३० ३५ २१

(५) ध्रुव १७—३९—२९—१३
× शुक्र पत्यांश १—४६—३२

६ ५६
१५ २८
२० ४८
९ ४
८ ५८
२२ १४
२९ ५४
११ ३
१७ ३९ २९ १३

३१ २१ १० ४० ३२ ५६
दि. घ. प. वि.
शुक्र दशा ३१—२१—१०—४१

(६) ध्रुव १७—३९—२९—१३
× शनि पत्यांश ४—४१—२०

४ २०
९ ४०
१३ ०
५ ४०
८ ५३
१९ ४९
२६ ३९
११ ३७
० ५२
१ ५६
२ ३६
६८

८२ ४७ ४८ ५९ ३७ २०
शनि दशा ८२—४७—४९— ०
दि. घ. प. वि.

```
(७) ध्रुव १७—३९—२९—१३
× चंद्र पत्यांश ४—४३—१९
-----------------------------
                ४    ७
            ९  ११
       १२  २१
    ५  २३
            ९  १९
       २०  ४७
    २७ ५७
१२  ११
        ०  ५२
     १ ५६
  २ ३६
६८
-----------------------------
८३  २२  ५०  १८  ३४  ७
    दि.  घ.  प.  वि.
```

चंद्र दशा ८३—२२—५०—१९

```
(८) ध्रुव १७—३९—२९—१३
× बुध पत्यांश २—३८—५४
-----------------------------
                   ११  ४२
               २६   ६
          ३५   ६
     १५  १८
                ८  १४
          ११  २२
     २४  ४२
१०  ४६
           ०  ३९
       १  २७
   १  ५७
५१
-----------------------------
६४  २५  २१  ४१  ३१  ४२
```

बुध दशा ६४—२५—२१—४२

पत्यांशी दशा चक्र

ग्रह	दिन	घटी	पल	विपल
१ गुरु	४०	४५	३८	५६
२ मंगल	८	११	४६	४३
३ लग्न	२५	३४	४७	४
४ सूर्य	२३	३०	३५	२१
५ शुक्र	३१	२१	१०	४१
६ शनि	८२	४७	४९	०
७ चंद्र	८३	२२	५०	१९
८ बुध	६४	२५	२१	४२
योग	३५९	५९	५९	४६

यहाँ दशा के गणित में विपल के आगे ३० से अधिक बचा उसे १ मान लिया और ३० से कम होने पर उसे छोड़ दिया। तिस पर भी ३६० दिन में ४ विपल कम जाते हैं। उसका कारण यह है कि ध्रुव १७-३९-२९-१३ केवल लिया है विपल के आगे भाजक के आधे से अधिक शेष बचा है। यदि ध्रुव के १३ विपल के स्थान में १४ मान कर गणित करते हैं तो २ विपल अधिक बढ़ जाता है। इस कारण ४ विपल का अंतर नहीं के बराबर है।

पत्यांश की अंतर्दशा साधन

$$\frac{\text{ग्रह दशा मान}}{\text{पत्यांश योग}} = \frac{\text{दशामान पल}}{\text{पत्यांश योग विकला}} = \text{ध्रुव दिन घटी पल}$$

अंतर्दशा समय=ध्रुव × अंतर्ग्रह पत्यांश

ग्रह पत्यांश चक्र ४ के अनुसार ही अंश कलादि लेना जैसा ग्रह की दशा निकालने में लिया था।

नीचे दिये चक्र में पत्यांशी दशामान की विपल छोड़ कर केवल पल तक लिया है। जहाँ आधे से कम विपल है उसे छोड़ दिया और आधे से अधिक होने से १ मान लिया है।

जिस ग्रह की दशा होती है उसी ग्रह की अंतर्दशा पहिले होगी पश्चात् पत्यांशी क्रम से आगे के ग्रहों की अंतर्दशा होगी

उदाहरण

पत्यांशी दशा

	दिन घ. प.	दशा पल
१ गुरु	४०–४५–३९	=१४६७३९
२ मंगल	८–११–४७	= २९५०७
३ लग्न	२५–३४–४७	=९२०८७
४ सूर्य	२३–३०–३५	=८४६३५
५ शुक्र	३१–२१–११	=११२७७१
६ शनि	८२–४७–४९	=२९८०६९
७ चंद्र	८३–२२–५०	=३००१७०
८ बुध	६४–२५–२२	=२३१९२२
योग	३६०– ०– ० ०	

गुरु की दशा आरंभ में है इस लिये गुरु की अंतर्दशा निकालने को पहिले गुरु का ध्रुव निकालते हैं।

$\frac{\text{गुरु दशा पल } १४६७३९}{\text{पत्यांश योग विकला } ७३३९४}$ =ध्रुव

दिन घ. प. वि.
१–५९–५७–३५

यहाँ गुरु के दशा पल में पत्यांश के योग की विकला से भाग दिया तो उपरोक्त ध्रुव गुरु का निकल आया। इस ध्रुव में प्रत्येक ग्रह के पत्यांश का गुणा करने से गुरु के

पत्यांश योग २०°-२३′-१४″=७३३९४ अंतर में सब ग्रहों की अंतर्दशा निकल आयेगी।

गुरु ध्रुव × अन्तर ग्रह पत्यांश चक्र ४ के अनुसार=अंतर्दशा भोग काल

दि. घ. प.

(१) गुरु ध्रुव × गुरु पत्यांश २°–१८′–३०″=गुरु अंतर्दशा=४–३६–५४
१–५९–५७–३५ (चक्र ४ के अनुसार)
दि. घ. प. वि.

( )	१–५९″–५७″–३५ × मंगल	,, ०–२७–५१=मंगल	,,	=०–५५–४१
(३)	,, ,, × लग्न	,, १–२६–५५=लग्न	,,	=२–५३–४७
(४)	,, ,, × सूर्य	,, १–१९–५३=सूर्य	,,	=२–३९–४२
(५)	,, ,, × शुक्र	,, १–४६–३२=शुक्र	,,	=३–३०–०
(६)	,, ,, × शनि	,, ४–४१–२०=शनि	,,	=९–२२–२९
(७)	,, ,, × चन्द्र	,, ४–४३–१९=शनि	,,	=९–२६–२७
(८)	,, ,, × बुध	,, ३–३८–५४=बुध	,,	=७–१७–३९

सब का योग =४०–४५–३९

सब अंतर्दशाओं के समय का योग महादशा के योग काल के बराबर होता है। इसी प्रकार प्रत्येक ग्रह का ध्रुव निकाल कर अंतर्दशा निकालनी पड़ती है। ग्रह के

ध्रुव में प्रत्येक ग्रह के पत्यांश से गुणा करना पड़ता है वह गौमूत्रिका क्रम से गुणा कर लेना चाहिए। प्रत्येक ग्रह के गुणन फल की क्रिया यहाँ देने से अधिक विस्तार हो जाता है इससे नहीं दिया।

पत्यांश की अंतर्दशा निकालने की दूसरी रीति

(पत्यांश ग्रह दशा मान × अंतर्ग्रह दशामान) ÷ ३६०=अंतर्दशा दिन घटी पल जैसे गुरु में गुरु का अंतर निकालना है तो गुरु के दशा मान ४०–५५–३९ में गुरु के दशा मान ४०–४५–३९ का गुणा कर ३६० का भाग देना। फिर गुरु में मंगल की दशा मान ८–११–४७ का गुणा कर ३६० का भाग देना। इसी प्रकार प्रत्येक ग्रह के दशा मान का गुणा गुरु के दशा मान में कर ३६० का भाग देना तो गुरु की अंतर्दशा का समय प्रत्येक ग्रह का निकल आयगा।

उदाहरण

गुरु दशा ४०—४५—३९
× गुरु अंतर ४०—४५—३८

२५ २१
२९ १५
२६ ०
२९ १५
३३ ४७
३० ०
२६ ०
३० ०
१६ ००

१६ ३१ २६ ४५ ५५ २९
=१६६१–२६–४५ ÷ ३६०

३६०)१६६१–२६–४५(४ दिन
१४४०
२२१ × ६० गुरु की अंतर्दशा
१३२६० + २६ दिन घड़ी पल
३६०)१३२८६(३६ घड़ी ४–३६–५४
१०८०
२४८६
२१६०
३२६ × ६०
१९५६० + ४५
३६०)१९६०५(५४ पल
१८००
१६०५
१४३०
१६५

इसी प्रकार इस रीति से प्रत्येक ग्रह की अंतर्दशा निकाल कर नीचे दी है।

							दि. घ. प.
(१)	गुरु दशा	४०-४५-३९	× गुरु	अंतर ग्रह	४०-४५-३९ ÷ ३६०=	गुरु	अंतर ४-३६-५४
(२)	,,	,,	× मंगल	,,	८-११-४७ ÷ ३६०=	मंगल	,, ०-५५-४१
(३)	,,	,,	× लग्न	,,	२५-३४-४७ ÷ ३६०=	लग्न	,, २-५३-४७
(४)	,,	,,	× सूर्य	,,	२३-३०-३५ ÷ ३६०=	सूर्य	,, २-३९-४२
(५)	,,	,,	× शुक्र	,,	३१-२१-११ ÷ ३६०=	शुक्र	,, ३-३३- ०
(६)	,,	,,	× शनि	,,	८२-४७-४९ ÷ ३६०=	शनि	,, ९-२२-२९
(७)	,,	,,	× चन्द्र	,,	८३-२२-५० ÷ ३६०=	चन्द्र	,, ९-२६-२७
(८)	,,	,,	× बुध	,,	६४-२५-२२ ÷ ३६०=	बुध	,, ७-१७-३९

इस प्रकार आया हुआ उत्तर पूर्व प्राप्त उत्तर से मिल जाता है।

तीसरी रीति पत्यांश की अंतर्दशा निकालने की

[ग्रह पत्यांश योग काल (दशा समय) × अन्तर्ग्रह पत्यांश) ÷ पत्यांश योग=
=अंतर्दशा दिन आदि

इस रीति से गणित करने में कुछ अधिक अड़चन होती है इस कारण इस रीति को सरल बनाने को पहिली रीति निकाली है। क्योंकि महादशा या दशामान या भोग काल में पत्यांश योग का भाग देकर पहिले ही वहाँ ध्रुव निकाल लिया है जिससे बार २ भाग देना नहीं पड़ेगा। केवल ध्रुव निकाल कर ध्रुव का गुणा अन्तर्ग्रह के पत्यांश में करते जाने से अन्तर्दशा का समय निकल आता है। जैसा पहिली रीति देखने से प्रगट होगा। उदाहरण—गुरु में मंगल का अन्तर निकालते हैं।

[गुरु पत्यांश भोग काल ४०दि.–४५ घ.–३९ प. × अन्तर्ग्रह मंगल पत्यांश ०°=२७′–५१″] ÷ पत्यांश योग ८०°–२३′–१४″

=१८–५५–१२ ÷ २०–२३–१४

=६६११२ ÷ ७३३९४

दि. घ. प.
=०–५५–४१ मंगल की अन्तर्दशा

गुरु की अन्तर्दशा निकाल चुके हैं अब शेष ग्रहों की अन्तर्दशा निकालते हैं:—

दि. घ. प.
मंगल दशा ८–११–४७ ÷ पत्यांश योग २०°–२३′–१४″
=२९५०७ पल =७३२९४″

(२) मंगल का ध्रुव साधन

मंगल दशा मान २९५०७ पल ÷ पत्यांश योग ७३३९४″=
=दिन घटी पल वि.=मंगल का ध्रुव
०–२४–७–१९

		दि. घ. प. वि.						दि. घ. प.
(१)	मंगल ध्रुव	०-२४-७-१९	× मंगल	पत्यांश	०°-२७′-५१″	=मंगल	अंतर	०-११-१२
(२)	,,	,,	× लग्न	,,	१-२६-५५	=लग्न	,,	०-३४-५७
(३)	,,	,,	× सूर्य	,,	१-१९-५१	=सूर्य	,,	०-३२- ७
(४)	,,	,,	× शुक्र	,,	१-४६-३२	=शुक्र	,,	०-४२-५०
(५)	,,	,,	× शनि	,,	४-४१-२०	=शनि	,,	१-५३- ६
(६)	,,	,,	× चन्द्र	,,	४-४३-१९	=चन्द्र	,,	१-५३-५४
(७)	,,	,,	× बुध	,,	३-३८-५४	=बुध	,,	१-१८- ०
(८)	,,	,,	× गुरु	,,	२-१८-३०	=गुरु	,,	०-५५-४१
								योग=८-११-४७

(३) लग्न की अन्तर्दशा साधन

लग्न का ध्रुव निकालना

दि. घ. प.

लग्न दशा २५–३४–४७ ÷ पत्यांश योग २०°–२३′–१४″=ध्रुव दिनादि

दि. घ. प. वि.

,, ,, ९२०८७ पल ÷ ,, ७३३९४″=ध्रुव १–१५–१६–५३

		दि. घ. प. वि.						दि घ. प.
(१)	लग्न	ध्रुव १-१५-१६-५३	× लग्न	पत्यांश	१°-२६′-५५″	=लग्न	अंतर	१-४९-३
(२)	,,	,,	× सूर्य	,,	१-१९-५३	=सूर्य	,,	१-४०-१४
(३)	,,	,,	× शुक्र	,,	२-४६-३२	=शुक्र	,,	२-१३-४०
(४)	,,	,,	× शनि	,,	४-४१-२०	=शनि	,,	५-५२-५९
(५)	,,	,,	× चन्द्र	,,	४-४३-१९	=चन्द्र	,,	५-५५-२८
(६)	,,	,,	× बुध	,,	३-३८-५४	=बुध	,,	४-३४-३९
(७)	,,	,,	× गुरु	,,	२-१८-३०	=गुरु	,,	२-५३-४६
(८)	,,	,,	× मंगल	,,	०-२७-५१	=मंगल	,,	०-३४-५७
								योग=२५-२४-४७

(४) सूर्य की अन्तर्दशा

दि. घ. प.

सूर्य ध्रुव=सूर्य दशा २३-३०-३५ ÷ पत्यांश योग २०°-२३′-१४″ दि. घ. प. वि.

= ,, ८४६३५पल ÷ ,, ७३३९४″=१-९-११-२२

		दि. घ. प. वि.						दि. घ प.
(१)	सूर्य	ध्रुव १-९-११-२२	× सूर्य	पत्यांश	१°-१९′-५३″	=सूर्य	अन्तर	१-३२-७
(२)	,,	,,	× शुक्र	,,	१-४६-३०	=शुक्र	,,	२- २-५२
(३)	,,	,,	× शनि	,,	४-४१-३०	=शनि	,,	५-२४-२५
(४)	,,	,,	× चन्द्र	,,	४-४३-१९	=चन्द्र	,,	५-२६-४२
(५)	,,	,,	× बुध	,,	३-३८-५४	=बुध	,,	४-१२-२६
(६)	,,	,,	+ गुरु	,,	२-१८-३०	=गुरु	,,	२-३९-४३
(७)	,,	,,	× मंगल	,,	०-२७-५१	=मंगल	,,	०-३२- ७
(८)	,,	,,	× लग्न	,,	१-२६-५५	=लग्न	,,	१-४५-१४
								योग=२३-३०-३५

(२) शुक्र अन्तर्दशा

दि० घ० प० ° ′ ″

शुक्र ध्रुव=शुक्रदशा ३१-२१-११ ÷ पत्यांश योग २०-२३-१४

दि० घ० प० वि०

= ,, ११२८७१ पल ,, ७३३९४=१-३२-१६-२१

	दि० घ० प० वि०			दि०घ०प०
(१)	शुक्र ध्रुव १-३२-१६-२१	×शुक्र पत्यांश	१-४६-३२=शुक्र	अंतर २-४३-५०
(२)	,, ,,	×शनि ,,	४-४१-२०=शनि	,, ७-१२-३९
(३)	,, ,,	×चन्द्र ,,	४-४३-१९=चन्‍द्र	,, ७-१५-४२
(४)	,, ,,	×बुध ,,	३-३८-५४=बुध	,, ५-३६-३९
(५)	,, ,,	×गुरु ,,	२-१८-३०=गुरु	,, ३-३३-०
(६)	,, ,,	×मंगल ,,	०-२७-५१=मंगल	,, ०-४२-५०
(७)	,, ,,	×लग्न ,,	१-२६-५५=लग्न	,, २-१३-४०
(८)	,, ,,	×सूर्य ,,	१-१९-५३=सूर्य	,, २-२ -५१
				योग=३१-२१-११

(६) शनि अंतर्दशा

दि० घ० प० ° ′ ″

शनि ध्रुव=शनि दशा ८२-४८-४९ ÷ पत्यांश योग २०-२३-१४ दि०घ०प०वि०

= ,, २९८०६९पल ÷ ,, ७३३९४″=४-३-४०-२२

	दि०घ०प०वि०			दि०घ०प०
(१)	शनि ध्रुव ४-३-४०-२२	×शनि पत्यांश	४-४१-२०=शनि	अंतर १९- २-३३
(२)	,, ,,	×चंद्र ,,	४-४३-१९=चन्द्र	,, १९-१०-३७
(३)	,, ,,	×बुध ,,	३-३८-५४=बुध	,, १४-४९-०
(४)	,, ,,	×गुरु ,,	२-१८-३०=गुरु	,, ९-२२-५९
(५)	,, ,,	×मंगल ,,	०-२७-५१=मंगल	,, १-५३-६
(६)	,, ,,	×लग्न ,,	१-२६-५५=लग्न	,, ५-५२-५९
(७)	,, ,,	×सूर्य ,,	१-१९-५३=सूर्य	,, ५-२४-२६
(८)	,, ,,	×शुक्र ,,	१-४६-३२=शुक्र	,, ७-१२-३९
				योग ८२-४७-४९

(७) चन्द्र अन्तर्दशा

चन्द्र ध्रुव=चन्द्रदशा ८३ दि० २२ घ० ५० प० ÷ पत्यांश योग २०°-२३′१४″

दि०घ०प०वि०

= ३००१७० पल ÷ ÷ ,, ७३३९४″=४-५-२३-२६

	दि०घ०प०वि०			दि० घ० प०
(१)	चन्द्र ध्रुव ४-५-२३-२६	×चन्द्र पत्यांश	४-४३-१९=चन्द्र	अंतर १९-१८-४३
(२)	,, ,,	×बुध ,,	३-३८-५४=बुध	,, १४-५५-१६
(३)	,, ,,	×गुरु ,,	२-१८-३०=गुरु	,, ९-२६-२७
(४)	,, ,,	×मंगल ,,	०-२७-५१=मंगल	,, १-५३-५४
(५)	,, ,,	×लग्न ,,	१-२६-५५=लग्न	,, ५-५५-२९
(६)	,, ,,	×सूर्य ,,	१-१९-५३=सूर्य	,, ५-२६-४३
(७)	,, ,,	×शुक्र ,,	१-४६-३२=शुक्र	,, ७-१५-४२
(८)	,, ,,	×शनि ,,	४-४१-२०=शनि	,, ११-१०-३६
				योग=८३-२८-५०

(८) बुध की अन्तर्दशा

दि० घ० प० ° ′ ″

बुध ध्रुव=बुध दशा ६४-२५-२२ ÷ पत्यांश योग २०-२३-१४

दि०घ०प०वि०

= ,, २३१९२२ पल ÷ ,, ७३३९४=३-९-३५-५१

	दि०घ०प०वि०		° ′ ″		दि० घ० प०
(१)	बुध ध्रुव ३-९-३५-५१	× बुध पत्यांश	३-३८-५३	=बुध अंतर	११-३१-४३
(२)	,, ,,	× गुरु ,,	१-१८-३०	=गुरु ,,	७-१७-३९
(३)	,, ,,	× मंगल ,,	०-२७-५१	=मंगल ,,	१-२८-०
(४)	,, ,,	× लग्न ,,	१-२६-५५	=लग्न ,,	४-३४-३९
(५)	,, ,,	× सूर्य ,,	१-१९-५३	=सूर्य ,,	४-१२-२६
(६)	,, ,,	× शुक्र ,,	१-४९-३२	=शुक्र ,,	५-३६-३९
(७)	,, ,,	× शनि ,,	४-४१-२०	=शनि ,,	१४-४९-०
(८)	,, ,,	× चंद्र ,,	४-४३-१९	=चंद्र ,,	१४-५५-१६
					योग=६४-२५-२२

पत्यांश अन्तर्दशा चक्र

(१) गुरु की अन्तर्दशा

अन्तर ग्रह	दिन	घटी	पल	सम्वत	सू.रा.	अंश	कला	वि०		दिन	तारीख		
				२००२	११	५	३३	९	से आरम्भ				
१ गुरु	४	३९	५४	,,	११	१०	१०	३	तक	शनि०	२४	३	१९४५
२ मंगल	०	५५	३१	,,	११	११	५	४४	तक	इत	२५	३	१९४५
३ लग्न	२	५३	४७	,,	११	१३	५९	३१	तक	मं०	२७	३	१९४५
४ सूर्य	२	३९	१२	,,	११	१६	३९	१३	तक	शुक्र	३०	३	१९४५
५ शुक्र	३	३३	०	,,	११	२०	१२	१३	तक	मं.	३	४	१९५५
६ शनि	९	२२	२९		११	२९	३४	४२	तक	गु०	१२	४	१९४५
७ चंद्र	९	२६	१७		०	९	१	९	तक	इत	२२	४	१९४५
८ बुध	७	१७	३९		०	१६	१८	४८	तक	सोम०	३०	४	१९४५
योग	४०	४५	३९										

(२) मंगल की अन्तर्दशा

अन्तर ग्रह	दिन	घटी	पल	सम्वत	सूर्य राशि	अं०	क०	वि०	दिन	तारीख		
१ मंगल	०	११	१२	२००२	०	१६	३०	०	सो०	३०	४	४५
२ लग्न	०	३४	१७		०	१७	४	५	सो०	३०	४	४५
३ सूर्य	०	३२	७		०	१७	३७	४	मं०	१	५	४५
४ शुक्र	०	४२	५०		०	१८	१९	५४	बुध	२	५	४५
५ शनि	१	५३	६		०	२०	१३	०	शुक्र	४	५	४५
६ चंद्र	१	५३	५४		०	२२	६	५४	इत.	६	५	४५
७ बुध	१	२८	०		०	२४	३०	३५	मं०	८	५	४५
योग	८	११	४७									

(३) लग्न की अन्तर्दशा

अन्तर ग्रह	दिन	घटी	पल	सम्वत	सूर्य राशि	अं०	क०	वि०	तक दिन	दिनांक		
१ लग्न	१	४९	३	२००२	०	२६	१९	३८	गुरु	१०	५	४५
२ सूर्य	१	४०	१४		०	२७	५९	५२	शनि	१२	५	४५
३ शुक्र	२	१३	४०		१	०	१३	३२	सोम.	१४	५	४५
४ शनि	२	५२	५९		१	६	६	३१	इत.	२०	५	४५
५ चंद्र	५	५५	२८		१	१२	१	५९	शनि.	२६	५	४५
६ बुध	४	३४	२९		१	१६	३६	३८	गुरु.	३१	५	४५
७ गुरु	२	५३	४७		१	१९	३०	२५	इत.	३	६	४५
८ मंगल	०	३४	५७		१	२०	५	२२	सोम.	४	६	४५
योग	२५	३४	४७									

(४) सूर्य की अन्तर्दशा

अन्तर ग्रह	दिन	घटी	पल	सम्वत	सूर्य राशि	अं०	क०	वि०		बार	दिनांक		
१ सूर्य	१	३२	७	२००२	१	२१	३७	२९	तक	मंगल	५	जून	४५
२ शुक्र	२	२	५०		१	२३	४०	१९		गुरु.	७	जून	४५
३ शनि	२	२४	२५		१	२९	४	४४		बुध.	१३	जून	४५
४ चंद्र	५	२६	४३		२	४	३१	२७		मंगल	१९	जून	४५
५ बुध	४	१२	२६		२	८	४३	५३		शनि	२३	जून	४५
६ गुरु	२	३९	४३		२	११	२३	३६		चंद्र	२६	जून	४५
७ मंगल	०	३२	७		२	११	५५	४३		बुध	२७	जून	४५
८ लग्न	१	४०	१४		२	१३	३५	१७		गुरु	२८	जून	४५
योग	२२	३०	३५										

(५) शुक्र अन्तर्दशा

अन्तर ग्रह	दिन	घटी	पल	सम्वत	सूर्य राशि	अं०	क०	वि०		बार	दिनांक		
१ शुक्र	२	४३	५०	२००२	२	१६	१९	४७	तक	इतवार	१	जुलाई	४५
२ शनि	७	१२	३९		२	२३	३२	२६		सोम.	९	जुलाई	४५
३ चंद्र	७	१५	४२		३	०	४८	८		मं०	१७	जुलाई	४५
४ बुध	५	३६	३९		३	६	२४	४७		इत.	२२	जुलाई	४५
५ गुरु	३	३३	०		३	९	५७	४७		गुरु.	२६	जुलाई	४५
६ मं०	०	४२	५०		३	१०	४७	३७		शुक्र	२७	जुलाई	४५
७ लग्न	२	१३	४०		३	१२	५४	१७		इत.	२९	जुलाई	४५
८ सूर्य	२	२	५१		३	१४	५७	८		मं०	३१	जुलाई	४५
योग	३१	२१	११										

(६) शनि अन्तर्दशा

अन्तर ग्रह	दिन	घटी	पल	सम्वत	सूर्य राशि	अं०	क०	वि०		बार	दिनांक
१ शनि	१९	२	३३	२००२	४	३	५९	४१	तक	सोम.	२० अगस्त४५
२ चंद्र	१९	१०	३७		४	२३	१०	१८		इत.	९ सितंबर४५
३ बुध	१८	४९	०		५	७	५९	१८		सोम.	२४ सितंबर४५
४ गुरु	९	२२	२९		५	१७	२१	४७		गुरु.	४ अक्टूबर४५
५ मंगल	१	५३	६		५	१९	१४	५३		शनि	६ अक्टूबर४५
६ लग्न	५	५२	५९		५	२५	७	५२		शुक्र	१२ अक्टूबर४५
७ सूर्य	५	२४	२६		६	०	३२	१८		बुध	१७ अक्टूबर४५
८ शुक्र	७	१२	३९		६	७	४४	५७		बुध	२४ अक्टूबर४५
योग	८२	४७	४९								

(७) चन्द्र की अन्तर्दशा

अन्तर ग्रह	दिन	घ.	प.	सम्वत्	सूर्य राशि	अं०	क०	वि०		बार	दिनांक
१ चंद्र	१९	१८	४३	२००२	६	२७	३	४०	तक	मंगल	१३–११–४५
२ बुध	१४	५५	१६		७	११	५८	५६		मंगल	२७–११–४५
३ गुरु	९	२६	२७		७	२१	२५	२३		शुक्रवार	७–१२–४५
४ मंगल	१	५३	५४		७	२३	१९	१७		इतवार	९–१२–४५
५ लग्न	५	५५	२९		७	२९	१४	४६		शुक्रवार	१४–१२– ५
६ सूर्य	५	२६	४३		८	४	४१	२९		गुरुवार	२०–१२–४५
७ शुक्र	७	१५	४२		८	११	५७	११		गुरुवार	२७–१२–४५
८ शनि	१९	१०	३६		९	१	७	४७		सोमवार	१४– १–४६
योग	८३	२२	५०								

(८) बुध अन्तर्दशा

अन्तर ग्रह	दिन	घ०	प०	सम्वत्	सूर्य राशि	अं०	क०	वि०		बार	दिनांक
१ बुध	११	३१	४३	२००२	९	१२	३९	३०	तक	शनि०	२६–१–४६
२ गुरु	७	१७	३९		९	१९	५७	९		शनि०	२–२–४६
३ मंगल	१	२८	०		९	२१	२५	९		इतवार	३–२–४६
४ लग्न	४	३९	२९		९	२५	५९	४८		शुक्रवार	८–२–४६
५ सूर्य	४	१२	२६		१०	०	१२	१४		मंगल	१२–२–४६
६ शुक्र	५	३६	३९		१०	५	४८	५३		सोम०	१८–२–४६
७ शनि	१४	४९	०		१०	२०	३७	५३		सोम०	४–३–४६
८ चंद्र	१४	५५	१६		११	५	३३	९		मंगल	१९–३–४६
योग	६४	२५	२२								

मास प्रवेश की पत्यांशी दशा साधन

वर्ष प्रवेश के सदृश मास प्रवेश में भी पत्यांश दशा निकाली जाती है।

रीति—(मास के दिन ३० × पत्यांश) ÷ पत्यांश योग

जैसे वर्ष में ३६० दिन में पत्यांश योग का भाग देकर ध्रुव निकालते हैं उसी प्रकार यहाँ ३० दिन में ही पत्यांश योग का भाग देकर जो दिन घड़ी पल आता है वही ध्रुव होता है।

जिस ग्रह की मास पत्यांश दशा निकालनी हो इसी ध्रुव में उस ग्रह के पत्यांश का गुणा करने से उस ग्रह की मास दशा का पाक समय निकल आता है। इन सब ग्रहों की दशा का योग ३० दिन होना चाहिए। तब समझना गणित ठीक है।

रीति—३० दिन ÷ पत्यांश योग=ध्रुव। ध्रुव × ग्रह पत्यांश=ग्रह दशा

इस दशा को साधन करने के निमित्त मास प्रवेश काल के इष्ट कालीन ग्रह और लग्न पहले साधन कर लेना आवश्यक है। जैसा कि वर्ष प्रवेश काल के इष्ट काल के ग्रह और लग्न साधन कर उस पर से वर्ष की पत्यांश दशा निकाली गई थी उसी प्रकार मास प्रवेश काल के इष्ट पद से ग्रह और लग्न पर से मास की पत्यांशी दशा निकाली जाती है।

उदाहरण के लिए मान लो जैसे यहाँ वर्ष प्रवेश में ग्रह स्पष्ट आदि लिए हैं वही प्रथम मास प्रवेश में ग्रह स्पष्ट लग्न आदि हैं जिस पर से मास की पत्यांशी दशा साधन करते हैं।

३० दिन=१०८००० पल ÷ पत्यांश २०″–१३′–१४″–७३३९४″

दिन घ० प० वि०

१०८००० ÷ ७३३९४=ध्रुव १–२८–१७–२६

मास पत्यांश दशा

	दिन घ० प० वि०			° ′ ″		दि० घ० प०
(१)	ध्रुव १–१८–१७–२६	× गुरु	पत्यांश	२–१८–३०=गुरु	दशा	२–२३–४९
(२)	,, ,,	× मंगल	पत्यांश	०–२७–५१=मंगल	दशा	०–४०–५९
(३)	,, ,,	× लग्न	पत्यांश	१–२६–५५=लग्न	दशा	२– ७–५४
(४)	,, ,,	× सूर्य	पत्यांश	१–१९–५३=सूर्य	दशा	१–५७–३३
(५)	,, ,,	× शुक्र	पत्यांश	१–४६–३२=शुक्र	दशा	२–३३–४६
(६)	,, ,,	× शनि	पत्याश	४–४१–२०=शनि	दशा	६–५३–५९
(७)	,, ,,	× चंद्र	पत्यांश	४–४३–१९=चंद्र	दशा	६–५६–५४
(८)	,, ,,	× बुध	पत्यांश	३–२८–४४=बुध	दशा	५–२२– ६
					योग=	३०– ०– ०

इसका समय सम्वत आदि सूर्य राशि अंश आदि में जोड़ कर पूर्व बताई हुई रीति से निकाल लेना चाहिए।

अध्याय १५

सहम विचार

सहम=पारशीय पद सम वाची है। समर सिंह के मत से ४८ सहम हैं। यवन मत से ५० हैं परन्तु कहीं अधिक भी कहे गये हैं।

सहम साधन

(१) सहम साधन के लिए ग्रह स्पष्ट और भाव स्पष्ट लेना। ग्रह और लग्न के अतिरिक्त सहम साधन के लिए कभी-कभी और भी भाव की आवश्यकता पड़ जाती है।

(२) सहम–जन्म समय के या वर्ष प्रवेश के समय का या कोई प्रश्न काल का बनाया जाता है।

(३) जन्म दिन का है या रात्रि का या वर्ष प्रवेश दिन में हुआ या रात्रि में इस बात का ध्यान रख कर सहम साधन करना पड़ता है। क्योंकि रात्रि या दिन के विचार से क्रिया में परिवर्तन हो जाता है।

(४) सहम निकालने के लिए किसी ग्रह या लग्न आदि से किसी दूसरे ग्रह या भाव को घटाना पड़ता है फिर लग्न आदि जोड़ना पड़ता है। प्रत्येक सहम बनाने की पृथक-पृथक क्रिया होती है जो आगे दी है।

(५) उपरोक्त क्रिया के अतिरिक्त शोध्यर्क्ष संस्कार भी प्रत्येक सहम साधन करते समय करना पड़ता है।

(अ) शुद्धाश्रय=शोधक=जिसमें से कोई संख्या घटाई जाती है।

(ब) शोध्यर्क्ष=शोध्य=जिस संख्या को घटाते हैं।

(क) यदि शोध्य ग्रह की राशि में शोधक ग्रह तक लग्न न हो तो एक राशि और जोड़नी पड़ती है। यदि बीच में लग्न हो तो १ नहीं जोड़ना पड़ता। इसीको शुद्धाश्रय संस्कार कहते हैं।

(ख) कहीं-कहीं शोध्य और शुद्धाश्रय (शोधक) के बीच लग्न का विचार नहीं होता, किसी और ग्रह का विचार होता है। ऐसे अवसर पर वहाँ स्पष्ट बता दिया गया है कि शुद्धाश्रय संस्कार में लग्न का विचार न कर किसका विचार करना चाहिये।

(६) शुद्धाश्रय संस्कार

(अ) शोध्य से शुद्धाश्रय तक लग्न न हो तो १ राशि जोड़ना अन्यथा नहीं।

(ब) या शुद्धाश्रय से शोध्य तक लग्न हो तो १ राशि जोड़ना अन्यथा नहीं अर्थात् जो शोध्य और शोधक तक के बीच लग्न हो तो १ नहीं जोड़ना पड़ता। या

शोधक से शोध्य तक के बीच लग्न न हो तो १ नहीं जोड़ना पड़ता यदि बीच में लग्न हो तो १ जोड़ना पड़ता है।

उदाहरण—मान लो पुण्य सहम निकालना है। दिन का वर्ष प्रवेश है।

सूर्य स्पष्ट ७रा-१०°-१५'-४'' पुण्य सहम = दिन=(चंद्र स्पष्ट=सूर्य स्पष्ट)+लग्न
चंद्र स्पष्ट ९ – ६ – ८ –१० चंद्र ९– ६– ८–१० से =शुद्धाश्रय=शोधक
लग्न १०–११– ४–१ है –सूर्य ७—१०—१५—४ घटाया=शोध्यर्क्ष=शोध्य

शेष १-२५—५३—६
+लग्न १०—११-४-१
योग ०–६–५७–७

∴ पुण्य सहम शुद्धाश्रय संस्कार+१
१रा-६°-५७'-७'' = १— ६–५७–७

यहाँ शोध्य सूर्य वृश्चिक राशि का है इसके आगे शोधक चंद्र मकर राशि का है। क्योंकि लग्न कुम्भ राशि है। इससे १ राशि जोड़ना पड़ा।

जब लग्न शोध्य और शोधक के बीच में नहीं है तो अवश्य शोधक और शोध्य के बीच में होगा। यहां शोधक मकर राशि का है इसके आगे लग्न कुम्भ राशि है। आगे शोध्य सूर्य कुम्भ मीन के उपरांत मेष वृष आदि को पार करके वृश्चिक का है। इस कारण शोधक और शोध्य के बीच लग्न होने से १ राशि जोड़ना पड़ा। इसके विरुद्ध होता तो १ नहीं जोड़ना पड़ता। इस १ को जोड़ने से स+ऐक्य=सैक्य करना भी कहते हैं।

(७) आगे सहम की क्रिया देखने से प्रगट है कि सब सहमों के अन्त में लग्न नहीं जोड़ा जाता किसी में बुध किसी में मंगल किसी में शनि आदि ग्रह या किसी में षष्ठ भाव या सूर्य या चंद्र की राशि आदि जोड़ी जाती है। जब लग्न नहीं जोड़ा जाता तो जो कुछ भी जोड़ा जाता है उसी के सम्बन्ध में विचार करना होगा कि वह शोधक और शोध्य के बीच में क्या है? यदि हो तो १ राशि अंत में जोड़ना पड़ेगा। यह सब सहम के उदाहरण में दिये हैं जिनको देखने से समझ में आ जायगा।

(८) एक सहम के कई नाम हैं या कई समय की एक ही क्रिया है। इससे उनकी पृथक पृथक गणना करने से सहम की संख्या बढ़ जाती है।

(९) सहम के विचार में पहिले यह देखना कि किस विषय के निमित्त सहम का विचार करना है। फिर उसी सम्बन्धी भाव से सहम की कल्पना करना, जैसे भाइयों के लिए तृतीय भाव को, स्त्री के लिए सप्तम भाव को लग्न जानकर पुण्य आदि सहम कल्पना करना ऐसा किसी का मत है।

(१०) क्षेपक=शोधक और शोध्य से घटाने के पश्चात् जो जोड़ा जाता है उसे क्षेपक कहते हैं। बहुधा क्षेपक लग्न होता है। जिनमें क्षेपक नहीं कहा वहाँ लग्न को

क्षेपक जानना। विशेष क्षेपक कोई और ग्रह या भाव होता है वह सहम साधन की क्रिया में स्पष्ट बता दिया गया है।

(११) सहम के नाम आगे दिये हैं :—

सहम

सहम साधन की क्रिया (इसके अतिरिक्त शुद्धाश्रय संस्कार भी करना)

क्रम	नाम सहम	समय	शोधक जिसमें से घटाना	शोध्य जो घटाना है	जो जोड़ना है
१	पुण्य सहम	दिन में	चंद्र	सूर्य	+लग्न
		रात्रि में	सूर्य	चंद्र	+लग्न
२	गुरु सहम, विद्या,, ज्ञान,, शनि,,	दिन	सूर्य	चंद्र	+लग्न
		रात	चंद्र	सूर्य	+लग्न
३	यश सहम, देह=वपु=तनु, बल सहम, सैन्य ,, घात ,,	दिन	बृहस्पति	पुण्य सहम	×लग्न
		रात	पुण्य सहम	बृहस्पति	+लग्न
४	मित्र सहम	दिन	गुरु सहम	पुण्य सहम	+शुक्र
		रात	पुण्य सहम	गुरु सहम	+शुक्र
			इसमें शोध्य और शुद्धाश्रय के बीच शुक्र न हो तो १ राशि जोड़ना		
५	महात्म्य सहम, शौर्य ,, महात्मय ,, वीरत्व ,, धैर्य ,,	दिन	पुण्य सहम	मंगल	+लग्न
		रात	मंगल	पुण्य सहम	+लग्न
६	आशा सहम, इच्छा ,,	दिन	शनि	शुक्र	+लग्न
		रात	शुक्र	शनि	+लग्न
७	राज सहम, तात ,, पितृ ,,	दिन	शनि	सूर्य	+लग्न
		रात	सूर्य	शनि	+लग्न
८	मातृ सहम, माता ,, कांति ,, अम्बु ,, जल ,,	दिन	चंद्र	शुक्र	+लग्न
		रात	शुक्र	चंद्र	+लग्न

क्रम	नाम सहम	समय	शोधक	शोध्य	जो जोड़ना
९	जीवित ,,				
	जीव ,,	दिन	शनि	वृहस्पति	+लग्न
	उपाय ,,	रात	वृहस्पति	शनि	+लग्न
	ऐश्वर्य ,,				
१०	कर्म सहम	दिन	मंगल	बुध	+लग्न
		रात	बुध	मंगल	+लग्न
११	कलि सहम	दिन	वृहस्पति	मंगल	+लग्न
	कलह ,,	रात	मंगल	वृहस्पति	+लग्न
	क्षमा ,,				
१२	शास्त्र सहम	दिन	वृहस्पति	शनि	+बुध
		रात	शनि	वृहस्पति	
			शोध्य शोधक के बीच बुध न हो तो १ जोड़ना		
१३	बंदक सहम	दिन	चंद्र	बुध	+लग्न
	पराश्रय ,,	रात	बुध	चंद्र	+लग्न
	भृत्य ,,				
१४	पर कर्म सहम	दिन	चंद्र	शनि	+लग्न
	अन्य कर्म ,,	रात	शनि	चंद्र	
	पर कार्यंकारी,,				
	हस्त ,,				
	दास्य ,,				
१५	पानीय पतन सहम	दिन	शनि	चन्द्र	+लग्न
	जलप ,,	रात	चन्द्र	शनि	+लग्न
	जल पात ,,				
	जल में बह जाना				
१६	प्रसूत सहम	दिन	वृहस्पति	बुध	+लग्न
	सूति ,,	रात	बुध	वृहस्पति	+लग्न
	आधान ,,				
	गर्भ ,,				
१७	जाड्य सहम	दिन	मंगल	शनि	+बुध
		रात	शनि	मंगल	+बुध
१८	शत्रु सहम	दिन	मंगल	शनि	+लग्न
	अंग ,,	रात	शनि	मंगल	+लग्न
१९	बंधन सहम	दिन	पुण्य सहम	शनि	+लग्न
		रात	शनि	पुण्य सहम	+लग्न
२०	दारिद्र सहम	दिन	पुण्य सहम	बुध	+बुध
		रात	बुध	पुण्य सहम	+बुध

क्रम	नाम सहम	समय	शोधक	शोध्य	जो जोड़ना
२१	गुरुता सहम मंडलेश ,, गुरु ,,	दिन रात	सूर्योच्च०/१० चंद्र उच्च१/२	सूर्य चंद्र	+लग्न +लग्न
२२	जल मार्ग जल पथ	दिन रात	कर्क अर्द्ध ३/१५ शनि	 कर्क अर्द्ध ३/१५	+लग्न +लग्न
२३	सामर्थ सहम	दिन	मंगल	लग्नेश	+लग्न
		रात	लग्नेश	मंगल	+लग्न
		जब मंगल ही लग्नेश हो तो दिन या रात्रि में मंगल के स्थान में वृहस्पति से शुद्ध करना ।			
२४	काम सहम	दिन	चंद्र	लग्नेश	+लग्न
	मन्मथ ,,	रात	लग्नेश	चंद्र	+लग्न
	यदि लग्नेश चंद्र हो तो दिन रात में सूर्य में से लग्नेश चंद्र घटाना				
२५	गौरव सहम	दिन	वृहस्पति	चन्द्र	+सूर्य (सूर्य राशि)
		रात	वृहस्पति	सूर्य	+चन्द्र (चन्द्र राशि)
	शोध्य शोधक के बीच दिन को सूर्य, रात को चंद्र न हो तो १ जोड़ना				
२६	कार्य सिद्ध ,,	दिन	शनि	सूर्य	+सूर्य राशि का स्वामी
		रात	शनि	चंद्र	+चंद्र राशि का स्वामी
२७	अश्व सहम	दिन	पुण्य सहम	सूर्य	+११ भाव लाभ भाव
		रात	सूर्य	पुण्य सहम	+११ भाव लाभ भाव
२८	बुद्धि सहम	दिन	बृहस्पति	सूर्य	+लग्न
		रात	सूर्य	बृहस्पति	+लग्न
२९	चतुष्पद सहम	दिन	१२ भाव	६ भाव	+लग्न
	पशु ,,	रात्रि	६ भाव	१२ भाव	+लग्न
३०	गज सहम	दिन	चन्द्र	बृहस्पति	+लग्न
		रात	चन्द्र	बृहस्पति	+लग्न

क्रम	सहम नाम	समय	शोधक	शोध्य	जोड़ना
३१	देशान्तर सहम मार्ग ,, मात्र ,, परदेश	दिन रात	धर्म भाव	धर्म भावेश	+लग्न
३२	भ्रातृ सहम भ्राता ,,	दिन रात	बृहस्पति	शनि	+लग्न
३३	पुत्र सहम	दिन रात	बृहस्पति	चन्द्र	+लग्न
३४	रोग सहम माद्य ,, चोर ,,	दिन रात	लग्न	चन्द्र	+लग्न
३५	बंधु सहम	दिन रात	बुध	चन्द्र	+लग्न
३६	मृत्यु सहम	दिन रात	८ भाव	चन्द्र	+शनि
३७	धन सहम अर्थ ,,	दिन रात	धन भाव	धन भावेश	+लग्न
३८	पर स्त्री हरण अन्य स्त्री हरण परांगना	दिन रात	शुक्र	सूर्य	+लग्न
३९	वणिज्य सहम वाणिक ,, सत्य ,,	दिन रात	चन्द्र	बुध	+लग्न
४०	विवाह सहम स्त्री ,, भार्या ,, उद्वाह ,,	दिन रात	शुक्र	शनि	+लग्न
४१	संताप सहम	दिन रात	शनि	चन्द्र	+६ भाव
४२	श्रद्धा सहम	दिन रात	शुक्र	मंगल	+लग्न
४३	प्रीति सहम	दिन रात	विद्या सहम	पुण्य सहम	+लग्न
४४	व्यापार सहम	दिन रात	मंगल	बुध	+लग्न
४५	कन्या सहम पुत्री सहम	दिन रात	शुक्र	चन्द्र	+लग्न
४६	जल घात सहम घातक	दिन रात	बृहस्पति	पुण्य सहम	+लग्न
४७	लाभ सहम	दिन	११ भाव	लाभेश	+लग्न
		रात्रि	लाभेश	११ भाव	+लग्न
४८	व्यसन सहम	दिन रात	लग्न	शनि	+लग्न
४९	कृषि सहम	दिन रात	मंगल	शनि	+लग्न

क्रम	सहम	समय	शोधक	शोध्य	जोड़ना
५०	बंध मोक्ष	दिन रात	शनि	पुण्य सहम	+ मंगल
५१	दुःख सहम	दिन रात	पुण्य सहम	बृहस्पति	+ मंगल
५२	उष्ट्र सहम	दिन	शनि	मंगल	+ लग्न
		रात	मंगल	शनि	+ लग्न
५३	पितृव्य सहम	दिन	सूर्य	शनि	+ लग्न
		रात	शनि	सूर्य	+ लग्न
५४	आखेट सहम	दिन	६ भाव	षष्ठेश	+ १२ भाव
	(शिकार)	रात	षष्ठेश	६ भाव	+ १२ भाव
५५	विधि सहम	दिन रात	लग्न	चतुर्थेश	+ लग्न
५६	ऋण सहम	दिन रात	शनि	शुक्र	+ लग्न

शुद्धाश्रय संस्कार या सैक्य करने का स्पष्टीकरण

यहाँ जो सहम साधन की क्रिया बताई है उसमें किसी विशेष ग्रह या सहम आदि से अन्य ग्रह आदि घटा कर लग्न या कोई ग्रह जोड़ना बताया है। इसके अतिरिक्त प्रत्येक में शुद्धाश्रय संस्कार करना पड़ता है।

यदि शोधक की राशि अंश आदि के आगे शोध्य संख्या की राशि अंश आदि तक के बीच में लग्न पड़ता हो तो १ राशि और जोड़नी पड़ती है। यदि उनके बीच लग्न न हो तो १ राशि नहीं जोड़नी पड़ती। जैसा कि शुद्धाश्रय संस्कार करने के सम्बन्ध में पहिले समझा चुके हैं।

परन्तु प्रत्येक सहम में लग्न का विचार नहीं होता। लग्न का केवल उन्हीं सहम में विचार होता है जिनमें अन्त में लग्न जोड़ना बताया है। परन्तु उन सहमों में जिनमें सहम क्रिया के अन्त में लग्न जोड़ना नहीं बताया है, लग्न के बदले अन्य कोई ग्रह जोड़ना बताया है तो देखना पड़ेगा वह ग्रह जो जोड़ा जाने वाला है शोधक और शोध्य के बीच में है तो १ राशि और जोड़नी पड़ेगी।

जैसे ४ मित्र सहम यहाँ शोधक और शोध्य के बीच शुक्र हो तो १ राशि जोड़ना (१) शास्त्र सहम (१७) जाड्य सहम (२०) दारिद्र सहम इनमें शोधक और शोध्य के बीच बुध हो तो १ राशि जोड़नी पड़ेगी। यदि न हो तो नहीं जोड़नी पड़ेगी। (३६) मृत्यु सहम में शोधक और शोध्य के बीच यदि शनि हो तो १ राशि जोड़ना न हो तो नहीं जोड़ना। (५१) दुःख सहम में शोधक और शोध्य के बीच मंगल हो तो १ जोड़ना अन्यथा नहीं। इसी प्रकार (२५) गौरव सहम में सूर्य राशि या चन्द्र राशि (२७) अश्व सहम में लाभ भाव, (४१) सन्तान सहम में रिपु भाव, (५३) आखेट सहम में द्वादश भाव यदि शोधक और शोध्य के बीच में ये भाव हों तो इनमें १ राशि और जोड़ना अन्यथा नहीं।

लग्नेश घटाने पर विचार

(२३) सामर्थ्य सहम में मंगल ही लग्नेश हो तो दिन या रात वृहस्पति से शुद्ध करना अर्थात् मंगल के स्थान में वृहस्पति लेना। (२४) काम सहम में लग्नेश चन्द्र हो तो दिन या रात्रि में चन्द्र के स्थान में सूर्य लेना।

यहाँ एक सहम के कई नाम हैं और जिन २ सहम की एक सी क्रिया है वे इकट्ठे दिये हैं जैसे (२) गुरु सहम को विद्या सहम और ज्ञान सहम भी कहते हैं (३) देह सहम, बल सहम और यश सहम की एक-सी क्रिया है इत्यादि ऊपर के चक्र के अनुसार समझ लेना।

सहम निकालने का उदाहरण आगे दिया है। इसके लिए ग्रह स्पष्ट और भाव स्पष्ट की आवश्यकता है।

वर्ष प्रवेश समय चैत्र शुक्ल ६ सोमवार सम्बत् २००२ इष्ट २९–४४–१२।। है जिस समय की पत्यांशी दशा निकाल चुके हैं वर्ष प्रवेश दिन में है। दिन मान २९–५४ है। इस समय का भाव स्पष्ट और ग्रह नीचे दिये हैं।

भाव	१	संधि	२	सं०	३	सं०	४	सं०	५	सं०	६	सं०
राशि	५	५	६	६	७	७	८	८	९	९	९	९
अंश	४	१९	४	१९	४	१९	४	१९	४	१५	४	१९
कला	१३	१४	१५	१६	१७	१८	१९	१८	१७	१६	१५	१४
विक०	१६	१६	१७	१८	१९	२०	२१	२०	१९	१८	१७	१६
प्रति०	०	५०	४०	३०	२०	१०	०	१०	२०	३०	४०	५०
भाव	७	सं०	८	सं०	९	सं०	१०	सं०	११	सं०	१२	सं०
राशि	११	११	०	०	१	१	२	२	३	३	४	४
अंश	४	१९	४	१९	४	१९	४	१९	४	१९	४	१९
क०	१३	१४	१५	१६	१७	१८	१९	१८	१०	१६	१५	१४
वि०	१६	१६	१७	१८	१९	२०	२१	२०	१९	१८	१७	१६
प्रति०	०	५०	४०	३०	२०	१०	०	१०	२०	३०	४०	५०

ग्रह स्पष्ट सूर्य ११ रा–५°–३३′–९″ चन्द्र १–रा–१६°–४४′–२०″

मंगल	१०	२	४६	२१	बुध	११	२०	२३	१४
गुरु	५	२	१८	३०	शुक्र	०	७	१९	४१
शनि	२	१२	१	१	राहु	२	२१	३६	१८
केतु	८	२१	३६	१८					

सहम साधन का उदाहरण

शु=शुद्धाश्रय क्रिया=शोधक और शोध्य के बीच लग्न हो तो १ रा० जोड़ना या शोध्य और शोधक के बीच लग्न न हो तो १ राशि जोड़ना।

शोधक=शुद्धाश्रय=जिसमें से घटाना है।

शोध्य=शोध्यर्क्ष=जिसे घटाना है।

वर्ष प्रवेश दिन का है इस कारण दिन का गणित करते हैं।

(१) पुण्य सहम

चन्द्र = १रा.–१६°–४४′–२०″ शोधक

–सूर्य= ११– ५ –३३ – ९ शोध्य

शेष = २– ११ –११ –११

\+ लग्न ५– ४ –१३ –१६

= ७– १५ –२४ –२७

शु० + १

= ८– १५ –२४ –२८

=यहाँ चन्द्र वृष का है। इसमें से मीन का सूर्य घटाना है। लग्न कन्या है जो वृष के आगे और मीन के भीतर है। इस कारण दोनों के बीच लग्न होने से १ राशि को जोड़ा या शोध्य मीन के सूर्य के आगे शोधक वृष के चन्द्र तक लग्न कन्या नहीं आती इस कारण १ राशि को जोड़ा गया।

(२) गुरु और ज्ञान सहम

= विद्या सहम

सूर्य ११– ५–३३– ९ शोधक

–चन्द्र १–१६–४४–२० शोध्य

शेष = ९–१८–४८–४९

\+लग्न ५– ४–१३–१६

= २–२३– २– ५

=यहाँ सूर्य के आगे चंद्र तक लग्न नहीं है अर्थात् चन्द्र शोध्य१–१६–४४–२० से आगे बढ़ो तो शोधक सूर्य ११–५–३३–९ तक जाने में बीच में लग्न ५–४–१३–१६ पड़ती है। इससे १ राशि को नहीं जोड़ना पड़ा।

(३) यश सहम

बृहस्पति ५– २–१८–३०

पुण्य सहम८–१५–२४–२७

शेष= ८–१६–५४– ३

\+लग्न ५– ४–१३–१६

=१–२१– ७–१९

शु०+ १

२–२१– ७–१९

=यहाँ शोधक बृहस्पति ५–२–१८–३० के आगे शोध्य पुण्य सहम ८–१५–२४–२७ के भीतर लग्न ५–४–१३–१६ आती है। इस कारण १ राशि को जोड़ना पड़ा।

(४) मित्र सहम

गुरु सहम २–२३– २– ५

पुण्य सहम ८–१५–२४–१८

शेष = ६– ७–३७–३८

\+ शुक्र ०– ७–१९–४१

= ६–१४–५६–१९

=यहाँ गुरु सहम और पुण्य सहम के बीच शुक्र नहीं पड़ता। इस कारण १ नहीं जोड़ना पड़ा शुक्र तो पुण्य सहम शोध्य के आगे चलने पर गुरु सहम शोधक के बीच पड़ता है। इस कारण १ नहीं जोड़ना पड़ा।

(५) महात्म सहम

= शौर्य सहम

=यहाँ भी लग्न पुण्य सहम और मंगल के बीच नहीं पड़ता। इससे १ नहीं जोड़ा।

पुण्य सहम ८-१५-२४-२७
-मंगल १०- २-४६-२१
शेष=१०-१८-३८- ६
+लग्न ५ - ४-१३-१६
=३ -१६-५१-२२

इसी प्रकार आगे भी समझ लेना।

(६) आशा सहम
=इच्छा सहम
शनि २-१२-१-१
-शुक्र ०-७-१९-३१
शेष २-४-४१-२०
+लग्न ५-४-१३-१६
=७-८-५४-३६
शु० +१
=८-८-५४-३६

(७) राज सहम
=पितृ सहम
शनि २-१२-१-१
-सूर्य ११-४-३३-९
शेष ३-६-२८-५२
+लग्न ५-४-१३-१६
=८-१०-४९-८
शु० +१
=९-१०-४१-८

(८) मातृ सहम
=जल सहम
चंद्र १-१६-४४-२०
-शुक्र०- ७-१९-४१
शेष=१- ८-२४-३९
+लग्न५- ४-१३-१५
=६-१२-३७-५५
शु० +१
=७-१२-३७-५५

(९) जीवित सहम
उपाय=ऐश्वर्य सहम
शनि २-१२-१-१
बृहस्पति ५-२-१८-३०
शेष ९-९-४२-३१
+लग्न ५-४-१३-१६
=२-१३-५५-७७

(१०) कर्म सहम
मंगल १०-२-४६-२१
-बुध ११-२०-२२-१४
शेष १०-१२-२३-७
+लग्न ५-४-१३-१६
=३-१६-३६-२३

(११) कलि सहम
=कलह सहम
बृहस्पति ५-२-१८-३०
-मंगल १०-२-४६-२१
शेष ६-२९-३२-९
+लग्न ५-४-१३-१६
=०-३-४५-२५
शु० +१
=१-३-४५-२५

(१२) शास्त्र सहम
बृहस्पति ५-२-८-३०
-शनि २-१२-१-१
शेष २-२०-१७-२९
+बुध११-२०-२३-१४
= २-१०-४०-४३
शु० +१
= ३-१०-४०-४३

यहाँ बृहस्पति के आगे शनि के बीच में बुध पड़ा है इस कारण १ जोड़ा

(१३) बंदक सहम
चंद्र १-१६-४४-२०
-बुध ११-२०-२३-१४
शेष १-२६-२१-६
+लग्न ५-४-१३-१६
= ७-०-३४-२२
शु० +१
= ८-०-३४-२२

(१४) पटकर्म सहम
=अन्य कर्म
चंद्र १-१६-४४-२०
-शनि २-१२-१-१
शेष ११-४-४३-१९
+लग्न५-४-१३-१६
= ४-८-५६-३५

(१५) पानीय पतन =हस्त सहम

शनि	२–१२– १– १
–चन्द्र	१–१६–४४–२०
शेष	०–२५–१६–४१
+लग्न	५– ४–१३–१६
योग=	५–२९–२९–५७
शु०	+१
	=६–२९–२९–५७

(१६) प्रसूत सहम

वृहस्पति	५– २–१८–३०
–बुध	११–१०–२३–१४
–शेष	५–११–५५–१६
+लग्न	५– ४–१३–१६
योग	१०–१६– ८–३२
शु०	+ १
	११–१६– ८–३२

(१७) जाड्य सहम

मंगल	१०– २–४६–२१
शनि	२–१२– १– १
शेष	७– २–४५–२०
+बुध	११–२०–२३–१४
योग	६–२३– ८–३४
शु०	+ १
	७–२३– ८–३४

यहाँ मं० के आगे श० के भीतर बुध है इसमें १ जोड़ा

(१८) शत्रु सहम

मंगल	१०– २–४६–२१
–शनि	२–१२– १– १
शेष	७– २–४५–२०
+लग्न	५– ४–१३–१६
योग	०– ६–५८–३६

(१९) बन्धन सहम

पुण्यसहम	८–१५–२४–२७
–शनि	२–१२– १– १
शेष	६– ३–२३–२६
+लग्न	५– ४–१३–१६
योग	११– ७–३६–४२

(२०) दरिद्र सहम

पुण्यसहम	८–१५–२४–२७
–बुध	११–२०–२३–१४
शेष	८–२५– १–१३
+बुध	११–२०–२३–१४
योग	८–१५–२४–२७
शु०	+ १
	९–१५–२४–२७

ऐसी परिस्थिति में पुण्य सहम और बुध के बीच बुध समझ १ जोड़ा।

(२१) गुरुता सहम

सूर्य उच्च	०– १– ०– ०
–सूर्य	११– ५–३३– ९
शेष	०–२५–२६–५१
+लग्न	५– ५–१३–१६
योग=	५–२९–४०– ७
शु०	+ १
	६–२९–४०– ७

(२२) जल मार्ग

कर्कार्द्ध	३–१५– ०– ९
–शनि	२–१२– १– १
शेष	१– २–५८–५९
+लग्न	५– ४–१३–१६
योग	६– ७–११–१५
शु०+	१
	७– ७–१२–१५

(२३) सामर्थ सहम

मंगल	१०– २–४६–२१
लग्नेशबुध	११–२०–२३–१४
शेष	१०–१२–२३– ७
+लग्न	५– ४–१३–१६
	३–१६–३६–२३

(२४) काम सहम

चंद्र	१–१६–४४–२०
–लग्नेशबुध	११–२०–२३–१४
शेष	१–२६–११– ६
+लग्न	५– ४–१३–१६
योग=	७– ०–२४–२२
शु०	+१
	=८– ०–२४–२२

(२५) गौरव सहम

वृहस्पति	५– २–१८–३०
–चंद्र	१–१६–४४–२०
शेष	३–१५–३४–१०
+सूर्यराशि	११– ५–३३– ९
योग=	८– ८–४६–२२
शु०	+१
	=३–२१– ७–१९

(२६) कार्य सिद्ध

शनि	२–१२– १– १
सूर्य	११– ५–३३– ९
शेष	३– ६–२७–५२
+सूर्यराशि मीनेश गुरु	५–२–१८–१०
योग=	८– ८–४६–२२
शु०	+ १
	९– ८–४६–२२

वृहस्पति के आगे सूर्य राशि ये चंद्र के भीतर पड़ती है इस कारण १ जोड़ा

(२७) अश्व सहम

पुण्य सहम	८	१५	२४	२७
सूर्य	११	५	२३	९
शेष	९	९	५१	१८
+११ भाव	३	४	१०	१९
योग	०	१४	१	३७

(२८) बुद्धि सहम

वृहस्पति	५	१२	१८	३०
सूर्य	११	५	३३	९
शेष	५	२६	४४	२१
+लग्न	५	४	१३	१६
योग	११	०	५७	३७
शु०+१				
=	०	०	५·	३७

(२९) चतुष्पद सहम

१२ भाव	४	४	१५	१७
–६ भाव	१०	४	१५	१७
शेष	६	०	०	०
+लग्न	५	४	१३	१६
योग	११	४	१३	१६
शु०+१				
=	०	४	१३	१६

(३०) गज सहम

चंद्र	१–१६–४४–२०
–गुरु	५– २–१८–३०
शेष	८–१४–२५–५०
+लग्न	५– ४–१३–१६
योग	१–१८–३९– ६

(३१) देशान्तर (परदेश)

धर्म भाव	१– ४–१७–१९
–धर्मेशशुक्र	०– ७–१९–४१
शेष	०–२६–५७–३८
+लग्न	५– ४–१३–१६
योग	६– १–१०–५४
शु०+१	
=	७– १–१०–५४

(३२) भ्रातृ सहम

वृहस्पति	५– २–१८–३०
–शनि	२–१२– १– १
शेष	२–२०– ७–२९
+लग्न	५– ४–१३–१६
योग	७–२४–३०–४५
शु०+१	
=	८–२४–३०–४५

(३३) पुत्र सहम

वृहस्पति	५– २–१८–३०
–चंद्र	१–१६–४४–२०
शेष	३–१५–३४–१०
+लग्न	५– ४–१३–१६
योग	८–१९–४७–२६
शु०+१	
=	९–१९–४७–२६

(३४) रोग सहम (चोर)

लग्न	५– ४–१३–१६
–चंद्र	१–१६–४४–२०
शेष	३–१७–२७–५६
+लग्न	५– ४–१३–१६
योग	८–२१–४१–१२
शु०+१	
=	९–२१–४१–१२

ऐसी परिस्थिति में लग्न और चंद्र के बीच लग्न होना समक्ष कर १ बढ़ाया गया।

(३५) बन्धु सहम

बुध	११–२०–२३–१४
–चंद्र	१–१६–४४–२०
शेष	१०– ३–३८–५४
+लग्न	५– ४–१३–१६
योग	३– ७–५२–१०

(३६) मृत्यु सहम

मृत्यु भाव ०–४–१५–१७
–चंद्र १–१६–४४–२०
शेष १०–१७–३०–५७
+शनि २–१२– १– १
योग ०–२९–३१–५८

उपरोक्त दोनों के बीच शनि नहीं है इससे १ नहीं जोड़ना पड़ा

(३७) धन (अर्थ) सहम

धन भाव ६–४–१५–१७
धनभावेशशुक्र ०–७–१९–४१
शेष ५–२६–५५–३६
+लग्न ५– ४–१३–१६
योग ११– १– ८–५२

(३८) पर स्त्री हरण

शुक्र ०–७–१९–४१
–सूर्य ११–५–३३–९
शेष १–१–४६–३२
लग्न ५–४–१३–१६
योग ६–५–५९–४८
शु० +१
=७–५–५९–४८

(३९) वाणिज्य सहम

चन्द्र १–१६–४४–२०
–बुध ११–२०–२३–१४
शेष १–१६–२१– ६
+लग्न ५– ४–२३–१६
योग= ७– ०–२४–२२
शु० +१
=८– ०–३४–२२

(४०) विवाह (स्त्री) सहम

शुक्र ०– ७–१९–४१
–शनि २–१२– १– १
शेष ९–२५–१८–४०
+लग्न ५– ४–१२–१६
योग=२–२९–३१–५५

(४१) संताप सहम

शनि २–१२– २– १
–चंद्र १–१६–४४–२०
शेष ०–२५–१६–४१
+रिपुभाव १०–४–१५–१७
योग=१०–२९–३१–५८
शु० +१
=११–२९–३१–५८

शनि और चन्द्र के बीच रिपु (षष्ठ)भाव होने से १ जोड़ा

(४२) श्रद्धा सहम

शुक्र ०– ७–१९–४१
–मंगल १०–२–४६–२१
शेष २–४–३३–२०
+लग्न ५–४–१३–१६
योग ७–८–४६–३६

(४३) प्रीति सहम

विद्या(गुरु) सं० २–२३– २–२५
–पुण्य सहम ८–१५–२४–२७
शेष ६– ७–३७–३८
+लग्न ५– ४–१३–१६
योग ११–१९–५०–५४
शु० +१
०–११–५०–५४

(४४) व्यापार सहम

मंगल १०– २–४६–२१
–बुध ११–२१–२३–१४
शेष १०–१२–२३– ७
+लग्न ५– ४–१३–१६
योग ३–१६–३६–२३

(४५) कन्या सहम

शुक्र ०– ७–१९–४१
–चंद्र १–१६–४४–२०
शेष १०–२०–३५–२१
+लग्न ५– ४–१३–१६
योग ३–२४–४८–३७

(४६) जलघात सहम

बृहस्पति ५– २–१८–३०
–पुण्यस० ८–१२–२४–२७
शेष ८–१९–५४–२१
+लग्न ५– ४–१३–१६
योग १–२४– ७–१९

क्रमानुसार सहम चक्र

सहम क्रम	सहम का नाम	सहम स्पष्ट राशि	अंश	कला	वि०	सहम राशि	सहम स्वामी	सहम का भाव
२८	बुद्धि सहम	०	०	५७	३०	मेष	मंगल	अष्टम
२९	चतुष्पद सहम	०	४	१३	१६	मेष	,,	,,
१८	शत्रु सहम	०	६	५८	३६	,,	,,	,,
४३	प्रीति सहम	०	११	५०	३४	,,	,,	,,
२७	अश्व सहम	०	१४	१	३७	,,	,,	,,
१६	प्रसूत सहम	०	१६	८	३२	,,	,,	,,
३६	मृत्यु सहम	०	२९	३१	५८	मेष	मंगल	नवम
११	कलि सहम	१	३	४५	१५	वृष	शुक्र	,,
३०	गज सहम	१	१८	३९	६	,,	,,	,,
४८	जल घात सहम	१	२४	७	१९	,,	,,	दशम
९	जीवित (उपाय) सहम	२	१३	५५	४७	मिथुन	बुध	,,
३	यश (बल) सहम	२	२१	७	१९	,,	,,	,,
२	गुरु (विद्या) सहम	२	२३	२	५	,,	,,	,,
४०	विवाह सहम	२	२९	३१	५५	,,	,,	,,
३५	बंधु सहम	३	७	५२	१०	कर्क	चंद्र	,,
१२	शास्त्र सहम	३	१०	४०	४३	,,	,,	,,
१०	कर्म सहम	३	१६	३६	२३	,,	,,	,,
२३	सामर्थ सहम	३	१६	३६	२३	,,	,,	,,
४४	व्यापार सहम	३	१६	३६	२३	,,	,,	,,
५	महात्म (शौर्य) सहम	३	१६	५१	२२	,,	,,	,,
२५	गौरव सहम	३	२१	७	१९	,,	,,	द्वादश
४५	कन्या सहम	३	२४	४८	३७	,,	,,	,,
१४	पर कर्म सहम	४	८	५६	३५	सिंह	सूर्य	,,
१५	पानीय पतन सहम	६	२९	२९	५७	तुला	शुक्र	तृतीय
२१	गुरुता सहम	६	२५	४०	७	,,	,,	,,
३१	देशान्तर (यात्रा) सहम	७	१	१०	५४	वृश्चिक	मंगल	,,
३८	परस्त्री हरण सहम	७	५	५९	४८	,,	,,	,,
२२	जल मार्ग सहम	७	७	१२	१५	,,	,,	,,
४२	श्रद्धा सहम	७	८	४६	३६	,,	,,	,,
८	मातृ (जल) सहम	७	१२	३७	५५	,,	,,	,,
१७	जाड्य सहम	७	२३	८	३४	,,	,,	,,
२४	काम सहम	८	०	२४	२२	धनु	गुरु	चतुर्थ

सहम क्रम	सहम नाम	सहम स्पष्ट राशि	अंश	कला	विकला	सहम राशि	सहम स्वामी	सहम का भाव
३९	वाणिज्य सहम	८	०	३४	२२	धनु	गुरु	चतुर्थ
१३	बंदक सहम	८	०	३४	२२	,,	,,	,,
६	आशा सहम	८	८	५४	३६	,,	,,	,,
१	पुण्य सहम	८	१५	२४	२७	,,	,,	,,
३२	भ्रातृ सहम	८	२४	३०	४५	,,	,,	पंचम
२६	कार्य सिद्ध सहम	९	८	४६	२२	मकर	शनि	,,
७	पितृ (राज) सहम	९	१०	४१	८	,,	,,	,,
२०	दारिद्र सहम	९	१५	२४	२७	,,	,,	,,
३३	पुत्र सहम	९	१९	४७	२६	,,	,,	षष्ठ आरंभ संधि
३४	रोग सहम	९	२१	४१	१२	,,	,,	षष्ठ
३७	धन (धर्थ) सहम	११	१	८	५२	मीन	गुरु	सप्तम
१९	बंधन सहम	११	७	३६	४२	,,	,,	,,
१८	प्रसूत सहम	११	१६	८	३२	,,	,,	,,
४१	संताप सहम	११	२९	३१	५५	,,	,,	अष्टम आरंभ संधि

सहम की राशि का स्वामी सहमेश कहलाता है।

सहम पर उस के स्वामी की दृष्टि है या नहीं इसका विचार करना पड़ता है। इस कारण इन ग्रहों का दृष्टि साधन कर लेना चाहिए। जिस सहम के सम्बन्ध में विचारना है उस पर ही उसके स्वामी की दृष्टि का विचार करना चाहिए क्योंकि प्रत्येक सहम पर प्रत्येक की दृष्टि का विचार करने में बहुत समय लगेगा।

ताजोक्त दृष्टि गणित द्वारा साधन करना पहिले बता चुके हैं मान लो (४) विवाह सहम २ रा—२९°—३१′—५६″ का विचार करना है। इसका स्वामी बुध है। बुध की दृष्टि का विचार करना है।

दृश्य विवाह सहम २—रा २९°—३१′—५६″ शेष ३ रा०=१५+अंश
द्रष्टा सहमेश बुध ११— २०— ८ —४२ १५— ०—०
शेष=३— ९ — ८ —४२ +९—८—४२
=२४—८—४२=दृष्टि २४′—८″

चलित भाव कुण्डली में लाभ भाव में विवाह सहम है और बुध अष्टम में आ जाता है। सहमेश बुध की विवाह सहम पर गुप्तबैरा दृष्टि है।

सहमों का अर्थ

किसी २ सहमों के अर्थ में भ्रम हो जाता है जैसे गुरु, बल, महात्म, आशा, राज आदि। इस कारण उन्हें नीचे समझाया है—(१) गुरु=उपदेश करने वाला, विज्ञान,

विद्या मात्र विषयक बुद्धि विद्या जानना। (२) बल=सेना। देह=हाथ पैर आदि पिंडदेह। (५) महात्म=मन्त्र गांभीर्य का नाम है। द्युति = बुद्धिमानी का नाम है। (६) आशा=इच्छा का नाम है। दिशा का भी नाम है। (७) राजा=गुरुता, मंडलेशत्व, सामान्य राजा गौरव, श्रेष्ठ ज्ञानी, निग्रह कारागार, बन्धन सामर्थ, द्रव्य दान समर्थ तथा छत्र चामर आदि राज चिह्न धारी को राजा कहते हैं। (८) जल= क्रांति हीरक आदि मणि कांतिवत्, जल पथ मार्ग इत्यादि। (१२) शास्त्र=श्रुति स्मृति ज्ञान। (१४) पर कर्म=दासत्व का पर्याय है। (१५) पानीय पतन=का तात्पर्य वृष्टि आदि ऊपर से गिरने वाला पानी। जल में डूबने का भी अर्थ है। (१६) प्रसव= गर्भाधान सन्तान उत्पत्ति। (१७) जाड्य=अज्ञान, ग्रन्थविस्मरण आदि। (२३) सामर्थ= शारीर आदि बल। (३४) मांद्य=आधि, मानसी व्यथा, व्याधि, रोग, ताप, सन्ताप। (३५) बांधव=सपिंड सात पुरुष पर्यन्त। (४२) श्रद्धा=धर्म कार्य की मति। यहाँ विश्वासता का मुख्य अर्थ लेना। (१३) वंधक=पराश्रय।

शेष सहम पुण्य, विवाह आदि का अर्थ स्पष्ट है।

सहम का फल निकालना

(१) = (सहम—सहमेश) = (शेष के अंश बना × सहम राशि का उदय) ÷ ३०० इसमें राशि का स्थानीय स्वोदय लेना।

उदाहरण

```
                रा   °    '    "          °    '    "
विवाह सहम       २—२९—३१—५६      शेष ९९—८—४२          ६०)१२८५२(२१४
—सहमेश बुध      ११—२०—२३—१४     × सहम राशि × ३०६       १२०
शेष              ३— ९— ८—४२      मिथुन स्वोदय           ---
                                                          ८५
   = ९९°—८'—४२"                 २७५४  २४४८    ६१२       ६०
                                                          ---
सहम राशि मिथुन का स्वोदय ३०६     २७५४          १२२४       २५२
३००)३०३३८-२२-१२(१०१ दिन         ३०१९४  २४४८  १२८५२       २४०
                                                          ---
    ३००                          +४४   +२१४   =१२         १२
    ---                         -----  -----
     ३३८                        ३०३३८   २६६२           ६०)२६६२(४४
     ३००                               =२२                २४०
    ---                                                   ---
     ३८×६०                      =३०३३८—२२—१२ ÷ ३००         २६२
    ---
    २२८०+२२                     =दिन—घ—प                  २४०
                                                          ---
३००)२३०२(७ घ.                   १०१—७—४०                   २२
    २१००                        =मास—दिन—घ—प
    ---
    २०१×६०+१२                   ३—११—७—४०
    ---
३००)१२१३२(४० प.
    १२००
    ---
      १३२
```

वर्ष प्रवेश के दिन से इतने समय के बाद विवाह सहम का फल होगा। वर्ष प्रवेश की तारीख में उतना समय जोड़ देने से फल समय प्राप्त होगा।

जिस सहम का फल समय विचारना हो इसी प्रकार विचार लेना। परन्तु समय निकालने के प्रथम सहम के स्वामी की दृष्टि, पाप या शुभ ग्रहों की दृष्टि और बल एवं भाव आदि सम्बन्ध से पहिले अच्छी प्रकार विचार लेना कि उस सहम का फल होगा या नहीं या कितना फल होगा। यदि पूर्ण रूप से फल होने का भाव दृष्टि आदि से प्रगट हो तब फल का समय निकालना अन्यथा नहीं। सहम निर्बल हो फल देने की सामर्थ्य न हो तो उनको चक्र में स्थापन भी नहीं करना अर्थात् छोड़ देना।

(२) मतांतर=पूर्व प्राप्त दिन ÷ ३०=लब्धि राशि।

इसे वर्ष प्रवेश कालिक सूर्य राशि में कला पर्यंत जोड़ना तब फल के समय का सूर्य स्पष्ट निकलेगा। यह सूर्य स्पष्ट जिस समय आवे तब उस सहम का पाक समय जानना।

जैसे पूर्व प्राप्त दिन १०१ दिन ७ घ० ४० प०
=३ रा० ११° ७′ ४७″

वर्ष प्रवेश का सूर्य	११ रा०	५°	३३′	९″
+प्राप्त समय	३	११	७	४०
=सूर्य स्पष्ट=	२	१६	४०	४९

३०)१०१(३ राशि
९०
―――
११ अंश

जब वर्ष प्रवेश के पश्चात् २—१६—४०—४९ पर सूर्य आयगा तब सहम का फल मिलेगा।

(३) अन्य फल—

कोई कहते हैं कि हीनांश पत्यांश क्रम से जब सहमेश की दशा होगी तब फल होगा।

अधिकांश मत है कि उपरोक्त प्रथम बताई रीति से जो दिन मिलें उसके भीतर सहमेश की दशा में उस सहम का फल होगा।

जब जन्म कुण्डली से विवाह संतान आदि का योग प्रकट हो तब समय निकालना। जब योग न हो तो उसका सहम या सहम का फल समय निकालने की आवश्यकता नहीं है।

सहम का फल विचारने के लिए कि सहम पर सहमेश की दृष्टि है या नहीं किन शुभ या पाप ग्रहों की दृष्टि सहम लग्न या सहम पर है। कौन-कौन शुभ या पाप ग्रह सहम लग्न पर हैं। सहम लग्नेश का बल क्या है निर्बल या पूर्ण बली आदि है। वर्ष कुण्डली में सहम और सहमेश ६-८-१२ घर में नहीं हैं। सहमेश और लग्नेश ६-८-१२ के स्वामियों के साथ तो नहीं हैं। ये शुभ ग्रहों से युक्त दृष्ट होने से शुभ और पाप ग्रहों से युक्त दृष्ट होने से अशुभ हो जाते हैं इसी प्रकार ६-८-१२ भाव या इनके भावेश से सम्बन्ध होने से बुरा फल होता है। इन सब पर विचार कर फल निर्णय करना। परन्तु कुछ ऐसे सहम हैं जिनका फल उल्टा है जैसे मृत्यु रोग सहम आदि बुरे सहम हैं जो बलवान हों तो रोग बढ़े निर्बल हों तो रोग घटा देंगे।

अध्याय १६

मास प्रवेश साधन का उदाहरण

दिनांक १९—३—१९४५ सम्वत २००२ चैत्र शुक्ल ६ सोमवार वर्ष प्रवेश का सूर्य ११रा.—५°—३३′—९″ और इष्ट २९—४४—२२॥ पर वर्ष प्रवेश है। यही पहिला मास प्रवेश का सूर्य हुआ । इसके आगे प्रतिमास १—१ राशि जोड़ते जाने से अगले मास के मास प्रवेश का सूर्य हो जाता है जैसा यहाँ बताया है।

मास प्रवेश का सूर्य

(१) पहिला मास=११रा–५°–३३′–९″
(२) ,, =०–५–३३–९
(३) ,, =१–५–३३–९
(४) ,, =२–५–३३–९
(५) ,, =३–५–३३–९
(६) ,, =४–५–३३–
(७) ,, =५–५–३३–९
(८) ,, =६–५–३३–९
(९) ,, =७–५–३३–९
(१०) ,, =८–५–३३–९
(११) ,, =९–५–३३–०
(११) ,, =१०–५–३३–०

अब इस मास के समीप का सूर्य पंचांग द्वारा खोज कर उसकी गति पर से गणित द्वारा निकालेंगे कि यहाँ बताया हुआ मास प्रवेश का सूर्य किस २ समय पर आयगा।

रीति—

(१) इष्ट सूर्य और पंक्तिस्थ सूर्य में जो जिस से घटे घटाकर अंतर निकालना । यदि पंक्ति से इष्ट सूर्य घट गया तो ऋण चालन होगा। यदि इष्ट सूर्य में से पंक्ति घट गया तो धन चालन होगा। क्योंकि पंक्ति से इष्ट पहिले हो तो घटा कर (ऋण) और पंक्ति के आगे सूर्य है तो (धन) जोड़कर इष्ट काल निकाला जायगा।

(२) अमुक गति एक दिन में है तो इतना (उक्त) अंतर होने को कितना समय लगेगा ? अंतर में गति का भाग देने से उत्तर दिन घड़ी पल विपल में आयगा। वह चालन ± (धन या ऋण) उपरोक्त होगा।

(३) पंक्ति का बार और घड़ी पल में वह चालन ± के अनुसार जोड़ने या घटाने से इष्ट समय निकल आयगा।

मास प्रवेश के सूर्य के समीप का सूर्य पंचांग से खोज कर नीचे दिया है—

पंक्ति इष्ट० गति पंचांग में दिया हुआ समय सम्वत २००२

मास	रा.	अं.	क.	वि.	क.	वि.	दिन	समय मास तिथि.	तारीख
२	०	५	३५	४७	५८	३२	गुरुवार	द्वितीय चैत्र शुक्ल ८	१९–४–१९४५
३	१	५	३३	३	५७	३६	इतवार	बैशाख सुदी ९	२०–५–४५
४	२	५	५	५७	५७	३	बुधवार	ज्येष्ठ शुक्ल १०	२०–६–४५
५	३	५	२७	०	५७	५	इतवार	आषाढ़, शुक्ल १२	२२–७–४५

मास	रा.	अं.	क.	वि.	क.	वि.	दिन	समय मास तिथि	तारीख
६	४	५	३	४३	५७	४४	बुधवार	श्रावण शुक्ल १४	२२–८–४५
७	५	५	७	३६	५८	४३	शनिवार	आश्विन कृष्ण १	२२–८–४५
८	६	५	४७	१४	५९	४४	मंगलवार	कार्तिक कृष्ण २	२३–१०–४५
९	७	५	५९	५०	६०	४५	गुरुवार	मार्ग शीर्ष कृष्ण ३	२२–११–४५
१०	८	५	३२	२७	६१	१५	शनिवार	पौष कृष्ण ३	२१–१२–४५
११	९	५	१२	१४	६१	१३	शनिवार	माघ कृष्ण २	१९–१–१९४६
१२	१०	५	४२	१२	६०	३६	सोमवार	फाल्गुन कृष्ण २	१८–२–४६

गणित (पंक्ति का इष्ट ० है)

(२) द्वितीय मास प्रवेश

सूर्य पंक्ति ० रा–५°–३५′–४७″
,, इष्ट ० –५ –३३ –९
अंतर ० –५ – १–३८ ऋण

अन्तर/गति = १′–३८″ / ५८–३२ = ९८ / ३५१२ = वार घ. प.वि. ०–१–४०–२७

चालन ऋण

१′–३६″=९८″
गति ५८–३२
×६०
३४८० + ३२=३५१२″

वार० घ० प० वि०
पंक्तिवार गुरु=५– ०– ०– ०
चालन ऋण –०– १–२०–२७
शेष=४–५८–१९–३३

द्वितीय मास प्रवेश का इष्ट
४ वार बुधवार इष्ट ५८घ० १९प० ३३वि० पर

३५१२)९८(० दिन
×६०
३५१२)५८८०(१ घड़ी
३५१२
२३६८ × ६०
३५१२)१४२०८०(४० पल
१४०४८
१६०० × ६०
३५१२)९६०००(२७ विपल
७०२४
२५७६०
२४५८४
११७६

(३) तृतीय मास प्रवेश साधन

दि. घ. प. मि.

इष्ट सूर्य=१–५–३३–९ अंतर ०′–६″ / गति५७–३६ = ६″ / ३४५६″ = ० –० –६ –१५

पंक्ति =१–५–३३–३ चालन +

अंतर =०–०–०–६ + वार घ० प० वि०

पंक्ति इतवार=१ –० –० –०

गति ५७.–३५″ चालन + ० –० –६ –१५

=१ –० –६ –१५

तृतीय मास प्रवेश का इष्ट घ० प० वि०

१ वार=इतवार को इष्ट ० –६ –१५ पर

(४) चतुर्थ मास प्रवेश साधन

इष्ट सूर्य २रा–५°–३३′–९″ अंतर=२७′–१२″ / गति=५७–३ = १६३२″ / ३४२३″ = दि. घ. प. वि.

पंक्ति २–५– ५–५७ ०–२८–३६–३१

अंतर =०–०–२७–१२ + चालन +

पंक्ति बुधवार=वार घ. प. वि.

४– ०– ०– ०

गति ५७′–३″ चालन०–२८–३६–३१

=४–२८–३६–३१

=चतुर्थ मास प्रवेश=वार ४ बुधवार को इष्ट २८ घ. ३६प. ३१वि. पर होगा

(५) पंचम मास प्रवेश साधन

इष्ट सूर्य ३–५–३३–९ अंतर६′–९″ / गति ५७–५ = ३६८″ / ३४२५ = दिन घ. प. वि.

पंक्ति ३–५–२७–० ०– ६ –२७–५१ +

अन्तर =०–०–६–९ + पंक्ति इतवार वार घ. प. वि. चालन +

गति ५७′–५″ १ –० –० –०

चालन + ०–६–२७–५१

१–६–२७–५१

पंचम मास प्रवेश=वार १ इतवार को इष्ट ६घ. २७प. ५१वि. पर होगा।

(६) छठा मास प्रवेश

इष्ट सूर्य ४–५–३३–९ अन्तर २६′–२९″ / ५७–४४ = १७६६″ / ३४६४ = दिन घ. प. वि.

पंक्ति ४–५– ३–४३ ०– ३०–३५–२०

अंतर= ०–०–२९–२६ + पंक्ति इतवार वार घ. प. वि. चालन +

गति ५७′–४४″ ४ – ० – ० – ०

+ चालन ०–३०–३५–२०

=४–३०–३५–२०

छठा मास प्रवेश=वार ४ बुधवार को इष्ट ३०घ. ३५प. २०वि. पर होगा।

(७) सातवां मास प्रवेश

इष्ट सूर्य ५-५-३३-९
पंक्ति ५-५- ७-३६
अन्तर= ०-०-२५-३३ +
गति ५८'-४३''

अन्तर २५'-३३'' / गति ५८-४३ = १५३३'' / ३५२३ = दिन घ. प. वि. ०- २६- ६- ३०

चालन +

पंक्ति शनिवार=वार घ. प. वि.
७- ०- ०- ०
चालन + ०-२६- ६-३०
=७-२६- ६-३०

सप्तम मास प्रवेश=वार ७=शनिवार को इष्ट २६घ. ६प. ३०वि. पर होगा।

(८) अष्टम मास प्रवेश

अंतर १४'-५'' / गति ५९-५४ = ८४५'' / ३५९४ = दि. घ. प. वि. ०-१४-६-२४

चालन ऋण

पंक्ति सूर्य ६-५-४७-१४
इष्ट सूर्य ६-५-३३- ९
अन्तर ०-०-१४- ५ ऋण
गति ३९-५४

पंक्ति मंगलवार=वार घ. प. वि.
१- ०- ०- ०
चालन ऋण ०-१४-६-२४
शेष २-४५-५३-३६

अष्टम मास प्रवेश=वार २=सोमवार को इष्ट घ. प. वि. पर होगा
४५-५३-३६

(९) नवम मास प्रवेश

पंक्तिस्थ सूर्य ७-५-५९-५०
इष्ट सूर्य ७-५-३३- ९
अन्तर ०-०२५-४१ ऋण
गति ६०'-४५

अंतर २५'-४१'' / गति ६०-४५ = १५४१'' / ३६४५ = दि. घ. प. वि. ०-२५-२१-५७

चालन ऋण

पंक्ति गुरुवार=वार घ. प. वि.
चालन ऋण -५ -० -० -०
०-१५-२१-५८
शेष =४-३४-३८-२

नवम मास प्रवेश=वार ४=बुधवार को इष्ट ३४-३८-२ पर होगा।

(१०) दशम मास प्रवेश

इष्ट सूर्य ८-५-३३- ९
पंक्ति ८-५-३२-२७
अंतर ०-०- ०-४२ +
गति ६१-१५

अंतर ०'-४२'' / गति ६१-१५ = ४२'' / ३६७५ = दि. घ. प. वि. ०- ०- ४१- ८

चालन +

पंक्ति शुक्रवार=वार घ. प. वि.
चालन + ६-०- ०- ८
०-०-४१- ८
=६-०-४१- ८

दशम मास प्रवेश=वार ६=शुक्रवार को इष्ट ०-४१-८ पर होगा।

(११) एकादश मास प्रवेश

इष्ट सूर्य ९-५-३३- ९ अंतर $\frac{२०'-५५'}{६१-१३} = \frac{१२५५''}{३६७२}$ दिन घ. प. वि. ०-२०-३०- ३

पंक्ति ९-५-१२-१४ गति

अंतर ०-०-२०-५५+ चालन +

गति ६१-१३

पंक्ति शनिवार=वार घ. प. वि.

चालन + ६ ०- ०-०

०- -३०-३

=७- -३०-३

मास प्रवेश वार ७=शनिवार को इष्ट २०-३०-३ पर होगा।

(१२) द्वादश मास प्रवेश

पंक्तिस्थ सूर्य १०रा.-५°-४२'-१२'' अंतर $\frac{९'-३''}{६०-३६} = \frac{५४३''}{३६३६} =$ दिन घ. प. वि. ०- ८-५७-३७

इष्ट ,, १० -५ -३३ - ९ गति

अंतर = ० -० - ९ - ३ ऋण चालन ऋण

गति ६०-३६

पंक्ति सोमवार=वार. घ. प. वि.

चालन ऋण २- ८- ०- ०

-०- ८-५७-३७

शेष=१-५१-२-२३

द्वादश मास प्रवेश वार १=इतवार को इष्ट घ. प. वि.

५१-२-२३ पर होगा।

लाग्रतमिक कोष्टक Logarithmic Table से भी मास प्रवेश का चालन सरलता से निकल आता है। ज्योतिष शिक्षा भाग २ गणित खण्ड के अध्याय ७ के पृष्ठ १३४ क,ख,ग,घ,च,छ,ज,झ में ८ चक्र सारिणी अंक के दिये हैं उनके सहारे भी सरलता से पंक्ति और इष्ट के अंतर में गति का भाग देने के बिना इस सारिणी से उत्तर चालन प्राप्त हो जाता है।

परन्तु सूर्य की गति यदि ६०' से अधिक हुई तो यह सारिणी काम नहीं देगी। क्योंकि यह सारिणी ६० के अंक के आधार पर बनी है। इस कारण ६० से अधिक गति में पहिले बताये हुए गणित द्वारा निकाल लेना अर्थात् अंतर की विकला में गति की विकला बनाकर गति का भाग देने से यह इष्ट समय चालन का प्राप्त हो जाता है। उदाहरण—

(१) द्वितीय मास प्रवेश का सारिणी अंक

(पंक्ति-इष्ट)=अंतर १'-३८''=१-५६५०७६४ इस शेष के समीप का कुछ

सूर्यगति=५८-३२=०-०१९७४८० बड़ा सारिणी अंक

शेष=१-५५४३२८४ १.५५६३०२५ मिला।

इसके ऊपर १ और नीचे बाजू से ४०=चालन १ घ० ४० प० हुआ।

(२) तृतीय मास प्रवेश का

(इष्ट-पंक्ति) अंतर=०′-६″=२-७७८१५१२ समीप का कुछ बड़ा अंक

गति=५७-३६=०-०१७७२८८ २.७७८१५१२=२ घ० ६ प०

शेष=२-७६०४२२४

(३) चतुर्थ मास प्रवेश का

(इष्ट सूर्य-पंक्ति) अंतर २७-१४=०-३३३५८१३ शेष के समीप का कुछ बड़ा अंक

गति ५७-३ =०-०२१८९५६ ०·३२१७८४२=२८घ. ३६प.

शेष =०-३२१६८५८

(४) पंचम मास प्रवेश का

(सूर्य इष्ट-पंक्ति)= ६-९=०·९८९२७६१ शेष के समीप का कुछ बड़ा अंक

गति=५७-५=०·०२१६४१९ ०·९६८५९१५=६घ० २७प०

शेष=०·९६७६३४२

(५) षष्ठ मास प्रवेश का

(इष्ट सूर्य-पंक्ति)=२९-२६=०·३०९३११८ शेष के समीप का कुछ बड़ा अंक

गति=५७-४४=०·०१६७२४६ ०.२९२६६६४=३०घ० ३३प०

शेष=०·२९२५८७२

(६) सप्तम मास प्रवेश का

(इष्ट सूर्य-पंक्ति)=२५-३३=०·३७०७६०३ शेष के समीप का कुछ बड़ा अंक

गति=५८-४३=०·००९३८९९ ०·३६१५१०७=२६घ० ६प०

शेष=०·३६१२७०४

(७) अष्टम मास प्रवेश का

(पंक्ति-सूर्य इष्ट) १४- ५=०.६२९४८५८ शेष के समीप का

गति ५९-५४=०·०००७२४४ कुछ बड़ा अंक

शेष=०.६२८७२१४ ०·६२८९३२१

=घ. प.

१४-६

नवम, दशम, एकादश एवं द्वादश मास प्रवेश में सूर्य की गति ६० से अधिक होने से यह सारिणी काम नह देगी।

यदि भाज्य अंतर से भाजक गति अल्प हो तो उसकी दूसरी रीति है। जब भाजक गति, अंतर से छोटा हो तो अंतर भाज्य में से भाजक गति को घटा देना। जितने बार घट सके उतने दिन होंगे और शेष के सारिणी अंक में भाजक का सारिणी अंक घटाने पर जो अंक प्राप्त हो सारिणी में उस शेष के समीप का जो उससे कुछ बड़ा अंक सारिणी में मिले उसे लेना और उससे जो घड़ी पल प्राप्त हो वह लेना।

जितनी बार गति घट जाय उतने दिन और इतने घड़ी पल उत्तर चालन प्राप्त हुआ। उदाहरण—

मान लो पंक्ति और इष्ट का अंतर भाज्य ५७-४ है और सूर्य की गति भाजक छोटा ५६-३० है।

यहाँ ५७-४ में भाजक ५६-३० घटाया=१ वार घटा=१ दिन

अंतर ५७-४	शेष ०-३४=२०१४८२३६	इसके समीप का कुछ बड़ा
गति ५६-३०	गति५६-३०=००२६१०२८	अंक=२.०००००००
शेष ०-३४	शेष=१.९९८७२०८	घ. प.
	घ. प.	०-३६

यहाँ १ बार घटाया था तो १ दिन और ०-३६ चालन प्राप्त हुआ।

यहाँ गति और छोटी होती तो अंतर से घटाने पर जो शेष बचता है यदि वह गति से बड़ी बचती तो पहिले घटाये हुए शेष में फिर उसी गति को घटाना बार-बार घटाते जाना जब तक कि शेष अंक गति से छोटा अंक न प्राप्त हो जाय। यहाँ जितनी बार गति घटाई गई उतने दिन और शेष के सारिणी अंक से गति के सारिणी अंक घटाने पर उससे जो घटी पल प्राप्त हो वह लेना।

अब इसी उपरोक्त उदाहरण को गणित द्वारा करते हैं—

$$\frac{५७.४}{५६\text{-}३०} = \frac{३४७४}{३३९०} = \begin{matrix}\text{दिन घ. प.}\\ १\text{-}\ ०\text{-}३७\end{matrix}$$

```
३३९०)३४४४(१दिन
      ३३९०
      ------
        ३४×६०
      ------
        २०४०(०घड़ी
         ×६०
      ------
      १२२४००(३६ पल
      १०१७०
      ------
       २०७००
       २०३४०
      ------
         ३६०
```

टिप्पणी—पंक्ति के बार के आगे घड़ी पल ०-०दिया है क्योंकि पंक्तिस्थ सूर्य का इष्ट ० है। यदि मिश्र कालीन पंक्ति सूर्य हो तो बार के आगे मिश्र काल की घड़ी पल भी देनी चाहिए।

प्रत्येक मास प्रवेश का इष्ट निकाल चुके हैं। अब उस इष्ट पर से लग्न सारिणी के सहारे लग्न निकाल कर नीचे दिया है।

मास प्रवेश का		इष्ट घ. प. वि.	लग्न	दिन	समय	मुन्था
(२) द्वितीय मा. प्रवेश		५८–१९–३३	मीन	बुधवार	चैत्र शुक्ल ७ सं० २००२	मकर
(३) तृतीय	,,	०– ६–१५	मेष	इतवार	वैशाख शुक्ल ९ ,,	मकर
(४) चतुर्थ	,,	२८–३६–२१	वृश्चिक	बुधवार	ज्येष्ठ शुक्ल १० ,,	मकर
(५) पंचम	,,	६–२७–५१	सिंह	इतवार	आषाढ़ शुक्ल १२ ,,	कुम्भ
(६) षष्ठ	,,	३०–३५–२०	मकर	बुधवार	श्रावण शुक्ल १४ ,,	कुम्भ
(७) सप्तम	,,	२६– ६–३०	कुम्भ	शनिवार	आश्विन कृष्ण १ ,,	कुम्भ
(८) अष्टम	,,	४५–३१–३६	कर्क	सोमवार	कार्तिक कृ० १ ,,	कुम्भ
(९) नवम	,,	३४–३८– २	मिथुन	बुधवार	मार्ग शीर्ष कृ० २ ,,	कुम्भ
(१०) दशम	,,	०–४१– ८	धन	शुक्रवार	पौष कृ० ३ ,,	कुम्भ
(११) एकादश	,,	२०–१०– १	मिथुन	शनिवार	माघ कृ० २ ,,	कुम्भ
(१२) द्वादश	,,	५१– २–२३	धन	इतवार	फाल्गुन कृ० १ ,,	कुम्भ

मास प्रवेश की मुन्था स्पष्ट करना

वर्ष आरम्भ के मुंथा स्पष्ट में प्रति मास २॥ अंश जोड़ते जाने से आगे के मास की मुंथा स्पष्ट होती है जैसा पहिले बता चुके हैं।

(१) गत वर्ष ५५ ÷ १२=४$\frac{७}{१२}$–शेष ७ + जन्म लग्न ३=१० राशि मुंथा

(२) जन्म लग्न २रा–२०°–२१″ वर्ष प्रवेश के समय मुंथा स्पष्ट
+ गताब्द ५५ ९–२०°–१६′–२१″ यह प्रथम मास की
१२)५७–२०–१६–२१(४ मुंथा हुई।
४८
शेष ९–२०–१६–२१

इसमें २॥ अंश जोड़ा तो दूसरे मास की मुंथा हुई। इसी प्रकार प्रत्येक मास में २॥ अंश जोड़ते जाने से प्रत्येक मास की मुंथा निकल आयगी जैसा आगे दिया है।

मुंथा स्पष्ट चक्र (प्रत्येक मास प्रवेश के समय का)

मुंथा	१ मास	२ मास	३ मास	४ मास	५ मास	६ मास	७ मास	८ मास	९ मास	१० मास	११ मास	१२ मास
राशि	९	९	९	९	१०	१०	१०	१०	१०	१०	१०	१०
अंश	२०	२२	२५	२७	०	२	५	७	१०	१२	१५	१७
कला	१६	४६	१६	४६	१६	४६	१६	४६	१६	४६	१६	४६
विकला	२१	२१	२१	२१	२१	२१	२१	२१	२१	२१	२१	२१

मुंथा का स्थान लग्न कुण्डली से वर्ष प्रवेश (५५ गताब्द) की कुण्डली में

जन्म लग्न कुण्डली

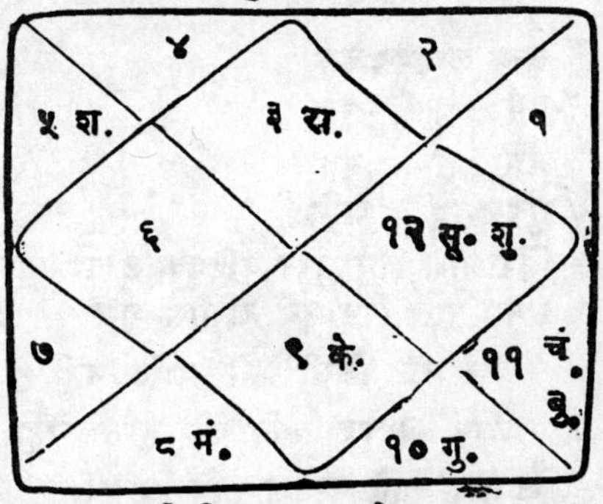

वर्ष लग्न कुंडली ५५ गताब्द की

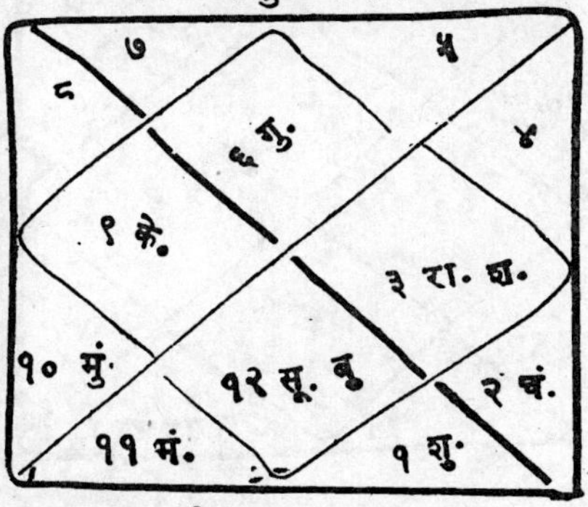

(२) द्वितीय मास प्रवेश की कुंडली सं० २००२ चैत्र शुक्ल ७ बुधवार इष्ट ५८–२९–३३ मीन लग्न

मास के ६ अधिकारी

1. जन्म लग्नेश=बुध
2. वर्ष ,, =बुध
3. मास ,, =बुध
4. मुंथेश ,, =शनि
5. त्रिराशि पति रात्रि=मीन } =चंद्र
6. समय पति रात्रि चंद्रराशीश } =बुध

लग्न पर बुध और गुरु की दृष्टि नहीं है। शनि व चंद्र की १० गुप्त बैरा दृष्टि हैं दोनों में शनि बली है तो मासेश शनि हुआ।

(३) तृतीय मास प्रवेश कुंडली। वैशाख शु० ९ रविवार इष्ट ०–६–१५ मेष लग्न

षड अधिकारी

(१) जन्म लग्नेश =बुध
(२) वर्ष ,, =बुध
(३) मास ,, =मंगल
(४) मुंथेश ,, =शनि
(५) त्रिराशीश दिन, मेष } =सूर्य
(६) समय पति दिन, सूर्य, राशीश } =शुक्र

केवल शनि की ११ गुप्त बैरा दृष्टि है और किसी की दृष्टि नहीं है। इससे मासेश शनि हुआ।

(४) चतुर्थ मास प्रवेश की कुण्डली । ज्येष्ठ शु० १० बुधवार २८-३६-३१ वृश्चिक लग्न

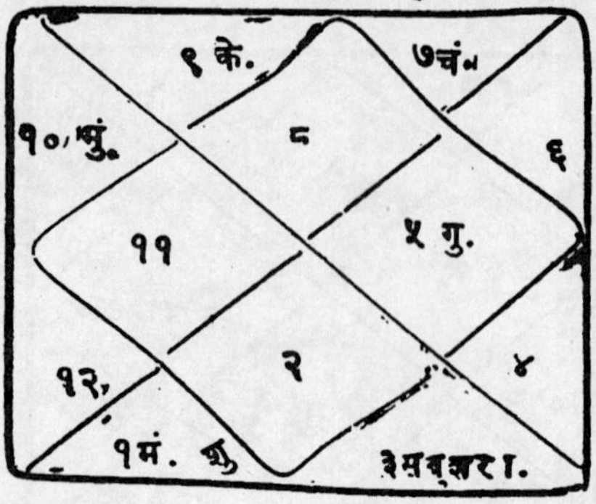

षड्धिकारी

१ जन्म लग्नेश=बुध
२ वर्ष ,, =बुध
३ मास ,, =मंगल
४ मुंथेश ,, =शनि
५ त्रिराशीश दिन लग्न वृश्चिक लग्न=मंगल
६ समय पति दिन सूर्य राशीश=बुध

लग्न पर किसी की दृष्टि नहीं है जन्म लग्न ३ पर शनि की गुप्त स्नेहा दृष्टि है । इससे मासेश शनि हुआ ।

(५) पंचम मास प्रवेश कुंडली । आषाढ़ शु० १२ इतवार इष्ट ६-२७-५१ सिंह लग्न

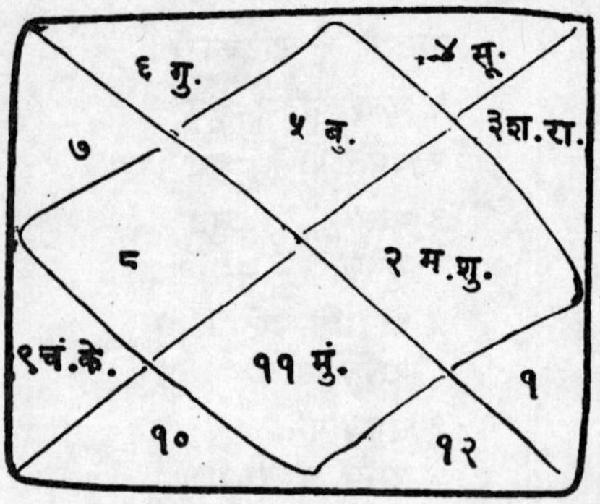

षड्धिकारी

१ जन्म लग्नेश=बुध
२ वर्ष ,, =बुध
३ मास ,, =सूर्य
४ मुंथेश ,, =शनि
५ त्रिराशीश दिन सिंह लग्न=चंद्र
६ समय पति दिन सूर्य राशीश=चंद्र

लग्न पर सूर्य बुध की दृष्टि नहीं है । शनि की ३ गुप्त स्नेहा दृष्टि और चंद्र की ५ प्रत्यक्ष स्नेहा दृष्टि ४५ की है । जो शनि से बलवान दृष्टि है । इससे मासेश शनि हुआ । चंद्र मासेश नहीं होगा ।

(६) षष्ठ मास प्रवेश कुण्डली । श्रावण शुक्ल १४ बुधवार इष्ट ३०–३५–२० मकर लग्न ।

षड्धिकारी

१ जन्म लग्नेश=बुध
२ वर्ष ,, =बुध
३ मास ,, =शनि
४ मुंथेश ,, =शनि
५ त्रिराशीश दिन मकर लग्न=मंगल
६ समय पति दिन सूर्य राशीश=सूर्य

लग्न पर शनि और सूर्य की दृष्टि नहीं है । बुध की प्रत्यक्ष बैरा दृष्टि है और मंगल की प्रत्यक्ष स्नेहा दृष्टि है । बुध मासेश हुआ क्योंकि उसकी ६०' दृष्टि है ।

(७) सप्तम मास प्रवेश कुंडली। आश्विन कृ० १ शनिवार इष्ट २६-६-कुंभ लग्न

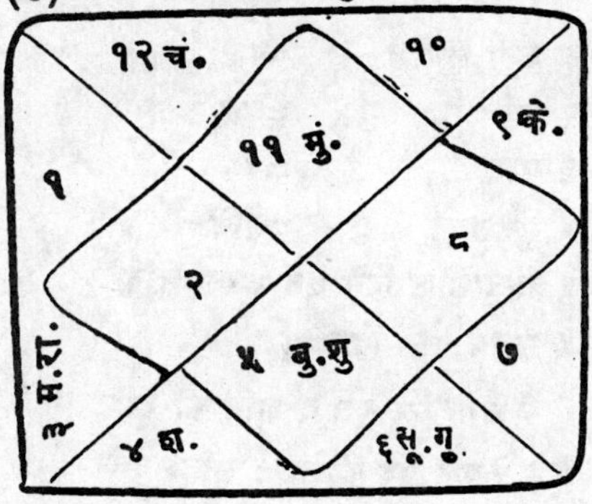

षड़धिकारी
१ जन्म लग्नेश=बुध
२ वर्ष ,, =बुध
३ मास ,, =शनि
४ मुंथेश ,, = शनि
५ त्रिराशीश दिन कुंभ लग्न=गुरु

६ समय पति दिन सूर्य राशीश=बुध केवल बुध की लग्न पर प्रत्यक्ष बैरा दृष्टि है। मासेश बुध हुआ।

(८) अष्टम मास प्रवेश कुण्डली। कार्तिक कृ० १ सोमवार इष्ट ४५-५३-३६ कर्क लग्न

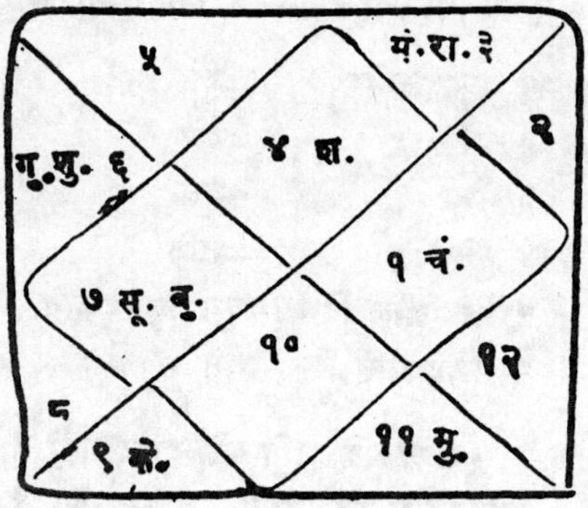

षड़धिकारी
१ जन्म लग्नेश=बुध
२ वर्ष ,, =बुध
३ मास ,, =चंद्र
४ मुंथेश ,, =शनि
५ त्रिराशिपति रात्रि कर्क लग्न=मंगल
६ समय पति रात्रि चंद्र राशीश=मंगल

लग्न पर शनि व मंगल की दृष्टि नहीं है। बुध और चंद्र की लग्न पर गुप्त बैरा दृष्टि है। इसमें चन्द्र बलवान है। चन्द्र मासेश नहीं होगा बुध मासेश होगा।

(९) नवम मा० प्र० कुण्डली। मार्गशीर्ष कृ० २ बुध वार इष्ट ३४-३८-२ मिथुन लग्न

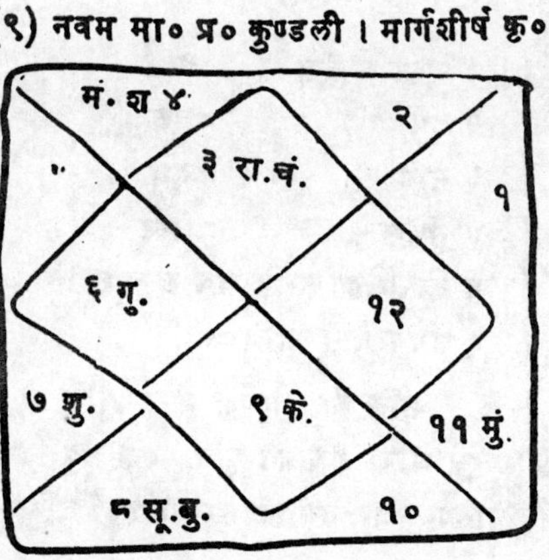

षड़धिकारी
१ जन्म लग्नेश=बुध
२ वर्ष ,, =बुध
३ मास ,, =बुध
४ मुंथेश ,, =शनि
५ त्रिराशीश मिथुन लग्न=बुध
६ समय पति रात्रि=बुध

लग्न पर किसी की दृष्टि नहीं है। जन्म लग्न को भी कोई नहीं देखता इससे मुंथेश शनि मासेश हुआ।

(१०) दशम मा० प्र० कुण्डली। पौष कृ० ३ शुक्रवार इष्ट ०–४१–८ धन लग्न

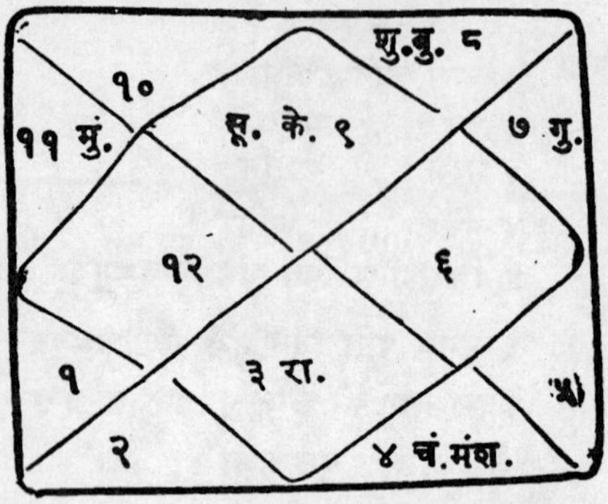

१ जन्म लग्नेश =बुध
२ वर्ष ,, =बुध
३ मास ,, =गुरु
४ मुंथेश ,, =शनि
५ त्रिराशीश दिन धन लग्न=शनि
६ समय पति दिन=गुरु

लग्न पर बुध व शनि की दृष्टि नहीं है। केवल गुरु की गुप्त स्नेहा दृष्टि है। मासेश गुरु हुआ।

(११) एकादश मा० प्र० कुण्डली। माघ कृ० २ शनिवार इष्ट २०–३०–३ मिथुन लग्न

१ जन्म लग्नेश =बुध
२ वर्ष ,, =बुध
३ मास ,, =बुध
४ मुंथेश ,, =शनि
५ त्रिराशीश दिन मिथुन लग्न=शनि
६ समय पति दिन=शनि

लग्न पर शनि की दृष्टि नहीं है। केवल बुध की प्रत्यक्ष बैरा दृष्टि है। मासेश बुध हुआ।

(१२) द्वादश मा० प्र० कुण्डली। फाल्गुन कृ० १ इतवार इष्ट ५१–२–२३ धन लग्न

१ जन्म लग्नेश =बुध
२ वर्ष ,, =बुध
३ मास ,, =बुध
४ मुंथेश ,, =शनि
५ त्रिराशीश रात्रि धन लग्न=शनि
६ समय पति रात्रि=सूर्य

शनि की प्रत्यक्ष बैरा दृष्टि है सूर्य बुध और गुरु की गुप्त स्नेहा दृष्टि है। शनि मासेश हुआ, क्योंकि उसकी ६०′ दृष्टि है।

अध्याय १७

दिन प्रवेश साधन का उदाहरण

अभी वर्ष के १२ महीनों का मास प्रवेश का समय निकाल कर मास कुण्डली बना चुके हैं। उन्हीं में से सप्तम मास को लेकर एक महीने भर का दिन प्रवेश निकालते हैं।

जन्म के या वर्ष प्रवेश के सूर्य में जिस प्रकार एक-एक राशि जोड़ने से अगले मास के मास प्रवेश का सूर्य बन जाता है। उसी प्रकार मास के सूर्य में प्रति दिन १–१ अंश जोड़ते जाने से प्रत्येक दिन का दिन प्रवेश के समय का सूर्य बन जाता है।

दिन प्रवेश के समीप का पंचांग का सूर्य लेकर दिन प्रवेश के सूर्य का अंतर निकालना और इस अंतर में सूर्य की गति का भाग देकर ± आत्मक चालन निकाल कर पंक्ति के समय में ± करना दिन प्रवेश का वार घटी पल विपल निकल आता है। जिस प्रकार मास प्रवेश का समय निकाला था उसी प्रकार दिन प्रवेश का भी समय निकाला जाता है।

पहिले सप्तम मास प्रवेश के सूर्य में प्रति दिन का इष्ट सूर्य १–१ अंश जोड़ और उसके समीप का पंक्ति का सूर्य और उसकी गति के साथ नीचे चक्र में दिया है।

	सप्तम मास का				पंचांग से										
	दिन प्रवेश का सूर्य				पंक्तिस्थ प्रातः रवि				गति		वार	तारीख	समय		
क्रम													सन् सम्वत् २००२		
	रा.	अं.	क.	वि.	रा.	अं.	क.	बि.	क.	वि.			१९४५		
१	५	५	३३	९	५	५	७	३६	५८	४३	शनिवार	२२	सितं.	आ०क्र०	१
२	५	६	३३	९	५	६	६	२८	५८	४५	इतवार	२३	,,	,,	२
३	५	८	३३	९	५	७	५	२०	५८	४८	सोनवार	२४	,,	,,	३
४	५	८	३३	९	५	८	४	११	५८	५०	मंगल	२५	,,	,,	४
५	५	९	३३	९	५	९	३	३	५८	५२	बुधवार	२६	,,	,,	५
६	५	१०	३३	९	५	१०	९	५५	५८	५५	गुरुवार	२७	,,	,,	६
७	५	११	३३	९	५	११	०	४५	५८	५७	शुक्रवार	२८	,,	,,	७
८	५	१२	३३	९	५	११	५९	३८	५८	५९	शनिवार	२९	,,	,,	८
९	५	१३	३३	९	५	१२	५८	४६	५९	२	इतवार	३०	,,	,,	९
१०	५	१४	३३	९	५	१३	५७	५५	५९	४	सोमवार	१	अक्टू०	,,	१०

	दिन प्रवेश का				पंक्तिस्थल प्रातः										
	सूर्य				सूर्य				गति						
क्रम	रा.	अं.	क०	वि.	रा.	अं.	क.	वि.	क	वि	वार	तारीख		समय	
११	५	१५	३३	९	५	१४	५७	३	५९	७	मंगलवार	२	अक्टू.	आ०कृ०	११
१२	५	१६	३३	९	५	१५	५६	१२	५९	९	बुधवार	३	,,	,,	१२
१३	५	१७	३३	९	५	१६	५५	२०	५९	११	गुरुवार	४	,,	,,	१३
१४	५	१८	३३	९	५	१७	५४	२९	५९	१३	शुक्रवार	५	,,	,,	१४
१५	५	१९	३३	९	५	१८	५३	३७	५९	१५	शनिवार	६	,,	,,	३०
१६	५	२०	३३	९	५	१९	५३	४	५९	१८	इतवार	७	,,	शुक्ल	१
१७	५	२१	३३	९	५	२०	५२	३०	५९	२१	सोमवार	८	,,	,,	२
१८	५	२२	३३	९	५	२१	५१	५७	५९	२३	मंगलवार	९	,,	,,	३
१९	५	२३	३३	९	५	२२	५१	२४	५९	२६	बुधवार	१०	,,	,,	४
२०	५	२४	३३	९	५	२३	५०	५०	५९	२८	गुरुवार	११	,,	,,	५
२१	५	२५	३३	९	५	२४	५०	१७	५९	३०	शुक्रवार	१२	,,	,,	६
२२	५	२६	३३	९	५	२५	४९	४४	५९	३२	शनिवार	१३	,,	,,	७
२३	५	२७	३३	९	५	२६	४९	१०	५९	३४	इतवार	१४	,,	,,	८
२४	५	२८	३३	९	५	२७	४८	५४	५९	३७	सोमवार	१५	,,	,,	९
२५	५	२९	३३	९	५	२८	४८	३७	५९	३९	मंगलवार	१६	,,	,,	१०
२६	६	०	३३	९	५	२९	४८	२१	५९	४१	बुधवार	१७	,,	,,	११
२७	६	१	३३	९	६	०	४८	५	५९	४३	गुरुवार	१८	,,	,,	१२
२८	६	२	३३	९	६	१	४७	४८	५९	४६	शुक्रवार	१९	,,	,	१३
२९	६	३	३३	९	६	२	४७	३२	५९	४८	शनिवार	२०	,,	,,	१४
३०	६	४	३३	९	६	३	४७	१६	५९	१०	इतवार	२१	,,	,,	१५

सप्तम मास प्रवेश का जो इष्ट और कुण्डली है वही सप्तम मास के पहिले दिन की कुण्डली समझी जायगी। आगे के दिनों की गणित द्वारा निकालनी पड़ेगी। अन्तर÷चालन ± इष्ट से पंक्ति कम हो तो + पंक्ति अधिक हो तो−(ऋण) चालन

(२) इष्ट सूर्य ५रा−६°−३३′−९″ अन्तर २६′−४१″ १६०१′ ० दिन २७घ.१५प.
पंक्ति ५ −६ − ६ −२८ गति ५८ −४५ =३५२५ = ३ वि.+चालन
अन्तर ० −०−४६−४१+ प्रात इष्ट ० में उपरोक्त चालन जोड़ने से इष्ट
गति ५८′−१५″ २७ घ.−१५ प.−३ वि. आया

(३) इष्ट सूर्य ५−७−३३−९ अंतर २७′−४९″ १६६९″ दिन घ. प. वि.
पंक्ति ५−७− ५−२० गति ५८ −४८ =३५२८ = ०−२८−२३−३
अंतर=०−०−२७−४९+ =इष्ट घ. प. वि. चालन +
२८−२३−३

(४) इष्ट सूर्य ५–८–३२–९
पंक्ति ५–८– ४–११
अंतर = –०–२८–५८+ = इष्ट घ. प. वि.
२–९–३२–२७

अंतर २८′–५८″ / गति ५८–५० = १७३८″ / ३५३० = दिन घ. प. वि. ०–२९–३२–२७
चालन+

(५) इष्ट सूर्य ५–९–३३–९
पंक्ति ५–९– ३–३
अंतर =०–०–३०–६ + इष्ट घ. प. वि.
३०–४०–४६

अंतर ३०′–६″ / गति ५८–५२ = १८०६″ / ३५३२ = दि. घ. प. वि. ०–३०–४०–४६
चालन +

(६) इष्ट सूर्य ५–१०–३३–९
पंक्ति ५–१०– १–५५
अंतर =०– ०–३१–१४+ = इष्ट घ. प. वि
३१–४८–२७

अंतर ३१′–१४″ / गति ५८–५५ = १८७४″ / ५८–५५ = दि. घ. प. वि. ०–३१–४८–२७
चालन +

इसी प्रकार पूरे ३० दिन का दिन प्रवेश का इष्ट निकाल लेना चाहिए यहाँ पंक्ति इष्ट सूर्य बड़ा है। इससे चालन+है। अंतर कला विकला की विकला बना ली गति की विकला बनाकर यहाँ भाग देने से जो चालन+प्राप्त हुआ इष्ट काल° होने से + चालन जोड़ने से वही रहा जो चालन से अंक प्राप्त हुआ था इस प्रकार वही दिन प्रवेश का इष्ट काल आया जैसा ऊपर के गणित से प्रकट होगा। प्रत्येक दिन प्रवेश को गणित द्वारा प्राप्त उत्तर नीचे चक्र में दिया है।

दिन प्रवेश	पंक्ति क.	अंतर वि.	प्राप्त इष्ट घ.	प.	वि	लग्न	दिन मान घ. प.	दिन प्रवेश रातयादिनमें	दिन	तारीख सन् १९४५
१	२५	३३	२६	६	३०	कुम्भ	३०– ३	दिन में	शनिवार	२२ सितंबर
२	२६	४१	०७	१५	३	कुम्भ	२९=५९	दिन में	इतवार	२३ ,,
३	२७	४९	२८	२३	३	कुम्भ	२९–५६	दिन में	सोमवार	२४ ,,
४	२८	५८	२९	३२	२७	मीन	२९–५३	दिन में	मंगलवार	२५ ,,
५	३०	६	३०	४०	४६	मीन	२९–४९	रात में	बुधवार	२६ ,,
६	३१	१४	३१	४८	२७	मीन	२९–४६	रात में	गुरुवार	२७ ,,
७	३२	२३	३२	५७	३६	मेष	२९–४३	रात में	शुक्रवार	२८ ,,
८	३३	३१	३४	५	२९	मेष	·९–४०	रात में	शनिवार	२९ ,,
९	३४	२३	३४	५६	४६	मेष	२९–३६	रात में	इतवार	३० ,,
१०	३५	१४	३५	३८	५६	मेष	२९–३३	रात में	सोमवार	१ अक्टूबर
११	३६	६	३६	३८	२२	वृष	२९–३०	रात में	मंगलवार	२ ,,
१२	३६	५७	३७	२८	५१	वृष	२९–२७	रात में	बुधवार	३ ,,
१३	३७	४९	३८	२०	१८	वृष	२९–२४	रात में	गुरुवार	४ ,,

दिन प्रवेश	पंक्ति अंतर क.	वि.	प्राप्त इष्ट घ.	प.	वि.	लग्न	दिन मान घ. प.	रात या दिनमें	दिन	तारीख सन् १९४५	
१४	३८	४०	३९	१०	४१	वृष	२९–२१	रात	शुक्रवार	५	,,
१५	३९	३२	४०	२	१	मिथुन	२९–१८	रात	शनिवार	६	,,
१६	४०	५	४०	३५	६	,,	२९–१५	रात	इतवार	७	,,
१७	४०	३९	४१	५	४२	,,	२९–११	रात	सोमवार	८	,,
१८	४१	१२	४१	३७	४०	,,	२९–८	रात	मंगलवार	९	,,
१९	४१	४५	४२	८	५३	,,	२९–४	रात	बुधवार	१०	,,
२०	४२	१९	४२	४१	३६	,,	२९–०	रात	गुरुवार	११	,,
२१	४२	५२	४३	१३	३६	,,	२८–५७	रात	शुक्रवार	१२	,,
२२	४३	३५	४३	४५	२५	,,	२८–५३	रात	शनिवार	१३	,,
२३	४३	५९	४४	१८	११	कर्क	२८–५०	रात	इतवार	१४	,,
२४	४४	१५	४४	३२	४	,,	२८–४७	रात	सोमवार	१५	,,
२५	४४	३२	४४	४७	४०	,,	२८–४४	रात	मंगलवार	१६	,,
२६	४५	४८	४५	२०	१५	,,	२८–४०	रात	बुधवार	१७	,,
२७	४५	४	४५	१६	४९	,,	२८–३७	रात	गुरुवार	१८	,,
२८	४५	२१	४५	३१	३७	,,	२८–३४	रात	शुक्रवार	१९	,,
२९	४५	३७	४५	४६	९	,,	२८–३१	रात	शनिवार	२०	,,
३०	४५	५३	४६	०	४०	,,	२८–२८	रात	इतवार	२१	,,

उपरोक्त इष्ट पर से लग्न निकाल कर इस चक्र में दे दिया है । आगे इसी लग्न के अनुसार प्रत्येक दिन प्रवेश की कुंडली बना लेनी चाहिए । दिन प्रवेश की कुंडलियाँ आगे दी हैं ।

दिन प्रवेश की मुन्था

प्रत्येक मास की मुंथा में ५′ कला जोड़ते जाने से प्रति दिन की मुंथा निकल आती है क्योंकि मुन्था की गति प्रतिदिन ५ कला है ।

यहाँ सप्तम मास प्रवेश के आगे का १ महीने का प्रत्येक दिन प्रवेश का दिया है । सप्तम मास प्रवेश की मुन्था १० रा–५°–१६′–२१″ थी । इस मास भर में कुंभ में मुन्था रहेगी ।

दिन	प्रवेश की	मुन्था	रा.	अं.	क.	वि.	दिन	प्रवेश की	मुन्था	रा.	अं.	क.	वि.
१	,,	,,	१०	५	१६	२१	८	,,	,,	१०	५	५१	२१
२	,,	,,	१०	५	२१	२१	९	,,	,,	१०	५	५६	२१
३	,,	,,	१०	५	२६	२१	१०	,,	,,	१०	६	१	२१
४	,,	,,	१०	५	३१	२१	११	,,	,,	१०	६	६	२१
५	,,	,,	१०	५	३६	२१	१२	,,	,,	१०	६	११	२१
६	,,	,,	१०	५	४१	२१	१३	,,	,,	१०	६	१६	२१
७	,,	,,	१०	५	४६	२१	१४	,,	,,	१०	६	२१	२१

दिन प्रवेश की मुन्था			रा.	अं.	क.	वि.	दिन प्रवेश की मुन्था			रा	अं.	क.	वि.
१५	,,	,,	१०	६	२६	२१	२३	,,	,,	१०	७	६	२१
१६	,,	,,	१०	६	३१	२१	२४	,,	,,	१०	७	११	२१
१७	,,	,,	१०	६	६	२१	२५	,,	,,	१०	७	१६	२१
१८	,,	,,	१०	६	४१	२१	२६	,,	,,	१०	७	२१	२१
१९	,,	,,	१०	६	४६	२१	२७	,,	,,	१०	७	२६	२१
२०	,,	,,	१०	६	५१	२१	२८	,,	,,	१०	७	३१	२१
२१	,,	,,	१०	६	५६	२१	२९	,,	,,	१०	७	३६	२१
२२	,,	,,	१०	७	१	२१	३०	,,	,,	१०	७	४१	२१

प्रति दिन का फल जानने को दिन प्रवेश कुण्डली बनानी पड़ती है।

(२) दूसरे दिन की दिन प्रवेश कुण्डली सम्वत् २०७२ आश्विन कृ० २ इतवार इष्ट २७–१५–३ लग्न कुम्भ दिन।

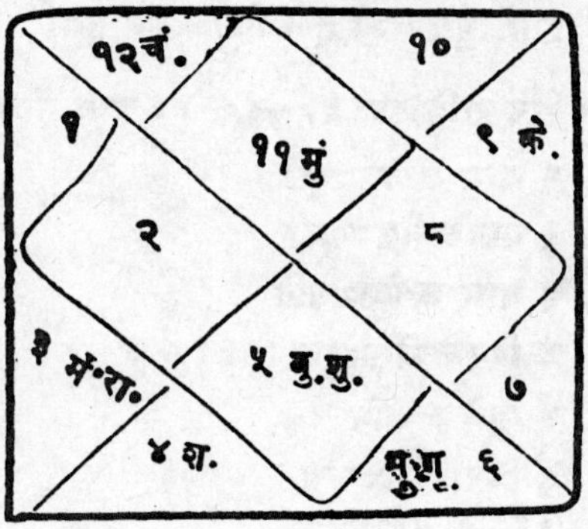

सप्त अधिकारी

१ जन्म लग्नेश=बुध
२ वर्ष लग्नेश=बुध
३ मास लग्नेश=शनि
४ दिन लग्नेश=शनि
५ मुन्थेश=शनि
६ त्रिराशीश=गुरु
७ समय पति=बुध

केवल बुध की प्रत्यक्ष बैरा दृष्टि लग्न पर है। दिनेश बुध हुआ।

(३) तीसरे दिन की दि० प्र० कुण्डली। आश्वि० कृष्ण ३ सोमवार इष्ट २८–२३–३ दिन कुम्भ लग्न

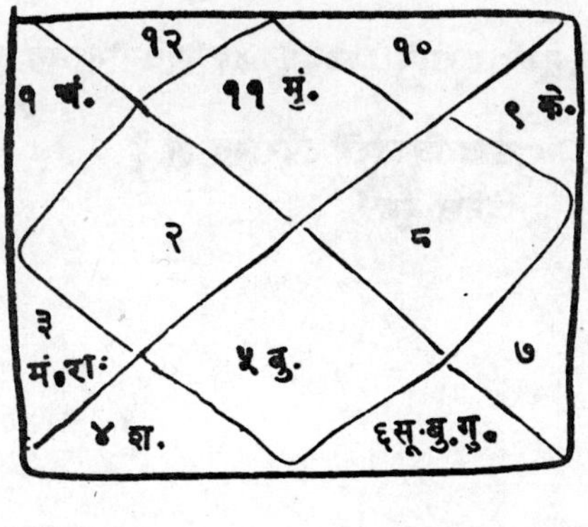

१ जन्म लग्नेश=बुध
२ वर्ष लग्नेश=बुध
३ मास लग्नेश=शनि
४ दिन लग्नेन=शनि
५ मुन्थेश=शनि
६ त्रिराशीष=गुरु
७ समयपति=बुध

लग्न पर किसी की दृष्टि नहीं है। जन्म लग्न ३ को बुध गुरु गुप्त बैरा दृष्टि से देखते हैं। इसमें स्वगृही बुध बलवान् है। दिनेश बुध हुआ।

(४) चतुर्थ दि प्र० की कुण्डली। आश्वि. कृ० ४ मंगलवार दिन इष्ट २९–३२–२७ लग्न मीन

१ जन्म लग्नेश=बुध
२ वर्ष लग्नेश=बुध
३ मास लग्नेश=शनि
४ दिन=गुरु
५ मुन्थेश=शनि
६ त्रिराशीश=चन्द्र
७ समय पति=बुध

शनि की प्रत्यक्ष स्नेह दृष्टि है परन्तु बुध गुरु की प्रत्यक्ष बैरा ६०′ दृष्टि है इसमें बुध बली है। दिनेश बुध हुआ।

(५) दि० प्र० कुण्डली। आश्वि० ५ बुधवार रात्रि इष्ट ३०–४०–४६ लग्न मीन

१ जन्म लग्नेश=बुध
२ वर्ष लग्नेश=बुध
३ मास लग्नेश=शनि
४ दिन लग्नेश=गुरु
५ मुन्थेश=शनि
६ त्रिराशीश=चन्द्र
७ समय पति=शुक्र

शुक्र की दृष्टि लग्न पर नहीं है पूर्वोक्त शनि बुध गुरु की दृष्टि है इनमें बुध बलवान है। दिनेश बुध

(६) दिन प्रवेश कुण्डली। आश्वि०कृ०६ गुरुवार रात्रि इष्ट३१–४८–२७मीनलग्न

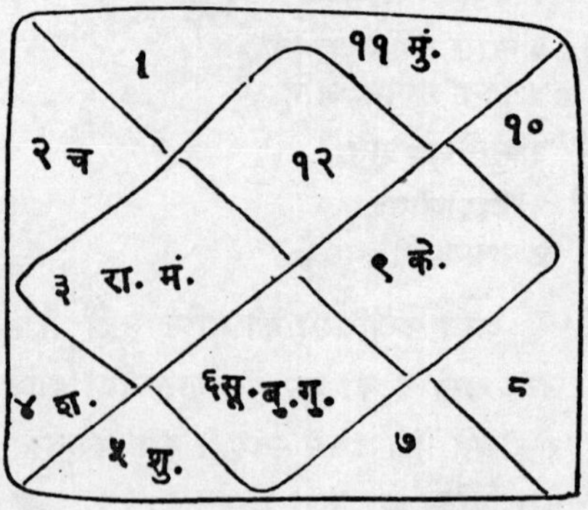

सप्ताधिकारी उपरोक्त ही हैं
दिनेश बुध

इसी प्रकार शेष दिनों की या इच्छित दिन की दिनप्रवेश कुण्डली पंचांग पर से बना लेनी चाहिए। सूक्ष्म फल वर्ष की अपेक्षा मास से और मास की अपेक्षा दिन प्रवेश से प्रगट होता है।

अध्याय १८

(वर्ष फल खंड का उत्तरार्द्ध-फलित भाग)

फल विचार

वर्ष फल में फल के विचार में वर्षेश, मासेश, दिनेश, मुन्था, मुन्थेश,सहम,सहमेश एवं मैत्री दृष्टि, पंचवर्गी बल, हर्ष बल, हद्दा आदि का विशेष विचार होता है।

इनके अतिरिक्त भाव फल, दशाफल,राज योग,राजयोग भंग,अरिष्ट योग, अरिष्ट भंग,एवं अन्य कई प्रकार के योग जातक के अनुसार ही विचारणीय हैं। ज्योतिष शिक्षा भाग ३ फलित खण्ड में इनका पूरा फल विस्तार पूर्वक दिया है। इसी कारण यहाँ अरिष्टयोग राजयोग आदि एवं मुद्दा विंशोत्तरी दशा योगिनी दशा आदि का संक्षिप्त वर्णन दिया गया है।

आशा है कि पाठक उपरोक्त फलित खण्ड अवश्य देख चुके होंगे। यदि अभी तक उक्त फलित खण्ड को न देखा हो तो निवेदन करता हूँ कि उसे अवश्य देखें। उससे वर्ष प्रवेश, मास प्रवेश या दिन प्रवेश कुण्डली में उक्त फलित खण्ड के सहारे कई योग खोजने में सहायता मिलेगी जैसे ऊपर से गिरने या चोट लगने या सर्प आदि के काटने का योग, इसी प्रकार के अनेक योग हैं जो इष्ट कुण्डली में हैं या नहीं खोजना पड़ेगा। ऐसे अनेक योग फलित खंड में दिये हैं जिन को जानना आवश्यक है। ग्रंथ के विस्तार होने के भय से वे यहाँ नहीं दिये इस आशय से कि पाठक उनको देख चुके होंगे।

इन के अतिरिक्त नीलकंठी के १६ योग भी यहाँ दिये हैं और उदाहरण देकर उनको समझाया है। ये योग अधिकतर प्रश्न सम्बन्ध में काम आते हैं। परन्तु वर्ष के फल वर्णन में भी इनका उपयोग हुआ है। इस कारण उनको भी यहाँ दे दिया है जिससे पाठक उनसे अनभिज्ञ न रहें। और यहाँ वर्णित फल को समझ सकें।

वर्ष में किस भाव से क्या विचारना

(१) लग्न से—शरीर वर्ण चिह्न घाव आयु सुख दुःख जाति स्वभाव।

(२) द्वितीय से—सोना चाँदी रत्न धातु आदि सब द्रव्यों की स्थिरता और मित्रों का विचार।

(३) तृतीय से—भाइयों का सुख और उन से धन की प्राप्ति, साहस, मार्ग, नौकर, पितृ सम्बन्धी हानि।

(४) चतुर्थ—माता और पिता से सुख, भूमि आदि का लाभ, गड़ी सम्पत्ति,खेत, बाड़ी घर, वाहन का सुख, पिता का धन।

(५) पंचम—विद्या और संतान का लाभ तथा गर्भपात का विचार, यन्त्र-मन्त्र, पुत्र-कन्या, गर्भनेत्र, धन का उपाय।

(६) षष्ठ—रोग, मामा, शत्रुभय, शरीर क्लेश, पशु, पराश्रय, भय, घाव, फोड़ा आदि।

(७) सप्तम—स्त्री, व्यापार, खोई हुई चीज, भूले-भटके की बात-चीत, चोरी गया द्रव्य, रास्ता, यात्रा, झगड़ा। सप्तम में कोई ग्रह रहने से अच्छा फल नहीं देता। यदि शुक्र हो तो कामी होता है।

(८) अष्टम—पूर्वजनों का धन, मरे हुए की सम्पत्ति, संग्राम, शत्रु, किले की चढ़ाई का विचार, मरण विचार, नष्ट धन का, परिवार का तथा मानसिक दुःख का विचार, युद्ध से भय,आयु। इसमें मरण विचार इस प्रकार है, अष्टम भाव की नवांश राशि स्थिर—घर में, चर—परदेश में, द्विस्वभाव-मार्ग में। शुभ युक्त दृष्ट— तीर्थ में। पाप युक्त दृष्ट–कुत्सित स्थान में क्लेश से मरण। उसमें भी द्रेष्काण वश फाँसी से या दूसरे के मारने से या अपने द्वारा, पानी में डूबने आग में गिरने विष आदि से मरने का विचार करना।

(९) नवम—भाग्य धर्म आदि का विचार, मार्ग, स्त्री संग।

(१०) दशम—कर्म, राज्य का लाभ, माता पिता से धन मुद्रा, अत्यन्त पुण्य विषय, तीर्थ यात्रा, यज्ञ महादान, आरोग्यता।

(११) लाभ से—राज्य लाभ, सन्मान आदि से लाभ, प्रत्येक धनों का प्रयोजन, अनाज का भाव, मित्र लड़की, चतुष्पद, राजा धन, बहुत-सी आमदनी की युक्ति, परिवार।

(१२) व्यय भाव से—शत्रु से दुःख बहुत खर्च,शत्रु को रोकना,पकड़ना, हराना, पीड़ा।

जन्म लग्न से वर्ष लग्न का विचार

वर्ष कुण्डली जब बन जाती है तब देखना वर्ष में जन्म की लग्न राशि कहाँ पड़ी है। जैसे यदि जन्म कुण्डली में कुम्भ राशि है और वर्ष कुण्डली में कर्क राशि है। तो यह कुम्भ राशि वर्ष कुण्डली में आठवें स्थान में है। तब नीचे बताये अनुसार अष्टम का फल बुरा बताया है।

(१) प्रथम स्थान—यह पुनर्जन्म वर्ष है। शरीर कष्ट या मृत्यु सम्भव हैं। स्वास्थ्य हानि बाधाएँ चिंता आदि।

(२) दूसरे में—इस वर्ष ऐक्सीडेन्ट का भय हो, चिंता बीमारी आदि हो। परन्तु सम्पत्ति लाभ के विचार से यह वर्ष अच्छा होगा धन लाभ के नये जरिये निकलेंगे।

(३) तीसरे में—समाज के कार्य में सम्मान एवं कीर्ति बढ़े, पराक्रम बढ़े, भाइयों में सदभाव एवं उन्नति।

(४) चौथे में—वाहन एवं धन लाभ, सुख प्राप्त, प्रसन्नता, ऐश्वर्य साधन संबंध से खर्च बढ़े।

(५) पंचम—यह उद्यमी वर्ष है। परीक्षा में सफलता, परिश्रम में सफलता प्राप्त करे, कार्य सिद्ध हो, सुख प्राप्त हो, मांगलिक कार्य हो संतान सुख हो।

(६) छठें—शत्रु चिंता, बाधाएँ, धन हानि, कलह, पराजय, पश्चात्ताप हो, संघर्ष करना पड़े।

(७) सप्तम—अनुकूल कार्य हो, इच्छित सफलता प्राप्त करे, मांगलिक कार्य हो।

(८) अष्टम—असफलता, धन एवं मान हानि, कष्ट ऐक्सीडेन्ट, रोग, बहुत दुःख।

(९) नवम—यह भाग्योदय का वर्ष है। आर्थिक लाभ, सुख, व्यापार में सफलता इच्छित कार्य में प्रसन्नता, सम्मान प्राप्त हो।

(१०) दशम—यह सफल वर्ष है। सम्मान प्राप्त हो, विशेष आर्थिक लाभ, इच्छित कार्य में सफलता, सुख, व्यापार में लाभ।

(११) एकादश—अकस्मात् धन लाभ, सम्मान का पद प्राप्त हो, व्यापार में अच्छा लाभ, आर्थिक चिंता का समाधान हो।

(१२) द्वादश—यह दुर्भाग्य का वर्ष है। व्यर्थ का खर्च, कर्ज बढ़े, झूठी निंदा, मानसिक चिंता, इच्छा तृप्ति के लिए अनावश्यक व्यय, आर्थिक चिंता बढ़े।

वर्षेश निर्णय

पंचाधिकारियों में जो लग्न को देखे वह वर्षेश होता है। बलवान् होने पर भी वह लग्न को न देखे तो वर्षेश नहीं हो सकता। द्रष्टा ग्रहों में जिसकी दृष्टि लग्न पर विशेष हो वह वर्षेश होगा। यदि द्रष्टा ग्रह बल और दृष्टि में समान हों या सब निर्बल हो तो मुन्थेश वर्षेश होगा।

•

अध्याय १६

वर्षफल में भाव फल विचार

(१) लग्न भाव—

लग्न में सूर्य मंगल शनि या ये तीनों या प्रत्येक ग्रह लग्न में हो तो—ज्वर पीड़ा, धन क्षय हो।

लग्न में सूर्य—पित्त ज्वर। मंगल—रक्त चिह्न, शीत ज्वर। शनि—वायु मूलक ज्वर। तीनों—त्रिदोष उत्पन्न करें। पाप युक्त क्षीण चंद्र—ज्वर कफ, धन क्षय।

शुभ युक्त पूर्ण चंद्र—सुख हो।

गुरु बुध शुक्र ये प्रत्येक या तीनों—धन लाभ, धान्य लाभ।

लग्न में सूर्य—बात पित्त रोग हो, स्त्री के शरीर में पीड़ा, मस्तक में कफ रोग, अपने कुटुम्बियों से विवाद और गुप्त चिन्ता। रवि की दशा अंतर्दशा का फल अनिष्ट हो।

चन्द्र—शरीर में विकलता, कफ, क्षय रोग, ज्वर पीड़ा पाप युक्त या दृष्ट हो तो शरीर को नष्ट करे तथा बहुत खर्च करावे।

मंगल—शत्रुओं से विवाद, कठिन बात रोग, फोड़ा, नेत्र और मस्तक में पीड़ा खाँसी, उल्टी, स्त्री को कष्ट, राजा से भय, लोहा तथा अग्नि से भय। घर में कलह।

बुध—वल की वृद्धि, स्त्री को सुख, शत्रु का नाश, राज पक्ष से लाभ, धन, जन और मित्र लाभ, तेज और धैर्य की वृद्धि।

गुरु—धन की अति वृद्धि, कीर्ति वृद्धि, व्यापार की वृद्धि, स्त्री का सुख, मोती, धन, स्वर्ण लाभ, शत्रु का नाश, शरीर आरोग्य, श्रेष्ठ बुद्धि।

लग्न में शुक्र—विशेष प्रतिष्ठा, धन लाभ, शत्रु नाश, राजा से सन्मान एवं जय, आभूषण लाभ। वंश वृद्धि, उत्सव,।

शनि—मंद बुद्धि करे, शत्रु भय बात पीड़ा, उपवास, स्त्री कष्ट, ज्वर, शिर तथा जठर में पीड़ा, मुख में पीड़ा, मित्रों से बैर।

उच्च का हो तो पुत्र लाभ, स्वगृही हो तो शरीर पुष्ट।

राहु—स्त्री को पीड़ा, शत्रु से भय, धन खर्च, विकलता, राजा से भय, मानभंग, सिर या नेत्र में रोग, पुत्र मित्र आदि से कष्ट। राज भय।

केतु—भय, विकलता, चिंता, शत्रु से भय, शिर या नेत्र में पीड़ा, राज भय।

हीन बल सूर्य—यदि जन्म लग्नेश, वर्ष लग्नेश, मुंथेश, वर्षेश, त्रिराशीश इन सब में कोई अधिकार वाला होकर सूर्य हीनबल हों तो त्वचा के रोग, नेत्र रोग करते हैं आलस्य नीचता क्षुद्र वृत्ति से निर्वाह, माता पिता से भी कष्ट।

चंद्र—पूर्वोक्त अधिकारी होकर चंद्र हीन बली हो तो नेत्र रोग, कार्य नाश, दरिद्रता, पराभव, रोगभय, मन में संताप, घर में कलह।

मंगल—उक्त अधिकारी हीन बल मंगल—चंचलता कायरता

बुध— ,, ,, ,, —मति भ्रम, क्लेश

गुरु— ,, ,, ,, —धर्मनाश, जीवन में अंत के क्लेश

शुक्र— ,, ,, ,, —क्लेश, दु:ख, स्त्रियों से कलह

शनि— ,, ,, ,, वायु कोप, सेवक से दुख

लग्नेश बली होकर लग्न में—अति सुख, कांति, मध्यम बली हो तो मध्यम फल। अल्पबली—अल्प फल।

लग्नेश केन्द्र या त्रिकोण में बहुत सुख देवे। विजय वृद्धि। ६-८-१२ भाव में रोग मरण, खर्च।

लग्नेश पूर्ण बली हो तो—सुख, आरोग्य, धन लाभ, मनोविनोद ये सब प्राप्त हों। मध्यबली में सुख धन लाभ आदि प्राप्त हो। हीनबली—विशेष क्लेश और विपत्ति हो।

वर्ष लग्नेश यदि पाप युक्त हो शुभ युक्त न हो तो विवाद, प्रतारण, कदन्न भोजन।

जन्म लग्नेश, वर्ष लग्नेश, अष्टमेश, वर्षेश मुंथेश ये सभी ग्रह बल युक्त हों ६–८–१२ भाव में न हों तो सम्पूर्ण वर्ष शुभ हो सुख यश धन लाभ हो। ये सब निर्बल हों ६–८–१२ भाव में हों तो दुःख, भय प्रद हो। इन में शुभ की दृष्टि न हो तो सम्पूर्ण वर्ष अशुभ रहे।

लग्न में बुध—बुध वर्षेश होकर मुंथा युक्त लग्न में हो तो पठन लेखन आदि से लाभ।

लग्न में गुरु—गुरु वर्षेश होकर पाप ग्रहों से पीड़ित होकर वर्ष लग्न में हो तो धन हानि, राजा से भय हो।

अष्टमेश—पाप युक्त अष्टमेश लग्न में हो और लग्नेश चंद्र युक्त अष्टम में हो तो उस वर्ष रोग शोक आदि से शरीर क्षय हो।

षष्ठेश लाभेश—षष्ठेश और लाभेश एक ही होकर लग्न में हो तो उस वर्ष वाहन और राजा से मान मिले।

पाप ग्रह—लग्न में पाप ग्रह हों शुभ दृष्टि न हो तो वह वर्ष मध्यम होता है मनुष्यों से विवाद अधिक हो।

सूर्य—लग्न में कन्या के या सिंह के सूर्य हों और सप्तम या दशम भाव पाप युक्त हो तो कष्ट हो और स्त्री की मृत्यु हो।

अष्टमेश—लग्न में अष्टमेश हो और लग्नेश षष्ठ में हो तो उस वर्ष में मृत्यु हो।

पाप ग्रह—१, २, ७, १२ घर में पाप ग्रह हों शुभ दृष्टि न हो तो अंधा हो।

नीच ग्रह—लग्न में नीच का ग्रह हो, लग्नेश सूर्य से युक्त हो, तृतीयेश बारहवें हो तो विष का भय हो।

मंगल—लग्न में पाप युक्त मंगल हो, पंचम में चंद्र, लग्नेश अष्टम हो क्रूर ग्रह शनि का योग या दृष्टि हो तो बिजली से मृत्यु हो।

शनि चंद्र—लग्न में शनि युक्त चंद्र हो तो स्त्री को कष्ट बात रोग ज्वर श्वास आदि का कष्ट या बंधन हो।

राहु—लग्न में राहु, पंचम में शनि अष्टम में चंद्र युक्त लग्नेश हो तो वात रोग गुल्म आदि रोग से मृत्यु हो।

अष्टमेश—लग्न में अष्टमेश हो तो वात कफ रोग से शरीर क्षय हो, मुख कंठ आदि में रोग हो।

लग्नेश—लग्नेश नीच का लग्न में हो नीच ग्रह से युक्त हो तो शरीर में रोग स्त्री पुत्र को कष्ट हो।

शनि—शनि लग्न या अष्टम में हो और वर्षेश भी शनि युक्त अष्टम हो तो सर्प स्पर्श का कष्ट हो।

सूर्य—लग्न में उच्च का सूर्य हो, गुरु चतुर्थ और मंगल दशम हो तो सब राजा उसके पराक्रम की बड़ाई करें।

लग्नेश—लग्नेश लग्न में हो कर्क का बलवान् गुरु चतुर्थ में हो और शुभग्रह युक्त दृष्ट हो तो बहुत सुख हो।

शनि, चंद्र—लग्न में शनि युक्त चंद्र हो, नवम गुरु और तीसरे शुक्र हो तो पराक्रम और कीर्ति लाभ, संताप वृद्धि हो।

गुरु चंद्र—लग्न में चंद्र युक्त गुरु हो दशम में शुक्र के साथ बुध हो तो उसकी बुद्धि का सर्वत्र प्रकाश हो।

सौम्य या पाप ग्रह—लग्न में ३ सौम्य ग्रह हों तो अनेक सुख हो ३ पाप ग्रह हों तो दुःख शोक आदि करते हैं।

लाभेश षष्ठेश—लाभेश षष्ठेश एक होकर लग्न में हों तो वाहन और राजा से सन्मान प्राप्त हो।

यदि कोई भी ग्रह लग्न को न देखे तो पंचाधिकारियों में जो सबसे बली हो वह वर्षेश होगा पंचवर्गी बल के अनुसार बल का विचार करना।

अन्य मत है कि बल और दृष्टि में समानता हो और दिन में वर्ष प्रवेश हो तो सूर्य जिस राशि पर हो उस राशि का स्वामी वर्षेश होता है। यदि रात्रि का जन्म है तो जिस राशि पर चंद्र हो उस राशि का स्वामी वर्षेश होता है।

अन्य मत है पांचों में बल और दृष्टि से पूर्ण कोई न हो तो वर्ष लग्नेश ही वर्षेश होता है।

किसी का मत है कि ऐसी स्थिति में जिसके स्वगृही, उच्च, नवांश, द्रेष्काण, हद्दा आदि में बहुत अधिकार हों वह वर्षेश होता है।

किसी का मत है कि इन पांचों में जिसके ३ या अधिक अधिकार मिलें वह वर्षेश होगा। इनमें जिनके बल और दृष्टि अधिक हो वह वर्षेश होगा।

यदि उपरोक्त नियम से चंद्रमा वर्षेश होता हो तब भी वह वर्षेश नहीं होगा। ऐसी परिस्थिति में यदि वह चंद्र पंचाधिकारियों में से किसी से इत्थशाल करता हो तो वह इत्थशाल करने वाला ग्रह वर्षेश होगा।

यदि किसी में चंद्र इत्थशाल न करता हो तब दिन या रात्रि में वर्ष प्रवेश के अनुसार सूर्य राशीश या चंद्र राशीश वर्षेश होगा जैसा कि ऊपर बता चुके हैं। यदि ऐसी परिस्थिति में चंद्र राशीश स्वयं चंद्रमा हुआ तो वही वर्षेश होगा। इसी कारण वर्षेश चन्द्र का वर्णन किया है।

वर्ष प्रवेश के पंचांग का फल

(१) तिथि—वर्ष प्रवेश के समय, नन्दा, भद्रा, जया, पूर्णा तिथि शुभ फल प्रद हैं। द्वादशी और रिक्ता तिथि अशुभ हैं।

(२) वार—वर्ष प्रवेश में चंद्रवार, बुधवार, गुरुवार, शुक्रवार उत्तम है रविवार मंगलवार शनिवार ये हानिकारक हैं।

(३) नक्षत्र—वर्ष प्रवेश में अश्विनी, मृग०, हस्त, पुष्य,पुन०, स्वा० और रेवती शुभ हैं। कृ० रो० आर्द्रा, ज्ये०, मू० श्र० अनु० तीनों पूर्वा तीनों उत्तरा मध्यम हैं।

भर० म० चि० वि० शत० धनि० श्ले० अति निंदित हैं जिस वर्ष प्रवेश में भद्रा हो या निंदित योग हो वह शुभ नहीं होता।

(४) लग्न—वर्ष प्रवेश में लग्न शुभ ग्रह युक्त या दृष्ट हो या वर्षेश से युक्त दृष्ट हों तो स्त्री पुत्र आदि का सुख होता है आपत्तियाँ दूर हों यदि वर्ष लग्न क्रूर हो या पाप ग्रह से युक्त दृष्ट हो तो धन हानि ज्वर, भय, रोग आदि हों।

(५) लग्नेश—वर्ष लग्नेश सूर्य–पराधीनता व्याकुलता दुःख।

चंद्र—परान्न भोजी, धातुक्षीण, स्वजनों से आश्रय हीन।

मंगल—रोग, सबसे विरोध और विवाद।

बुध—विद्या बुद्धि आदि की वृद्धि।

गुरु या शुक्र—अति सुख।

शनि—कलह उद्वेग विकार आदि अशुभ फल होते हैं।

वर्ष का साधारण फल विचार

जन्म लग्नेश, वर्ष लग्नेश, अष्टमेश और मुंथेश बलवान् हों ६–८–१२ स्थान में न हों तो पूरा वर्ष शुभ होता है यश धन और सुख की प्राप्ति होती है। यदि वे ६–८–१२ स्थान में हों तो दुःख और भयदायक हैं।

यदि वे बल हीन हों और शुभ ग्रह की दृष्टि रहित हों तो वर्ष अशुभ होता है।

द्विजन्माख्य योग—जिस वर्ष में जन्म लग्न तथा वर्ष लग्न एक ही हो तब यह योग होता है जिसका फल कष्ट या मृत्यु है।

जगल्लग्न विचार—मेष का सूर्य प्रवेश के समय जो लग्न हो उसे जगल्लग्न कहते हैं।

जन्म लग्न से जिस भाव में सूर्य का मेषार्क प्रवेश हो यदि वह भाव शुभ ग्रह युक्त दृष्ट हो तो उस वर्ष में उस भाव की वृद्धि होती है। यदि वह भाव पाप युक्त दृष्ट हो तो वर्ष में उस भाव की हानि होती है।

इस कारण यह देखना कि मेषार्क का जो लग्न हो उसे देखे कि वह जन्म लग्न से किस भाव में पड़ा है। यदि वह—

(१) जन्म लग्न में हो—देह सुख।

(२) धन स्थान में—धन लाभ।

(३) तृतीय में—कुटुम्ब की वृद्धि।

(४) चतुर्थ में—मित्र सुख।

(५) पंचम में—पुत्र प्राप्ति।

(६) षष्ठ में—शत्रु का पराजय।

(७) सप्तम में—स्त्री सुख।

(८) अष्टम में—मृत्यु तथा रोग भय।

(९) नवम में—धन और धर्म की प्राप्ति।

(१०) दशम में—स्थान, धन और सुख की प्राप्ति।

(११) लाभ में—लाभ, सुख तथा धन का संग्रह।

(१२) व्यय में—दुःख, दरिद्रता की प्राप्ति।

संक्षिप्त ताजिक फल

जन्म लग्न वर्ष लग्न एक हो—वर्ष कष्टदायक।

वर्ष लग्न से जन्म लग्न ६–८–१२वें हो—वर्ष कष्टदायक।

जन्म लग्नेश वर्ष लग्नेश से ६–८–१२ में हो—वर्ष कष्टदायक।

वर्ष लग्न से छठे स्थान में—सूर्य, शुक्र—दाहिने पाँव में शस्त्र भय।

लग्नेश सूर्य और चंद्र से युक्त—दमा और खाँसी का रोग हो।

लग्नेश अस्तंगत या लग्नेश चंद्र से दृष्ट—सरदी और खाँसी हो।

जन्म में अष्टमेश लग्नस्थ हो और शुक्र शनि ११ या १२वें भाव में हो—हैजे के रोग से मृत्यु।

बली ग्रह लक्षण

केन्द्र में ग्रह बलवान होता है। इसमें लग्न में विशेष रूप से बलवान् होता है।

१, १०, ७, ४, ११, ५, ९ इनमें पूर्व क्रम से बली होते हैं।

चन्द्रमा २, ३ स्थान सहित पूर्वोक्त स्थान में रहने से बली होते हैं जैसे २ से ३, ३ से ९, उससे ५ इस क्रम से पहले दिये स्थान से अधिक बली होते हैं।

मंगल तृतीय भाव सहित पूर्वोक्त भावों में रहने से पूर्व कथित अधिक बली होता है जैसे ३ से ९, ५, ११, ४, ७, १०, १ यथा क्रम बली हैं।

६–८–१२ भाव अशुभ हैं शेष शुभ हैं। ये अशुभ भाव भी यदि उस भावस्थ ग्रह के दीप्तांश को अति क्रमण किया हो तो अशुभ नहीं है।

जो ग्रह जन्म में बली हों परन्तु वर्ष प्रवेश में बलहीन हों तो ग्रह वर्ष के अन्त में अशुभ अर्थात् वर्ष के प्रथम भाग में शुभ होते हैं। यदि जन्म में हीन बली हों वर्ष में सबल हों तो वर्ष में पहिले अशुभ फल देते हैं पीछे शुभ फल देते हैं। जन्म और वर्ष में समान बल हों तो सम्पूर्ण वर्ष भर शुभ फल देते हैं। यदि जन्म और वर्ष में निर्बल हों तो पूरा वर्ष अशुभ होता है।

मंगल—नीच का मंगल लग्न में पाप युक्त दृष्ट हो तो उस वर्ष में स्त्रियों को विशेष कर कष्ट होता है।

सूर्य मंगल—सूर्य और मंगल के साथ शुक्र लग्न या व्यय में हो तो नेत्र रोग हो।

पाप ग्रह—लग्न, धन, सप्तम वा व्यय में पाप ग्रह हो शुभ दृष्टि न हो तो अन्ध दोष होगा।

लग्नेश—मुंथा युक्त वर्ष लग्नेश केन्द्रेश ४–८ घर में हो तो मरण हो।

लग्नेश—लग्नेश नीच में हो अष्टमेश अस्तगत हो तो शरीर का क्षय और शूल हो।

लग्नेश—लग्नेश और अष्टमेश दोनों एक होकर ४–६–८ या १२ स्थान में हो तो मरण हो।

पाप ग्रह—१, ७, ८ घर में पाप ग्रह हो तो चोर अग्नि या शस्त्र का भय हो।

अष्टमेश—अष्टमेश वर्ष लग्न में हो लग्न सूर्य से दृष्ट हो लग्नेश निर्बल हो तो शस्त्रघात, कष्ट व मरण तुल्य पीड़ा हो।

सूर्य– लग्न में सूर्य, अष्टम में शुक्र वा सप्तम में कन्या राशि पर पाप ग्रह हो तो स्त्री संग वा अकस्मात् सन्तान की मृत्यु हो।

लग्नेश—लग्नेश केन्द्र में हो या उच्चग्रह केन्द्र में हो और यदि लग्नेश या उच्चग्रह की मित्र दृष्टि हो तो वह धनवान् प्रतापवान् हो सार्वभौम पद प्राप्त करे।

जन्म लग्नेश या वर्ष लग्नेश अधिक बली शुभ ग्रह युक्त हो और वर्ष लग्न को देखता हो तो अरिष्ट दूर कर शुभ फलदायक है।

लग्नेश—जन्म लग्नेश वर्ष लग्न से केन्द्र या त्रिकोण में हो तो धर्म कर्म की प्राप्ति होती है सब अरिष्ट दूर हो।

लग्नेश—बलवान् लग्नेश त्रिकोण में हो त्रिराशि पति केन्द्र में हो क्रूर ग्रह की दृष्टि न हो तो निरन्तर सुख मिले अरिष्ट दूर हों।

लग्नेश—बली लग्नेश केन्द्र में शुभ युक्त या दृष्ट हो तो गुप्त सुख मिले धन लाभ, अरिष्ट दूर हो।

लग्नेश—लग्नेश केन्द्र या पंचम में शुभ ग्रह युक्त दृष्ट हो तो सुख, स्त्री सन्तान का सुख, वस्त्र-भूषण प्राप्त हो अरिष्ट दूर हो।

लग्नेश—जन्म लग्नेश वर्ष में अष्टम क्रूरग्रह युक्त या दृष्ट हो तथा अष्टम और कर्म भाव को देखता हो तो उस वर्ष में शस्त्राघात से मृत्यु हो।

लग्नेश—वर्ष लग्नेश अस्त हो, जन्म लग्नेश वर्ष कुण्डली में छठे हो और जन्म लग्न से अष्टम लग्न वर्ष लग्न हो उस पर मंगल बैठा हो तो उस वर्ष मृत्यु हो।

(२) धन भाव में ग्रह फल—

चन्द्रमा, बुध, गुरु, शुक्र—धन लाभ, राज्य सुख।

सूर्य, मंगल, शनि, राहु केतु—धन हानि।

शनि–राजा से भय, कार्य हानि।

धन में सूर्य—कुटुम्ब से विरोध, राजा, अग्नि, चोर से भय, पशुओं को पीड़ा, पेट में रोग, धन हानि, आपत्ति।

धन में चन्द्र—कुटुम्ब व मित्र जनों से लाभ, धन की प्राप्ति, शत्रु नाश, नेत्र पीड़ा राजा से सुख, आरोग्यता, श्वेत वस्तुओं से धन लाभ।

धन में मंगल—विरोध, सूर्य, अग्नि से भय, सिर में पीड़ा, द्रव्य नाश, स्त्री के आंख में रोग, मनोरथ पूर्ण न हो, राजा से भय, शोक, मोह।

धन में बुध—द्रव्य से लाभ, कुटुम्बियों से जय, शत्रु नाश, मान और यश की वृद्धि, प्रतिष्ठा प्राप्त हो, सुख हो।

धन में गुरु—धन आदि का सुख, पशुओं की प्राप्ति, राजा से लाभ, मित्र मिलाप, सज्जनों की संगति, वस्तुओं की प्राप्ति, भाइयों से आनन्द, शरीर पुष्ट।

धन में शुक्र—धान्य और धन का लाभ, म्लेच्छ जाति से सुख, पशुओं का घर में सुख, मित्रों की वृद्धि, भाइयों की वृद्धि, शरीर में तेज की वृद्धि, शत्रु नाश।

धन में शनि—स्थानान्तरण, गमन, शरीर में पीड़ा, शत्रु वृद्धि, नेत्र मुख या उदर में पीड़ा, कफ विकार, कुटुम्बसे विरोध, धन नाश, राज भय, स्त्री पुत्र आदि की चिंता।

धन में राहु—राजा से भय, नेत्र और उदर में पीड़ा, अपवाद (कलंक), धन नाश, चिंता, चित्त में खेद, किसी नीच से लाभ।

धन में केतु—राजा से भय, धन हानि, नेत्र तथा पेट में पीड़ा, भय दुःख, निंदा, लड़ाई का दुःख।

धन में सूर्य—जन्म में सूर्य लग्न में हो, वर्ष में दूसरे भाव में हो तो धन सुख देता है।

गुरु—यदि गुरु २-७ स्थान में पाप युक्त हो तो राजदण्ड हो। यदि धन स्थान शुभ ग्रह युक्त या दृष्ट हो तो शुभ फल धन आदि देवे।

गुरु—जन्म कुण्डली में गुरु लग्न को देखे और वर्ष में बली होकर वर्षेश हो तो बिना प्रयास से अनेक प्रकार से धन लाभ हो।

गुरु-जन्म कुण्डली में गुरु जिस भाव का स्वामी हो वर्ष कुण्डली में यदि उसी भाव में आ जाय और वर्ष लग्नेश से इत्थशाल हो तो उस भाव का सुख होता है।

वैसे ही जन्म से गुरु जिस भाव को देखे, वर्ष में गुरु वर्षेश होकर उसी भाव को देखे तो उस भाव का उत्तम सुख होता है।

गुरु २ भाव में शुभ युत दृष्ट हो या वर्ष में भी मुन्था की राशि को देखता हो तो विशेष रूप में राजसुख हो।

जन्म में गुरु जिस राशि में हो वह राशि यदि वर्ष में लग्न हो और शुभ ग्रह से या लग्नेश से दृष्टयुत हो तो आरोग्य और धन को देता है।

गुरु जन्म में धन भाव में हो, वर्ष में वर्षेश होकर जिस भाव में हो उस भाव का आश्रय लेकर लाभ प्रद होता है। जैसे लग्न में हो तो अपने से धनवान हो क्योंकि लग्न से आत्मा का विचार होता है। धन भाव में हो तो कुटुम्ब में, तीसरे में सहज से, चौथे में माता, वाहन, घर आदि से और जल से धन कहना।

जन्म में धनेश और वर्ष में वर्षेश होकर गुरु यदि धन भाव में हो तो सोना चाँदी का लाभ, तीसरे में भाई आदि से लाभ, चौथे में माता वाहन भूमि से, पांचवें में मित्र और पुत्र से, छठे में शत्रु से, सातवें में स्त्री से, आठवें में मरण से, नवें में धन लाभ का मार्ग, दसवें में राजा से, ११ में राजा के वंश से लाभ, बारहवें में खर्च कराता है।

जन्म कुण्डली में द्वितीयेश गुरु यदि वर्ष में दूसरे भाव में हो और लग्नेश के साथ इत्थशाली ही तो वर्ष भर धन लाभ होता है। यदि गुरु के साथ पाप ग्रह का इशराफ होता हो तो धन-धान्य का नाश होता है।

बुध—जन्म में षष्ठेश बुध वर्ष में भी षष्ठ हो तो थोड़ा लाभ देता है (यह योग जिसका १ या ११ जन्म लग्न हो उसकी जन्म कुण्डली में हो सकता है)।

शुक्र—जैसा गुरु के बारे में कहा गया है यदि शुक्र वर्षेश हो तो बहुत द्रव्य और धन प्राप्त हो।

इसी प्रकार बुध यदि बलवान होकर धन भाव में हो तो लेखन कार्य से या ज्ञान से (उद्योग) से धन होता है।

या शुभ ग्रह सब जन्म लग्न में हों वर्ष में दूसरे भाव में पड़ें तो धन लाभ हो।

शनि—द्वितीय स्थान स्थित शनि यदि गुरु से युक्त हो तो भ्रातृ सुख होता है।

यदि द्वितीय स्थान स्थित गुरु युक्त शनि पर शुभ ग्रहों की दृष्टि पड़ती हो तो बहुत ऐश्वर्य होता है। पाप ग्रहों के संयोग या दृष्टि से फल विपरीत होता है।

धनेश—जन्म में धन योग करने वाला ग्रह और धनभावेश दोनों अस्तंगत हों तो धन का नाश हो और दूसरे के रक्षित धन का कलंक हो।

धनेश बली जन्म या लग्न में धन में हो तो धन लाभ हो, यदि पाप ग्रह से आक्रांत (घिरा हुआ) या निर्बल हो तो अनेक प्रकार द्रव्य नाश हो।

सहम—अर्थ सहम, बुध, शुक्र, गुरु से युक्त या दृष्ट होकर धन भाव में ही हो तो विशेष धन होता है और अपने कुल में राज्य पाता है।

धन सहमेश और धन भावेश ये दोनों यदि शुभ ग्रहों से मित्र दृष्टि से देखे जायँ तो बिना प्रयास लाभ हो। यदि वे दोनों शुभ ग्रहों से शत्रु दृष्टि से देखें जायँ तो प्रयत्न से धन लाभ हो।

धन में धनेश—लग्नेश और धनेश का मित्र दृष्टि (३, ५, ९, ११) से इत्थशाल होने पर अनायास धन लाभ होता है। उन दोनों में इशराफ योग होने पर अन्याय से धन नाश होता है।

वर्णेश बुध—बुध वर्णेश होकर दूसरे स्थान में शुभ युक्त दृष्ट हो तो व्यापार से लाभ हो।

धनेश—धनेश पाप युक्त हो, धन भाव में नीच का पाप ग्रह हो तो उस वर्ष अनेक प्रकार से धन की चिन्ता रहती है।

पाप ग्रह—धन और व्यय भाव में पाप ग्रह हो, अष्टम में पाप ग्रह युक्त शुभ ग्रह हो तो वृत्ति और धर्म का क्षय हो, अपवाद हो।

चन्द्र—धन स्थान में चन्द्र लग्नेश से युक्त या दृष्ट हो, लाभेश बली हो, अष्टमेश निर्बल हो तो अन्य ग्रहों से किया हुआ सब अरिष्ट दूर हो।

गुरु—धन स्थान में गुरु, नवम चन्द्र शुक्र हो तो सर्व कार्य की सिद्धि होकर अरिष्ट दूर हो। भाग्योदय हो।

शनि—दूसरे या लाभ स्थान में शनि स्वक्षेत्री हो उस वर्ष अफीम के व्यापार से लाभ।

तृतीय भाव के ग्रह फल

तीसरे में—रवि, शनि, मंगल-धन, धर्म, राज्य या लाभ में ये पाप ग्रह बली हों तो-भूमि लाभ, शुभ ग्रह-सुख, धन, पुत्र, सम्मान, विनोद, लाभ, चन्द्र-पूर्ण हर्ष।

तृतीय में सूर्य—सहोदर भाइयों को पीड़ा, पराक्रम, राजा की कृपा, लक्ष्मी की प्राप्ति, शत्रु नाश, कीर्ति की बृद्धि, आरोग्य, कार्य सिद्धि।

तृतीय में चन्द्र—भाइयों को सुख देवे, धन की प्राप्ति, पुण्य का उदय, गुप्त सुख प्रतिष्ठा की वृद्धि, धर्म में बुद्धि, शत्रु नाश, अधिकार प्राप्त, उत्सव।

तृतीय में मंगल—भाइयों को कष्ट, वाहन सुख, शत्रु नाश, धन लाभ, राजा से तथा मित्रों के पक्ष से जय, मान बढ़े, रोग दूर, घर में महोत्सव।

तृतीय में बुध—सम्पूर्ण संताप दूर, मान तथा यश की वृद्धि, धन लाभ, पुत्र सुख। लाभ-हानि, सुख-दुःख, मित्र-शत्रु, सब समान भाव से स्थित।

तृतीय में गुरु—राजा से जय,यश की वृद्धि, धन-धान्य वस्त्र की वृद्धि,धर्म में प्रीति स्त्री व माता को सुख,कार्य की वृद्धि, मित्र और भाइयों का समागम, सेवा से सुख।

तृतीय में शुक्र—परस्पर सहोदर भाइयों में अनेक प्रकार का सुख, धन लाभ, यश बढ़े, परोपकार करे, धन की फिजूलखर्ची, स्वजनों से विवाद, मध्यम पराक्रम, उपद्रव, कुछ चिन्ता।

तृतीय में शनि—राजा की कृपा, भूमि, धन का लाभ, भोग लाभ, पराक्रम, सहोदर के अंग में रोग की वृद्धि या भाइयों में विरोध, चिंता।

तृतीय में राहु—धन पुत्र लाभ, मनुष्य राजा के समान हो, पशु तथा वाहन सुख, स्वजनों को पीड़ा आरोग्य, शत्रु का क्षय।

तृतीय में केतु—पशुओं का सुख,धन व पुत्र सुख,राजा के समान,भाइयों को पीड़ा।

तृतीय में सूर्य या शुक्र—सबल सूर्य या सबल शुक्र वर्षेश हो पाप युक्त दृष्ट न हो तो सहोदरों से परस्पर सुख हो, विपरीत से, अर्थात् ये निर्बल होकर पाप युत दृष्ट हों, शुभ युत दृष्ट न हों तो भाइयों में कलह।

तृतीय में गुरु—गुरु कों तृतीयेश से इत्थशाल होता हो तो सहज से सुख हो।

तृतीय में चन्द्र— मंगल युक्त चन्द्र तीसरे हो और गुरु से युक्त या दृष्ट न तो सहज से कलह हो।

तृतीय में मंगल—मंगल १० या ११ राशि में होकर सहज में हो या बुध १ या ८ राशि का तीसरे भाव में हो, इन दोनों योगों में शुभ ग्रह का योग दृष्टि हो तों सहोदरों से परस्पर आनन्द व अनेक सुख।

तृतीय में बुध शुक्र—जन्म लग्नेश और वर्ष लग्नेश बुध और शुक्र हो, सबल होकर तीसरे भाव में हो और गुरु बलवान् हो तों सहोदर बन्धु बांधवों को सुख।

शुक्र—शुक्र यदि सबल चन्द्र की राशि में हो और जन्म वर्ष काल में पंचाधिकारी में हो तो सहज बंधु गण की वृद्धि हो।

तृतीयेश—वर्ष का अधिकारी होकर यदि तृतीयेश तृतीय में हो या वर्ष लग्नेश से उससे इत्थशाल योग होता हो तो सहोदर से परस्पर सुख हो।

तृतीयेश—सहजेश को पाप ग्रह से इशराफ योग होता हो और सहज भाव में हों तो कलह हो।

तृतीयेश-सहज स्थान यदि पाप ग्रह युक्त हो और सहजेश तथा भ्रातृ सहमेश की दृष्टि सहज पर नहीं पड़ती हो तो सहोदर को दुःख होता है।

इसी प्रकार भ्रातृ सहमेश में पाप ग्रह हो, उसपर सहजेश तथा भ्रातृ सहमेश की दृष्टि नहीं पड़ती हो तो भी सहज को क्लेश होता है।

तृतीयेश जिस स्थान में हो वहाँ से वर्षेश यदि सप्तम में हो, वर्ष लग्नेश।, सहजेश से सप्तम में हो तो सहोदरों से विवाद हो। और जन्मकाल में सहजेश सहज भाव में हो वर्ष में भी वैसे ही सहज में हो, शुभ दृष्टि हो तो सहोदरों से सुख हो।

यदि वर्ष लग्न से सहजेश वर्षेश होकर अस्तंगत हों तो कलह हो।

अथवा रवि शुक्र में से एक ग्रह सहजेश तथा वर्षेश होकर अस्तंगत हो तो कलह।

अथवा वर्षेश को सहजेश से इसराफ योग होता हो तो शारीरिक क्लेश, अपने परिजन और सहोदरों से झगड़ा हो।

गुरु—हीन बल गुरु तीसरे हो तो भाइयों से विरोध हो।

शनि—यदि १ या ८ राशि में होकर सहज में हो तो सहज को निश्चय रोग हो।

मंगल—मंजल यदि ३ या ६ राशि में रहकर तीसरे भाव में हो तो सहज को रोग हो।

तृतीयेश—तृतीयंश तीसरे में वर्षेश युक्त हो और लग्नेश भी हो तो भाइयों से बहुत सुख हो।

यदि तृतीयेश या वर्षेश की दृष्टि तृतीय पर न हो, और उसमें पाप ग्रह हो या तृतीय पाप युक्त हो तो भाइयों से दुःख हो।

वर्षेश मंगल केतु—वर्षेश मंगल और केतु युक्त तीसरे हो तो बहुत कष्ट हो, शत्रु का भय, वात रोग हो।

तृतीयेश—तृतीयेश तीसरे घर में या केन्द्र त्रिकोण में हो, शुभ ग्रहों की दृष्टि हो तो अग्नि भय हो।

पाप ग्रह—तीसरे छठे पाप ग्रह हो तो बन्धु वर्ग से सुख हो।

तृतीयेश—तृतीयेश शत्रु गृही हो, शत्रु पति तृतीय में हो तो भ्राता से शस्त्र द्वारा सिर में आघात होगा।

तृतीयेश तृतीय में हो और बुध गुरु यदि शुक्र के साथ हों तो सम्पूर्ण अरिष्ट दूर हो, यद्यपि सप्तम भाव के हों तो भी जय करते हैं।

शुक्र—तृतीय में शुक्र, नवम में गुरु, लग्न में चन्द्र और शनि हो तो महान कीर्ति व धन लाभ हो, ऐश्वर्य बढ़े अरिष्ट नाश हो।

गुरु—गुरु तीसरे घर या लग्न में हो लग्नेश व सौम्य ग्रह से युक्त हो तो धन संतान की वृद्धि शत्रु का नाश हो।

वर्ष लग्नेश—२-६-१० घर में बल युक्त हो तो शत्रु नाश सुख प्रसन्नता व धन की प्राप्ति हो अरिष्ट दूर हो।

वर्षेश मंगल—वर्षेश मंगल तीसरे स्थान में हो या उच्च का हो या केन्द्र त्रिकोण में हो तो धन लाभ हो राजा तुल्य हो। अरिष्ट नाश हो।

पाप ग्रह—पापग्रह ३-६-११ घर में हो सौम्य ग्रह केन्द्र में पाप ग्रह रहित हो तो सुख, कीर्ति, पुत्र, धन वस्त्र रत्न आदि प्राप्त हो।

तृतीयेश—तृतीयेश तृतीय में हो बुध गुरु शुक्र यदि एक स्थान में हों तो सम्पूर्ण ग्रहों का अरिष्ट दूर होता है यदि सप्तम में हो तो विजय करते हैं।

शुभ ग्रह—तृतीय में बुध गुरु शुक्र युक्त हो तो सम्पूर्ण अरिष्ट दूर हो यदि ये सप्तम में हों तो भी जय करते हैं।

चतुर्थ भाव का फल

चतुर्थ में पाप ग्रह-सुख व धन का नाश हो, रोग हो, झंझट व अधिक भय हो।

चतुर्थ में शुभ ग्रह—नाना प्रकार के सुख हों।

चतुर्थ में पाप युक्त दृष्ट निर्बल चन्द्र—क्लेश, रोग हो।

चतुर्थ में शुभयुत दृष्ट बली चन्द्र—सुख प्रद हो।

चतुर्थ में सूर्य—पशुओं को पीड़ा, खेती के काम में हानि, शरीर में पीड़ा, राजा से भय, माता को कष्ट, पेट तथा छाती में पीड़ा, मित्रों से बैर, वाहन से भय देह दुर्बल हो।

चतुर्थ में चन्द्र—राजा से जय, कृषि से लाभ, शरीर में सुख, व्यापार से लाभ, वाहन का सुख, धन प्राप्ति, शत्रु नाश, पुत्र की वृद्धि, स्त्री सुख, पशु धन से लाभ, आनन्द।

चतुर्थ में मंगल-अग्नि भय, मस्तक में पीड़ा, विफलता, क्लेश, खेती में हानि, व्यापार से हानि, परदेश भ्रमण, कुटुम्ब से दुःख, पशुओं का मरण, मित्रों से विवाद, संकट।

चतुर्थ में बुध—सुख, धन लाभ, मित्र मिलाप, चौपाये धन का आगम, सुवर्ण भूमि वाहन लाभ, राजा से मान, स्त्री को सुख।

चतुर्थ में गुरु—वाहन सुख, व्यापार में लाभ, राजा से जय, खेती से अधिक लाभ, स्त्री पुत्र भ्रातृ सुख, विद्या की प्राप्ति, धन लाभ।

चतुर्थ शुक्र—कृषि और वाहन सुख, राजा समान सुखी हो, आरोग्यता, भूमि, सुवर्ण लाभ, मान प्राप्ति, मित्र आदि से सुख।

चतुर्थ में शनि—गुप्त चिंता, रोग, पशुओं को पीड़ा, मातृ पक्ष में रोग, प्रवास, धन क्षय, खेती से हानि, स्त्री चिंता से दुःखित, निंदा, लोह अग्नि से भय, परदेश जाने की चिंता।

चतुर्थ राहु—वाहन नाश, राजा से भय, कफ पीड़ा, बात रोग, विदेश भ्रमण, चौपायों का नाश, चिंता, दुःख स्वजनों से विवाद, शरीर दुर्बल।

चतुर्थ केतु—मन में दुःख, कफ एवं वादी की पीड़ा, शरीर दुर्बल, विदेश भ्रमण, राजा पक्ष से भय, वाहन से भय।

चतुर्थ सूर्य—पाप युक्त या दृष्ट–पिता को पीड़ा।

चतुर्थ चन्द्र–पाप युक्त या दृष्ट–माता को पीड़ा।

चतुर्थ शनि–शनि सूर्य युक्त हो–पिता से अपमान तथा शत्रुता कलह।

इसी प्रकार जन्म में चन्द्र जिस राशि पर हो उस राशि में यदि वर्ष में शनि हों तो माता के साथ विरोध कलह।

जन्म में चतुर्थ में जो राशि है वह चतुर्थ भाव का पद कहलाता है। वहाँ वर्ष में शनि और मंगल ये दोनों पद में हों शुभ दृष्टि न हो तो माता पिता को क्लेश हो।

चतुर्थ में—चन्द्र युक्त रवि हो और पाप दृष्ट हो तो पिता को दुःख।

यदि सूर्य या चन्द्र में से किसी एक के घर में शनि हों तो माता पिता से विवाद हो। सूर्य के गृह में पिता से चन्द्र के गृह में माता से विवाद।

चतुर्थेश–यदि सुख भाव में हों तो माता पिता को सुख।

या बली चतुर्थेश लग्नेश से इत्थशाल करता हो तो माता पिता को सुख होता है।

वर्ष और जन्म में चतुर्थेश यदि बलहीन हो तो माता पिता को अनिष्ट।

या मातृ सहम पितृ सहम पाप ग्रह से युक्त या दृष्ट हो मुंथा से चौथे स्थान में हो तो माता पिता का नाश होता है।

यदि मातृ सहमेश अस्तंगत हो पाप ग्रह से युक्त या दृष्ट हो तो माता पिता का नाश होता है।

चतुर्थ में–सहम–मातृ सहम व पितृ सहम लग्नेश से इत्थशाल करता हो तो माता पिता को सुख।

मातृ सहम या पितृ सहम चौथे घर में हो तो भी माता पिता को सुख हो।

यदि मातृ सहम या पितृ सहम पाप ग्रह से इत्थशाल करता हो तो माता पिता को विपत्ति, यदि शत्रु से इत्थशाल योग करता हो तो भय होता है।

चतुर्थ सूर्य–बली वर्षेश सूर्य चतुर्थ में हो तो पूर्वजों का उपार्जित स्थान या कोई अधिकार मिले।

गुरु–चतुर्थ में कर्क का गुरु बलवान् हो शुभ ग्रहों से युक्त या दृष्ट हो और लग्नेश हो तो शुभ फल हो सुख हों।

शनि–चतुर्थ में शनि दशम में मंगल हो धनेश नीच का वक्री होकर अस्त हो गया हो तो माता पिता का क्षय हो।

पाप ग्रह—पाप ग्रह ४–८–१२ वें हों तो आम वात कफ स्वांस से शरीर में क्लेश हो।

चतुर्थेश–चतुर्थेश शुभ ग्रह युक्त बली हो और लग्नेश लाभेश से युक्त हो तो वाहन लाभ और शरीर सुख हो।

पाप ग्रह–वर्ष या जन्म में चौथे में पाप ग्रह हो तो पुत्रों को अरिष्ठ हो। इसी प्रकार पंचम घर चतुर्थेश युक्त हो तो वर्ष मंद फल हो।

चतुर्थेश—चतुर्थेश केन्द्र में हो जन्म लग्नेश चौथे हो तो राजा से धन और सुख प्राप्त हो।

उपरोक्त ग्रह चंद्र युक्त हो तो पुत्र का भी सुख हो।

चतुर्थेश—चतुर्थेश बलवान होकर चतुर्थ में बुध गुरु युक्त या दृष्ट हों तो सुख हो धन प्राप्त हो सब अरिष्ट दूर हो।

चतुर्थेश—चतुर्थेश जन्म में पूर्ण बली हों या केन्द्र त्रिकोण में शुभ ग्रह हो तो माता को सुख हो धन यश मिले शत्रु नाश हो।

चतुर्थेश–चतुर्थेश यदि ६–८–१२ भाव में पाप युक्त हो अथवा अस्त होकर पाप ग्रह से दृष्ट हो तो उस वर्ष में माता को अनेक रोग व माता का क्षय हो।

चंद्र—लग्न से चतुर्थ स्वक्षेत्री चंद्रमा या शुक्र हो उस वर्ष में नवीन घर बनता है।

चतुर्थेश—चतुर्थेश अस्त होकर शत्रु क्षेत्री हो तो उस वर्ष घर में आग लगे।

पञ्चम भाव में ग्रह फल

शुभ ग्रह—पुत्र सुख, धन लाभ, आनन्द।

पाप ग्रह—पुत्र नाश, धन धान्य नाश, बुद्धि नाश, चोर का उपद्रव, रोग, विरोध।

पंचम सूर्य—पुत्रों के शरीर में पीड़ा, सुबुद्धि की हानि, शोक, मोह, शरीर में रोग, धन हानि, राजा से भय, परिजनों से विवाद, स्त्री को कष्ट, सुख हीन।

पंचम चंद्र—अपनी बुद्धि से जय की प्राप्ति, मित्र से लाभ, संतान सुख, गौरव स्त्री सुख, विजय, मान, धन लाभ।

पाप दृष्ट हो तो—पुत्रों के शरीर में रोग।

शुभ ग्रह की दृष्टि हो तो—पुत्रों को सुख हो।

पंचम मंगल—पुत्रों को पीड़ा, शत्रु से विवाद, गुप्त चिंता, उदर में पीड़ा, बुद्धि नाश, अग्निभय और शोक, पुत्र उत्पत्ति, धन लाभ, नौकरों से सुख, सुवर्ण वस्त्र अन्न का लाभ, स्त्री पुत्र और भाइयों का सुख, राजा से मनोरथ की वृद्धि, भाग्योदय यश।

पंचम गुरु—पुत्र की वृद्धि, बुद्धि बल से जय, शत्रु नास, शरीर सुख, मनोवांछित भोग, भूमि सुवर्ण वस्त्र की प्राप्ति, मंत्र विद्या आदि जनित सुख, श्रेष्ठ बुद्धि।

पंचम शुक्र—पुत्रों की वृद्धि, भय क्लेश चिंता आपत्तियों का और शत्रु का नाश, धन युक्त, अनेक प्रकार के मंत्र और शास्त्र में अभ्यास, श्रेष्ठ बुद्धि स्त्री पुत्र आदि का सुख।

पंचम शनि—पुत्र कष्ट, पेट में पीड़ा, धन क्षय, राजभय, कष्ट विकलता, खोटी बुद्धि, स्त्री पुत्र मित्र जनों में पीड़ा।

पंचम राहु—बुद्धि नाश, संतान को पीड़ा, उदर में व्यथा, चिंता क्लेश, पुत्र से सुख, बैर, विग्रह।

पंचम केतु—बुद्धि नाश, संतान को पीड़ा, पेट में विकार से कष्ट, चिंता, सब क्लेश।

पंचम गुरु—यदि गुरु वर्षेश होकर ५–११ घर में हो तो पुत्र सुख हो।

पंचम बुध शुक्र—यदि रवि, मंगल, बुध, शुक्र भी वर्षेश होकर ५–११ घर में हों तो पुत्रसुख हो।

यदि ५–११ घर में रह कर पाप ग्रहों से पीड़ित हो (युत दृष्ट या इत्थशाली हो) तो पुत्र से ही दुःख होते हैं पुत्रसुख नहीं होता।

पंचम गुरु—गुरु जन्म में जिस राशि में हो यह राशि वर्ष में पंचम में हो और बली हो तो पुत्रसुख हो।

जन्म से गुरु जिस राशि में हो वह राशि वर्ष में वर्ष लग्न हो तो पुत्र लाभ हो।

पंचम बुध—यदि मंगल से युत बुध शुभ ग्रह की राशि में स्थित होकर वर्ष लग्न से ५–११ स्थान में हो तो पुत्र सुख हो। ऐसा बुध यदि निर्बल हो तो पुत्रपीड़ा करता है।

जन्म में जहाँ बुध हो यह राशि वर्ष लग्न हो या जन्म में जहाँ शुक्र हो वह राशि वर्ष लग्न हो तो पुत्र लाभ हो।

पंचम शनि मंगल—ऐसे शनि व मंगल जन्म में जिस राशि में हो वह राशि वर्ष में लग्न या पंचम में हो तो निश्चय पुत्र कष्ट करता है।

पंचम चं शु. गु.—चन्द्र गुरु या शुक्र अपने-अपने उच्च में होकर यदि पंचम में हों तो पुत्रलाभ हो।

पंचम मंगल—यदि मंगल वक्री होकर पंचम हो तो उत्पन्न पुत्र का भी नाश करता है।

पंचम शुक्र—जन्म में शुक्र पंचमेश होकर वर्ष में पंचम हो और लग्नेश से इत्थशाल करता हो तो पुत्र देता है।

पंचम शनि—जन्म में शनि जहाँ हो वह राशि वर्ष में पुत्र भाव में हो और पाप ग्रह के अधिकारी ग्रह से दृष्ट हो तो पुत्रपीड़ा हो।

सहम– पंचम भाव बली हो या पुत्र सहम बली हो या बली पुत्र सहम पंचम में हो तो पुत्रलाभ हो।

यदि पुण्य सहम पंचम भाव में हो शुभ ग्रह से युत दृष्ट हो तो पुत्रलाभ हो।

पंचमेश—यदि बली लग्नेश पंचमेश ये दोनों पंचम में हों तो पुत्रलाभ हो।

यदि बली पंचमेश पंचम में हो तो पुत्रसुख हो।

वर्षेश—पंचम भाव में वर्षेश शुभग्रह से दृष्ट हो तो पुत्र का अत्यन्त सुख हो।

मं. बु—जन्म में जो गुरु की राशि हो यही राशि वर्ष में पंचम हो और वहाँ मंगल या बुध वर्षेश होकर पड़ें तो उस वर्ष में अवश्य पुत्रलाभ हो।

पंचमेश—पाप ग्रहों से आक्रान्त या अस्त हो तो पुत्रों को महाक्लेश हो।

शनि— जिस राशि में जन्म का शनि हो वही राशि वर्ष में पंचम हो तथा विषम राशिस्थ मंगल पंचम में हो तो उस वर्ष पुत्रों की चिंता हो। यदि समराशि का मंगल पंचम हो तो पुत्र को पीड़ा हो।

मं.श. चं-मंगल शनि या चन्द्र निर्बल हो ५ या ११ घर में हो तो पुत्र कष्ट हो।

पंचम गुरु—वर्ष कुण्डली में पंचम या नवम घर में गुरु हो और जन्मराशि से पंचम नवम या प्रथम गुरु हो तो उस वर्ष में स्त्री के गर्भ रहे पुत्र का जन्म हो।

शनि राहु—पंचम भाव शनि राहु से युक्त या दृष्ट हो तो कमर दुखे।

सप्तमेश पंचम —सप्तमेश वर्ष में पंचम या लग्न में हो और जन्म राशि से ७, ९, ८, ६, ११, ५ घर में गुरु हो तो उस वर्ष निश्चय विवाह हो।

पाप ग्रह—पंचम में पाप ग्रह हो पंचमेश सूर्य के स्थान में हो तो संतान कष्ट हो धन धान्य का नाश हो।

लग्नेश दशमेश—लग्नेश दशमेश युक्त पंचम में हो तो राजाओं से प्रीत यश धनधान्य लाभ हो।

द्वितीयेश—द्वितीयेश पंचम में हो दशमेश दशम में हो तो शत्रु नाश हो धन धान्य लाभ हो अरिष्ट दूर हो।

गुरु—जन्म में गुरु जिस राशि में हो वह राशि पंचम हो या वहां वर्षेश या बुध या मंगल हो तो पुत्र की प्राप्ति हो।

मुंथा चन्द्र पंचमेश—पंचम में मुंथा युक्त चन्द्र हो पंचमेश युक्त हो या पंचमेश बलवान हो तो अवश्य पुत्र हो।

शुक्र मंगल—पंचम में शुक्र हो और मंगल से युक्त या दृष्ट हो तो उस वर्ष पुत्र की प्राप्ति हो।

क्रूर ग्रह मंगल चन्द्र—क्रूर ग्रह युक्त मंगल या चन्द्र ५, ७ या १२ भाव में हो तो कलत्र का वियोग हो।

लग्नेश दशमेश—लग्नेश और दशमेश एक हो और पंचम में हो तो धन धान्य लाभ हो, यश बड़े राजाओं से मित्रता हो।

संतान योग—जिस वर्ष पंचमेश अपने भाव को देखता हो और कोई शुभ ग्रह या मित्र ग्रह की उस पर दृष्टि हो तो उस वर्ष संतान लाभ का योग होता है पंचमेश पुरुष ग्रह हो तो पुत्र, स्त्री ग्रह से कन्या होने का योग होता है।

जिस राशि पर शनि, राहु और सूर्य हो उन राशियों के अंक जोड़कर ३ का भाग दो। शेष १ से पुत्र २ से कन्या। शेष ० हो तो भी पुत्र होगा।

षष्ठ भाव फल विचार

षष्ठ में पाप ग्रह—धन लाभ, सुख लाभ।

मंगल—अति हर्ष शत्रु नाश।

क्षीण चन्द्र—कफ ज्वर, खांसी।

शुभ ग्रह–भय कलह, धन नाश।

षष्ठ सूर्य–शत्रु नाश, मातृ पक्ष में पीड़ा, सुख लाभ, व्यापार से लाभ, राजा और मित्र पक्ष से लाभ, स्त्री पुत्र का सुख।

षष्ठ चन्द्र–शत्रु से विरोध या विवाद, नेत्र में पीड़ा, गुप्त चिंता, निरर्थक व्यय, स्त्री को पीड़ा राजा या चोर से भय, भाइयों से वैर, पीड़ा श्लेष्म, बात व्याधि।

षष्ठ मंगल–राजा से प्राप्ति, मित्र से लाभ, स्त्री सुख, शत्रु नाश, धन लाभ, घोड़ों आदि का सुख आनन्द।

षष्ठ बुध–शत्रु से विवाद, स्त्री कष्ट, वृथा खर्च, शरीर में कष्ट कफ पीड़ा आदि से दुःख, स्वजनों से विवाद, शत्रु पक्ष की वृद्धि।

षष्ठ गुरु–स्त्री के शरीर में पीड़ा, नेत्र रोग, ज्वर, अतिसार, शत्रु वृद्धि, धन नाश, कुटुम्ब विरोध, चिंता, धन हानि।

षष्ठ शुक्र–शत्रु से भय कष्ट, गुप्त चिंता, शरीर में रोग, मस्तक और नेत्र में पीड़ा, धन नाश, परिजनों से विवाद, घर में कष्ट।

षष्ठ शनि–भूमि और धन लाभ, कीर्ति की वृद्धि, दुःख का नाश, धान्य और वस्त्र का लाभ, राजा क़ी कृपा हो, सत्संग, रोग नाश, पराक्रम बढ़े, स्त्री पुत्र से सुख।

षष्ठ राहु–शत्रु नाश, राजा सम कीर्ति, गौ भूमि सुवर्ण वस्त्र का लाभ, धन प्राप्ति, दुःख नाश आरोग्य, स्त्री पुत्र से सुख।

षष्ठ केतु–शत्रु नाश, गौ भूमि सुवर्ण वस्त्र का लाभ, धन प्राप्ति, दुःख नाश, राजा के तुल्य हो।

षष्ठ मंगल–जन्म से मंगल षष्ठेश होकर वर्ष में ६ भाव में हो तो रोग होता है। यदि वैसे ही मंगल को पाप ग्रह से इत्थशाल होता हो तो महान रोग हो शुभ ग्रह की दृष्टि व योग से कुछ हल्का रोग होता है।

मंगल जन्म में जिस राशि में हो, वह राशि यदि वर्ष लग्न हो और क्षुत दृष्टि (१-४-७-१०) से देखा जाय तो रक्त पित्त रोग होता है अग्नि भय हो या और कोई रोग हो। शुभ दृष्टि हो तो रोग की अल्पता होती है।

मंगल वक्रगति होकर छठे स्थान में पाप पीड़ित हो और वर्षेश भी हो तो रुधिर विकार या पित्त रोग होवे।

शनि–वक्री और पापाक्रांत शनि वर्षेश होकर छठे हो तो रोग, त्रिदोष जनित रोग भय, शूल, गुल्म रोग, नेत्र रोग, विषम ज्वर भय हो।

जन्म में जिस राशि में शनि हो, वह राशि वर्ष लग्न हो तो रूक्षता रोग, शीत पित्त रोग हो।

यदि जन्म कालिक शनि की राशि शनि से दृष्ट हो तो कुछ कम फल हो यदि पाप युक्त हो तो मृत्यु हो।

षष्ठ सूर्य–सूर्य पाप पीड़ित वर्षेश होकर छठे घर में हो तो नेत्र शूल आदि नेत्र रोग हो।

षष्ठ गुरु—वक्री पाप पीड़ित गुरु वर्षेश होकर छठे हो और चन्द्रमा से कम्बूल योग नहीं करता हो तो बात रोग नेत्र रोग हो।

पाप युत गुरु अष्टम हो और मंगल लग्न में हो तो आलस्य युक्त मूर्छा रोग, बेहोषी मृगी रोग हो।

चन्द्र युक्त गुरु अष्टम हो या चन्द्र युक्त मंगल लग्न में हो तो अंग का नाश या अति पीड़ा हो।

षष्ठ शुक्र—वक्री पाप पीड़ित शुक्र वर्षेश होकर छठे घर में हो तो पित्त रोग हो।

यदि पुरुष राशि का शुक्र षष्ठेश से दृष्ट होकर छठे हो तो श्लेष्म (कफ) रोग हो।

शुक्र जन्म में जिस राशि में हो वह राशि वर्ष लग्न से छठे स्थान में हो और उस में सूर्य हो और रोग सहम पाप युक्त हो तो वीर्य दोष से रोग हो।

षष्ठ चन्द्र—पाप पीड़ित चन्द्र वर्षेश होकर छठे स्थान में हो तो कफ रोग हो।

षष्ठ बुध—पाप पीड़ित बुध वर्षेश होकर छठे घर में हो तो बात से उत्पन्न रोग हो।

षष्ठ लग्नेश—जन्म लग्नेश पाप ग्रह हो वर्षेश से क्षुत दृष्टि (१–४–७–१०) से दृष्ट हो तो रोग हो। यह पाप लग्नेश यदि पाप युक्त भी हो तो मृत्यु तुल्य कष्ट हो।

जन्म लग्नेश और मुंथेश ये दोनों छठें हों पाप युक्त दृष्ट हों निर्बल हों तो ज्वर और शरीर की विकलता आदि अत्यन्त कष्ट देते हैं।

वर्ष लग्नेश, वर्षेश इन दोनों को षष्ठेश से यदि इत्थशाल योग होता हो तो उन ग्रहों की जो धातु हो उसके विकार से रोग होता है।

लग्नेश—वर्ष लग्नेश, मुंथा, वर्ष लग्न ये सब यदि पाप ग्रहों के बीच में हों तो रोग उत्पन्न करते हैं। या षष्ठेश शुभ ग्रह हो षष्ठ में हो तो स्त्री के जरिये रोग प्राप्त हो।

मंगल—जन्म में गुरु और शुक्र जिस राशि में हों उसी राशि में वर्ष में मंगल हो अस्तंगत भी हो तो प्लीहा, शीतला आदि रोग होते हैं और शीत पित्त या सर्दी गर्मी के रोग या गलगंड रोग होते हैं।

चं. बु.—इसी प्रकार चन्द्र युक्त बुध जन्म कालिक गुरु शुक्र की राशि में हो तो कुष्ट और गंडमाला या भगन्दर रोग हो।

पाप ग्रह—जन्म में केन्द्र में स्थित पाप ग्रह यदि वर्ष लग्न में हो तो रोग हो।

शुक्र—विषम राशि में शुक्र पर पाप ग्रह की क्षुत दृष्टि हो तो कफ रोग हो।

दिन का वर्ष प्रवेश हो—और जन्म तथा वर्ष कालिक लग्न में सूर्य या मंगल का स्वगृह हद्दाद्रेष्काण नवांश आदि अधिकार हो तो ज्वर से कष्ट हो। जो लग्न पर शुभ ग्रह की दृष्टि भी हो तो परिणाम में सुख होता है।

रात में वर्ष प्रवेश हो और चन्द्रमा शुक्ल पक्ष का हो और वर्ष में मंगल से इत्थशाल होता हो तो रोग नाश हो। यदि वह चन्द्रमा शनि से इत्थशाल करता हो तो रोग बढ़ाता है। इसके विपरीत हो तो विपरीत फल जानना जैसे दिन का वर्ष प्रवेश हो और कृष्ण पक्ष का चन्द्रमा मंगल से मुथशिली हो तो रोग करता है यदि वह चन्द्रमा शनि से मुथशिली हो तो रोग नाश करता है।

ऐसे ही बुध केतु युक्त सूर्य यदि मंगल या शनि के साथ इत्थशाल करता हो तो पूरे वर्ष भर रोग हो।

या जन्म काल में अधिकार प्राप्त बुध वर्ष में केतु युक्त हो तो पूरे वर्ष भर रोग हो।

मुंथा–यदि मुंथा चतुर्थ या सप्तम स्थान में हो शनि से युक्त या शनि की शत्रु दृष्टि से दृष्ट हो तो शूल पीड़ा होती है।

यदि ४ या ७ स्थान में स्थित मुंथा पाप ग्रह से युक्त या दृष्ट हो तो शूल रोग हो।

रोग का स्थान आदि–रोग कारक ग्रह जिस राशि में जिस नवांश में हो उस राशि या नवांश में जो बली हो उस राशि के स्वरूप गुण धर्म से जो स्थान आदि प्रगट हो उस से रोग का विकार स्थान आदि जानना।

सूर्य आदि–सूर्य या वक्री गुरु मंगल शनि छठे हो तो बात पित्त विकार से नेत्र रोग हो।

शुक्र–छठे हो तो श्लेष्म विकार से अधिक पीड़ा हो।

तृतीयेश–तृतीयेश छठे हो पाप ग्रह युक्त दृष्ट हो तो कलह व मित्र आत्मीय जनों से क्लेश हो भाई को कष्ट हो।

सूर्य चन्द्र–सूर्य और चन्द्र पाप ग्रह युक्त ६ या ८ भाव में हों तो गज दोष से मृत्यु हो।

उच्च शनि–शनि उच्च का ३ या ६ घर में सौम्य ग्रह से युक्त हो तो लाभ हो सुख प्रताप बढ़े राजा से अर्थ लाभ हो।

सूर्य–छठे सूर्य, तीसरे राहु हो तो शत्रु और रोग नाश हो कुल की कीर्ति बढ़े।

मंगल चन्द्र–मंगल युक्त चन्द्र छठे हो और दशम में शुभ ग्रह युक्त गुरु हो तो सुख हो। राजा से अश्व आदि की प्राप्ति हो।

अष्टमेश–अष्टमेश छठे घर में हो चन्द्र क्रूर ग्रह युक्त या दृष्ट हो उस पर गुरु की दृष्टि न हो तो मृत्यु हो।

चन्द्र–चन्द्र छठे घर में मकर का हो सिंह राशि में राहु हो तो शिव भी रक्षा करें तों उस वर्ष में अरिष्ट हो मृत्यु हो।

चन्द्र–चन्द्र ६ या ८ घर में हो और वर्षेश पाप और शुभ ग्रह युक्त ६–८ या १ घर में हो तो कफ विकार हो मृत्यु हो।

अष्टमेश–अष्टमेश छठें हों लाभेश लाभ में हो तो धन मित्र लाभ पुत्रसुख हो अरिष्ट दूर हो।

सप्तमभाव का ग्रह फल

सप्तम में–पाप ग्रह युत चन्द्र–रोग भय।

पाप ग्रह–स्त्री नाश (कष्ट) कलह नौकर से भय।

शुभ ग्रह–धन लाभ सुख यश परिवार सुख राज सम्मान।

सप्तम सूर्य—स्त्री के शरीर में पीड़ा, अपने शरीर में पीड़ा, शिर में रोग, मार्ग में भय, विवाह, गुदा तथा पैर में पीड़ा, पेडू व नेत्र में पीड़ा, विचित्र वाहन प्राप्त हो।

सप्तम चन्द्र—पाप ग्रह से दृष्ट हो तो खांसी ज्वर वात पीड़ा भय, स्त्री को पीड़ा कफ उत्पत्ति से बाधा। शुभ युक्त या दृष्ट हो तो धन लाभ, स्त्री सुख, राजा से प्रतिष्ठा, ग्रामान्तर से लाभ, वाणिज्य या जल मार्ग से लाभ।

सप्तम मंगल—मार्ग में कष्ट, स्त्री को कष्ट, चित्त में क्लेश, शत्रु से भय, विवाद, देश का छूटना, आत्म पीड़ा, पुत्र या स्त्री को रोग।

सप्तम बुध—स्त्री के साथ सुख विलास, प्रतिष्ठा की वृद्धि सुवर्ण वस्त्र जय प्राप्त हो वाणिज्य से धन प्राप्ति धर्म कार्य में मन, मार्ग से लाभ।

सप्तम गुरु—स्त्री सुख, निर्भयता, शत्रु नाश, वाहन का सुख, राजा से धन प्राप्ति, वाणिज्य से व्यवहार से और मार्ग से धन की प्राप्ति, सम्मान प्राप्त हो।

सप्तम शुक्र—स्त्री का सुख, भोग विलास का सुख, शरीर सुख, शत्रु नाश, वस्त्र व सुवर्ण लाभ, वाणिज्य से धन प्राप्ति, मान वाहन व धन प्राप्ति।

सप्तम शनि—स्त्री को कष्ट, मार्ग में भय, पशु का मरण, राज्य से भय, विकलता, क्लेश, मिथ्या कलंक, स्थान हानि, धन नाश, रोग, भाई व मित्र को कष्ट।

सप्तम राहु—गुप्त इन्द्रियों में पीड़ा, प्रमेह आदि रोग, विष व अग्नि से पीड़ा, प्रवास, भय, स्त्रियों को कष्ट, चित्त चंचल, स्थानान्तर, अंग में पीड़ा।

सप्तम केतु—विष अग्नि से पीड़ा, गुप्त इन्द्रियों में पीड़ा, स्त्री को पीड़ा या स्त्री से भय प्रमेह वात आदि रोग।

लग्नेश—जन्म लग्नेश बली होकर वर्ष में सप्तम हो तो स्त्री सुख हो।

लग्नेश सप्तमेश का इत्थशाल हो तो भी स्त्री सुख हो।

जन्म लग्नेश वर्ष लग्नेश सप्तम हो और उदित तथा बलवान् हो तो स्त्री सुख हो।

सप्तम शुक्र—बली वर्षेश शुक्र सप्तम हो तो स्त्री पक्ष से सुख हो और इस पर गुरु की दृष्टि भी हो तो अत्यन्त स्त्री सुख करता है।

ऐसा शुक्र पंचाधिकारियों में होकर मङ्गल से दृष्ट हो सुख अत्यन्त तो स्त्री करता है।

शुक्र सप्तम में निर्बल व अस्त हो तो स्त्री से कष्ट हो।

वर्षेश शुक्र सप्तम हों अधिकारी बुध से दृष्ट हो तो अल्प वय की स्त्री से या वेश्या से व्यभिचार हो।

उक्त शुक्र पर अधिकारी या अनधिकारी शनि की दृष्टि हो तो वृद्धा पर-स्त्री से व्यभिचार हो।

उक्त शुक्र पर अधिकारी या अनधिकारी गुरु की दृष्टि हो तो विवाहिता नवीन भार्या से संयोग हो तथा शीघ्र सन्तान प्राप्त हो।

जन्म में शुक्र जिस राशि में हो वह वर्ष में सप्तम हो और शुक्र वर्षेश हो तो स्त्री लाभ हो।

सप्तम शुक्र—शुक्र वर्षेश होकर मङ्गल से दृष्ट हो या मङ्गल वर्षेश होकर शुक्र से दृष्ट हो तो स्त्री लाभ हो।

स्त्री सहम पर मङ्गल शुक्र की दृष्टि हो तो स्त्री लाभ हो या विवाद हो।

सहमेश—स्त्री सहम पर शुक्र तथा सहमेश की दृष्टि से भी उपरोक्त फल हो।

स्त्री सहमेश और सप्तमेश अस्तंगत हो पाप युक्त दृष्ट हो तो स्त्री को कष्ट हो।

जन्म कालिक सप्तमेश वर्ष में स्त्री सहमेश हो तो स्त्री सुख हो।

चन्द्र—यदि जन्म के शुक्र की राशि में वर्ष में क्षीण चन्द्रमा हो तो स्त्री प्रसंग सुख अल्प हो।

मङ्गल—यदि जन्म के शुक्र की राशि में बली मङ्गल हो तो स्त्री सुख और उत्सव को करता है।

गुरु—जन्म के शुक्र की राशि में वर्ष में गुरु केन्द्र त्रिकोण में हो तो स्त्री सुख हो।

हद्देश—जन्म के शुक्र की राशि में वर्ष में वर्ष लग्न के हद्दा का स्वामी केन्द्र त्रिकोण में हो तो स्त्री सुख हो।

विवाह सहमेश—जन्म के शुक्र की राशि में वर्ष का विवाह सहमेश केन्द्र त्रिकोण में हो तो स्त्री प्राप्ति हो।

सप्तमेश—जन्म का सप्तमेश यदि वर्षेश शुक्र से युत या दृष्ट हो तो बहुत विलास सुख युक्त स्त्री सुख हो।

जन्म में सप्तमेश शुक्र हो वह वर्ष में सप्तम हो और बली होकर लग्नेश से इत्थशाल हो तो निश्चय स्त्री लाभ हो।

सूर्य—सूर्य पंचाधिकारियों में हो तो स्त्री के हेतु चित्त में व्याकुलता रहे।

शनि—शनि सप्तम हो तो कलंक कलह और भर्त्सना हो।

मुन्था—मुंथेश की राशि का गुरु हो वा मुंथा की राशि में गुरु हो वा मुंथा राशि को गुरु देखे तो विवाह योग होता है।

सूर्य मंगल युक्त मुन्था सप्तम में हो तथा स्त्री सहम पापाक्रांत हो तो स्त्री व पुत्र से कष्ट होवे। उस पर पाप ग्रह की दृष्टि भी हो तो स्त्री पुत्रों से अधिक ही कष्ट होगा।

स्वगृही या उच्च का चन्द्र मुन्था से सप्तम हो अर्थात् मुन्था मकर में हो चन्द्र कर्क में हो या मुन्था वृश्चिक में हो चंद्र वृष में हो तो विदेश यात्रा होती है। पाप दृष्टि हो तो कष्ट हो। शुभ दृष्टि से सुख पूर्वक यात्रा हो चंद्र कर्क में हो तो जल यात्रा वृष में हो तो स्थल यात्रा हो।

सप्तम गुरु—वर्षेश गुरु पंचाधिकारी होकर सप्तम में हो तो क्रय-विक्रय से धन लाभ हो।

मुंथा—मुन्था ७ या ८ स्थान में हो उसपर शनि की दृष्टि हो तो शूल रोग हो।

मंगल चंद्र राहु—सप्तम में मंगल और चन्द्र युक्त राहु हो तो क्लेश हो स्त्री का धन नाश हो।

सप्तमेश–सप्तमेश केन्द्र में शुभ ग्रहों से युक्त या दृष्ट हो तो स्त्री का सुख हो धन धान्य का लाभ हो शत्रु का नाश हो पुण्य का उदय हो।

गुरु शुक्र-गुरु और शुक्र अस्त होंकर सप्तम हों लग्नेश नीच का हो तो शस्त्र या अग्नि से मृत्यु हो।

मंगल शनि–मंगल शनि के साथ सप्तम हो सूर्य धन में हो चन्द्र बारहवें हो तो अग्नि लगे धन धान्य नाश हो।

राहु चंद्र–सप्तम में चंद्र युक्त राहु हो तो उस वर्ष अधिक कष्ट हो विशेष कर स्त्रियों को कष्ट हो।

चंद्र–बली चंद्र सप्तम में हो क्रूर ग्रह युक्त दृष्ट न हो तो स्त्री आदि प्राप्त हो अनेक सुख हो।

मंगल–मंगल सप्तम में पाप ग्रह युक्त हों शनि मंगल के स्थान में हो तो कलत्र नाश हो धन की हानि, मार्ग में व्यय हो।

लग्नेश मुन्थेश–जन्म लग्नेश, वर्ष लग्नेश, मुन्थेश यदि सप्तम में हो क्रूर ग्रह से दृष्ट हो तो अवश्य कष्ट हो।

गुरु–सप्तम में गुरु हो, चंद्रमा सिंह में हो मंगल से दृष्ट हो तो सुख और धन का नाश हो स्त्री पुत्र को कष्ट मित्र क्लेश, दाह, कष्ट श्वास रोग हो।

शनि–सप्तम में पाप युक्त शनि हो कन्या का शुक्र लग्न में हो तो कष्ट हो, स्त्री की मृत्यु हो।

सप्तमेश चतुर्थेश–सप्तमेश चतुर्थेश सप्तम या लग्न में हो शुभ ग्रह युक्त दृष्ट हो तो शृंगार योग है स्त्री का सुख देने वाला है अपने वर्ग से लाभ, रत्न सुवर्ण प्राप्त हो, भूमि सुख हो कर्म की प्राप्ति हो।

राहु मंगल चंद्र–सप्तम में राहु मंगल और चंद्र से युक्त सप्तमेश हो तो स्त्री का निधन हो।

राहु व वर्गेश–सप्तम में राहु से युक्त सप्तांश वर्ग का स्वामी हो तो अनिष्ट हो, स्वप्न में भी पुत्र नहीं होता कन्या ही होती हैं।

सप्तमेश–सप्तमेश बलवान् होकर केन्द्र में हो, शुभ ग्रह से युक्त दृष्ट हो तो शत्रु का नाश हो सुख, धन-धान्य लाभ हो, पुण्य का उदय हो।

गुरु मंगल–उच्च का गुरु मंगल युक्त सप्तम हो तो राजा से मान प्राप्त हो, धन-धान्य सुवर्ण आदि का लाभ हो।

लग्नेश–सप्तम में लग्नेश हो और सप्तमेश लग्न में हो तो अरिष्ट दूर हो सब अर्थ की सिद्धि हो।

पाप ग्रह–सप्तम में पाप ग्रह हो अष्टम में शुक्र और चंद्र हो तो रोग से मृत्यु हो।

शनि सूर्य–सप्तम सूर्य शनि युक्त हो या अष्टमेश शनि युक्त हो तो सम्पूर्ण अर्थ का नाश करता है।

मंगल–सप्तम या अष्टम मंगल हो तो उस वर्ष में अपयश हो मूत्रेन्द्रिय और सिर में बाधा हो।

अष्टम भाव का ग्रह फल

अष्टम में—पाप ग्रह युक्त चन्द्र-मरण ।

पापग्रह—मरण सम कष्ट !

शुभ ग्रह—जिस ग्रह का जो धातु हो, उससे रोग, धन नाश, सम्मान नाश । यदि शुभ ग्रह से इत्थशाल हो तो शुभ फल होगा ।

अष्टम सूर्य—बन्धुओं से दुःख, शरीर कष्ट, धन का क्षय, यश नष्ट, स्त्री कष्ट, पुत्र को रोग, व्रण, वात पीड़ा, राजा, अग्नि, विष व सर्प से भय, नेत्र रोग, अनादर ।

अष्टम चन्द्र—कष्ट, ज्वर, वमन, उदर रोग, कफ विकार, नेत्र रोग, अंग-भंग, जल से भय, विवाद, धन नाश, थोड़ा आनन्द मिले, बुद्धि मन्द, अनर्थ हो ।

अष्टम मंगल—शत्रु से पीड़ा, शरीर में कष्ट, स्त्री को कष्ट, शस्त्र घात, धन नाश, मानसिक चिंता, विकलता, मित्र से विपत्ति, रक्त पित्त प्रकोप, दीनता ।

अष्टम बुध—मृत्यु तुल्य कष्ट, कफ और ज्वर का प्रकोप नेत्र में पीड़ा, भय, घबराहट । अन्य मतवाले अष्टम बुध का फल अच्छा होना मानते हैं ।

अष्टम गुरु—ज्वर, वमन, कफ, पीड़ा, आँख-कान में रोग, शत्रु का भय, स्त्री कष्ट, व्रण से पीड़ा, परदेश गमन, वियोग, धन खर्च, बुद्धि भ्रष्ट हो ।

अष्टम शुक्र—मृत्यु तुल्य कष्ट, ज्वर आदि की पीड़ा, भय, नेत्र रोग, शत्रु से विवाद, स्त्री पुत्र को पीड़ा, चिंता, प्रवास, धर्म नाश ।

अष्टम शनि—मृत्यु, ज्वर पीड़ा, कफ रोग, अपवाद, राज भय, धन हानि, शत्रु से भय, संताप, वादी की पीड़ा, व्यसन, स्त्री पुत्र को क्लेश ।

अष्टम राहु—मृत्यु तुल्य कष्ट, राजभय, ज्वर, अतिसार, कफ वृद्धि विसूचिका, वात रोग, प्रवास स्त्री को कष्ट, बन्धुओं से विवाद, प्राप्त धन का क्षय।

अष्टम केतु—मृत्यु तुल्य कष्ट, राजा से भय, ज्वर, अतिसार कफ, विशूचिका, वात रोग का भय ।

अष्टम सूर्य—जन्म में यदि सूर्य शुक्र से मुशरिफ करे और वर्ष में पंचाधिकारियों में होकर केन्द्र में हो तो राज भय या राज रोग से भय ।

अष्टम सू. मं. श —सूर्य मंगल शनि यदि ८ या १० घर में हो तो सवारी से गिरने का भय ।

अष्टम चन्द्र—यदि चन्द्रमा पुण्य सहम में लग्न में हो सप्तम में पाप ग्रह हो तो मृत्यु, यदि दो पाप ग्रह २-१२ घर में हों तो भी मृत्यु हो । और जन्म लग्नेश वर्ष लग्नेश अष्टम में हो तो मरण ।

जन्म और वर्ष में अधिकार पाया हुआ चन्द्र यदि जन्म की बुध आश्रित राशि में हो, पाप पीड़ित हो तो परदेश गमन हो, लोगों से विवाद और वैमनस्य होता है ।

जन्म में जहाँ मङ्गल हो उस राशि में वर्ष में चन्द्र अधिकारी होकर रहे तो रोग हो, गुप्त राज भय हो ।

अष्टम मङ्गल—मङ्गल वर्ष में अष्टम हो तो अग्नि शस्त्र या राजा से भय हो।

मङ्गल यदि दशम हो तो चतुष्पद से पतन और रक्त विकार से रोग।

वर्ष लग्नेश यदि मङ्गल से पीड़ित हो तो शत्रु या अपने वंशजों से कलह तथा लड़ाई का भय हो।

मङ्गल यदि १,५,९,२ राशि में होकर वर्ष में अष्टम हो तो मृत्यु देता है।

जन्म में मङ्गल जिस राशि में हो वही यदि वर्ष लग्न हो जाय बुध यदि वर्षेश हो तो वह वर्ष अच्छा नहीं होता।

मङ्गल युक्त चन्द्र ६-८-१२ घर में हो तो मृत्यु।

मङ्गल—मङ्गल युक्त वर्षेश अष्टम हो तो मृत्यु हो।

दिन के वर्ष प्रवेश में वर्षेश मङ्गल सूर्य युक्त हो तो राज भय हो।

मङ्गल वर्षेश होकर निर्बल और पाप युक्त दृष्ट हो तो लोहे की चोट से घाव हो।

यदि वही मंगल अग्नि तत्त्व की राशि में हो तो आग से जलने का भय हो।

यदि द्विपद राशि में (३-६-७-९ पूर्वार्द्ध राशि में) हो तो क्रूर नर से मरण।

निर्बल मङ्गल वर्षेश होकर दशम हो तो राजा से, मन्त्री से, शत्रु से, मित्र से, गुरु से भय हो।

बुध-जन्म के मङ्गल की राशि में बुध वर्ष में अधिकारी हो तो रोग हो।

वैसा बुध मङ्गल की क्रूर दृष्टि से दृष्ट हो तो रक्त विकार आदि रोग हो।

वैसा बुध अस्तंगत हो पाप पीड़ित हो तो विदेश से बन्धन मरण।

पाप ग्रह से पीड़ित बुध यदि क्रूर दृष्टि से मङ्गल से इत्थशाल करता हो तो मरण।

बुध मङ्गल की दशा में हो पाप दृष्ट हो तो धन नाश उपरोक्त दोनों योगों में यदि शुभ ग्रह की दृष्टि हो तो शुभ होता है।

गुरु—वर्ष लग्न से २-८ घर में गुरु वर्षेश हो पाप दृष्ट हो तो धन नाश हो।

जन्म में ग्रह अष्टम हो यदि वर्ष में पंचाधिकारियों में न हो तो भारी झगड़ा हो।

जन्म में गुरु अष्टम हो यदि वर्ष में अधिकार रहित हो उस पर शुक्र की दृष्टि हो तो विवाद में प्रत्युत्तर देने से जय हो।

जन्म और वर्ष में अधिकारी गुरु जन्म के मङ्गल की राशि में हो पाप पीड़ित हो तो लोगों से विवाद होता है।

गुरु पाप युक्त अष्टम में हो और चन्द्र युक्त मङ्गल लग्न में हो तो मूर्छा और तंद्रा रोग हो।

अष्टम शनि—शनि अष्टम हो अष्टमेश से इत्थशाल करता हो तो मृत्यु हो। शुभ ग्रह से इत्थशाल होने से अशुभ योग अनिष्टकर नहीं होता।

जन्म से अष्टमेश शनि वर्ष में भी अष्टमेश होकर लग्नेश से क्रूर दृष्टि से इत्थशाल करता हो तो तत्काल मृत्युदायक होता है।

जन्म और वर्ष का अधिकार पाया हुआ पाप पीड़ित चन्द्र यदि शनि के पद (राशि) में हो तो स्पष्ट रूप से विवाद होता है।

लग्नेश–लग्नेश मुंथेश वर्षेश यदि अष्टमेश हो या अष्टमेश से इत्थशाल करता हो तो मरण प्रद हो जन्म कालिक दुर्ग्रह मारक ग्रहों की दशा या अन्तर्दशा में उक्त फल होगा।

वर्ष लग्नेश निर्बल या अस्तंगत या पाप युक्त हो तो स्त्रियों से विवाद हो।

जन्म लग्नेश पाप से पीड़ित होकर अष्टम हो तो रोग व कलह हो।

पाप युक्त जन्म लग्नेश यदि वर्ष में अष्टम हो तो मृत्यु हो।

जन्म लग्नेश वर्ष लग्नेश अष्टम हो तो मरण हो।

मुन्था–शनि के साथ मुन्था कहीं हो उस पर मंगल की शत्रु दृष्टि हो तो आतमघात (अपने हाथ से मृत्यु) हो।

सहमेश–मृत्यु सहमेश उदित हो (अस्त न हो) निर्बल हो तो जीवन में मृत्यु समान कष्ट हो।

पुण्य सहमेश यदि पुण्य सहम से अष्टम हो पाप ग्रहों से युक्त दृष्ट हो तो मरण हो।

या जन्म लग्न से अष्टमेश पुण्य सहम में हो पाप युक्त दृष्ट हो तो मरण हो।

जन्म लग्न से अष्टम राशि यदि वर्ष में पुण्य सहम हो पुण्य सहमेश से युक्त हो तो मृत्यु हो।

सहमेश–या वर्ष लग्न से अष्टम राशि में पुण्य सहम और पुण्य सहमेश भी हो तो मृत्यु हो।

पुण्य सहमेश पाप से युक्त हो और अष्टमेश ६–८–१२ घर में हो तो मृत्यु हो।

या मुन्था या वर्षेश पाप युक्त हो ६–८–१२ घर में हो तो मृत्यु हो।

गुरु–अष्टम, नवम या द्वादश गुरु हो उस वर्ष में तीर्थ यात्रा होती है।

लग्नेश अष्टमेश–लग्नेश और अष्टमेश एक होकर अष्टम में हो तो रुधिर विकार व शरीर कष्ट हो।

मंगल चंद्र–अष्टम में मंगल और चंद्र हो लग्नेश ६–८ घर में हो तो विष या व्याघ्र से मृत्यु का भय हो।

दशमेश–अष्टम में दशमेश अस्तंगत हो छठे घर में शनि, चंद्र हो तो राजा या रोग से मृत्यु हो या ऊपर से गिरे।

शनि चंद्र–अष्टम में शनि युक्त चंद्रमा हो लग्नेश से युक्त या दृष्ट हो तो उस वर्ष धन, स्त्री, कुटुम्ब में कष्ट हो अरिष्ट हो।

मङ्गल–मङ्गल ८, ९ या १० घर में हो तो चौपाये से चोट लगे।

लग्नेश–लग्नेश अष्टम हो, गुरु, शुक्र युक्त मङ्गल सप्तम हो अष्टम में चंद्रमा हो तो शीतला आदि का रोग हो अरिष्ट हो।

व्ययेश–व्ययेश अष्टम हो अष्टमेश धनभाव में हो लग्नेश निर्बल हो तो सर्प के काटने से मृत्यु हो।

मङ्गल चंद्र–अष्टम में मङ्गल युक्त चन्द्र हो तो गुप्त दुःख हो।

सूर्य शुक्र शनि–शुक्र अष्टम में हो वा लग्नेश पाप ग्रह से दृष्ट हो तो भय श्लेष्मा

आदि रोग हो, सूर्य अष्टम में हो तो नेत्र रोग, शनि हो तो जल से भय, अष्टमेश को पाप ग्रह देखता हो तो मृत्यु हो।

लग्नेश—लग्नेश अष्टम में अस्तंगत हो, दशमेश छठे और धनेश बारहवें हो तो दरिद्र करता है।

लग्नेश अष्टम, शनि दशम, चन्द्र पंचम, पापयुक्त मंगल दशम में हो तो विष से मृत्यु हो।

सूर्य—सूर्य अष्टम हो, अष्टमेश चंद्र युक्त हो, लग्नेश छठे हो, शनि दशम हो तों लाठी की चोट से अरिष्ट हो।

गुरु—गुरु अष्टम में पापयुक्त हों, शनि युक्त चंद्र बारहवें हो तो राजा से अनेक कष्ट दण्ड से धन हानि हो।

दशमेश—नीच का दशमेश अष्टम हो, पापग्रह दशम में हो तो उस वर्ष में सुख न हो उसका राज्य हरण हो जायगा।

दशमेश अष्टम हो, अष्टमेश दशम में हो अष्टम क्रूर ग्रह युक्त हो तो अर्थ नाश हो। राजा से भय हो!

लग्नेश—लग्नेश अष्टम में हो अष्टमेश केन्द्र में हो शनि और चंद्रमा छठे हो तों अनेक कष्ट हों।

लग्नेश चन्द्र—चन्द्र युक्त लग्नेश अष्टम हो लग्न में पाप युक्त अष्टमेश हो तो रोग शोक आदि से शरीर क्षय हो।

लग्नेश शुक्र—लग्नेश शुक्र अष्टम में पाप ग्रह युक्त व दृष्ट हो लग्न में मंगल हों तो तृषा आदि से कष्ट हो।

गुरु चन्द्र—गुरु चन्द्र युक्त अष्टम में हो मंगल सप्तम हो, यह खल्लासर योग कष्ट देने वाला है।

चन्द्र युक्त गुरु अष्टम हो और शनि के साथ मुन्था हो तो मृत्यु हो।

केतु चन्द्र—केतु युक्त चन्द्र अष्टम हो या अष्टम पर दृष्टि हो तो स्त्री का वियोग या मनुष्य का मरण हो।

चन्द्र—केतु युक्त चन्द्र अष्टम हो, अष्टमेश केन्द्र में हो लग्नेश ६ या १२वाँ हो तो निर्धन हो।

पाप युक्त चन्द्र अष्टम हो नीच का लग्नेश सप्तम हो तो भय, चिंता दुःख निरुद्यम करे।

चन्द्र सूर्य मंगल—चन्द्रमा या सूर्य से युक्त मंगल अष्टम हो शनि ७ या ९ स्थान में हो तो उस वर्ष ९वें महीने में अरिष्ट हो।

चन्द्र मंगल—चन्द्र युक्त मंगल अष्टम हो तो अग्नि आदि से भय श्वास कास रोग घात पात आदि का कष्ट हो।

अष्टमेश—अष्टमेश केन्द्र या त्रिकोण में हो तो विष बन्धन आदि से कष्ट, श्वास शूल दाह तन्द्रा आदि रोग हो।

शनि चन्द्र–शनि और चन्द्र अष्टम हों तो शूल घात धातु क्षय शीतला आदि अनेक रोग हो।

लग्नेश शनि–लग्नेश शनि युक्त अष्टम हो चतुर्थ में वक्री पाप ग्रह हो, पाप ग्रह की दृष्टि हो तो अनेक प्रकार के दुष्टों से कष्ट हों।

अष्टमेश–अष्टमेश अष्टम हो बलवान् हो लग्नेश सप्तम हो तो शूल दस्त दाह तन्द्रा आदि रोग से कष्ट हो।

मंगल–मंगल अष्टम हो चन्द्र छठे हो तो शत्रु का उदय घात पात आदि हो।

चन्द्र–अष्टम चन्द्र हो या मङ्गल शनि युक्त चन्द्र के वर्ग में हो तो बात कफ से शरीर क्षय शस्त्र से ज्वर पीड़ा आदि हो।

नीच का ग्रह–जो ग्रह जन्म में नीच का हो वही ग्रह वर्ष में अष्टम भाव में हो तो सुख धन आदि प्राप्त हो।

५ ग्रह–अष्टम में ५ ग्रह हों या ६ से अधिक नीच युक्त हों तो वज्र से हत होने का कष्ट हो।

वर्षेश बुध–वर्षेश और बुध अष्टम हों शनि मङ्गल पाप युक्त सप्तम में हों चन्द्र की दृष्टि हो तो कण्ठादि रोग या मरण हो।

पाप ग्रह–अष्टम क्रूर ग्रह युक्त दृष्ट हो सप्तमेश ४या५ भाव में हो तो मृत्यु हो।

लग्नेश–लग्नेश अष्टम हो शनि चन्द्र के स्थान में हो चन्द्रमा पाप युक्त मकर राशि में हो तो कष्ट हो जलोदर रोग हो।

लग्नेश मङ्गल–लग्नेश और मङ्गल अष्टम हो अष्टमेश ६ या १२ भाव में हो तो भृत्यादि का घात शत्रु विवाद अरिष्ट हो।

लाभेश–अष्टम में लाभेश हो गुरु चतुर्थ हो चतुर्थेश नीच का सप्तम हो तो ४ महिना में अरिष्ट हो।

तृतीयेश–तृतीयेश अष्टम में क्रूर ग्रह से दृष्ट हो तो शरीर पीड़ा हो भाई का वियोग हो।

व्ययेश–व्ययेश अष्टम हो धनेश व्यय में हो तो स्व जाति में अधिक व्यय हो ईश्वर की पूजा करे।

पाप ग्रह–अष्टम में एक भी पाप ग्रह धनुगृही हो पाप ग्रह से दृष्ट हो तो बालक नष्ट हो।

नवम भाव का ग्रह फल

नवम में पाप ग्रह–सहोदर को भय, पशुओं को पीड़ा।

सूर्य–अति हर्ष प्रद।

शुभ ग्रह–धन व धर्म की वृद्धि।

अन्य मत है कि नवम में पाप ग्रह भी शुभ हैं।

नवम सूर्य–धर्म राज्य व यश को बढ़ावे, बन्धुओं को पीड़ा कारक, स्त्री पुत्र से विवाद क्लेश, मति मन्द।

नवम चन्द्र—भाग्योदय, धन का लाभ, घर में सौख्य, शत्रु नाश, व्यापार में सुख, पुण्य का उदय, यात्रा में सुख, यश की वृद्धि, चित में संतोष, राजा से सम्मान।

नवम मङ्गल—पुण्य का उदय, धन का लाभ, प्रतिष्ठा एवं पाप में प्रीति, उद्वेग, अपने जनों से कलह, धन व ऐश्वर्य की हानि भी करे।

नवम बुध—धर्म में बुद्धि, राजा से जय, भाग्योदय, कीर्ति की वृद्धि, शत्रुनाश, कार्य सिद्धि में विघ्न, उद्वेग और स्त्री को पीड़ा भी करता है।

नवम गुरु—अधिक धर्म, सुख प्राप्ति, भाग्योदय, धन लाभ, तीर्थाटन, पुण्य कार्य में बुद्धि, स्त्री विलास, मन प्रसन्न, राज सुख।

नवम शुक्र—धर्म की वृद्धि, राजा तुल्य हो, वाहन सुख, गौ भूमि भूषण वस्त्र का लाभ, आरोग्यता, स्त्री, पुत्र मित्र से सन्तोष, निर्बल बुद्धि, उन्नति।

नवम शनि—जाया पुत्र मित्र को कष्ट, धन नाश, पाप बुद्धि, भाइयों से भय और पीड़ा एवं भाग्य का उदय, राजा से लाभ, कीर्ति, शत्रु नाश।

नवम राहु—शरीर पीड़ा, स्त्री से विरोध, धर्म काम में विलम्ब, पशु व बन्धुओं को पीड़ा एवं अन्य मत से राजा से जय, भाग्योदय, शत्रुनाश।

नवम केतु—धर्म नाश, पशु और भाइयों को पीड़ा, शत्रु नाश, भाग्योदय, राजा से जय।

नवम सूर्य—वर्षेश सूर्य अधिकार युक्त हो और चन्द्रमा से कम्बूली भी हो तथा स्वगृह उच्चादि में होवे तो अपनी इच्छा से मार्ग चलना पड़े मार्ग में सुख भी होवे। यदि सूर्य स्वगृह आदि अधिकार युक्त न हो तो दूसरे की प्रेरणा से गमन होवे, मार्ग में सुख भी न हो।

नवम चन्द्र—यदि चन्द्र या गुरु जन्म के शनि की राशि में वर्ष में नवम भाव में पाप युक्त हो तो बिना प्रयोजन दीर्घ मार्ग चलना पड़े।

चन्द्रमा बलवान होकर नवम में हो और मुन्था सप्तम हो तो विदेश सम्बन्धी मार्ग चलना पड़े।

नवम मङ्गल—वर्षेश मङ्गल ३ या ९ स्थान में बलवान हो पाप युक्त न हो तो यात्रा गुणदायक होवे चर कार्य भी स्थिर हो जावे अर्थात् कोई भी कार्य अधिक समय तक स्थिर रहता है।

जन्म में गुरु जिस राशि में हो उसी में वर्ष का मङ्गल नवम हो नौकर और धर्म की प्राप्ति होने वाली यात्रा होती है।

जन्म का बुध जिस राशि में हो उसी में वर्ष का मङ्गल हो और धनेश की दृष्टि उस पर हो तो यात्रा सुख देने वाली होगी।

जन्म का मंगल स्व राशि में हो वर्ष में भी स्वराशि का नवम स्थान में हो और लग्न को देखता हो तो शुभ कार्य सम्बन्धी यात्रा हो और यात्रा में प्रसन्नता हो।

यदि गुरु से नवम स्थान में बली मङ्गल हो तो यात्रा शुभ होती है।

नवम मंगल—जन्म के शनि की राशि में वर्ष में मंगल ३-९ घर में बलहीन अस्तंगत पाप युक्त दृष्ट हो तो पाप की वृद्धि हो।

नवम मङ्गल—मङ्गल वर्षेश होकर निर्बल अधिकार रहित होकर नवम में हो तो उसे अपने सम्बन्धियों को छोड़कर दूर देश जाना पड़े।

नवम म० बु० गु०—मङ्गल और बुध बली होकर गुरु से युक्त हो अस्त न हों तो शत्रु सेना पर आक्रमण के लिए जाना पड़े और यश सुख देने वाला जय हो।

नवम बुध—वर्षेश बुध बली हो और पाप रहित होकर वक्री हो और ३–९ स्थान में हो तो तीर्थ या देव सम्बन्धी यात्रा होवे।

वैसा बुध वर्षेश होकर पाप पीड़ित हो (क्रूर दृष्टि हो)—तो बुरी यात्रा हो।

नवम बुध—बुध जन्म अधिकारी (लग्नेश) होकर वर्ष में उस राशि में हो जिस में जन्म का शनि है और पाप युक्त हो तो शत्रु से कलह सम्बन्धीमार्ग चलना हो।

नवम गुरु—बली वर्षेश गुरु पाप युक्त या दृष्ट रहित ३-९ घर में हो तो धर्म सम्बन्धी यात्रा होती है।

यदि गुरु निर्बल होकर वर्षेश हो और पाप पीड़ित होकर ३-९ स्थान में हो तो कुयात्रा हो।

अधिकार रहित गुरु नवम में हो तो दूर देश की यात्रा होती है वहाँ राजा से मिलन उससे लाभ प्रतिष्ठा होती है।

नवम शुक्र—वर्षेश शुक्र ३–९ घर में पाप रहित हो बलवान हो तो मार्ग में सुख हो।

यदि शुक्र अस्तंगत, व वक्री होकर ३–९ घर में हो तो मार्ग गमन ठीक नहीं होता इच्छा के विरुद्ध गमन हो।

नवम शनि—यदि अधिकार रहित शनि नवम हो तो अशुभ यात्रा हो।

शनि पंचाधिकारियों में होकर वर्षेश होकर ३–९ घर में हो तो धर्म की वृद्धि हो। पाप नाश हो।

शनि—वर्षेश शनि अस्त हो निर्बल पाप युक्त हो तो पाप करने वाला नास्तिक हो यदि ऐसा शनि ३ या ९ घर में हो।

लग्नेश—लग्नेश यदि नवमेश को अपना तेज देता हो अर्थात् लग्नेश शीघ्र गति वाला अल्प अंश में हो और नवमेश मन्द गतिवाला अधिक अंश में हो और दोनों दीप्तांश के भीतर हों तो पूर्व निश्चित यात्रा होवे।

यदि लग्नेश वर्षेश का इत्थशाल होता हो या वर्ष लग्नेश और मुन्थेश का इत्थशाल हो तो भी उपरोक्त फल हो।

सब योगों में लग्नेश और नवमेश का इत्थशाल होता हो तो अकस्मात् गमन हो जहाँ संभावना न हो वहाँ जाना पड़े।

वर्षेश—कोई बली ग्रह वर्षेश पंच अधिकारियों में कोई अधिकार प्राप्त होकर

केन्द्र में हो पाप युक्त दृष्ट न हो अधिकार मिलने से परदेश में गमन होवे या सेना अध्यक्ष के पद पर होकर जाना पड़े।

मुन्था—मुन्था यदि ३-९ घर में हो शुभ में आश्रय से पुण्य का आगम होता है और पाप के आश्रय से पाप का आगम होता है।

सूर्य—सूर्य वर्षेश होकर क्षीण बल पाप युक्त या दृष्ट होकर ३-९ घर में हो तो पापकर्ता और धर्म का निन्दक हो।

गुरु—गुरु वर्षेश होकर अधिकारी हो ३-९ स्थान में हो तो अस्त बलहीन हो तो न्याय से धन पाता है।

गुरु नवम में सौम्य ग्रहों से दृष्ट हो तो अरिष्ट का नाश करता है।

दशम भाव में ग्रहों का फल

दशम में शनि—पशु धन नाशक।

दशम में सूर्य मंगल—व्यापार उद्योग को करते हैं।

दशम में शुभ ग्रह—राजसमागम सुख धन व पुत्र का सुख।

दशम सूर्य—राजा से लाभ, धन की प्राप्ति, सुवर्ण गौ भूमि वस्त्र का लाभ, काय सिद्ध हो, मान बढ़े, पशुओं के अंग में रोग वृद्धि।

दशम चन्द्रमा—शत्रु का नाश, प्रतिष्ठा कीर्ति वृद्धि, पुत्र और वस्त्र का लाभ, व्यापार में सुख, रोग नाश, मित्र व स्त्री का सुख, राजा से धन प्राप्ति।

दशम मंगल—भाग्य का उदय, धन लाभ, प्रतिष्ठा, मान सुख, राजा की कृपा, व्यापार में लाभ, आरोग्यता, पशुओं की वृद्धि।

दशम बुध—वाहन का सुख पुत्र वृद्धि, धन लाभ, राजा से जय, भाइयों से सुख, भोग विलास, सत्कार, देह सुख बल कांति वृद्धि।

दशम गुरु—राजा की प्रसन्नता, शत्रु नाश, भूमि गौधन का लाभ, कीर्ति, मान वृद्धि, चित्त में आनन्द, घर में महोत्सव, सुहृद का सुख, कर्म का उदय।

दशम शुक्र—राजा से मान, सर्वत्र जय गौ धन धान्य लाभ, खेती तथा वाहन से सुख, शत्रु नाश, कार्य सिद्धि, भाइयों से सुख, व्यापार में लाभ।

दशम शनि—खेती से हानि, पशु का भय, अपने जनों में उदरपीड़ा, राजा से भय, स्थान हानि, व्यापार से लाभ, प्रवास, दुःख व्याकुलता, धन हानि।

दशम राहु—वाहन नाश, भूमि खेती आदि का नाश, व्यापार से लाभ, अन्य मत—मंगल कार्य हो, धन लाभ, स्वजनों से वैर।

दशम केतु—व्यापार में लाभ, राजा से जय, वाहन की हानि, मंगल कार्य हो।

दशम सूर्य—वर्षेश सूर्य नीच राशि का पाप युक्त दशम में हो तो राजा से मृत्यु या बन्धन हो, जिसका जन्म कार्तिक में हो उसे यह योग हो सकता है।

जन्म का सूर्य सिंह राशि में हो और वर्ष में बलवान होकर दशम में हो तो नवीन स्थान प्राप्ति और राजा का आश्रय भी होवे।

जन्म में सूर्य दशमेश हो (जन्म लग्न वृश्चिक हो) और वर्ष में दशम हो और लग्नेश

से इत्थशाल करता हो तो बल के अनुसार राज्य का लाभ हो। यदि धर्मेश कर्मेश दोनों अस्तंगत या पाप पीड़ित हों तो धर्म का क्षय और राज्य नाश हो।

दशम चन्द्रमा—बली चन्द्रमा जन्म के मंगल की राशि में हो तो अन्य स्थान का लाभ हो।

दशम मंगल—यदि मंगल जन्म के शनि की राशि में रह कर वर्ष में दशम हो और मुन्था को देखे तो पाप कर्म आदि करने से राजदंड और धन नाश हो।

दशम वर्षेश—बलवान् वर्षेश दशम में हो तो राज्य लाभ, धन लाभ, यश लाभ हो।

या बलवान वर्षेश दशम को छोड़कर केन्द्र १, ४, ७ में हो तो घर सम्बन्धी सुख प्राप्त हो।

यदि वर्षेश, लग्नेश दशमेश इन सब का इत्थशाल होता हो तो राज्य दायक योग होता है।

या वर्षेश राज्य सहम में हो सूर्य से इत्थशाल करता हो तो महाराजा हो।

मुन्था—यदि मुन्था सूर्य युक्त हो या लग्न से दशम हो तो राज्य लाभ का सुख देती है।

शनि—अधिकारी शनि दशम हो तो लोह प्रहार से पीड़ा हो।

दशम शनि—वर्षेश शनि, स्वगृही या उच्च में होकर दशम में हो तो निरोग रहे और धनागमन भी हो।

दशम गुरु—वर्षेश गुरु स्वगृही या उच्च का होकर दशम में हो तो निरोग रहे, धन मिले।

मंगल—वर्षेश मंगल स्वगृही या उच्च का होकर दशम में हो तो बाहुबल से धन प्राप्त हो।

सूर्य—सूर्य वर्षेश स्वगृही या उच्च का होकर दशम में हो तो राजा से धन मिले।

बुध—वर्षेश बुध स्वगृही या उच्च का होकर दशम हो तो वैद्यक, ज्योतिष या शिल्प (कारी गरी) से लाभ हो।

चन्द्र मंगल—चन्द्र युक्त मंगल दशम हो तो घोड़ों आदि का नाश करता है।

शनि—बलहीन वर्षेश होकर दशम हो तो निराशा हो तथा एक स्थान पर स्थिति न होवे।

यदि वर्षेश सूर्य हो और जन्म के चन्द्रमा की राशि का वर्ष में शनि हो तो शुभ कार्यों में विफलता हो। जन्म काल या वर्षकाल में बलहीन शनि हो या शनि वक्र या अस्तंगत हो तो भी उपरोक्त फल हो।

दशमेश—यदि दशम स्थान, दशमेश तथा कर्म सहमेश ये सब शनि से युक्त या दृष्ट हो तो कार्य की हानि हो व्यर्थ परिश्रम हो।

दशमेश दशम में शुभ ग्रह युक्त या दृष्ट हो, लग्नेश केन्द्र में हो तो अरिष्ट नाश हो, राजा से धन मिले।

लग्नेश आदि—यदि धनेश, नवमेश, बुध, लग्नेश बलहीन होकर दशम में हों तो धन नाश हो मरण तुल्य कष्ट हो बहुत दोष करता है।

वर्षेश–वर्षेश दशम में बली हो और सौम्य ग्रह युक्त हो तो राजा से अर्थ लाभ हो शरीर सुख हो मन प्रसन्न रहे, वाहन का लाभ हो।

दशमेश–दशमेश दशम हो शुभ ग्रहों से युक्त हो लग्नेश केन्द्र में हो तो स्त्री का सुख राजा पक्ष से लाभ शत्रु का नाश हो अरिष्ट का नाश हो।

दशमेश–दशमेश दशम हो और धनेश पंचम में हो तो धान्य का लाभ हो शत्रुक्षय हो अरिष्ट का नाश हो।

दशमेश–दशमेश शुभ युक्त २, ३, ४ भाव में हो और चतुर्थेश केन्द्र में हो या दशम में हो तो घोड़े की सवारी या वाहन प्राप्त हो।

त्रिराशि पति–त्रिराशि पति दशम हो और दशमेश नवम पंचम हो तों सब अरिष्ट दूर हों।

दशमेश–दशमेश दशम सौम्य ग्रह युक्त हो लाभेश केन्द्र में हो तो स्त्री सुख, शत्रु नाश, राजा से लाभ हो।

एकादश (लाभ) भाव में ग्रह फल

लाभ में–सब पाप या शुभ ग्रह–धन वृद्धि, यश वृद्धि अच्छे मित्रों का संग, बल पुष्टि हो।

बलहीन पाप ग्रह–पुत्र, धन, बुद्धि इन का नाश।

बलहीन शुभ ग्रह–अपने शुभ फल को न्यून करते हैं।

लाभ में सूर्य–राजा से धन प्राप्ति, धान्य, वस्त्र, सुवर्ण इनकी प्राप्ति, भोग, सुख, शत्रु नाश, आरोग्यता, भाग्योदय, कामना सिद्धि, घोड़ा, बैल आदि से धन प्राप्ति, पुत्र के शरीर में पीड़ा, शुभ ग्रह की दृष्टि हो तो पुत्र सुख हो।

लाभ में चन्द्रमा–व्यापार से लाभ, राजा से सुख, धन लाभ, पुत्र सुख, प्रतिष्ठा वृद्धि, शत्रु नाश, पुत्र वस्त्र भूषण आदि प्राप्ति, बुद्धि बढ़े, श्वेत वस्तु का लाभ।

लाभ में मंगल–राजा से सुख, शत्रु नाश, मित्र पक्ष से लाभ, विजय, घोड़ा हाथी सुवर्ण वस्त्र की प्राप्ति, स्त्री, पुत्र, भाई का सुख, सम्पत्ति का आगमन।

लाभ में बुध–विजय सम्पत्ति, धान्य वस्त्र इनकी वृद्धि, कीर्ति, मनोरथ सिद्धि, पशुओं की वृद्धि, आरोग्यता, सुख, द्रव्य का लाभ, भाग्योदय।

लाभ में गुरु–जय, हाथी घोड़ा आदि वाहन लाभ, शत्रु नाश, पुत्रोत्सव, प्रतिष्ठा वृद्धि, आरोग्यता, स्त्री पुत्र भाई का सुख।

लाभ में शुक्र–विजय, पुत्रों की वृद्धि, राज पक्ष से जय, शत्रु नाश, मित्रों की वृद्धि, सुवर्ण लाभ जल मार्ग से धन प्राप्ति, ऐश्वर्य वृद्धि, सुख, व्यापार से लाभ।

लाभ में शनि–सुवर्ण गौ भूमि वाहन अश्व आदि लाभ, कीर्ति वृद्धि, स्त्री से सुख, आरोग्यता, चित्त प्रसन्न, धैर्य वृद्धि, संतान को पीड़ा।

लाभ में राहु–राजा तुल्य हो, शत्रु नाश, आरोग्यता, ऐश्वर्य, स्त्री सुख, नीचजन से लाभ, सुवर्ण गौ भूमि धन की वृद्धि, पुत्र को भय।

लाभ में केतु–राजा के समान करे, शत्रु नाश, सुवर्ण गौ भूमि तथा धन का लाभ, पुत्र भय।

लाभ में शुभ ग्रह–यदि पाप ग्रह रहित शुभ ग्रह लाभ में हो तो लाभ कारक है।

लाभ में लाभेश–लाभेश लाभ में हो तो वह विद्या के द्वारा लाभ कराने वाला होता है।

लाभ में लाभेश–लाभेश पाप ग्रह युक्त अस्तंगत हो तो हानि होती है।

लग्नेश लाभेश–लाभेश और लग्नेश का इत्थशाल हो तो धन लाभ हो और स्वजनों में गौरव बढ़े।

लाभ में सूर्य–बली वर्षेश सूर्य लाभ में हो तो राजा के मन्त्रियों से मित्रता हो।

लाभ में सहम–अर्थ सहम में शुभ ग्रह हो और बली बुध मुन्था के साथ लग्न में हो और लग्न पर शुभ ग्रहों की दृष्टि हो तो धातु आदि भूमि सम्बन्धी गड़ी हुई सम्पत्ति लाभ हो। यदि योग कारक ग्रह पर पाप दृष्टि हो तो उक्त लाभ नहीं होता।

लाभ में ग्रह लाभ स्थान में बलवान शुभ या पाप ग्रह हो तो धन लाभ हो यदि ये निर्बल होकर लाभ में हों तो हानि होती है।

लाभ में लाभेश–लाभेश लाभ में हो अष्टमेश छठे हो तो दुःख और अरिष्ट हो परन्तु पुत्र स्त्री मित्रों का लाभ हो।

धनेश–धनेश लाभ में हो शुक्र और गुरु नवम में हो तो राजा की मित्रता से स्वर्ण लाभ हो शत्रु का नाश हो।

द्वादश (व्यय) भाव में ग्रह फल

व्यय में पाप ग्रह–नेत्र रोग विवाद राजा से या चोर से धन हानि।

व्यय में शुभ ग्रह–अच्छे कार्य में खर्च।

व्यय में शनि–हर्ष वृद्धि करता है।

व्यय में सूर्य–चित्त में उद्वेग, स्त्री से विग्रह, व्यर्थ खर्च, मस्तक, उदर, नेत्रों में पीड़ा, चरण में रोग, शत्रु से विवाद, धन नाश, अनेक पीड़ा, मित्र से बैर, दुःख।

व्यय में चन्द्र–सत्कार्य में धन खर्च, घर में क्लेश, शत्रु भय, कलह, चित्त चंचल, नेत्र रोग, कफ की पीड़ा, गुप्त रोग, भूख कम।

व्यय में मंगल–व्यर्थ व्यय, राजा से भय, परिजनों से विरोध, स्त्री के शरीर में रोग, नेत्र, कान व मस्तक में रोग, विषाद, विवाद, धन क्षय।

व्यय में बुध–व्यर्थ धन हानि गुप्त चिंता, शत्रु से विवाद, कलह, कान व नेत्र में पीड़ा, कफ से कष्ट, थोड़ा लाभ। बुद्धि की मंदता।

व्यय में गुरु–राजा से भय, नेत्र रोग, कफ रोग, शरीर में पीड़ा, विवाद, अपवाद, धन हानि, शोक भय व हानि, प्रवास, मित्रों से वैर, आपत्ति, स्थान हानि।

व्यय में शुक्र–अच्छे काम में धन खर्च, राज भय, प्रवास, ज्वर, वमन, कर्ण रोग, मरण तुल्य कष्ट।

व्यय में शनि–व्यर्थ का खर्च, शत्रु और धन का नाश, चित्त में विकलता, क्लेश चिंता, सिर, नेत्र, हृदय व चरण में पीड़ा।

व्यय में राहु–शत्रु भय, धन की हानि, स्त्री सम्बन्धी चिंता से व्याकुलता, आपस में कलह, सिर, कान, नेत्र, व उदर में रोग, मृत्यु तुल्य कष्ट, स्थान त्याग।

व्यय में केतु–शत्रु से भय, स्त्री को पीड़ा, मनुष्यों से विवाद विकलता, कान, नेत्र, उदर में पीड़ा।

व्यय में सूर्य–यदि सूर्य वर्षेश होकर वर्ष में पाप युक्त या दृष्ट होकर छठे घर में चतुष्पद राशि (१, २, ५, ९ उत्तरार्द्ध, १० पूर्वार्द्ध राशि) में हो या ८-१२ स्थान में हो तो नौकरों से कलह हो।

व्यय में बुध–वर्षेश बुध पाप युक्त होकर ६, ८, १२ घर में हो तो नीच कर्म करता है। यदि यह वर्षेश बुध पाप ग्रह से दृष्ट हो तो लाभ नहीं होता।

यदि यह वर्षेश बुध अस्तंगत हो तो लेखन कर्म से लाभ नहीं होता।

व्यय में शनि–यदि बली शनि वर्षेश होकर ६–१२ घर में हो तो नई जमीन में बसे, वृक्ष लगावे, जलाशय आदि का निर्माण करे।

व्यय में वर्षेश–वर्षेश तथा लग्नेश बलहीन होकर ६-८-१२ स्थान में चतुष्पद आदि जैसी राशि में हो तो उसके सदृश फल देते हैं। जैसे चतुष्पद राशि में हो तो चौपायों का नाश करते हैं। द्विपद से आश्रित मनुष्यों का नाश, जलचर राशि से जल जीवों का नाश आदि।

वर्षेश लग्न से ६-८-१२ में हो और जन्म और वर्ष में भी दशमेश बलहीन हो तो शुभ नहीं होता।

या वर्ष में अष्टमेश बलहीन होकर ६-८-१२ घर में हो तो शुभ नहीं होता।

व्यय में शुक्र–यदि बलहीन शुक्र छठे स्थान में पाप युक्त या दृष्ट हो और नर राशि में हो तो सेवकों की हानि हो यदि वह चतुष्पद राशि में हों तो चौपायों की हानि करता है।

ऐमा ही वर्षेश का ८-१२ स्थानगत होने का फल है।

व्यय में चंद्र मंगल–यदि चन्द्र युक्त मंगल पाप ग्रहों से युक्त होकर १२ भाव में हो तो चौपायों में व्याकुलता होती है।

मंगल वर्ष में व्यय भाव में हो सूर्य दूसरे घर में हो तो विवाद में क्लेश हो।

व्यय में पंचमेश–पंचमेश व्यय में हो व्ययेश की दृष्टि पंचम पर हो तो धन व्यय हो पुत्रों को पीड़ा हो, कन्या हो।

व्यय में व्ययेश लग्नेश–व्ययेश लग्नेश बारहवें में पाप ग्रह युक्त हों तो खर्च बढ़े दंड से पीड़ा हो।

व्यय में शनि–बलवान शनि व्यय में सौम्य ग्रह युक्त या दृष्ट हो तो सुख हो, कष्ट नाश हो।

व्यय में गुरु शनि सूर्य–बारहवें गुरु सूर्य और शनि हो तो उस वर्ष में अधिक खर्च हो, स्वजनों से बैर और परजनों को सुख देवे।

व्यय में अष्टमेश–अष्टमेश बारहवें हो और शनि क्रूर ग्रह से युक्त दृष्ट हो तो उस वर्ष में अपने वर्ग से शरीर को कष्ट हो।

व्यय में सप्तमेश शनि–व्यय में शनि युक्त सप्तमेश हो तो उस वर्ष कलत्र को पीड़ा, लोकापवाद, स्वजनों से बैर, मन में व्याकुलता, संतान पीड़ा हो।

व्यय में सूर्य मंगल–शुक्र लग्न में या बारहवें सूर्य मंगल के साथ हो तो नेत्र रोग हो।

वर्ष में भाव फल का संक्षिप्त विचार

(१) जो भाव अपने स्वामी से या शुभ ग्रह से युक्त या दृष्ट हो या मित्र दृष्टि से दृष्ट हो उस भाव की वृद्धि होती है, जैसे लग्नेश लग्न को पूर्ण दृष्टि से देखता हो तो उत्तम फल होवे, धन भाव का स्वामी धन भाव को देखता हो तो धन की वृद्धि हो।

(२) कोई भाव पाप युक्त या दृष्ट हो तो उस भाव की हानि होती है यदि सौम्य या पाप ग्रह मिश्रित हो तो मिश्रित फल होगा।

(३) भावेश जिस भाव को देखता हो वैसा कार्य करने वाला होता है और आक्रांत होकर भी देखता हो तो पराये के साथ में कार्य सिद्ध करने वाला होता है।

(४) नीच का और शत्रु के घर में बैठा हुआ ग्रह उस भाव का नाश करता है। उदासीन राशि में मध्यम फल करता है, मित्र का, स्वराशि का, त्रिकोण में गया हुआ ग्रह अपने उच्च का या मित्र दृष्टि से दृष्ट हो, वह ग्रह भाव की अवश्य वृद्धि करता है, अर्थात् उस भाव से होने वाला फल पूर्ण रूप से मिलता है।

(५) ६-८-१२ स्थानों में क्रूर ग्रह शुभ और सौम्य ग्रह अशुभ माने जाते हैं। अन्य मत है कि ६-८-१२ घर में सौम्य ग्रह इस प्रकार हानि करते हैं कि छठे में शत्रु की हानि, आठवें में मृत्यु की हानि, बारहवें में व्यय की हानि करते हैं इससे इनमें सौम्य ग्रह अच्छे और पाप ग्रह बुरे माने जाते हैं।

(६) जिस भाव में भावेश सहित लग्नेश हो उस भाव की वृद्धि होती है और अष्टमेश से युक्त जो भाव हो उसकी हानि होती है।

(७) जिस वर्ष में लग्न पंचम या धन स्थान इन तीनों स्थानों में सौम्य ग्रह बैठे हों, उस वर्ष में सुख और सम्पत्ति प्राप्त होती है।

(८) लग्नेश या राशीश उदयी हो और अपने उच्च का हो या दोनों एक साथ बैठें हों, उस वर्ष में शुभ होता है।

(९) लग्न में उच्च का ग्रह हो तो लक्ष्मी प्राप्त हो, चतुर्थ उच्च का ग्रह हो तो सुख मिले, उच्च का ग्रह सप्तम में स्त्री की प्राप्ति, दशम में राज्य प्राप्ति कराता है।

(१०) जन्म में जो ग्रह जिस भाव में हो, वर्ष में भी उसी प्रकार हो तो जन्म के ग्रह अनुसार ही शुभ या अशुभ फल देते हैं।

(११) जो ग्रह जन्म में बलवान परन्तु वर्ष में निर्बल हो तो वर्ष के पहिले भाग में शुभ फल अंत में अशुभ फल होता है। इसके विरुद्ध हो तो वर्ष के पूर्व भाग में अशुभ फल अंत में शुभ फल करता है। जब जन्म और वर्ष में समान बल हो तो दोनों भागों में समान फल देता है।

(१२) स्वगृही उच्च का, मित्र गृही, शत्रु गृही, अस्त नीच और हद्दादि में बैठे हुए का अच्छी प्रकार बलाबल विचार कर उसके अनुसार फल का निर्णय करना।

(१३) ग्रहों का फल उन ग्रहों की दशा में होता है।

(१४) दो भावों के मध्य में जो ग्रह हो तो उसी दशा का भाव फल देता है जिसमें वह है। और दोनों संधियों से कम हो तो वर्तमान भाव का और अधिक हो तो आगे के भाव का फ़ल देगा। यदि ग्रह संधि के समान हो तो कुछ फल नहीं देगा। इसके लिए भाव की कुछ संधियाँ निकाल कर चलित भाव कुंडली बना लेना।

(१५) किसी भाव के पोषक का योग कारक ग्रह और उस भाव का स्वामी ग्रह बलहीन हो तो उसका नाश होता है।

(१६) जो ग्रह जिस राशि में जन्म में रहता है वह राशि उस ग्रह की पद संज्ञक है। वह पद संज्ञक राशि वर्ष में यदि बली हो तो जन्म में वह राशि जिस भाव में रहती है उस भाव सम्बन्धी शुभ फल होता है। यदि वर्ष में वह राशि निर्बल हो तो अशुभ फल होता है।

(१७) जन्म में केन्द्र में स्थित पाप ग्रह यदि वर्ष लग्न में हो तो रोग होता है।

(१८) जन्म में जिस राशि में गुरु और शुक्र हों, उसी राशि में वर्ष में मंगल हो, अस्तंगत भी हो तो पाप, तिल्ली, गलगंड, शीत, पित्त, सर्दी आदि के रोग होते हैं।

(१९) वर्ष लग्न, मुंथा, मुंथेश, वर्ष लग्नेश ये सब पाप ग्रहों के बीच में हों तो रोग होवें।

(२०) चंद्र जैसे-जैसे अंशों में बढ़ता है शुभ फल देता है और जैसे-जैसे घटता जाता है, अशुभ फल करता है।

(२१) पंचवर्गी बल के अनुसार ग्रहों के ३ प्रकार के बल इस प्रकार हैं ५ विश्वा से कम—बलहीन। ५ से १० विश्वाबल—मध्यबली। १० से २० विश्वाबल—पूर्णबली।

(२२) वर्ष लग्नेश, वर्षेश, मुंथा, मुंथेश ये सब अपने बल के अनुसार अपनी दशा में फल देते हैं।

(२३) वर्ष लग्न, जन्म लग्न से ६-८ भाव में हो तो आर्थिक हानि मृत्यु या मृत्यु तुल्य कष्ट हो।

(२४) जन्म में जो ग्रह शुभ भावों के स्वामी हों वे यदि वर्ष में केन्द्र त्रिकोण या शुभ भाव में हों और वे पूर्ण बली हों तो वर्ष में उन-उन भावों की वृद्धि कर लाभ पहुंचायेंगे।

(२५) त्रिकोण में गुरु सूर्य शनि या मंगल हो तो उस वर्ष धनहानि हो।

(२६) शुक्र कन्या राशि में या अस्त हो और चंद्र भी वृश्चिक राशि में हो तो वह वर्ष अशुभ हो।

(२७) सूर्य चंद्र एक राशि में हों या दोनों ६–८–१२ में हों तो वह वर्ष अनिष्ट कारक होगा।

(२८) चंद्र पाप युक्त या दृष्ट हो तो उस वर्ष चित्त में अशान्ति हो चिन्ता हो।

(२९) ३–४–७ भाव में पाप युक्त शनि हो तो उस वर्ष भर रोग होते रहें।

(३०) जन्म में जिस राशि पर शुक्र हो, उस राशि पर वर्ष में वर्षेश हो तो विवाह या स्त्री सुख हो।

(३१) सूर्य शनि मंगल ८ या १० में हों तो वाहन से चोट लगने की घटना हो।

(३२) जन्म में सूर्य मेष या सिंह राशि का हो तथा वर्ष में बलवान होकर दशम हो तो पदोन्नति हो।

(३३) जन्म का मंगल जिस राशि का हो, वर्ष में यदि चंद्र उसी राशि में हो तो धन लाभ एवं पदोन्नति हो।

(३४) लाभेश लग्नेश का परस्पर इत्थशाल हो तो उस वर्ष यश और सम्मान मिले कीर्ति बढ़े।

(३५) वर्ष कुंडली में चंद्र लग्न में या ६–८–१२ घर में हो और सूर्य की दृष्टि हो तो शत्रु भय। मंगल की दृष्टि-शस्त्र भय। शनि दृष्टि-रोग भय। बुध गुरु शुक्र की दृष्टि हो तो लाभ हो, परन्तु रोग भी हो।

(३६) ३–६–११ भाव में शनि, मंगल, राहु या सूर्य हो तथा चंद्र, गुरु, शुक्र, केन्द्र या त्रिकोण में हों तो धन सुख सम्पत्ति आरोग्यता लाभ हो।

(३७) वर्ष में ३–१०–११ भाव में बली मंगल हो तो उस वर्ष भाई द्वारा यश एवं सुख सम्पत्ति प्राप्त हो।

(३८) पाप युक्त शुक्र २ या १२ भाव में हो तो उस वर्ष नेत्र पीड़ा या नेत्रों की शल्य क्रिया होने का योग होता है।

(३९) वर्ष में मंगल चंद्र का दृष्टि आदि द्वारा सम्बन्ध हो या तृतीयेश से इत्थशाल हो तो भ्रातृ सुख में अल्पता हो।

(४०) वर्ष लग्नेश पर ८ या १२ के स्वामी की दृष्टि हो तो वर्षभर दुःख और कष्ट भोगे।

(४१) जन्म का धनेश वर्ष में पूर्ण बली हो या शुभ स्थान में हो तथा उसका सम्बन्ध वर्ष में धनेश से हो तो उस वर्ष आर्थिक लाभ हो, धन बढ़े।

(४२) यदि निर्बल धनेश भाग्य भाव में हो तो संचित धन का नाश हो।

(४३) धनेश भाग्येश बलवान होकर केन्द्र या त्रिकोण में हो तो उस वर्ष आर्थिक लाभ हो।

(४४) धनेश मंगल व्यय भाव में हो तो भूमि सम्बन्धी कार्यों में संचित पूंजी खर्च हो।

(४५) धनेश चंद्र व्यय में–मांगलिक कार्य में खर्च हो।

(४६) धनेश बुध या शुक्र व्यय में–उपरोक्त फल।

(४७) धन भाव में गुरु हो और शुभ ग्रहों से दृष्ट हो तो उस वर्ष धन प्राप्त करने में सहायक हो।

(४८) धनेश पर बुध, गुरु, शुक्र की पूर्ण दृष्टि हो तो उस वर्ष धन प्राप्त हो।

(४९) धनेश वर्षेश का परस्पर इत्थशाल हो तो अचानक धन प्राप्त हो।

(५०) बली धनेश कहीं हो लाभ करायेगा।

(५१) धनेश चतुर्थेश का सम्बन्ध हो तो वाहन खरीदने या बेचने से लाभ हो।

(५२) चतुर्थेश की दृष्टि चतुर्थ पर हो तथा गुरु केन्द्र में हो तो उस वर्ष लाभ हो अच्छा सम्वाद सुने।

(५३) चतुर्थ में मंगल–माता का सुख न्यून हो।

(५४) चंद्र वर्ष में ४–१० भाव में हो तो वह वर्ष लाभप्रद हो।

(५५) जन्म में गुरु जिस राशि में हो वह राशि वर्ष में, पंचम भाव में हो उसमें गुरु हो या उस पर वर्षेश या पंचमेश की दृष्टि हो तो उस वर्ष सन्तान लाभ हो।

(५६) पंचम भाव में सूर्य शनि हो तो सन्तान कष्ट व दुर्घटना से दु.ख हो।

(५७) पंचम में मंगल और शुक्र दोनों हों तो सन्तान का योग है।

(५८) पंचम में बलवान गुरु चंद्र हो तो सन्तान का योग है।

(५९) छठे भाव में पापग्रह हो तो आरोग्यता हो।

(६०) छठे भाव में षष्ठेश हो तो स्त्री प्राप्ति में सहायक हो।

(६१) जन्म में मंगल षष्ठेश हो तथा वर्ष में वह षष्ठ भाव में हो तो रक्त दोष से रोग हो।

(६२) सप्तम में शुक्र हो उस पर मंगल की दृष्टि हो तो सन्तान हो।

(६३) सप्तम पर पाप ग्रहों की दृष्टि हो तो उस वर्ष स्त्री रोगी हो या कष्ट भोगे।

(६४) जन्म का सप्तमेश यदि वर्ष में मुंथेश या वर्षेश हो तो सुख प्राप्त हो।

(६५) जन्म का अष्टमेश वर्ष में लग्न में हो या लग्नेश हो तो अनेक बाधा एवं कठिनाइयाँ हों।

(६६) बली अष्टमेश केन्द्र में हो या वर्ष लग्नेश अष्टम हों तो वह वर्ष अनिष्ट कारक हो।

(६७) अष्टम में सूर्य, बुध, मंगल धन-नाशकारी हैं।

(६८) अष्टम भाव में चंद्र मंगल की युति कष्ट कारक है।

(६९) जन्म का अष्टमेश शनि वर्ष में अष्टम भाव में होकर लग्न से इत्थशाल करे तो उस वर्ष मृत्यु संभव हो।

(७०) अष्टमेश त्रिकोण या केन्द्र में हो तो उस वर्ष घातक दुर्घटना हो।

(७१) नवम भाव में लग्नेश नवमेश वक्री हो और शनि या चंद्र अष्टम हो तो वर्ष अनिष्ट कारक हो।

(७२) शनि दशम हो तो धन हानि करे।

(७३) दशमेश अष्टमेश का सम्बन्ध हो तो स्थानांतर या राज्य पद की हानि करे।

(७४) जन्म में शनि जिस राशि में हो वह राशि वर्ष में दशम हो और मंगल दशम हो तो जातक राज्य दंड प्राप्त करे या पदच्युति हो।

(७५) लाभ भाव में कोई बली ग्रह हो तो उस ग्रह की दशा में धन लाभ हो।

अध्याय २०

वर्षेश फल विचार

वर्षेश—६–८–१२ भाव को छोड़कर अन्य भाव में हो तो धन, सुख और राज्य के सुख आदि देता है। पूर्णबली का पूर्ण फल मध्य बली का मध्यम-फल और हीन बली हो तो भय, शोक, दुःख, रोग आदि होते हैं।

वर्षेश उपरोक्त स्थान के अतिरिक्त अन्य स्थान में हो उदित हो वर्ष और जन्म में बल पाया हो तो अच्छा फल सुख, निरोगता लाभ आदि देता है।

वर्षेश ६–८–१२ भाव में हो या पाप ग्रह से युक्त दृष्ट हो तो अरिष्ट क्लेश आदि करता है। शुभ फल नहीं देता।

यदि केन्द्र में शुभ ग्रहों से युक्त या दृष्ट हो तो सुख और लाभदायक होता है।

जो ग्रह वर्षेश होता है वह वर्ष भर दशापति रहता है, उसकी दशा का फल वर्ष भर रहता है। इसलिए वर्षेश का बल जन्म काल एवं वर्ष में भी विचारना। दोनों में पूर्ण बली–पूर्ण शुभ फल, दोनों में मध्य बली–मध्यम फल, दोनों में हीन बली–अधम फल। जन्म में पूर्ण बल वर्ष में मध्यम बल–मध्यम फल। जन्म में पूर्ण बल वर्ष में हीन बल–उस से कम फल होगा। इसी प्रकार दोनों का बल विचार कर फल का अनुमान करना।

वर्षेश का जिस ग्रह से इत्थशाल हो वह अपनी प्रकृति के अनुसार शुभ फल देता है। शुभ ग्रह से इसराफ हो तो शुभ फल कुछ कम देता है। पाप ग्रह के इत्थशाल से अशुभ फल होता है।

जन्म वर्ष में जो ग्रह जैसी हद्दा में होकर दूसरे का तेज ग्रहण कर्ता हो वर्ष में भी उसी प्रकार हद्दा में हो तो अपना फल अपने सम्बन्धी ग्रह को दे देता है अर्थात् जन्म में जिस हद्दा में ग्रह है उसी हद्दा में जो कोई ग्रह हो उसके साथ मुथशिली हो तो जन्म के उस ग्रह का तेज ले लेता है।

जो ग्रह जन्म में शुभ या अशुभ फल देने में समर्थ है वह वर्ष लग्नेश या वर्षेश के साथ मूसदिक योग करता हो तो जन्म कालोक्त फल वर्ष में नहीं होता जो इन के साथ इशराफ योग न हो तो उस ग्रह का जन्म कालिक फल वर्ष में होता है। यदि लग्नेश वर्षेश इन दोनों में किसी से इत्थशाल करता हो तो विशेष रूप से फल कहना। यदि उस ग्रह को वर्षेश या वर्ष लग्नेश से न तो इशराफ हो और न इत्थशाल हो तो भी जन्म का फल होगा।

यदि जन्म में पंचमेश पुत्र भाव को देखता हो या पुत्र भाव में हो तो अपनी दशा में पुत्र देने में समर्थ होता है यदि यही जन्म का पुत्र भावेश वर्ष लग्नेश या वर्षेश से या पंचमेश से मुसरिफ योग करे तो वर्ष में अवश्य पुत्र नाश करेगा।

वर्षेश गुरु हो और जन्म में गुरु से चन्द्रमा इत्थशाल करता हो परन्तु गुरु अपनी हद्दा में हो और वर्ष में चन्द्र को देखे तो जन्म में चन्द्रमा गुरु को तेज देने से वह वर्ष शुभ फल देगा।

इसी प्रकार जन्म का और वर्ष का शुभाशुभ फल योग कारक ग्रहों के बलाबल विचार और इत्थशाल कम्बूल इसराफ इन योगों का विचार कर कहना।

वर्षेश केन्द्र या त्रिकोण में सौम्य ग्रह युक्त हो तो सम्पूर्ण वर्ष शुभ हो धन धान्य लाभ हो यश बढ़े शत्रु नाश हो।

वर्षेश वर्षलग्नेश और जन्मलग्नेश ये तीनों वर्ष कुण्डली में अष्टम हों तो मृत्यु या मृत्यु तुल्य कष्ट हो।

वर्षेश बली हो और लग्नेश एवं गुरु की दृष्टि धन भाव पर हो साथ ही लाभेश और धनेश की युति हो तो बिना प्रयत्न के लाटरी आदि से धन मिले।

वर्षेश षष्ठ में वक्री मंगल—रक्त विकार। शुक्र—बात रोग। चंद्र—उदर या हृदय रोग। सूर्य—ज्वर पीड़ा हो।

वर्षेश निर्बल हो तथा धनेश और भाग्येश अपनी-अपनी नीच राशि में हों तो वह वर्ष अनिष्ट दायक हो।

वर्षेश बली सप्तम में हो तो विवाह हो या पत्नी सुख हो।

वर्षेश गुरु पाप दृष्ट अष्टम हो तो झूठा कलंक लगे।

वर्षेश मंगल त्रिकोण में हो तो शस्त्र भय। केन्द्र में लग्नेश अष्टमेश की युति हो उस पर मंगल की दृष्टि हो तो मृत्यु हो।

वर्षेश लग्नेश दोनों निर्बल हों तो अनिष्ट हो, श्रम व्यर्थ हो।

वर्षेश बुध ६—८—१२ में हो पाप ग्रह से दृष्ट हो तो उस वर्ष नीच कर्म हो।

वर्षेश बली शनि ६ या १२ घर में हो तो पुराना घर लेने या बेचने से लाभ हो।

वर्षेश शनि स्वगृही या उच्च का दशम में हो तो धन प्राप्त हो।

वर्षेश सूर्य—राज्योन्नति, चन्द्र-श्वेत वस्तु के व्यापार से लाभ। मंगल—सम्मान। बुध—व्यापार में उन्नति। गुरु—परीक्षा में सफलता। शुक्र—धन प्राप्ति हो।

बली वर्षेश जिस भाव में हो उस भाव की वृद्धि हो।

प्रत्येक वर्षेश ग्रह का फल विचार

वर्षेश विचार करते समय ध्यान रहे कि उस ग्रह का बल जन्म में और वर्ष में क्या है। ग्रह का ५ विश्वा से कम बल हो तो वह हीन बली, ५ से १० तक मध्य बली और १० से अधिक हो तो ग्रह पूर्ण बली समझना। यदि जन्म और वर्ष में पूर्ण बली हो तो पूरा फल होता है एक में पूर्ण बली दूसरे में मध्य बली हो तो पूरा शुभ फल कुछ कम हो जाता है, एक में पूर्ण दूसरे में हीन तो मध्यम फल, दोनों में मध्य बली—मध्यम फल, एक में मध्यम दूसरे में हीन बल—न्यून शुभ, दोनों हीन बल—शुभ फल न्यून, अशुभ फल विशेष। जैसे-जैसे शुभ की मात्रा घटेगी, अशुभ फल की मात्रा बढ़ेगी। इसी प्रकार यहाँ बताये वर्षेश के फल पर विचार करना।

(१) वर्षेश सूर्य

पूर्ण बली—राज्य, सुख, पुत्र, कुलोचित धन लाभ, कुल के अनुसार प्रतिष्ठा, परिवार में सुख, शत्रु नाश, भूमि, धन कीर्ति, मित्र लाभ हो। ये सब पूर्ण बली सूर्य के फल होते हैं।

मध्यम बली—उपरोक्त सब सुख मध्यम होता है, थोड़ा सुख, स्वजनों से विवाद, स्थान का छूट जाना, देह में कृशता, कष्ट, राजा से भय। यदि शुभ ग्रह से वर्षेश का इत्थशाल न हो तब उपरोक्त फल होता है। यदि मध्यबली ग्रह शुभ ग्रह से इत्थशाल करे तो शुभ फल होता है।

हीन बली—परदेश में यात्रा, धन नाश, रोग, शोक, शत्रु भय, आलस्य, लोक अपवाद (कलंक) क्लेश, पुत्र और मित्र से भय, पिता आदि से भी सुख नहीं मिलता।

(२) वर्षेश चन्द्र

पूर्ण बली—धन स्त्री, पुत्र, घर का अनेक सुख, माला, सुगंधित द्रव्य, मोती, वस्त्र से सुख हो, कुलोचित पदवी या अधिकार लाभ हो, राजाओं से मित्रता हो शरीर पुष्ट हो।

चन्द्र वर्षेश होकर किसी ग्रह से इत्थशाल करे तो वह वर्षेश होता है। यदि वर्षेश चंद्र से कंबूल करता है और रात का जन्म है तो वह वर्ष उत्तम होता है।

मध्यबली—उपरोक्त फल साधारण, पुत्र मित्र वर्ग से शत्रुता, दूसरे स्थान में जाना पड़े, शरीर में दुर्बलता हो। मध्य बली चंद्र होकर पाप ग्रह से इशराफ करता हो तो कफ का प्रकोप होता है।

हीन बली—या अस्तंगत हो तो शीत कफ यक्ष्मा खाँसी रोग हो, चोरी का डर, स्वजनों से विरोध।

अति हीन बल हो तो पुत्र स्त्री का सुख नष्ट हो दूर देश जाना पड़े, मृत्यु तुल्य कष्ट हो।

(३) वर्षेश मङ्गल

पूर्ण बली—कीर्ति जय, शत्रु का नाश, संग्राम में प्रधान या सेनापति, कुलोचित धन सम्पत्ति की प्राप्ति, मित्र स्त्री पुत्र का सुख, लोगों में पूज्य, राजा से धन प्राप्त हो।

मध्यबली—उपरोक्त से साधारण फल, चोर भय, राजा आदि से भय। गाड़ी या शस्त्र से चोट या घाव, शरीर से रुधिर निकले, अधिक क्रोध, झगड़ा, रोग, विवाद, विरोध, धन क्षय, बल, गौरव आदि का मध्यम सुख हो।

हीन बली—शत्रु, चोर, अग्नि, इन से भय, कलंक लगने का भय, बुद्धि नाश, काम-काज में बाधा, अग्नि रोग भय, परदेश गमन, स्त्री, पुत्र, मित्र से क्लेश, चरण, मुख, और नेत्र में रोग, दुष्ट एवं स्वजनों से भय यदि गुरु की दृष्टि न हो तो क्षय रोग का भी भय होता है।

(४) वर्षेश बुध

पूर्ण बली—धन लाभ नाना प्रकार की कलाओं में गणित या ज्योतिषशास्त्र में,

वैद्यक में ज्ञान की उन्नति हो विवाद में जय, लेखन में, अच्छे शास्त्र पढ़ने में, या लिखा पढ़ी के काम में प्रतिष्ठा या धन लाभ हो, राजा के आश्रय से गौरव प्राप्त हो, राजा का मंत्री होवे।

मध्य बली–पूर्वोक्त फल साधारण होगा। रास्ता चलना व्यापार में लाभ पुत्र व मित्र से सुख। यदि शुभ ग्रह से इत्थशाल हो तो यह फल होता है अन्यथा अच्छा फल नहीं होता।

बल हीन–बल बुद्धि की हानि, धर्म का नाश अर्थात् अधर्म का उदय, अपने ही वचन के दोष से अनादर, झूठी गवाही देनी पड़े, दूसरों के व्यवहार से पुत्र, धन, मित्र की हानि होती है चित्त में विक्षेप होने से आपत्ति, राजा, शत्रु या चोर से भय, नेत्र, हृदय, गले में रोग।

(५) वर्षेश गुरु

पूर्ण बली–परिवार में सुख, धर्म गुण-ग्राहकता धन कीर्ति पुत्र का सुख हो, जगत में विश्वास बढ़े, श्रेष्ठ बुद्धि हो, पराक्रम बढ़े, गड़े हुए धन का लाभ, राजा से गौरव बढ़े, शत्रु नाश हो।

मध्यबली–पूर्वोक्त फल साधारण हो, राजा से मिलाप, विज्ञान शास्त्र में प्रीति। यदि पाप ग्रह से इसराफ योग होता हो तो दरिद्रता हो धन का नाश स्त्री को कष्ट ये अशुभ फल हों।

हीन बल–धन, अर्थ और सुख की हानि, पुत्र स्त्री मित्र भी उसे छोड़ देवें, कलंक लगने का भय, व्याकुलता, कष्ट से निर्वाह, शरीर में कफ खाँसी दमा शत्रु से भय, कलह भी हो।

(६) वर्षेश शुक्र

पूर्ण बली-शरीर निरोग, अनेक भोग विलास, अच्छे शास्त्र के पढ़ने में प्रेम, अनेक रत्नों का लाभ, मिष्ठान्न भोजन, सन्तोष एवं कल्याण प्रताप बढ़े, जय प्राप्त हो, स्त्री के साथ सुख हास्य, राजा से धन लाभ और सुख।

मध्य बली–उपरोक्त फल मध्यम होता है। आजीविका कम, गुप्त दुःख, बंधी हुई जीविका, पाप ग्रह या शत्रु ग्रह से युक्त दृष्ट हो तो अनेक प्रकार की विपत्ति हो, धन नाश हो।

बल हीन–मन में संताप, लोगों में हँसी होती है, विपत्ति हो अपनी आजीविका नाश हो, स्त्री पुत्र मित्रों से विरोध, कष्ट से भोजन प्राप्ति, कार्य में असफलता, सुख नहीं मिले।

(७) वर्षेश शनि

पूर्ण बली–नवीन भूमि घर खेत आदि का लाभ, म्लेच्छ राजा से धन समूह का लाभ, बगीचा लगाना व जलाशय का सुख, शरीर पुष्टि, कुलोचित पद की प्राप्ति गुणियों में अग्रगण्य।

मध्य बली–उपरोक्त फल मध्यम, कष्ट से भोजन मिले, नौकर ऊँट भैंस पालने

वाले व अन्य के संसर्ग में आसक्त रहे, लाभ हो। पाप ग्रहों से युक्त या दृष्ट होने से अशुभ फल हो।

हीन बली–कार्यों में असफलता, धन व्यय, विपत्ति शत्रु का भय, स्त्री पुत्र मित्रजनों से बैर, खराब अन्न का भोजन। शुभ ग्रह से इत्थशाल हो तो थोड़ा सुख भी मिले।

•

अध्याय २१

मासेश और दिनेश का फल

मासेश और दिनेश का फल वर्षेश के समान होता है। परन्तु यहाँ मासेश का फल संक्षेप से दिया है।

(१) सूर्य मासेश–राजा से धन की प्राप्ति, मन में हर्ष, महत्व की वृद्धि निरंतर देशान्तरों में यश का प्रचार।

(२) चंद्र मासेश–श्वेत वस्त्रों का लाभ, मोती के हार की प्राप्ति, धनागम, राजा से एवं आत्मीय जनों से सुख, तीर्थ यात्रा आदि शुभ फल हो।

(३) मंगल मासेश–संग्राम में विजय, रक्त वस्तु एवं धन की प्राप्ति, घर में सर्वत्र मंगल।

(४) मासेश बुध–राजा से धन का लाभ, सुन्दर वस्त्रों का लाभ, कीर्ति बढ़े, अनेक भोग विलास से सुख।

(५) मासेश गुरु–श्रेष्ठ बुद्धि हो, लोक में आदर, देव कार्य में मन।

(६) मासेश शुक्र–जल क्रीड़ा में प्रसन्नता, काम क्रीड़ा में अधिक मन, कुटुम्बियों से आदर प्राप्त।

(७) मासेश शनि–राजा से मान प्राप्ति, हास्य विलास, घमड दूर करने में समर्थ।

उपरोक्त फल के विचार में इन का बल एवं पाप शुभ दृष्टि आदि पर विचार कर फल निर्णय करना।

भाव अनुसार मासेश का फल

(१) लग्न में मासेश–राजा से मान प्राप्ति, सन्तान सुख, धन का लाभ, भाग्योदय, बाहुबल का प्रताप, शत्रु का नाश।

(२) द्वितीय में मासेश–हर्ष, धन लाभ, बाहुबल का प्रताप, वाहन घर आदि की प्राप्ति, यदि शुभ युक्त या दृष्ट हो तो ये सब शुभ फल होते हैं।

(३) तृतीय में मासेश–स्वतः के पराक्रम द्वारा सिद्धि प्राप्त करे, भाई के शरीर में सुख हो। पाप युक्त या दृष्ट होने से ऐसा फल नहीं करता है।

(४) चतुर्थ में मासेश–शुभ युक्त या दृष्ट हो तो वाहन एवं सुवर्ण का लाभ, सत संग, ब्राह्मण और देव में भक्ति।

(५) पंचम में मासेश—सन्तान का सुख, स्त्री से विलास, धनागम, शत्रु और रोग का नाश, सुख, अर्थ की सिद्धि।

(६) षष्ठ में मासेश—कार्य नाश, शत्रु का उदय, रोग हो, वाहन और धन की हानि।

(७) सप्तम में मासेश—व्यापार में लाभ, धान्य की वृद्धि, स्त्री का सुख हो। यदि शुभ ग्रह युक्त या दृष्ट हो तब उपरोक्त फल होता है।

(८) अष्टम में मासेश—बल बुद्धि की हानि, शरीर की हानि, लक्ष्मी का वियोग देश विदेश में भ्रमण, पुत्र और भाई को दुःख।

(९) नवम में मासेश—धर्म की वृद्धि, भाग्योदय, मित्र लाभ, स्त्री विलास, सन्तान सुख।

(१०) दशम में मासेश—प्रताप की वृद्धि, पुत्र सुख, धन धान्य का लाभ, स्त्रियों का विलास, सर्व अर्थों की सिद्धि हो।

(११) लाभ में मासेश—यदि शुभ युक्त या शुभ दृष्ट हों तो बहुत लाभ हो, हर्ष हो, विलास, स्त्री और घर का सुख।

(१२) व्यय भाव में मासेश—धन का खर्च, धान्य का नाश, स्त्री को कष्ट, पुत्र सुख की हानि, शत्रु का आतंक, मस्तक एवं शरीर में पीड़ा।

मास प्रवेश का मास फल का संक्षिप्त विचार

मास प्रवेश काल में लग्न के नवांश के स्वामी की लग्नेश से या उसके नवांशेश से मित्र दृष्टि हो या दोनों एक साथ हों तथा चंद्रमा की उन दोनों पर मित्र दृष्टि (३, ५, ९, ११) हो तो उस महीने में मास प्रवेश जब तक हैं सुख और निरोगता रहे यह बलाबल एवं दृष्टि योग से विचार कर फल का निर्णय करना।

यदि वही लग्न नवांशेश और लग्नेश का नवांश स्वामी ये दोनों परस्पर शत्रु दृष्टि से देखते हों या चंद्रमा भी शत्रु दृष्टि से देखे तो मानसिक दुःख देते हैं। यदि लग्नेश या लग्नेश का नवांशेश में कोई नीच का या अस्तंगत हो तो बड़ा कष्ट भोग कर सुख पावे और यदि दोनों नीच में या अस्तंगत हों और चंद्रमा शत्रु दृष्टि से देखे तो मरण हो। परन्तु इसी मास में जन्म तथा वर्ष का भी अरिष्ट हो तो मृत्यु होती है अन्यथा मृत्यु तुल्य कष्ट हो। यदि जन्म का अरिष्ट उस महीने में हो वर्ष में न हो तो मास के पूर्वार्द्ध में मृत्यु तुल्य कष्ट हो और वर्ष का अरिष्ट हो जन्म का उस मास में न हो तो मास के उत्तरार्द्ध में उक्त अरिष्ट होता है।

ऐसा ही सम्पूर्ण भावों का विचार करना कि जिस भाव का नवांशेश तथा उस भावेश के नवांशेश परस्पर मित्र दृष्टि से देखें और चंद्रमा भी इनको मित्र दृष्टि से देखे तो इस मास में उस भाव सम्बन्धी शुभ फल होता है यदि उक्त ग्रह परस्पर शत्रु दृष्टि से देखें या युक्त हों तथा चंद्रमा भी इन्हें शत्रु दृष्टि से देखे तो उस भाव सम्बन्धी कष्ट होगा। ऐसे ही नीच या अस्तंगत में से एक या दोनों हों तो भी कष्ट होगा। ऐसा सब भाव से विचारना।

लग्नेश मासेश वर्षेश और लग्न नवांश स्वामी ये चारों या इनमें से कोई जिस भाव नवांश पति से मित्र दृष्टि से युक्त या दृष्ट हों और चंद्रमा भी मित्र दृष्टि से युक्त या दृष्ट हो तो उस भाव के सम्बन्ध से सुख होता है। ऐसे योग में जो जन्म काल में इस भाव सम्बन्धी अनिष्ट फल हो तो यहाँ मध्यम फल होगा। जो जन्म में भी शुभ फल देने वाला हो तो यहाँ अधिक शुभ होगा। एसे ही बलहीन होवे और शत्रु दृष्टि का होवे तो अनिष्ट का बुद्धि से विचार लेना।

६-८-१२ भाव के स्वामी और इनके नवांश स्वामी निर्बल हों और भावों के स्वामी सबल हों तो शुभ फल देते हैं। यदि ६-८-१२ के नवांश स्वामी सबल हों और भावों के निर्बल हों तो कष्ट होता है।

लग्नेश मासेश वर्षेश और मुंथेश ६-८-१२ भाव में हों पाप युक्त हों और ग्रहों से शत्रु दृष्टि से दृष्ट हों तो इस मास में रोग आदि से क्लेश हो और शत्रु द्वारा दुःख प्राप्त हो।

लग्नेश, मासेश और वर्षेश बलवान हो तथा केन्द्र त्रिकोण और लाभ में हो तो निरोग हो शत्रु नाश हो और कुलानुमान से राज्य लाभ हो, मानव कीर्ति को प्राप्त हो।

मास प्रवेश कुण्डली में भाव में ग्रह फल

(१) लग्न में सूर्य—मस्तक नेत्र और मुख में पीड़ा, चित्त में उद्वेग, स्त्री के शरीर में पीड़ा, बहुत चिन्ता।

लग्न में चंद्र—कास तथा स्वासादि का रोग मुख और नेत्र में पीड़ा। पूर्ण चंद्र हो तो धन का लाभ करे। शुभ युक्त या दृष्ट शुभ फल। पाप युक्त या दृष्ट दुष्ट फल। क्षीण चंद्र हो तो अशुभ फल।

लग्न में मंगल—कलह, धन खर्च, रक्त पित्त का रोग, मस्तक मुख व नेत्र में रोग।

लग्न में बुध—राजा से मान यश, तेज बल की वृद्धि, बुद्धि की वृद्धि, देह सुख प्राप्त।

लग्न में गुरु—पुत्र स्त्री से सुख, राजा से सम्मान, लाभ, बात रोग।

लग्न में शुक्र—राजसमान, कुल की वृद्धि, हर्ष सुख, जगत्प्रीति।

लग्न में शनि—सिर मुख पेट में रोग, कफ बात की पीड़ा, मित्र से वैर, स्वगृही या उच्च का हो तो शरीर सुख देता है।

लग्न में राहु—पुत्र मित्र आदि का कष्ट, धन नाश, कलह, बात पीड़ा, वस्त्र आदि का कष्ट।

लग्न में केतु—शिर में रोग ताप, विदेश से भय, उद्वेग, स्त्री आदि की चिन्ता, चोट, शरीर में व्यथा।

मास प्रवेश में धन में सूर्य—धन नाश, राजा अग्नि चोर शत्रु से झगड़े में धन हानि, कुटुम्ब में कलह।

धन में चंद्र—इष्ट मित्रों से लाभ हो। पूर्ण चंद्र हो तो श्वेत वस्तु के व्यापार से धन लाभ हो।

धन में मंगल—राजा, अग्नि चोर से भय, कष्ट शोक क्रूरता, धन का खर्च।

धन में बुध—इष्ट मित्रों से सुख, शरीर सुख, धन का लाभ।

धन में गुरु—राज्य से मान, शरीर सुख, मित्रों से सुख, धन का लाभ।

धन में शुक्र—मित्रों की वृद्धि, शत्रु नाश, स्त्री सुख, धन लाभ।

धन में शनि—धन नाश, राजा से भय, मुख नेत्र में पीड़ा, स्त्री पुत्रादि को कष्ट।

धन में राहु—धन नाश, चिन्ता, देह में रोग, गुदा मुख व नेत्र में पीड़ा।

धन में केतु—धन धान्य का नाश, कुटुम्ब से विरोध, मुख में रोग, धन की चिन्ता, घर में सुख नहीं मिले।

मास प्रवेश में तीसरे भाव में सूर्य—धन सम्पदा की वृद्धि, रोग नाश, धर्म की वृद्धि स्त्री पुत्र मित्र का सुख।

तीसरे भाव में चंद्र—पराक्रम से सुख, मित्र व भाई से सुख, पूर्ण चंद्र हो तो आरोग्यता हो।

तीसरे भाव में मंगल—मित्र और धन का लाभ, राजा से मान, शत्रु नाश, पद प्राप्ति, उत्सव।

तीसरे भाव में बुध—शत्रु मित्र का मिलाप, दुःख और सुख लाभ हो खर्च भी हो, मिथ्या बचन बोले।

तीसरा गुरु—राजा से मान, धन लाभ, मित्र और भाई का लाभ, अल्प सुख, स्त्री को सुख।

तीसरा शुक्र—धन का खर्च, अपने मनुष्यों से विवाद, अल्प सुख, भाई बहनों का पोषण।

तीसरा शनि—धन लाभ, राजा से मान दुःख की निवृत्ति।

तीसरा राहु—शत्रु नाश, धन लाभ, आरोग्यता, मित्र सुख, ऐश्वर्य की वृद्धि, बन्धु कष्ट।

तीसरा केतु—विवाद, बन्धु नाश, बाहु पीड़ा, दानधर्म से हीन, शत्रु नाश, पराक्रम की वृद्धि, ऐश्वर्य युक्त।

मास प्रवेश में चतुर्थ सूर्य—राजा से भय, पशु और मनुष्य की पीड़ा, मित्रों से लड़ाई, भोजन में कष्ट।

चतुर्थ चंद्र—राजसी भोजन, अल्पधन का लाभ, गौ आदि का लाभ, भाई स्त्री और मित्र का सुख।

चतुर्थ मंगल—राज भय, कुटुम्ब से कलह, शरीर कष्ट, विदेश यात्रा, क्षुधा से महान कष्ट।

चतुर्थ बुध—राज मान, मित्र भाई और स्त्री का सुख, मित्र का समागम, शिल्प ज्ञान।

चतुर्थ गुरु—राजा से मान, धन लाभ, स्त्री पुत्र मित्र का सुख, भूमि वाहन, विद्या से सुख।

चतुर्थ शुक्र–धन लाभ आरोग्यता, राजा से मान, ऐश्वर्य वृद्धि, स्वजन और मित्रों से सुख।

चतुर्थ शनि–राज भय, धन नाश, मातृ कुल में कष्ट, विदेश गमन।

चतुर्थ राहु–प्रवास, मित्रों में विवाद, चिन्ता, पशुओं की हानि।

चतुर्थ केतु–पिता की हानि, माता आदि का सुख नहीं, यदि उच्च का हो तो बन्धुओं से सुख हो परन्तु अपने स्थान में अधिक रहना न हो।

मास प्रवेश में पंचम सूर्य–देह में पीड़ा, बुद्धि की हानि, धन हानि, स्त्री-पुत्र को कष्ट।

मास प्रवेश में पचम चंद्र–शुभ दृष्टि हो तो शरीर सुख, उत्सव, पुत्र सुख।

मास प्रवेश में पंचम मंगल–शरीर कष्ट; धन हानि, पुत्र-स्त्री को कष्ट, बुद्धि हानि, मित्र भय।

मास प्रवेश में पंचम बुध–राजा से मान, ऐश्वर्य बढ़े, स्त्री-पुत्र का सुख।

मास प्रवेश में पंचम शुक्र–धन लाभ, अच्छी बुद्धि, स्त्री का सुख, तन्त्र विद्या में कुशलता।

पंचम शनि–धन क्षय, बुद्धि नाश, स्त्री पुत्र को कष्ट पेट में पीड़ा।

पंचम राहु–पुत्रादिकों को कष्ट, उदर पीड़ा, भाई से विरोध, दुर्मति।

पंचम केतु–बुद्धि का ह्रास, उदर में रोग, सन्तान की न्यूनता, राजपक्ष से आशा में बिलम्ब हो।

मास प्रवेश में छठा सूर्य–शत्रु नाश, राजा से मान, धन लाभ, स्त्री, पुत्र का सुख, ऐश्वर्य बढ़े।

छठा चन्द्र–कफ बात की पीड़ा, राजा व चोर से कष्ट, भाइयों से विरोध।

छठा मंगल–शत्रु नाश, राजा से मान, धन लाभ, मित्र सुख, हर्ष।

छठा बुध–बात रोग, धन हानि, स्त्री पुत्र से भय, शत्रु बढ़े।

छठा गुरु–बलक्षीण, मित्रों से वैर, शत्रु वृद्धि, धन हानि, उद्वेग।

छठा शुक्र–बात कफ रोग, कष्ट, राज भय, धन खर्च, कलह।

छठा शनि–शत्रु नाश, राजा की कृपा, शरीर सुख, स्त्री पुत्र का सुख, धन की वृद्धि।

छठा राहु–शत्रु नाश, शरीर सुख, धन लाभ, राजा की प्रसन्नता, स्त्री पुत्र सुख।

छठा केतु–शत्रु नाश, व्याधि नाश, मामा से विरोध, चौपायों से सुख।

मास प्रवेश में सप्तम सूर्य–स्त्री को पीड़ा, गुदा, उदर मस्तक में रोग, धन हानि परदेश यात्रा।

सप्तम चंद्र–स्त्री सुख, राजा से मान, व्यापार से अन्य स्थान में लाभ।

सप्तम मंगल–स्त्री को हानि तथा कष्ट, भय, देश त्याग, शरीर में रोग।

सप्तम बुध–धन लाभ, मार्ग में व्यापार द्वारा सुख।

सप्तम गुरु–स्त्री सुख, राजा से सम्मान, व्यापार से धन लाभ।

सप्तम शुक्र–स्त्री पुत्र का सुख, हर्ष, मार्ग में लाभ, व्यापार से धन लाभ।

सप्तम शनि–धन नाश, शत्रु भय, विदेश यात्रा गमन से भय, मित्र को कष्ट।

सप्तम राहु–स्त्री को कष्ट, बात रोग कटि व गुदा में पीड़ा देह पीड़ा, विदेश वास।

सप्तम केतु–स्त्री को पीड़ा, मार्ग में निवृत्ति, देह पीड़ा, व्यय से चिंता, केन्द्र में होने से लाभ।

मास प्रवेश में अष्टम सूर्य–पित्त रोग, गुदा में रोग, शरीर पीड़ा, धन हानि, राज भय।

अष्टम चंद्र–कफ आदि से रोग, धन नाश, संताप।

अष्टम मंगल–गुदा में रोग, रक्त पित्त रोग, धन धर्म, मित्र पक्ष से आपत्ति।

अष्टम बुध–शत्रु नाश, राजा से मान सुख, धन लाभ।

अष्टम गुरु–कलह, रोग, धन खर्च, वियोग, विदेश यात्रा।

अष्टम शुक्र–विदेश यात्रा, धर्म नाश, शरीर रोग, स्त्री पुत्र को पीड़ा, अल्प लाभ।

अष्टम शनि–शरीर में रोग, धन हानि, व्यसन, स्त्री-पुत्र को पीड़ा, बात रोग।

अष्टम राहु–पेट में रोग, विदेश वास, धन खर्च, स्त्री को कष्ट, भाइयों में विरोध, विनाश।

अष्टम केतु–३, ४, ६, राशि का हो तो वात रोग से व्याकुल, गुदा में पीड़ा, १-२ राशि का हो तो पुत्र व धन लाभ।

मास प्रवेश में नवम सूर्य–मन में उद्वेग, स्त्री-पुत्र से कलह, धर्म हानि।

नवम चंद्र–राजा से मान, धर्म में रुचि, शत्रु विजय, भोग आदि की प्राप्ति, यश बढ़े।

नवम मंगल–धन का व्यय, कलह, धर्म हानि, पाप बुद्धि।

नवम बुध–शरीर सुख, धर्म में बुद्धि, धर्म में मिथ्यापना, स्त्री-पुत्र का सुख।

नवम गुरु–धर्म में रुचि, राजा से सुख, धन लाभ, अनेक भोग प्राप्ति।

नवम शुक्र–धन लाभ, आरोग्यता, उत्तम बुद्धि, स्त्री पुत्र का सुख, अचानक धन-धान्य धर्म प्राप्ति।

नवम शनि–पाप बुद्धि, राजभय, स्त्री-पुत्र को कष्ट, धर्म हानि।

नवम राहु–धर्म कार्य में विलम्ब, शरीर में पीड़ा, बैर, राजभय, दीनता।

नवम केतु–धर्म-हानि, धर्म कार्य में कभी घटा बढ़ी हो, भुजा में रोग, म्लेच्छ से भाग्य की वृद्धि, भाई को पीड़ा।

मास प्रवेश में दशम सूर्य–धन लाभ, भाग्योदय, कीर्ति सुख, पद प्राप्ति।

दशम में चंद्र–राजा से मान, हर्ष, शत्रु नाश, स्त्री पुत्र का सुख, लाभ, सुख, पद प्राप्ति।

दशम में मंगल—राजा की प्रसन्नता, व्यापार से धन लाभ, ऐश्वर्य की वृद्धि।

दशम में बुध—राजा से मान, शत्रु नाश, धन लाभ, व्यापार में वृद्धि।

दशम में गुरु—धन लाभ, राजा से मान, कीर्ति, घर में उत्सव, मित्र सुख।

दशम में शुक्र—कार्य सिद्धि, धन लाभ, राजा से मान, शत्रु नाश, मित्र सुख।

दशम में शनि—राजा से भय, दीनता, धन-हानि, व्यापार में हानि, यात्रा।

दशम में राहु—धन हानि, मित्रों से बैर, भय, देह में रोग, भूमि की हानि।

दशम में केतु—हृदय व जानु में पीड़ा, भाग्यहीन, कष्ट, माता की हानि, पिता को सुख।

मास प्रवेश में लाभ में सूर्य—आरोग्यता, राजा की कृपा, मित्रों द्वारा हर्ष, गौ आदि पशु एवं धन की प्राप्ति, लाभ।

लाभ में चद्र—राजा से लाभ, श्वेत वस्तु के व्यापार से लाभ, श्वेत वस्त्र आदि का लाभ।

लाभ में मंगल—धन लाभ, प्रताप, राजा की कृपा, शत्रु नाश, स्त्री-पुत्र का सुख।

लाभ में बुध—श्वेत वस्तु के व्यापार से लाभ, आरोग्यता, धन लाभ, पुत्र आदि का सुख।

लाभ में गुरु—मित्र सुख, आयु और आरोग्यता की वृद्धि, पशुओं की प्राप्ति, स्त्री-पुत्र का सुख।

लाभ में शुक्र—शुभ वस्तु के व्यापार से लाभ, जल मार्ग से धन प्राप्ति, सुख, स्त्रियों द्वारा धन बढ़े, प्रियजनों की संगति।

लाभ में शनि—आरोग्यता, राजा से लाभ, धन लाभ, स्त्री सुख, ऐश्वर्य बढ़े।

लाभ में राहु—नीच वर्ण से लाभ, स्त्री सुख, धन लाभ हो, कुछ हानि भी हो, शरीर सुख, ऐश्वर्य बढ़े।

मास प्रवेश में व्यय भाव में सूर्य—शरीर में पित्त रोग, नेत्र रोग, राज पीड़ा, राजदंड में व्यय, भाइयों से विरोध।

व्यय में चंद्र—चिंता, नेत्र रोग, अच्छे काम में धन का व्यय, घर में कलह, शत्रु की उत्पत्ति।

व्यय में मंगल—राजा से भय, धन-हानि, शरीर कष्ट, नेत्र रोग, स्त्री पुत्र से विरोध।

व्यय में बुध—राजा से भय, कुटुम्ब में कलह, अधिक खर्च, अल्प लाभ।

व्यय में गुरु—राज भय, धन का खर्च, विदेश यात्रा, स्वजनों से विरोध, शरीर में क्षय।

व्यय में शुक्र—अच्छे काम में खर्च, विदेश यात्रा, मित्र तथा भाइयों से विरोध, विछोह।

व्यय में शनि—राज भय, धन का नाश, कुटुम्ब से विरोध, पाँव, नेत्र और छाती में रोग।

व्यय में राहु—शत्रु का उदय, राज से पीड़ा, स्त्री को पीड़ा, धन का खर्च, शरीर कष्ट।

व्यय में केतु—गुह्य और वस्ति रोग, पाँव और नेत्र में पीड़ा, शत्रु नाश, मामा रहित हो, राजा तुल्य।

मास कुण्डली के कुछ योग

(१) मासेश लग्न में हो तो धन और सन्तान का सुख हो, राजमान प्राप्त हो। बाहुबल का प्रताप बढ़े, शत्रु क्षय हो, कर्म का उदय हो।

(२) लग्न में शुक्र चंद्र युक्त हो तो उस मास में पुत्र एवं धन-धान्य का सुख हो।

(३) लग्न में राहु युक्त चंद्र हो तो उस मास में ज्वर पीड़ा हो शरीर दुर्बल हो जावे।

(४) लग्न में गुरु हो चतुर्थ में बुध हो तो सुख हो, धन-धान्य की प्राप्ति हो।

(५) लग्न या अष्टम में क्षीण चन्द्रमा हो पाप युक्त या दृष्ट हो तो वह शत्रु के वश हो, शस्त्र का भय, रोग या मृत्यु हो।

(६) धन-भाव में शनि हो और लाभ में सूर्य हो तो शरीर पीड़ा और नेत्र रोग हो।

(७) तीसरे घर में मंगल और चंद्र हों तो स्त्री सुख हो उस मास में धन-धान्य का लाभ हो।

(८) तीसरे घर में गुरु चंद्र हो चौथे शुक्र हो तो उस भाव में सब अरिष्ट कष्ट आदि दूर होकर सुख प्राप्त हो।

(९) तीसरे भाव में सूर्य हो, दशम में गुरु हो तो उस मास में अरिष्ट, कष्ट आदि नाश होकर सुख हो।

(१०) चतुर्थ में पाप ग्रह हों तो वाहन से गिरे और शरीर में बहुत पीड़ा हो।

(११) चतुर्थ में सूर्य और दशम में पाप ग्रह हों तो मानसिक चिंता और राज-भय हो।

(१२) मासेश पंचम भाव में हो तो संतान सुख और धन लाभ हो सर्वार्थ लाभ प्रताप बृद्धि हो।

(१३) चन्द्रमा से पंचम में गुरु हो, गुरु से नवम में चंद्र हो तो रोग और शत्रु का नाश हो अरिष्ट का नाश हो।

(१४) मासेश छठे भाव में हो तो शत्रु का उदय हो, रोग हो, धन और वाहन की हानि हो, कार्य सिद्ध न हो।

(१५) जब वर्षेश, मासेश, दिनेश, मुंथेश पाप ग्रह से युक्त होकर ६—८ या १२ स्थान में हों तो कीर्ति और सम्मान की हानि हो।

(१६) मंगल सहित चंद्र ६ या ८ स्थान में हो तो शस्त्र से या शत्रु से भय हो।

(१७) जब लग्नेश, मासेश, वर्षेश, मुंथेश पाप ग्रह युक्त हो, पाप ग्रह से दृष्टि होकर ६ या ८ घर में हो तो शत्रु भय, व्याधि और दुःख हो।

(१८) सप्तम भाव में राहु के साथ चंद्र हो तो उस मास में बहुत कष्ट हो, बिशेष कर स्त्रियों को कष्ट हो।

(१९) सप्तम स्थान में शुभ ग्रह हो तो उस दिन जुआ खेलने में जीतेगा।

(२०) मासेश अष्टम हो तो अनेक कष्ट हो, संताप बढ़े, भय हो, शत्रु का उदय हो, शत्रु घात, बिषाग्नि की पीड़ा।

(२१) लग्नेश और अष्टमेश अष्टम हो तो उस मास में अनेक प्रकार से शरीर कष्ट हो, रुधिर बिकार हो।

(२२) मगल चन्द्रमा से युक्त अष्टम हो और मंगल के साथ सूर्य हो तो शरीर में रुधिर स्राव हो, गुह्येन्द्रिय में पीड़ा हो, दुःख बढ़े।

(२३) जन्म लग्नेश के साथ सूर्य अष्टम हो तो गुह्येन्द्रिय में पीड़ा हो दुःख बढ़े।

(२४) नवम में मकर का मंगल हो, मुंथेश पंचम हो तो अरिष्ट नहीं होता।

(२४) मासेश नवम में हो तो भाग्योदय हो, स्त्री व संतान का सुख हो, मित्र लाभ व धर्म की वृद्धि हो, धनागम हो, सर्वार्थ लाभ हो।

(२६) नवम में मंगल शुक्र से युक्त हो तो उस महिने में अरिष्ट और कष्ट का नाश हो, सुख हो।

(२७) लग्नेश नवम में हो, नवमेश पंचम हो तो भाग्योदय हो, सुख लाभ हो।

(२८) नवम में शुभ ग्रह हों तो धन, धर्म गौरव व कीर्ति बढे।

(२९) बारहवें स्थान में मुंथा हो तो अभीष्ट की प्राप्ति न हो, चोर का भय, धर्म अर्थ का नाश, मित्रों को कष्ट उद्यम हीन हो।

(३०) व्यय में शुभ ग्रह शुभ कार्य में व्यय कराते हैं, २–१२ स्थानों में पाप ग्रह हानि करते हैं, इन दोनों घर में पाप (पाप कर्तरी योग) हो तो रोग हो। शुभ ग्रह की कर्तरी शुभ होती है।

(३१) जिस मास का मासेश केन्द्र में हो, शुभ ग्रह की दृष्टि हो तो धन और सुख की बढ़ती हो, कष्ट दूर हो।

(३२) लग्नेश केन्द्र में हो, शुभ ग्रह से दृष्ट हो तो अपनी दशा में धन कीर्त्ति और सुख की वृद्धि करे।

(३३) लग्नेश मासेश वर्षेश बलवान होकर केन्द्र त्रिकोण या लाभ में हो राज्य लाभ आदर, यश प्राप्त हो नीरोग्यता प्राप्त हो, शत्रु नाश हो।

(३४) चंद्र या लग्न से केन्द्र त्रिकोण या लाभ में बलवान शुभ ग्रह बैठे हों, पाप ग्रह ३, ६, ११ स्थानों में हो तो यश सन्मान भोग-विलास आदि सुख प्राप्त हों।

●

अध्याय २२

दिन प्रवेश का संक्षिप्त फल

दिन प्रवेश काल में ग्रह स्पष्ट और भाव स्पष्ट कर और चन्द्रमा व लग्न इन दोनों के नवांश में फल कहना।

दिन प्रवेश में ७ अधिकारी होते हैं। (१) जन्म लग्नेश, (२) वर्ष लग्नेश, (३) मास लग्नेश, (४) मुंथेश, (५) त्रिराशीश, (६) दिन लग्नेश, (७) दिन का सूर्य राशीश, रात्रि का चंद्र राशीश। इनमें से अधिक लग्न को देखने वाल। ग्रह दिनेश कहलाता है।

दिनेश, मासेश, वर्षेश, मुंथेश ६–८–१२ घर में हों तो इस दिन रोग होता है यश और मान की हानि होती है। यदि ये केन्द्र त्रिकोण और लाभ में हों तो साथ देते हैं।

शुभ ग्रह बली होकर लग्न व चंद्र से केन्द्र या त्रिकोण में हों और पापग्रह ३–६–११ घर में हों तो इस दिन मनोविनोद हो, सम्मान हो, धन और यश सहित सुख होवे।

दिन प्रवेश से लग्न का नवांश स्वामी शुभ ग्रहों से युक्त दृष्ट हो या चंद्र से मित्र दृष्टि से दृष्ट हो तो निरोगता, शरीर पुष्टि और राज्यादि सुख प्राप्त हो। यदि वे निर्बल या ६–८–१२ घर में हों तो मास प्रवेशोक्त वत् दुःख होवे।

ऐसे ही सब भावों का विचारना अर्थात् जिस भाव का नवांशेश शुभ ग्रहों से युक्त मित्र दृष्टि से दृष्ट हो उस भावसम्बन्धी सुख हो और यदि नवांश स्वामी पापग्रह युक्त या शत्रु दृष्टि से दृष्ट हो तो दुःख हो इसमें चंद्रमा की भी मित्र या शत्रु दृष्टि का विचार करना।

छठे भाव का नवांशेश शुभ ग्रहों से युक्त या दृष्ट हो तो रोग करता है। पाप ग्रहों से युक्त दृष्ट हो तो शुभ है निरोगता देता है। ऐसे ही व्यय भाव के नवांश राशि में शुभ ग्रह युक्त या दृष्ट हो तो सन्मार्ग में व्यय हो पापयुक्त दृष्ट से व्यर्थ के काम में धन खर्च, चोरी आदि से धन हानि हो।

सप्तम भाव का नवांश यदि शुभ ग्रह युक्त या दृष्ट हो तो अपनी स्त्री से विलास आदि सुख मिले पाप ग्रह से युक्त या दृष्ट हो तो स्त्री से कलह, स्त्री सम्बन्धी दुःख हो। यदि दो पाप ग्रहों के बीच सप्तम भाव की नवांश राशि पड़े तो मरण होवें। जो पाप ग्रह सप्तम भाव में हो तो अन्य स्त्री से संगम होवे। शुभ ग्रहों से बहुत स्त्री सौख्य होवे।

सप्तम भाव की नवांश राशि यदि दो शुभ ग्रहों के बीच हो तो बहुत स्त्री सुख होवे। गुरु से युक्त दृष्ट हो तो अपनी स्त्री से प्रेम व संगम हो, गुरु से भिन्न ग्रहों से सप्तम भाव का नवांश युक्त दृष्ट हों तो पर स्त्री से संगम हो।

अष्टम भाव का नवांशेश अष्टम भावस्थ ग्रह से युक्त या दृष्ट हो तो युद्ध में मरण हो। यदि पाप और शुभ दोनों से युक्त या दृष्ट हो तो मिश्रफल होगा। यदि पाप ग्रहों से युक्त हो तो सुख हो, शेष वर्ष लग्न के अनुसार समझना।

दूसरे और बारहवें स्थान में पाप ग्रह हो तो हानि होती है। धन स्थान में शुभ ग्रह हो तो धन लाभ, व्यय स्थान में शुभ ग्रह हो तो शुभ काम में व्यय होता है। यदि लग्न में पाप ग्रहों की कर्तरी हो तो रोगादि दुःख हो। शुभ ग्रहों की कर्तरी हो तो शुभ फल होता है।

पापग्रह से युक्त दृष्ट क्षीण चन्द्रमा लग्न या अष्टम स्थान में हो तो मरण हो। यदि अन्य उत्तम योग हो और आयु हो तो रोग व शत्रु से शस्त्र भय या बन्धन हो।

चन्द्रमा मंगल युक्त ६ या ८ स्थान में हो तो शस्त्र से या पशु व्याघ्रादि से भय हो। यदि चतुर्थ स्थान में पाप ग्रह हो तो वाहन से पतन होवे और शरीर में बहुत पीड़ा हो।

शुभ ग्रह सप्तम में हो तो जय जुआ में धन लाभ और सुख हो। नवम स्थान में शुभ ग्रह हो तो धन, ऐश्वर्य राज सम्मान और कीर्ति प्राप्त हो, इसके अतिरिक्त मास कुंडली फल देखने की बातें दिन प्रवेश फल में भी विचारना।

६–८–१२ भाव के स्वामी के सम्बन्ध से भी विचारना कि ये जिस भाव में होंगे उसकी हानि करेंगे। दिनेश का भावेश से सम्बन्ध और दिन लग्नेश की स्थिति और दिन लग्नेश का कार्येश से सम्बन्ध पर भी विचारना।

दिन प्रवेश काल में चन्द्र अवस्था का फल

दिन प्रवेश में चन्द्र जिस प्रकार की अवस्था में होवे उसी अवस्था के तुल्य फल देता है।

मास प्रवेश में भी इसका विचार करना।

चन्द्र की अवस्था जानना

चन्द्र स्पष्ट लेकर राशि को छोड़कर केवल अंशादि लेकर २ से गुणा कर ५ का भाग देना, लब्धि अवस्था गत हुई उसके आगे की वर्तमान अवस्था हुई। उदाहरण—चन्द्र ४ रा०-८°-५′-६″। यहाँ राशि के ४ छोड़कर शेष अंश ८°-५′-६″ × २=१६-१०-११ ÷ ५= लब्धि ३ गत अवस्था हुई चौथी वर्तमान अवस्था हुई। ३०° में १२ अवस्था तो इष्ट अंश में=१२ ÷ ३०=२/५=× २ ÷ ५ अवस्था के नाम और फल ये हैं।

नाम	फल
(१) प्रवास=	प्रवास (यात्रा)
(२) नाश=	धन नाश
(३) मरण=	मृत्यु भय
(४) जय=	विजय
(५) हास्य=	स्त्रियों से विलास
(६) रति=	प्रसन्नता, स्त्री संग

(७) क्रीड़ित=सुख लाभ
(८) सुप्त=निद्रा, कलह, पीड़ा,
(९) भुक्ति=भय
(१०) ज्वराढ्य=संताप
(११) कंपिता=धनहानि
(१२) सुस्थिरता=सुख

मेष राशि हो तो १ प्रवास से वर्तमान चन्द्रदशा तक गिनना, वृष राशि में नाश से, मिथुन में मरण से कर्क में जय से इसी प्रकार मीन में बारहवीं स्थिर दशा से गणित से प्राप्त वर्तमान अवस्था की संख्या तक गिनने में जो अवस्था आवे उसे लेना जैसे वृश्चिक के चन्द्र में ८ के आगे प्राप्त ४ तक गिना तो ११वीं कंपित आई। उपरोक्त कर्क के चन्द्र में वर्तमान चौथी अवस्था आई तो ४ जय से आगे गिना चौथी क्रीड़ित अवस्था आई। अन्य मत से राशि कोई भी हो गति से जो वर्तमान संख्या उसे प्रवास से ही गिनकर अवस्था निकालते हैं।

•

अध्याय २३

मुन्था का फल विचार

जिस राशि पर मुंथा हो उस राशि का स्वामी मुंथेश कहलाता है। मुंथा अपने स्वामी (मुंथेश) से या शुभ ग्रह से दृष्ट हो तो सुख होता है। यदि वह शत्रु पाप अल्प बली ग्रह से दृष्ट हो तो भय और रोग होता है। भाव, दृष्टि और योग विचार कर फल निर्णय करना।

वर्ष लग्न से मुन्था ४, ७, ६, ८, १२ स्थानों में अशुभ फल देती है और ९, १०, ११ स्थानों में सुखदायक होती है और १, २, ३, ५, स्थान में उद्यम करने से धन देती है।

जो भाव पाप युक्त हो या जिस पर क्रूर ग्रह की शत्रु दृष्टि हो यदि उस भाव में मुन्था हो तो वह शुभ स्थान गत भी हो तब उस स्थान का शुभ फल नहीं देती परन्तु अशुभ फल बढ़ाती है।

जो मुन्था शुभ ग्रह से या मुंथेश से युक्त दृष्ट हो तथा मुन्थेश बलवान हो या शुभ ग्रह या मुन्थेश से इत्थशाली हो तो जिस भाव में वह मुन्था है उसके फल को बढ़ाती है। अशुभ फल नहीं होता। इसके विपरीत हो अर्थात् मुन्थेश व शुभ ग्रहों से युत दृष्ट न हो निर्बल हो और पाप ग्रह से मूसरीफ योग करती हो तो उस भाव के शुभ फल को नाश कर अशुभ फल बढ़ाती है।

जन्म लग्न से ४, ७, ६, ८, १२ स्थान में मुन्था हो पाप ग्रहों से युक्त दृष्ट भी हो वैसी मुन्था वर्ष लग्न से जिस भाव में पड़े उस भाव के फल को नाश करती है। यदि शुभ ग्रह व अपने स्वामी से दृष्ट हो तो हानि नहीं होती शुभ ही होता है।

मुन्था जन्म लग्न से तथा वर्ष लग्न से शुभ स्थान में हो पाप युक्त या दृष्ट न हो तो उस भाव सम्बन्धी शुभ फल बढ़ता है। जैसे जन्म लग्न से और वर्ष लग्न से

मुन्था पंचम स्थान में शुभग्रह या मुन्थेश युक्त दृष्ट हो तो पुत्र वृद्धि करती है इत्यादि। यदि जन्म तथा वर्ष लग्न से अनिष्ट स्थान में हो तथा पाप युक्त दृष्ट व पाप से इत्थशाली हो तो उस भाव का फल अवश्य नष्ट होगा।

जन्म लग्न से ४, ६, ८, १२ दुष्ट भाव में तथा वर्ष में भी अनिष्ट स्थानों में हो पाप ग्रह युक्त दृष्ट स्वामी के अस्तंगत आदि से निर्बल हो तो उस भाव को नाश करती है और अपने स्वामी से युक्त दृष्ट व इत्थशाल से शुभ फलद होती है।

जन्म लग्न से मुन्था चतुर्थ भाव में शुभग्रह युक्त हों तो पिता को धन भूमि लाभ कराती है ऐसे ही पाप युक्त हो तो राजा से भय और आजीवन अति कष्ट होवे। ऐसे ही जन्म लग्न से अष्टम में शुभ युक्त हो तो शुभ फल होगा पाप युक्त होने से अनिष्ट फल देगी। ऐसे ही षष्ठादि स्थानों में भी विचारना।

वर्ष लग्न में मुन्था स्वस्वामी या शुभग्रह युक्त दृष्ट जिस भाव में हो वह जन्म लग्न से जो भाव में हो वह उस भाव की वृद्धि करती है। जैसे वर्ष में मुन्था चतुर्थ में शुभ ग्रह वा स्वामी से युक्त दृष्ट है और जन्म लग्न से गिनने से यह भाव तीसरा होता है तो इस वर्ष में भाई के सम्बन्ध में शुभफल होगा। और पाप युक्त वा दृष्ट जिस भाव में हो वह जन्म लग्न से जो भाव हो उसकी हानि होती है। परन्तु वर्षेश बली तथा शुभ ग्रह हो तो पाप युक्त मुन्था का पूर्वोक्त फल नहीं होगा।

मुन्थेश और वर्ष लग्नेश दोनों वक्री, नीच या अस्त हों तो उस वर्ष में धन हानि, मानसिक चिंता, सन्तान चिंता आदि हो।

जन्म लग्न से मुन्था ६–८–१२ भाव में हो और वर्ष में भी जिस भाव में हो उस भाव की हानि होती है जैसे लाभ में हो तो लाभ भाव सम्बन्धी हानि हो।

मुन्था, वर्ष मुन्थेश, वर्षेश, वर्ष लग्न और वर्ष लग्नेश ये सब पाप ग्रह से दृष्ट हों तो उस वर्ष बहुत कष्ट हो।

लग्न में वर्षेश होकर बुध मुंथा के साथ हो तो परीक्षा इण्टरव्यु आदि में सफलता हो।

मुन्थेश, वर्ष लग्नेश, वर्षेश, और जन्म लग्नेश यदि ये ६–८–१२ में हों या पाप युक्त या पाप दृष्ट हों तो उस वर्ष बहुत कष्ट हो।

भाव के अनुसार वर्ष में मुन्था का फल

(१) लग्न में मुन्था—शत्रु का नाश, पुत्र लाभ, राजा की कृपा, सन्मान, प्रताप की वृद्धि,शरीर पुष्टि, उद्योग से धन और सुख, मन में संतोष, पराक्रम।

(२) द्वितीय भाव में मुन्था—उद्योग से धन लाभ, राजा का आश्रय, बन्धुओं से सन्मान, तेज वृद्धि, शरीर पुष्टि, सुन्दर भोजन, उत्साह, सुयश, तीर्थगमन, सुखप्राप्ति अनिष्ट का नाश हो, शत्रु को संताप हो।

(२) तृतीय में—पराक्रम से धन यश सुख लाभ, सहोदर बन्धुओं से सुख, शरीर पुष्टि, राजा से सहायता मिले, जय प्राप्त हो, देव ब्राह्मण और गौ में भक्ति, मनोरथ पूर्ण हो।

(४) चतुर्थ में—शरीर पीड़ा, रोग, शत्रु से भय, मन में संताप (अशान्ति) उद्योग में हीनता, निंदा, बन्धुओं से विरोध, भय और दुःख की वृद्धि, राजा से भय, प्रतिज्ञा भंग।

(५) पंचम में—धन लाभ, श्रेष्ठ बुद्धि, पुत्र लाभ, राजा की कृपा, प्रताप की वृद्धि, अनक भोग विलास, देव ब्राह्मण का पूजन, शरीर सुख, मन की व्यथा दूर हो, शत्रु का अपमान हो।

(६) षष्ठ में –देह दुर्बल, शत्रु की वृद्धि, रोग हो, चोर व राजा का भय, कार्य और धन का नाश, बुद्धि भ्रंश, कार्य में पछतावा, कुटुम्ब से बैर।

(७) सप्तम में—स्त्री तथा बांधव से दुःख, शत्रु से भय, धन धर्म का नाश, उत्साह भंग, रोग और शोक हो, मति भ्रम, विरुद्ध कार्य की चेष्टा हो, झंझट हो।

(८) अष्टम में—शत्रु व चोर का भय, धन और धर्म का नाश, दुर्व्यसन, रोग हो, बल नाश, विदेश गमन, कलह से व्याकुलता, असंतोष, वर्ष भर अशुभ फल रहे।

(९) नवम में—धर्म कार्यों में उत्साह, स्त्री पुत्र का सुख, भाग्योदय, परम यश, देव ब्राह्मण की पूजा, राजा से धन लाभ, पद प्राप्ति, कुटुम्बी व मित्रों से हित हो।

(१०) दशम में—राजा की कृपा, कीर्ति विद्या धन की वृद्धि, परोपकार, सत् कर्म की सिद्धि, देव ब्राह्मण की भक्ति, मनोरथ सिद्धि, अच्छी पदवी।

(११) लाभ में—भाग्योदय, आरोग्यता, चित्त की प्रसन्नता, राजा के आश्रय से धन लाभ, सु मित्र तथा पुत्रों से अभिमत प्राप्ति, मनोरथ सिद्धि, ऐश्वर्य बढ़े।

(१२) व्यय में मुन्था—अधिक खर्च, शरीर कष्ट, दुष्ट संगति, देह में रोग, धन और धर्म की हानि, सज्जनों से भी वैर, उद्योग में विफलता, देव पूजा से चित्त उच्चाटन, लोगों से विरोध, कुटुम्ब से दुःख।

वर्ष में ग्रह अनुसार मुन्था का विशेष फल

(१) सूर्य—मुन्था सूर्य राशि में या सूर्य युक्त हो या किसी भाव में स्थित सूर्य से दृष्ट हो तो राज्य लाभ हो, राजा से मिलाप, गुणों की प्राप्ति हो दूसरे अच्छे स्थान की प्राप्ति हो भोग विलास आदि का सुख हो, ऐश्वर्य मान बढ़े, शत्रु से रहित हो।

(२) चन्द्र—मुन्था चन्द्र राशि में या चन्द्र युक्त या दृष्ट हो तो धर्म और यश की वृद्धि, निरोगता, संतोष और बुद्धि की वृद्धि हो। यदि पाप दृष्ट हो तो अत्यन्त क्लेश होता है।

(३) मंगल—यदि मंगल युक्त या दृष्ट या मंगल की राशि में हो तो पित्त प्रकोप बढ़े गरमी का प्रकोप हो, शस्त्र से चोट लगे और रुधिर पीड़ा हो, बन्धुओं और मित्रों में अरुचि, घर और भोजन में सुख न मिले, कुमति बढ़े यदि वैसी मुंथा शनि से दृष्ट हो या शनि के घर में हो तो उक्त फल विशेष रूप से होता है।

(४) बुध—यदि बुध युक्त या दृष्ट या बुध की राशि में हो या शुक्र युक्त दृष्ट या शुक्र की राशि में हो तो स्त्री लाभ, बुद्धि बढ़े, अधिक यश हो, धर्म और

सुख की वृद्धि हो, सन्मार्ग द्वारा द्रव्य लाभ, बन्धु मिलन, सत्संग, सत्कथा श्रवण, सन्मान बढ़े। यदि ऐसी मुन्था पर पाप दृष्टि या पाप युक्त हो तो कष्ट होता है।

(५) गुरु—गुरु से युक्त या दृष्ट या गुरु की राशि में मुन्था हो तो पुत्र व पुत्री का सुख हो सुवर्ण वस्त्र और रत्न का लाभ, सुकृत कार्य से मन, बुद्धि और ऐश्वर्य बढ़े। यदि शुभ ग्रह से मुन्था का इत्थशाल होता हो तो राज्य का लाभ होता है।

(६) शुक्र—शुक्र युक्त या दृष्ट मुंथा हो तो शत्रु का पराजय, बन्धु सुख, सुन्दर स्त्री का सुख, पुत्र सुख, सम्मान बढ़े, राजा के आश्रय से धन बढ़े।

(७) शनि—शनि युक्त या दृष्ट या शनि की राशि में हो तो वात रोग हो, अपमान हो, अग्नि भय, धन की हानि हो, मन में दुष्ट विचार, कलह से चिन्ता, ऐश्वर्य वाले उन्मत्त पुरुष से विभव रहित होवे यदि गुरु से इत्थशाल हो या गुरु की दृष्टि हो तो शुभ फल की प्राप्ति होती है।

(८) राहु—मुंथा राहु के मुख (भोग्यांश) में हो तो धन की प्राप्ति, यश, सुख और धर्म वृद्धि हो यदि गुरु या शुक्र से युक्त या दृष्ट हो तो अच्छा स्थान (पद) की प्राप्ति होती है, सुवर्ण रत्न तथा वस्त्रों का लाभ होता है।

यदि मुन्था राहु के पृष्ठ (भुक्तांश) में हों तो शुभ फल नहीं मिलता। मुंथा राहु से सप्तम पुच्छ में केतु के साथ हो तो शत्रु से भय और कष्ट हो यदि पाप ग्रह से दृष्ट हो तो घर में संचित धन या घर और सम्पत्ति का नाश होता है।

जन्म लग्न से सप्तम स्थान में राहु रहने से धन और सम्पत्ति का नाश होता है। सारांश यह है कि जन्म काल में मुंथा जन्म लग्न पर ही रहती है और गत वर्ष तो है ही नहीं। और राहु के सप्तम स्थान में पुच्छ है। यदि लग्न से सप्तम स्थान में राहु रहे तो सप्तम से सप्तम स्थान लग्न ही पुच्छ होगा। जन्म में वहीं पर मुन्था के रहने से उपरोक्त फल होगा।

राहु के भोग्यांश मुख है भुक्तांश पृष्ठ है। जैसे मान लो राहु स्पष्ट ३–५–१०–१५ कर्क राशि का राहु है तो कर्क के ५–१०–१५ ये भोग्यांश मुख कहलाये क्योंकि वक्र गति से राहु चलता है और इन अंशों को ३० में से घटाने पर शेष २४–४९–४५ में भुक्तांश (पृष्ठ) हुए। कर्क का राहु है तो इससे सप्तम मकर हुई यही राहु की पुच्छ हुई। राहु से सप्तम सदा केतु रहता है इससे राहु की पुच्छ केतु ही है।

मुन्थेश फल विचार

धन नाश रोग—मुन्था का स्वामी मुंथेश होता है। यदि मुन्थेश ६–८–१२–४ स्थान में हो या अस्त हो या पापाक्रान्त राशि (क्रूर ग्रह) से ४ या सातवां हो अर्थात् शत्रु दृष्टि हो तो शुभ फल नहीं होता रोगोत्पत्ति और धन नाश भी करता है।

मरण कष्ट—मुन्थेश वर्ष लग्न से अष्टमेश युक्त हो या क्षुत दृष्टि (१–४–७–१०) से दृष्ट हो तो शुभ फल नहीं देता यहां यदि दोनों योग हों अर्थात् दोनों ग्रह एक साथ ही किसी राशि में हों तो मरण फल होता है। इसमें भी विचारना कि यदि ६-८-१२ स्थान में यह योग हो अष्टमेश पाप से युक्त हो तो अवश्य मरण हो।

यहाँ अष्टमेश का तथा मुन्थेश का जो धातु हो उसके दोष से रोग कहना। एक ही योग हो अर्थात् क्षुत दृष्टि से अष्टमेश से मुन्थेश देखा जाय तो मरण के समान कष्ट होता है।

शुभ अंश फल—जन्म काल में मुन्था या मुन्थेश शुभ ग्रह से युक्त या दृष्ट हो तो पूर्वार्द्ध में शुभ फल देता है। मुन्था और मुन्थेश दोनों शुभ ग्रह युक्त व दृष्ट हों तो अति शुभ फल वर्ष के पूर्वार्द्ध में देते हैं तथा वर्ष काल में मुन्था या मुन्थेश शुभ ग्रह युक्त या दृष्ट हो तो वर्ष के उत्तरार्द्ध में शुभ फल देते हैं तथा मुन्था मुन्थेश शुभ ग्रह युक्त दृष्ट हो तो अति शुभ फल वर्ष के उत्तरार्द्ध में हो। ऐसे ही जन्म में मुन्था मुन्थेश में से एक भी पापग्रह युक्त या दृष्ट हो तो वर्ष के पूर्वार्द्ध में अशुभ फल हो। दोनों पाप युक्त दृष्ट हों तो अति अशुभ। यदि वर्ष में मुन्था मुन्थेश में से एक ग्रह पाप युक्त दृष्ट हो तो वर्ष के उत्तरार्द्ध में अशुभ फल यदि दोनों में हो तो अति अशुभ फल हो।

भय, कष्ट, कलह—मुन्थेश द्वादश और अष्टम स्थान में बलहीन हो पाप ग्रह या पाप ग्रह के वर्ग में हो तो उस वर्ष कष्ट, भय, मनुष्यों से विवाद और स्वजनों के साथ अत्यंत कलह हो।

मित्रता, श्रेष्ठ बुद्धि—वर्ष में मुन्थेश, नवम, लाभ, तृतीय या केन्द्र में हो तो राजाओं के साथ मित्रता हो प्रताप बड़े बुद्धि श्रेष्ठ हो।

सुख—मुन्थेश, वर्ष लग्नेश, जन्म लग्नेश बलवान् होकर केन्द्र त्रिकोण धन या लाभ स्थान में हो तो धन सुवर्ण, वस्त्र आदि की प्राप्ति हो सुख हो।

सन्मान, धन—मुन्थेश या उसका मित्र शुभ ग्रह हो और बली होकर मुन्था को देखता हो तो मनोरथ पूर्ण हो, राजा से सन्मान व धन लाभ हो।

बल अनुसार फल—शुभ-अशुभ मिश्रित मुंथा का फल मुन्थेश की दशा में विचारना। मुन्थेश पूर्ण बली हो तो पूर्ण फल, मध्यम बली से मध्यम और हीन बली से हीन फल अनुमान करना। मुन्था जिस ग्रह से युक्त हो उस ग्रह का बल भी देख कर फल निर्णय करना।

कष्ट पीड़ा—मुन्थेश और लग्नेश एक साथ अष्टम में हों तो मरे हुए सदृश कर देता है या कंठावरोध, रक्त विकार या गुह्येन्द्रिय पीड़ा करता है।

रोग पीड़ा—मुन्थेश अष्टम हो दशमेश नवम पंचम घर में हो तो शरीर पीड़ा भ्रातृ कष्ट या गुल्म रोग हो।

धन सुख, लाभ—मुन्थेश बलवान हो वर्ष लग्नेश या जन्म लग्नेश केन्द्र त्रिकोण या धन में हो तो सुख हो धन सुवर्ण वस्त्र आदि का लाभ हो।

सुख कीर्ति—मुन्थेश केन्द्र त्रिकोण लाभ या धन स्थान में हो तो राज्य सुख, कीर्ति बंधु सुत आदि का सुख हो।

रोग से शरीर नष्ट—मुन्थेश अष्टम हो अष्टमेश सूर्य मंगल से युक्त हो तो कफ, पित्त रोग से शरीर नष्ट हो।

निधन—मुन्थेश त्रिराशीश जन्म लग्नेश ये अस्त सप्तम में हों वर्षेश नीच का हो तो उसका निधन हो कोई भी उसकी रक्षा नहीं कर सकता।

अरिष्ट दूर धन प्राप्ति—मुन्थेश निज भाग्य स्थान में हो तथा उच्च में होकर शुभ ग्रह मित्र से दृष्ट हो तो अरिष्ट नाश होकर धन रत्न सुवर्ण आदि की प्राप्ति होती है।

पेट में रोग—मुन्थेश अस्त हो लग्नेश नीच में हो तो उस वर्ष अरिष्ट हो और पेट में रोग हो।

प्रताप सन्मान—मुन्थेश ११-३-१-४-७-१० स्थान में हो तो प्रताप बढ़े राजा से सन्मान प्राप्त हो।

अरिष्ट नाश—मुन्थेश नवम स्थान में हो उच्च में हो शुभ ग्रह या मित्र ग्रह से दृष्ट हो तो धन बाहन सुवर्ण रत्न आदि प्राप्ति होकर अरिष्ट दूर हो।

गुल्मादि रोग अरिष्ट—मुन्थेश अष्टम हो मुन्था छठे घर में हो तो उदर में गुल्म आदि रोग हो स्त्री को पीड़ा हो अरिष्ट हो।

मृत्यु—मुन्थेश और लग्नेश ६-८ घर में क्रूर ग्रहों से युक्त हों तो अपनी दशा में मृत्यु करते हैं यदि शुभ दृष्टि हो तो आधा फल हो।

अरिष्ट नाश—मुन्थेश सहज भाव में शुभ ग्रह युक्त या दृष्ट हो सप्तम में सूर्य हो तो अरिष्ट नाश हो।

लाभ—मुन्थेश पंचम हो उसका स्वामी नीच का भाग्य स्थान में हो तो बहुत लाभ हो राजा तुल्य करें।

अरिष्ट नाश—मुन्थेश केन्द्र में हो बलवान लग्नेश केन्द्र में हो और वर्षेश सप्तम हो तो मुंथा कृत अरिष्ट का नाशक हो।

अरिष्ट नाश—मुन्थेश तीसरे घर में जन्म लग्नेश और सौम्य ग्रह से युक्त हो तो सम्पूर्ण अरिष्ट नाश हो।

निरोग्यता—मुन्थेश दशम में हो सौम्य ग्रह से युक्त दृष्ट हो तो निरोग्यता, अर्थ की प्राप्ति होकर बाहुबल का प्रताप बढ़े।

मास प्रवेश में मास गत मुन्था फल

(१) लग्न में मास मुन्था—राजा से धन का लाभ और यश, शरीर सुख, मित्र का लाभ, स्त्री के साथ विलास सुख, पुत्रों में हर्ष।

(२) द्वितीय में—राजा से धन लाभ, शत्रु नाश, मित्रों से सुख, मिष्ठान्न भोजन, श्रेष्ठ बुद्धि।

(३) तृतीय में—राजा से धन का लाभ, पराक्रम, बड़ी बुद्धि, भाई से व स्वजनों से सुख, अनेक विलास।

(४) चतुर्थ में—धन की हानि, खेती की हानि, शत्रु भय, शरीर दुर्बल अधिक दुःख।

(५) पंचम में—पुत्रों से सुख, बुद्धि बढ़े, कार्यों की सिद्धि, कीर्ति हो, देव ब्राह्मण में भक्ति।

(६) षष्ठ में—राजा से भय, चोर से धन हानि, बलहीन, पुत्र को कष्ट, कार्य में शत्रुता बढ़े।

(७) सप्तम में—स्त्री को कष्ट, शरीर में पीड़ा, धन नाश, शत्रुता बढ़े, मानसिक चिन्ता।

(८) अष्टम में—धन हानि, रोग वृद्धि, शत्रुता बढ़े, मित्र चिन्ता, बल और धन से भय।

(९) नवम में—भाग्य की वृद्धि, स्वजनों से सुख, प्रसिद्धि प्राप्त हो, पुत्र आदि की शक्ति में वृद्धि।

(१०) दशम में—राजा से मनोरथ सिद्धि, स्त्री का सुख, स्वजनों से सुख, शरीर सुन्दर।

(१०) लाभ में—राजा से धन प्राप्ति, सुवर्ण आभूषण वस्त्र तथा धन का लाभ, देव ब्राह्मण की भक्ति, स्त्री का सुख।

(१२) व्यय में—मन में व्याकुलता, अति खर्च, राजा और शत्रु से भय, खेती से व्यय।

•

अध्याय २४

सहमेश का बल विचार

जिस स्थान में सहम हो उस राशि का स्वामी सहमेश कहलाता है।

सहमेश अपने उच्चादि शुभ स्थानों में होकर लग्न को या अपने सहम को देखे तो सहम बलवान होता है। जो लग्न को न देखे और बल में निर्बल हो वह निर्बल होता है। १ जन्म कालिक सूर्य राशीश, २ जन्म कालिक चन्द्र राशीश, ३ जन्म मास की पूर्ण मासी जिस लग्न में अन्त हो उसका स्वामी, ४ जन्म मास की अमावस्या जिस लग्न में अन्त हो उसका स्वामी इन का बल भी विचारना।

जो ग्रह पंचवर्गी बल में ५ से कम बली हो तथा हर्ष स्थान में न हो लग्न को न देखे वह निर्बल होता है। जो त्रैराशिक (द्रेष्काण) मुसल्लह (नवांश) लघु स्थान में भी हो और लग्न को देखे तो भी बली होता है। स्वगृहोच्च—महाअधिकार है। स्व हद्दा मध्यम और स्वद्रेष्काण, स्व नवांश स्वल्प अधिकार हैं।

सहम—जो सहम अपने स्वामी जो चाहे शुभ या पाप ग्रह युक्त दृष्ट हो तथा शुभ ग्रह युक्त व दृष्ट हो तथा सहमेश पूर्वोक्त प्रकार से बली हो तो उस सहम की वृद्धि होती है।

जो सहम शुभ ग्रह तथा अपने स्वामी से युक्त दृष्ट न हो वह सहम निर्बल होता है। फल देने में उस की सामर्थ नहीं रहती।

जो सहम वर्ष लग्न से या अपने स्थान से अष्टमेश से युक्त वा दृष्ट हो और पाप ग्रह से युक्त वा दृष्ट हो या पूर्वोक्त अष्टमेश से वा पाप ग्रह से सहमेश इत्थशाली हो तो पूर्वोक्त शुभ फल प्रद लक्षण युक्त भी हो तो भी निर्बल समझा जायगा। फल देने की सामर्थ उसमें नहीं होती। जन्म में प्रथम इसी बल को देख लेना।

जन्म में सहमों का बलाबल विचार कर वर्ष में भी बल देखना जिसका बल अधिक हो फल देने में समर्थ हो उन्हें ही वर्ष में स्थापना करना। जो फल देने में समर्थ न हो उसे छोड़ देना।

सहम फल विचार

(१) पुण्य सहम—पुण्य सहम बलवान हो शुभ ग्रह व स्वस्वामी से युक्त दृष्ट हो तो धर्म प्राप्ति और धन का लाभ होता है। इसके विपरीत हो अर्थात् बल रहित हो और पाप युक्त दृष्ट हो तो विपरीत फल हो अर्थात् धन और धर्म की हानि होगी।

पुण्य सहम वर्ष लग्न से ६–८–१२ स्थानों में हो तो धर्म भाग्य और यश का हरण हो। और शुभ ग्रह स्वस्वामी से युक्त दृष्ट हो तो वर्ष के अन्त में सुख धर्म आदि संभव होता है।

जो पाप आदि युक्त दृष्ट से अशुभ फल कहा है वह वर्ष के पूर्वार्द्ध में होता है। स्वस्वामी का शुभ युक्त दृष्ट सहम वर्ष के उत्तरार्द्ध में अर्थात् प्रवेश से ६ मास पश्चात् सौख्य आदि फल देता है। पुण्य आदि सहम पाप युक्त और शुभ दृष्ट हो तो वर्ष के पूर्वार्द्ध में अशुभ उत्तरार्द्ध में शुभ फल देते हैं। जो शुभ युक्त और पाप दृष्ट हो तो पूर्वार्द्ध में शुभ फल उत्तरार्द्ध में अशुभ फल देते हैं। जो पाप युक्त और पाप दृष्ट भी हों तो पूरे वर्ष अशुभ फल होता है। जो शुभ युक्त और शुभ दृष्ट भी हो तो पूरे वर्ष शुभ ही फल होगा।

जिस वर्ष में पुण्य सहम पूर्वोक्त विधि से शुभ हो तो वह समस्त ही शुभ होता है और सहम अनिष्ट भी हो तो अनिष्ट फल सहसा नहीं दे सकते। जिसमें पुण्य सहम अशुभ है वह वर्ष अशुभ ही व्यतीत होता है। और सहम शुभ भी हों तो शुभ फल नहीं देते। इस कारण जन्म और वर्ष में पुण्य सहम का अवश्य विचार करना।

जन्म में पुण्य सहम लग्न से ६–८–१२ वाँ हो और वर्ष में पाप युक्त हो और सहमेश अस्तगत हो तो धन-धर्म और सुख का नाश करता है।

उक्त प्रकार से सम्पूर्ण सहम जन्म और वर्ष में विचारना चाहिए।

रोग, शत्रु, काल, मृत्यु सहम पुण्य सहम बलवान होने से धन आदि का लाभ होता है, परन्तु, रोग, शत्रु, कलि और मृत्यु सहमों का फल विपरीत होता है। ये अनिष्ट सहम हैं। इनके बलवान होने से अनिष्ट फल अधिक होता है। ये सहम निर्बल हों तो अनिष्ट फल कम होगा तब वर्ष आदि में शुभ फल हो।

कार्य सिद्धि सहम—शुभ ग्रहों से युक्त दृष्ट हो या शुभ ग्रह से मुन्थशिलकारी हो तो संग्राम में जय हो शुभ युत दृष्ट और शुभ मुंथशिली भी हो तो विशेषकर जय

देता है। यदि शुभ और पाप ग्रहों से युक्त दृष्ट व मुंथशिली हो तो संग्राम में क्लेश से जय देता है। किसी भी कार्य सिद्धि का इससे विचारना। ऐसा ही विचार विवाह आदि सहमों में करना।

कलि (कलह) सहम–पाप शुभ दोनों से युक्त दृष्ट हो और पाप ग्रह से मुंथशिली हो तो कलह (लड़ाई) में मरण होवे। यदि शुभ ग्रह युक्त दृष्ट हो तो अल्प कलह में ही जय होवे। जब पाप और शुभ ग्रहों की दृष्टि तुल्य हो या दोनों से ही युक्त हो तो कलह या व्यथा परिश्रम मात्र ही होती है। परिणाम में जय पराजय कुछ नहीं होता।

विवाह सहम—स्वस्वामी या शुभ ग्रह युक्त दृष्ट हो और शुभ ग्रह के साथ इत्थशाल करे तो विवाह संभव होता है। यदि शुभ और पाप ग्रहों से युक्त दृष्ट हो मिश्र ग्रह के साथ इत्थशाली हो तो अधिक प्रयास या कष्ट से विवाह संभव होगा यदि पाप युक्त दृष्ट और मुंथसिली हो तो विवाह नहीं होता।

यश सहम—यश सहमेश अष्टम स्थान में हो और पाप युक्त दृष्ट हो तो प्राप्त उत्तम यश का नाश हो और स्वतः के किये किसी पातक कर्म में अपयश हो। यश सहमेश यदि अष्टम और पाप युक्त या पाप दृष्ट होकर अस्तंगत हो तो अपने वंश की सम्पूर्ण कीर्ति का नाश होता है।

यश सहमेश शुभ युक्त दृष्ट हो या शुभ ग्रह से मुंथशिली हो तो यश की वृद्धि होती है। धर्म वृद्धि, धन लाभ, संग्राम में जय, वाहन और शस्त्र का लाभ हो।

यदि यश सहमेश पापग्रह से मुंथशिली या नष्ट बली हो तो अपयश की वृद्धि और धन का नाश होता है।

आशा सहम—आशा सहम और उसका स्वामी लग्न से ६–८–१२ घर में न हो तथा दोनों शुद्ध ग्रह से युक्त या दृष्ट हों तो इच्छानुकूल धन, वस्त्र, वाहन आदि लाभ होता है और शस्त्र से भूमि लाभ होता है। दोनों सहम और सहमेश ६–८–१२ स्थान में हों तथा पाप ग्रह युक्त या दृष्ट हों तो अति दुःख हो और वांछित अर्थ का नाश हो।

रोग सहम—रोग सहमेश पाप ग्रह हो और पाप ग्रहों से युक्त दृष्ट हो तो रोग करता है।

यदि रोग सहमेश अष्टमेश से इत्थशाल करता हो तो मृत्यु हो। इसमें भी हीन बल हो तो मृत्यु अति कष्ट से होगी। बलवान होने से अल्प कष्ट से मृत्यु हो।

मांद्य सहम—रोग सहम यदि अपने स्वामी व शुभ ग्रहों से युक्त दृष्ट हो ६–८–१२ स्थान में न हो तो रोग नहीं होता सुखी रहेगा। यदि शुभ और पाप दोनों ग्रहों से युक्त दृष्ट हो तो अल्प रोग भय होगा।

सहमेश बली होकर शुभ ग्रह से मुंथशिलकारी हो तो रोग होने का योग होता है परन्तु रोग सहम में उल्टा होता है अर्थात् पूरे तौर से रोग होगा।

अर्थ सहम—अपने स्वामी या शुभ ग्रह से युक्त दृष्ट हो तो द्रव्य की प्राप्ति

होकर सुख देता है। यदि पापग्रहों से युक्त दृष्ट हो तो द्रव्य का नाश करता है। यदि शत्रु ग्रह से युत दृष्ट हो तो शत्रु सम्बन्धी कर्म से धन नाश होता है। यदि पाप युक्त और शुभ दृष्ट हो और शुभ ग्रह के साथ इत्थशाली भी हो तो पूर्व संचित धन का नाश करके पुनः अपने पुरुषार्थ से सुख पूर्वक द्रव्य संचित करता है। केवल पाप युक्त दृष्टि से सर्वथा धन नाश करता है।

पुत्र सहम—यदि पुत्र सहम अपने स्वामी से या शुभ ग्रह से युक्त दृष्ट हो तो पुत्र उत्पत्ति और उत्पन्न पुत्रों का सुख होता है। ऐसा ही फल शुभ ग्रह से मुंथशिली होने से होता है। पुत्र सहम पाप युक्त और शुभ ग्रह से इत्थशाली हो तो प्रथम पुत्र सम्बन्धी दुःख और पश्चात् पुत्र सुख देता है। पहिले योग फल पीछे दृष्टि फल होता है।

पुत्र सहम पाप युक्त दृष्ट हो और पाप ग्रह से इसराफ योग करता हो तथा पुत्र सहमेश निर्बल अस्तंगत हो तो पुत्र का नाश होता है।

जो जन्म लग्न से पंचमेश है, वह वर्ष में भी पंचमेश या पुत्र सहमेश हो और शुभ ग्रह, स्वस्वामी, स्वमित्र से युक्त दृष्ट हो तो पुत्र प्राप्ति हो।

पितृ सहम—पितृ सहम शुभ ग्रह वा स्वस्वामी युक्त दृष्ट और शुभ ग्रह से इत्थशाली हो तो पितृ सम्बन्धी धन वस्त्र मान सुख देता है।

यदि पितृ सहमेश अस्त हो निर्बल हो लग्न से अष्टम स्थान में हो, चर राशि में हो पापग्रह से मुशरिफ योग करता हो तो परदेश में जाकर पिता का नाश होता है। स्थिर राशि हो तो स्वदेश में पिता मरे।

पितृ सहम स्वस्वामी से व शुभ ग्रह से इत्थशाली हो और पाप ग्रह से युक्त भी हो तो वर्ष के पूर्वार्द्ध में रोग वृद्धि हो उत्तरार्द्ध में सुख हो।

जब पितृ सहमेश पूर्ण बली १५ विश्वा से अधिक बल पाकर शुभ स्थान में हो तो राजा से मान तथा वंश की वृद्धि हो।

मातृ सहम में भी ऐसा ही फल विचारना

बन्धन सहम—बन्धन सहम यदि अपने स्वामी का शुभ ग्रह युक्त दृष्ट हो तो बन्धन (कारागार) आदि का भय नहीं होता। यदि बन्धन सहम या उसका स्वामी पाप युक्त दृष्ट हो या पाप ग्रह से इत्थशाल करता हो तो बन्धन होता है। यह फल भी विपरीत जानना ऐसा मतांतर है।

गौरव सहम—गौरव सहम स्वस्वामी या शुभ ग्रह युक्त दृष्ट हो तो सुख मिलता है। राजा से सम्मान यश वस्त्र की प्राप्ति होती हैं। शुभ ग्रह से इत्थशाली भी हो तो धन, वाहन यश और सुख मिलता है। यदि पाप ग्रह से युक्त दृष्ट या इत्थशाली हो तो पद (अधिकार) तथा धन और सुख नाश करता है।

जो गौरव सहम शुभ पाप दोनों प्रकार के ग्रहों से युक्त या दृष्ट हो और पाप ग्रह से इत्थशाली हो तो पूर्वार्द्ध में धन तथा मान का नाश करता है उत्तरार्द्ध में शुभ फल देता है। सुख वाहन वस्त्र आदि लाभ हो। जो शुभ पाप ग्रह से युक्त होकर शुभ ग्रह से इत्थशाली हो तो वर्ष के पूर्वार्द्ध में शुभ, उत्तरार्द्ध में अशुभ फल देता है। सब ही प्रकार मिश्र हो तो सम्पूर्ण वर्ष में मिश्र फल देता है।

कर्म सहम—कर्म भाव, कर्म भावेश, कर्म सहम और कर्म सहमेश ये चारों स्व स्वामी, शुभ ग्रह युक्त दृष्ट तथा शुभ ग्रह से इत्थशाली हों तो सुवर्ण वाहन भूमि इन का लाभ देते हैं।

यदि पाप युक्त दृष्ट या पापग्रह से इत्थशाली हों तो उपरोक्त फल का नाश कर अशुभ फल देते हैं।

पूर्वोक्त कर्मभाव कर्मसहमेश पाप युक्त वा दृष्ट या पाप ग्रह से इत्थशाली हो तो कर्म में विकलता अर्थात् नष्ट करता है। यदि शनि से युक्त या दृष्ट हो तो विशेष करके कर्म का नाश करता है। इसी प्रकार इनके अस्तंगत तथा वक्री होने में भी ये अशुभ फल देते हैं।

राज्य सहमेश, कर्म भावेश, राज्य भावेश, कर्म सहमेश यदि पाप ग्रह से मुंथशिली हो क्रूर युक्त दृष्ट हो तो राज्य नाश हो। पाप ग्रह से मुशरीफ हो तो भी उपरोक्त फल हो सुवर्ण द्रव्य आदि का नाश हो।

शुभ पाप के तुल्य योग दृष्टि वा मुशरीफ योग हो तो बलाबल विचार कर फल कहना इसी प्रकार माता आदि सहम का विचार करना।

सहम फल—सम्पूर्ण सहम शुभ योग या शुभ दृष्टि से सहमेश के बल के अनुसार शुभ फल देते हैं।

दरिद्र, मृत्यु, मांद्य (रोग), कलह या शत्रु सहम ये ४ सहम विपरीत फल देते हैं अर्थात् ये शुभ युक्त दृष्ट स्वामी बलवान हो तो विशेष अनिष्ट फल देते हैं। तथा ये पाप योग दृष्टि तथा सहमेश निर्बल होने से नाम गुण के विपरीत शुभ फल देते हैं। अनिष्ट बहुत थोड़ा होता है। इसलिए इन सहमों का उल्टा फल कहा है।

जन्म, वर्ष और प्रश्न में सहम—जन्मपत्री हो तो जन्म और वर्ष का सहम विचारना। जन्मपत्री न हो तो प्रश्न लग्न से सहम का विचार करना। प्रश्न कर्ता अनेक प्रश्न पूछते हैं इसलिए प्रश्न काल में भी अभीष्ट सहम का विचार कर फल का निर्णय करना।

सहम के फल का समय जानना

(सहम स्पष्ट—सहमेश स्पष्ट)=राशि के अंश बना लेना (अंश कलादि × सहम राशि का स्वोदय) ÷ ३००=दिन घटी पल प्राप्त दिनादि + ३० मासादि फल।

वर्ष प्रवेश सूर्य + मासादि=इतने सूर्य होने पर फल होगा।

पुण्य सहम ८–१५°–२४′–२७″=पुण्य सहम धन राशि पर

सहमेश गुरु ५-२-१८-३० है जिसका स्वोदय ३४० है

शेष=३-१३-५-५७

× ३०

९० + १३=१०३°-५′-५७′

१०३-५-५७ शेष

× ३४० स्वोदय
१०२० १७०० २३८०
३४०० १७००
३५०२० १७०० १९३८०÷६०
+३३ +३२३ =०
२०२३
=४३

६०)१९३८०(३२३
१८०
१३८
१२०
१८०
१८०
०

६०)२०२३(३३
१८०
२२३
१८०
४३

दिन–घ०–प० मा०-दि०-घ०-प०

३५०५३–४३–० ÷ ३००=११६–५०–४४ ÷ ३०=९–२६–५०–४४

मान लो वर्ष प्रवेश १०रा–२६°–५३′–५९″ सूर्य
+प्राप्त मास दिन ९ –२६–५०–४४
योग ८ –१३–४४–४३

यहाँ १०+९राशि=२०योग
+१
इसे १२ से अधिक होने से
१२ से घटा कर ८ लिया

सूर्य स्पष्ट ८रा–१३°–४४–४३ होने पर फल होगा।

यदि सहम और सहमेश बराबर हो तो सहमेश की दशा में फल होगा।

सहम से फल समय के सम्बन्ध में सर्व सम्मति है कि हीनांश पत्यांश क्रम से जब सहमेश की दशा हो तब सहम का फल होगा।

इन दोनों मतों में यह निश्चय है कि पूर्वोक्त प्रकार से जो दिन मिले हैं उसके भीतर यदि सहमेश की दशा हो तो उस दशा में ही फल हो जायेगा। यदि उन दिनों के बाद दशा हो तो दशा प्रारम्भ दिन से उतने दिनों में फल होगा।

यह भी कुछ का मत है कि जिस भाव सम्बन्धी सहम का फल चाहना है उसके पूर्व भाव से उसका अन्तर कर दशाप्रवेश समय का सूर्य स्पष्ट जोड़ देने से उसके जितने अंश हों उतने दिनों में फल होगा।

●

अध्याय २५

वर्ष में अरिष्ट विचार

(१) शस्त्राघात विपत्ति मृत्यु—वर्ष लग्नेश अष्टम हो अष्टमेश लग्न में हो मंगल की दृष्टि हो और गुरु, बुध अस्तंगत हों तो किसी शस्त्र के लगने से विपत्ति और मृत्यु हो। मतांतर से इसमें पृथक-पृथक तीन योग हैं।

(१) वर्ष लग्नेश अष्टम हो मंगल से दृष्ट हो।

(२) अष्टमेश लग्न में हो मंगल से दृष्ट हो।

(३) बुध गुरु अस्तंगत हों तो उपरोक्त तीनों फल हों। ये फल निर्बलता के क्रम से हैं जैसे प्रथम साधारण बल में शस्त्राघात, हीन बल में विपत्ति और अति हीन बल में मृत्यु।

(२) मृत्यु—वर्ष लग्नेश और अष्टमेश ये दोनों ४, ८, १२ स्थान में हों और मुन्था युक्त हों तो अपने धातु के कोप से मृत्यु करते हैं।

(३) कुष्ठ खाज आदि या मृत्यु—जन्म लग्नेश जन्म तथा वर्ष में निर्बल हो और वर्ष में अष्टमेश सप्तम स्थान में हो सूर्य से दृष्ट हो तो मृत्यु व कुष्ठ, खुजली रोग और आपत्ति देता है।

मतान्तर—वर्ष में लग्नेश निर्बल हो अष्टमेश लग्न में हो और सूर्य से दृष्ट हो तो उपरोक्त फल होता है।

(४) विपत्ति या मृत्यु—वर्षेश के साथ क्रूर ग्रह का मूसरीफ हो और जन्म लग्नेश क्रूर ग्रह हो (क्षीण चन्द्र को व पाप युक्त बुध को भी क्रूर गिनना) और चन्द्रमा आदि शुभ ग्रह कम्बूल योग भी करे तो विपत्ति या मृत्यु होवे।

ऐसे ही जन्म लग्नेश वर्ष लग्नेश मुन्थेश आदि पंचाधिकारियों से भी यही योग होता है जैसे वर्षेश के अनुसार मुन्थेश आदि क्रूर मूशरफी और सभी शुभ ग्रहों का कंबूल योग होने पर विचारना।

(५) मृत्यु तुल्य कष्ट सर्वनाश मानसिक चिंता—मुन्थेश और लग्नेश अस्तंगत हो इन पर शनि की दृष्टि हो तो स्त्री पुत्रादि सर्वनाश या मृत्यु तुल्य कष्ट मानसिक चिंता और शरीर पीड़ा आदि से भय होवे।

मतान्तर—मुन्थेश या वर्ष लग्नेश अस्त हो शनि से क्षुत दृष्टि से दृष्ट हो तो उपरोक्त फल हो।

(६) व्यथा, रोग कलह धन हानि—क्रूर ग्रह बलवान होकर ३-६-११ स्थानों में हों और शुभ ग्रह निर्बल होकर ६-८-१२ स्थानों में हों तो मानसिक व्यथा रोग भय कलह धन हानि और विपत्ति होवे।

मतान्तर—क्रूर ग्रह अधिक बली और शुभ ग्रह बलहीन होकर ६-८-१२ भाव में हों तो उपरोक्त फल हो।

(७) सुख नहीं—शुक्र नीच में हो और गुरु शत्रु के नवांश में हो तो उस वर्ष में बिलकुल सुख न मिले।

(८) मृत्यु—वर्ष लग्नेश अष्टम हो अष्टमेश लग्न में हो तो मृत्यु हो।

मतान्तर—वर्ष लग्नेश अष्टम हो या अष्टम लग्न में हो तो उपरोक्त फल हो।

(९) धन नष्ट—वर्ष में ९ और २ भाव का स्वामी निर्बल हो और पाप ग्रह लग्न में हो तो बहुत दिनों का संचित धन नष्ट हो जावे।

(१०) वियोग, व्यथा, रोग, मृत्यु—चन्द्र नीच का हो और शुभ ग्रह अस्तंगत हों स्वजनों से वियोग शरीर पीड़ा या मृत्यु या मानसी व्यथा व रोग का भय शीघ्र हो।

(११) कष्ट महारोग—जन्म लग्न या जन्म राशि से वर्ष लग्न अष्टम हो तो

महारोग आदि का भय होवे। ऐसे ही अष्टम लग्न पर पाप ग्रह का योग या दृष्टि हो तो मृत्यु होवे।

(१२) व्यथा मृत्यु—जन्म में जो ग्रह अष्टम है वही वर्ष में लग्न का हो तो रोग और मानसी व्यथा हो। यदि चन्द्र और लग्नेश दोनों नष्ट बल हों तो मृत्यु हो।

(१३) व्यथा मृत्यु—जन्म लग्नेश और वर्ष लग्नेश भी पाप युक्त होकर अष्टम स्थान में हो तो रोग और मानसी व्यथा हो और अस्तंगत तथा शुभ दृष्टि रहित भी हो तो मृत्यु हो।

(१४) मृत्यु कष्ट—लग्नेश वर्षेश और मुन्था तीनों ४, ६, ८, १२ स्थानों में से कहीं साथ हो तो मृत्यु तुल्य कष्ट हो यदि इन पर पाप ग्रहों की क्षुत दृष्टि भी हो तो अवश्य मृत्यु हो।

(१५) धन नाश विकलता—शनि के साथ चन्द्र बारहवाँ हो और शुक्र छटा हो तो धन नाश हो और शनि शुक्र के साथ किसी पाप ग्रह का ईशराफ योग हो तो चित्त विकल रहे। इन पर शुभ ग्रह की दृष्टि न हो तो धननाश और विकलता दोनों फल हों।

(१६) त्रिदोष रोग, निरोग—चन्द्रमा अस्तंगत होकर ४, ६, ७, १२ स्थान में हो तो त्रिदोष विकार से सन्निपात आदि रोग होवें। जो इस पर शनि की दृष्टि हो तो वह निरोग हो जायगा।

(१७) मरण सुख—पाप ग्रह से युक्त वर्ष लग्न का हद्देश और वर्ष लग्नेश ये यदि ७, ८, १२ घर में हों तो अपनी दशा में मृत्यु देते हैं। इन पर शुभ ग्रह की दृष्टि हो तो रोग भोग कर परिणाम में सुख होता है।

(१८) रोग बन्धन—वर्ष लग्न से मार्गी ग्रह बारहवाँ हो और वक्री ग्रह द्वितीय स्थान में हो तो इस कर्तरी नामक योग से रोग होता है।

ऐसे ही जन्म लग्नेश या वर्ष लग्नेश या वर्षेश से कर्तरी योग हो तो बन्धन हो। सप्तम स्थान पर भी कर्तरी योग होने से रोग व दुष्ट उपद्रवों से बन्धन होता है।

(१९) कार्य नाश—लग्न का त्रिराशि पति नीच राशि में पाप दृष्ट हो तो इच्छित कार्य का नाश होता है।

(२०) रोग विपत्ति—मुन्थेश तथा वर्षेश छठवाँ या अष्टम हो अस्तंगत हो तो रोगों से विपत्ति होवे।

(२१) मृत्यु जय—चन्द्रमा वर्ष लग्न से १, ७, ६, ८, १२ वें स्थान में पाप दृष्ट हो और शुभ दृष्ट न हो तो अरिष्ट या मृत्यु हो। दृष्टि वश से यह फल होगा—

उक्त चन्द्र पर मंगल की दृष्टि—अग्नि या शस्त्र भय। शनि, राहु, केतु से दृष्ट हो तो शत्रु भय, वात रोग। सूर्य से दृष्ट—दरिद्रता। यदि शुभ ग्रह की विशेष कर गुरु की दृष्टि भी हो तो उक्त पीड़ा दूर होकर कल्याण देता है।

(२२) मनोदुःख, मरण—मुन्था पाप ग्रह युक्त हो उस पर शनि की दृष्टि होकर ४, ६, ८, १२ स्थान में हो तो मानसी व्यथा तथा शरीर में रोग हो यही मुन्था जन्म

लग्न से ४, ७, ६, ८, १२ स्थान में हो तथा वर्ष में अष्टम हो या पाप ग्रह से युक्त या दृष्ट भी हो तो मृत्यु हो।

(२३) त्रिदोष—चन्द्रमा सूर्य के साथ ६–८–१२ भाव में हो तो त्रिदोष से अरिष्ट हो।

(२४) अरिष्ट—बुध कर्क में या लग्न से छठे आठवें या चौथे चन्द्रमा से युक्त हो तो आरम्भ से अरिष्ट करता है।

(२५) अरिष्ट—लग्नेश और मुन्थेश अष्टम में हो तो अरिष्ट होता है।

लग्नेश व मुन्थेश चन्द्र व लग्न से अष्टम स्थान का स्वामी हो यदि वह ६–८–१२ में हो तो अरिष्ट हो।

(२६) शस्त्र पीड़ा—लग्नेश ८ स्थान में हो और मंगल से दृष्ट हो और उसके भाव में स्थित या अस्तंगत बुध व शुक्र हो तो अनेक आपत्ति या शस्त्र से पीड़ा हो।

(२७) हानि कष्ट—लग्नेश पापग्रह युक्त हो तो धन की हानि, मरण तुल्य कष्ट हों।

(२८) मृत्यु तुल्य कष्ट—जन्म लग्न से वर्ष लग्न अष्टम हो और पापयुक्त या दृष्ट हो तो उस वर्ष में मृत्यु तुल्य कष्ट हो।

(२९) भय कष्ट—वर्षेश ६–८ स्थान में हो तो महाभय और कष्ट हो।

(३०) अरिष्ट—पाप ग्रह २-६-८-१२ घर में हो तो अरिष्ट हो।

(३१) युद्ध में अरिष्ट—लग्नेश ६-१२ में हो और चन्द्र सप्तम हो तो युद्ध में अरिष्ट हो।

(३२) अकस्मात् कष्ट—मुन्थेश अस्त हो और शत्रुक्षेत्री हो तो अकस्मात् कष्ट हो।

(३३) वियोग, कष्ट—चन्द्र नीच का हो बुध शुक्र अस्त हो तो वियोग, कष्ट, शरीर में महापीड़ा हो।

(३४) रोग, शत्रुता—क्रूर ग्रह वक्री हो, अस्त हो या क्रूर ग्रह के वर्ग में लग्नेश हो तो रोग हो और शत्रुता हो।

अरिष्ट भंग योग

(१) अरिष्ट नाश, सुख, धन—वर्ष लग्नेश बलवान हो शुभ ग्रह से युक्त दृष्ट हों तथा केन्द्र और कोण में हो तो अरिष्ट नाश कर सुख और धन देता है।

(२) अरिष्ट, नाश सुख—गुरु केन्द्र या त्रिकोण में शुभ ग्रह से दृष्ट हो पाप ग्रह की दृष्टि इस पर न हो तो लग्न, चन्द्रमा और मुन्था जन्य अरिष्ट का नाश कर सुख देता है।

(३) सुख यश धन—चतुर्थ भाव चतुर्थेश से युक्त हो और शुभ ग्रह से युक्त दृष्ट हो तो यश और धन देता है। गुरु लग्न या तृतीय में और जन्म लग्नेश चतुर्थ में हो तो सुख पूर्वक धन देता है।

(४) यश धन—गुरु युक्त सप्तमेश लग्न में हो शुभ ग्रह या मित्र से युक्त दृष्ट हो

पाप दृष्टि न हों तो अरिष्ट नाश धन यश सुख देता है और अपनी दशा में राजा की कृपा भी प्रदान करेगा।

(५) यश धन—नवमेश और धन भावेश बलवान होकर लग्न में हों पाप ग्रह से दृष्ट न हों तो अरिष्ट नाश कर वाहन वस्त्र रत्न से पूर्ण राज्य मिलता है यश होता है।

(६) अरिष्ट नाश सुख—पाप ग्रह २-६-११ में हो शुभ ग्रह केन्द्र त्रिकोण में हों तो रत्न वस्त्र सुवर्ण यश और सुख मिले अरिष्ट नाश होकर शरीर पुष्ट हो।

(७) अरिष्ट नाश सुख—मुन्थेश या लग्नेश या जन्म लग्नेश पूर्ण बली होकर केन्द्र त्रिकोण या ११ या २ स्थानों में कहीं हो तो सुख, धन सुवर्ण वस्त्र देते हैं। यदि तीनों ऐसे हों तो विशेष करके उक्त लाभ देते हैं।

(८) धन लाभ—उच्चका शनि या शुक्र या गुरु हों शुभ ग्रह से इत्थशाली हों तो श्रेष्ठ यवन से धन लाभ हो। यवन से ग्रह अनुसार जाति का विचार करना। शनि और शुक्र कृत योग हो तो स्त्री से, गुरु कृत योग हो तो ब्राह्मण से। यदि तीनों उक्त ग्रह उच्च में होकर शुभ इत्थशाली हों तो यवन राजा से बहुत धन मिले और दूसरों से थोड़ा मिले।

बलवान मंगल धन स्थान में हो तो यश धन और नेत्र मिले अचानक सुख भी मिले।

(९) कल्याण, मंगल—सूर्य गुरु शुक्र परस्पर इत्थशाल करें तो राज्य यश सुख और धन मिले तथा सूर्य वा मंगल मुन्था से उपचय में हों तो अति कल्याण और मंगल देते हैं।

(१०) सुख कीर्ति—बुध शुक्र चंद्र अपनी हद्दा में हों और पाप ग्रह ३-११ स्थान में हों तो वह अपने बाहुबल से सुवर्ण सुख और कीर्ति देता है।

(११) राज्य यश आदि-बुध शुक्र का मुशरिफ योग हो और गुरु तृतीय स्थान में हो तो राज्य यश सुवर्ण रत्न आदि मिलें।

(१२) वाहन भूमि सुख—मंगल वर्षेश होकर मित्र स्थानी हो और ऐसे ग्रह से मुत्थशिली हो जो स्वगृही आदि अधिकार पाया हो तथा चन्द्र से कम्बूली भी हो तो वाहन सुवर्ण वस्त्र भूमि का लाभ और अधिक सुख होता है।

विचार—जन्म और वर्ष में योग करने वाले ग्रहों का बलाबल विचार कर योग या योगभंग का विचार करना अर्थात् योगकर्ता ग्रह पूर्ण बली हो और उच्च आदि पद पाया हो तो शुभ फल प्राप्त होगा निर्बल आदि होने से हानि होगी।

वर्ष में मुन्थेश आदि ग्रह पाप युक्त दृष्ट अस्तंगत नीच गत आदि हो तथा शुभ ग्रह बल रहित हो तो राज योग होने पर भी योग भंग होगा और हानि होगी।

मुन्थेश केन्द्र में हो लग्नेश दशम में बलवान हो दशमेश सप्तम में हो तो मुन्था का किया सम्पूर्ण अरिष्ट दूर हो।

लग्नेश लग्न में या केन्द्र त्रिकोण में हों मुन्थेश बली हो और तो अरिष्ट दूर होकर सुख, अर्थ लाभ हो।

लग्नेश या वर्षेश केन्द्र त्रिकोण में हो, मुन्थेश बली हो तो अरिष्ट नाश होकर सुख और अर्थ लाभ हो।

लाभेश लग्न में हो वर्षेश शुभ ग्रह युक्त लाभ में हो या दोनों दशम भाव में हों तो अरिष्ट दूर हो।

लग्नेश गुरु लग्न में हो बलवान लाभेश से दृष्ट हो तो सब अरिष्ट दूर हो।

वर्ष में पाप ग्रह लग्न में न हों वा चन्द्र चतुर्थ व लाभ में सौम्य ग्रह युक्त हो या बली चन्द्र शुभ ग्रह युक्त लग्न या केन्द्र में हो या गुरु या शुक्र सौम्य ग्रह युक्त हो तो सब अरिष्ट दूर हो।

वर्ष में लग्न और दशम का स्वामी एक हो तो सब अरिष्ट दूर हो सुख अर्थ लाभ वा राजा और मित्रों से यश मिले।

लग्न में गुरु मीन का हो पाप युक्त दृष्ट न हो तो सब अरिष्ट दूर हो।

गुरु चन्द्रमा से सप्तम में हो या उससे युक्त हो तो अरिष्ट नाश हो सुख और अर्थ लाभ हो।

गुरु से नवम चन्द्र हो चन्द्र से पंचम गुरु हो तो शत्रु और रोग का नाश हो सब अरिष्ट दूर हो।

मुन्था से सूर्य या मंगल पंचम स्थान में हो तो आरोग्य हो अरिष्ट नाश हो।

बुध, गुरु, शुक्र इनमें से कोई एक ग्रह भी केन्द्र में शुभ ग्रह से युक्त हो नीच का न हो और न शत्रु ग्रह के साथ हो तो सब अरिष्ट दूर हो।

राहु शुभ युक्त या दृष्ट तीसरे या ११ वें स्थान में हो तो लग्न या मुन्था के अरिष्ट को नाश करता है।

मुन्था के साथ सूर्य या मंगल हो तो आरोग्यता देता है अरिष्ट नाश करता है।

जन्म लग्न स्वामी गुरु युक्त केन्द्र में हो और लाभेश से युक्त या दृष्ट हो तो सब अरिष्ट नाश हो।

वर्ष लग्नेश बली होकर केन्द्र में हो या वर्ष और लग्न का स्वामी उच्च में हो सौम्य ग्रह केन्द्र या लाभ में हो तो सुख हो सब अरिष्ट दूर हों।

मंगल युक्त चन्द्र उच्च का केन्द्र त्रिकोण या तीसरे घर में हो तो धन लाभ हो अरिष्ट नाश हो।

लग्नेश और लाभेश स्वगृही हों या केन्द्र त्रिकोण या लाभ में बलिष्ट हों तो सब अरिष्ट दूर हों।

एक ही गुरु, बुध, चन्द्र, शुक्र केन्द्र में शुभ ग्रह युक्त हो नीच का या अस्त न हो तो सम्पूर्ण अरिष्ट दूर करता है।

अरिष्ट नाश—जिस वर्ष में लग्नेश दशमेश एक हो तो सब अरिष्ट दूर हों राज्य से लाभ और मित्रों से यश प्राप्त हो।

बलवान गुरु केन्द्र में हो उस पर सौम्य ग्रह की दृष्टि हो तो धन धान्य का लाभ हो लग्न का किया अरिष्ट दूर हो।

राज योग

(१) लग्नेश स्वगृही होकर लग्न में हो उसका जों उच्च स्थान हो उसका स्वामी अपने उच्च में बैठकर देखता हो तो राज्य लाभ हो।

(२) शुभ ग्रह अपने उच्च का हो और लग्न में हो और सब शुभ ग्रह बलवान होकर लाभ या त्रिकोण में हों तो अचानक राज्य लाभ हो यदि ये ग्रह स्वगृही आदि हों तो थोड़ी उन्नति होती है।

(३) लग्नेश स्वगृही लग्न में हो या मंगल उच्च का हो तो राज्य लाभ हो।

(४) मंगल बलवान धन स्थान में हो तो अचानक अधिक शौर्य बढ़े।

(५) जब मुन्थेश लग्नेश या जन्म लग्नेश बली होकर केन्द्र त्रिकोण लाभ या धन स्थान में हो तो वस्त्र सुवर्ण और सुख का लाभ हो।

(६) नवमेश बलवान हो और धनेश शुभ ग्रहों से युक्त हो पाप ग्रहों की दृष्टि न हो तो सुवर्ण और सुख का लाभ हो धर्म में रुचि हो धन धान्य से युक्त लोगों से प्रीत हो लक्ष्मी का भोग करे।

(७) यदि गुरु केन्द्र लाभ या ३–४–९ स्थान में हो या जन्म लग्नेश स्वगृही हो तो राज्य लाभ हो।

(८) जब चन्द्र बुध गुरु शुक्र उच्च में या स्वगृही हो लग्न से केन्द्र लाभ या तृतीय में हों अपने मित्र से युक्त या दृष्ट हों और बलवान हों तो शत्रु का नाश हो वाहन रत्न वस्त्र देश का लाभ स्त्री पुत्र से अनेक प्रकार से सुख मिले।

(९) जब चतुर्थेश चतुर्थ स्थान में बलवान हो या बलवान शुभ ग्रहों से युक्त या दृष्ट हो तो राज्य लाभ हो।

(१०) केन्द्र में सब शुभ ग्रह हों पाप ग्रह ३–६–११ घर में हों और बलवान हों तो राज्य लाभ हो।

(११) जब बृष लग्न में शुक्र, बुध और चन्द्र हों तथा गुरु केन्द्र में हो तो राज्य लाभ हो।

(१२) मीन लग्न में गुरु या शुक्र हो लाभ में मंगल हो तो राज्य लाभ हो।

(१३) केन्द्र में बलवान चन्द्र शुभ ग्रहों से युक्त पाप ग्रह से रहित हो अथवा अकेला हो तो राज्य लाभ हो। परन्तु यदि नीच का अथवा बलहीन चन्द्र हो तो राज्य लाभ नहीं होगा।

(१४) जब चन्द्रमा और लग्नेश दशम घर में हों शुभ ग्रहों से दृष्ट हों तथा शुभ ग्रह अपने उच्च आदि स्थानों में हों तो निश्चय राज्य लाभ हो।

(१५) लग्नेश शुभ ग्रह हो चन्द्र तथा लग्नेश दशम हों और बलवान हों और शुभ ग्रह से दृष्ट हों तो राज्य लाभ हो।

(१६) कर्क लग्न में गुरु हो दशम में चन्द्र हो इनका इत्थशाल योग हो सूर्य स्वगृही हो तो राजयोग होता है।

(१७) दशम में उच्च का सूर्य हो कर्क लग्न में गुरु हो धन में चन्द्र हो तो राज योग हो।

(१८) गुरु अपना उच्च का हो त्रिराशि पति स्वगृही हो तथा दोनों में परस्पर दृष्टि संबंध हो तो लक्ष्मी तथा पुत्र की प्राप्ति हो।

(१९) मंगल स्वगृही या उच्च का हो शुभ ग्रह या मित्र से दृष्ट हो तो वाहन रत्न सुवर्ण आदि से युक्त लक्ष्मी प्राप्त हो।

(२०) जब भाग्येश बलवान् हो उच्च का हो गुरु चन्द्र सूर्य से दृष्ट हो तो भाग्योदय होता है राजा की प्रसन्नता हो, धन-धान्य का लाभ हो।

(२१) सप्तमेश बलवान होकर लग्न में ही गुरु से युक्त या दृष्ट हो तो राजयोग हो।

(२२) दशमेश शुभ ग्रह हो हर्षबल पाया हो या अपने उच्च आदि में हो शुभ ग्रह से दृष्ट हो, उदित हो, धन त्रिकोण या केन्द्र में हो तथा लग्न में शुभ ग्रह हो तो राज्य लाभ हो।

(२३) जब शनि बलवान् हो या अपने उच्च का हो या शुक्र बलवान् हो तो म्लेच्छ जन के द्वारा राज्य तथा लक्ष्मी प्राप्त हो।

(२४) जब त्रिराशीश मंगल स्वगृही या अपने उच्च का होकर लग्न त्रिकोण या लाभ में हो तो अति सुख प्राप्त होता है।

(२५) शनि वर्षेश होकर लाभ में हो सूर्य दशम हो चन्द्र से इत्थशाल करे तो राज योग होता है।

(२६) राजवंश में उत्पन्न लोगों को उपरोक्त योगों में राज्य लाभ हो सकता है अन्य को प्रतिष्ठा और धन प्राप्त होगा।

(२७) जन्म में जिनके स्वगृही या उच्च के उदयी ग्रह हों शत्रु स्थान छोड़कर अन्य स्थान में हों यदि वर्ष में भी वैसे ही पड़ें तो सब मनोरथ सिद्ध हों।

राजयोग भंग

(१) जब नीच के पाप ग्रह हों या अस्तंगत हों तो राजयोग भंग हो।

(२) जिस वर्ष में ग्रह नीच के हों या शत्रु गृही हों पाप युक्त हों उस वर्ष में राज्य अर्थात् कर्म जीविका की हानि होती है अल्प सुख भी नहीं मिलता।

(३) पाप ग्रह अशुभ षड्वर्ग में हों और शुभ ग्रह बलहीन हों तो कष्ट हो और राज्य की हानि हो।

(४) जन्म समय में नीच अस्त आदि जैसा ग्रह हो वैसा ही वर्ष में पड़े तो शुभ फल का नाश होता है।

(५) द्वितीयेश बलहीन होकर लग्न में हो उसपर शुभ गुरु की दृष्टि न हो पाप ग्रह से युक्त हो तो संचित द्रव्य का नाश हो।

(६) वर्षेश मुन्थेश आदि ग्रह पाप ग्रहों से युक्त या दृष्ट हों, अस्तंगत या नीचगत हों सौम्य ग्रह बलहीन हों तो राजयोग भंग हो धन और सुख का नाश हो।

(७) द्वादश स्थान में चन्द्र हो या चन्द्र के साथ शनि हो शुक्र छठे घर में हो तो अचानक चित्त में विकलता हो धन आदि सब पदार्थों की हानि हो।

(८) गुरु या शुक्र अस्तंगत हो या नीच में हो या पाप ग्रहों से आक्रांत हो तो धन एवं राज सुख का नाश हो।

(९) जब शुभ ग्रह आश्रय हीन हों तथा पाप ग्रह केन्द्र में बलहीन या वक्री हों तो धन का नाश होता है।

(१०) जन्म का द्वादशेश यदि वर्ष में दशम स्थान में पड़े और अपने स्वामी से या शुभ ग्रह से युक्त दृष्ट न हो दशमेश शत्रु या पाप ग्रह से युक्त हो तो धन का नाश हो।

(११) जब पंचाधिकारियों में से कोई भी ग्रह केन्द्र त्रिकोण या लाभ में बली होकर न बैठा हो शेष ग्रह पाप ग्रहों के साथ हों या उनसे दृष्ट हों या बलहीन हों तो धन या सुख का नाश हो।

•

अध्याय २६

ताजिक के १६ योग

इन योगों के नाम फारसी भाषा में दैवज्ञ पं० नीलकंठ ने अपनी पुस्तक नीलकंठी में दिये हैं। इनका विचार वर्ष और प्रश्न में होता है। ये बहुत महत्व के योग हैं! इनमें मुंथशिल योग का बहुत उपयोग हुआ है उसे अच्छी प्रकार से समझ लेना चाहिये।

इन योगों के नाम

(१) इक्कबाल = इकबाल अर्थात् प्रताप=भाग्योदय शुभफल।

(२) इंदुवार=इदवार। अर्थात् पीठ फेरना=भाग्यहीनता=दुर्भाग्य। अशुभ फल। नं १ का उल्टा।

(३) मुथशिल = मुंथशिल = इत्थशाल = इतिसाल =प्राप्त करना=संयोग=शुभ। इसके भेद :—

१ बर्तमान मुथसिल
२ पूर्ण ,,
३ राश्यंत राश्यादि ,,
४ भविष्य ,,

(४) ईशराफ = इसराफ = मुसरिफ = अपव्यय=खर्च करना=अशुभ।

(५) नक्त=नक्तम्=नकद=रोकड़=अशुभ दूसरों की सहायता से कार्य सिद्ध करे।

(६) यमया=जामिआ=संयोजक=शुभ।

(७) मणऊ=ममनुआ=निषेधक=मना। अशुभ।

(८) कम्बूल = कम्बूल=कुबूल= मकबूल स्वीकृत=स्वीकार। शुभ। इसके १६ भेद हैं :—

१ उत्तमोत्तम–	कंबूल	९ सम उत्तम	कंबूल
२ उत्तम मध्यम	,,	१० सम मध्यम	,,
३ उत्तम सम	,,	११ सम समाख्य मध्यम	,,
४ उत्तम अधम	,,	१२ समाधम	,,
५ मध्यम उत्तम	,,	१३ अधम उत्तम	,,
६ मध्यम मध्यम	,,	१४ अधम मध्यम	,,
७ मध्यम सम	,,	१५ अधम सम	,,
८ मध्यम अधम	,,	१६ अधमाधम	,,

(९) गौरी कुबूल=गैर कंबूल=गैर कम्बूलम=गैर मकबूल=अस्वीकृत । अशुभ ।

(१०) खल्लासर=खलास=छूटा हुआ । अशुभ ।

(११) रद्द=निकम्मा=त्यक्त । अशुभ ।

(१२) दुफालि कुत्थ=दु:फालि कुत्थ, दुस्वार कुब्बत । कठिन प्राप्य=कठिनता से बल पाने वाला=सामान्य ।

(१३) दुत्थोत्थदवीर=दुत्थ दब्बीर= दुश्वार तदवीर । दुष्प्राप्य । मध्यम

(१४) तंबीर=तम्बीर=तदवीर=उपाय । शुभ

(१५) कुत्थ=कुव्वत या कवी=वलिष्ठ=बली शुभ

(१६) दुरफ=दुरितोवा=रफअ= मिटाना=बना काम बिगाड़ना=दुरित=अशुभ

(१) इक्कबाल योग=प्रताप बढ़ाने वाला ।

सब ग्रह केन्द्र (१–४–७–१० घर) और पणफर (२–५–८–११ घर) में हों आपोक्लिम (३–६–९–१२ घर) में कोई ग्रह न हो तो इक्कबाल योग होता है। जैसा यहाँ बताया है।

फल–राज्य सुख कुल अनुमान से होता है। जिसके वर्ष में अरिष्ट हो इस इकबाल योग के होने से भंग हो जाता है।

(२) इन्दुवार योग

यहाँ नं० १ के विपरीत है। सब ग्रह आपोक्लिम (३–६–९–१२ घर) में हों केन्द्र पणफर में कोई ग्रह न हों तो इन्दुवार योग होता है।

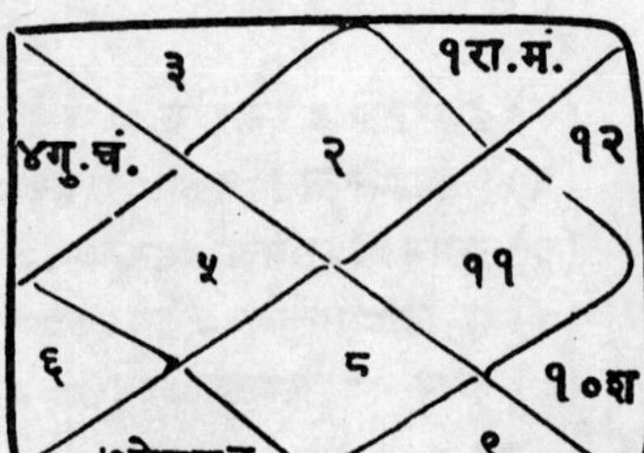

फल—इसका फल अनिष्टकर्ता है।

(३) मुन्थशिल—मिलाप—मिला हुआ योग—मुत्थसिल—मुत्थशील—मूथ शील—इत्तिसाल हासिल करना—प्राप्त करना।

इस योग में यह देखना कि ग्रह शीघ्र गामी है या मन्द गामी है और ग्रह के कितने अंश हैं।

शीघ्री ग्रह—दो ग्रहों में से जिस की गति अधिक हो वह शीघ्र गति वाला ग्रह है।

मन्दी ग्रह—दो ग्रहों में से जिस की गति अल्प हो (मन्द हो) वह मन्द गति वाला ग्रह है।

यहाँ वर्तमान में गोचर के अनुसार पंचांग में जो ग्रह की गति दी हो वह गति लेना।

मन्द गति वाला ग्रह बहुत अंश होकर आगे हो और शीघ्र गति वाला ग्रह अल्प अंश हो के पीछे हो और दोनों ग्रहों की दृष्टि दीप्तांश के भीतर हो तो मुन्थशिल योग होता है। इसमें शीघ्री ग्रह अपना तेज (सामर्थ) मन्दी ग्रह को दे देता हैं।

घन भाग=बहुत अंश। मन्द भाग=अल्प अंश। भाग=अंश। घन=बहुत। अल्प=कम।

ग्रहों की गति=एक राशि में चलने का समय।

यहाँ शीघ्री=चन्द्र, सूर्य, बुध, शुक्र, मंगल है।

मन्दी ग्रह—गुरु, शनि हैं। इनमें भी शनि से गुरु शीघ्री है गुरु से मंगल शीघ्री है। मंगल से सूर्य बुध शुक्र शीघ्री हैं। इन सब से चन्द्रमा शीघ्री है।

एक राशि को पार करने के लिए जिसे अधिक समय लगता है वह मन्द गति वाला ग्रह मन्द ग्रह या मन्दी ग्रह है। जिसे थोड़ा समय लगता है वह शीघ्र गति वाला ग्रह, शीघ्र ग्रह, या शीघ्री ग्रह है।

इस प्रकार परस्पर दृष्टि करने वाले दो ग्रह हों, इन में एक की गति मन्द और दूसरे की गति शीघ्र हो। यह पंचांग से देख लेना चाहिए। इन दो ग्रहों में से उनके अंशों का विचार करना यदि शीघ्री ग्रह के अल्प अंश हैं और मन्दी ग्रह के अधिक अंश हैं और शीघ्री ग्रह से मन्दी ग्रह आगे हो और दोनों की दृष्टि दीप्तांश के भीतर हो तो मुन्थशिल योग हो जाता है। इसमें शीघ्री ग्रह मन्द ग्रह को अपना तेज दे देता है।

ग्रहों के दीप्तांश

यहाँ शीघ्री ग्रह के आगे या पीछे विचारना और शीघ्री ग्रह के अंश के भीतर दीप्तांश लेना अर्थात् जो ऊपर बताये दीप्तांश के अंश दिये हैं उनसे दोनों हों के अशों का अन्तर विचारना। दोनों ग्रहों के अंशों का अन्तर इन से अधिक नहीं होना चाहिए।

दृष्टि का विचार

यहाँ नीचे बताई दृष्टि लेना। गणित द्वारा साधन की हुई दृष्टि की यहाँ आवश्यकता नहीं है।

दृष्टि	स्थान	कला दृष्टि	तत्काल में अधिमित्र
१ प्रत्यक्ष स्नेहा	९–५	४५′	४५′
२ गुप्त स्नेहा	३	४०′	मित्र
	११	१०′	
२ गुप्त वैरा	४–१०	१५′	शत्रु
४ प्रत्यक्ष वैरा	७	६०′	अधिशत्रु
५ अत्यन्त वैरा	१		

२–६–८–१२ स्थान दृष्टि शून्य हैं।

लग्न से ६ भाव तक दक्षिण भाग, ७ से १२ तक वाम भाग। दक्षिण की अपेक्षा वाम दृष्टि बलवान होती है। दशम से चतुर्थ पर दृष्टि बली है। चतुर्थ से दशम पर दृष्टि निर्बल है।

यहाँ मन्दी ग्रह के अधिक अंशों में से शीघ्र ग्रह के कम अंश को घटाना। यदि अन्तर दीप्तांश के भीतर हो तो इत्थशाल योग होता है। यहाँ वर्तमान ग्रह स्पष्ट से ग्रह के अंश और उनकी गति लेना।

इत्थशाल योग का उपयोग

किसी भाव के फल के विचार करने के लिए उस भाव का स्वामी और लग्नेश के साथ इत्थशाल योग है या नहीं इसका विचार करना होता है। कार्येश और लग्नेश इन दोनों में एक लाभेश अवश्य होना चाहिए तब इत्थशाल योग का प्रभाव होता है।

लग्नेश का द्वितीयेश, तृतीयेश आदि सब भाव में स्वामियों के साथ इत्थशाल योग हो सकता है। जैसे राज सम्बन्धी कार्य का विचार करना है राज्य का विचार दशम भाव में होता है।

मान लो दशम भाव में सिंह राशि है। जिसका स्वामी सूर्य कार्येश हुआ। मान लो यह सूर्य नवम भाव में है जिसके अंश १५ हैं। इसके आगे लग्न में लग्नेश मंगल २५ अंश पर है। यहाँ शीघ्री ग्रह सूर्य के अल्प अंश हैं। इसके आगे मन्दी ग्रह मंगल अधिक अंश में है। दोनों की नवम पंचम दृष्टि है। सूर्य का दीप्तांश १५ है यहाँ दोनों की दृष्टि दीप्तांश के भीतर है (२५–१५)=१० क्योंकि केवल यहाँ १०° का अन्तर है जो दीप्तांश के भीतर है। यहाँ लग्नेश की दृष्टि कार्येश पर होने से इस मुत्थसिल योग के प्रभाव के फलस्वरूप राज्य प्राप्त होगा अर्थात् उस कार्य में सफलता प्राप्त होगी।

अन्य उदाहरण—

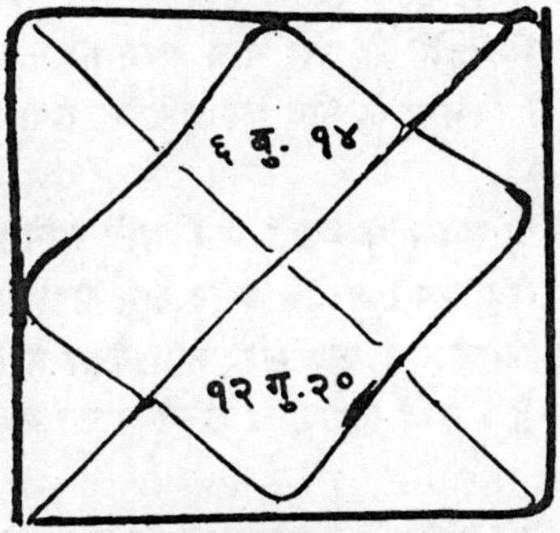

यहाँ सप्तम भाव सम्बन्धी विचार करना है। यहाँ सप्तमेश गुरु कार्येस हुआ। बुध लग्नेश हुआ बुध की गति शीघ्र है। अल्प अंश १४ पर है। बुध के आगे मन्द ग्रह गुरु २०° पर है बुध के दीप्तांश ७ के भीतर (२०–१४)=६ दोनों की दृष्टि है। एक दूसरे पर सप्तम दृष्टि है यहाँ इत्थशाल योग हो गया।

अन्य उदाहरण—

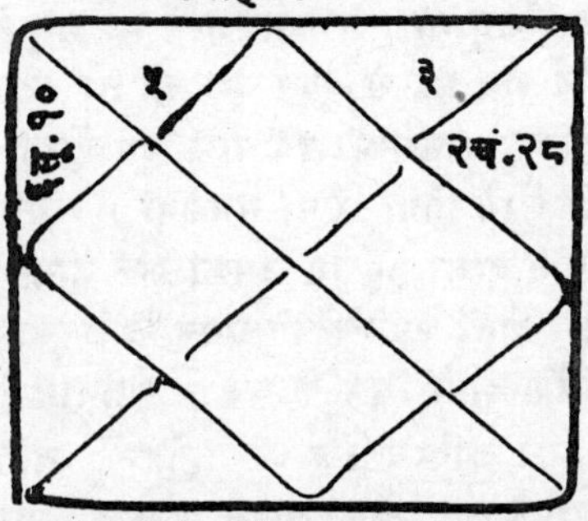

यहाँ धन सम्बन्धी विचार का कार्येश सूर्य अंश पर है। लग्नेश चन्द्र शीघ्री ग्रह २८ अंश पर है। मन्द ग्रह सूर्य आगे है। दोनों की नवम पंचम दृष्टि चन्द्र के दीप्तांश १२ अंश के भीतर हैं। (१०-२८) =१०+३०=४०–२८ १२° अन्तर इससे शीघ्री ग्रह के दीप्तांश के भीतर सूर्य है तो इत्थशाल योग हो गया। या इस प्रकार समझो चन्द्र २८° पर है २ अंश आगे बढ़ते पर राशि पूरी होगी। सूर्य के १०°+२°=१२ अंश अन्तर हुआ।

दृष्टि भेद के विचार से इत्थशाल योग का पृथक्-पृथक् फल होता है। इत्थशाल योग में यदि दोनों की परस्पर शुभ दृष्टि हो तो विशेष फल होगा। अशुभ दृष्टि का अशुभ फल होता है। लग्नेश और कार्येश का जैसा इत्थशाल योग हो वैसा शुभ या अशुभ फल होता है। जैसे—

लग्नेश षष्ठेश से रोग वृद्धि। लग्नेश अष्टमेश से रोग वृद्धि मृत्यु आदि। लग्नेश व्ययेश से व्यय वृद्धि। इस प्रकार अशुभ स्थानों से यह योग होने से अशुभ फल होता है।

लग्नेश कार्येश, लग्नेश का मित्र तथा कार्येश का मित्र ये चारों जिस राशि में हों वह अपने स्वामी या शुभ ग्रह से दृष्ट हो तो इत्थशाल योग बलवान होता है। यदि स्नेह आदि शुभ दृष्टि हो तो और भी विशेष शुभ फल होता है। परन्तु ये शत्रु घर में, पापग्रह से दृष्ट या युक्त हों तो शुभ फल घट जाता है।

जिस भाव सम्बन्धी कार्य हो उस भाव के स्वामी को कार्येश कहते हैं। जैसे— भाइयों के निमित्त तृतीयेश। संतान—पंचमेश। राज कार्य—दशमेश। स्त्री के सम्बन्ध से—सप्तमेश इत्यादि। इस प्रकार कार्येश और लग्नेश से इत्थशाल योग है या नहीं यह विचारना पड़ता है। दोनों का इत्थशाल योग होने से कार्य सिद्ध होता है।

इस इत्थशाल योग में ५–९ और ३–११ सम्बन्धी इत्थशाल में दोनों स्नेहा दृष्टि होने से उस सम्बन्धी अच्छा फल होगा। शत्रु दृष्टि होने से उस भाव सम्बन्धी फल नष्ट कर देते हैं। इस प्रकार दृष्टि स्थान आदि के विचार से योग का शुभ या अशुभ फल होता है।

लग्नेश और कार्येश के मित्र ग्रह भी उन्हीं के सदृश फल देते हैं। यदि लग्नेश आदि के साथ कोई ग्रह हो वह जिस भाव में हो वह अपने भावेश और शुभ ग्रहों से दृष्ट हो तो इत्थशाल योग बलवान हो जाता है और उस फल को बढ़ा देता है। स्नेह दृष्टि में तो योग फल को अधिक बढ़ा देता है। यदि इत्थशाल करने वाला मंद ग्रह वक्री हो तो वह फल अधिक बढ़ जाता है।

इसी प्रकार शत्रु राशि अनिष्ट स्थान, पाप ग्रह दृष्टि से इत्थशाल योग का फल अशुभ भी हो जाता है। जैसे लग्नेश कार्येश दोनों शत्रु या नीच राशि में या शत्रु के हद्दा, नवांश आदि में या दुष्ट स्थान में हों और पाप ग्रह से युक्त दृष्ट हों तो इत्थशाल योग उत्पन्न हुआ अनिष्ट फल तत्काल ही होगा। उसके आगे पीछे शुभ होगा। यदि ऐसा योग होने वाला हो तो उक्त फल भी आगे होगा ऐसा समझना। अर्थात् जब सर्वोच्च आदि राशि में पाप युक्त या दृष्ट होने वाला हो तब उसका फल होगा। इन योगों में अनिष्ट फल होने में शुभ और अशुभ दोनों अपने-अपने समय के अनुसार होता है जैसा ऊपर बताया है। यदि लग्नेश कार्येश दोनों मित्र के घर में वर्तमान हैं और कुछ दिन बाद शत्रु के घर में जावेंगे तो उसका अनिष्ट फल आगे होगा। यदि ये दोनों मित्र घर से शत्रु घर में चले जावें तो शुभ फल हो चुका अशुभ, फल व र्मान है ऐसा समझना। यदि शुभ फल निकलता हो तो शुभ ही फल होगा।

इत्थशाल योग का फल कब होगा ?

(१) लग्नेश और कार्येश दोनों उच्च ग्रह, मित्र राशि, स्व त्रिराशीश, स्व नवांश आदि अच्छे स्थान में हों और शुभ ग्रहों से युक्त या दृष्ट हों तो इत्थशाल का शुभ फल तत्काल होगा और वह शुभ फल इसी समय हो रहा है।

(२) जो ऐसे शुभ स्थान में आने वाला हो और शुभ ग्रह युक्त या दृष्ट होने वाला हो तो उसका फल आगे उस समय आने पर होगा।

(३) यदि ऐसे शुभ स्थान से अन्य स्थान में गये थोड़ा भी समय हो गया हो तो पूर्वोक्त फल हो चुका ऐसा समझना।

अर्थात् ऐसा योग वर्तमान में हो तो फल शीघ्र होगा। ऐसा योग होने वाला हो तो भविष्य में फल होगा। ऐसा योग हो चुका है तो वह फल बीत चुका है ऐसा जानना।

फल का समय जानना

इत्थशाल योग करने वाले लग्नेश और कार्येश के अंशों का अंतर करके जो शेष रहे उसे १२ से गुणा करना। जो गुणन फल प्राप्त हो उतने दिन में इत्थशाल योग का फल होगा।

इत्थशाल पूर्ण हुआ या नहीं !

शीघ्री ग्रह के अंशादि में उसी शीघ्री ग्रह के दीप्तांश जोड़ना जो योग आवे उस योग के भीतर मंद ग्रह के अंश हैं तो समझो इत्थशाल योग होता है। यदि उस योग से मंदीग्रह के अधिक अंश हैं तो यह योग नहीं होगा इसमें भविष्य इत्थशाल योग का अपवाद है जिसे आगे समझाया है।

इत्थशाल योग के भेद

इत्थशाल योग के ४ भेद हैं।

(१) वर्तमान इत्थशाल या मुन्थसिल (२) पूर्ण मुंथसिल (३) राश्यंत राश्यादिस्थ वर्तमान मुंथसिल (४) भविष्य मुंथसिल।

(१) वर्तमान मुन्थसिल

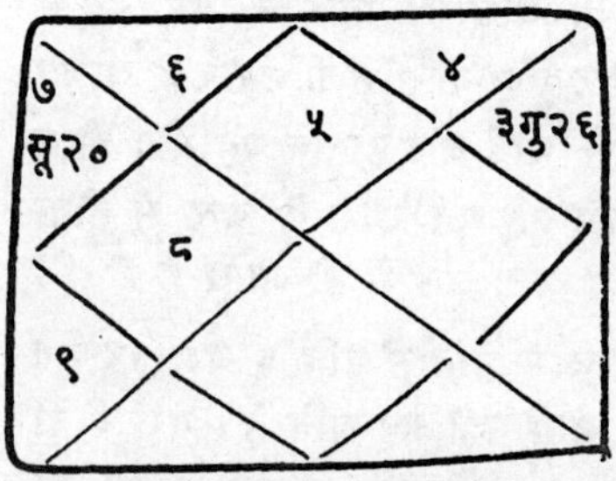

शीघ्री ग्रह न्यून अंश पर पीछे हो मंदी ग्रह अधिक अंश पर शीघ्री से आगे हो। दोनों की नवम पंचम आदि दृष्टि हो और शीघ्री के दीप्तांश के भीतर यह दृष्टि हो तो पृष्ठ गत शीघ्री ग्रह अपना तेज (शक्ति) मंद गति वाले ग्रह को दे देता है। तब यह वर्तमान मुंथसिल हुआ। इसका फल पूर्ण मुंथसिल से कुछ कम होता है।

यहां लग्नेश सूर्य शीघ्री के अल्प अंश २० पर है। इसके आगे मंदी ग्रह गुरु के अधिक अंश २६ हैं। दोनों की नवम पंचम दृष्टि है। और सूर्य के दीप्तांश के भीतर मंदी ग्रह है (२६−२०)=६ केवल ६° अन्तर है। इससे यह योग हो गया। यहां सन्तान भाव का कार्येश गुरु से लग्नेश का मुन्थसिल है।

(२) पूर्ण मुन्थसिल योग

यह वर्तमान इत्थशाल सरीखा ही है। केवल अन्तर इतना ही है कि शीघ्र ग्रह के अंश मन्द ग्रह के अंश से केवल कला विकला मात्र से कम हों। इसका फल पूर्ण होता है।

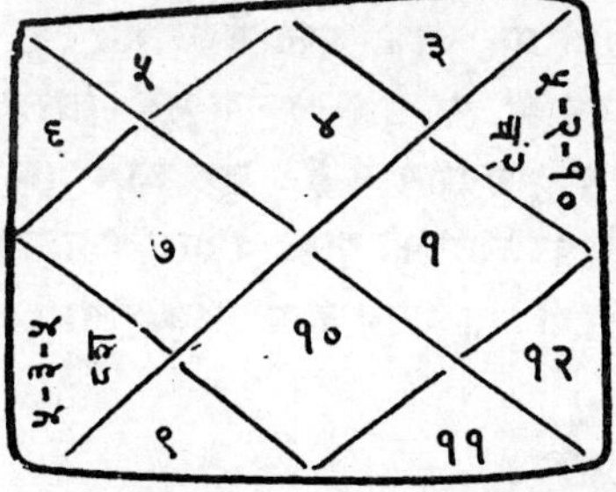

शीघ्री और मंदी ग्रह का अन्तर आधा अंश (३० कला) तक भी हो तो भी पूर्ण मुन्थसिल योग हो जाता है।

यहां स्त्री लाभ प्रश्न में लग्नेश चन्द्र शीघ्र गामी ५°−२′−१०″ पर है। इसके आगे सप्तमेश शनि पंचम में ५°−३′−५″ पर है। दोनों की सप्तम दृष्टि है। यहां

५°–३″–५″
५ –२ –१०
० –० –५५

दोनों में केवल ५५ विकला का अन्तर है। इससे यह पूर्ण मुन्थसिल योग हुआ। यहाँ शीघ्री ग्रह केवल ५५″ से मंदी ग्रह से न्यून है।

जब विकला मात्र न्यून हो या आधी विकला से न्यून हो तब यह बीस विश्वा वाला मुन्थसिल होता है। जब विकला तक समानता हो तो पूर्ण मुन्थसिल श्रेष्ठ होता है।

(३) राश्यंत राश्यादिस्थ वर्तमान मुन्थसिल

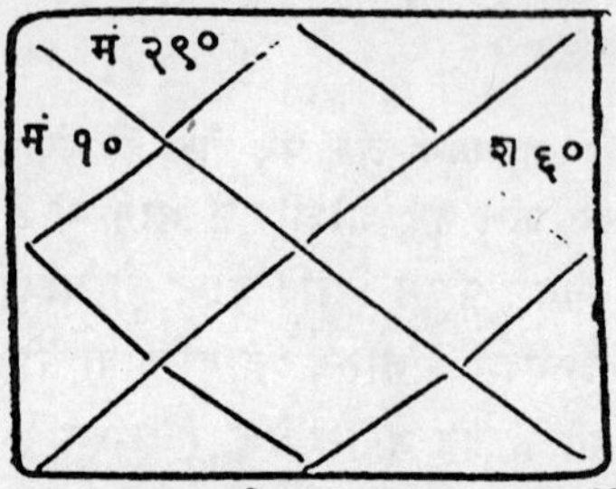

शीघ्री ग्रह जब राशि के अन्त में होता है। जैसे २९° पर हो अर्थात वह आगे वाली राशि में जाने वाला हो जिससे आगे जाने वाली राशि में पहुँच कर मंद ग्रह से दृष्ट होकर दृष्टि दीप्तांश के भीतर हो जावे। मंद ग्रह के थोड़े अंश हों तब यह योग होता है। शीघ्री ग्रह जब राशि के अन्त में होता है। तब आगे जाने वाली राशि में वह मंदी ग्रह से अल्प अंश में हो जाता है।

जैसे धन भाव में मंगल २९ अंश पर है और लाभ भाव में शनि ६ अंश पर है। मंगल शीघ्री ग्रह है शनि मंदी ग्रह है। शीघ्री के आगे मंदी ग्रह शनि है। यहाँ दोनों की दृष्टि दीप्तांश के भीतर नहीं है परन्तु जब मंगल आगे राशि में जायगा तब वह तीसरे भाव में पहुंच जायगा तब उस आगे की राशि १°–२° आदि अंश में मंगल शीघ्री ग्रह अल्प अंश में हो जाता है और मंदी ग्रह अधिक अंश में हो जाता है। दोनों की दृष्टि तब दीप्तांश के भीतर हो जाती है।

यह वर्तमान इत्थशाल योग का ही भेद है परन्तु दृष्टि रहित इत्थशाल होता है दीप्तांश के भीतर दृष्टि नहीं है।

इसमें शीघ्री ग्रह राशि के अन्त में ३०° के समीप हो और मंद ग्रह आगे हों तो शीघ्री ग्रह आगे की राशि में जाने पर मंद ग्रह जब शीघ्री ग्रह के दीप्तांश के भीतर हो जावे तब शीघ्री ग्रह अपना सामर्थ मंद ग्रह को दे देता है यह अदृष्ट मुन्थसिल है।

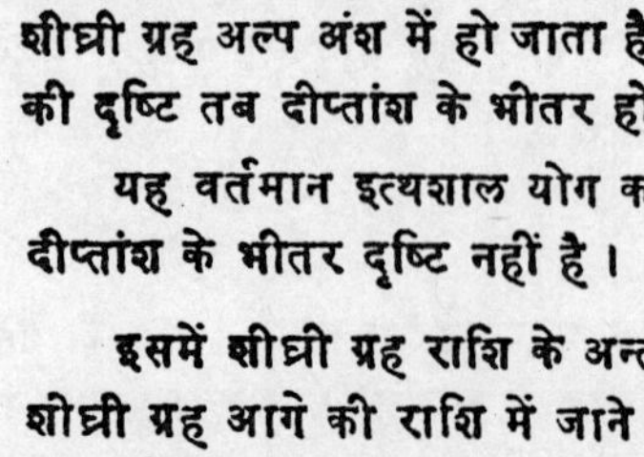

यहाँ धन लाभ प्रश्न में लाभेश गुरु मंदी ग्रह ३° पर है। लग्नेश शुक्र शीघ्री ग्रह २९° पर दशम में हैं। शुक्र लाभ भाव में जाने पर दोनों की दृष्टि दीप्तांश के भीतर हो जायगी उस समय कार्य सफल होगा।

(४) भविष्य मुन्थसिल

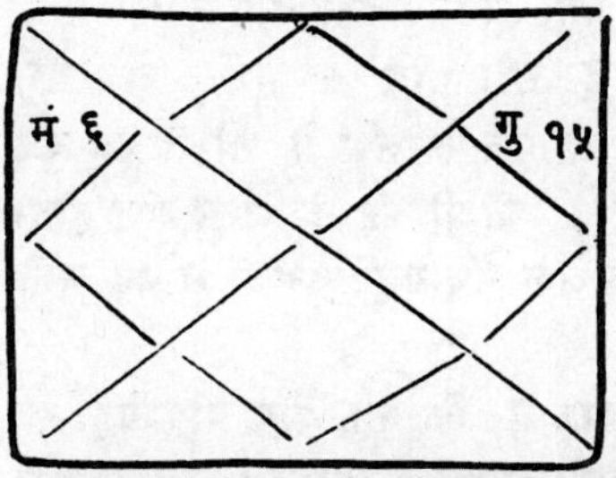

शीघ्री ग्रह न्यून अंश पर और मंद ग्रह उसके आगे अधिक अंश पर हो। दोनों की दृष्टि नवम पंचम आदि हो परन्तु दृष्टि दीप्तांश के भीतर न हो। मंदी ग्रह के अंश दीप्तांश से कुछ अधिक हों। जब शीघ्री ग्रह अपनी तेज चाल से आगे बढ़ेगा तब शीघ्री के अंश अधिक हो जाने से मंदी ग्रह शीघ्री के दीप्तांश के भीतर हो जायगा। यहाँ भविष्य में मुन्थसिल होगा। तब इस का फल होगा। इस कारण इसे भविष्य मुंथसिल कहते हैं।

जैसे यहाँ शीघ्री ग्रह ६ अंश पर है। इसके आगे मंदी ग्रह १५° पर है। दोनों की परस्पर दृष्टि दीप्तांश के भीतर नहीं है (१५-६)=९°। यहाँ ९ अंश का अन्तर है। शीघ्री ग्रह मंगल का दीप्तांश ८ है। उससे १ अंश अधिक मंदी ग्रह बढ़ गया है। शीघ्री ग्रह जब आगे बढ़ेगा तब मंदी ग्रह उसके दीप्तांश के भीतर हो जायगा तब फल होगा। मान लो शीघ्री ग्रह मंगल आगे बढ़ कर ७° पर हो गया या और आगे बढ़ गया तब मंदी ग्रह का अन्तर दीप्तांश ६ के भीतर हो जायगा। यह मुन्थसिल आगे होने को है इस कारण यहाँ भविष्य मुन्थसिल हो गया। इसमें शीघ्री ग्रह अपना सामर्थ्य तब मंदी ग्रह को दे देगा।

इस प्रकार लग्नेश कार्येश का

१. वर्तमान मुंथसिल हो तो उस भाव सम्बन्धी फल उसी समय वर्तमान है ऐसा समझना।

२. पूर्ण मुंथसिल हो तो पूर्ण सुख या पूर्ण फल कहना।

३. भविष्य मुन्थसिल हो तो आगे सुख होगा या आगे फल होगा जब कि दोनों की दृष्टि दीप्तांश के भीतर हो जायगी।

जिस भाव सम्बन्धी कार्य है उस भाव का स्वामी (कार्येश) और लग्नेश का इत्थशाल होने पर उस कार्य की सिद्धि होती है।

(४) इसराफ=मुशरिफ=फिजूल खर्ची

इसराफ योग—यह नं० ३ इत्थशाल के योग से विपरीत है। इसे मुशरिफ योग भी कहते हैं।

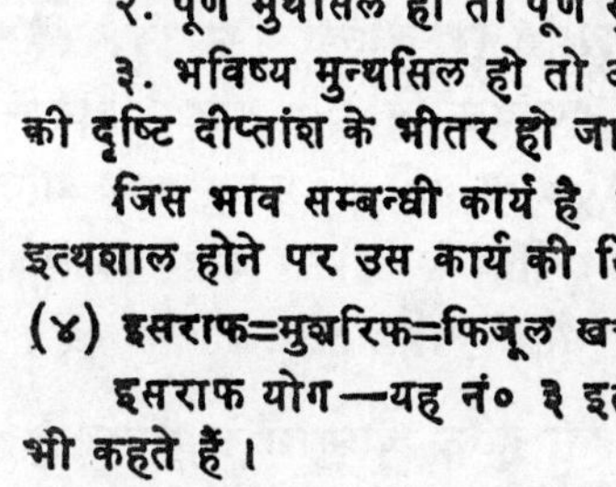

शीघ्री ग्रह अल्प अंश पर मंद ग्रह के पीछे हो और मंद ग्रह के अधिक अंश हों और आगे हो दोनों की दृष्टि दीप्तांश के भीतर हो तो यह इत्थशाल योग होता है। परन्तु इसमें यदि शीघ्री ग्रह मंद ग्रह के अंश से भी अंश में आगे बढ़ जावे तो यह इसराफ योग हो जाता है।

इत्थशाल योग में जो कार्य होने को था वह विपरीत कर देता है। अर्थात् उस कार्य का नाश कर देने वाला है या उसकी सिद्धि नहीं होती। कष्ट देता है।

यहाँ लग्नेश मंदी ग्रह २० अंश पर लग्न में है स्त्री भाव सम्बन्धी कार्य था, कार्येश बुध शीघ्री ग्रह २२ अंश पर है। यहाँ मंद ग्रह गुरु के अंश से शीघ्री ग्रह बुध से १ अंश बढ़ गया है। क्योंकि मंद ग्रह के अंश से शीघ्री ग्रह के अल्प अंश होना था। इसके विपरीत होने से अर्थात् शीघ्री ग्रह के अंश मंद ग्रह के अंशों से बढ़ जाने से यह इशराफ योग हो गया।

हिज्जाल आचार्य के मत से इसमें इतना विचार है कि यह योग पाप ग्रहों का हो तो कार्य विपरीत करता है अर्थात् शुभ के बदले अशुभ करता है। शीघ्री और मंदी दोनों पाप ग्रह हों तो कार्य का अवश्य नाश होता है? शुभ ग्रहों का योग हो तो कार्य विपरीत तो नहीं करेगा किन्तु शुभ फल को जो इत्थशाल से होने वाला था न होने देगा इसमें भी मत है कि शीघ्री और मंदी दोनों ग्रह शुभ हों तो कार्य सिद्ध होगा परन्तु कठिनाई से सिद्ध होगा।

(५) नक्त योग=नकछ=नकदी।

जहाँ शीघ्री ग्रह के अंश अल्प हों और मदी ग्रह के अंश उससे अधिक हों। और इत्थशाल योग में जैसा होना था दोनों की परस्पर दृष्टि नहीं हो। इन दोनों ग्रहों के बीच एक ऐसे ग्रह से जो इन दोनों से गति में शीघ्र हो और लग्नेश और कार्येश दोनों को देखता हो तो वह अल्प अंश वाले ग्रह (शीघ्री ग्रह) का तेज लेकर अधिक अंश वाले ग्रह (मंदी ग्रह) को दे देता है। इस योग में अन्य के द्वारा कार्य सिद्ध होता है।

यहाँ लग्नेश बुध के कम अंश १२ हैं। कार्येश गुरु अधिक अंश १४ पर है। दोनों एक दूसरे से ६-८ भाव में होने से परस्पर दृष्टि नहीं है। परन्तु नवम भाव में इन दोनों से शीघ्री चन्द्र १० अंश पर है उसकी चौथी दृष्टि लग्नेश बुध पर दीप्तांश के भीतर है और कार्येश गुरु पर ग्यारहवीं दृष्टि दीप्तांश के भीतर है। इस प्रकार यह शीघ्री चन्द्र दोनों को देखते हुए शीघ्री ग्रह बुध का तेज लेकर मंदी ग्रह गुरु को दे दिया। इस प्रश्न में तीसरे आदमी की मध्यस्थता से कार्य पूरा होगा। यहाँ मध्यस्थ ग्रह की दृष्टि लग्नेश और कार्येश के दीप्तांश के भीतर ही होना आवश्यक है। यहाँ चन्द्र लग्नेश कार्येश से शीघ्र गति वाला होने से और कार्येश के अंशों से अल्प होने से यह कार्येश के अंश को पहुँच सकता है।

(६) यमया योग=जमिअ:=जमा=संयोजक।

इसमें लग्नेश कार्येश में एक शीघ्र गति वाला हो एक मंद गति वाला हो ये

किसी भाव में हों और उन की परस्पर दृष्टि न हो परन्तु दोनों के अंश दीप्तांश के भीतर होना चाहिए। दोनों की परस्पर दृष्टि न होने से यह योग नहीं होता परन्तु इन दोनों के बीच एक ऐसा ग्रह हो जो दोनों से मंद गति वाला हो और उन दोनों ग्रहों को देखता हो और दृष्टि में दीप्तांश के भीतर हो तो वह मध्यस्थ ग्रह लग्नेश कार्येश से तेज लेकर मंदी ग्रह को दे देता है।

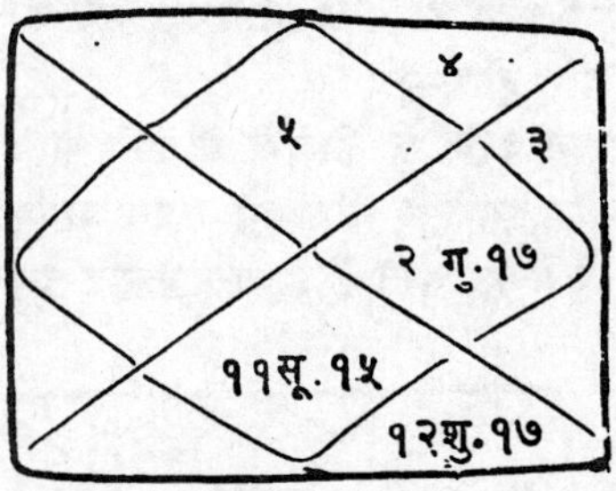

यहाँ राज्य प्राप्ति प्रश्न में लग्नेश सूर्य १५° पर सप्तम में है और दशमेश कार्येश शुक्र १७° पर अष्टम में है। इन दोनों के अंश तो दीप्तांश के भीतर हैं परन्तु परस्पर दृष्टि का अभाव है। ऐसी स्थिति में इन दोनों से मंद गति वाला ग्रह दोनों के बीच दशम भाव में गुरु १७° पर है। गुरु की दृष्टि सूर्य और शुक्र दोनों पर है और दृष्टि दीप्तांश के भीतर है। इस से यह मध्यस्थ ग्रह शीघ्री ग्रह शुक्र का तेज लेकर मंदी ग्रह सूर्य को दे दिया।

इसलिए मध्यस्थ द्वारा यह कार्य होगा। यहाँ गुरु ग्रह मध्यस्थ है तो गुरु के अनुरूप मध्यस्थ पुरोहित मंत्री आदि के द्वारा यह कार्य सम्पादन होगा। यह योग विचारणीय कार्य को मध्यस्थ द्वारा सिद्ध करता है।

नं० ५ नक्त योग में मध्यस्थ ग्रह दोनों से शीघ्री था। यहाँ दोनों की अपेक्षा मंदी ग्रह यहाँ गोचर में शुक्र शीघ्री ग्रह और सूर्य मंदी ग्रह है।

यमया योग में मध्यस्थ ग्रह लग्नेश और कार्येश दोनों से मंद होता है। इस कारण इन दोनों से अंश में कुछ अधिक होता है। इतना अधिक हो कि लग्नेश या कार्येश में दीप्तांश के भीतर दृष्टि कर सके।

(७) मणऊ योग=ममनुआ=मना

इसमें शीघ्री ग्रह अल्प अंश पर हो उसके आगे मदी ग्रह अधिक अंश पर हो और दोनों की परस्पर दृष्टि दीप्तांश के भीतर हो परन्तु इनके बीच में शीघ्री ग्रह के समीप शीघ्री ग्रह के कुछ अंशों से आगे या पीछे (कुछ अंश से कम या अधिक) शनि या मंगल हो और उस शनि या मंगल की ४, ७ या एकर्क्ष (एक स्थान) की दृष्टि उस शीघ्री ग्रह पर हो और मंदी ग्रह को वह किसी भी दृष्टि से देखता हो तो यह मंगल या शनि शीघ्र ग्रह का तेज हर लेता है और मंद ग्रह को तेज नहीं देता है।

इस प्रकार इत्थशाल योग से जो कार्य होने वाला था वह कार्य शनि या मंगल बीच में पड़कर मना कर देता है अर्थात् कार्य होने नहीं देता। कार्य का नाश कर देता है। इससे मंगल या शनि मणऊयोग का कर्त्ता हुआ।

यह योग पाँचवाँ नक्त योग सरीखा है। इसमें शनि या मंगल योग को बिगाड़ने वाला है। इसमें इत्थशाल के अतिरिक्त ये बातें होंगी।

(१) दोनों शीघ्री मंदी ग्रह के बीच शनि या मंगल में से कोई हो।

(२) यह शनि या मंगल शीघ्री ग्रह की १, ४ या ७ स्थान की बैर दृष्टि से देखता हो। परन्तु मंद ग्रह को किसी प्रकार की दृष्टि से न देखता हो।

(३) शनि या मंगल शीघ्री ग्रह के अंश के कुछ आगे या पीछे हो परन्तु मंद ग्रह शनि या मंगल के दीप्तांश के भीतर हो तब यह योग होता है।

एक स्थान दृष्टि चतुर्थ स्थान एवं सप्तम स्थान दृष्टि के विचार से शनि के ३ योग और मंगल के भी ३ योग बनते हैं। इस प्रकार इसके ६ योग हुए। इन प्रत्येक के २ भेद शीघ्री ग्रह के आगे या पीछे के विचार से हो जाते हैं। इस प्रकार १२ भेद हो जाते हैं।

उदाहरण—यहाँ स्त्री लाभ प्रश्न में लग्नेश बुध और कार्येश (सप्तमेश) गुरु है। बुध शीघ्र ग्रह १४ अंश पर है इसके आगे मंदी ग्रह गुरु १९ अंश पर है। दोनों की दृष्टि दीप्तांश के भीतर है। इससे इत्थशाल योग हो गया। कार्य हो जाना था परन्तु दोनों के बीच मंगल पड़ जाने से कार्य में बाधा इस कारण पड़ गई कि यह मंगल शीघ्री ग्रह के अंशों के समीप १५° पर है और शीघ्री ग्रह को चतुर्थ शत्रु दृष्टि से देखता है और यह मंगल दशम दृष्टि से कार्येश गुरु को भी देखता है और दोनों मंगल के दीप्तांश के भीतर हैं। इससे यह मंगल कार्य जो होना था उसमें विघ्न कर देता है अर्थात् कार्य में मना कर देता है या कार्य का नाश कर देता है। यहाँ शीघ्री ग्रह बुध का तेज मंगल ने हरण कर लिया जिससे बुध निस्तेज हो गया अर्थात् उसमें फल देने की सामर्थ नहीं रही। यहाँ बुध से १° अधिक होकर मंगल आगे स्थित है। शीघ्रगामी बुध से १° कम अर्थात् १३° भी होता तो भी यह योग हो जाता। परन्तु मंगल या शनि के दीप्तांश के भीतर लग्नेश और कार्येश हो।

मंगल के स्थान में शनि यहाँ हो तो भी मणऊ योग हो जावेगा।

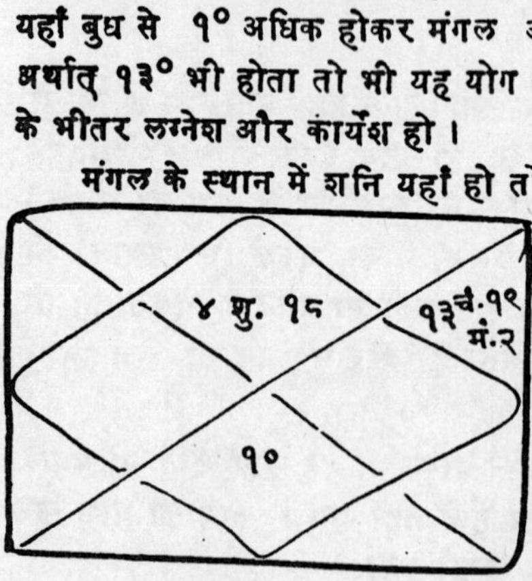

दूसरा उदाहरण—यहाँ लग्न प्रश्न में लग्नेश चंद्र लाभ भाव में वृष के १३° पर है और लाभेश शुक्र लग्न में कर्क के १८° पर है। इनका इत्थशाल योग हो गया जिससे धन लाभ होना था परन्तु मंगल वृष के १९° पर लग्नेश के साथ एक भाव में होने से मणऊ योग हो गया।

क्योंकि यह मंगल तीसरी दृष्टि से कार्येश शुक्र को भी देखता है और मंगल के दीप्तांश के भीतर लग्नेश कार्येश दोनों हैं। यहां मणऊ योग होने से कार्य की हानि होगी।

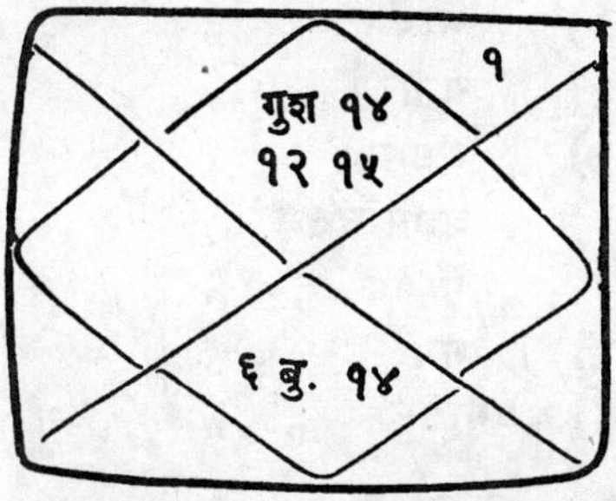

तीसरा उदाहरण—यहाँ शनि व लग्नेश मीन लग्न में हैं। लग्नेश गुरु मंदी ग्रह है जो १४° पर है। सप्तम भाव सम्बन्धी कार्य होने से कार्येश बुध हुआ जो १४° पर है। मणऊ कर्ता ग्रह यहाँ शनि १५° पर मीन राशि में लग्न में है। यहाँ शनि १° अधिक होने पर भी मणऊ योग हो गया। यह शनि कार्येश बुध को सप्तम दृष्टि से भी देखता है और शनि के दीप्तांश के भीतर लग्नेश कार्येश दोनों हैं। इससे यह मणऊ योग हो गया। जिससे कार्य नहीं होगा।

मणऊ योग का एक और भेद है।

जब लग्नेश कार्येश का इत्थशाल हो। इन दोनों के बीच शनि और मंगल दोनों

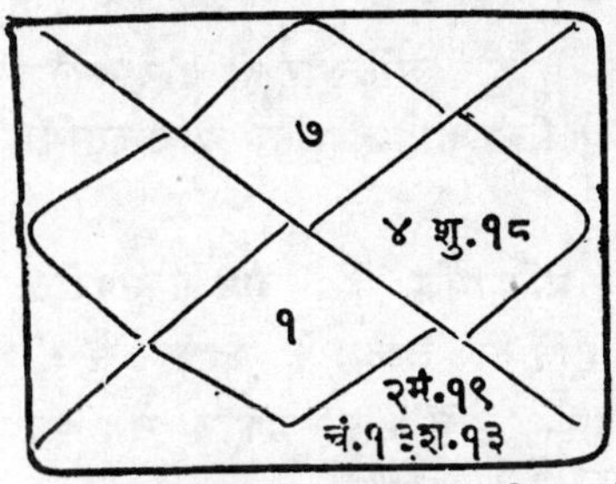

मणऊ कर्ता हों या लग्नेश कार्येश में से किसी के साथ शनि और मंगल दोनों होकर मणऊ योग कर्ता हों। यहाँ शनि और मंगल के अंश लग्नेश कार्येश के दीप्तांश के भीतर हों चाहे लग्नेश कार्येश के आगे या पीछे या इनमें से किसी एक के साथ शनि और मंगल दोनों हों चाहे मंगल और शनिके अंश लग्नेश कार्येश के अंश के भीतर हों या कुछ ही आगे हों परन्तु उनके दीप्तांश के भीतर ही मंगल और शनि के अंश हों।

उदाहरण—यहाँ राज प्राप्ति प्रश्न में लग्नेश शुक्र दशम भाव में कर्क के १८° पर है और राज्येश (कार्येश) चन्द्र अष्टम भाव में वृष के १३° पर है। जिसके साथ शनि १३ अंश पर और मंगल १९° पर दोनों कार्येश के साथ हैं और लग्नेश कार्येश के दीप्तांश के भीतर हैं यहाँ इत्थशाल योग का नाशक मणऊ योग हो गया। केवल शनि या मंगल से ही यह मणऊ योग हो जाता है। परन्तु यहाँ दोनों शनि और मंगल कार्य नाशक मणऊ योग के कर्ता हैं।

(८) कम्बूल योग

कम्बूल=स्वीकार

लग्नेश कार्येश का पूर्व बताये अनुसार इत्थशाल योग हो और इन दोनों में से किसी के साथ या दोनों के साथ चन्द्र भी इत्थशाल करे तो यह योग हो जाता है।

कम्बूल योग के १६ प्रकार

(१)	उत्तमोत्तम	कम्बूल	(९)	सम उत्तम	कम्बूल
(२)	उत्तम मध्यम	,,	(१०)	,, मध्यम	,,
(३)	,, सम	,,	(११)	,, समाख्य	,,
(४)	,, अधम	,,	(१२)	,, अधम	,,
(५)	मध्यम उत्तम	,,	(१३)	,, अधम उत्तम	,,
(६)	,, मध्यम	,,	(१४)	,, मध्यम	,,
(७)	,, सम	,,	(१५)	,, सम	,,
(८)	,, अधम	,,	(१६)	अधमाधम	,,

यहाँ ४ प्रकार के मुख्य भेद बताये गये हैं और इनके मिश्रण से १६भेद हो गये।

(१) उत्तम–उच्च और स्वगृही होने से उत्तम अधिकार।
(२) मध्यम–स्वहद्दा, स्वद्रेष्काण, स्वनवांश, से मध्यम अधिकार।
(३) अधम–शत्रु नीच गृह स्थिति से अधम अधिकार।
(४) सम–जहाँ इन तीनों में एक भी अधिकारी न हों वह सम अधिकार है।

चन्द्रमा के उपरोक्त ४ प्रकार के अधिकार में से कोई अधिकार हो और लग्नेश कार्येश में से भिन्न अधिकार हो तो प्रत्येक के ४ भेद हो जाते हैं जैसा ऊपर बताया है। इस प्रकार इसके १६ भेद हो जाते हैं।

इसमें भी कार्येश के विचार से उपरोक्त १६ भेद होंगे तो लग्नेश के विचार से भी १६ भेद पृथक होंगे। इस प्रकार सब ३२ भेद हो जाते हैं।

मैत्री विचार करने के लिए कल्पित उदाहरण इसमें मित्र शत्रु और सम गृही का विचार होता है आगे इनके उपयोग के लिए मैत्री के विचार से नीचे उदाहरण देकर समझाया है।

मैत्री स्थान	सूर्य	चंद्र	मंगल	बुध	गुरु	शुक्र	शनि
मित्र ३-५ ९-११	मं.गु.	०	गु.सू.शु.	०	सू.शु मं.	मं.गु	०
शत्रु १-४ ६-१०	शु.	बु.मं.श.	चं.बु.श.	चं.मं.श.	०	सू.	चं.बु.मं.
सम २-६ ८-१२	चं.बु.श.	गु.शु.श.	०	सू.गु.शु.	चं.बु.श.	चं.बु.श.	सू.शु.गु.

कंबूल के १६ योगों का स्पष्टीकरण

कम्बूल के १६ भेद	चन्द्र	कार्येश और लग्नेश
१ उत्तमोत्तम	स्वगृही या उच्च का	स्वगृही या उच्च के
२ उत्तम मध्यम	,, ,,	स्वहद्दा स्व द्रेष्काण या स्व नवांश में
३ उत्तम अधम	,, ,,	शत्रु गृही या नीच में
४ उत्तम सम	,, ,,	सम गृही सम हद्दा द्रेष्काण या नवांश
५ मध्यम उत्तम	स्वहद्दाद्रेष्काण या नवांश में	में स्वगृही या उच्च में
६ ,, मध्यम	,, ,,	स्वहद्दा द्रेष्काण या नवांश में
७ ,, अधम	,, ,,	शत्रु गृही या नीच में
८ ,, सम	,, ,,	सम गृही हद्दा द्रेष्काण या नवांश में
९ अधम उत्तम	स्वगृही या नीच में	स्वगृही या उच्च में
१० ,, मध्यम	,, ,,	स्वहद्दा द्रेष्काण या नवांश में
११ ,, अधम	,, ,,	शत्रु गृही या नीच में
११ ,, सम	,, ,,	समगृहीहद्दाद्रेष्काण या नवांश में
१३ सम उत्तम	सम गृही हद्दाद्रेष्काण या नवांश में	स्वगृही या उच्च में
१४ ,, मध्यम	,, ,, ,,	स्वहद्दा आदि में
१५ ,, अधम	,, ,, ,,	शत्रु गृही या नीच में
१६ ,, सम	,, ,, ,,	सम गृही सम हद्दा सम द्रेष्काण सम नवांश में

ऊपर जो कम्बूल योग के १६ भेद बताये हैं इनका विचार।

(१) लग्नेश कार्येश का परस्पर इत्थशाल हो और चन्द्रमा भी किसी के साथ या दोनों से इत्थशाल करे तो १६ प्रकार के योग नीचे बताये अनुसार होते हैं।

(२) इनमें पहिले चन्द्रमा का अधिकार फिर लग्नेश और कार्येश का अधिकार विचारना।

(३) लग्नेश और कार्येश का अधिकार दोनों का एक सा होना। चन्द्र का अधिकार चाहे जैसा हो।

(४) चन्द्रमा अपने हद्दा में जहाँ कहा है वहाँ द्रेष्काण नवांश ही लेना क्यों कि चन्द्रमा की हद्दा नहीं होती।

१६ योगों का चक्र

भेद	चन्द्र लग्नेश कार्येश	फल
१ उत्तम + उत्तम	उत्तम + उत्तम	कार्य उत्तम करेगा
२ ,, + मध्यम	,, + मध्यम	फल मध्यम अवश्य होगा

३	,, +मध्यम	,, +अधम	थोड़े यत्न से प्राप्ति
४	,, +सम	,, +सम	उत्तम प्राप्ति
५	मध्यम+उत्तम	मध्यम+उत्तम	प्राप्ति उत्तम
६	,, +मध्यम	,, +मध्यम	अति प्रयत्न से प्राप्ति
७	,, +अधम	,, +अधम	अधम कष्ट से प्राप्त
८	,, +सम	,, +सम	अति प्रयत्न से प्राप्ति
९	अधम+उत्तम	अधम+उत्तम	परिश्रम से थोड़ा प्राप्ति
१०	,, +मध्यम	,, +मध्यम	अत्यंत प्रयत्न से प्राप्ति
११	,, +अधम	,, +अधम	कार्य नाश, दुःखप्रद लाभ नहीं
१२	,, +सम	,, +सम	अति प्रयत्न से कष्ट से प्राप्ति
१३	सम+उत्तम	सम+उत्तम	उत्तमता से प्राप्ति
१४	,, +मध्यम	,, +मध्यम	यत्न से मध्यम लाभ
१५	,, +अधम	,, +अधम	कष्ट साध्य
१६	,, +सम	,, +सम	मध्यम लाभ

यहाँ एक राशि स्थित शीघ्र मंद ग्रहों का मुंथसिल योग होने से भी कम्बूल योग हो जाता हैं जैसे—

(१) उत्तमाधम कंबूल—चन्द्रमा ओर मंगल दोनों कर्क राशि में इत्थशाली हों तो चन्द्रमा यहाँ स्वगृही है और मंगल नीच में है। यहाँ इत्थशाल योग के विचार से उत्तल अधम कम्बूल हो जाता है।

(२) मध्यम कंबूल=मेष में चन्द्र और शनि परस्पर अंशों में मुंथलिश हो तो यहाँ चन्द्र स्वगृही या उच्च का नहीं है। स्वनवांश में हो तो शनि मेष का नीच में होता है यह मध्यम अधम कम्बूल हुआ यह अशुभ फल कर्त्ता होता है।

(३) मध्यमाधम कंबूल—कन्या में शुक्र और चन्द्र होकर परस्पर इत्थशाली हों तो। यहाँ शुक्र नीच का है और चन्द्रमा कन्या में स्व नवांश में हुआ तो यह भी मध्यम अधम कंबूल हुआ।

(४) मध्यमाधम कंबूल—चन्द्र और गुरु मकर में परस्पर मुंथसिल हो तो यहाँ गुरु नीच का है चन्द्र स्व नवांश में हो तो मध्यम अधम कंबूल हो जाता है।

(५) मध्यमाधम कंबूल—मीन में चन्द्र और बुध होकर इत्थशाली हो बुध नीच का है चन्द्र स्व नवांश में हो तो मध्यम अधम कम्बूल हो जाता है।

ये पाँचों उपरोक्त उदाहरण अशुभ फल देने वाले हैं।

एक राशिस्थ अधमाधम योग नहीं हो सकता क्योंकि सब ग्रहों का एक सा नीच या शत्रु गृह नहीं होता। इस कारण नीचता शत्रुता और दृष्टि आदि के विचार से एक राशि में यह योग होना असम्भव है।

आगे ये प्रत्येक १६ योग उदाहरण देकर समझाये हैं।

(१) उत्तमोत्तम कंबूल

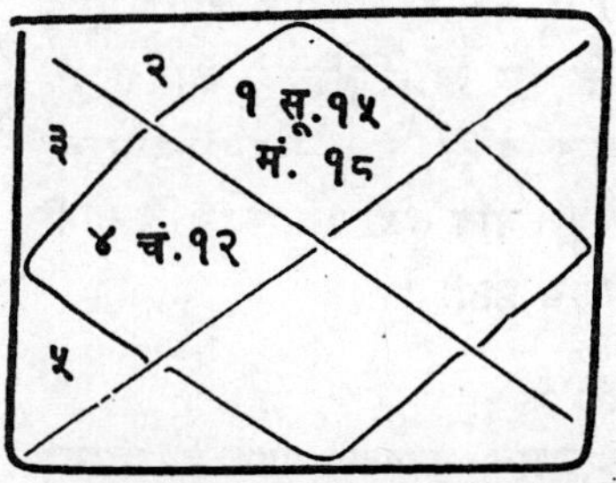

चंद्र एवं कार्येश लग्नेश भी स्वगृही या उच्च में हों लग्नेश कार्येश का इत्थशाल हो, चंद्रमा दोनों से इत्थशाली हो तो उत्तमोत्तम कंबूल होता है। यहाँ संतान के प्रश्न में कार्येश सूर्य शीघ्री ५° पर लग्न में हैं और लग्नेश मंगल मंदी ग्रह १८° पर लग्न में है। यहाँ सूर्य उच्च का है और मंगल स्वगृही है। दोनों की एक राशिस्थ दृष्टि दीप्तांश के भीतर है। यहाँ चतुर्थ भाव में १२° पर स्वगृही होकर १० स्थान की दृष्टि से लग्नेश कार्येश दोनों को देखता है और दोनों के साथ इत्थशाल करता है। यह कार्य उत्तमोत्तम करेगा।

दूसरा उदाहरण

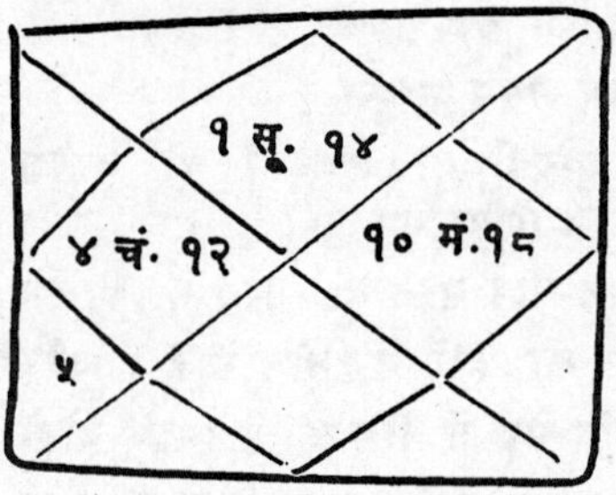

यहाँ पंचमेश सूर्य कार्येश उच्च का लग्न में है। लग्नेश मंगल उच्च का दशम में १८° पर है। दोनों का इत्थशाल योग है। उच्च का चंद्र चतुर्थ स्थान में १२° का बैठकर लग्नेश कार्येश दोनों से इत्थशाल करता है। इससे यह उत्तमोत्तम कम्बूल हुआ।

लग्नेश कार्येश में से किसी एक के साथ भी चंद्र इत्थशाल करे तो भी कम्बूल योग हो जाता है। यहाँ लग्नेश मंगल और स्त्री विषय का सप्तम भाव का कार्येश शुक्र पंचम में है। दोनों का इत्थशाल योग है। चन्द्र स्वगृही चतुर्थ भाव में ९° पर १० भाव की दृष्टि से लग्नेश मंगल को देखता है जो स्वगृही है। दोनों की दृष्टि दीप्तांश के भीतर है केवल ३° का अंतर है। परन्तु यह चन्द्र कार्येश शुक्र को नहीं देखता। यहाँ चन्द्र का एक लग्नेश के साथ इत्थशाल होने से कम्बूल योग हो गया।

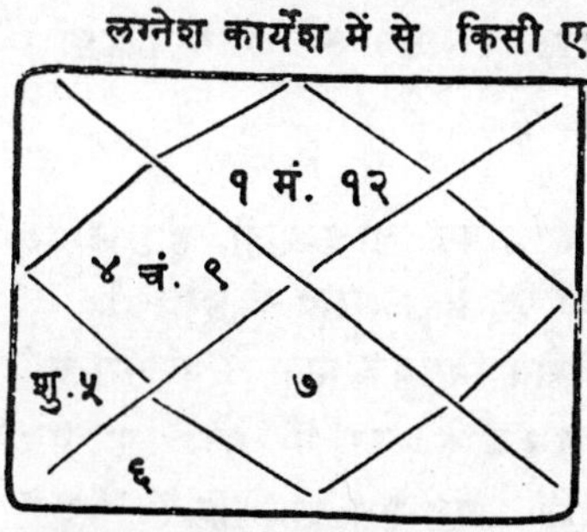

(२) उत्तम मध्यम कंबूल

चंद्र स्वगृही या उच्च में हो लग्नेश कार्येश स्व हद्दा आदि में हों। यहाँ लग्नेश शुक्र अपनी हद्दा में है। भाग्य विषय का विचार होने से भाग्येश बुध भी अपनी

हद्दा में है। दोनों का इत्थशाल योग होता है। दशम में स्वगृही चंद्र एक स्थान दृष्टि से लग्नेश से और दशम दृष्टि से कार्येश बुध से इत्थशाल करता है। इससे यह उत्तम मध्यम कम्बूल योग हुआ। भाग्य वृद्धि होगी परन्तु मध्यम होगी।

अन्य उदाहरण

पंचम स्थान सम्बन्धी प्रश्न में पंचमेश (कार्येश) सूर्य अपने नवांश में ६° पर है। लग्नेश मंगल भी स्व नवांश में दशम में ११° पर है। दोनों का इत्थशाल योग है। चंद्र स्वगृही चतुर्थ में है। दोनों से इत्थशाल करता है। इससे उत्तम मध्यम कम्बूल योग हुआ। इसका फल मध्यम होगा।

(३) उत्तम अधम कम्बूल

चंद्र स्वगृही या उच्च में हो लग्नेश कार्येश नीच में या शत्रु गृही हो।

तीसरे भाव सम्बन्धी प्रश्न में कार्येश गुरु मकर का होने से नीच में हैं। और लग्नेश शनि मेष में नीच का है। इन दोनों का इत्थशाल योग है। स्वगृही चंद्र सप्तम में है इन दोनों से इत्थशाल करता है। इससे यह उत्तम अधम कम्बूल योग हुआ। इसमें कुछ प्रयत्न करने पर कार्य की सिद्धि होगी।

(३) उत्तम सम कम्बूल

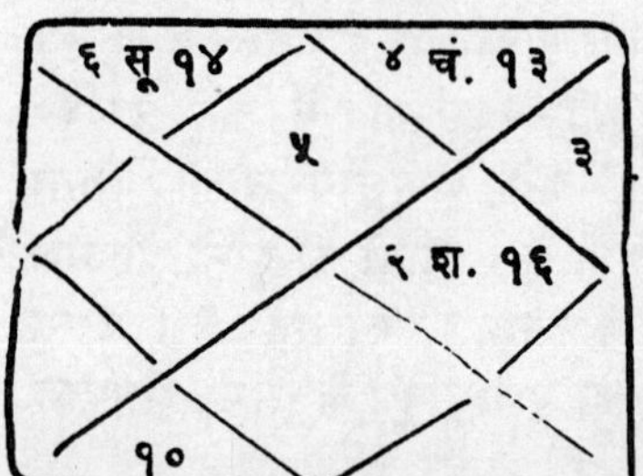

चंद्र उच्च का या स्वगृही हो लग्नेश कार्येश सम गृह हद्दा आदि में हों।

यहाँ रोग विषयक प्रश्न में लग्नेश सूर्य अपने सम बुध के घर में १४° पर है। कार्येश शनि अपने सम गृह शुक्र के घर में १६° पर है। इन दोनों का इत्थशाल योग है। चंद्र स्वगृही व्यय भाव में १३° पर है। यह लग्नेश कार्येश दोनों का देखता है इससे उत्तम सम कम्बूल योग हो गया। यहाँ मैत्री चक्र का उदाहरण पहिले दे चुके हैं उसी के अनुसार मैत्री विचार से सम ग्रह लिया है। अर्थात २–६ और ८–१२ स्थान के ग्रह सम समझे जायेंगे। इस योग के फल से उत्तम कार्य होगा रोग निवारण होगा।

(५) मध्यम उत्तम कम्बूल

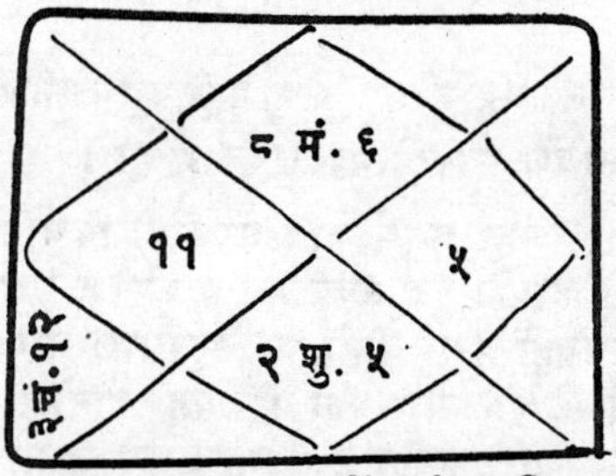

चंद्र स्व हद्दा आदि में हो लग्नेश कार्येश स्वगृही या उच्च के हों।

यहाँ स्त्री विषयक प्रश्न में लग्नेश कार्येश स्वगृही हैं। दोनों का इत्थशाल योग है। यहाँ चंद्र स्व नवांश में होकर लग्नेश कार्येश दोनों को देखता है। इससे चंद्र की मध्यम स्थिति होने से यह मध्यम उत्तम कम्बूल हुआ। इसमें स्त्री प्राप्ति उत्तमता से होगी।

(६) मध्यम मध्यम कम्बूल

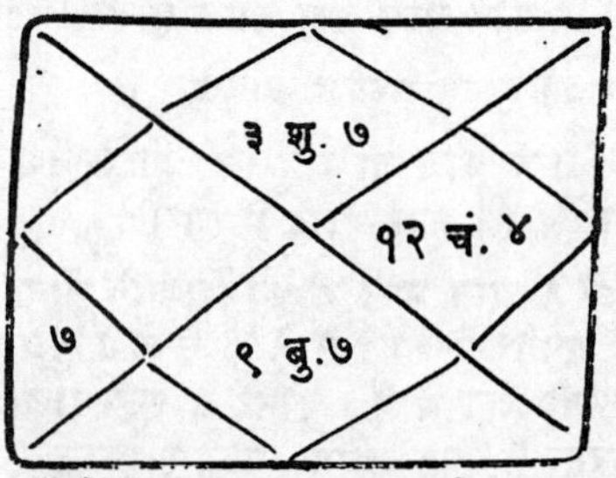

चंद्र, कार्येश, लग्नेश सब स्व हद्दा स्वद्रेष्काण आदि में हों।

यहाँ लग्नेश कार्येश दोनों अपनी हद्दा में हैं। दोनों का इत्थशाल योग है। पंचम भाव सम्बन्धी प्रश्न होने से कार्येश शुक्र हुआ। लग्नेश बुध है। चंद्र स्वनवांश में दशम भाव में होकर लग्नेश और कार्येश दोनों से इत्थशाल करता है। यह योग मध्यम मध्यम कम्बूल हुआ। इसमें बहुत यत्न करने से सन्तान होगी।

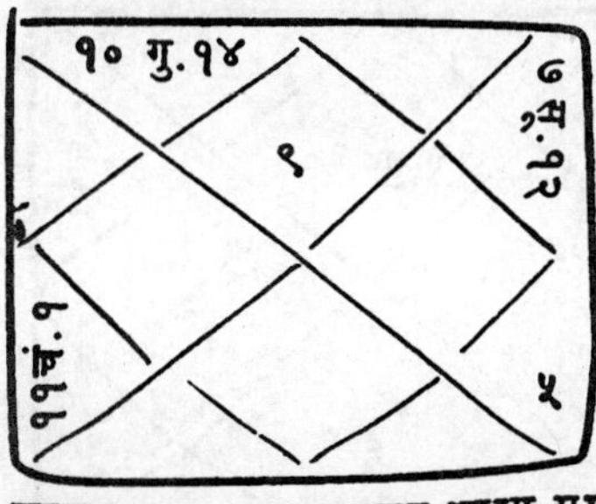

(७) मध्यम अधम कम्बूल

चंद्र स्व नवांश आदि में हो लग्नेश कार्येश नीच गृही आदि हों।

यहाँ भाग्य स्थान सम्बन्धी कार्य होने से सूर्य कार्येश और लग्नेश गुरु दोनों नीच गृही हैं। चंद्रमा स्व नवांश में है। लग्नेश कार्येश का इत्थशाल योग है। चंद्र भी दोनों से इत्थशाल करता है यह मध्यम अधम कम्बूल हुआ। फलस्वरूप भाग्य सम्बन्धी कार्य के सम्पादन में बहुत कष्ट होगा।

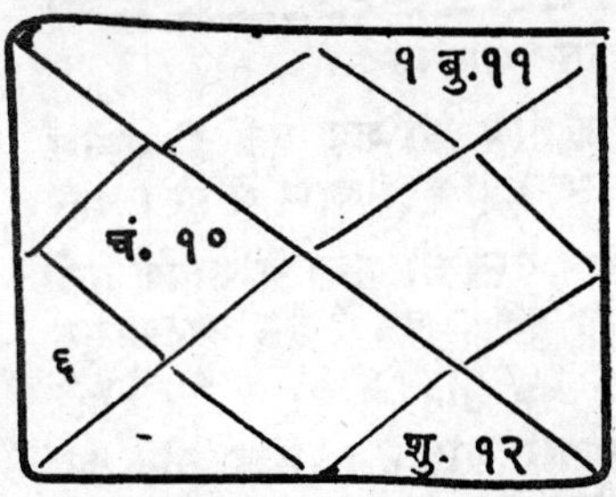

(८) मध्यम सम कम्बूल

चंद्र स्व नवांश आदि में हो लग्नेश कार्येश समगृह हद्दा आदि में हो।

यहाँ पंचम भाव सम्बन्धी कार्येश बुध मेष में अपने सम गुरु की हद्दा में है। लग्नेश शुक्र अपने सम गुरु की हद्दा में हैं। दोनों का इत्थशाल योग है। चंद्र स्व

नवांश में होकर दोनों से इत्थशाल करता है। यह मध्यम सम कम्बूल हुआ सन्तान प्राप्ति अति प्रयास से होगी।

(९) अधम उत्तम कम्बूल

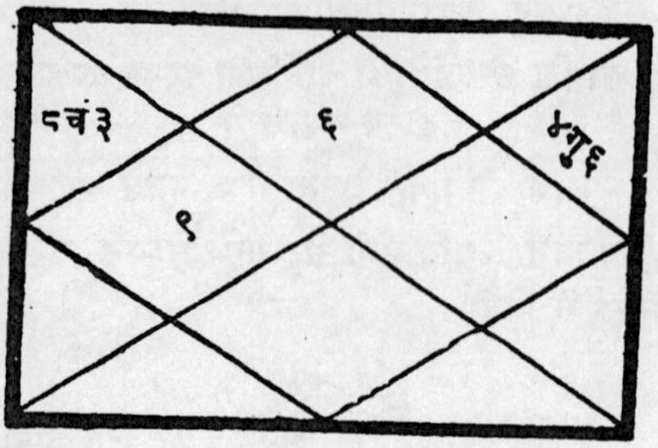

चंद्र नीच, शत्रु गृही हो लग्नेश कार्येश स्वगृही या उच्च में हो।

यहाँ चतुर्थ भाव सम्बन्धी विचार से कार्येश गुरु उच्च का है लग्नेश बुध स्वगृही है। दोनों का इत्थशाल योग है। चंद्र नीच का है वह दोनों से इत्थशाल करता है। यह अधम उत्तम कम्बूल हुआ। चतुर्थ भाव सम्बन्धी प्रश्न या सुख की प्राप्ति परिश्रम से होगी और अल्प सुख प्राप्त होगा।

(१०) अधम मध्यम कम्बूल

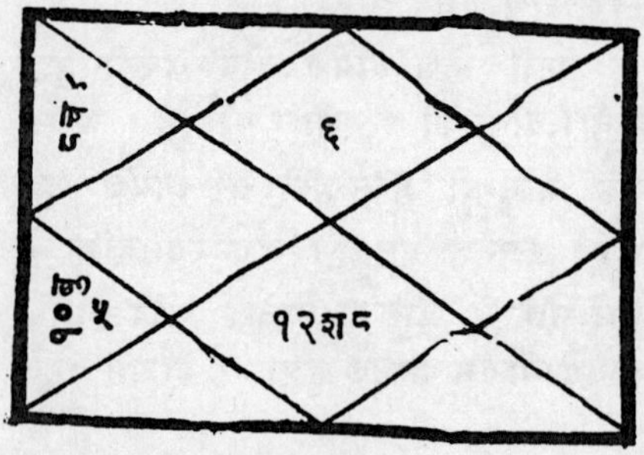

चन्द्र नीच या शत्रु गृही हो लग्नेश कार्येश स्व हद्दा आदि में हो।

यहाँ सन्तान प्रश्न में कार्येश शनि मीन में अपने द्रेष्काण में है। लग्नेश बुध अपनी हद्दा में है। दोनों से इत्थशाल करता है यह अधम मध्यम कम्बूल हुआ। बहुत ही प्रयत्न करने से सन्तान लाभ होगा।

(११) अधमाधम कम्बूल

चन्द्र एवं कार्येश लग्नेश तीन नीच या शत्रुगृही हों। यहाँ लग्नेश गुरु और सप्तम भाव का कार्येश बुध दोनों नीच में हैं इनका इत्थशाल योग होता है। चंद्र भी नीच का है दोनों से इत्थशाल करता है यह अधमाधम कम्बूल हुआ इसमें स्त्री लाभ नहीं होगा।

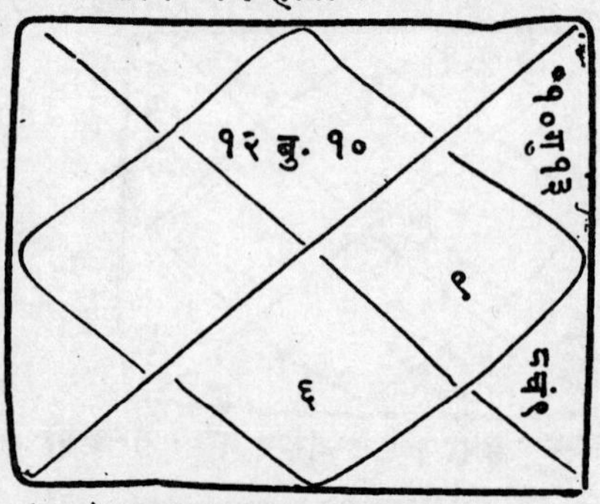

(१२) अधम सम कम्बूल

चन्द्र नीच या शत्रु गृही हो लग्नेश कार्येश सम गृही हद्दा आदि में हो। यहाँ नवम भाव सम्बन्धी प्रश्न में कार्येश सूर्य अपने सम बुध के घर में है। लग्नेश गुरु भी अपने सम शनि के घर में है। दोनों का इत्थशाल योग है। चन्द्र मीन का होकर दोनों से इत्थशाल करता है। यह

अधम सम कम्बूल हुआ। इससे कठिन उपाय से अति यत्न से कष्ट पूर्वक भाग्य सम्बन्धी लाभ होगा।

(१३) सम उत्तम कम्बूल

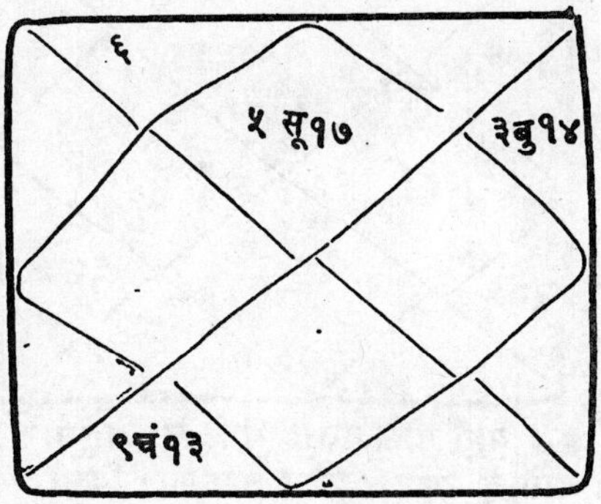

चन्द्रमा पादोन (अधिकार रहित) हो अर्थात् समगृही हो और कार्येश लग्नेश स्वगृह या उच्च में हो यहाँ धन सम्बन्धी कार्येश बुध और लग्नेश सूर्य स्वगृही हैं इनका इत्थशाल योग है। चन्द्र अपने सम गुरु के घर में है जो इन दोनों से इत्थशाल करता है। यह सम उत्तम कम्बूल हुआ। धन प्राप्ति उत्तमता से होगी।

पादोन—२ प्रकार का है।

(१) समगृही हद्दा द्रेष्काण नवांश आदि में हो स्वगृही उच्च स्व हद्दा आदि में या नीच या शत्रु गृही न हो।

(२) सम गृह हद्दा द्रेष्काण नवांश के आदि व अन्त में सन्धि गत होने से।

(१४) सम मध्यम कम्बूल

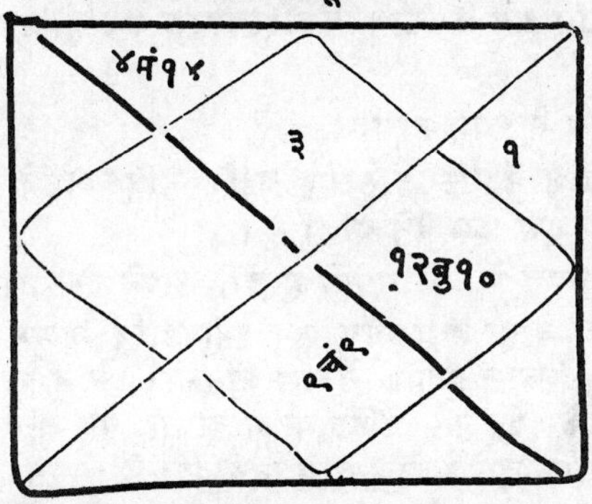

चन्द्र समगृह हद्दा आदि में हो लग्नेश कार्येश स्व हद्दा नवांश आदि में हों लाभ प्रश्न में लाभेश मंगल कार्येश यह स्व नवांश में हैं। लग्नेश बुध भी स्व नवांश में हैं। इनका इत्थशाल है। चन्द्र अपने सम गुरु के घर में है जो इन दोनों से इत्थशाल करता है। यह सम मध्यम कम्बूल हुआ। लाभ मध्यम होगा यत्न करने पर लाभ होगा।

(१५) सम अधम कम्बूल

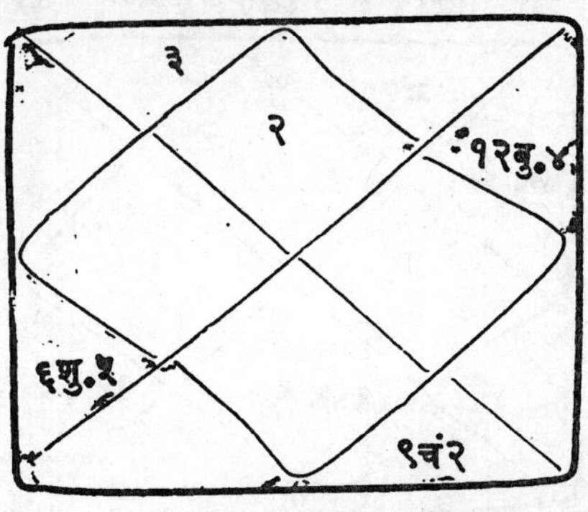

चंद्र सम गृह हद्दा आदि में हों और लग्नेश कार्येश नीच या शत्रु गृही हों।

धन भाव के प्रश्न में कार्येश बुध में है। लग्नेश शुक्र भी नीच में है। इनका इत्थशाल योग है। चंद्र अपने सम गुरु के घर में है जो इन दोनों से इत्थशाल करता है। यह समाधम कम्बूल हुआ। धन की प्राप्ति कष्ट साध्य होगी।

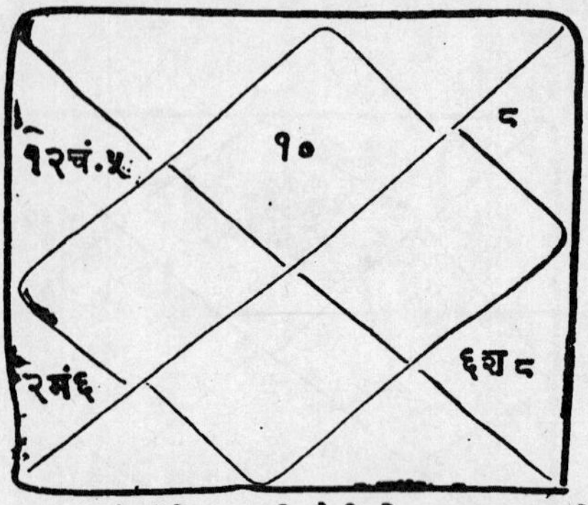

(१६) सम समाख्य कम्बूल

चंद्र एवं कार्येश लग्नेश भी सम ग्रह हद्दा आदि में हो यहाँ लाभ प्रश्न में लाभेश मंगल, लग्नेश शनि सम हद्दा में है। दोनों का इत्थशाल योग है। चंद्र भी सम शुक्र की हद्दा में है दोनों से इत्थशाल करता है यह सम समाख्य कम्बूल हुआ। लाभ मध्यम होगा। न बहुत न अल्प होगा।

यहाँ पीछे बताई मैत्री के अनुसार ही २–६–८–१२ स्थान के ग्रह सम समझे जाते हैं उसी अनुसार सम का विचार करना। सम ग्रह के विचार से सम ग्रह की हद्दा, सम ग्रह का द्रेष्काण सम ग्रह का नवांश इसमें इनमें से कोई होना।

९ गैर कम्बूल=गैर कबूल=अस्वीकार

जब लग्नेश और कार्येश का इत्थशाल हो और चंद्रमा शून्य मार्गी हो। चन्द्रमा के लग्नेश तथा कार्येश इनमें से किसी का इत्थशाल योग न हो। ऐसा चन्द्र यदि राशि के अन्त में हो जो आगे की राशि में प्रवेश करने वाला हो। जब चन्द्र आगे की राशि में प्रवेश करे वह राशि जिस ग्रह का स्व गृह या उच्च स्थान हो वह ग्रह यदि इसी राशि में वहाँ स्थित हो और उस ग्रह के साथ चंद्र इत्थशाल करे तो वह गैर कम्बूल योग होता है।

इस योग में तीसरे मनुष्य की सहायता से काम होगा।

यदि अन्य राशि में स्थित चन्द्र इस राशि में स्थित स्वगृह आदि अधिकारों से रहित ग्रह के साथ इत्थशाल करे तो वह अशुभ फल देने वाला है।

शून्य मार्गी—जो ग्रह स्वगृही अपने उच्च में या अपनी हद्दा, अपने द्रेष्काण अपने नवमांश ऐसे कोई शुभ अधिकार का न हो तथा नीच शत्रु गृही आदि अशुभ अधिकारी भी नहीं हो तथा पदहीन सम द्रेष्काण हद्दा नवांश अधिकार भी न हो और उस पर पाप या शुभ किसी प्रकार के ग्रह की दृष्टि भी न हो तो यह शून्य मार्गी या शून्याध्वग कहलाता है। यह भी कम्बूल भेद के तुल्य फल देता है। दूसरे जो राशिस्थ शून्याध्वग गैर कम्बूल अशुभ फल देता है। उदाहरण—

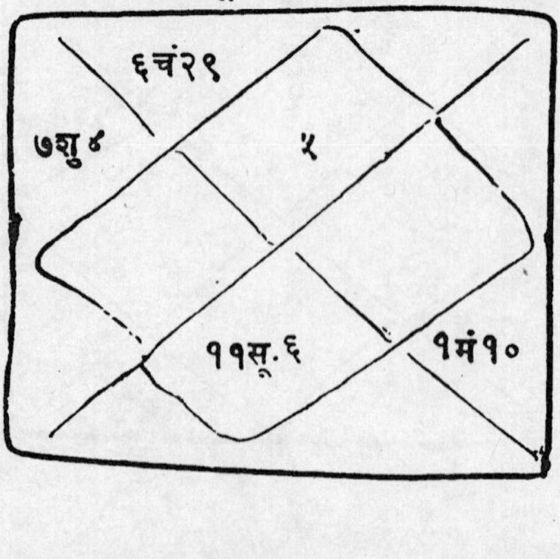

यहाँ लग्नेश सूर्य सप्तम में ६° पर है। नवम भाव सम्बन्धी प्रश्न में कार्येश मंगल नवम भाव में है। इन दोनों का इत्थशाल है। चंद्र धन भाव में २९° पर है। यहाँ चंद्र शून्य मार्गी है वह लग्नेश कार्येश किसी से इत्थशाल नहीं करता परन्तु चंद्र जब आगे सहज भाव में पहुंचेगा तो वहाँ स्वगृही शुक्र से वह

इत्थशाल करेगा। यह गैर कंबूल योग हुआ। तीसरे मनुष्य की सहायता से कार्य होगा।

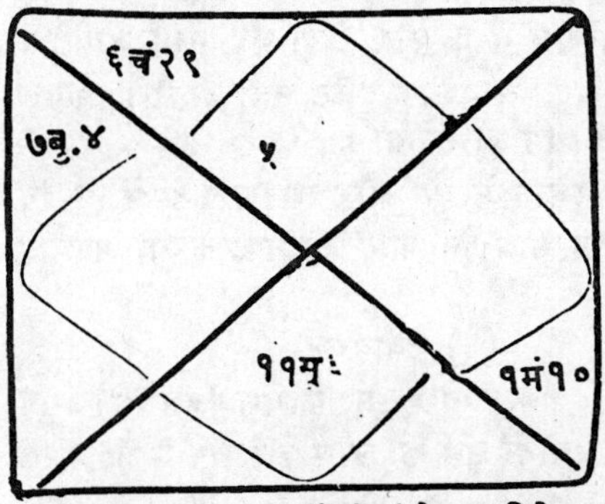

यदि इस कुंडली में तीसरे भाव में शुक्र के स्थान में बुध हो। यह बुध न तो स्वगृही है और न उच्च में है अधिकारहीन है। यदि चंद्र बुध के साथ इत्थशाल करे तो यह भी गैर कम्बूल योग होता है। यह अशुभ फल देने वाला है।

(१०) खल्लासर=खलास=छूटा हुआ।

चंद्रमा शून्य मार्गी हो (जैसा पहिले बता चुके हैं) यह चंद्र लग्नेश या कार्येश के साथ इत्थशाल न करे और न वह लग्नेश कार्येश में से किसी के साथ हो और लग्नेश कार्येश का इत्थशाल हो। यह खल्लासर योग होता है और कम्बूल के फल को नाश करता है। यह शुभ फल नहीं देता अशुभ फल देता है।

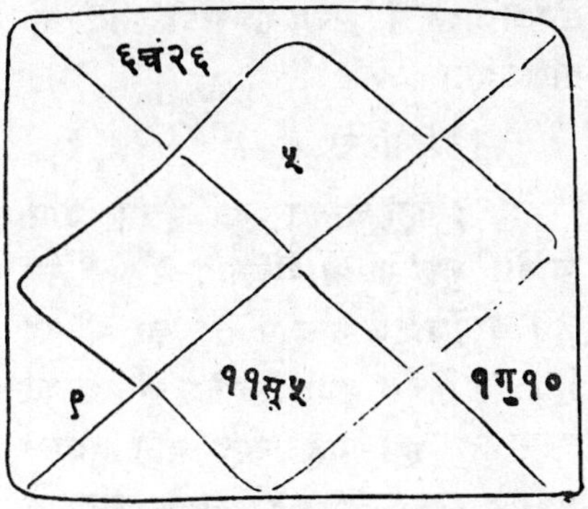

यहाँ पुत्रभावेश गुरु कार्येश है। लग्नेश सूर्य से इत्थशाल है। चंद्र धन भाव में २६° पर हैं। यह चंद्र लग्नेश या कार्येश किसी से इत्थशाल नहीं करता और न लग्नेश कार्येश के साथ ही है। यह खल्लासर योग पुत्र प्राप्ति में बाधा करेगा।

(११) रद्द=निकम्मा=दुर्बल=निस्तेज।

दुर्बल ग्रह लक्षण—जो ग्रह अस्त, नीच राशिगत, शत्रुगृही, वक्रगति व अस्त होने वाला हो या समीप में ही उदय हुआ हो या बाल वृद्ध हो या खल स्थान अर्थात् तात्कालिक शत्रु स्थान या पाप युक्त व क्रूराक्रांत हो वह ग्रह दुर्बल कहलाता है।

रद्द योग—ऐसा दुर्बल या निस्तेज ग्रह जब किसी भावेश (कार्येश) के साथ इत्थशाल करे तो वह ग्रह आदि में या अन्त में इत्थशाल से होने वाले फल को नहीं देता क्योंकि निर्बल होने से किसी का तेज न आप ले सकता है और न किसी को दे सकता है।

यहाँ इस रद्द योग के २ भेद हो जाते हैं।

(१) जब उपरोक्त प्रकार का दुर्बल कार्येश ग्रह केन्द्र में हो और लग्नेश ग्रह दुर्बल कार्येश से आपोक्लिम (३–६–९–१२) घर में हो और दोनों का इत्थशाल योग हो तो उस इत्थशाल का समस्त फल नष्ट नहीं होता किन्तु वह कार्य सिद्ध होकर अन्त में नष्ट हो जायगा।

इसमें निर्बल कार्येश केन्द्र में हो कार्येश से लग्नेश ३–६–९–१२ घर में हो और दोनों का इत्थशाल योग हो। यहाँ आपोक्लिम में ३ और ९ ही घर लिए जायेंगे। क्योंकि ६ और १२ घर में इत्थशाल के लिए आवश्यक दृष्टि नहीं होती। केवल ३–९ स्थानों में ही दृष्टि होने से इत्थशाल योग हो सकेगा।

(२) कार्येश दुर्बल होकर आपोक्लिम स्थान में हो और लग्नेश केन्द्र में हो इन दोनों का इत्थशाल योग हो तो प्रथम उस भाव के कार्य को नष्ट करेगा पश्चात् उस कार्य को सिद्ध करेगा।

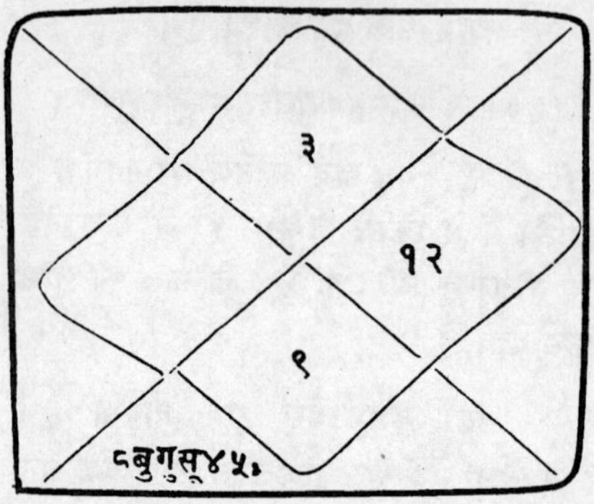

(१) उदाहरण

लग्नेश बुध, कार्येश (दशमेश) गुरु दोनों सूर्य के साथ छठे घर में हैं अस्त हैं। बुध के ४° गुरु के ५° हैं। दोनों का इत्थशाल योग है। यहाँ लग्नेश कार्येश दोनों अस्त होकर पाप युक्त छठे स्थान में हैं। इससे रद्द योग हो गया। राज्य संबंधी प्रश्न में राज्य सम्बन्धी कार्य का नाश होगा।

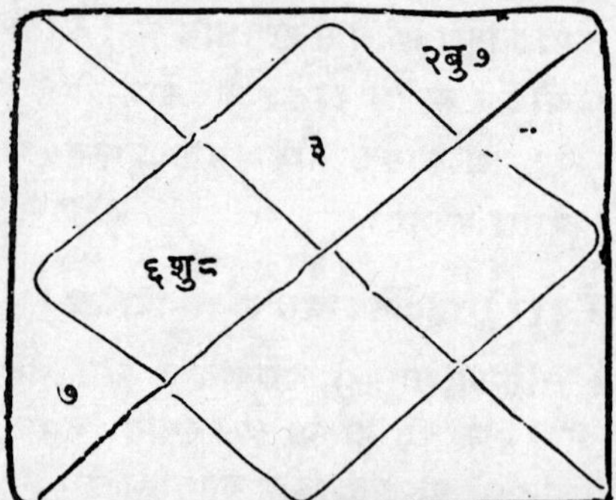

(२) उदाहरण

(२) यहाँ लग्नेश बुध पंचम भाव कार्येश शुक्र से आपोक्लिम में ७° पर है। कार्येश शुक्र केन्द्र में नीच का ८° पर है। यह निर्बल हुआ। लग्नेश कार्येश का इत्थशाल है। यह रदद योग हुआ। क्योंकि इत्थशाल कर्ता कार्येश नीच में है। इस योग में प्रथम कार्य सिद्ध होकर बाद में नष्ट हो जायगा।

(३) यहाँ लग्नेश बुध शीघ्री ग्रह नीच होने से निर्बल होकर केन्द्र में है। पंचम भाव का कार्येश शुक्र लग्नेश से आपोक्लिम में व्यय भाव में है। दोनों का इत्थशाल योग है परन्तु लग्नेश नीच में होने से रदद योग हो गया। इसमें प्रथम कार्य नष्ट होकर फिर कार्य की सिद्धि होगी।

(१२) **दुष्फाली कुत्थ=कुत्थ=शुभ।** दुष्फाली=दुःसाध्य। मंद गति वाला ग्रह स्वगृही या उच्च का या स्वद्रेष्काण, स्वहद्दा, स्वनवांश में हो और शीघ्री ग्रह पादोन (अधिकार रहित) हो अर्थात् स्व, उच्च आदि अधिकार से रहित हो तब इन दोनों के इत्थशाल होने पर कार्य की सिद्धि कठिनाई से होती है।

यदि शीघ्र ग्रह अस्त नीच शत्रु गृही वाल वृद्ध हो निर्बल स्थान में स्थित होकर इत्थशाली हो तो इस दुष्फाली कुत्थ योग में कार्य सिद्धि नहीं होगी और अनिष्ट फल होगा।

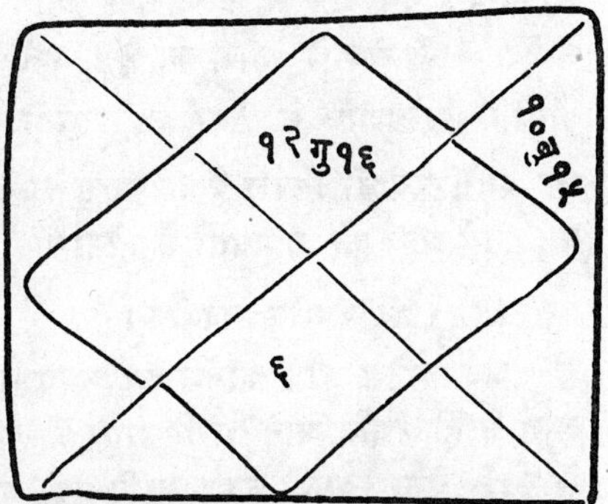

यहाँ लग्नेश गुरु स्व स्थानी लग्न में १६° पर है यह मंद ग्रह है। स्त्री सम्बन्धी प्रश्न में कार्येश बुध लाभ भाव में १५° पर है यह शीघ्री यहाँ कार्येश और लग्नेश का इत्थशाल है। इसमें लग्नेश गुरु स्वगृही होने से अधिकार युक्त है और कार्येश बुध पदहीन है। इससे दुष्फाली कुत्थ योग हो गया। इसमें स्त्री सम्बन्धी कार्य कठिनता से सिद्ध होगा। यदि पदहीन शीघ्री ग्रह के साथ सूर्य हो तो अस्त होने के कारण बुध निर्बल होकर अनिष्ट फल देगा अर्थात् कार्य सिद्ध नहीं होगा।

(१३) **दुत्थोत्थदिवीर योग या दुत्थ दवीर=दुष्वार।** तदवीर=दुष्प्राप्य=मध्यम। =दूसरे की सहायता से काम करने वाला योग। जब लग्नेश कार्येश दोनों निर्बल हों अर्थात् अस्त नीच शत्रुगृही वक्री इत्यादि तेज से रहित होकर परस्पर इत्थशाली हों। यदि इनमें से कोई ग्रह अन्य तीसरे ऐसे ग्रह से इत्थशाल करे जो स्वगृह उच्च स्वहद्दा द्रेष्काण नवांश आदि बल से युक्त हो तो किसी दूसरे की सहायता से कार्य सिद्ध होगा।

अथवा कोई दो शीघ्री ग्रह स्वगृही उच्च स्वहद्दा द्रेष्काण नवांश आदि अधिकार में होने से बलवान हो और लग्नेश या कार्येश इनमें से किसी एक के साथ इत्थशाल करे तो भी यह योग हो जाता है। किसी अन्य की सहायता से कार्य सिद्ध होगा।

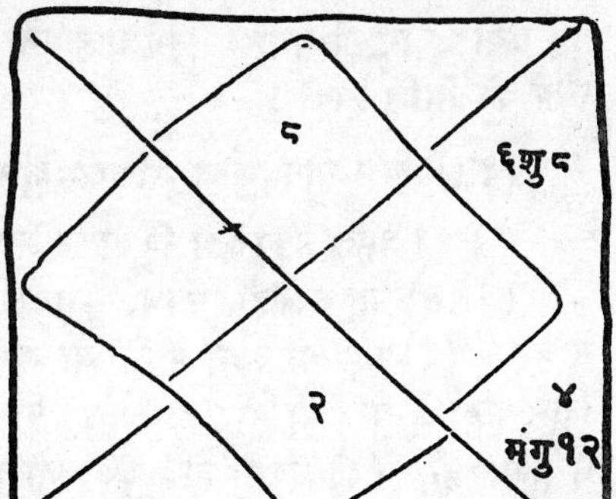

यहाँ लग्नेश मंगल कर्क का नीच में और स्त्री सम्बन्धी प्रश्न में कार्येश शुक्र कन्या का नीच में है दोनों का इत्थशाल योग होता है। यहाँ लग्नेश मंगल के साथ उच्च का गुरु होने से स्त्री सम्बन्धी कार्य अन्य की सहायता से सिद्ध होगा क्योंकि लग्नेश कार्येश निर्बल होने से कार्य सिद्ध नहीं होना था वह कार्य उच्चगृही गुरु के मंगल से युक्त होने एवं इत्थशाल करने के कारण अन्य की सहायता से कार्य सिद्ध होगा।

यहाँ मेष में २ शीघ्री ग्रह सूर्य और मंगल हैं। सूर्य उच्च का है और मंगल स्वगृही है। इनके साथ नीच का शनि लग्नेश है। इससे अन्य की सहायता से कार्य होगा। तीसरे भाव सम्बन्धी कार्य का कार्येश गुरु नीच में लग्न में है और लग्नेश शनि मेष में नीच का है। इन दोनों के इत्थशाल से कार्य नहीं होना था क्योंकि दोनों निर्बल हैं। परन्तु लग्नेश दो पद युक्त शीघ्री ग्रह के साथ होने से यह कार्य अन्य की सहायता से होगा।

(१४) तंवीर योग=तदबीर।

जब लग्नेश और कार्येश का इत्थशाल न हो और उनमें से एक ग्रह राशि के अन्त में हो अर्थात आने वाली राशि में जाने वाला हो जहाँ अर्थात् आगे वाली राशि में कोई ऐसा स्वगृही उच्च आदि पद युक्त बलवान ग्रह हो जो ऐसे अंशों में हो कि वहाँ आने वाला उससे भविष्य में इत्थशाल कर सके तो यह तंवीर योग हो जाता है।

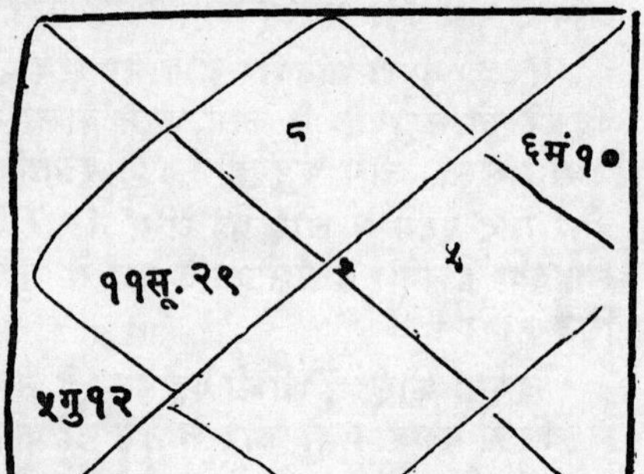

यहाँ राज्य सम्बन्धी प्रश्न में राज्येश सूर्य और लग्नेश मंगल इनका इत्थशाल नहीं है। शीघ्रगामी सूर्य २९° पर राशि के अन्त में कुंभ राशि में है। वह आगे मीन राशि में जाने वाला है जहाँ स्वगृही (बलवान) गुरु है। मीन में सूर्य जाने पर भविष्य में लग्नेश से इत्थशाल करेगा और वह गुरु से भी इत्थशाल करेगा। यह तंवीर योग हो गया। सूर्य ने अपना तेज गुरु को दे दिया। इस योग से अभीष्ट कार्य की सिद्धि होगी।

(१५) कुत्थ योग=कुव्व=बलिष्ठ=शुभ।

बल का बहुत प्रकार से विचार होता है।

(१) जो ग्रह स्वगृही, उच्च, स्वनवांश, स्व हद्दा, स्व द्रेष्काण में हो। (२) केन्द्र में हो। (३) ग्रह जो लग्न में हों या लग्न को देखते हों। (४) ग्रह जो अच्छे ग्रहों (शुभ ग्रह) से युक्त या दृष्ट हों। (५) पाप ग्रहों का १, ४, ७, १० में योग या दृष्टि से रहित हो, (६) उदयी हो, (७) जो काल बल से युक्त हो। (८) जो ग्रह वक्री होकर मार्गी हुआ हो।

शुक्र चंद्र मंगल यदि सायंकाल में उदित हों तो बलवान होते हैं। गुरु शनि अर्द्धरात्रि के उपरांत बली होते हैं।

पुरुष ग्रह सूर्य मंगल गुरु दिन में बलवान होते हैं। स्त्री ग्रह चंद्र बुध शुक्र रात्रि में बलवान होते हैं। स्त्री ग्रह ४ से ९ भाव तक, पुरुष ग्रह १९ से ३ भाव तक बली होते हैं। सबसे बलवान लग्नस्थ ग्रह है। उसके अभाव से केन्द्रस्थ (४–७–१०) ग्रह उपरोक्त से कम बली है। पणफर (२–५–८–११) का ग्रह उससे कम बली, आपोक्लिम (३–६–९–१२) का ग्रह उपरोक्त से कम बली है। मध्यगति वाला ग्रह बलवान होता है। मध्यम गति ५९′–५″ है।

ग्रह	लग्नगत	पणफर	आपोक्लिम में	संधि में इसी
बल	पूर्ण ६०′	३०′	१५′	अनुपात से बल

सूर्य जिस नवांश में हो उस नवांश की राशि में कोई ग्रह स्थित हो तो वह बलवान होता है। जैसे सूर्य वृष के १०° पर है तो मीन का नवांश हुआ। यदि कोई ग्रह मीन में हो तो वह बलवान समझा जायगा।

बल का प्रयोजन

कई प्रकार के बल कहने का प्रयोजन यह है कि इत्थशाल कर्ता व इत्थशाल जिस ग्रह से हो ये जैसे बली हों वैसा फल देंगे। यह उक्त भेदों से किसी प्रकार बली जो इत्थशाली ग्रह है उसी को कुत्य योग कहते हैं। कुत्य शब्द से बली ग्रह नहीं समझना।

(१६) दुरुफ या दुरित योग। दुरित=बना काम बिगाड़ना।

इसमें ग्रह बलहीन होते हैं। इत्थशाल योग में वे इच्छित कार्य करने में समर्थ नहीं होते।

(१) जो ग्रह ६–८–११ स्थानों में हों (२) अस्तंगत हों (३) शत्रुक्षेत्री हों (४) नीच राशि में हों। स्वगृही या उच्च का न हो। (५) वक्री हो। (६) वक्राभिलाषी हो। (७) क्रूर ग्रहों से युक्त हो (८) पाप ग्रह नीच या शत्रुक्षेत्री ग्रह से इत्थशाल करता हो (९) क्रूर ग्रहों से क्षुत दृष्टि (१–४–६–१०) से दृष्ट हो (१०) १२–६–८ स्थानों में स्थित ग्रह से इत्थशाल करने वाला हो। (११) अपने स्वगृह से सप्तम स्थान में स्थित हो, जैसे वृष राशि का शुक्र स्वगृही है उससे सप्तम वृश्चिक राशि में यदि हो। (१२) जो ग्रह राहु के पुच्छ या मुख में हो (राहु का पुच्छ=राहु का भुक्तांश। राहु का मुख=भोग्यांश) (१३) जो ग्रह लग्न को न देखे।

चन्द्रमा—सूर्य से १२वें स्थान में चन्द्र हो या तुला के उत्तरार्द्ध (६रा–१५°) के बाद और वृश्चिक के पूर्वार्द्ध (७–१५°) तक में स्थित हो या क्षीण चन्द्र हो तो चन्द्र बलहीन होता है। चन्द्र जिस राशि में हो उसका स्वामी उसे न देखे। या चंद्र को कोई ग्रह न देखे। या चन्द्रमा शून्याध्वग हो अर्थात् स्व उच्च आदि शुभ अधिकार से रहित (पदहीन) हो तो चन्द्रमा निर्बल होता है।

अन्यमत—चन्द्रमा निर्बल होने के प्रकार

(१) नीच गत (२) नीचस्थ ग्रह से इत्थशाल करे (३) सूर्य के समीप १२° के भीतर हो (४) राहु के मुख में (राहु के भोग्यांशों में) हो (५) पाप ग्रहों के साथ १२° के भीतर हो (६) अपने स्वग्रह से सप्तम मकर राशि में हो (७) धन राशि में धन नवांश में हो। यह स्थान कर्क से छटवां है आगे सातवां मकर होता है परन्तु मकर राशि के पूर्व धन का अन्तिम नवांश धन का होता है। उसके बाद नीच राशि मकर आरम्भ होती है। (८) अस्तंगत हो (९) अस्तग्रह के साथ मुंथसिली हो (१०) शत्रु गृही हो।

(१) क्षीण चन्द्र—कृष्ण एकादशी से शुक्ल पंचमी तक मानते हैं अन्य मत से कृष्ण अष्टमी से शुक्ल अष्टमी तक।

(२) राशि के अन्त्य २४°–४०′ के ऊपर अर्थात नवम नवांश में चंद्रमा क्षीण (अशुभ) होता है।

(३) मंगल शत्रु दृष्टि (४–१०–७–१) से शुक्ल पक्ष के चन्द्र को देखे।

(४) या शनि ऐसी दृष्टि से कृष्ण पक्ष के चन्द्र को देखे तो चंद्रमा सम्पूर्ण कार्यों में अशुभ होता है। क्योंकि शुक्ल पक्ष में मंगल और कृष्ण पक्ष में शनि तेजयुक्त नहीं होते।

(५) चंद्रमा के दुरफ योग में दोष में न्यूनता—

(अ) शुक्ल पक्ष और दिन में विषम (पुरुष) राशि में बैठा शनि चंद्र को देखे।

(ब) तथा कृष्ण पक्ष और रात्रि में सम (स्त्री) राशि में बैठा मंगल चंद्र को देखे तो चंद्र का पूर्वोक्त (दुरफ) निर्बलता का दोष न्यून हो जाता है। इस प्रकार शनि मंगल की दृष्टि न होने से दोष प्रबल ही रहता है परन्तु पूर्वोक्त राशियों में बैठा शनि या मंगल चन्द्र को देखे तो दुरफ का दोष कम हो जाता है।

इस प्रकार कुत्थ (बली) और दुरफ (निर्बल) योग पूर्व बताये इत्थशाल आदि योगों में सब प्रकार से विचारना। जो कुत्थ बल अधिक हो तो वह ग्रह अशुभ स्थानों में भी शुभ फल देता है। वह शुभ स्थानों में हो तो अत्यन्त शुभ फल देगा ही।

जो दुरफ का बल (निर्बलता) अधिक हो तो वह ग्रह शुभ स्थानों में अशुभ फल देगा। अशुभ स्थान में अत्यन्त अशुभ फल देगा ही ऐसा सब बुद्धि से विचार कर फल कहना।

•

अध्याय २७

दशा विचार

ग्रहों के बल विचार से यहां दशा कही गयी है। पंचवर्गी बल में जो ५ विश्वा से कम बल हो वह बलहीन, ५ से १० तक बल हो १० से कम हो तो मध्यम बल और १० से २० विश्वा तक बल हो वह पूर्ण बली समझा जायगा।

१. लग्न दशा फल

लग्न की अच्छी दशा=सोना मोती धन द्रव्य का लाभ अपने स्वामी से सन्मान श्रेष्ठ आरोग्यता, मध्यम दशा, मन में विकार, मानहीन लोगों की सेवा।

अधम दशा=अपमान, अपव्यय, बुद्धि नाश, क्लेश, परदेश यात्रा।

क्रूर लग्न की दशा=यदि मध्यम बल हो तो थोड़ा सुख, शरीर पीड़ा, धन का खर्च, देह दुर्बल विरोध या मरण।

लग्न दशा=का फल अपने स्वामी के अनुसार कुछ और विशेष है। द्रेष्काण के अनुसार विचार।

	प्रथम	द्वितीय	तृतीय द्रेष्काण
चर लग्न में	शुभ	मध्यम	अशुभ
स्थिर ,,	अनिष्ट	शुभ	समान फल
द्विस्वभाव ,,	अशुभ	मध्यम	शुभ

यहाँ शुभ ग्रह और स्वामी के योग दृष्टि से शुभ और पाप ग्रह की दृष्टि योग से अशुभ फल होता है।

वर्ष में ग्रहों की दशा का फल

सूर्य की दशा=राज कुल से भय, पित्त से पीड़ा, धन का खर्च, भाइयों की विपत्ति। सूर्य पूर्ण बली=अपने कुल में प्रधान, तेज बढ़े, राजा हो, हाथी, घोड़े आदि वाहन, वस्त्र सोना, रत्न लाभ यश, राजा से सन्मान, देव ब्राह्मण का पूजन।

सूर्य मध्यम बली—पूर्ण बली का साधारण फल, ग्राम के शासन पंचायती आदि कार्यों के अधिकार, सुख, नगर या ग्राम में द्रव्य लाभ, धैर्य से कुल अनुसार सुख, व्यापार में लाभ।

सूर्य स्वल्प बली—स्वजन से दुःख, शत्रु से संघर्ष, अपने पराक्रम की हानि, मति भ्रम, पित्त रोग।

सूर्य नष्ट बली—राजा या शत्रु से भय, धन हानि, स्त्री पुत्र मित्र से विरोध, बुद्धि भ्रम, झगड़ा अनर्थ शोक, रोग, आघात।

सूर्य निंदित बल-धन हानि, कुटुम्ब से बैर, चोट, मनोबल नष्ट।

सूर्य का शुभ फल—वर्ष लग्न से ३, ६, १०, ११ घर में हो तो अशुभ भी सूर्य शुभ फल देता है। मध्य बली हो तो उत्तम फल, हीन बली का मध्यम फल और पूर्ण बली अत्यन्त शुभ फल देता है।

(२) चंद्र पूर्ण बली—अच्छे वस्त्र माला मणि मोती आदि प्राप्त हो, स्त्री लाभ हो, राज्य सुख, भूमि लाभ, यश कांति वृद्धि, चित्त में सुख, राजा से पद की प्राप्ति।

चन्द्र मध्यम बली—उक्त फल मध्यम, व्यापार में सफलता, धर्म में वृद्धि, खेती से लाभ मित्र वस्त्र घर इन से सुख, ऐश्वर्य बढ़े।

चन्द्र अधम बली या स्वल्प बली—मित्र आदि इष्टजनों से विरोध, कफ रोग, कांति नष्ट, धन धर्म का नाश, कन्या का जन्म, चित्त में संताप, अल्प सुख भी हो।

चन्द्र नष्ट बली–धन धर्म का नाश, स्वजनों से विरोध, अपवाद से भय, ज्वर कफ खांसी आदि रोग, दुष्ट स्थान प्राप्ति, बुरा भोजन, पाप की ओर झुकाव।

विचार–यदि निंदित हीन बली भी चन्द्र ६–८–१२ स्थानों को छोड़ कर भिन्न स्थान में हो तो अपनी दशा में धन और सुख देता है। यदि हीन बली भी चन्द्र इन भिन्न स्थानों में हो तो मध्यम फल देता है और पूर्ण बली विशेष शुभ फल देता है।

(३) मंगल पूर्ण बली–युद्ध में जय, धन मिले, राजा के यहाँ अधिकार, सेनापति बने, प्रिय कार्य के लिए साहस, सोना मूंगा रत्न वस्त्र आदि का लाभ।

मंगल मध्यम बली–राजा से अधिकार प्राप्ति, कुल अनुमान से धन मिले, संग्राम में जय, कांति और बल बढ़े।

मंगल हीन बल–शत्रु से भय, बंधन, अपने जनों से विरोध, मुख से रक्त पात, शरीर में पित्त रोग, गर्मी के रोग, चित्त विकलता।

मंगल नष्ट बली–लड़ाई, झगड़ा, चोर भय, पर धन हरण, रक्त विकार, ज्वर खाज खुजली, विवाद विपत्ति।

विचार–नष्ट मंगल ३–६–११ घर में हो तो आधा शुभ फल देता है। हीन बली=मध्यम फल। मध्यम बली शुभ फल और पूर्ण बली अति शुभ फल देता है।

(४) बुध पूर्ण बली–गणित तथा उत्तम शिल्प विद्या से यश, राजा की सेवा से लाभ राजदूत हो, पांडित्य की वृद्धि, धन का लाभ हो, बड़ा यश।

बुध मध्य बली–गुरु से मित्रों से लेख कविता कारीगरी से धन लाभ, बांधवों के समागम से सामान्य सुख, धर्म की सिद्धि।

बुध स्वल्प बली–बिना कार्य निरर्थक क्रोध, धनहानि, रोग भय, गिरने आदि से अनिष्ट, अपमान स्वजनों से कलंक।

बुध हीन बली–अपनी बुद्धि का दोष, बंधन का भय, प्राण भय, देशान्तर गमन, बात और कफ रोग, धन हानि, मान नाश कष्ट।

विशेष–नष्ट बली बुध ६–८–१२ घर में न हो तो आधा फल शुभ। हीन बली= मध्यम फल मध्यबली शुभ। शुभ हो तो अतिशुभ।

(५) गुरु पूर्ण बली–राजा, मित्र और गुरुओं से गौरव प्राप्ति, यश, धन, लाभ की वृद्धि, शत्रु नाश, रोग नाश, पुत्र लाभ, राज्य लाभ, सुख, तेजस्वी मंडल का स्वामी या राजा हो।

गुरु मध्यबली–धर्म में वृद्धि, राजा या मंत्रियों से मित्रता, अच्छा उत्साह और बल से कार्य सिद्धि, समान धन सुख की अभिलाषा, राज्य का अधिकार प्राप्त, शास्त्र की प्राप्ति।

गुरु न्यून बली–शत्रु भय, रोग, दरिद्रता, धन धर्म नाश, वैराग्य, कर्ण रोग, न तो धन या गुण ही देता है। चित्त में संताप।

गुरु नष्ट बल–हर प्रकार का दुःख व रोग, धन और धर्म का नाश, देह पीड़ा। स्त्री पुत्र बन्धु शत्रुओं से भय।

विशेष–नष्ट बली गुरु यदि ६–८–१२ घर में न हो तो आधा शुभ फल। हीन बली=मध्यम फल, मध्यबली=शुभ फल। शुभ हो तो=अत्यन्त शुभ फल।

(६) शुक्र पूर्ण बली–वाहन लाभ, आरोग्यता, संगीत से प्रेम, स्थान प्राप्ति, माला सुवर्ण वस्त्र स्त्री इनसे सुख, राज्य लक्ष्मी और धन की भोग प्राप्ति, कीर्ति लाभ पुत्र मित्र से सुख।

मध्यम बली शुक्र–व्यापार या खेती से धन लाभ, मित्र स्त्री पुत्र का सुख सब शास्त्रों को जानने वाला।

अल्प बली शुक्र–ज्ञान यश और धन का नाश, बुद्धि का भ्रम, बुरे अन्न का भोजन, झंझट, रोगों से पीड़ा, शत्रु से झगड़ा, स्त्री पक्ष से विरोध, भ्रमण, सेवा निष्फल।

शुक्र नष्ट बली–परदेश यात्रा, बंधुओं से विरोध, मति भ्रम, रोग, धन नाश पुत्र, स्त्री को विपत्ति, मार्ग में मृत्यु भय।

विशेष–६–८–१२ घर छोड़कर यदि शुक्र निंदित भी हो तो आधा शुभ। उक्त से भिन्न स्थान में हीन बल भी हो तो मध्यम फल। मध्यम बली हो तो शुभ। शुभ हो तो अति शुभ।

(७) शनि पूर्ण बली–नया घर जमीन और वस्त्र से सुख, बाग बगीचा कुआँ तालाब आदि का निर्माण राजा से तथा म्लेच्छों की संगति से धन लाभ देश का स्वामी हो।

मध्यबली शनि–गधा ऊँट पाखण्डी लोगों से धन लाभ, वृद्धा स्त्री का संग, रस-हीन बुरा भोजन, कोष रक्षा करने वाला या किला या मार्ग की रक्षा करने वाला।

स्वल्प या हीन बली शनि–शत्रु या चोटों से कष्ट, दरिद्रता, स्वजनों से कलंक रोग भय हो और वायु का उग्र प्रकोप कलह वियोग!

नष्ट बली शनि–अनेक दुःख, त्रिदोष के प्रकोप से क्लेश, रोग वृद्धि, मरण तुल्य कष्ट, स्त्री पुत्र मित्र परिजनों से विरोध, चोर से धन हानि, उद्वेग, नीच की सेवा।

विशेष–३, ६, ११ स्थानों में शनि यदि हीन बली भी हो तो आधा शुभ फल। अल्प बली का मध्यम, शुभ का अति शुभ फल।

वर्ष में राहु केतु का पंचवर्गी बल नहीं निकाला जाता इससे इनका साधारण फल नीचे दिया है—

राहु की दशा में–राजा चोर विष अग्नि शस्त्र का भय, मति भ्रम, बन्धु हानि, नीच से अपमान, वचन आदि भंग के कारण लांछन, पद च्युति, कार्य की हानि, पैर में चोट।

यदि शुभ युक्त होकर अच्छे घर में ६–८–१२ घर छोड़कर हो तो उसकी दशा अच्छी होती है। और शुभ हो तो इच्छा की पूर्ति हो धन प्राप्ति हो कीर्ति बढ़े।

उच्च गत राहु शुभ फल तथा नीच गत बहुत अशुभ फल देता है।

केतु की दशा में—राजा चोर शस्त्र से भय, चोट से पीड़ा, मिथ्या अपवाद,

कुल में दोष लगना, अग्नि भय उष्णता से रोग। धन हानि, अनुचित कार्य करे, भ्रमण, दांत और पैर में पीड़ा।

केतु त्रिकोण या ३–६–११ भाव में हो शुभ राशि में सर्वोच्च या स्वगृह में हो तो राजा से प्रीति मनोनुकूल देश ग्राम का आधिपत्य वाहन और पुत्र से सुख, मित्रों से सुख हो।

२–८–१२ भाव में केतु हो या पाप युक्त या दृष्ट हो तो बन्धु और स्थान का नाश, चिंता, बन्धन, नीच का संग और रोग भय हो।

राहु—दशा आरम्भ में धन हानि, मध्य में कुछ सुख, अपने देश में धन लाभ, अन्त में कष्ट और चिन्ता।

केतु—दशा आरम्भ में राज योग, मध्य में भय अन्त में दूर गमन रोग भय।

अन्तर्दशा विचार

(१) शुभ ग्रह की महादशा में शुभ का अन्तर हो तो मनोरथ सिद्ध हो, स्त्री पुत्र आदि से सुख, चित्त में सन्तोष, मित्रता बढ़े।

(२) शुभ की महादशा में पाप का अन्तर–आपत्ति, दुःख बन्धन मोह आदि होता है।

(३) क्रूर ग्रह की दशा में शुभ का अन्तर–व्यसन, कष्ट आलस्य आदि होता है।

(४) पाप में पाप का अन्तर–विरोध मिथ्या कलंक भय क्रोध चिन्ता, घबड़ाहट, रोग लोगों से झगड़ा आदि होता है।

वर्ष में या जन्म में जो ग्रह उच्च का या मित्र ग्रही या स्वगृही हो या मित्र की हद्दा नवांश आदि में हो या शुभ ग्रह से युक्त या दृष्ट हो उसकी दशा शुभ होती है।

जो शत्रुगृही या नीच का या अस्त हो या ६–८–१२ घर का स्वामी हो या चन्द्र क्षीण हो उसकी दशा अशुभ होती है।

ज्योतिष शिक्षा भाग ३ फलित खंड में अन्तर्दशा का फल विस्तार से दिया है। यहाँ इस कारण संक्षिप्त में दिया है।

योगिनी दशा विचार

(१) मंगला—(स्वामी चन्द्र) गौ ब्राह्मण देव में भक्ति, सद्धर्म, लोगों से प्रीत ऐश्वर्य प्राप्ति, यश वाहन सुख उत्तम, मंगल वस्त्र भूषण स्त्री प्राप्त हो।

(२) पिंगला—(स्वामी सूर्य) हृदय रोग, शोक, अनेक रोग, चिन्ता, धन का व्यय, सज्जनों के प्रेम का नाश, सन्मान का नाश, व्याधियों से दुःख।

(३) धान्या—(स्वामी गुरु) धन का आगम, भोग मान वृद्धि, ज्ञान की वृद्धि, तीर्थ, देव सिद्ध जनों की सेवा में प्रीत, सुख प्राप्ति मित्र बन्धु व स्त्री लाभ।

(४) भ्रामरी—(स्वामी मंगल) व्याकुल होकर घूमता फिरे, राजवंश में भी हो तो राजपाट छोड़कर कंगालों की तरह मारा २ फिरे, जन्म भूमि का हरण।

(५) भद्रिका—(स्वामी बुध) गुरु ब्राह्मण और देव में भक्ति, घर में मंगल, मित्र

से सन्मान, व्यापार में मन लगे, स्त्रियों के साथ आना मन भोग सुख सम्पत्ति प्राप्त हो।

(६) उल्का—(स्वामी शनि) धन व्यापार गौ वस्त्र और मन का नाश, राजा से चित्त क्लेश, स्त्री पुत्र और नौकर से बैर हृदय, नेत्र उदर कर्ण और पाँव में रोग, दुःख।

(७) सिद्धा—(स्वामी शुक्र) कार्यों की सिद्धि, सुन्दर भोग मान तथा धन प्राप्ति, व्यापार वस्त्र भूषण आदि लाभ, विवाह आदि मंगल कार्य हो राजा तुल्य प्रताप बढ़े सद्धर्म और ज्ञान में वृद्धि सुख प्राप्त हो।

(८) संकटा—(स्वामी राहु) राज्य से भ्रष्ट, तृष्णा की वृद्धि, अग्नि दाह, अंग में रोग, धातु क्षय, पुत्र स्त्री से वियोग, मनुष्यों से विरोध, शत्रु भय, वह संकट व्याधि क्लेश और मृत्यु देने वाली है।

इसकी अन्तर्दशा के विचार के लिए उनके स्वामी ग्रह के अनुसार फल का विचार करना। ज्योतिष शिक्षा भाग ३ फलित खंड में अन्तर्दशा का फल दे चुके हैं इस कारण यहाँ नहीं दिया।

वर्ष फल लिखने की रीति

बालक के जन्म में जिस प्रकार उसकी जन्म पत्री लिखने का आरम्भ होता है। उसी प्रकार वर्ष फल लिखने में वर्ष प्रवेश का इष्ट समय ज्ञात होने पर वर्ष कुण्डली बनायी जाती है। आरम्भ में कोई मंगलाचरण लिखकर वर्ष प्रवेश समय का सम्बत् शाका मास तिथि वार पक्ष करण दिनमान वर्ष प्रवेश का इष्ट एवं सूर्य के गतांश, लग्न गतांश, मुन्था की राशि, गत वर्ष आदि लिखकर जिसका वर्षफल है उसका नाम भी लिख देना। लिखने का प्रकार नीचे दिया है—

श्री गणेशाय नमः

एकदन्तो महाबुद्धिः सर्वज्ञो गणनायकः।
सर्वसिद्धिकरो देवो यस्यैषा वर्षपत्रिका ॥ १ ॥

अथास्मिन् शुभे विक्रमार्क सम्वत्.......। शालिवाहन शाके.......॥....... अयने ॥.......गोले ॥.......ऋतौ ॥ महा मंगल प्रद.......मासे ॥ शुभ.......पक्षे ॥ ....तिथौ ॥ घट्यः.......॥.......वासरे ॥.......नक्षत्रे घट्यः.......॥.......योगे घट्यः.......॥ करणे घट्यः.......॥ एवं पञ्चांग शुद्धिः। तत्र दिनमान घट्यो.......॥ वर्षप्रवेशसमये श्री सूर्योदयादिष्ट घट्यः.......॥ ....कि गतांशाः.......॥....... लग्नं मुन्था ॥ गताब्दाः.......॥ अस्यां शुभग्रहावलोकितवेलायां श्रीमान....... आत्मज.......। ....संख्या वर्ष प्रवेशः। शुभमस्तु ॥ श्रीरस्तु ॥

पश्चात इसके नीचे वर्षप्रवेश कुण्डली और जन्म लग्न कुण्डली लिख देना। फिर पञ्चांग का फल लिखना। नीचे गति सहित ग्रह स्पष्ट, भाव स्पष्ट, चलित कुण्डली लिखना। लघु पञ्चवर्गी चक्र बनाकर वर्षेश निर्णय करना। उच्च बल वृहत् पञ्चवर्गी चक्र बनाकर ग्रहों का बल और विश्वाबल लिखना। पश्चात मैत्री

चक्र और दृष्टि चक्र लिखना। षड्वर्ग चक्र द्वादश वर्ग चक्र, हर्षबल चक्र बनाना। मुंथा स्पष्ट करना।

पश्चात् वर्षेश फल, वर्ष कुण्डली का भाव फल, मुंथा फल, मुंथेश फल, लिखना त्रिपताका चक्र बना कर बेध फल लिखना। मुद्धा दशा व उसकी अन्तर्दशा, योगिनी दशा और उसकी अन्तर्दशा, पत्यांशी दशा और उसकी अन्तर्दशा लिखकर इन सब का फल लिखना।

इसी प्रकार मास प्रवेश कुण्डली बनाकर या आवश्यकता हो तो दिन प्रवेश कुण्डली बनाकर लिखना उनका भाव फल मासेश और दिनेश फल मुंथा फल मुंथेश फल, मास मुद्दा दशा और उसका फल लिखना।

पश्चात सहम चक्र व सहम कुण्डली बनाकर सहम फल और सहमेश फल लिखना इस प्रकार कितने ही विस्तार से वर्ष फल लिख सकते हो।

●